Stevens Pass

DAS GEHEIMNIS DES KASKADENGEBIRGES

NIL

W0393486

Stevens Pass

Copyright © 2023 by Nils Eriksen

Titelbild: 123rf.com

Lektorat: Edition Svanen

info@nils-eriksen.de

Edition Svanen
K. Sewekow
Droste-Hülshoff-Str. 35
22609 Hamburg
www.nils-eriksen.de

Inhalt

Prolog

Cascade Mountains, 23. Februar 1910

William Corbyn saß im Zug. Er fühlte sich wie ein Fremder in seiner eigenen Haut. Neben ihm standen zwei dicke Koffer. Corbyn hatte Chicago vor zwei Tagen verlassen. Der Zug der »Great Northern Railroad« war gut vorangekommen und hatte ihn immer weiter von der Stadt weggebracht. Die Lokomotive bahnte sich mit dem »Seattle Express« ihren Weg erst durch die weite, verschneite Prärie und dann durch die Rocky Mountains. In diesem Jahr war der Winter besonders kalt, Schnee und Eis bedeckten die Landschaft da draußen und hielten den Zug wie in einem weißen Griff gefangen.

Corbyn war angespannt, seine Finger trommelten auf dem Griff eines Koffers, während er aus dem Fenster starrte und die Landschaft an sich vorbeiziehen sah. Das Schneetreiben schien dichter zu werden. Er wusste, dass es nur eine Frage der Zeit war, bis sie ihn einholten; er war nun schon seit zwei Tagen auf der Flucht. Sie mussten einfach fest entschlossen sein, ihn zu finden. Dafür war die Sache zu groß. Sie konnten ihn nicht laufen lassen. Ihn, das Kind irischer Einwanderer, der im Süden Chicagos groß geworden war und sich so sehr wünschte, im Land der unbegrenzten Möglichkeiten dem armen Leben, das er von seinen Eltern kannte, zu entfliehen.

Doch nun hatte er ein großes »Ding« gelandet, keine Aktion von Kleinkriminellen. Er hatte eine große Summe Geld aus einer Bank in Chicago gestohlen, und die »Jamestowns« waren ihm dicht auf den Fersen. Die Jamestown-Detektive, eine berühmt-berüchtigte Organisation, waren bekannt für ihre Unnachgiebigkeit und ihre Fähigkeit, Verbrecher aufzuspüren. Darüber hinaus hatten sie durch wilde Aktionen von sich reden gemacht, etwa, als sie einige Jahre zuvor im Auftrag von Minenbesitzern einen Streik brutal niedergeschlagen hatten. Im Jahr 1910 waren sie bereits eine etablierte Macht in der Welt der Ermittlung und Verfolgung von Gesetzesbrechern. Mit ihrem charakteristischen roten Abzeichen wollten sie ein Symbol für die Jagd nach Gerechtigkeit sein – welche Methoden auch immer dafür nötig waren.

Der Sitz polsterte seinen Rücken und stützte ihn. Das kam ihm fast wie ein Federbett vor. Der abgenutzte Stoff gab ihm ein Gefühl der Geborgenheit. Er seufzte und lehnte sich zurück. Er hatte keine Ahnung, was er als Nächstes tun sollte; er hatte nicht viel weiter geplant, als aus Chicago zu fliehen. Der Zug rauschte durch den eisigen Schneesturm, aber das bedeutete nur, dass er irgendwann sein Ende erreichen würde. Und wenn ein Ort eine Gefahr für ihn darstellte, dann waren sicherlich alle Orte am Ende der Strecke gleichermaßen gefährlich.

Er schloss die Augen und versuchte, sich einen Plan auszudenken, aber ihm fiel nichts ein. Als er gedankenverloren dasaß, bremste der Zug plötzlich und kam abrupt zum Stehen. Corbyn öffnete die Augen gerade noch rechtzeitig, um zu sehen, wie in irgendeinem Nest in den Bergen vor einem kleinen Bahnhof zwei Männer in den Zug stiegen, beide mit langen Mänteln und breitkrempigen Hüten, die ihre Gesichter verdeckten. Die beiden Jamestown-Detektive waren angekommen. Endlich sind sie hier, dachte er fast schon erleichtert, er hatte seit Stunden, nein, seit Tagen damit gerechnet.

Dabei war sein Plan eigentlich ganz einfach und Erfolg versprechend gewesen. Corbyn wollte seine Bande in eine Bank in der Nähe von Chicago schleichen lassen, den Wachmann überwältigen und dann alles Geld mitnehmen, das sie finden konnten. Er und seine kleine Schar an Männern hatten Wochen damit verbracht, jedes Detail zu planen, von der Anzahl der Wachen bis hin zur Art und Weise, wie sie entkommen würden, sobald der Job erledigt war.

Als sie am vereinbarten Tag bei der Bank ankamen, handelten Corbyns Männer schnell und effizient. Es gelang ihnen, ohne Zwischenfälle an den Wachleuten vorbeizukommen, und sie übernahmen innerhalb weniger Minuten die Kontrolle über das Gebäude. Nachdem sie sich vergewissert hatten, dass alle Personen unter Aufsicht waren, machten sich Corbyns Leute daran, systematisch alle Tresore zu leeren. Das waren die kleinen hinter dem Zahlschalter, aber auch die Großen im Keller der Bank. Nachdem sie auch den letzten Cent an sich genommen hatten, verließen sie das Gebäude genauso schnell wieder, wie sie hineingekommen waren, und machten sich auf den Weg zu ihrem nächsten Ziel – einem verlassenen Lagerhaus außerhalb der Stadt, in dem sie sich verstecken wollten, bis ihr Zug zwei Tage später Chicago verlassen sollte. Von dort aus war es eine kurze Reise in den Westen und in die Freiheit ... zumindest hoffte Corbyn das.

Doch etwas war schiefgelaufen, denn sie waren verraten worden. Als Corbyn gemeinsam mit zwei Bandenmitgliedern nach dem Raub in dem Lagerhaus eingetroffen war, wartete dort bereits die Polizei auf sie. Es kam zum Schusswechsel, und während seine Kumpanen die Waffen fallen ließen und die Hände hoben und festgenommen wurden, ließ er sich nicht einschüchtern. Begleitet von einer wilden Schießerei floh er mit dem Wagen, konnte entkommen und versteckte sich mit dem Löwenanteil der Beute auf der anderen Seite der Stadt. Von dort machte er sich zum örtlichen Vorort-Bahnhof auf, stieg um und erreichte den nächsten Zug nach Westen.

Der »Seattle Express« rollte weiter durch die verschneiten Berge und kletterte in einem lang gezogenen Tal immer höher. Sie hatten die Rocky Mountains hinter sich gelassen, waren viele Stunden lang durch eine weite Ebene gefahren und jetzt in den »Cascades« angekommen, diesem zweiten Gebirgszug, den die Züge auf dem Weg nach Westen durchqueren mussten. Wieder verliefen die Gleise in engen Tälern, in dichten Wäldern und an steilen Hängen. Dann schließlich fuhr er in einen Tunnel ein, der durch das Bergmassiv führte. Corbyn spürte, dass er jetzt handeln musste. Denn schon bald würden die Jamestown-Detektive in seinen Wagen kommen, würden ihn und seine beiden großen Koffer sehen und ihn ansprechen. Dieses Risiko konnte er nicht eingehen. Er sah seine Chance. Das Licht im Wagen flackerte, niemand beobachtete ihn. Er riss das Fenster herunter und schob die Koffer über den Fenstersims aus dem Zug in die Dunkelheit des Tunnels. Er hörte einen dumpfen Aufprall, der Zug fuhr weiter und ließ sie allein im Tunnel zurück, ohne dass die Detektive etwas mitbekamen.

Endlich erreichten sie Wellington – ein weiteres kleines Nest inmitten einer weiten, schneebedeckten Berglandschaft. Das Wetter hatte hier oben in den Bergen auf der anderen Seite des Passes umgeschlagen. Die Sicht nahm rapide ab, ein Schneesturm tobte bis in die Täler. Es war klar, dass sie auf dieser Strecke nicht mehr weiterkommen würden. Der Zug kam am Bahnhof Wellington zum Stehen.

Corbyn stieg aus dem Wagen in die eisige Februarkälte. Er machte sich auf den Weg im Schutz der Wagen des langen Zuges. Dann schlüpfte er unbemerkt durch das Tunnelportal und arbeitete sich schnell durch den Schacht zurück zu der Stelle, an der er seine Koffer aus dem Zug geworfen hatte. Er fand sie immer noch dort, wo er sie aus dem Zug gestoßen hatte. Sie waren schwere Überseekoffer, aus robustem Leder und mit Beschlägen aus Metall. Sie hatten den Aufprall aus dem fahrenden Zug unbeschadet überstanden. Erleichtert schob Corbyn sie in einen Seitentunnel und außer Sichtweite. Von einem Steinhaufen am Rand des Seitentunnels packte er einige dicke Brocken auf die beiden großen Koffer. Das anstrengende Aufschichten der Steine brachte ihn in der Eiseskälte ins Schwitzen.

Trotzdem rückte Corbyn durch den langen Tunnel zurück zum Zug vor, der inmitten des Schneegestöbers nicht weiterfahren konnte. Nur wenige Minuten später saß Corbyn wieder auf seinem Sitz und ließ sich in das weiche Polster zurücksinken. Er hatte es geschafft und die Koffer versteckt. Jetzt konnten sie ihm nichts anhaben, die Detektive, denn sie würden nichts bei ihm finden. Die Stunden vergingen, ohne, dass der Zug weiterfahren konnte. Draußen schien das Wetter umzuschlagen, es schien wärmer zu werden. Gleichzeitig hörte der Schneesturm auf. Corbyn fragte sich, was die Detektive machten, und ob sie ihn bald vernehmen würden.

Doch dazu sollte es nicht mehr kommen. Gerade, als Corbyn aus dem Fenster spähen wollte, ruckte der Zug plötzlich zur Seite und warf ihn aus dem Sitz auf den Boden. Er hörte noch, wie Glocken zu läuten begannen und das Geräusch von knarrendem Metall die Luft erfüllte. Corbyn zog sich hoch und schaute aus dem Fenster. Da sah er die riesige Schneewand, die den Berg hinunter auf sie zustürzte. »Eine Lawine«, durchzuckte es ihn, »eine Lawine, die nichts und niemand aufhalten kann.« Der Zug wurde von den Schneemassen erfasst. Die Wucht der Wand, die auf die Wagen aufprallte, warf den Zug aus den Schienen und ließ ihn den Berghang hinunterstürzen. Corbyn versuchte, aufzustehen, aber es war vergeblich. Der Zug rollte, und er konnte das Geräusch von Metall auf Metall hören, als sie den Berg hinunterstürzten. Er wurde von einem Ende des Waggons zum anderen geschleudert, und Dunkelheit schloss sich um ihn. Der Aufprall hatte ihn bewusstlos gemacht.

Als er wieder zu sich kam, war er unter einem Haufen Schnee und Geröll begraben. Er konnte sich kaum bewegen, aber es gelang ihm, unter den Trümmern hervorzukriechen. Es bot sich ihm ein Bild der Verwüstung: Waggons waren über den Berghang verstreut, und überall lagen Leichen. Ihm war schlecht, von dem taumelnden Waggon, aber auch dem Aufprall und jetzt dem grausigen Bild, das sich vor ihm ausbreitete. Nicht nur sein Zug war durch die Luft geschleudert worden und den Berghang hinabgestürzt, auch die Wagen zweier weiterer Züge, die im Bahnhof von Wellington Schutz gesucht hatten, waren von der Lawine erfasst worden.

Corbyn stolperte durch den Schnee und wusste, dass die Zahl der Todesopfer katastrophal sein würde. Als er ziellos durch den Schnee irrte und versuchte, sich in Sicherheit zu bringen, hörte er eine Stimme, die nach ihm rief. Es war eine Frau, und sie musste verletzt sein. Er erkannte sie aus dem Zug – eine schöne, ausgeglichene Frau, die im selben Waggon, wie er gesessen hatte. Nun war sie unter einem großen Metallstück eingeklemmt, und Corbyn wusste, dass er ihr helfen musste. Er packte an und kämpfte mit aller Kraft, um sie aus dem Wrack zu befreien, und benutzte seine bloßen Hände, um das schwere Metall von ihr hochzuheben. Es war ein zermürbender Prozess, aber schließlich gelang es ihm und die Frau kam frei.

Er hob sie auf seine Arme und trug sie durch den Schnee, obwohl er selbst erschöpft war. Es wurde dunkel, noch dazu zog Nebel auf, was es fast unmöglich machte, etwas zu sehen, aber sie gingen weiter.

Als sie durch die einsetzende Dunkelheit stolperten, wurde Corbyn klar, dass er sich selten so lebendig gefühlt hatte. Das mutete seltsam an, angesichts einer solchen Katastrophe wie an diesem Tag in Wellington. Doch er hatte sein ganzes Leben auf der falschen Seite des Gesetzes verbracht und mit seinem Verstand und seinen Fäusten gelebt. In diesem Moment aber wusste er, dass er etwas Gutes getan hatte. Er hatte ein Leben gerettet. Trotz der Kälte, der Erschöpfung und der Schmerzen, die seine Verletzungen verursachten, fühlte er Zielstrebigkeit.

Die Frau in seinen Armen rührte sich, und mit klappernden Zähnen sprach sie. »Ich danke dir. Du hast mir das Leben gerettet.«

Corbyn lächelte. »Ich tue nur das, was jeder in dieser Situation tun würde«, erwiderte er, aber selbst als er die Worte aussprach, wusste er, dass es nicht stimmte. Er hatte die meiste Zeit seines Lebens damit verbracht, im besten Fall auf sich selbst aufzupassen, in den schlechteren Fällen, andere auszunehmen. Sie stolperten durch die Dunkelheit, bis sie auf eine kleine Hütte im Wald stießen. Es war nicht viel mehr als eine Bretterbude, aus rohen Holzstämmen gezimmert. Aber sie war stabil und bot ihnen Schutz. Corbyn stieß die Tür auf und trat ein. Er legte die Frau behutsam auf ein Bett und ließ sich dann auf den Boden fallen, wobei sein ganzer Körper von der Anstrengung, sie durch den Schnee zu tragen, schmerzte.

Ein paar Augenblicke lang lagen sie schweigend da, das einzige Geräusch war das Knistern des Feuers, das Corbyn im Ofen entzündet hatte. »Ich weiß nicht einmal Deinen Namen«, sagte die Frau und brach das Schweigen.

Er räusperte sich. »Ich heiße Corbyn«, sagte er. »Und wer mögen Sie sein?«

Die Frau lächelte und stellte sich als Emma vor. Eine leichte Röte kroch über ihre Wangen, als sie sprach, ihre Stimme war tief und fest. Corbyn wunderte sich, dass ihn dieser Augenblick so ergriff, gerade angesichts seiner eigenen Notlage als Dieb auf der Flucht. Er sah ihr in die Augen und spürte, wie sich etwas in ihm regte, eine Wärme, die er so seit vielen Jahren nicht mehr gefühlt hatte. Sie lächelte ihn an, ihre Lippen waren leicht geöffnet, und es schien, als wäre die Zeit in diesem Moment stehen geblieben. Es war fast zu schön, um wahr zu sein – hier rettete er ein unschuldiges Leben vor dem sicheren Tod im eisigen Schnee, und gleichzeitig fühlte er sich lebendiger als je zuvor, als er diesem Mädchen mit den bezaubernden Augen gegenüberstand.

Plötzlich wurde ihm klar, dass es gefährlich für sie beide sein musste, länger in dieser Hütte zu bleiben. Schließlich wusste er genau, dass es da draußen Männer geben musste, die unerbittlich Jagd auf ihn machten. Corbyn rang sich dazu durch, Emma und die Hütte zu verlassen. Er gab ihr einige Münzen für Vorräte ab, fand tröstende Worte und machte sich auf den Weg aus der Hütte. Dabei versprach er sich, eines Tages nach Emma zu suchen. Als er die Hütte verlassen hatte und durch den Wald zwischen Nebelschwaden und Schneewehen zurück in den Ort gekommen war, starrte er schockiert auf die Zerstörung vor ihm. Das einst geschäftige Örtchen Wellington bestand fast nur noch aus Schutt und Trümmern, alles andere hatte die Lawine verschlungen, die niemand hatte kommen sehen. Er betrachtete die Szene schweigend, beeindruckt von der Kraft der Natur und der Erkenntnis, wie knapp er selbst dem Tod entronnen war.

Corbyn spürte, dass es ihn traurig machte, als er an jene denken musste, die an diesem Tag ihr Leben verloren hatten. Aber er konnte nicht lange in diesem Zustand verharren – er wusste, wenn er nicht weiterging, würden die Jamestown-Detektive ihn sicher irgendwann einholen. Er atmete tief durch, zwang sich, einen Fuß vor den anderen zu setzen, und stapfte durch das, was von Wellington übrig geblieben war.

Dort fand er Zuflucht in einer alten, verlassenen Scheune, wo er sich eine Nacht ausruhen und seinen nächsten Schritt planen konnte. Nachdem er sein Lager in der Scheune aufgeschlagen hatte, schätzte Corbyn seine Lage ein – sein Geld ging zur Neige, und er brauchte dringend Vorräte, wenn er hier draußen allein überleben wollte, vor allem jetzt im eiskalten Winter. Er ging das Risiko ein und beschloss, sich auf der Suche nach Arbeit und Vorräten in die nächstgelegene Stadt zu begeben.

❄

Corbyn machte sich am nächsten Morgen früh auf den Weg und achtete darauf, die Hauptstraßen, die in die Stadt führten, zu meiden, um nicht von unliebsamen Blicken getroffen zu werden. Nach einigen Stunden Fußmarsch erreichte er sein Ziel – eine alte Bergbaustadt namens Montrose – gerade als die Dämmerung einsetzte. Corbyn nutzte das schwindende Licht, um unbemerkt in die Stadt zu gelangen, und suchte nach Möglichkeiten, Geld zu verdienen, um sich Vorräte kaufen zu können.

Obwohl Montrose ziemlich heruntergekommen schien, dauerte es nicht lange, bis Corbyn ein paar Gelegenheitsjobs fand, um Geld zu verdienen. Als Hilfs-Handwerker, provisorischer Zimmermann und schließlich als Tellerwäscher schaffte er es, genug Geld zusammenzukratzen, um Essen, Kleidung und Medikamente für sich zu kaufen – Dinge, die er sich seit Tagen nicht mehr leisten konnte.

Schon bald gewöhnte er sich an eine Routine: Tagsüber arbeitete er, die Nächte verbrachte er in billigen Unterkünften oder versteckte sich in Gassen und versuchte, nicht aufzufallen. Obwohl seine Situation alles andere als ideal war, fand Corbyn Trost in der Tatsache, dass er sich einige Wochen lang verstecken konnte, ohne befürchten zu müssen, von den Jamestown-Detektiven entdeckt zu werden, die ihm inzwischen sicher auf der Spur waren.

Mit der Zeit fühlte sich Corbyn in Montrose wohler; langsam aber sicher wurde er eins mit den Menschen und gewann ihr Vertrauen. Trotzdem fragte er sich häufig, was aus Emma geworden war, der Frau, die er aus dem Wrack des Zuges gerettet hatte.

Eines Tages hörte William Corbyn, der nun schon drei Wochen in Montrose war, die Feuerglocke des Ortes läuten. Er war gerade beim Tellerwaschen im Saloon - denn er konnte jeden Cent gebrauchen. Er trat vor die Tür und sah das Unglück direkt vor sich: Schwarze Rauchwolken stiegen im Zentrum auf. Corbyn hatte viel über das International Hotel gehört. Es sollte ein luxuriöses Etablissement sein, das auf einem kleinen Hügel im Zentrum der Stadt gebaut wurde, zu einer Zeit, als die Minenstadt noch blühte. Die Flammen griffen bereits auf weite Teile des Gebäudes über, und es war offensichtlich, dass die Menschen im Gebäude großer Gefahr ausgesetzt waren - es schien, als wäre alle Hoffnung für die Eingeschlossenen verloren. William stand da und beobachtete das Grauen vor seinen Augen, als etwas in ihm aufkeimte. Er konnte es nicht genau benennen, aber er wusste, dass er handeln musste - diese Menschen waren auf ihn angewiesen; sie brauchten Hilfe und vielleicht gab es noch Zeit, sie zu retten... aber wie? Er konnte doch nicht einfach in ein brennendes Gebäude rennen!

Mit neuer Entschlossenheit lief William Corbyn auf den Leiter der Feuerwehr zu und erklärte ihm, was er tun wollte - in das brennende Hotel eindringen und alle Überlebenden retten, die sich noch darin befanden. Der Chef sah ihn an, als wäre er verrückt, zuckte aber mit den Schultern, reichte William zwei dicke Decken und sagte ihm, er solle keine Dummheiten machen.

William atmete tief durch und machte sich mit je einer Decke unter dem Arm auf den Weg zum Brandherd. Sobald er jedoch näher kam, verließ ihn der Gedanke, denn die Angst nahm überhand - die Hitze eines solchen Infernos war immens. Er konzentrierte sich so sehr darauf, sich nicht zu verbrennen oder zu überhitzen, dass er gar nicht bemerkte, dass die Türen aller Zimmer im Hotel aufgerissen waren. William nahm allen Mut zusammen, den er aufbringen konnte, und bahnte sich langsam seinen Weg durch die einzelnen Stockwerke, um nach Personen zu suchen, die er retten konnte. Er bedeckte Mund und Nase mit den Decken und wickelte sie um jeden, den er fand, um ihn so schnell wie möglich aus dem Gebäude zu führen.

Er hatte keine Ahnung, wie lange er brauchte, aber schließlich verließ er das brennende Gebäude mit einem kleinen Kind auf dem Arm unter dem Jubel der staunenden Menge. Als er keuchend dalag, wurde William klar, was er getan hatte - er hatte heute Nacht Leben gerettet und möglicherweise eine Tragödie verhindert. In diesem

Moment fühlte William Corbyn trotz der Hitze und des Rauchs um ihn herum Dankbarkeit für die Chance.

Die Bürger von Montrose wurden nur selten Zeuge von Heldentum und Mut, aber William Corbyn hatte ihnen gezeigt, was es bedeutet, im Angesicht der Gefahr selbstlos zu sein. In einer einzigen Nacht hatte er Dutzende Leben gerettet. Seine Tapferkeit rührte alle Anwesenden, und die Nachricht von seiner Leistung verbreitete sich schnell in der Stadt.

Die Zeitung von Montrose brachte einen großen Bericht über das Feuer, wobei William Corbyn im Mittelpunkt des Artikels stand. Einzelheiten über seine wundersame Rettung wurden in der Stadt verbreitet, und die Menschen erklärten ihn zu einem Helden. Er war plötzlich der Mann, der bereit war, sein eigenes Leben zu riskieren, um andere zu retten. Es war eine inspirierende Tat, die Eindruck hinterließ. Von da an war William Corbyns Name ein Synonym für Heldentum in Montrose.

Mancher hätte einen solchen Moment ausgiebig feiern wollen, nicht so William Corbyn. Als Bankräuber auf der Flucht, der er immer noch war, beunruhigte ihn die Aufmerksamkeit, die er jetzt erhielt. Er fürchtete, dass ihm zu viele Fragen gestellt würden, wer er wirklich war und was er zu tun gedachte.

Deshalb fasste er den Entschluss, Montrose den Rücken zu kehren. Sein ganzes Leben lang - und alle seine Entscheidungen - ging es darum, sich in Sicherheit zu bringen, sich aus Schwierigkeiten herauszuhalten und andere übers Ohr zu hauen. Und jetzt war er ein Held? Eine ganze Stadt sah ihm dabei zu? Er musste in der Nacht verschwinden. Nachdem er sich von einigen wenigen Vertrauten verabschiedet hatte, die er in den vergangenen Wochen in Montrose kennengelernt hatte, machte sich Corbyn auf den Weg zurück. Er wollte nach Wellington, dem Ort des

Lawinenunglücks, aber auch dem Ort, wo der Tunnel aus dem Berg kam - und der Ort, wo er hoffte, auf Emma zu treffen.

Bei jedem Schritt musste er jedoch daran denken, was passiert war – die Leute nannten ihn einen Helden ... aber er war keiner, zumindest nicht wirklich. Er hatte ein Verbrechen begangen, und es war nur ein Glücksfall, dass noch niemand davon erfahren hatte; aber wenn doch ... was würde dann passieren? Egal, wie sehr William versuchte, diese Gedanken zu verdrängen, sie kamen immer wieder zurück – und überwältigten seinen Verstand mit Schuldgefühlen, weil er so egoistische Dinge getan hatte, um zu überleben. Er wollte nicht mehr vor sich selbst oder vor dem, was er getan hatte, davonlaufen.

William Corbyn ahnte nicht, dass diese Reise schwieriger werden würde, als er erwartet hatte. Trotz des unwegsamen Geländes war er fest entschlossen, sein Ziel zu erreichen, und überquerte auf der Suche tückische Bergpfade durch das Tal und darüber hinaus. Trotz der immer kälter werdenden Temperaturen und der wilden Winde, die ihn auf seinem Weg behinderten, hielt er durch – nichts konnte ihn von seiner Entschlossenheit abbringen.

Zunächst schien alles ruhig zu sein, als er den Bergpass hinaufstieg – doch schon bald wendete sich das Blatt, als dunkle Wolken aufzogen und stürmische Winde über den Kamm pfiffen. Plötzlich hörte er in der Ferne ein leises Grollen, das mit jedem Schritt lauter wurde, bis eine Lawine aus dem Nichts herabstürzte und ihn vollständig unter einem Schneehügel begrub. Nachdem er sich mühselig aus dem Schneehaufen befreit hatte, flüchtete sich Corbyn rasch hinter einen nahe gelegenen Felsblock, bevor noch mehr Schnee über ihn herabstürzte. Die Lawine hatte ihn überrascht – obwohl er dankbar war, dass er wieder unversehrt geblieben war, wurde Corbyn daran erinnert, wie gefährlich das Leben in diesen Bergen in harschen Wintern sein konnte.

Corbyn nahm sich einen Moment Zeit, um zu Atem zu kommen und spähte hinter dem Felsbrocken hervor. Er überblickte die Verwüstung um ihn herum, während der Schnee weiterhin unerbittlich vom Himmel fiel. Er wusste, dass er Glück gehabt hatte, mit dem Leben davonzukommen. Gleichzeitig ahnte er, dass er schnell handeln musste – der Schneefall wurde immer heftiger, und er musste Schutz finden, bevor es zu spät war. Er drehte seinen Kopf erst in die eine, dann in die andere Richtung und suchte verzweifelt nach einem sicheren Ort.

Er beschloss, etwas ins Tal hinabzusteigen, dort, wo er vor der Lawine noch einen weiteren Weg gesehen hatte. In diesem Moment bemerkte er eine Hütte in der Ferne, in der Licht brannte. Als er näher kam, sah er einen Schornstein, aus dem Rauchwolken in das Schneetreiben stiegen. Doch als er die Hütte erreichte, stockte sein Atem. Es war die kleine Hütte, in der er Emma zurückgelassen hatte. Vorsichtig näherte er sich.

❄

Die Hütte wirkte, als hätte sie schon sehr lange Zeiten überdauert. Ihre Wände aus grob behauenen Balken ächzten leise im eisigen Wind, der Schnee bedeckte das Dach bis zum Rand. Die Lawine, die Wochen zuvor niedergegangen war, hatte dem Ort nachhaltig zugesetzt. Nur wenige Spuren des Lebens gab es noch zu sehen, in diesem einst so geschäftigen Eisenbahnerstädtchen an Tunnel und Pass. Doch in dieser Stille fand die Geschichte von Corbyn, Emma und dem Detektiv ihre düstere Kulisse.

Denn im Inneren der Hütte verharrten Emma und der Jamestown-Detektiv, der die Jagd nach Corbyn unerbittlich vorantrieb. Seine eisblauen Augen glänzten im spärlichen Licht der Kerzen. Die Zeit hatte Spuren auf seinem wettergegerbten Gesicht hinterlassen, ein Zeugnis seiner unermüdlichen Suche. Die Atemluft gefror beinahe, als Corbyn sich durch den Schneesturm kämpfte, seine Gestalt vom Wind gebeugt. Seine Schritte waren bestimmt, der Blick fest auf die Hütte gerichtet. Der Schnee wirbelte um ihn herum, doch er konnte nicht aufgehalten werden.

Leise pirschte er sich heran und spähte durchs Fenster. Dort sah er Emma, gefesselt und bleich. Die scharfen Worte des Detektivs durchbrachen die scheinbar friedliche Stille. »Wo ist er, Emma?« Sie hob den Blick, ihre Augen voller Entschlossenheit, und schwieg doch.

Der Detektiv spürte, dass der Druck der Zeit auf ihm lastete, und die Kälte, die die Berge umklammerte, schien ihn zur Eile zu drängen. Er holte eine vergilbte Fotografie hervor und zeigte sie Emma. »Sagen Sie mir, dass er hier ist. Ich werde ihn finden, mit oder ohne Ihre Hilfe.« Emma blieb stumm, doch ihr Blick sprach Bände.

Plötzlich, wie ein Schatten aus der eisigen Nacht, öffnete Corbyn die Tür und trat aus dem Dunkel. Sein Blick war fest und kalt wie Stahl. »Das wird nicht geschehen.« Der Detektiv wandte sich blitzschnell um, seine Hand schnellte vor und traf Corbyn mit einem gezielten Schlag. Doch Corbyn wich geschickt aus, sein Körper machte eine fließende Bewegung.

In der gedämpften Stille der Hütte hallten die Atemzüge der Männer wider, während sie sich mit Schlägen und geschickten Ausweichmanövern duellierten. Jeder Zug schien kalkuliert, jeder Griff gezielt. Der eisige Hauch des Schneesturms draußen drängte durch die Ritzen, als würden die Elemente selbst Zeuge dieses Kampfes.

Der Jamestown-Detektiv bewegte sich geschickt, seine Erfahrung und Härte zeigten sich in jedem Hieb. Seine

Muskeln spannten sich bei jedem Angriff, seine Augen verrieten eine jahrelange Jagd nach Verbrechern. Corbyn seinerseits wich geschmeidig aus, konzentrierte sich auf Verteidigung, suchte nach einer Öffnung im scheinbar undurchdringlichen Angriff des Detektivs. Denn er wusste, dass er als Straßengangster dem Mann im Kampf unterlegen war.

Für einen Moment schien es deshalb auch, als hätte der Detektiv die Oberhand gewonnen. Ein fester Schlag traf Corbyn, ließ ihn taumeln. Doch der Schnee, der draußen peitschte, schien ihn zu ermutigen, seine Kräfte zu sammeln und sich erneut dem Kampf zu stellen.

Der Raum wurde zum Schauplatz eines brutalen Duells. Schließlich gelang es Corbyn in einem entscheidenden Moment, eine Lücke in der Verteidigung des Detektivs zu finden. Mit einem blitzschnellen Angriff überraschte er ihn und brachte ihn aus dem Gleichgewicht. Der Detektiv taumelte rückwärts.

Erst gelang es Corbyn, aus der engen Hütte zu kommen, doch der Detektiv stürzte ihm hinterher. Die beiden Männer traten vor der alten Hütte wie Jäger im Schnee auf, der um sie herum wirbelte. Der Kampf fand nun in der Wildnis der Rocky Mountains statt. Die Männer rangen um ihr Schicksal. Die Kälte des Schneesturms biss in ihre Haut, die Luft war erfüllt vom Jaulen des Windes. Der Schlagabtausch nahm eine neue Intensität an. Jeder Muskel war gespannt, jede Bewegung präzise.

Doch plötzlich, in einem kritischen Augenblick, verlor der Detektiv den Halt auf einem gefrorenen Felsbrocken. Sein Körper wirbelte durch die Luft, ehe er mit einem dumpfen Aufprall im Schnee landete. Er kam ins Rutschen, griff um sich, schrie auf, konnte sein Abrutschen aber nicht aufhalten. Mit einem markerschütternden Schrei stürzte er den Hang hinab, über eine Klippe hinweg ins Tal. Sein

Körper wirbelte durch die Luft, bis er schließlich in einem dumpfen Aufprall zum Liegen kam.

Emma, die in der Tür stand, konnte es kaum fassen. Ihr Atem stand still, als sie sah, wie Corbyn den Kampf für sich entschieden hatte. Die Natur um sie herum schien zu verstummen.

»Ich wusste, du würdest zurückkommen«, flüsterte sie, ihre Stimme voller Vertrauen. Corbyn lächelte.

»Ich musste zurückkommen, Emma.«

Gemeinsam traten sie in die Hütte. Der Holzofen glimmte immer noch und verbreitete Wärme. Sie nahmen auf den alten Stühlen Platz, und Corbyn begann zu erzählen.

»Emma, ich muss dir die Wahrheit sagen.«

»Ich habe es schon von diesem Detektiv erfahren«, entgegnete sie.

»Ja, es stimmt. Ich bin ein Bankräuber auf der Flucht. Die Beute, die ich gemacht habe, ist in dem Tunnel versteckt, nicht weit von hier. Dort oben, am Stevens Pass. Das ist der Grund, warum dieser Mann hinter mir her war.«

Emma starrte ihn an. »Ein Bankräuber? Ich kann es wirklich kaum glauben.« Corbyn seufzte schwer. »Es tut mir leid, Emma. Ich hätte dir das früher sagen sollen. Aber ich wollte dich nicht in Gefahr bringen. Deshalb bin ich damals so schnell davongelaufen.«

Emma griff nach seiner Hand, ihre Finger fanden Halt in seinen. »Warum hast du das getan, Corbyn?«

Die Dunkelheit der Vergangenheit lastete schwer auf ihm. Er versuchte, Emma von dem armseligen Leben der Einwanderer zu berichten, die sich in ihrer neuen Heimat eine Zukunft aufbauen wollten, und es mit den Gelegenheitsjobs die sie bekommen konnten, doch nicht schafften. Er berichtete ihr von den verzweifelten Umständen, die ihn dazu getrieben hatten, den Raub durchzuführen, dann aber der Gefahr, der er jetzt ausgesetzt war, und der Hoffnung, die er in dieser Berggegend gefunden hatte. Langsam begann Emmas Skepsis zu schwinden, als sie die Wahrheit in Corbyns Augen sah, tief verborgen hinter der Fassade des Verbrechens. »Ich glaube dir«, flüsterte sie schließlich. »Wir werden einen Weg finden, damit umzugehen. Gemeinsam.«

Die Last, die Corbyn mit sich getragen hatte, schien in diesem Moment für ihn leichter zu werden. Gemeinsam würden sie einen Ausweg finden. Im Laufe der Nacht gab es keine Anzeichen dafür, dass der Schneesturm draußen nachlassen würde. Also beschlossen sie, zu versuchen, etwas Schlaf zu bekommen. Als sie sich aneinander kuschelten, spürte Corbyn wieder diese tiefe Wärme in sich, die von Emma auf ihn überzugehen schien. Zum ersten Mal seit langer Zeit hatte Corbyn das Gefühl, einen Grund zu haben, weiterzukämpfen. Er hatte jemanden, für den er kämpfen konnte.

Am nächsten Morgen hatte sich der Sturm gelegt. Als die Sonne sich zaghaft über den verschneiten Gipfeln der Rocky Mountains erhob, saßen Corbyn und Emma am Tisch in der Hütte. Die Luft war klar und kalt, die Stille umgab sie. »Corbyn, wir müssen hier weg«, sagte Emma. »Du wirst immer noch gesucht und der Detektiv, der verschwunden ist, wird irgendwann vermisst werden. Diese Berge tragen zu viele Erinnerungen. Wir brauchen einen Neuanfang.«

Corbyn nickte bedächtig, seine Augen suchten die ihren. »Du hast recht, Emma. Hier gibt es zu viele Schatten, die uns verfolgen. Kalifornien könnte unser Weg sein, ein Ort, an dem wir unsere Vergangenheit hinter uns lassen können. Wenn du bereit bist, mit mir dorthin zu gehen.«

Emma atmete tief durch, ihre Finger umklammerten

die Tasse in ihren Händen. »Ich glaube, das bin ich. Dort können wir ein einfaches Leben führen, fernab von den Gefahren und der Dunkelheit, die hier auf uns lasten.« Die Worte zwischen ihnen hatten Gewicht, waren wie ein Pakt. Corbyn lehnte sich leicht vor, sein Blick fest auf Emma gerichtet. »Gemeinsam können wir das schaffen, Emma. Wir werden einen Weg finden.« Emma lächelte, ein Hauch von Zuversicht in ihren Augen.

Und so beschlossen Emma und William, ihren Weg nach Kalifornien anzutreten, die Vergangenheit hinter sich zu lassen und in eine Zukunft zu blicken, die unbeschrieben war. Es war ihr gemeinsamer Plan. Sie würden gehen, Seite an Seite. Emma und Corbyn schafften es, sich durch die Berge bis Skyomish durchzuschlagen, wo die Züge der Great Northern Railroad wieder verkehrten. Sie nahmen den nächsten Zug nach Seattle, wo sie aber sofort umstiegen – nach Süden, in Richtung Kalifornien.

Jahre später kamen Gerüchte auf, dass ein Mann in dem Zug ein Vermögen in den beiden Koffern transportiert hatte und in die Lawine geraten war. Für die Jamestown-Detektiv-Agentur war es einer der wenigen ungelösten Fälle und das, obwohl der Fall Corbyn zu einer Obsession für sie geworden war. Die unermüdliche Suche nach dem flüchtigen Bankräuber führte sie durch die entlegensten Ecken der Rocky Mountains. Und doch blieb die Jagd nach ihm und der Beute ergebnislos. Und auch wenn die Jamestowns wie Schatten waren, die Corbyn anfangs noch unablässig verfolgten, verblasste die Bedrohung mit den Jahren, die er unbehelligt mit seiner späteren Frau in Kalifornien lebte. Corbyn und Emma kehrten nie wieder in diesen Teil der Berge zurück. Sie überließen den Schatz sich selbst, denn sie schafften es, gemeinsam ihr Glück zu finden.

Trotz zahlreicher Versuche von Abenteurern und Schatzsuchern, die der Legende nachgingen, ist es niemandem gelungen, die Geheimnisse zu lüften, die unter diesem Berg am Stevens Pass begraben liegen könnten, dort, wo sich im Februar 1910 die furchtbare Lawinenkatastrophe ereignet hatte. Bis heute bleibt es ein ungelöstes Rätsel.

❄

KAPITEL 1

Erik in Kanada

Edmonton, Alberta, heute

Die Schneeflocken, die vom Himmel fielen, blieben an den Fenstern haften. Der Frost war streng in diesem Jahr, wieder einmal, bis ins Frühjahr hinein. Doch Erik hätte im Inneren nicht mehr Wärme fühlen können. Es war drei Monate her, dass er Deutschland verlassen hatte. Nun nahm sein neues Leben in Edmonton langsam Gestalt an. Der nachdenkliche Magazinjournalist, der die Welt auf seinen Reisen akribisch dokumentiert hatte, saß nun an einem Schreibtisch in einer Redaktion in Edmonton. Er blickte auf die leere Seite auf seinem Bildschirm. Es war Ende März, aber die Kälte hatte noch nicht nachgelassen.

»Oh, Kanada«, murmelte Erik und erinnerte sich an seine ersten Eindrücke von diesem Land, während er an seinem Kaffee nippte. Das war an der Grenze gewesen, auf dem Weg von Minneapolis nach Winnipeg, wo er den Reisebus verlassen musste und ins Gebäude der Grenzpolizei gerufen worden war. Erik schaudert sich heute noch, wenn er an die Grenzbeamtin zurückdenkt, die ihn mit ihren bohrenden Fragen löcherte. Er hatte ihr versucht zu erklären, dass er sich auf einer Rundreise befand: In den USA war er mit dem Zug von Seattle nach Minneapolis gefahren, in Kanada setzte er die Reise fort, zurück an die Westküste. Nach einer langen Befragung durfte er endlich zurück in den Bus und konnte die Reise fortsetzen. Aber in Wahrheit war er furchtbar einsam gewesen. Das war der Tiefpunkt, bevor er nach einem Zwischenstopp in Winnipeg und Edmonton nach Jasper gekommen war. Dort hatte er Amelia kennengelernt und sich verliebt – unsterblich, wie man sagen könnte.

Sein Wechsel von der Redaktion des Magazins in Hamburg zur kanadischen Lokalzeitung war überraschend nahtlos verlaufen. Vor einem halben Jahr hatte er noch versucht, das strauchelnde Magazin als Blattmacher am Leben zu halten. Er suchte Themen aus, plante und redigierte von morgens früh bis abends spät und war immer unglücklicher dabei geworden. Jetzt tat er wieder das, was er an seinem Job früher so geliebt hatte: Er recherchierte und schrieb. Dass er diese Stelle bekommen hatte, nach nur wenigen Wochen als freier Mitarbeiter, war ein sehr glücklicher Zufall gewesen, war zum Teil aber auch seinem Einfallsreichtum und seiner Anpassungsfähigkeit zu verdanken. Denn Erik hatte einige interessante Lokalgeschichten geschrieben, mit denen er sich bewiesen hatte, dass er immer noch schreiben konnten - und die den Chefredakteur beeindruckt hatten. Wobei er noch einige offene Fragen mit der Einwanderungsbehörde zu klären hatte. Und Erik wusste, seit seiner Begegnung mit der kanadischen Grenzpolizei, dass man die Offiziellen hier besser sehr ernst nahm. Aber fürs Erste hatte er einen Job – damit war vor drei Monaten nicht zu rechnen gewesen.

»Hey, Erik«, rief Dave, sein Kollege von der anderen

Seite des Raumes. »Hast du irgendwelche Ideen für die Kolumne dieser Woche?«

Erik schaute auf, sein Blick wanderte vom Bildschirm des Redaktionssystems zum Schnee, der sich draußen auftürmte. »Ich denke über die Auswirkungen des Klimawandels auf die kanadische Wirtschaft nach«, antwortete er. Dann erinnerte er sich, wie ihn die Weite der kanadischen Prärie anfangs ergriffen hatte: Die endlosen Felder, die Städte, die erst nach vielen Meilen auftauchten, die schnurgeraden Straßen und Schienen, das vermittelte ihm ein Gefühl der Freiheit.

»Hört sich gut an«, sagte Dave und gab ihm einen Daumen hoch, bevor er sich wieder seiner eigenen Arbeit zuwandte.

Erik widmete sich wieder seinem Artikel, und seine Finger sprangen jetzt über die Tastatur, während die Worte auf die Seite flossen. Aus der weißen Leinwand auf dem Schirm wurde rasch ein gut gefülltes Dokument. Er erinnerte sich an die Freude, als er in Edmonton angekommen war, um Amelia wiederzusehen und ihr beizustehen. Er erinnerte sich aber auch an die Angst, die er bei seiner Ankunft empfunden hatte. Klammheimlich war er sich gar nicht sicher gewesen, ob er sich in einer Stadt zurechtfinden würde, die so anders war als sein Zuhause. Natürlich nagte der Verlust seines Jobs in Hamburg tief an ihm. Zwar hatte er eine hübsche Summe als Abfindung für seine langjährige Tätigkeit erhalten, Eriks Bankkonto war um viele zehntausend Euro mehr gefüllt. Das hatte Anwalt Peter für ihn knallhart ausgehandelt. Und vor allem hatte er sich klar für ein Leben mit Amelia entschieden. Aber bei einem Menschen wie Erik, der versuchte, zielstrebig zu sein, spielte die Frage nach seiner Beschäftigung doch eine große Rolle. Was wusste er denn damals, ob er überhaupt in Kanada noch einmal als Journalist arbeiten könnte? Ob er die

Sprache souverän in seinen Texten verwenden könnte? Doch mit der Zeit hatte er viele kleine Dinge zu schätzen gelernt, die das Leben hier einzigartig machten – die vibrierende Energie der Eishockeyspiele, das interessante und lebendige Viertel, in dem Amelia lebte und die endlosen Prärie, die an die Rocky Mountains grenzte. Noch dazu klappte es auch mit dem Englischen und mit dem Schreiben erstaunlich gut.

Während er tippte, konnte Erik nicht umhin, an die Frau zu denken, für die sich dieser Umzug gelohnt hatte. Amelia – seine Liebe, seine Inspiration. Sie war der Grund, warum er die vertraute Umgebung in Deutschland hinter sich gelassen und das Unbekannte in Kanada angenommen hatte. Nun ja, es war nicht sie alleine gewesen. Erik hatte gespürt, dass er mit seinem Leben in Deutschland in vielerlei Hinsicht in einer Sackgasse gelandet war. Das lag an seinem Job, der ihn nicht mehr erfüllte. Das Magazin, für das er jahrelang tätig war, konnte sich kaum noch über Wasser halten. Der bedrückende Sparkurs hatte die Redaktion geschwächt, die Auflage war kontinuierlich abgeschmolzen. Dann war da auch noch die Liebesbeziehung zu einer Kollegin, die erst stürmisch begonnen und dann unglücklich zu Ende gegangen war. Doch eigentlich war diese Melancholie der Schnee von gestern – während Amelia und Erik gemeinsames Leben aufbauten, konnte er sich keine perfektere Partnerin vorstellen.

»Hey, Erik«, rief Dave wieder und unterbrach seine Gedanken. »Gehst du heute Abend zur Mitarbeiterparty? Sie ist in der neuen Kneipe die Straße runter.«

Erik lächelte und dachte einen Moment über die Einladung nach. Die Aussicht auf einen gemütlichen Abend mit Amelia zu Hause war verlockend. Andererseits war er neu hier und dankbar für die Chance, in dieser Redaktion arbeiten zu können. Da war es natürlich besser, sich auf der

Mitarbeiterparty blicken zu lassen, um den Kontakt zu seinen Kollegen zu vertiefen. »Na klar«, sagte Erik fröhlich. Und obwohl er sich gar nicht so sicher war, fügte er hinzu: »Selbstverständlich bin ich mit dabei.«

Als Erik weiterschrieb, wusste er, dass er die richtige Entscheidung getroffen hatte – nicht nur, was die Mitarbeiterparty anging, sondern auch, was seinen Lebensweg betraf. Indem er sich auf das vor ihm liegende Abenteuer in Kanada einließ, hatte er eine Liebe entdeckt, die tiefer und erfüllender war, als er es sich je hätte vorstellen können. Und mit jedem Tag, der verging, stellte Erik fest, dass er nicht vor etwas weglief, sondern mit offenen Armen und offenem Herzen in die Zukunft lief.

❄

Dave grinste, als Erik vom bevorstehenden Abend sprach. »Dann sollten wir uns mal auf den Weg machen«, sagte Dave. Kurze Zeit später betraten sie die frisch renovierte neue Kneipe. Der Raum war hell erleuchtet und voller Stimmengewirr. An einem Ende des Saals stand eine große Bar mit Drehstühlen, die massiven Holztische bildeten das Zentrum des Raums und schlossen sich an Wände von Bergen von Flaschen verschiedener Spirituosen an. Ein paar Tische am anderen Ende waren bereits besetzt. Die Kollegen drängten sich um zwei Tische und winkten Erik hinüber.

Dave stellte Erik einige der anderen Angestellten vor. Billy, ein kleiner Reporter mit Witz und Charme, erzählte gerade eine lustige Anekdote über seine Erfahrungen im Stadtrat von Edmonton. Er hatte Wind bekommen von einer Liebesaffäre zwischen den Abgeordneten zweier verfeindeter Parteien. Gerade die beiden waren auf Sitzungen regelmäßig aufeinander losgegangen. Natürlich hatte er sie beide darauf angesprochen - doch was sollten sie tun? »Erst haben sie es geleugnet. Aber dann haben sie mich mit Drohungen überschüttet«, sagte Billy lachend, »und dem Chefredakteur einen Brief geschrieben.« Das freute Erik: Natürlich hatte sich der Chef hinter seine Mannschaft gestellt und die aufgebrachten Politiker abblitzen lassen. Ein Verhalten, dass in seinem Beruf nicht in jeder Redaktion selbstverständlich war. Eine Geschichte wurde allerdings auch nicht daraus.

Alle lachten und als er fertig war, setzte sich Dave neben ihn, um weiter zu plaudern. »Die Kneipe ist in letzter Zeit wirklich beliebt geworden«, sagte Dave. »Nicht nur bei uns, auch beim Stadtrat.« Er deutete auf eine Gruppe von Männern und Frauen mittleren Alters, die an einem der anderen Tische diskutierten. »Die Barkeeper sind sehr freundlich und es gibt manchmal auch Toffee-Popcorn für uns alle!« Erik musste lachen. »Bei uns gibt es höchstens Erdnüsse, aber Toffee-Popcorn, das muss schon ziemlich kanadisch sein.«

Sie bestellten noch eine Runde. Alle nippten an ihren Getränken und entspannten sich in der gemütlichen Atmosphäre des Pubs. Zwischendurch klang Musik aus der Jukebox, die Dave mit Münzen gefüttert hatte. Das war eine angenehme Hintergrundmusik, die gut zur Atmosphäre des Raumes passte. Da Erik schon länger nicht mehr aus gewesen war, genoss er es, hier zu sitzen und mit seinen Kollegen zu plaudern.

Ungefähr drei Stunden und viele lustige Anekdoten später beschloss Erik, sich von den anderen zu verabschieden und nach Hause zurückzukehren. Nachdem er seine Jacke angezogen hatte, begab er sich in Richtung Ausgang.

Er nahm den Bus von Downtown Edmonton nach Strathcona, wo Amelia wohnte. Die Fahrt verging rasch, als er über eine der großen Brücken fuhr, die den »Saskatchewan River« in seinem Tal überquerten. Als der Bus sein Ziel erreichte, fragte er sich, ob er nicht etwas verpasst hatte. Als er die Wohnung betrat, begrüßte ihn Amelia. Wie schön sie doch war, dachte Erik. Ihr schulterlanges braunes Haar und ihre strahlenden blaugrauen Augen zogen ihn in den Bann. Erik berichtete ihr von dem Tag in der Redaktion und der Feier in der Kneipe.

❄

Eriks Atem hing in der Luft, als er durch den Schnee stapfte und seine Stiefel unter ihm knirschten. Die beißende Kälte war ein krasser Gegensatz zu den milderen Wintern in Norddeutschland, aber Erik empfand sie als belebend, ja sogar als anregend. Er wickelte seinen Schal fester um den Hals und rückte seine Mütze zurecht.

»Mann, das ist ganz anders als zu Hause«, murmelte er, und seine Worte kamen als weiße Dampfwolken heraus.

»Willkommen in Kanada, was? Du solltest dich doch langsam daran gewöhnt haben«, lachte Robin Thompson, Amelias Bruder, mit dem sich Erik an diesem Vormittag getroffen hatte. Sein kanadischer Akzent war warm und freundlich. In einem netten Café hatte Erik ihm von seiner neuen Kolumne für die Zeitung berichtet, auf die er schon stolz war. Und von seinen Thesen über die Auswirkungen des Klimawandels auf die kanadische Wirtschaft. Robin gefiel das und er fand das Thema spannend. Ein wenig bewunderte auch er, wie schnell sich Erik hier auf eigene Beine gestellt hatte.

»Wem sagst du das?«, antwortete Erik mit einem schiefen Grinsen. »Ich meine, ich wusste ja, dass es hier kälter ist, aber das hier ist etwas ganz anderes.«

»Glaub mir, wenn du es jetzt nicht schon getan hast –

du wirst dich daran gewöhnen«, versicherte ihm Robin und klopfte ihm auf den Rücken. »Und hey, wenigstens sind die Leute nett!«

»Stimmt«, sagte Erik und dachte an seine neuen Kollegen bei der Lokalzeitung und den gemütlichen Abend in dem Pub. Obwohl er seine Freunde in Deutschland vermisste, hatte ihn die Kanadier, die er näher kennengelernt hatte, mit offenen Armen empfangen und ihm den Übergang leichter gemacht als erwartet. Aber ihre Freundlichkeit war nichts im Vergleich zu der Liebe Amelias. Als sie um die Ecke bogen, erblickte Erik auch schon Amelia, die vor dem Eingang des Royal Alberta Museum wartete. Sie sah wunderschön aus, ihre Haut war von der Kälte rosa gerötet, und unter ihrem Hut lugten Strähnen ihres kastanienbraunen Haars hervor. Ihre Augen leuchteten, als sie ihn sah. Erik bewunderte sie, denn sie war so lebendig, obwohl sie im Winter so viel durchgemacht hatte. Zwei schwierige Operationen lagen hinter ihr, weil sie als Typ I-Diabetikerin eine Bauchspeicheldrüse transplantiert bekommen hatte. Aber in ihrer Widerstandskraft ließ sie nicht nach.

»Hey, ihr zwei!«, rief Amelia, als sie sich näherten, ihre Stimme war klar und schön in der frischen Winterluft. »Ich dachte schon, ihr würdet nie ankommen.«

»Tut mir leid, wir haben uns ein wenig über die Besonderheiten des kanadischen Wetters und des Klimawandels unterhalten«, erklärte Erik, dessen Wangen nicht nur wegen der Kälte rosa wurden.

»Ah, ja. Der ewige Kampf«, lachte Amelia und legte ihren Arm um Erik, als sie gemeinsam das Museum betraten. Sie beide hatten schon häufig über den Klimawandel diskutiert. Amelia war eine glühende Verfechterin der These, dass es höchste Zeit sei, die Erderwärmung drastisch zu begrenzen. Er war da ein wenig skeptischer. Aber dass es kalt in diesem Winter war, da stimmten sie beide überein. »Du wirst dich schon bald daran gewöhnen, Erik.«

Während sie durch die Ausstellung wanderten, war Erik fasziniert von der Geschichte und Kultur dieser neuen Heimat. »Es gibt schon Ähnlichkeiten zwischen Kanada und dem heutigen Deutschland«, stellte er fest, »wir teilen die gleichen Werte. Aber wir sind durch den Ozean getrennt und auch durch unsere Geschichte.« Diese Erfahrungen verarbeitete er in seiner wöchentlichen Kolumne für die Zeitung, in der er sich mit Themen wie Wirtschaft, Außenpolitik und seiner eigenen Anpassung an das Leben in Kanada befasste.

»Hey, sieh dir das an«, sagte Amelia und lenkte seine Aufmerksamkeit auf eine Ausstellung über die Kunst der Eingeborenen, der kanadischen Einwohner, die auch »First Nation« genannt wurden. »Die Stücke sind so kompliziert, aber gleichzeitig auch so schön.«

»Wie du«, flüsterte Erik und lehnte sich dicht an ihr Ohr. Sie drehte sich zu ihm um, ihre Augen leuchteten vor Liebe und Dankbarkeit. »Ich bin also kompliziert, was?«, neckte Amelia ihn.

»Ja, sagen wir einmal, komplex bist du - aber auch schön.« Amelia grinste ihn an.

»Danke, dass du hier bei mir bist«, murmelte sie, und ihre Finger fanden seine, als sie Hand in Hand standen, umgeben von Jahrhunderten der indianischen Geschichte, ihrer Kunst und Kultur.

»Immer, Amelia«, erwiderte Erik. Und er fügte hinzu: »Weißt du was? Gemeinsam werden wir unsere eigene Geschichte erschaffen.« Wie sehr er damit recht haben sollte, konnte Erik in diesem Moment nicht ahnen.

❄

Die Morgensonne drang durch die Vorhänge und warf ein warmes Licht auf Amelias Gesicht, während Erik sie vom Rand ihres Bettes aus beobachtete. Das erste leise Vogelgezwitscher drang durch das teilweise geöffnete Fenster und mischte sich mit dem leisen Brummen des Verkehrs in der Ferne. In diesem Moment bewunderte Erik, wie gut sich Amelia von ihrer schweren Operation erholt hatte.

»Morgen«, murmelte Amelia, ihre Stimme war noch schlaftrunken. »Wie viel Uhr ist es?«

»Fast acht«, antwortete Erik und griff nach seiner Uhr auf dem Nachttisch. »Bist du sicher, dass du heute wieder zur Arbeit gehen kannst?«

Amelia setzte sich auf, und es stand Entschlossenheit in ihren Zügen. »Ich werde erst einmal nur Teilzeit arbeiten, aber ich kann das Labor nicht länger ohne mich arbeiten lassen. Außerdem werde ich noch verrückt, wenn ich weiter wochenlang zu Hause bleibe.«

»Na gut«, räumte Erik ein, und in seinen Augen stand Besorgnis. »Aber versprich mir, dass du es ruhig angehen lässt.«

»Versprochen«, sagte Amelia und drückte ihm einen Kuss auf die Lippen, bevor sie sich vom Bett erhob.

Während Amelia sich auf ihren ersten Arbeitstag vorbereitete, schlenderte Erik durch ihre Wohnung in Strathcona. Er konnte den Kaffeeduft riechen, den sie in der Küche aufbrühte. Die Bohnen hatten ihnen wieder Drake und Eline geschickt. Die beiden hatte Erik auf seiner ersten Reise durch die USA mit dem Zug in Denver kennengelernt. Sie betrieben eine Kette von Kaffeehäusern in Colorado. Und in den schwersten Stunden, als Amelia im Krankenhaus lag und sich Ende Dezember von der Operation erholte, hatte Drake begonnen, ihm Kaffeepakete zu schicken. Erik hatte daraus den Kaffee gemacht, den er Amelia mit ins Krankenhaus gebracht hatte - und der war wirklich erstaunlich gut, viel besser als das, was es in den Ketten zu kaufen gab.

Das Wohnzimmer war mit Regalen geschmückt, in denen eine bunte Mischung aus Büchern, Bildern und kleinen Schmuckstücken stand, die Amelia auf ihren Reisen gesammelt hatte. Auch ein Foto von ihnen beiden war darunter. Es zeigte Erik und Amelia lächelnd am Strand von Santa Monica, mit dem Pier im Hintergrund, den sie erst vergangenes Jahr besucht hatten. Erik kam das weit länger her vor, so viel war seither passiert.

»Hey, Erik?«, rief Amelia aus dem Badezimmer. »Kannst du mir mit meinen Haaren helfen? Meine Arme sind noch ein bisschen schwach.«

»Natürlich«, antwortete er und betrat das Badezimmer, wo Amelia vor dem Spiegel stand und ihr langes, gewelltes Haar in Strähnen den Rücken hinunterfiel. Erik bürstete sanft ihr Haar und flocht es fachkundig zu einem lockeren Zopf. »So ist es gut«, sagte er mit einem Lächeln und drückte ihr einen sanften Kuss auf den Kopf.

»Danke«, murmelte Amelia und begegnete seinem Blick im Spiegel. Erik spürte, wie sein Herz von Wärme durchflutet wurde.

»Bist du bereit, dich der Welt zu stellen?«, fragte Erik und bot ihr einen stützenden Arm an, als sie zur Tür gingen.

»Immer«, antwortete Amelia, ihre Stimme war fest und voller Entschlossenheit. Erik musste grinsen. Dieses »immer« hatte sie sich erst in den vergangenen Monaten angewöhnt, in der schweren Zeit nach der Operation. Als wolle sie sich selbst und der Welt zeigen, dass sie »immer« bereit sei.

❄

Die Sonne tauchte am Abend unter den Horizont. Erik stand am Rande der Dachterrasse, seine Hände umklammerten das Geländer, während er die Schönheit der Skyline vor ihm in sich aufnahm. Von Amelias Wohnung in dem Backsteingebäude konnte man über die Treppe im Hausflur von ihrer Wohnung im zweiten Stock auf das Dach steigen. Und weil Strathcona der Innenstadt von Edmonton gegenüberliegt, hatte man dort einen fantastischen Blick auf Downtown. Der Wind zerzauste sein Haar, und er spürte ein belebendes Gefühl. Er hatte sich so weit von seinem Leben in Deutschland entfernt, und doch hatte er das Gefühl, dass alles an seinen Platz passte.

»Was für eine Aussicht, nicht wahr?« Amelias Stimme schwebte zu ihm, ihre Anwesenheit erfüllte ihn mit Wärme. Sie näherte sich ihm von hinten, schlang ihre Arme um seine Taille und stützte ihr Kinn auf seine Schulter.

»Lass uns ein Versprechen geben«, sagte Erik und sah Amelia in die Augen. »Egal, was passiert, wir werden immer füreinander da sein, uns gegenseitig unterstützen und lieben.«

»Hoppla, das klingt ja schon fast wie ein Antrag«, lachte Amelia. Dann fügte sie hinzu: »Versprochen« und sie besiegelten ihr Versprechen mit einem langen, zärtlichen Kuss. Als sie auf dem Dach standen, Hand in Hand, und die Lichter der Stadt unter ihnen funkelten, wusste Erik, dass er seine wahre Bestimmung gefunden hatte.

❄

Erik betrat das Amt für Einwanderung und Arbeitserlaubnisse in Edmonton. Er wusste, dass er eine Arbeitsgenehmigung benötigte, um bei dieser Zeitung fest zu arbeiten. In der wartenden Schlange fühlte er die

Mischung aus Aufregung und Anspannung in seiner Brust. Denn mit Offiziellen hatte es Erik noch nie so gehabt.

Als er an der Reihe war, trat er an den Schalter und wurde von einem Regierungsbeamten begrüßt. Der Beamte trug einen Namensschild mit der Aufschrift »Riley Andersen«.

»Hallo, mein Name ist Erik Wiedner«, begann Erik höflich. »Ich könnte eine feste Anstellung bei einer Zeitung hier in Edmonton bekommen und benötige eine Arbeitsgenehmigung. Wie soll ich vorgehen?«

Riley Andersen nickte und nahm Eriks Unterlagen entgegen. »Schön, Sie kennenzulernen, Herr Wiedner.« Erstaunlich freundlich schien dieser Offizielle zu sein, dachte Erik. »Lassen Sie uns sehen, was wir für Sie tun können.« Er überprüfte die Papiere und begann, Fragen zu stellen, um mehr über Eriks Situation zu erfahren. Na ja, bohrende Fragen von einem kanadischen Offiziellen, das hatte Erik ja schon bei der Einreise erlebt.

»Welche Art von Anstellung haben Sie bei der Zeitung in Aussicht?«, fragte Andersen.

»Eine Stelle als fester Redakteur«, erklärte Erik. »Ich arbeite als Reporter für Lokalthemen, aber auch in der Redaktion für Politik- und Wirtschaftsthemen.«

»Erik Wiedner aus Deutschland, ja? Ich kenne Ihre Kolumne«, sagte Andersen und sah ihn ernst an. »Und ich mag ihre Kolumne«, fügte er mit einem Grinsen hinzu. »Nicht, dass das unsere Entscheidung irgendwie beeinflussen würde.«

»Natürlich nicht«, ergänzte Erik und musste ebenfalls lächeln.

»Aber ich mag Ihre Kolumne. So wie alle, die ich kenne und die noch Zeitung lesen. Was heutzutage ja wirklich nicht mehr jeder tut.«

»Nein, aber einige treue Leser scheint die Zeitung ja weiterhin zu haben.«

»Ich hoffe, dass es so bleiben wird.«

Andersen machte sich seine Notizen. Er fragte Erik nach Dokumenten, und glücklicherweise konnte er damit auftrumpfen. »Ja, ich habe einen festen Arbeitsvertrag und ein Schreiben von meinem zukünftigen Vorgesetzten, das die Details meiner Anstellung enthält«, antwortete Erik.

»Das ist gut«, sagte Andersen und nickte zufrieden. »Nun, Sie werden einen Antrag auf eine Arbeitsgenehmigung stellen müssen. Sie können das Formular online ausfüllen und einreichen. Jetzt machte Erik sich Notizen. »Und wie lange dauert es normalerweise, bis der Antrag bearbeitet wird?«, fragte er.

»Die Bearbeitungszeit kann variieren, aber es dauert in der Regel ein paar Wochen«, erklärte Andersen. Erik bedankte sich für die Anweisungen. Mit einem Gefühl der Erleichterung verließ er die Behörde, nun mit einem klaren Plan. Er wusste, dass es einige bürokratische Schritte erforderte, aber er versuchte, zuversichtlich zu bleiben.

❄

Am Abend beschlossen Amelia und Erik, gemeinsam zu kochen. Sie verschwand in ihrer kleinen kanadischen Küche und begann die Schränke einer Inventur zu unterziehen, bevor sie sich für ein Gericht entschied.

»Hey, Erik«, rief Amelia aus der Küche, mit neckischer Stimme, »hilfst du mir mit dem Gemüse oder bewunderst du nur die Aussicht?«

»Kann ich nicht beides tun?«, fragte er.

»Du bist immer so ein Charmeur, du Journalist aus Deutschland. Seid ihr eigentlich da drüben alle so?«, antwortete sie.

»Nur mit einer Frau wie dir an meiner Seite«, stellte er fest. Sie schlug spielerisch seine Hände weg, bevor sie ihm ein Messer und ein Schneidebrett reichte. Während sie Seite an Seite arbeiteten, synchronisierten sich ihre Bewegungen mühelos. Erik war voller Liebe und Amelia ebenfalls. »Ich liebe dich«, sagte er zu ihr und hielt inne.

Amelia nahm eine Flasche Wein aus dem Kühlschrank. »Wir sind schon so weit gekommen, und es gibt noch so viele Abenteuer, die auf uns warten.«

»Dann lasst uns einen Toast aussprechen«, schlug Erik vor, griff nach zwei Gläsern und füllte sie mit dem Wein. »Auf den Neubeginn.«

❄

KAPITEL 2

Ein Tag im Leben des Orson Corbyn

Seattle, USA, heute

Orson Corbyn wachte mit pochenden Kopfschmerzen auf, der Kater der vergangenen Nacht hallte in seinem schmerzenden Schädel wider. Er hatte mit seinen Freunden aus dem Seattle-Outfit der Mafia getrunken, und als er widerwillig die Augen öffnete, durchbohrte das Morgenlicht seinen Kopf wie tausend Dolche. Er stöhnte auf, schleppte sich aus dem Bett und stolperte auf der Suche nach seiner Aspirinflasche zum Nachttisch. Nach ein paar Schlucken der bitteren Pillen, die rasselnd aus der Flasche klackerten, stolperte er in die Küche und machte sich eine Bloody Mary.

»So ein Pech«, dachte er und stürzte das würzige, alkoholische Getränk in einem Zug hinunter. Obwohl es den Schmerz kaum linderte, wusste er, dass er zu tun hatte. Corbyn hielt inne und dachte nach. In seinem »Beruf« durfte er keine Schwäche zeigen. Er richtete seine Kleidung und band sein Haar zurück, um sich auf den kommenden Tag vorzubereiten. Er hatte ein Imperium aufzubauen, sagte er sich. Er hatte kein Imperium, aber er wollte es aufbauen. Orsons Gedanken kreisten um seine Mutter. Sie war die Anführerin einer Abteilung in der Mafia von Seattle gewesen, und sie hatte nie Gnade walten lassen. Seine Vater war dagegen schon früh ums Leben gekommen, und Orson konnte nur vermuten, dass es mit dem organisierten Verbrechen zusammenhing, denn seine Mutter sprach nie darüber. Als er aufwuchs, hatte sie hohe Erwartungen an ihn gestellt. Vielleicht nicht hohe Erwartungen in der Art, dass er gute Noten nach Hause brachte, sondern eher, dass er sich von niemandem auf dem Schulhof auf der Nase herumtanzen ließ. Später hatte er sich bei kriminellen Geschäften von klein auf hochgearbeitet, um ihr zu gefallen. Aber jetzt war sie weg, und er hatte es immer noch nicht zum Boss geschafft. Er fühlte einen tiefen Stich der Schuld bei dem Gedanken; sie hatte so viel für ihn getan, aber er hatte sie am Ende im Stich gelassen.

Er schüttelte seinen Kummer ab und bereitete sich auf seine Treffen später am Tag vor. Er musste darauf achten, seine Gefühle im Zaum zu halten. Orson Corbyn zog sich wie üblich einen teuren Anzug und eine Krawatte an und betrachtete sich im Spiegel. Das Bild, das ihn anblickte, sah nicht gut aus, nicht das eines mächtigen Chefs. Sein Hals und sein Gesicht waren von Falten durchzogen, sein Alter machte sich bemerkbar. Sein tiefschwarzes Haar begann an den Seiten zu ergrauen, zusammen mit seiner Frustration. Er war übergewichtig, nicht schwer, aber unbestreitbar; Essen war seit seiner Kindheit eine Quelle des Trostes für ihn gewesen, und er konnte sich nie davon abhalten, zu viel zu essen. Er seufzte, als er seine Krawatte zurechtrückte und die Schultern straffte. Mit finsterer Miene wandte er sich ab.

Es gab noch Geschäfte zu machen, Hände zu schütteln,

ja, sogar, wie er grinsend dachte, Knie zu brechen. Die Schatzsuche ging ihm nicht aus dem Kopf, ein Rätsel, das er noch nicht gelöst hatte. Die Hinweise seiner Mutter hallten in seinem Gedächtnis nach und beflügelten seine Entschlossenheit. Vorerst würde er die Rolle des pflichtbewussten Mafia-Unterbosses spielen. Aber bald, sehr bald, würde er alles haben. Den Schatz, die Macht, alles, was ihm zustand. Dies war nur die Ruhe vor dem Sturm.

Die Eleganz des Hochhauses in Seattle war mit Händen zu greifen. Der warme Schein der Lampen, die glänzenden Marmorböden, die kunstvoll geschnitzten Geländer, die prächtigen Kunstwerke - all das umgab Orson Corbyn, als er aus dem Aufzug in die Bürolobby trat. Trotz der Opulenz des Gebäudes befanden sich seine Büroräume in einem fast schon baufälligen Zustand. Ausgefranster Teppich, abgeplatzte Farbe, billige Holzmöbel begrüßten ihn. Einem Mann wie Corbyn war das Äußere egal. Ihm ging es nur um die Macht, die er in dieser Stadt ausübte. Deshalb konnte er auch in einem solchen Büro arbeiten, was die meisten Menschen wohl nicht lange ausgehalten hätten. Vorbei an der Rezeption betrat er sein Büro und setzte sich hinter den großen Eichenschreibtisch. Es war der einzige extravagante Gegenstand in diesem Raum, ein Symbol seines Status. Er holte Zettel mit Notizen und Diagrammen von der Schatzsuche seiner Mutter hervor - etwas, das seit ihrem Tod vor fünf Jahren unvollendet geblieben war. Mit grimmiger Entschlossenheit widmete sich Orson einige Minuten seinem geheimen Plan. Er wollte das Rätsel lösen und sich das holen, was ihm rechtmäßig zustand.

❄

Dann warf Corbyn einen Blick auf den Terminkalender, der auf dem Schreibtisch lag. Erster Tagesordnungspunkt heute - ein Treffen mit Rick Schweitzer, dem Besitzer einer kleinen Supermarktkette, der Corbyns Forderungen, Drogen in seinen Läden zu verkaufen, abgelehnt hatte. Ein scharfes Klopfen an der Tür kündigte die Ankunft von Larry Roffe und Brooke Chasey an, Corbyns vertrauten Mitarbeitern. Larry war ein grobschlächtiger, brutaler Mann, der sich gut zur Einschüchterung eignete. Brooke war kühl und elegant, das Gehirn hinter vielen von Corbyns Operationen.

»Morgen, Boss«, grunzte Larry. Brooke lächelte fest und nickte. Wenige Augenblicke später klopfte es erneut an die Tür, und ein verängstigt aussehender Schweitzer erschien, flankiert von zwei von Corbyns Handlangern.

»Bitte, setzen Sie sich«, säuselte Corbyn und verschränkte die Finger auf der Tischplatte. »Wir haben viel zu besprechen.«

Schweitzer nahm zittrig gegenüber von Corbyn Platz. Larry und Brooke standen auf beiden Seiten von ihm, eine ständige Bedrohung.

»Ich glaube, Sie werden feststellen, dass ich ziemlich überzeugend sein kann«, sagte Corbyn, wobei seine Stimme zu einem unheimlichen Flüstern sank. »Sie werden mein Angebot überdenken, oder Sie werden es zutiefst bereuen...«

Schweitzers Augen huschten nervös im Raum umher, als er stammelte: »Mr. Corbyn, ich habe Ihnen bereits gesagt, dass ich in meinen Geschäften keine Drogen verkaufen kann. Ich habe einen Ruf zu wahren, und wenn die Behörden das herausfinden ...«

Corbyn schlug mit der Faust auf den Schreibtisch, so dass Schweitzer in seinem Sitz aufsprang. »Ruf?«, donnerte er. »Was glauben Sie denn, wer genau Ihren kostbaren Ruf all die Jahre beschützt hat? Den Pöbel ferngehalten, die Landstreicher, die Diebe? Und die Gangs, die organisierte Kriminalität?« Fast hätte er dabei selbst über seinen eigenen Witz grinsen müssen. Wenn jemand die organisierte Kriminalität vertrat, dann war er es, Orson Corbyn. Langsam erhob er sich und blickte auf den sich duckenden Mann. »Meine Organisation hat es Ihnen ermöglicht, Ihre kleinen Läden in Ruhe zu betreiben. Und jetzt werden Sie diese Schuld begleichen.«

Larry und Brooke traten näher, ihre Mienen verhärteten sich wie auf Kommando. Schweitzer warf ihnen einen ängstlichen Blick zu, bevor er wieder in Corbyns intensive Augen sah. Schweiß kribbelte auf seiner Stirn, als er wieder sprach.

»Bitte ... ich kann es nicht riskieren«, flehte er verzweifelt. »Ich habe eine Familie, an die ich denken muss ...«

Corbyn grinste verächtlich und griff in seine Tasche, um eine Zigarette zu holen. Er zündete sie schnell an und blies Rauchringe in Schweitzers Richtung, bevor er mit leiser Stimme sagte: »Sie haben hier zwei Möglichkeiten: Entweder Sie schließen sich meiner Operation an oder Sie tragen die Konsequenzen.« Er hielt einen Moment inne, um seine Worte wirken zu lassen, dann fügte er mit eisiger Schärfe hinzu: »Und glauben Sie mir, wenn ich sage, dass mit mir nicht zu spaßen ist.«

Schweitzer schluckte und nickte schnell; offensichtlich hatte er keine andere Wahl, als Corbyns Forderungen nachzukommen. Larry und Brooke traten zurück, als Corbyn seinen Platz hinter dem Schreibtisch wieder einnahm und mit einem zufriedenen Seufzer seine Zigarette auslöschte.

Schweitzer schluckte. »Bitte, ich flehe Sie an. Meine Kunden, meine Angestellten, das sind gute Menschen. Ich kann sie da nicht mit hineinziehen.«

Corbyn gluckste finster. »Gute Menschen? So etwas

gibt es nicht, Mr. Schweitzer. Nur diejenigen, die zu schwach sind, sich zu nehmen, was sie wollen.«

Er lehnte sich nahe heran, seine Stimme war ein unheimliches Flüstern. »Sie bekommen eine letzte Chance von mir. Aber die hat ihren Preis, wie sie gleich erleben werden.« Der Mann weigerte sich hartnäckig, nachzugeben, dachte Corbyn. Brooke Chase trat vor - wohl, weil sie ahnte, was nun folgen würde. »Sind Sie sicher, dass solche Maßnahmen notwendig sind, Sir? Wir müssen nicht so drastisch vorgehen.«

Corbyn lächelte grausam. »Oh, aber ich denke, das müssen wir. Wie könnte man unseren Freund besser überzeugen als mit einem kleinen Vorgeschmack auf das, was ihm blüht, wenn er nicht endlich kooperiert?« Er nickte in Richtung Tür. »Bringen Sie ihn herein.«

Larry verschwand aus dem Zimmer und tauchte kurz darauf mit Schweitzers geliebtem Dachshund im Schlepptau wieder auf. Seine mageren Beine zitterten, als er sich zu seinen Füßen kauerte und leise wimmerte. Corbyn betrachtete das zitternde Tier kühl, bevor er sich mit einem Grinsen zu Schweitzer umdrehte.

»Ein formidabler Gegner«, sagte er spöttisch, bevor er dem Hund noch einmal zunickte. »Vielleicht bringt Sie das dazu, mein Angebot einmal zu überdenken.«

Schweitzers Augen weiteten sich vor Entsetzen, als er Corbyns Worte hörte, und er flehte verzweifelt um Gnade für sein Haustier; die Tränen liefen ihm bereits übers Gesicht, als ob er um sein Leben flehte. Doch Corbyn blieb ungerührt. Er gab Larry einen Wink. Sein Handlanger griff ohne zu zögern nach unten und packte den Hund fest an seinem Kinn. »Nein«, schrie Schweitzer. Larry grinste dreckig, hob das arme Tier an und brach ihm mit einem schnellen Ruck das Genick.

Schweitzer sackte in seinem Stuhl zusammen, erstarrt

vor Angst. Er konnte nicht glauben, was er gerade gesehen hatte; dem Supermarktbesitzer lief ein Schauer über den Rücken, als er auf den leblosen Körper seines geliebten Haustiers starrte. Wie hatte es so weit kommen können? Das arme Tier war fast augenblicklich tot, und eine morbide Stille erfüllte den Raum, als allen Anwesenden die schockierende Realität dessen, was gerade geschehen war, dämmerte; Schweitzer wirkte starr vor Angst, sein Gesicht war noch blasser geworden. Er wusste nun, dass er keine andere Wahl hatte, als Corbyns Forderungen nachzukommen. Larry und Brooke packten Schweitzer an den Armen, zerrten ihn hoch und führten ihn aus dem Büro hinaus. »Nehmt diesen Kadaver mit«, rief Corbyn ihnen hinterher und Larry griff grinsend nach dem toten Hund und verließ mit ihm das Büro. Dann schlossen sie die dicke Tür.

❄

Corbyn lehnte sich in seinem Plüschsessel zurück, verschränkte die Finger und sah zu, wie seine Schergen den wimmernden Mann aus seinem Büro schleppten. Er erlaubte sich ein kleines Lächeln der Zufriedenheit. Schweitzer würde nachgeben, das taten sie immer. Und wenn der Narr sich immer noch weigerte, nun, dann würden sie ihn aus dem Weg räumen. Der Gedanke ließ Corbyns Lächeln breiter werden. Er genoss es so sehr, diesen selbstgerechten Angebern das Fürchten zu lehren. Es wurde nie langweilig, sie betteln und kriechen zu sehen. Ein Klopfen an der Tür unterbrach seine Träumerei. »Herein«, rief er.

Larry steckte seinen kahlen Kopf herein. »Hey Boss, ich und Brooke sind auf dem Weg zum Sammeln. Brauchen Sie noch etwas, bevor wir gehen?«

Corbyn winkte ihn ab. »Nein, los mit Euch. Und

akzeptiere dieses Mal kein Nein als Antwort, hörst du mich?«

»Alles klar, Boss.« Larry nickte, zog sich zurück und schloss die Tür hinter sich.

Wieder allein, stand Corbyn auf und ging zum Fenster, von dem aus er die Skyline von Seattle überblickte. Seine Stadt. Zumindest der Teil, den er kontrollierte. Aber Kontrolle bedeutete in diesem Geschäft alles. Und eines Tages würde er alles kontrollieren. Aber jetzt war es erst einmal Zeit für das Mittagessen. Corbyn löste seine Krawatte und machte sich auf den Weg zur Tür. Heute hatte er Lust auf ein Steak. Ein großes, blutiges Steak. Ja, das würde ihm gut tun, nachdem er diesen wimmernden Wurm Schweitzer in seine Schranken verwiesen hatte. Corbyn erlaubte sich ein leises Kichern, als sich die Fahrstuhltüren hinter ihm schlossen. Das ließ sich ja wie ein äußerst befriedigender Tag an.

Corbyn trat aus seinem Büro in das Sonnenlicht von Seattle und grinste breit. Er hatte einen weiteren erbärmlichen Feigling in die Schranken gewiesen. Auf den Straßen wimmelte es von Menschen, die ihr Mittagessen genossen, etwas, das Corbyn selbst zu tun gedachte. Er nahm sich ein Taxi und fuhr zu Tony's Steakhouse, einem kleinen Restaurant in der Nähe der Uferpromenade, das er oft besuchte. Als er eintrat, wurde er vom Personal, das ihn immer zu erkennen schien, wenn er zum Mittagessen kam, herzlich begrüßt. Nachdem er in einer Ecke Platz genommen hatte, winkte Corbyn die Speisekarte weg und bestellte das übliche Gericht: ein 18-Unzen-Ribeye-Steak, medium-rare gebraten, mit Kartoffelpüree und gegrilltem Spargel als Beilage.

Während er auf sein Essen wartete, beobachtete Corbyn die anderen Gäste um ihn herum: Geschäftsleute, die in ihren armseligen Leben ihrem Einkommen hinterherhechelten und doch nicht vorankamen. Lächerlich, mit einer »ehrlichen« Arbeit sein Einkommen zu verdienen, dachte er. Der Kellner kam mit Corbyns Essen und stellte es vor ihm ab. Er bedankte sich bei dem Mann, bevor er sein Handy herausholte und nach Nachrichten von Geschäftspartnern oder Freunden suchte, während er aß. Es dauerte nicht lange, bis er den letzten Bissen des Steaks und des Kartoffelpürees aufgegessen hatte - er kratzte sogar den letzten Rest Saft von seinem Teller - und lehnte sich zufrieden zurück. Nachdem sein Hunger fürs Erste gestillt war, bezahlte Corbyn die Mahlzeit und machte sich wieder auf den Weg in das nachmittägliche Treiben der Innenstadt von Seattle ...

❄

Später stieg Corbyn aus seiner eleganten schwarzen Limousine, flankiert von Larry und Brooke. Die Sonne stand schon etwas tiefer über der Skyline von Seattle und warf lange Schatten auf die Gasse, durch die sie jetzt gingen.

»Wohin zuerst, Boss?«, fragte Larry. Seine fleischigen Hände bewegten sich eifrig an seinen Seiten.

Corbyn antwortete nicht sofort. Er war zu sehr damit beschäftigt, die vor ihm liegenden Geschäfte zu mustern und sich vorzustellen, hinter welche Fassaden er heute blicken wollte. Da, der Lebensmittelladen an der Ecke. Und da unten, der Waschsalon, der dieser großmäuligen Koreanerin gehörte. Oh ja, das würde ein Spaß werden. »Der Lebensmittelladen zuerst«, sagte er schließlich. »Es wird Zeit, Mr. Patel daran zu erinnern, wer in diesem Viertel wirklich das Sagen hat.«

Sie näherten sich dem Laden, Larry knackte bedrohlich

mit den Fingerknöcheln. Corbyn riss die Tür auf und ließ die Klingel im oberen Stockwerk wild bimmeln. Mr. Patel blickte hinter dem Tresen auf, seine dunklen Augen weiteten sich vor Angst. »M-Mr. Corbyn, ich habe ihr Geld noch nicht, das Geschäft läuft schlecht -«

»Genau das, was ich nicht hören wollte«, knurrte Corbyn und stakste auf den Tresen zu. »Du kennst die Abmachung. Bezahlen oder den Preis zahlen.« Er nickte Larry zu, der kurzerhand einen Ständer umwarf, so dass Tüten mit Chips und Dosen auf dem Boden verstreut wurden.

»Bitte, ich brauche mehr Zeit!«, bettelte Patel.

»Mehr Zeit, sagt er!« Corbyn stieß ein schallendes Lachen aus. »Du hattest genügend Zeit.« Er lehnte sich über den Tresen und sah Patel direkt ins Gesicht. »Ich will das Geld bis morgen. Oder das nächste Mal wird mehr als nur Ihre Ware kaputt gemacht. Capisce?«

Der Ladenbesitzer nickte schnell und wischte sich den Schweiß von der Stirn. Corbyn grinste. Das war fast zu einfach. Er machte auf dem Absatz kehrt und schritt hinaus, Larry direkt hinter ihm. Zeit für Haltestelle Nummer zwei.

❄

Nachdem sie den zitternden Mr. Patel hinter sich gelassen hatten, gingen Corbyn und seine Spießgesellen die Straße hinunter zu ihrem nächsten Halt - dem Waschsalon von Mrs. Park. Als sie eintraten, kündigte die Klingel über der Tür ihre Ankunft an. Mrs. Park sah vom Falten der Handtücher auf, und ihre Augen verengten sich.

»Nicht schon wieder, ihr Gauner«, sagte sie in ihrem stark akzentuierten Englisch. »Ich habe euch schon gesagt, dass ihr kein Geld mehr von mir bekommt!«

Corbyn schenkte ihr ein kaltes Lächeln. »Und ich habe Ihnen bereits gesagt, was passiert, wenn Sie sich weigern zu zahlen.«

Er nickte Brooke zu, die rasch einen Wäschekorb umstieß. Die Wäsche verteilte sich auf dem Boden. Mrs. Park eilte herbei. »Nein! Bitte, ich kann es mir nicht leisten, alles noch einmal zu waschen!«

»Dann sollten Sie Ihren Standpunkt einmal überdenken«, sagte Corbyn. Er zog ein Feuerzeug aus seiner Manteltasche und zündete beiläufig die Ecke eines nahen Vorhangs an. Mrs. Park versuchte krampfhaft, die wachsenden Flammen zu löschen. »Schon gut, schon gut! Ich zahle, aber bitte keinen weiteren Schaden!«

Corbyn grinste zufrieden. Es war immer so einfach, Menschen zu überzeugen, wenn man ihre Schwachstellen kannte. Angst war eine Sprache, die er fließend beherrschte. »Es war mir ein Vergnügen, mit Ihnen Geschäfte zu machen«, sagte er, als er zur Tür ging. Ein weiterer erfolgreicher Tag, an dem er den Menschen in dieser Stadt zeigte, wer wirklich das Sagen hatte.

Als sie die Gasse hinter dem Waschsalon erreichten, sah er eine Gestalt, die in den Schatten lauerte. Er hielt inne und blinzelte sie an. »Was ist das?«

Larry trat neben ihn und spähte in die Dunkelheit. »Sieht aus wie eine Art Tier.«

Corbyn zuckte mit den Schultern und trat einen Schritt vor, blieb dann aber stehen, als die Gestalt aus dem Schatten trat. Es war ein kleines Mädchen, nicht älter als zwölf Jahre, mit einem verschmitzten Gesicht und einem wilden Schopf aus dunklem Haar. Sie trug ein altes Kleid und ihre Füße waren nackt. »Sieh an, sieh an«, sagte Corbyn mit einem Grinsen. »Was haben wir denn hier? Du hast dich selbst übertroffen, wie ich sehe.«

Die Augen des Mädchens huschten nervös zwischen

Corbyn, Larry und Brooke hin und her, ihre Hände waren zu Fäusten geballt. »Es tut mir leid«, stammelte sie mit einem dicken koreanischen Akzent. »Ich wusste nicht, dass ich nicht allein unterwegs sein kann.«

Corbyn trat noch einen Schritt näher und beugte sich hinunter, so dass er ihr direkt ins Gesicht blickte. »Weißt du, wer ich bin?«

Das Mädchen nickte stumm.

»Gut«, sagte Corbyn mit einem amüsierten Lächeln. »Sag deinen Eltern, dass sie ihre Kinder davon abhalten sollen, hier nach Feierabend herumzulungern, sonst gibt es Ärger für Euch alle.«

Er richtete sich wieder auf und gab Larry und Brooke ein Zeichen, ihm zurück zum Auto zu folgen. Das kleine Mädchen rührte sich nicht, bis sie fast außer Sichtweite waren, bevor es in eine andere Gasse flüchtete. Im Auto angekommen, warf Brooke einen fragenden Blick zu Corbyn hinüber. »Das war doch nicht wirklich nötig, oder?«

Corbyn warf ihr einen finsteren Blick zu, während er den Motor anließ. »Glaubst du das nicht? Wir müssen die Leute bei der Stange halten, wenn wir an der Spitze bleiben wollen.«

Brooke nickte langsam, ihr Blick war nachdenklich, als sie losfuhren.

❄

Nachdem er den Waschsalon verlassen hatte, machte sich Corbyn auf den Weg zu seinem Lieblingsrestaurant, um sich mit einigen Bekannten aus dem Country Club zu treffen. Die Empfangsdame führte sie zu einem leeren Tisch im hinteren Teil des Restaurants. In der Mitte des Tisches brennt eine Kerze, auf dem Tisch stand eine Glasschale mit

Pfeffer, Salz und anderen Gewürzen, und neben dem Glas lag eine kleine Karte. Corbyn nahm an dem Tisch Platz. Er freute sich über das weiße Tischtuch, auf dem das Silberbesteck ordentlich neben der Serviette und dem Wasserglas lag.

Das feine Restaurant bot eine angenehme Flucht aus der schmuddeligen Seitengasse, eine saubere, moderne Einrichtung mit polierten Holz- und Stahloberflächen. Kellner in schwarzen Hosen und Westen eilten zwischen den verschiedenen Gästen hin und her. Die Kellner in diesem Lokal waren immer höflich und respektvoll, kamen vorbei, um die Gläser aufzufüllen und verschüttete Getränke diskret wegzuwischen, dachte Corbyn. Er bestellte das Übliche - einen trockenen Martini.

Corbyn musste sich konzentrieren, um einen neutralen Gesichtsausdruck zu bewahren, als die Männer über Golfhandicaps und Aktienportfolios sprachen. Es war alles Teil des Schauspiels, so zu tun, als sei man ein weiterer wohlhabender Geschäftsmann und nicht ein skrupelloser Mafioso. Er machte Smalltalk, wenn es nötig war, nickte und lächelte meist zustimmend, wenn sie über aktuelle Ereignisse und Wirtschaftsnachrichten sprachen.

»Haben Sie gehört, dass Johnson & Johnson dieses medizinische Startup-Unternehmen übernimmt?«, fragte ein Mann kichernd.

»Ja, das scheint ein guter Schritt für sie zu sein«, antwortete Corbyn und nippte an seinem Getränk. »Das Gesundheitswesen ist ein stabiler Markt.«

Das Gespräch ging weiter, aber Corbyn dachte weiter über seine Geschäfte nach. Er notierte sich in Gedanken, dass er sich nach möglichen Geldwäschemöglichkeiten umsehen würde - seine seriösen Geschäftskontakte erwiesen sich in solchen Angelegenheiten oft als nützlich. Für den Moment begnügte er sich jedoch damit, sich auf seine eigentliche Aufgabe zu konzentrieren - den Anschein von Seriosität unter diesen Leuten zu wahren. Er wusste, dass keiner von ihnen jemals wieder etwas mit ihm zu tun haben wollte, wenn sie jemals herausfanden, wer er wirklich war.

❄

Nach dem Essen trennte sich Corbyn von den Männern und ließ sich zu O'Malley's Pub in der Nähe seines Apartments fahren. Er setzte sich an die Bar und nickte dem Barkeeper zu. »Einen doppelten Whiskey, pur.«

Corbyn kippte seinen doppelten Whiskey hinunter und bat den Barkeeper um einen weiteren. Nach dem Abendessen konnte er wieder in sein gewohntes raues Leben zurückkehren. O'Malley's Pub war der perfekte Ort, um das zu tun. Er scannte den Raum und notierte sich die Leute, mit denen er zu tun hatte und die, die er meiden wollte. Er entdeckte einen seiner Geschäftspartner, einen muskulösen Mann mit kräftigen, tätowierten Armen, und ging auf ihn zu.

»Was kann ich für Sie tun?«, fragte der Mann unwirsch, als Corbyn sich an seinen Tisch setzte.

»Ich brauche Informationen über ein Geschäft«, antwortete Corbyn kühl. »Kennen Sie jemanden, der mir dabei helfen könnte?«

Der große Mann musterte ihn einen Moment lang, bevor er langsam nickte. »Ja, ich habe da jemanden. Kommen Sie morgen früh vorbei.«

»Morgen früh schon in diesem Pub?«

»Ja, Mann, morgen früh, heute Abend nicht mehr.«

Corbyn bedankte sich und ging weg, während er sich bereits Gedanken darüber machte, wie er den nächsten Coup durchziehen konnte. Das alles gehörte zu einem

Leben jenseits der Legalität - etwas, das nur wenige andere verstehen oder auch nur versuchen konnten.

Während er einen Drink genoss, dachte er an die Schatzsuche. Seine Mutter hatte ihm schon als Kind Geschichten darüber erzählt, dass ihre Vorfahren den Schatz irgendwo versteckt hatten. Er hatte jahrelang vergeblich danach gesucht, aber er hatte das Gefühl, endlich nahe dran zu sein. Corbyn erinnerte sich an die letzten Worte seiner Mutter - »Folge den Zeichen, die nur ein wahrer Corbyn sehen kann.« Er grübelte über ihre Bedeutung nach. Der Schatz würde einmal ihm allein gehören, da war er sich sicher. Der Barkeeper füllte sein Glas nach und riss ihn damit aus seinen Überlegungen. Corbyn kippte den Whiskey zurück und legte einen Stapel Geldscheine auf den Tresen. Es war Zeit, für heute Schluss zu machen. Der Schatz würde auch morgen noch da sein.

Corbyn stolperte aus der Bar und auf den Rücksitz der schwarzen Limousine, die auf ihn wartete.

»Nach Hause, Boss?«, fragte der Fahrer.

Corbyn grunzte als Antwort und spürte bereits die Wirkung des Alkohols. Er lehnte den Kopf gegen das Fenster, während die Lichter der Stadt verschwommen an ihm vorbeizogen. Als sie an seiner Hochhauswohnung ankamen, öffnete der Fahrer die Tür für Corbyn, der fast auf den Bürgersteig fiel. Er winkte den Versuch des Fahrers, ihm zu helfen, ab und taumelte durch die Türen der Lobby. Im Aufzug stützte sich Corbyn an der Wand ab. Der Whiskey hatte ihm schwer zugesetzt. Er fummelte mit seinen Schlüsseln an der Haustür herum, bevor er sie endlich öffnen konnte.

Drinnen zog er seine Schuhe aus und ging direkt ins Schlafzimmer, wo er sich auf das Kingsize-Bett fallen ließ, ohne sich auch nur seines Anzugs zu entledigen. Als er einschlief, dachte Corbyn über einen Besuch in dem neuen

Stripclub nach, der in der Innenstadt eröffnet hatte. Die Mädchen waren angeblich umwerfend. Es wäre eine nette Ablenkung von seinen Frustrationen. Er wusste, dass er mit einem üblen Kater aufwachen würde, aber das wäre es wert. Mit diesem Gedanken schlief Corbyn mitsamt seinem Anzug ein.

❄

KAPITEL 3

Besuch in Hamburg

Erik stand am Flugsteig und umklammerte eine abgenutzte Ledertasche, mit der er schon häufig gereist war. Er spürte die Vorfreude, als er sich darauf vorbereitete, die Reise von Edmonton nach Hamburg zu beginnen. Das war für ihn vorrangig eine emotionale Reise. Er wollte nicht nur die Angelegenheiten in seiner Heimat regeln, sondern auch seine Freunde und seine Familie wieder treffen. Der Weg dahin war steinig gewesen: weniger wegen seines neuen Jobs bei der Zeitung, mehr wegen der Behörden. Nachdem Erik alle erforderlichen Dokumente eingereicht hatte, begann die Zeit des Wartens. Er wusste, dass der Prozess einige Wochen dauern konnte. Aber seine Unterlagen waren vollständig, und seine Position als Journalist bei der Zeitung war gut begründet.

In den folgenden Wochen verbrachte Erik viel Zeit damit, sich in Edmonton einzuleben. Er erkundete die Stadt mit Amelia, traf neue Freunde und freute sich über seine Arbeit in der Redaktion – und natürlich auf jede Ausgabe seiner Kolumne. Schließlich, nach vier Wochen des Wartens, als immer noch nichts geschehen war, und auch seine Kollegen schon nachfragten, wie es denn um die

Arbeitsgenehmigung stehe, fragte Erik nach. Doch er erhielt nicht einmal eine Antwort. Es folgten langsam doch etwas bange Wochen, in denen Erik schon überlegte, ob es nicht klüger wäre, an eine gemeinsame Zukunft mit Amelia in Deutschland zu denken. Doch schließlich erhielt Erik einen Brief vom Amt für Einwanderung und Arbeitserlaubnisse. Er war aufgeregt, als er den Umschlag öffnete. Die Worte auf dem Papier bestätigten, dass er die begehrte Arbeitsgenehmigung erhalten hatte. Ein Gefühl der Erleichterung durchströmte ihn.

Er rief sofort Amelia an, die wieder in ihrer Fakultät war, um der Halbtagsstelle nachzugehen. Sie jubelte vor Freude am anderen Ende der Leitung. »Das ist fantastisch, Erik! Wir haben fest daran geglaubt, und jetzt können wir endlich gemeinsam an unserer Zukunft hier in Kanada arbeiten.«

Erik fühlte sich voller Vorfreude. Er wollte sein journalistisches Talent wieder voll ausleben. Mit der Arbeitsgenehmigung in der Hand fühlte sich Erik wie ein Puzzleteil, das endlich seinen Platz gefunden hatte.

❄

»Flug KL0676 ist zum Einsteigen an Gate 12 bereit«, sagte die Lautsprecherstimme. Die Durchsage hallte durch das Flughafenterminal. Er überreichte der Flugbegleiterin sein Ticket, die ihm mit einem Lächeln eine gute Reise wünschte.

Als er das Flugzeug betrat, überfluteten Erinnerungen seine Gedanken. Erik kämpfte sich durch die langen Sitzreihen in dem Airbus A 330, der ihn wieder nach Amsterdam bringen sollte. Der gleiche Flug, den er im Dezember auf dem Weg nach Edmonton genommen hatte - nur in umgekehrter Richtung, von West nach Ost. Es war gewissermaßen sein Rückflug. Damals war Amelias Zukunft noch unklar gewesen, als sie kurz vor Weihnachten im Krankenhaus ihre zweite Operation erhalten hatte. Er konnte kaum glauben, dass sich alles zum Guten gewendet hatte.

»Ihr Sitz ist 33A, Herr Wiedner«, sagte die Flugbegleiterin mit einem Lächeln und führte ihn den Gang entlang. Der Flug war nur schwach besetzt, sonst hätte ihn die Stewardess wohl kaum den Gang hinunter zu seinem Economy-Platz geführt, dachte er.

»Danke«, antwortete Erik und ließ sich auf seinem Fensterplatz nieder. Während des langen Fluges konnte er nicht umhin, darüber nachzudenken, was ihn in Hamburg erwartete. Er stellte sich die Straßen und die Geräusche der Stadt vor, die einst sein Zuhause gewesen war. Schon der Umstieg in Amsterdam war Erik vertraut: der riesige Flughafen Schiphol, die Schilder, die Euro-Preise in den Shops und Cafés an den Flugsteigen. Die kleine Embraer-Maschine nach Hamburg fühlte sich kaum weniger komfortabel als der Airbus auf dem Langstreckenflug an.

Doch erst bei der Ankunft in Hamburg spürte Erik nostalgische Gefühle. Der vertraute Flughafen Fuhlsbüttel, die volle Gepäckankunft, die immer noch aus allen Nähten zu platzen schien. Sein Koffer kam glücklicherweise zügig an. Er seufzte erleichtert und ging unbehelligt durch die Zollkontrolle. Dann rief er sich vor dem Ankunftsbereich ein Taxi und wies dem Fahrer den Weg zu seiner alten Wohnung im Portugiesenviertel, unten am Hafen.

»Schon lange nicht mehr hier gewesen?«, fragte der Taxifahrer beiläufig, als er Eriks Nachdenklichkeit spürte.

»Ja, es ist eine Weile her«, gab Erik zu und fühlte eine Mischung aus Aufregung und Beklemmung. Die Stadt hatte sich nicht verändert, aber vieles fühlte sich einerseits vertraut, andererseits weiter entfernt an als früher. Als das

Taxi vor seiner Wohnung anhielt, zog sich Eriks Brust zusammen. Er zögerte einen Moment, sammelte seine Kräfte und öffnete die Tür. »Danke«, sagte Erik zu dem Taxifahrer und reichte ihm ein großzügiges Trinkgeld. Der Fahrer nickte und wünschte ihm alles Gute.

Im Inneren der Wohnung bedeckten Staubschichten die Möbel wie ein weißes Tuch, und die Luft war schwer von Erinnerungen. Erik atmete tief durch, als er sich daran machte, sein altes Leben aufzulösen und die Dinge zu sortieren, die ihn einst ausgemacht hatten. Er nahm ein in Leder gebundenes Tagebuch in die Hand und blätterte durch die Seiten, die mit Geschichten aus seiner Zeit als Reisereporter gefüllt waren.

»Gott, ich erinnere mich an diese Reise«, murmelte er und sah die Notizen durch, die ihn an seine Reise mit Frank durch die USA erinnerten. Das war erst drei Jahre her gewesen. Als er weiter stöberte, brachte jeder Gegenstand eine neue Erinnerung zum Vorschein. »Amelia hätte diesen Ort geliebt«, dachte er und stellte sich vor, wie sie mit ihm die Stadt erkundete, Hand in Hand. Erik hatte zwar die Nase gründlich voll von seiner beruflichen Laufbahn in Hamburg, aber die Stadt liebte er noch immer. Er zwang sich, positiv zu denken und nicht in Nostalgie zu verfallen. Stück für Stück sortierte Erik seine Vergangenheit aus und machte Platz für die Zukunft.

❄

Eriks Finger fuhren über den Rücken eines weiteren Notizbuches, dessen Seiten Erinnerungen enthielten. Der Geruch abgestandener Tinte wehte durch die Luft, als er in den Notizen blätterte. Er erinnerte sich daran, wie aufregend es war, Artikel über exotische Orte zu schreiben und den Lesern die Wunder der Welt zu zeigen – bis er Desk-

Redakteur wurde, an ein Büro gekettet und des Abenteuers beraubt. An die Zeit, als seine Abenteuer nur noch im Redigieren von Texten anderer bestand. Das schrille Klingeln seines Smartphones riss Erik aus seiner Träumerei. Er schüttelte die Nostalgie ab und beschloss, dass es an der Zeit war, sich wieder mit alten Freunden zu treffen und Pläne für seine begrenzte Zeit in Hamburg zu machen.

»Hey, Erik!« Franks Stimme dröhnte über die Leitung, warm und vertraut. »Lange nicht mehr gesehen! Wie gefällt dir das Leben in Kanada?«

»Gut, gut«, antwortete Erik, und in seiner Stimme schwang Dankbarkeit mit. »Amelia und ich bauen uns eine Zukunft auf. Ich habe eine Kolumne bei einer Zeitung in Edmonton. Ich kann endlich wieder schreiben.«

»Das klingt, als ob du zu beneiden wärst, Erik. Amelia und eine Kolumne, was willst du noch? Wir müssen sie eines Tages kennenlernen.«

»Auf jeden Fall«, stimmte Erik zu und dachte an Amelia. »Ach, und ich habe meine Arbeitserlaubnis bekommen, zumindest eine zeitweilige.«

»Dann könnt ihr in Kanada ja richtig loslegen«, meinte Frank.

»Sag mal, für heute bin ich von dem Flug einfach zu geplättet. Aber wie wäre es, wenn wir uns dann morgen Abend in unserem alten Stammlokal auf St. Pauli treffen?«

»Klingt perfekt«, meinte Frank. »Ich kann es kaum erwarten, das nachzuholen. Und Peter ist auch dabei.«

»Super«, sagte Erik. »Bis morgen.«

Als Erik das Telefonat beendete, fühlte er eine Mischung aus Aufregung und Beklemmung. Schließlich wollte er morgen seine Tante und seinen Onkel im Norden der Stadt besuchen, wo er seine Kindheit und Jugend verbracht hatte. Eriks Eltern waren bei einem Autounfall ums Leben gekommen, als er noch klein war.

Gott sei Dank waren sein Onkel und seine Tante damals für ihn da gewesen. Die Trauer über den Verlust seiner Eltern hatte ihn tief getroffen und er war als Jugendlicher in eine Bande geraten. Erik hatte viel auf der Straße gelernt. Fast wäre er ein Krimineller geworden, dachte er zurück.

Aber sein Onkel hatte ihn unterstützt. Dank ihm hatte er es geschafft, sich von der Bande zu lösen und eine Karriere als Journalist aufzubauen. Jetzt waren sie alt geworden, aber sie freuten sich genauso wie Erik darauf, dass er morgen zu ihnen kommen und die ganze Geschichte aus Kanada erzählen würde. Erik sortierte weiter seine Sachen und bewunderte gelegentlich die Schmuckstücke und Souvenirs. »Zeit, loszulassen«, murmelte er, denn er wusste, dass sein Leben in Deutschland vorbei war und ein neues Kapitel auf ihn wartete. Für den Moment konzentrierte er sich darauf, die Überreste seines Lebens wegzupacken.

❄

Die Neonlichter von St. Pauli flackerten und warfen ein Kaleidoskop von Farben auf die Straßen. Es war Monate her, seit Erik das letzte Mal in dieser Bar gewesen war, aber es fühlte sich an, als sei kaum Zeit vergangen. Es war hier immer ein wenig schmuddelig gewesen, dachte Erik und sah sich um: Die Sitzecken waren aus Holz, der Tresen dominierte den Raum, über dem leuchtende Bierschilder hingen.

»Hey, da ist er!« Franks Stimme dröhnte über die Bar, und sein Gesicht verzog sich zu einem Grinsen, als er Erik entdeckte. Peter stand neben ihm und hob sein Glas zur Begrüßung. Ihr Lachen hallte durch den schwach beleuchteten Raum, und Erik ging auf die beiden zu,

»Lange nicht mehr gesehen«, sagte Peter und klopfte

Erik auf die Schulter, als sie sich umarmten. »Wie fühlt es sich an, wieder hier zu sein?«

»Seltsam, aber gut«, gab Erik zu und setzte sich an ihren alten Tisch. Die runde Bank in einer Sitzecke mit ihrem Lederpolster gehörte einfach zu dem Lokal. Erik und seine Freunde hatten sie die »Hamburger Bank« getauft, weil es solche Sitzbuchten in den meisten Kneipen in dem Viertel gab.

»Lass uns auf deine Rückkehr anstoßen!« erklärte Frank und hob sein Bier hoch. »Auf Erik und auf all die Abenteuer!«

»Prost!«, erwiderte Erik und stieß an. Die Liste der Abenteuer war ja auch wirklich lang. Die Zugreise quer durch die USA zum Beispiel, die er mit Frank erlebt hatte. Natürlich sprachen sie davon. »Und wie ihr mich morgens in Hamburg angerufen habt, damit ich Euch über Western Union Geld schicke, weil Frank seine Spielschulden begleichen musste«, sagte Peter lachend. »Das war ein ziemlicher Schock.«

»Für uns auch«, entgegnete Frank. »4000 Dollar, die ich an die Casino-Mafia bezahlen musste, was für eine üble Geschichte. Nur gut, dass unser Erik damals sauber geblieben ist«, sagte er und klopfte Erik auf die Schulter.

»Aber das war ja auch nicht immer so. Weißt du noch, wie du fast verhaftet wurdest, weil du in Berlin auf einen Überrest der Mauer geklettert bist?« fragte Frank und lachte bei der Erinnerung daran.

»Ah, ja. Ich habe versucht, das perfekte Foto zu schießen«, überlegte Erik und seine Augen funkelten amüsiert.

»Du warst total betrunken, Erik, das mit dem Reisemagazin hast Du damals nur vorgeschoben.«

»Ich hätte nie gedacht, dass ich diese Tage vermissen würde.«

Während sie ausgelassen feierten, machte sich Erik auf

zur Bar, um eine weitere Runde zu holen. Dabei wurde er grob von einem Typen angerempelt, der sich zwischen ihn und dem Tresen schob. »Hey, Moment mal«, sagte Erik.

»Was?« Der Typ blickte ihn finster an. Zwei weitere Gestalten, die zu ihm zu gehören zu schienen, sahen Erik ebenfalls Finster an. »Wir holen uns jetzt was, und dann bist Du dran.« Erik ballte die Fäuste. Am liebsten hätte er diesen Rüpeln jetzt gezeigt, was sich gehörte - aber er wollte ja nicht die fröhliche Stimmung des Abends verderben. »Ihr habt Glück«, sagte er, »das ich heute Abend friedlich bin.« Ein höhnisches Lachen war die Antwort.

Ja, dachte Erik, als er zum Platz zurückging, St. Pauli konnte ein raues Pflaster sein, mit und ohne Touristen. Er widmete sich wieder seinen Freunden.

»Manchmal ist eine Veränderung schwer«, sagte Peter. »Aber du scheinst es ja wirklich draufzuhaben, Erik. Du bist Risiken eingegangen, in ein neues Land gezogen, hast die Liebe gefunden ...«

»Amelia – wie geht es ihr?« erkundigte sich Frank.

»Sie wird jeden Tag stärker«, antwortete Erik. »Und wisst ihr was? Ich hätte nie gedacht, dass ich jemanden so heftig lieben kann.«

»Gut für dich, Mann«, sagte Peter und klopfte ihm auf die Schulter. »Sie kann sich glücklich schätzen, dich zu haben.«

❄

Das Licht der Straßenlaternen tauchte die kopfsteingepflasterten Straßen in glitzernde Reflektionen. Erik, Frank und Peter zogen weiter durch St. Pauli. Das Viertel war erfüllt von pulsierender Musik, Gelächter und den Heerscharen an Touristen, die sich über die Straßen schoben. Erik hatte die Reeperbahn und ihre Nebenstraßen dafür immer geliebt, dass sie eine so lebendige Atmosphäre ausstrahlten. Gleichzeitig waren der Touristenansturm und die billigen Attraktionen gar nicht mehr so sein Fall. Deshalb verzogen sie sich schnell wieder in die Nebenstraßen und suchten die nächste Kneipe auf, die schon eher eine Kaschemme war. Aber sie fühlten sich wohl dort.

»Erzähl uns mehr von deinen Plänen in Kanada«, drängte Frank.

Eriks Augen funkelten vor Begeisterung. »Nun, Amelia und ich wollen fürs Erste in Edmonton bleiben. Die Stadt hat ja viele Möglichkeiten, wie ich selbst gerade merke. Natürlich sind die Winter etwas kalt dort oben. Wir haben ja auch schon von einem gemeinsamen Leben in San Diego geträumt.«

»Was hält Euch auf?«

»Immer mit der Ruhe, Peter. Erst einmal musste ich diesen Job bekommen und meine Arbeitsgenehmigung. Das waren ganz schön bange Wochen, als ich darauf gewartet habe. Hätte es nicht geklappt, hätte ich Amelia und mich schon in Hamburg aufschlagen sehen.«

»Das wäre doch was. Ihr kommt einfach zu uns«, meinte Frank.

»Die Winter sind hier zwar nicht so kalt wie in Kanada, aber auch ganz schön nass«, meinte Erik. »Ich glaube, wir haben in Kanada mehr Möglichkeiten. Amelia ist Biologin, wie du weißt, und nach ihrer Organtransplantation kommt sie gerade wieder auf die Beine.«

»Ja, das ist wirklich toll«, kommentierte Peter, dem die Bewunderung anzumerken war.

»Es ist ein Neuanfang. Und wer weiß? Vielleicht können Amelia und ich eines Tages gemeinsam neue Ecken des Globus erkunden.«

Als sie weitergingen, stieß das Trio am Hafenrand auf den Weg, der zur Hafenstraße führte. Der Duft des Hafens wehte herüber, die Lichter schienen hell in der Nacht, die Geräusche von den Terminals klangen durch die Nacht. Sie fanden eine leere Bank und ließen sich nieder.

»Weißt du noch, als wir alle auf dem Herbst-Dom waren?« Peter lachte und erinnerte sich an die Missgeschicke, die sie in ihrer Jugend erlebt hatten. »Wir wurden in der Menge getrennt und du bist unter einem Tisch eingeschlafen!«

»Hey, ich war erschöpft!« verteidigte sich Erik.

»Ja, unter einer Bank mit jeder Menge Maßkrügen mit Holsten obendrauf!«

»Aber im Ernst, Leute, es waren schöne Zeiten, nicht wahr? Von unseren wilden Eskapaden hin zu den ruhigeren Momenten.«

»Finde ich auch«, stimmte Frank mit einem Lächeln zu. »Wir freuen uns für dich.«

Die Worte verklungenen und eine sanfte Melancholie hing in der Luft. Die Männer fühlten die Last der Vergangenheit auf ihren Schultern, aber auch die Aussicht auf eine vielversprechende Zukunft für ihren Freund Erik.

❄

Doch plötzlich durchschnitt eine dumpfe Stimme die Stille. »Hey, seht mal, was haben wir hier? Ein gemütliches, kleines Stelldichein.« Vier Gestalten traten aus dem Schatten der Straße hervor.

Erik, Frank und Peter drehten sich um, ihre Gesichter ausdruckslos und ihre Körper instinktiv in eine defensive Haltung versetzt.

Der Anführer der Gruppe, ein bulliger Mann mit einem grimmigen Gesichtsausdruck, schritt voran. Erik erkannte ihn gleich wieder: Es war der Typ aus der Kneipe vorhin, der sich vor ihm an den Tresen gedrängt hatte. Nun suchte er offenkundig nach Streit. »Ihr habt wohl vergessen, dass das hier unser Viertel ist. Ihr habt hier nichts verloren.«

Frank trat einen Schritt vor. »Wir haben hier nur etwas Zeit miteinander verbracht. Kein Grund zur Aufregung.«

Der Anführer schnaubte verächtlich. »Zeit, die ihr woanders verbringen solltet. Jetzt verschwindet, bevor wir euch zeigen, was echte Aufregung bedeutet.«

Die Spannung in der Luft war greifbar, als die beiden Gruppen einander gegenüberstanden. Erik spürte, wie sein Blutdruck stieg, aber er hielt stand. »Schaut mal, Jungs, wir wollen hier keine Probleme«, versuchte er zu beschwichtigen. »Wir gehen einfach.«

Doch der Anführer lachte höhnisch. »Zu spät dafür, mein Freund. Ihr habt uns schon genügend provoziert.«

Plötzlich sprang einer der Männer aus der Gruppe vorwärts, und die Situation eskalierte. Ein Faustkampf brach aus, die Schläge hallten durch die Nacht. Erik, Frank und Peter kämpften, um sich zu verteidigen. Geräusche von Schreien erfüllte die Luft, als die beiden Gruppen mit aufeinander losgingen. Inmitten des Chaos hielt Erik stand, entschlossen, seine Freunde zu beschützen und sich gegen die Bedrohung zu wehren. Frank und Peter kämpften an seiner Seite. Die Straße war gefüllt mit dem Klang von knirschendem Kies und verzweifelten Atemzügen der Männer.

In einem plötzlichen, flüssigen Bewegungsablauf zeigte Erik völlig unerwartet für seine Freunde, was er drauf hatte. Seine Schläge waren präzise, schnell und wirkungsvoll. Er lief um die Angreifer, wich ihren Schlägen aus und konterte mit blitzschnellen Attacken. Frank und Peter starrten mit weit aufgerissenen Augen auf ihren Freund. Sie hatten nicht geahnt, welche Fähigkeiten Erik besaß. Er bewegte sich blitzschnell. Die Angreifer waren sichtlich überrascht von Eriks unerwarteter Gegenwehr. Einer nach dem anderen gingen sie zu Boden, überwältigt von der Geschwindigkeit und Kraft, die Erik entfesselte.

»Verdammt, Erik!«, rief Frank. »Wo zum Teufel hast du das gelernt?«

»Ich kann es mir denken«, meinte Peter.

Erik antwortete nicht, er konzentrierte sich voll und ganz auf den Kampf. Seine Muskeln spannten sich an, seine Sinne waren geschärft. Peter schüttelte den Kopf, fasziniert von der Transformation, die in seinem Freund stattfand. »Das ist unglaublich.«

Die Angreifer wurden zunehmend frustriert und verzweifelt, als sie gegen Eriks unaufhaltsame Angriffe kaum etwas ausrichten konnten.

»Erik«, rief Peter. »Erik, findest du nicht, dass es langsam reicht?«

Doch Erik hörte nicht auf. Einen Hieb nach dem anderen versetzte er den Angreifern und sein Gesicht war zu einer Fratze verzogen. »Erik!«, rief jetzt auch Frank. Er packte seinen Freund am Arm. »Erik, es reicht jetzt. Die sind doch völlig fertig. Was ist nur los mit dir?«

Schließlich ergriff der Anführer die Flucht, gefolgt von seinen Kameraden, die kraftlos und gedemütigt zurückblieben. Erik stand da, sein Atem schwer, aber sein Blick entschlossen. Er hatte sich erfolgreich verteidigt, seine Freunde beschützt. Frank und Peter betrachteten ihn ehrfürchtig. »Erik, das war … das war einfach unglaublich«, stammelte Frank.

Peter nickte. »Aber was war denn eben los? Du hast ja gar nicht mehr abgelassen, als sie schon fast am Boden waren.«

»Ich … weiß es nicht. Ich habe nichts mehr gemerkt. Ich habe nur noch die Bedrohung gesehen und weitergekämpft.«

Erik versuchte, wieder ruhig zu atmen. »Das war die

Vergangenheit, die ich eigentlich nicht mehr mit mir herumtragen wollte«, sagte er. »Es ist schon ziemlich lange her, seit ich das letzte Mal in so eine Situation geraten bin. Aber man verlernt es wohl nie ganz.«

»Das war Erik aus Altona, der Mitglied in einer Motorradgang war«, stellte Peter fest. »Und der plötzlich sein intellektuelles Image abgestreift hat und wieder ganz das Gangmitglied aus seiner Jugend wurde.«

»Junge, junge, dass du so kämpfen kannst, verschlägt mir echt die Sprache«, meinte Frank.

»Wie gesagt, eigentlich wollte ich das nicht. Ich wollte das ja alles hinter mir lassen«, gestand Erik.

Sie beschlossen, den Abend am Hafenrand ausklingen zu lassen.

»Ein Bier, um den Abend stilvoll zu beenden?«, schlug Erik vor.

»Klingt gut«, stimmte Frank zu, und auch Peter nickte. Sie machten sich auf den Weg, die Nachtluft kühl auf ihrer Haut. Die Lichter des Hafens strahlten in der Dunkelheit. An dem Kiosk an den Landungsbrücken bestellten sie sich drei kalte Biere. Sie stießen an und ließen den Blick über den belebten Hafen schweifen. Die Lichter der Schiffe und Fähren und der großen Docks funkelten auf dem Wasser, und das Plätschern der Wellen vermischte sich mit den entfernten Geräuschen der Stadt.

»Das Leben ist manchmal verdammt verrückt, oder?«, sagte Frank schließlich, seinen Blick in die Ferne gerichtet.

»Das ist es«, stimmte Peter zu. »Aber solange wir uns haben, schaffen wir das schon.«

Erik hob sein Bier. »Auf uns, und auf neue Anfänge.«

❄

Die Sonne begrüßte Erik, als er am nächsten Morgen auf die belebten Straßen Hamburgs trat. Er atmete den vertrauten Duft der Stadt tief ein. Heute war der Tag, an dem er weitere Weichen für Kanada stellen wollte. Wenn er den Kater, den er von der letzten Nacht auf St. Pauli mitbekommen hatte, überwinden konnte. Doch die Aspirin begannen zu wirken.

»Entschuldigen Sie«, wandte sich Erik an einen Mann am Empfang der Möbelspedition, seine Stimme war ruhig. »Ich möchte einige Möbel und persönliche Gegenstände in Hamburg unterstellen und den Versand weiterer Teile nach Edmonton, Kanada, veranlassen.«

»Ah, Sie sind der Mann, den es nach Kanada zieht. Wir haben telefoniert«, antwortete der Spediteur und lächelte Erik freundlich an. Er tippte auf seinem Computer herum. »Was schicken Sie?«

»Hauptsächlich Bücher, Kleidung und einige sentimentale Andenken«, erklärte Erik.

»Und was wollen sie unterstellen?«

»Meine schweren Möbel. Ein Bett, Schränke, meine Sofas – was so dazugehört. Ich habe die Liste, wie besprochen, gemacht.« Erik reichte ihm die handgeschriebene lange Liste der Möbel aus seiner Wohnung.

»Oha, Sie haben ja sogar die Kubikmeter ausgerechnet. Das ist toll. Wir müssen das aber ohnehin noch einmal nachrechnen, wenn wir den Platz im Lager berechnen.«

»Na klar. Und der Versand?«

»Zeigen Sie einmal die zweite Liste. Ok, wir können es nächste Woche verschicken, und es sollte innerhalb von zwei Wochen in Edmonton ankommen«, informierte ihn der Mann.

»Perfekt«, sagte Erik und füllte den Papierkram aus.

Als er durch die engen Straßen des Portugiesenviertels

schlenderte, musste er an die unzähligen Abende denken, die er in den Lokalen und Cafés verbracht hatte. Mit jedem Schritt, den er in Richtung des Hafens an den Landungsbrücken machte, wurde ihm die Entscheidung, Hamburg zu verlassen, schwerer in den Knochen. Doch statt sich niedergeschlagen zu fühlen, fühlte Erik sich von der Aussicht auf eine Zukunft mit Amelia beflügelt. »Denk daran, Erik«, flüsterte er zu sich selbst, während er auf das schimmernde Wasser des Hafens hinausblickte, »Dein Feld ist die Welt.« Na gut, dieser Leitspruch von Albert Ballin war vielleicht etwas dicke aufgetragen. Aber war es nicht seit Jahrhunderten so, dass es Hamburger in die Welt hinauszog? Sei es nun, dass sie Seeleute waren, Kapitäne oder gar Reeder? Und zog es ihn nicht auch in die Welt hinaus, weil er mit Amelia jemanden hatte, zu der es ihn hinzog?

❄

Amelia ließ sich in die Couch sinken und stieß einen langen Seufzer aus. Der halbe Tag an der Universität hatte sie schon sehr angestrengt. Aber sie machte Fortschritte. Sie konnte jetzt schon mehrere Stunden ohne große Anstrengung arbeiten, und das war ein Fortschritt.

Als sie sich in ihrer Wohnung umsah, lächelte Amelia. Das Sonnenlicht strömte durch die Fenster und hob die kleinen Details hervor, die dafür sorgten, dass sie sich hier wie zu Hause fühlte. Eine Vase mit Wildblumen, die Erik ihr mitgebracht hatte. Sie stellte sich vor, wie sich seine Arme in einer warmen Umarmung um sie legten.

Es klopfte an der Wohnungstür. Amelia ging hin und ließ ihre Freundin Julia hinein. »Hey! Bereit für unseren Mädelsabend?«, fragte sie fröhlich. Amelia grinste.

Julia stellte zwei Tüten mit Essen zum Mitnehmen auf

der Küchentheke ab. »Ich komme mit Pad Thai und Frühlingsrollen als Geschenk!«

»Hört sich gut an.«

Die beiden Freundinnen ließen sich mit ihrem Essen auf der Couch nieder. Während sie aßen, musterte Julia Amelia. »Du strahlst ja richtig. Ich habe dich schon lange nicht mehr so glücklich gesehen.«

»Ich fühle mich wieder wie mein altes Ich«, sagte Amelia. »Die Transplantation war so hart, aber langsam komme ich über den Berg. Und dann ist da natürlich noch Erik.«

Julia nickte wissend. »Dieser Mann vergöttert dich. Und das Gefühl beruht offensichtlich auf Gegenseitigkeit!«

Amelia errötete. »Bei ihm fühle ich mich einfach so sicher und geliebt. Ich kann es kaum erwarten, bis er wieder hier bei mir ist.«

»Nur noch ein kleines Weilchen«, versicherte Julia und drückte die Hand ihrer Freundin.

❄

Während es in Edmonton schon spätabends war, schien die Sonne noch am Hamburger Hafenrand. Die Möbelspedition war mit ihrem Lkw in die schmale Straße zwischen den Altbauten gekommen. Jetzt waren die Möbelpacker damit beschäftigt, Eriks Sachen zu verladen. Erik sah sein Bett in Einzelteilen zerlegt im Flur verschwinden. Er dachte unweigerlich an die stürmischen Nächte mit seiner ehemaligen Freundin, der Arbeitskollegin, die sie auf diesem Bett verbracht hatten. Jetzt verschwand es im Möbellager, und das war auch ganz gut so, wie er fand.

Früher hatten sie solche Umzüge selbst erledigt, Frank, Peter und er. Aber jetzt überließ er das lieber einer Spedition. In nur drei Stunden war alles erledigt und Erik fand sich in einer leeren Wohnung wieder. Ein Putztrupp rückte an, um die Räume sauberzumachen. Und sein Vermieter, der hatte sich für den Mittag angekündigt. Er schritt mit dem Mann die Räume ab und sie inspizierten die Wohnung. Da Ferdinand Meister ein nüchterner, geschäftiger Mann war, hielt er sich auch nicht mit Kleinigkeiten auf, etwa mit Kratzern an den Wänden, die Erik zuvor noch etwas übergepinselt hatte.

»Sie machen ja wirklich etwas Spannendes«, sagte Meister zu ihm. »Nach Kanada ziehen und dort einen Neuanfang wagen. Ich kann Ihnen gar nicht sagen, dass ich auch ein wenig neidisch bin.«

»Ich habe aber nur zu gern in Ihrer Wohnung gewohnt, Herr Meister. In dieser Lage findet man doch gar nichts mehr in Hamburg. Da werde ich schon etwas wehmütig.«

»Tja, aber ich bin eben ein Vermieter und bei der Inflation muss ich auf meine Kosten kommen. Und für mich, verzeihen Sie mir, Herr Wiedner, ist die Neuvermietung der Wohnung eben auch die Chance, etwas mehr einzunehmen. Die muss ich nutzen. Deshalb bin ich gar nicht so unglücklich.«

Die letzte Nacht in Deutschland verbrachte Erik bei Frank auf der Couch. Erst hatte er ja in ein Hotel gehen wollen, nachdem die Wohnung ausgeräumt und die Schlüssel übergeben waren. Dann hatte aber Frank darauf bestanden, dass er es sich bei ihm bequem machen konnte. Frank hatte eine riesengroße Wohnung in der Hafencity, gar nicht so weit von Erik entfernt.

»Du hast echt Platz in deinem Zuhause«, sagte Erik bewundernd.

»Das ist eben einer der Vorteile, wenn man einen Job in der Luftfahrtindustrie hat«, entgegnete Frank. »Es ist zwar auch viel Arbeit, aber sie wirft genug ab, um vernünftig zu wohnen.«

Sie tauschten bis spät in die Nacht Geschichten aus – Erinnerungen an eine bewegte Zeit in Hamburgs Straßen. »Ich kann nicht glauben, dass das ein Abschied ist«, sagte Erik leise.

»Hey, das ist kein Abschied«, mahnte Frank. »Du wirst uns besuchen, und wir kommen dich bald in Kanada besuchen. Die Welt ist nicht mehr so groß.«

»Eigentlich stimmt das nicht, Frank. Je mehr du von der Welt siehst, desto größer wird sie.« Erik hielt kurz inne. »Alles andere ist ein Klischee.«

❄

KAPITEL 4

Die Fahrt nach Smithers

Seattle und Kanada

Corbyn saß über seinen Schreibtisch gebeugt, Stapel von Papieren vor sich. Seine Augen huschten hin und her, als er die alten Dokumente untersuchte, und der schwache Geruch von Schimmel schwebte von den vergilbten Seiten auf. Hier ging es nicht um Mafiageschäfte. Heute ging es um den Schatz – seinen Schatz. Denn wem sonst sollte dieser Schatz gehören als ihm? Er fuhr mit dem Finger über die verblasste Tinte und folgte der sich windenden Schrift, die kryptische Hinweise und halb erinnerte Geschichten beschrieb. Irgendwo in diesen alten Worten lag der Schlüssel zu einem Vermögen verborgen. Er musste ihn nur finden.

Corbyn murmelte leise vor sich hin, während er die Papiere durchblätterte und einige frustriert zur Seite warf. Wo war dieser verdammte Name? Der Sohn des Freundes seines Vorfahren, derjenige, der mehr über den Schatz wusste. Jacks Sohn ... Daniel, das war es. Daniel Bagshaw. Wenn er Daniel finden könnte, würde der alte Mann ihn direkt zum Schatz führen. Corbyn konnte es in seinen

Knochen spüren. Mit neuem Eifer stürzte er sich auf die Dokumente. Er musste Daniel Bagshaw finden. Der Schatz würde ihm gehören, koste es, was es wolle. Corbyn erlaubte sich ein dünnes, grausames Lächeln bei diesem Gedanken. Er griff zum Telefon und rief Brooke an. Wenn er etwas in dieser Art erledigt haben wollte, etwas, das Grips erforderte, dann war Brooke die Richtige. Wenn er hingegen etwas wollte, dass ein wenig mehr körperlichen Einsatz verlangte – dann beauftragte er Larry damit, dachte Orson Corbyn. Aber jetzt waren die Kenntnisse von Brooke gefragt.

❄

Ein scharfes Klopfen an der Tür rüttelte Corbyn am nächsten Vormittag aus seiner obsessiven Suche auf. »Herein«, bellte er. Die Tür schwang auf und Brooke trat mit einem undurchschaubaren Gesichtsausdruck ein. Direkt hinter ihr stand Larry, mit seinem üblichen teuflischen Grinsen.

»Und?« schnauzte Corbyn sie an. »Habt ihr etwas gefunden oder nicht?«

»Haben wir, Boss«, antwortete Brooke ganz cool. Sie schien zu triumphieren, dachte Corbyn. »Wir haben eine solide Spur zu diesem Bagshaw-Typen.«

Corbyn beugte sich vor, seine Augen blitzten vor Interesse. »Fahr fort!«

»Er versteckt sich in einer kleinen Stadt im Norden Kanadas. Ein Ort namens Smithers in British Columbia.«

Corbyn schlug triumphierend mit der Faust auf seinen Schreibtisch. »Ich wusste es! Ich sagte doch, dass wir ihn aufspüren würden.« Er stand auf und schritt durch den Raum, seine Gedanken rasten voraus. »Das ändert alles. Dieser alte Knacker muss etwas über den Standort des

Schatzes wissen. Und er wird mir sagen, was er weiß, auf die eine oder andere Weise.«

Larry knackte mit den Fingerknöcheln. »Soll ich helfen, ihn zu überreden, Boss?«

»Alles zu seiner Zeit«, sagte Corbyn. »Zuerst fahren wir nach Smithers und finden Daniel Bagshaw. Sobald ich habe, was ich brauche ... werden wir sehen.«

Corbyns Augen funkelten vor Geiz und Grausamkeit. »Mit dem Vermögen aus diesem Schatz werde ich ein Verbrecherimperium aufbauen, das es mit der Mafia aufnehmen kann. Die Mafia ist ein Kinderspiel im Vergleich zu dem, was ich vorhabe.« Er ging auf die Tür zu, Brooke und Larry folgten ihm. Jetzt dachte Corbyn voller Entschlossenheit: Das Spiel war in vollem Gange. Bald würde der Schatz ihm gehören.

Corbyn schritt zu dem wartenden Auto, Brooke und Larry auf den Fersen. Er bellte dem Fahrer einen Befehl zu, dann schlüpfte er auf den Rücksitz und die anderen stiegen nach. Als sich die Luxuslimousine vom Bordstein entfernte, tippte Corbyn ungeduldig mit den Fingern auf sein Knie. Vierzehn Stunden in diesem verdammten Auto, nur um mitten im Nirgendwo in Kanada anzukommen. Er hasste lange Autofahrten, aber für den Preis, der ihn erwartete, war er bereit, die Langeweile zu ertragen.

Brooke blickte aus dem Fenster, während Seattle in der Ferne verschwand. Sie hatte nichts gegen Reisen, vor allem nicht in den Norden, in eine so schöne Gegend. Aber ihre Begeisterung wurde durch den unheilvollen Zweck dieser Reise gedämpft. Larry hingegen war begierig auf etwas Action. Er saß grinsend da und fantasierte über die Gewalt, die sich wohl entfesseln ließe, sobald sie diesen Bagshaw gefunden hätten. Larry lebte für die Drecksarbeit. Vielleicht liebte er sie sogar, dachte Brooke. Ganz sicher liebte er sie, fuhr es ihr dann durch den Kopf. Er war nichts als ein primitiver Schläger.

Meile um Meile verging, während sie auf dem Yellowhead Highway fuhren und sich die nördliche Wildnis um sie herum entfaltete. Corbyn drängte den Fahrer, das Tempolimit zu überschreiten. Er wollte endlich ankommen. Nach einer langen Schinderei erreichten sie schließlich das Städtchen inmitten der Berge. Corbyn blickte finster drein, als er die malerischen Straßen und bescheidenen Gebäude betrachtete.

»Was für eine Bruchbude«, brummte er. »Fünftausend Niemande, die mitten im Nirgendwo leben.«

Brooke musste zugeben, dass sie die kleine Gemeinde recht charmant fand. Ihr gefielen die Häuser mit ihren gepflegten Vorgärten und die familiäre Atmosphäre. Aber sie wusste, dass sie das in Gegenwart von Corbyn nicht sagen sollte. »Ich habe die Adresse, Boss«, sagte sie stattdessen. »Bagshaws Haus liegt etwas außerhalb der Stadt in der Nähe der Bahngleise.«

Corbyns Augen verengten sich. »Gut. Bringt mich jetzt dorthin.« Die Jagd war fast vorbei. Bald würde Corbyn seine Antworten haben. Und dann würde der eigentliche Spaß beginnen, der ihm seinen Aufstieg bescheren sollte. An die Spitze eines grausamen Imperiums, wie sich Corbyn das ausmalte.

❄

Sie hielten vor einem kleinen, aber schmucken Häuschen, das in der Nähe der Bahngleise lag. Wie aufs Stichwort rumpelte ein Güterzug vorbei, dessen Brüllen kurzzeitig alle anderen Geräusche übertönte. Corbyn stieg aus dem Auto und richtete seine Anzugjacke zurecht. »Was für ein armes Nest«, fluchte er.« Ihr wartet hier, während ich mich mit

Mr. Bagshaw unterhalte«, wies er sie an. »Ich möchte von niemandem gestört werden.«

Larry knackte mit den Fingerknöcheln. »Kein Problem, Boss.«

Corbyn ging zur Tür des Häuschens und klopfte mit den Fingerknöcheln kräftig dagegen. Nach einem Moment öffnete sie sich und gab den Blick auf einen älteren Mann mit strähnigem weißem Haar frei, der schätzungsweise 80 Jahre alt sein müsste.

»Hallo!«, grüßte der alte Mann mit einem warmen Lächeln. »Was führt Sie hierher?«

»Daniel Bagshaw, nehme ich an«, sagte Orson. »Mein Name ist Corbyn. Ich würde Ihnen gerne ein paar Fragen zu einer alten Familienlegende stellen.«

»Natürlich, natürlich! Kommen Sie herein, dann können wir uns unterhalten«, sagte Bagshaw freundlich.

Corbyn trat ein und warf einen Blick zurück zu seinen Begleitern, die am Auto warteten. Bald würde er die Informationen haben, die er brauchte. Auf die eine oder andere Weise. Dann folgte er Bagshaw in ein gemütliches Wohnzimmer. Trotz des herzlichen Empfangs empfand er keine Sympathie für den alten Mann. Bagshaw war lediglich ein Mittel zum Zweck.

»Ich bekomme nicht so oft Besuch hier«, sagte Bagshaw. »Es ist ein etwas einsames Leben, seit meine Frau vor fünf Jahren gestorben ist.«

Corbyn zeigte sich ungerührt. Er war ja nicht hergekommen, um sich die Lebensgeschichte des alten Mannes anzuhören, dachte er.

»Kann ich Ihnen etwas bringen?«, fragte Bagshaw. »Kaffee, Tee?«

»Nein, danke«, sagte Corbyn knapp, als er auf der geblümten Couch Platz nahm. »Lassen Sie uns einfach zur Sache kommen.«

Bagshaw ließ sich in einem Sessel gegenüber von ihm nieder. »Natürlich. Worüber wollten Sie mit mir sprechen?«

»Ich glaube, ihr Vater war mit meinem Urgroßvater befreundet«, begann Corbyn. »Sie sind früher zusammen gereist. Mein Vorfahre erwähnte einen bestimmten Familienschatz, von dem nur ein Bagshaw wissen konnte, wo er sich befand.« Er starrte den alten Mann eindringlich an. »Ich will ihn finden. Wenn Sie jetzt so liebenswürdig wären, mir zu sagen, wo er sich befindet.«

Bagshaws Augen weiteten sich leicht. Er zögerte, bevor er antwortete. »Mein Vater hat eine Geschichte über einen Schatz überliefert. Aber die Details waren sehr vage.«

Corbyns Kiefer spannte sich an. Vage Details waren für ihn nutzlos. Er brauchte konkrete Angaben. Wenn nicht, dann würde dieser Mann seine Frau schneller wiedersehen, als ihm lieb sein dürfte. Er beugte sich vor und senkte seine Stimme zu einem bedrohlichen Knurren. »Ich schlage vor, Sie denken sehr genau darüber nach, was ihr Vater Ihnen erzählt hat. Ich bin weit gereist, um Antworten zu finden, und ich werde nicht mit leeren Händen gehen.«

Der alte Mann wich zurück und sah verunsichert aus. Aber seine Stimme blieb ruhig. »Ich habe Ihnen alles gesagt, was ich weiß. Der Rest ist mit meinem Vater gestorben.«

Corbyn stand abrupt auf. Er hatte hier genügend Zeit vergeudet. Auf die eine oder andere Weise würde dieser alte Narr reden. »Wenn ich Sie wäre, würde ich anfangen, mich an mehr zu erinnern«, sagte er kalt. »Wir fangen hier gerade erst an.« Er blickte sich im Wohnzimmer um, Enttäuschung und Frustration kämpften in ihm. Irgendwo da draußen lag ein riesiges Vermögen, das seiner Familie gehörte – er musste es nur finden.

Abrupt streckte Corbyn seinen Arm aus und nahm eine

große Vase von einem der Beistelltische. »Na?«, sagte er und sah Bagshaw bedeutungsvoll an. »Na?« Als der alte Mann nicht sofort reagierte, warf Corbyn die Vase in eine Vitrine voll mit Gläsern auf der anderen Seite des Raumes. Die Türen der Vitrine, die Gläser und die Vase zerbarsten mit lautem Krach.

Der alte Mann war blass geworden, als er seine missliche Lage erkannte. Corbyn erlaubte sich ein leichtes Lächeln. Der schwierige Teil war vorbei. »Jetzt würde ich reden, an ihrer Stelle.« Corbyn nahm ein Foto, auf dem der Mann mit einer älteren Frau zu sehen war. »Nicht …«

»Was nicht?«, fragte Corbyn und feuerte das Bild auf den Boden, das Glas in dem Rahmen zerbrach. »Ich glaube, das brauchen Sie schon bald nicht mehr«, fügte er hämisch hinzu.

»Also gut, also gut. Ich rede. Ich weiß, wo sich der Schatz befindet. Lassen Sie mein Haus in Ruhe. Lassen Sie mich in Ruhe. Ich will doch nur Frieden …«

»Oh, keine Angst, den werden Sie gleich haben«, antwortete Corbyn, »wenn sie sofort auspacken!«

❄

Corbyn trat hinaus in die frische Bergluft und atmete tief ein, um nach dem Gespräch einen klaren Kopf zu bekommen. Brooke und Larry warteten am Auto, mit erwartungsvollen Gesichtern.

»Nun, was hat er gesagt?«, fragte Brooke ungeduldig. »Weiß er, wo der Schatz ist?«

Corbyn sah sieh mit einem hämischen, triumphierenden Grinsen an. »Das kann man wohl sagen. Ja, ich weiß es jetzt. Aber nur ich weiß es, und dabei sollte es auch bleiben. Larry, du kannst jetzt dafür sorgen, dass es auch so bleibt.«

Larry knackte mit den Fingerknöcheln, sein Mund verzog sich zu einem finsteren Grinsen. »Meine Spezialität. Sagen Sie es einfach, Boss.«

Corbyn legte eine Hand auf Larrys Schulter. »Er gehört jetzt dir. Sorg dafür, dass er nicht mehr redet.«

Brooke fühlte sich sichtlich unwohl. »Muss das wirklich sein? Herrgott, Orson, muss das sein? So hast du das doch früher nicht gemacht.«

»Da ging es auch nicht um einen so hohen Einsatz«, antwortete Corbyn.

Larry kicherte düster und ging zur Tür der Hütte. Corbyn sah ihm hinterher und wandte sich dann an Brooke. »Mach den Wagen fertig. Wir müssen vielleicht schnell weg.«

Brooke nickte und ging zum Fahrer. Corbyn lehnte sich an den Wagen und lauschte dem entfernten Rumpeln eines vorbeifahrenden Zuges. Der Zug schien langsamer zu werden und anzuhalten, direkt vor dem Haus, wie Corbyn registrierte. Doch er dachte sich nichts dabei. Er war mit anderem beschäftigt. Denn er erlaubte sich, sich den ungeheuren Reichtum vorzustellen, der ihm bald gehören würde. Ein Leben in Luxus erwartete ihn, ein Leben, das noch größer war als alles, was er sich bisher aufgebaut hatte.

Ein Schrei ertönte aus dem Inneren der Hütte, gefolgt von einem Krachen. Corbyn richtete sich auf. Es war an der Zeit. Larry trat aus der Hütte und wischte sich die Hände an seiner Hose ab. Hinter ihm schwang die Eingangstür auf und gab den Blick auf einen dunklen Innenraum frei. Dann blieb Larry angewurzelt vor der Haustür stehen. Mit finsterer Miene blickt er in Richtung der Bahngleise.

»Was soll das, Larry? Los geht's«, rief Corbyn zu ihm hinüber.

»Ich glaube, wir haben ein Problem«, sagte Brooke. »Jetzt geht es nicht mehr um uns allein.«

KAPITEL 5
Zugreise nach Prince Rupert

In ihrer Wohnung in Strathcona begann der Tag für Erik und Amelia wie ein unbeschriebenes Blatt. Erik, mit einem Kugelschreiber hinterm Ohr und einem Notizbuch in der Hand, war vertieft in die Nachrichten. »Hör mal, Amelia«, rief er aus der Küche, »es gibt eine Entwicklung im Stadtrat. Es geht um die Finanzierung für das Museum, in dem Deine Mutter arbeitet. Das könnten wir in der nächsten Ausgabe aufgreifen.«

Amelia, die an ihrem Laptop saß, tippte. »Das klingt interessant, Erik, besonders, wenn es meine Mutter betrifft.« Doch sie klappte das Laptop zu, weil sie merkte, dass sie losmusste. »Lass uns das später besprechen, wenn ich von der Arbeit zurück bin.«

Erik nickte. Er bewunderte Amelias Engagement. Trotz ihrer Genesung von der schweren Operation arbeitete sie bereits halbtags und setzte sich für ihre Forschung ein.

Als Amelia das Haus verließ, küsste sie Erik sanft auf die Wange. »Pass auf dich auf, Liebling. Wir sehen uns später.«

»Du auch, meine tapfere Wissenschaftlerin«, erwiderte Erik mit einem Augenzwinkern. Dann machte auch er sich auf zu seinem Schreibtisch in die Redaktion.

Am Abend trafen sich Erik und Amelia im »Mill Creek Ravine Park«, der nicht weit von ihrer Wohnung lag. Amelia hatte sich nach ihrem halben Tag an der Universität schon etwas erholen können, Erik kam direkt von seiner Arbeit dorthin. »Nach einem solchen Tag im Labor brauche ich definitiv eine kleine Pause«, sagte Amelia.

Erik grinste. »Frische Luft tut uns beiden gut.«

Die Sonne glänzte durch die Blätter der Bäume, und das Zwitschern der Vögel begleitete sie. Erik nahm das Gespräch auf: »Was hältst du davon, Schatz? Eine Zugreise nach Prince Rupert? Spätsommer an der Küste klingt doch perfekt, oder?«.

Amelia sah ihn an und nickte. »Ich finde, wir haben uns einen Urlaub verdient. Schließlich arbeitest du schon seit vielen Monaten hier in Edmonton und ich auch wieder. Wir beide machen uns also ganz schön krumm für unser Leben in Kanada.«

»Dafür ist es mir jede Stunde Arbeit wert.«

»Also haben wir uns auch die Erholung einmal verdient. Na, ich hätte mir ja denken können, dass es dich wieder in den Zug zieht, du Eisenbahnliebhaber«, sagte sie grinsend. »Obwohl ich auch schon einmal gehört habe, dass die Landschaft entlang der Strecke nach Norden atemberaubend sein muss«.

»Und wenn sie es nicht ist, haben wir immer noch uns«, fügte Erik hinzu.

❄

Das Licht des Laptops beleuchtete Eriks Gesicht und warf einen warmen Schimmer auf seine Stirn, während er sich vorlehnte und die Details studierte. Amelia saß neben ihm, ihre Finger waren mit seinen verschränkt. Eine Reise am Laptop vorzubereiten – Erik mochte das. »Also gut, wir haben die Schlafwagen und die Roomette«, sagte Erik. »Was denkst du, Amelia? Welche wäre für unsere Reise besser geeignet?«

»Ganz ehrlich, Erik? Wovon sprichst du da? Es gibt keinen Sleeper Plus auf dem Weg nach Prince Rupert. Es gibt nur Economy, weil der Zug über Nacht in Prince George stehen bleibt. Allenfalls bis nach Jasper könnten wir so fahren. Natürlich ist es toll, in einem eigenen Schlafwagenabteil durch die Rockies zu reisen. Aber sieh doch mal, wir beide zusammen zahlen für den Trip schon 650 kanadische Dollar in der Coach-Klasse.«

»Mh, das ist wirklich nicht ohne. Also Economy?«

»Ich bin mir sicher, dass wir das durchhalten«, sagte Amelia grinsend. »Mit dir in einem engen Sitz und dazu diese atemberaubenden Aussichten genießen. Außerdem können wir die Reise ja in Etappen aufteilen.«

»Perfekt«, grinste Erik und klickte sich durch die Optionen. Als er die Buchung abschloss, blinkte die Bestätigungsseite vor ihnen auf – zwei Tickets für den »Canadian«-Zug, ein Stopp in Jasper und dann die Fahrkarten für den Anschlusszug von Jasper über Prince George nach Prince Rupert. Von dort aus wollten sie mit der Fähre die kanadische Küste entlangfahren – als Deckspassage, wenn es sein müsste. Aber Erik wusste bereits, dass die Kabinen auf dem Fährschiff nicht so teuer waren.

»Wer hätte gedacht«, sinnierte Amelia, »dass unsere zufällige Begegnung dazu führen würde, dass wir uns ein Leben in Kanada aufbauen?«

»Tja, also ich hätte nicht davon zu träumen gewagt, als ich dich das erste Mal in dem Bus von Edmonton nach Jasper gesehen habe.«

❄

Das metallische Kreischen der Bremsen des Zuges auf den Gleisen kündigte Eriks und Amelias Ankunft in Jasper an. Es war, als ob ihr erstes Treffen hier nachhallte. Als sie den Bahnsteig betraten, blickten sie sich an. »Die Zeit vergeht wie im Fluge, wenn man mit dem Menschen zusammen ist, den man liebt«, antwortete Erik und seine Hand fand die ihre. Der große »Canadian« war am frühen Morgen von Edmonton eingetroffen und jetzt hatten sie einige Stunden Zeit, bis gegen Mittag der Zug nach Prince Rupert abfahren sollte. Der Duft von frischem Kiefernholz, der in der Luft lag, weckte Erinnerungen. Sie überquerten die Straße und beschlossen, in dem Hotel, in dem sie damals beide abgestiegen waren, zu frühstücken. Schließlich hatten sie sich dort wiedergesehen nach ihrem ersten gemeinsamen Ausflug zum Magnolie Canyon.

»Wir beide würden gern frühstücken«, bat Erik im Hotelrestaurant.

»Natürlich, hier entlang«, sagte die Kellnerin und führte sie zu einem gemütlichen Ecktisch. Sie machten sich beide auf ans Buffet – Erik zu den Pancakes, die er liebte, Amelia dagegen zu Gemüse, Tomaten, Eiern und Speck.

Als sie wieder an ihrem Tisch saßen, deutete Erik auf einen kleinen Platz gegenüber. »Da habe ich damals gesessen, und mich gefragt, was aus dir geworden ist.«

»Dabei hatte ich damals nur einen frühen Ausflug in den Wald gemacht. Aber ich habe dich auch schon nach einem Tag vermisst. Nur, dass ich dich im Hotel nicht mehr gefunden habe …«

»… weil ich in dieses Schwimmbad gegangen bin.«

»Aber ich wusste, dass ich dich am nächsten Morgen beim Frühstück treffen könnte.«

»Aber konntest du die Zeit ahnen?«

»Erik, ich gestehe dir jetzt etwas. Aber bilde dir bloß nicht zu viel drauf ein«, sagte Amelia grinsend. »Ich habe mich in die Hotelhalle gesetzt und darauf gewartet, dass du an mir vorbei in den Frühstücksraum gehst.«

»Oh ja? Jetzt bin ich beeindruckt. Wie lange hast du denn gewartet?«

»Das verrate ich dir nicht. Aber es hat schon eine Weile gedauert, bis der Herr beschlossen hatte, sein Frühstück einzunehmen.«

Beide mussten lachen. Damals hatte Erik überall nach Amelia gesucht, nachdem sie zusammen im Canyon gewesen waren. Und er war schon niedergeschlagen, als er sie nirgends finden konnte. Glücklicherweise hatten sie sich dann am Frühstückstisch wiedergetroffen.

Um 12.45 Mountain Time sollte der Zug nach Prince Rupert den Ort Jasper verlassen, so dass sie zurück zum Bahnhof schlenderten. Als sie den Zug bestiegen hatten, ließen sie sich auf ihren Sitzen nieder und bewunderten die Umgebung und die malerische Aussicht, die vor dem Fenster vorbeizog.

»Sieh dir diese Berge an«, rief Amelia aus und ihre Augen leuchteten. »Sie sind sogar noch atemberaubender, als ich sie in Erinnerung hatte.«

»Alles ist schöner, wenn du an meiner Seite bist«, sinnierte Erik.

❄

Das Klackern des Zuges auf den Gleisen sorgte für Untermalung, als Erik und Amelia Seite an Seite saßen und ihre Finger ineinander verschränkten. Die Sonne stand hoch am Himmel und warf warme Farbtöne auf die Landschaft, die an ihrem Fenster vorbeizog. »Es ist unglaublich«, sagte Erik. »Das ist ja das reinste Abenteuer.«

»Apropos Abenteuer«, sagte Amelia. »Sieh mal da hinten, das muss der Mount Robson sein.« Der Zug fuhr durch ein enges Tal, und in dem Einschnitt in ein weiteres Tal konnte Erik den gewaltigen Gipfel sehen. »Das ist der höchste Berg in den Kanadischen Rocky Mountains mit 3954 Metern Höhe«, las sie aus einem Prospekt über die Route des Zuges vor.

»Ich bin beeindruckt«, entgegnete Erik, »also sozusagen der kanadische Mont Blanc, ja?«

»Ha, Erik, ich habe Bilder vom Mont Blanc gesehen. Der ist doch nur eine flache Schneekuppe. Der Mount Robson ist ein wirklich beeindruckender Berg.«

Erik musste ihr zustimmen. Dieser massive Gipfel mit seinen drei Seitengraden, die er erkennen konnte, ragte als riesige Felswand in den Spätsommerhimmel. »Aber der Mont Blanc ist noch einmal 800 Meter höher.«

»Ok, aber wusstest du, dass der Mount Robson so schwer zu besteigen ist, weil es keine leichte Route auf den Gipfel gibt, dass es jedes Jahr nur eine Handvoll Bergsteiger hinauf schaffen?«

»Das ist schon wieder sehr beeindruckend, Amelia«, gab Erik zu.

Sie sah ihm in die Augen. »Worauf freust du dich auf dieser Reise am meisten?«

»Neue Orte mit dir zu erkunden«, antwortete Erik. »Und darauf, deine Reaktionen auf unsere Umgebung zu erleben.«

Amelia lächelte gerührt. »Das hast du aber schön gesagt.«

»Und was ist mit dir?«, fragte Erik.

»Abgesehen davon, dass ich viel Zeit mit dir verbringe?« Amelia stichelte, ihr Lächeln wurde breiter. »Ich glaube, ich suche nach ... einem Gefühl der Erneuerung. Weißt du, nach allem, was ich wegen meiner Gesundheit durchgemacht habe, fühlt sich diese Reise wie ein Neuanfang an.«

Während sie noch über Träume sprachen, wurde der Zug langsamer und signalisierte die Ankunft in Prince George. Vor ihnen lag der zweistöckige, rot gestrichene Bahnhof, dessen Beton einen starken Kontrast zu der Schönheit der Umgebung bildete.

»Sieht aus, als wären wir da«, bemerkte Erik, als sie ihre Sachen zusammenpackten und aus dem Zug stiegen. »Das ist schon ein lustiger Zug. Er fährt nur tagsüber, und nachts kann man sich ein Hotel suchen. Eigentlich gar nicht so schlecht.«

»Ja, obwohl Prince George nicht wirklich eine Schönheit ist. Ich habe eigentlich wenig Gutes über diesen Ort gehört, der mehr eine Industriestadt ist«, entgegnete Amelia.

Der Geruch von Abgasen vermischte sich mit der frischen Abendluft. Sie gingen Hand in Hand mit ihren Taschen durch die schwach beleuchteten Straßen und hielten schließlich vor einem kleinen, billigen Motel an. Die Leuchtreklame flackerte in unregelmäßigen Abständen und warf unheimliche Schatten auf das Pflaster darunter.

»Scheint ein anständiger Ort zu sein, um sich für die Nacht auszuruhen«, sagte Amelia und versuchte, optimistisch zu klingen, obwohl sie unweigerlich an ihre luxuriöse Unterkunft in Jasper zurückdenken musste.

Erik drückte beschwichtigend ihre Hand. »Es ist nur eine Nacht«, sagte er und gab damit ihre Gedanken wieder. »Morgen werden wir wieder im Zug sitzen, umgeben von all der atemberaubenden Landschaft.«

❄

Das Restaurant des Motels war klein und schwach beleuchtet, aber als Erik und Amelia sich an den klapprigen Holztisch setzten, nahmen sie einen Duft aus der Küche war, der köstlich war. Es schien, als hätte sich ihr Glück zum Besseren gewendet.

»Es riecht fantastisch, nicht wahr?«, sagte Amelia

Erik nickte. »Um ehrlich zu sein, habe ich nicht viel erwartet, aber das hier könnte ja vielleicht noch ein verstecktes Juwel sein.«

Die Speisekarte bot eine reiche Auswahl. Erik entschied sich für das Steak. Amelia schwankte. »Wie gern würde ich jetzt die Pasta nehmen.«

»Aber die Pasta hat viele Kohlenhydrate, und die willst du meiden«, stellte Erik fest.

»Ja, genauso ist es. Du weißt ja, ich bin Diabetikerin und ich habe diese Operation hinter mir.«

»Dann nimm doch einen Salat.«

»Also davon werde auch ich nicht satt. Ach was, Erik, ich nehme ein Steak. Viele Proteine und dazu eine große Portion Gemüse, das ist gesund.«

Als ihre Mahlzeiten kamen, wurden sie nicht enttäuscht. Zumindest, was das Restaurant anging, war das Motel über jeden Zweifel erhaben.

»Wow«, rief Amelia zwischen zwei Bissen aus. »Das ist unglaublich.«

»Stimmt«, erwiderte Erik und sie beide genossen ihr Essen.

Nach dem Essen zogen sie sich in ihr bescheidenes Motelzimmer zurück, wo das flackernde Licht der Leuchtreklame draußen sie in ein weiches, ätherisches Licht tauchte. Amelia schlang ihre Arme um Eriks Hals und zog ihn für einen leidenschaftlichen Kuss zu sich heran. In dem schmalen Bett war immer noch genug Platz für die zwei, um sich zu lieben.

❄

Am nächsten Tag, zurück im Zug und auf dem Weg nach Prince Rupert, war Erik fasziniert von der Landschaft, die sich vor seinen Augen auftat. Hoch aufragende Berge, dichte Wälder und rauschende Flüsse zeichneten ein atemberaubendes Bild der kanadischen Wildnis.

»Sieh dir das an«, sagte Amelia und zeigte auf einen besonders beeindruckenden Ausblick. Erik lehnte sich an das Zugfenster, sein Atem beschlug das Glas, während er versuchte, das perfekte Foto von den Bergen vor ihm zu schießen. Amelia stand neben ihm, ihre eigene Kamera klickend, und ihre Begeisterung war spürbar.

»Du machst eindeutig die besseren Fotos«, stellte Erik fest, während Amelia ihre Nikon ruhig in den Händen hielt und den Auslöser drückte.

»Das ist ja auch mein Hobby. Du, verehrter Journalist, kannst dann aber die schönsten Fotos aussuchen.«

»Absolut atemberaubend«, antwortete er und knipste ein weiteres Foto von einem Wasserfall, der von üppigen, grünen Wäldern eingerahmt wurde.

»Hey, Erik, sieh mal!«, rief Amelia und deutete auf einen auffliegenden Adler in der Ferne. Ihre Kamera klickte, in der Hoffnung, diesen Moment einzufrieren.

Der strahlende Sonnenschein über den Bergen war mittlerweile einer dunklen Bewölkung gewichen. Zwar war die Aussicht immer noch toll, fand Erik, aber nicht mehr so malerisch wie zuvor. Der Zug rollte weiter durch die Täler im Norden British Columbias, der nächste Halt sollte, wie Erik beim Blick in den Fahrplan erkannte, das Örtchen Smithers sein. Kein großer Halt, aber in dieser dünn besiedelten Gegend doch ein Zentrum. Amelia und er schauten weiter aus dem Zugfenster. Draußen hatte es zu regnen begonnen, die Atmosphäre wurde düsterer. Auf der linken Seite hob sich die dicht bewaldete Landschaft zu einem

Hügel an, rechts vom Zug war das Land flach. Der Zug wurde langsamer.

»Das wird wohl Smithers sein«, sagte Erik zu Amelia.

»Können wir hier aussteigen?«, fragte sie.

»Ich glaube nicht, dafür ist der Halt zu kurz.«

Mit einem lauten Knirschen in den Bremsen kam der große Zug zum Stehen. Erik schaute neugierig aus dem Fenster. Es war kein Bahnhof zu sehen. Links die Wälder, rechts eine Straße und kleine Einfamilienhäuser mit gepflegten Vorgärten. Eine Stimme über Lautsprecher bat darum, nicht auszusteigen, man müsse vor der Einfahrt in den Bahnhof noch einen kurzen Halt auf freier Strecke machen.

»Das ist also nicht Smithers«, stellte Erik fest und sah aus dem Fenster auf der rechten Seite. Neugierig betrachtete er die Häuser an den Bahngleisen. Amelia blieb auf der anderen Seite sitzen und sah lieber auf die Berge hinaus.

Plötzlich blieb sein Blick an einem bestimmten Haus hängen, das auf unheimliche Weise fehl am Platz wirkte – seine Fenster waren dunkel und sein Äußeres wirkte stärker abgenutzt als das der anderen. Der Motor des Zuges war nicht mehr zu hören, als er auf freier Strecke stehen geblieben war. Erik sah auf das Haus auf der anderen Seite der kleinen Straße, die direkt neben den Bahngleisen verlief. Irgendetwas stimmte hier nicht, dachte er noch.

Die Haustür schwang auf und gab den Blick auf das schummrige Innere des Häuschens frei. Licht brannte. Ein Mann stand im Türrahmen. Ein anderer stand davor und bat offenkundig um Einlass. Die Haustür ging zu, die beiden Männer waren im Inneren des Hauses verschwunden.

Dann konnte Erik sehen, wie sich die Schatten zweier Gestalten hinter dem Vorhang abzeichneten. Es ging alles so schnell: Der eine Mann schien auf den anderen einzuschlagen, der zu Boden ging. »Ein Schrei?«, dachte Erik. War da ein Schrei, den er gehört hatte? Eriks Gedanken rasten und er versuchte zu verarbeiten, was er gesehen hatte. Er schaute sich um, aber niemand war in der Nähe, der aus seiner Seite des Zugfensters sah.

»Ist alles in Ordnung?«, durchbrach Amelias Stimme Eriks Gedanken, ihre Stirn runzelte sich vor Sorge, als sie auf seine Seite des Wagens kam.

»Ich ... ich glaube nicht«, stammelte er, den Blick immer noch auf die Tür des Hauses gerichtet. »Ich habe etwas Seltsames gesehen.«

In diesem Moment flog die Tür des Häuschens auf. Ein Mann trat in den Vorgarten hinaus. Er war riesig und trug einen Ledermantel. Und er schaute Erik genau in die Augen. Ihm schauderte es. Er konnte erkennen, wie der Blick des Mannes ihn zu durchbohren schien. Zwei funkelnde, böse Augen, die Erik an Bord hinter dem Zugfenster fixierten. Dann trat Amelia neben ihn und sie erschrak, als sie das Haus und den Mann ansah. Die Szene dauerte nur Sekunden, aber sie brannte sich in Eriks Gedächtnis ein. Er wusste genau, dass der Mann sie beide gesehen hatte.

»Der Mann ist aus dem Haus gekommen«, erklärte Erik, dessen Stimme kaum zu hören war. »Es ging so schnell, aber es fühlte sich ... falsch an.«

»Erik, das war jetzt wirklich unheimlich. Dieser Mann mit dem Ledermantel, der uns beide angestarrt hat. Warum?«

»Ich denke, das weiß ich«, sagte Erik, der sich langsam wieder sammelte. »Hinter dem Fenster des Hauses ... ich glaube fast ... ich glaube, ich habe einen Mord gesehen«, sagte Erik zitternd zu Amelia. Sie starrte ihn entgeistert an.

»Was bitte? Einen Mord?«

»Dieser Mann mit dem Ledermantel ist in das Haus

gegangen, dann habe ich zwei Schatten gesehen, die miteinander gekämpft haben, und dann kam er wieder heraus und hat mir genau in die Augen geblickt.«

Regentropfen klatschten gegen die Scheibe, jeder einzelne ein winziger Trommelschlag, der widerhallte. Eriks Herz raste, als er auf das Haus starrte.

»Oder, Amelia, habe ich das gerade wirklich gesehen?«, fragte Erik, während sich die schreckliche Szene in seinem Kopf wiederholte. Es war, als wäre man Zeuge eines Blitzes geworden: plötzlich, schockierend und verschwunden, bevor man das Geschehene vollständig erfassen konnte.

»Wer ist er?« dachte Erik, und das Bild des Mannes im schwarzen Ledermantel blieb in seinem Kopf hängen. Die Art und Weise, wie die Augen des Mannes auf die von Erik gerichtet waren und ein unheimliches Verständnis zwischen ihnen herrschte, ließ Erik unwillkürlich erschaudern. Sie waren so wenig voneinander entfernt und doch trennten sie Welten: Der Mann vor dem Haus und Erik hinter der dicken Glasscheibe des Zuges, der hier auf die Durchfahrt wartete.

»Bist du sicher? Vielleicht war es ein Unfall oder ...?«, fragte Amelia.

»Das würde ich nur zu gern glauben. Aber du hast doch gesehen, wie er uns angestarrt hat. Macht ein Mann das, dem gerade ein Unfall passiert ist?« Erik merkte, dass er versuchte die Panik zu unterdrücken, die in seine Stimme schlich. »Er wusste, dass ich ihn gesehen habe, Amelia. Wir hatten Augenkontakt.«

Ein angespanntes Schweigen herrschte zwischen ihnen. »Amelia, da sind ja noch weitere Leute«, stellte Erik fest. »Da links.« Amelia blickte aus dem Fenster. Und dann sahen sie, etwas weiter die Straße hinauf, wie sie an einer Querstraße an einer großen Limousine standen: ein dicker Mann mit Hut, ein weiterer und eine Frau. Ihre bedrohliche Präsenz war trotz der Entfernung zu spüren. Der eine, der einen dunklen Anzug trug, strahlte Autorität aus. Der Mann in dem Ledermantel trat zu ihnen und zeigte mit ausgestrecktem Arm auf den Zug mit Erik und Amelia.

Dann endlich, viel zu spät und viel zu langsam, dröhnten die Motoren los. Der Zug machte einen Ruck und nahm Fahrt auf. Er beschleunigte, fuhr endlich weiter und ließ die Häuser hinter sich.

»Wer sind sie?«, fragte Amelia und folgte Eriks Blick.

»Das müssen die Männer sein, die mit dem Mörder zusammenarbeiten«, antwortete Erik, der spürte, wie sein Herz klopfte. »Sie haben uns gesehen, Amelia. Sie wissen, dass wir Zeugen sind.«

»In Ordnung«, sagte Amelia, ihre Stimme war fest, trotz der Angst, die in ihren Augen flackerte. »Wir müssen ruhig bleiben und einen Weg finden, die Polizei zu kontaktieren, ohne Aufmerksamkeit auf uns zu lenken.«

Erik vermutete, dass die Männer die Sache nicht so einfach auf sich beruhen lassen würden. Das Gewicht dessen, was er erlebt hatte, lastete auf ihm. Dieser Druck drohte ihn förmlich zu ersticken.

»Amelia«, flüsterte er mit schwankender Stimme. »Ich gebe zu: Ich habe etwas Angst.«

»Ich auch«, antwortete sie und streckte ihre Hand aus, um seine zu nehmen. Doch als der Zug weiterfuhr, wurde Erik das Gefühl nicht los, dass das Schlimmste noch bevorstand.

❄

Einige Minuten später kam der Zug von VIA Rail im Bahnhof von Smithers an. Erik und Amelia standen nervös am Fenster und schauten den Bahnsteig hinunter. Doch da war kaum jemand zu sehen. Der Bahnhof war ein beeindruckend großes, altes Gebäude, aber der Plattenweg davor war menschenleer. Sie fragten sich gerade, ob noch etwas geschehen würde, als ein Wagen die Hauptstraße hinunterraste. Es war das Fahrzeug, dass sie eben an der Querstraße neben dem Haus gesehen hatten, an dem der Zug angehalten hatte.

»Das ist nicht gut«, sagte Erik und sah, wie der Wagen mit quietschenden Reifen hinter das alte Bahnhofsgebäude rollte.

War es Schicksal? War es eine glückliche Fügung? Er wusste es nicht. Doch in diesem Moment ertönte eine Pfeife und ein Schaffner rief »All Aboard«. Er signalisierte die Abfahrt des Zuges und die Türen schlossen sich mit einem lauten Krachen. Wieder ging ein Ruck durch die Wagen, dann fuhr der kanadische Zug los und nahm Fahrt auf. Erik sah noch, wie der Mann mit dem Ledermantel und seine Begleiter hinter dem Stationsgebäude hervor gerannt kamen. Doch da hatte der Zug bereits Tempo – gleich, wie sich die Gangster beim Laufen angestrengt hätten, sie hätten ihn nicht mehr erwischen können.

»Ich glaube, die haben wir abgehängt«, stellte Erik fest, als der Zug immer schneller wurde und den Ort Smithers hinter sich ließ.

»Ja«, sagte Amelia, »die Frage ist nur, wie lange.«

❄

Der Zug fuhr mit erheblichem Tempo weiter durch die Täler zwischen den Bergen. Die Strecke verlief entlang eines Flusses, und Erik spürte die Geschwindigkeit, als sich die Wagen in die Kurven legten. Der Regen prasselte leise gegen die Fenster, während Eriks Augen auf das Ufer gerichtet blieben. Er hatte die Gangster vor dem Örtchen Smithers stehen sehen und ihre subtilen Gesten bemerkt – ein

Nicken hier, eine Veränderung der Körperhaltung dort – und gespürt, wie sich sein Magen umdrehte, als ihr Blicke nur auf ihn und Amelia gerichtet zu sein schien. Erik wusste, dass er ungewollt zur Zielscheibe geworden war, und diese Erkenntnis jagte ihm einen Schauer über den Rücken.

»Amelia«, flüsterte er, wobei er darauf achtete, dass seine Stimme nicht zu laut wurde. »Ich glaube, die werden jetzt nach uns suchen.«

Sie folgte seinem Blick zum Ufer des Flusses, doch dort war nichts zu sehen. »Mir ist auch nicht mehr zum Lachen zumute. Was sollen wir tun?«, fragte sie.

»Erst einmal bleiben wir beide dicht zusammen«, antwortete er und griff unbewusst nach ihrer Hand, um ihre Finger zu verschränken. Dabei versuchte er, ihre Situation zu analysieren. Die Zahnräder in seinem Kopf, wenn es so etwas gab, schienen sich wie wild zu drehen, um eine Lösung zu finden. Wenn sie zur Polizei gingen, würde man ihnen überhaupt glauben? Würden sie dadurch noch größere Gefahr auf sich ziehen? Seine Gedanken überschlugen sich.

»Vielleicht sollten wir es dem Zugchef sagen«, schlug Amelia zögernd vor, ihre Stimme war wegen des Lärms des Zuges kaum zu hören. »Sie könnten die Polizei für uns rufen.«

Erik zog das in Erwägung. Aber jetzt machte ihm die Angst, die an ihm nagte, die Entscheidung schwer. Was, wenn die Gangster sie abfingen, bevor Hilfe eintreffen konnte? Der Gedanke, Amelia noch mehr in Gefahr zu bringen, erfüllte ihn mit Grauen.

»Lass uns warten, bis wir hier weg sind, in Prince Rupert, vielleicht im Hotel«, sagte Erik schließlich und schluckte schwer. »Dort werden wir sicherer sein. Im Moment müssen wir so tun, als sei alles normal.«

»Normal?«, spottete Amelia leise und ihr Griff um seine Hand wurde fester. »Wie kann irgendetwas normal sein, wenn wir von Killern verfolgt werden?«

»Amelia, bitte«, flehte Erik mit angespannter Stimme. »Wir müssen es versuchen. Zu unserer eigenen Sicherheit.«

Später wusste Erik, dass er in diesem Moment einen entscheidenden Fehler gemacht hatte. Durch sein eigenes Zögern hatte er sie beide in noch größere Gefahr gebracht – und die Entscheidung, nicht direkt dem Zugchef Bescheid zu sagen, war wohl eine der dümmsten, die er je getroffen hatte. Doch an Bord des Zuges in British Columbia glaubte er damals, die Gefahr aufhalten zu können. Rational betrachtet, wäre es natürlich das vernünftigste gewesen, sofort die Polizei zu rufen. Aber Erik dachte in diesem Moment nicht rational. Und er trug eine Vergangenheit mit sich herum, die ihn zur Vorsicht vor der Polizei mahnte. Eigentlich hasste er die Polizei, so wie er allen Offiziellen misstraute. Während sie sich unterhielten, konnte sich Erik nicht von der erdrückenden Last ihrer Lage befreien.

»Amelia«, flüsterte Erik. »Wir müssen, wenn wir ankommen, schleunigst aus dem Bahnhof.«

»Bist du dir sicher?«, fragte sie, »werden wir dadurch nicht nur zu leichteren Zielen?«

»Vielleicht«, gab Erik zu und ließ seinen Blick wieder über die leeren Wälder und den Fluss schweifen. »Aber ich denke, wir sind hier leichte Beute. Wir müssen das Risiko eingehen. Außerdem glaube ich daran, dass wir schneller als die Gangster in Prince Rupert sind. Der Zug ist doch recht schnell, und die Straße windet sich durch die Berge.«

»Okay«, stimmte Amelia zu, wobei ihre Stimme schwankte. Sie holte tief Luft und versuchte, sich zu beruhigen. »Wie lautet der Plan?«

»Sobald wir den Zug verlassen haben, gehen wir direkt ins Hotel«, sagte Erik und malte sich ihre Flucht in

Gedanken aus. »Wir können sie in der Menge abhängen und wenn wir drinnen sind, rufen wir die Polizei.«

»In Ordnung«, nickte Amelia und in ihren Augen blitzte jetzt Entschlossenheit auf. »Los geht's.«

Als der Zug seinen letzten Halt erreichte, bereiteten Erik und Amelia sich auf die Flucht vor. »Bereit?«, fragte Erik Amelia und drückte ihre Hand fest.

»Bereit«, antwortete sie mit entschlossener Stimme.

❄

Der Zug verlangsamte seine Fahrt um kurz nach acht Uhr abends. Sie hatten eine Zeitzone überschritten und waren jetzt in der Pacific Time Zone unterwegs, eine Stunde vor der Mountain Time, von der sie in Edmonton abgefahren waren. Die Ankunft im Hafen von Prince Rupert stand bevor. Das eher schlichte, viereckige Bahnhofsgebäude mit seinen braunen Ziegelsteinen lag direkt am Fährterminal. Doch das Stadtzentrum lag bereits drei Kilometer hinter ihnen, wie Erik auf seinem Smartphone feststellen musste. Und da an diesem Abend keine Fähren mehr fahren sollten, was zweifellos das Beste gewesen wäre, mussten sie zurück in den Ort, den der Zug gerade rechts liegen gelassen hatte.

In dem Moment, als der VIA Rail Canada Zug zum Stehen kam, sprangen Erik und Amelia von ihren Sitzen auf und drängten sich durch die Menge der aussteigenden Passagiere. Sie liefen den Bahnsteig hinunter am Bahnhofsgebäude vorbei. Ihre Reisetaschen pendelten hin und her, während sie versuchten, das Gepäck festzuhalten und voranzukommen. Aber sie schafften es: Sie schnappten sich das erste Taxi, das dort auf Passagiere wartete. Alles andere wäre zwecklos gewesen – zu Fuß zu fliehen oder gar mit dem Bus. Das Taxi fuhr los und Erik konnte nicht erkennen, dass ihnen ein Fahrzeug folgte. Zumindest nicht sofort. Er sah nichts außer einigen Taxis und weiteren Fahrzeugen, die nicht wie das der Verbrecher aussahen.

In Downtown Prince Rupert, einer Stadt mit etwa 12.000 Einwohnern, kam ihnen alles erstaunlich groß vor und sie hielten vor einem mehrstöckigen Hotel an der Hauptstraße an. Erik drückte dem Fahrer schnell einige Dollarnoten in die Hand, sie öffneten die Tür des Autos und gingen geradewegs auf den Eingang zu.

»Das Hotel ist ganz schön groß, da könnten wir untertauchen«, bemerkte Amelia.

»Ja, ich habe uns dort für eine Nacht eingecheckt, weil der Preis recht akzeptabel war«, sagte Erik. Und obwohl das Hotel schon etwas abgenutzt aussah, bekamen sie an der Rezeption ein Zimmer in einem der oberen Stockwerke, von dem aus sie einen Blick auf das abendliche Prince Rupert hatten. Erik trat ans Fenster und starrte die Hauptstraße hinauf und hinunter. Aber er konnte nichts sehen.

»Vielleicht – vielleicht habe ich mir das alles nur eingebildet«, sagte er und ließ die Vorhänge wieder vor das Fenster fallen.

»Nun ja, du hast Dir den Mann mit dem Ledermantel nicht eingebildet, den habe ich auch gesehen. Aber was davor passiert ist, habe ich nicht mitbekommen«, sagte Amelia. »Aber wir haben beide gesehen, wie die Limousine am Bahnhof in Smithers aufgetaucht ist.«

»Und wir waren beide erleichtert, dass diese Typen den Zug nicht erreicht haben.«

»Was machen wir jetzt?«, fragte Amelia.

»Vielleicht haben wir sie einfach abgehängt«, vermutete Erik.

»Könnte sein«, meinte Amelia. »Schließlich haben wir sie seit Stunden nicht mehr gesehen. Und zwischen Smithers und Prince Rupert könnten wir auch an einem anderen Bahnhof ausgestiegen sein.«

Amelia und er waren müde. Erik dachte an seine bisherigen Erfahrungen mit den strikten kanadischen Behörden. Er dachte an seinen Antrag auf Arbeitsgenehmigung, der befristet war. Er dachte an damals, an seine Jugend in Hamburg, und wie er in einer Motorradgang gewesen war. Seitdem war jeder Kontakt mit der Polizei für ihn mit einem unguten Gefühl verbunden.

»Wenn wir sie abgehängt haben, können sie uns eigentlich nicht finden«, sagte Amelia, als könne sie seine Gedanken lesen. »Ich würde wahrscheinlich immer noch die Polizei rufen. Aber vielleicht machen wir aus der ganzen Geschichte kein großes Aufheben. Immerhin konntest du nicht einmal genau in das Zimmer schauen, weil der Vorhang davor war.«

Erik setzte sich in den Sessel im Hotelzimmer und nahm sich die Karte vom Zimmerservice. »Am besten bestellen wir uns jetzt ein Abendessen, das wir uns aufs Zimmer bringen lassen. Hier sind wir sowieso ungestört.«

Erik konnte nicht wissen, dass sie gerade einen weiteren großen Fehler begangen hatten, als sie auch in ihrem Hotel in Prince Rupert darauf verzichteten, die Polizei zu rufen. Unwissentlich brachten sie sich beide in noch größere Gefahr. Aber wie hätte er ahnen können, dass es keine gewöhnlichen Gangster waren, die ihnen auf den Fersen waren? Dass er sich nicht getäuscht hatte, als jemand hinter dem Vorhang zu Boden ging? Dass es niemand anderes war als Orson Corbyn, der ihnen nun nachstellte?

❄

Nach dem Frühstück im Hotel machten sich Erik und Amelia auf eine Erkundungstour durch Prince Rupert. Doch während sie durch das Zentrum schlenderten und das maritime Flair am Hafen genossen, beschlich sie immer wieder ein ungutes Gefühl. Sie konnten niemanden sehen, der ihnen verdächtig vorkam - weder den Mann mit dem Ledermantel, noch den vermeintlichen Anführer, noch die Frau. Aber sie wollten sich auch nicht einfach auf der Straße zeigen, während sie durch die Stadt schlenderten.

»Lass uns doch hier reingehen. Das ist bestimmt kein Ort, an dem Gangster auftauchen«, schlug Amelia vor und deutete auf ein Gebäude mit einem kleinen Museum, das der Geschichte der Region gewidmet war. Die beiden verbrachten einige Stunden dort und tauchten in die Vergangenheit ein, während sie Artefakte und Ausstellungsstücke betrachteten. Im Schutz des Gebäudes fühlten sie sich sicherer. Erik entspannte sich. Vielleicht würde sich die Situation von selbst lösen und sie könnten ihre Reise einfach ungestört fortsetzen?

Nach dem Museumsbesuch machten sie eine ausgiebige Pause in einem Café am Hafen. Sie gönnten sich einen Kaffee und ein Stück Kuchen, doch Erik bemerkte, dass Amelia immer wieder durch die Fenster auf die Hauptstraße schaute. Gegen Abend kehrten sie ins Hotel zurück, um sich auf die Fährüberfahrt durch die Inside-Passage vorzubereiten. Sie holten ihr geparktes Gepäck ab. Erik ging durch die Drehtür am Hoteleingang, Amelia folgte ihm dicht auf den Fersen. Doch kaum war er auf der anderen Seite herausgekommen, blieb er kurz wie angewurzelt stehen und drängte Amelia dann zurück in die Drehtür. »Schnell, zurück ins Hotel«, zischte er.

Sie standen wieder in der Lobby. »Was ist denn los?«, fragte Amelia.

»Da draußen fuhr gerade die schwarze Limousine von gestern die Hauptstraße entlang«, sagte Erik aufgeregt.

»Was? Mist, dann sind die ja wirklich immer noch hinter uns her!«

»Vielleicht werden wir sie los, indem wir mit der Fähre

fahren«, überlegte Erik. »Lass uns das Taxi vor dem Eingang nehmen.«

»Ich schaue lieber kurz nach, ob die Luft rein ist«, sagte Amelia entschlossen. Sie ging durch die Drehtür und blieb auf der anderen Seite stehen. Dann drehte sie sich um und zeigte mit dem Daumen nach oben. Erik packte die beiden Reisetaschen und kam heraus. Sie liefen zum nächsten Taxi und stiegen ein.

Während der Fahrt die Hauptstraße hinunter in Richtung Hafen schaute Erik angestrengt aus dem Fenster, so wie Amelia. »Verdammt«, murmelte sie. »In einer Seitenstraße habe ich gerade den Wagen gesehen. Er rollte dort ganz langsam herunter.«

Erik sah aus der Rückscheibe, aber von dem Auto konnte er hinter ihnen nichts entdecken. Er lehnte sich vor, und bat den Fahrer, möglichst schnell zum Fährhafen zu fahren. »Ihr habt's aber eilig«, sagte er mit einem Erik unbekannten Akzent.

»Ja, wir wollen noch eine bessere Kabine buchen vor der Abfahrt«, sagte Erik unschuldig.

Als die Sonne unterging, kamen beide am Hafen an. Erik zahlte den Fahrer mit kanadischen Dollarnoten, noch bevor der Wagen zum Stehen kam. Sie sprangen aus dem Taxi und gingen schnellen Schrittes in das einstöckige, moderne Terminal, das ganz am Ende des Kais stand. Die Fähre lag ruhig im Wasser, bereit, sie auf die Reise entlang der Küste mitzunehmen. Durch das Terminal kamen sie über die Gangway an Bord des Schiffes. Beide liefen durch die Gänge des Fährschiffes zu ihrer Kabine, die Erik mit der Schlüsselkarte öffnete. Sie schlugen die Tür hinter sich zu und setzten sich auf die Betten.

»Geschafft«, sagte Amelia. »Wer auch immer die sind, was auch immer die wollen, hierhin sind sie uns wohl nicht gefolgt.«

»Ich habe den Wagen nach der Innenstadt auch nicht mehr gesehen. Und so schnell, wie wir durch das Terminal waren, und als wir an Bord gingen, war von ihnen weit und breit auch keine Spur zu entdecken. Ich glaube, jetzt haben wir sie wirklich abgehängt.«

»Na, dann können wir doch versuchen, ein wenig die Reise zu genießen, was Erik?«, fragte Amelia und ihre Augen leuchteten wieder etwas mehr als am gestrigen Abend. Innerhalb weniger Augenblicke legte die Fähre ab und das Festland verschwand in der Ferne. Erik und Amelia lehnten Seite an Seite an der Reling und beobachteten, wie sich die Landschaft von sanften Hügeln und üppigen Wäldern zu weiten Wasserflächen mit winzigen Inseln wandelte.

Das sanfte Schaukeln der Fähre lullte Erik ein, als er in ihre kleine Kabine trat. Fährschiffe hatten ihn schon immer fasziniert, ebenso wie Züge. Das hier war kein Kreuzfahrtschiff, aber das wollten sie beide ja auch nicht. Doch es war gemütlich in der kleinen Kabine. Das leise Brummen des Motors unter ihm und der Duft des Meeres, der sich mit Amelias Parfüm vermischte, schufen ein Gefühl der Gelassenheit. Er beobachtete sie, als sie zum Fenster ging und ihre Augen sich vor Ehrfurcht vor der atemberaubenden Aussicht, die sich vor ihnen auftat, weiteten.

»Sieh dir das an, Erik!«, rief Amelia aus, ihre Stimme war voller Staunen. »Die Fjorde sind absolut beeindruckend.«

Erik gesellte sich zu ihr ans Fenster, das größer als ein normales Bullauge war, und gemeinsam betrachteten sie die Klippen, die sich direkt aus dem Wasser zu erheben schienen.

»Kannst du glauben, dass wir wirklich hier sind?«, fragte Amelia.

»Manchmal muss ich mich selbst kneifen«, gestand Erik.

Die Überfahrt nach Port Hardy sollte immerhin 18,5 Stunden dauern. Sie konnten nicht genau sagen, warum – aber auf dem Fährschiff fühlten sie sich sicher. Nirgendwo war eine Spur von den Gangstern zu sehen, wie sie nach ihren ersten vorsichtigen Erkundungsgängen festgestellt hatten. Und falls doch, war überall Personal, fand Amelia, dem sie spätestens dann, wenn es bedrohlich werden könnte, Bescheid geben würden. So konnten sie am nächsten Tag bei der Fahrt durch die Inside-Passage, zwischen den bewaldeten Küsten und den kahlen Felsen kleiner Inseln, eine Gruppe von Orcas beobachten, die mit ihren kräftigen Flossen die Oberfläche durchbrachen und in den Himmel stießen. Die Landschaft erinnert Erik an Skandinavien. Speziell die Durchfahrt zwischen Princess Royal Island und dem Festland kam ihm wie die Fährpassage von Stavanger nach Bergen in Norwegen vor. Nur dass die Berge hier gewaltiger waren und das Land viel dünner besiedelt. Selbst in Fjordnorwegen konnte man immer einige Dörfer, Straßen und Gehöfte an Land entdecken. Hier an der kanadischen Pazifikküste gab es Abschnitte, auf denen kilometerlang nichts als Wald, Küste und Natur zu sehen war. Aber eines wollte Erik nicht, seinem Instinkt folgend: Dass sie irgendwo an Deck allein an der Reling standen. Er bestand darauf, dass immer andere Passagiere in der Nähe waren, wo auch immer sie sich an Bord aufhielten.

❄

Stunden später nahm die Fähre hinter Calvert Island und Goose Bay Kurs auf das offene Meer. Größere Wellen des Pazifiks trafen auf das Schiff und ließen es merklicher schwanken. Dann drehte die Fähre nach Südwesten ab und steuerte direkt den Hafen von Port Hardy an. Das Küstenstädtchen kam in der Ferne, langsam näher. Erik versuchte, die düsteren Gedanken der Verfolgung beiseitezuschieben und sich mit Amelia auf den kanadischen Ort zu freuen. Port Hardy empfing Erik und Amelia mit einer ruhigen Gelassenheit, die sich von der Hektik der Großstädte abhob. Nun hatten sie einige Stunden Zeit, bevor der Bus nach Victoria abfahren würde. Die kleine Hafenstadt lag am äußersten nördlichen Ende von Vancouver Island, umgeben von Wäldern und dem geschützten Gewässer des Queen Charlotte Sound. Hier schien die Zeit anders zu vergehen, langsamer und gemächlicher.

Vom Fährterminal weg führte die Straße in den Ort. Obwohl das Fährterminal dem Zentrum genau gegenüberlag, war es doch zehn Kilometer entfernt. Denn ein tiefer Sund schnitt hier ins Land hinein, ganz weit nach Westen, gesäumt von einem Campingplatz und einem Yachthafen. Also nahmen sie sich wieder ein Taxi, um ins Zentrum zu kommen. Dort schlenderten die beiden über die Hauptstraße, wo bunte Blumenkübel den Gehweg säumten und kleine Geschäfte mit handgefertigten Souvenirs lockten. Die salzige Meeresluft vermischte sich mit dem Duft der Fichten. Port Hardy strahlte eine rohe Art von Schönheit aus. Amelia konnte kaum die Blicke von den Bootsstegen lösen, an denen die Fischerboote sanft auf den Wellen schaukelten. »Es ist so friedlich hier«, sagte sie und strich sanft über das Holzgeländer.

Erik nickte zustimmend. »Definitiv ein Ort, um die Seele baumeln zu lassen.« Nachdem sie sich an der Aussicht sattgesehen hatten, wurde ihnen klar, dass sie noch ein ziemliches Stück vor sich hatten. Bis Victoria waren es über 500 Kilometer nach Süden, so lang war diese Insel vor Kanadas Westküste. Erik hatte vor ihrer Abfahrt ein Shuttle ausgekundschaftet, dass sie ein Stück weit nach Süden bringen könnte, dort, wo die Linienbusse fuhren. Es war nicht gerade preisgünstig mit 100 Dollar pro Person. Aber sie wollten weiter. Also spazierten sie die Market Street zur Haltestelle des Shuttles hinunter. Sie kamen von einem Hügel, und Amelia deutete auf einen Laden auf der rechten Seite. »Jetzt sieh dir das einmal an, hier gibt es ja tatsächlich noch eine Videothek.«

Erik betrachtete den Laden, der ein »Convienience Store« und ein Video-Verleih war. »Das finde ich nostalgisch«, sagte er und drehte sich wieder um. Doch auf einmal blieb er wie angewurzelt stehen.

»Schockiert dich das so sehr, dass du jetzt zur Salzsäule erstarrt bist?«, fragte Amelia ihn lachend. Aber er schüttelte nur wortlos den Kopf und zog sie geradewegs in das Geschäft hinein. »Runter von der Straße«, raunte Erik ihr zu. In dem Laden grüßten sie den Shopbesitzer, der gelangweilt hinter seinem Tresen saß und nur kurz aufblickte. Dann sahen Erik und Amelia aus der Fensterscheibe des Ladens auf die andere Straßenseite.

Schräg gegenüber lag das einstöckige, flache Gebäude, cremefarben angestrichen, mit einem grünen Balken am Dach. Dort befand sich das Büro des Shuttle-Dienstes, der die Verbindung nach Campbell River anbot. Und dort standen zwei Personen auf der Straße, die so gar nicht zu dieser Umgebung zu passen schienen: ein Mann in Jeans und Lederjacke und ein zweiter mit einer wattierten Stoffjacke und mit einer Sonnenbrille. Sie taten nichts, sie standen einfach nur da und blickten scheinbar uninteressiert in der Gegend herum. »Da stimmt doch etwas nicht«, sagte Erik.

Der Mann mit der Lederjacke griff in seine Tasche und holte ein Smartphone heraus. Dann sprach er kurz und gestikulierte mit seinem Arm die Straße hinauf und hinunter. Der zweite Mann schüttelte den Kopf. Der erste beendete das Gespräch wieder – und die beiden blieben weiter wie angewurzelt stehen und machten nichts anderes, als aufmerksam die Market Street von Port Hardy hinunterzuschauen. Eine ältere Frau mit einem kleinen Rollwagen kam den Weg hinunter. Sie schien einen Einkauf mit sich zu schleppen. Doch die beiden Männer in der Mitte des Gehweges blieben ungerührt stehen, während die Frau ihren Rollwagen umständlich an ihnen vorbei zerren musste und dabei über den Rasen zog. Sie schien zu schimpfen.

»Benehmen sich so normale Einwohner von Port Hardy?«, fragte Erik.

»Wohl kaum. Die stehen einfach wie angewurzelt vor dem Büro des Shuttles und beobachten die Straße«, entgegnete Amelia.

»Genau. Da stimmt doch etwas nicht. Aber sie gehören nicht zu den Dreien, die wir in Smithers vom Zug aus beobachtet haben.«

»Nein, die beiden Typen habe ich noch nie gesehen. Wer auch immer die sind Erik, wenn es Offizielle wären, dann hätten sie zumindest Platz für die Frau mit ihrem Wagen gemacht. Aber einfach so in der Mitte des Gehweges stehenzubleiben, das schien ihnen sogar Spaß zu machen.«

»Wir bleiben lieber ein wenig hier drinnen«, schlug Erik vor. Amelia nickte und ging zu dem Mann hinter dem Tresen.

»Zwei Kaffee bitte, einen schwarzen und einen mit Milch und etwas Zimt, wenn Sie haben. Können wir uns ein wenig aufwärmen?«

»Na sicher, ist ja eh nichts los. Das Wetter ist ganz schön regnerisch geworden«, sagte der Ladenbesitzer und schenkte ihnen den Kaffee ein. Erik und Amelia blieben etwas hinter dem Fenster stehen und sahen auf die Straße.

Die beiden Männer schienen sich zu langweilen, aber sie blieben wie angewurzelt stehen. Als Nächstes kam ein Mann mit einem kleinen Hund, der auch an ihnen vorbeilaufen wollte. Der Typ mit dem Blouson und der Sonnenbrille blieb weiter wie angewurzelt stehen. Als der Mann an ihm vorbei war, der den Hund an seiner Leine führte, sah Amelia, wie er blitzschnell dem Tier einen Tritt versetzte. Der Hund schien zu jaulen und raste nach vorne, an seinem Herrchen vorbei. Der Mann blieb empört stehen und sagte etwas. Daraufhin machte der erste Typ mit der Lederjacke einen bedrohlichen Schritt auf ihn zu. Jetzt ging der Mann mit dem Hund ganz schnell, mit gesenktem Kopf davon. »Du kannst sagen, was du willst, ich gehe da nicht raus«, sagte Amelia entsetzt.

»Das musst du auch gar nicht«, erwiderte Erik und sah auf die Straße. In diesem Moment bog ein Shuttlebus vom Hof des Betriebes. Das kleine Fahrzeug mit seinen schätzungsweise acht Sitzen hatte ein Schild hinter der Windschutzscheibe, auf dem »Campbell River« stand. Es beschleunigte auf der Market Street und fuhr an ihnen vorbei. »Da fährt er nun, unser Weg aus diesem Ort hinaus«, stellte Erik fest.

Die beiden Männer schauten noch einmal prüfen die Straße hinunter, dann gingen sie um die Ecke und stiegen in ihr Fahrzeug. Erik sah genau hin: Der Wagen hatte ein US-amerikanisches Nummernschild aus dem Bundesstaat Washington.

»Und weg sind sie«, sagte Amelia. »Sie haben genau bis zur Abfahrt des Shuttles gewartet. Als ob sie nach uns gesucht hätten. Was wir nicht wissen können.«

»In jedem Fall ist damit unser Ticket ungültig«, meinte Erik. Dafür konnten die beiden jetzt unbemerkt den Laden verlassen. Sie gingen zügig durch eine Seitenstraße zum Hafen. Dort gab es ein Café. Der Wagen aus Washington mit den beiden Typen war nicht zu sehen. »Schnell, wir können da drinnen ja mal fragen, was es noch so an Transportmöglichkeiten gibt«, schlug Erik vor.

Sie setzten sich an den Tresen. Amelia fragte die Bedienung, was sie als Touristen denn machen könnten, wenn ihnen das Shuttle gerade vor der Nase weggefahren wäre. »So ein Pech, das ihr da habt«, sagte die Frau. »Aber sprecht mal mit Bill, da hinten am Tresen. Der will, glaube ich, in Eure Richtung fahren.«

Bill wirkte wie ein wettergegerbter, alter Fischer. Er saß am Tresen und war in eine altmodische Falt-Landkarte vertieft. Erik trat zu ihm und begrüßte den Mann höflich. »Wir wollen nach Victoria, aber das Shuttle ist teuer und fährt nur selten. Gibt es vielleicht eine andere Möglichkeit, dorthin zu kommen?«

Bill kratzte sich am Kinn und starrte nachdenklich auf die Karte. »Nun, ich selbst habe vor, nach Campbell River zu fahren. Das liegt ziemlich auf eurem Weg. Ich könnte euch mitnehmen.«

Amelia und Erik tauschten erstaunte Blicke aus. Diese unerwartete Hilfsbereitschaft berührte sie. »Das wäre wirklich nett von Ihnen, Bill«, sagte Amelia gerührt. »Wir würden Ihre Gesellschaft sehr schätzen.«

Der Fischer nickte zufrieden. »Gut, dann lasst uns aufbrechen. Es wird eine lange Fahrt.«

Sie verließen das Café und begaben sich zu Bills Geländewagen, der am Hafenrand geparkt war. Der Wagen schien ebenso alt wie er selbst zu sein, dachte Erik. Er roch nach Salz, war vollgestopft mit Fischernetzen und Werkzeugen.

Die Fahrt begann ruhig: Bill schien den Wagen gut im Griff zu haben. Er beschleunigte, bremste vor den Kurven sanft ab und gab dann wieder Gas. Sie verließen Port Hardy und die Straße schlängelte sich durch dichte Wälder, vorbei an glitzernden Seen und malerischen Aussichtspunkten.

Nun zeigte sich, dass der alte Mann gern plauderte und sich über die Gesellschaft auf der langen Fahrt freute. Erik und Amelia machten mit. Bill erzählte von seinem Leben, von stürmischen Nächten auf hoher See und ruhigen Tagen beim Fischen an der Küste.

»Das Meer hat eine eigene Sprache«, sagte er, den Blick auf die Wellen gerichtet, als die Straße am Ufer entlangführte. »Man muss nur lernen, der See zuzuhören.«

Amelia grinste. »Könnte ich dann vielleicht auch lernen, wie ich mit dem Meer reden kann?«

Bill lachte herzlich. »Nun, das ist eine Sprache, die nicht jeder beherrschen kann. Man muss schon seine Zeit auf dem Wasser verbringen.«

Die Sonne neigte sich dem Horizont entgegen, als sie schließlich in Campbell River ankamen. Bill parkte den Wagen am Kai und wandte sich lächelnd an die beiden. »Ich hoffe, ihr kommt sicher nach Victoria. Vergesst nicht, dem Meer zuzuhören«, sagte er und reichte ihnen die Hand.

Amelia und Erik bedankten sich herzlich. Sie sahen Bill noch eine Weile nach. »Von hier geht es etwas leichter weiter«, sagte Erik. »Da fährt demnächst ein Bus nach Victoria.« Er deutete auf die Bushaltestelle. Sie waren in Campbell River zweieinhalb Stunden Fahrt von Port Hardy entfernt und sie hatten nirgends auf dem Weg den Wagen mit dem Kennzeichen aus Washington gesehen – ganz zu schweigen von der Limousine vom gestrigen Tag. Trotzdem beschlossen Erik und Amelia, vorsichtig zu sein und sich hinter der Bushaltestelle, abgewendet von der Straße, zum Warten hinzustellen.

»Jetzt aber auf nach Victoria«, sagte Amelia. Sie lächelte Erik an und versuchte die Stimmung mit etwas Konversation aufzulockern. Erik hörte ihr dankbar zu. »Die Stadt steht schon so lange auf meiner Wunschliste.

Wusstest du, dass Victoria das mildeste Klima in Kanada hat? Ich habe gelesen, dass sie manchmal die ›Stadt der Gärten‹ genannt wird, weil dort das ganze Jahr über Blumen blühen.«

»Dann muss sie für uns beide angestrengte Reisende ja ein richtig optimistisches Ziel sein.«

Wenig später hielt der große Linienbus. In dem Fahrzeug fühlten sie sich schon sicherer: Viele Bänke waren besetzt, vorne gab es einen Fahrer mit einem Funkgerät, der manchmal mit seiner Zentrale zu sprechen schien. Erik und Amelia kuschelten sich auf den Sitzen aneinander. Der Bus glitt über die Straßen, während sie durch das Fenster die vorbeiziehende Landschaft betrachteten. Als es schon dunkel war, kamen sie zu ihrem nächsten Zwischenstopp: in einen größeren Ort namens Nanaimo. Weiter würde sie der Bus an diesem Abend nicht mehr bringen.

»Das Motel da drüben sieht genau richtig für uns beide aus«, meinte Erik nach dem Aussteigen. »Schön groß und auch irgendwie unauffällig. Lass uns dort einquartieren.«

Später lagen sie in ihrem Zimmer zusammen auf dem großen Bett. Neben ihnen stand wieder ein Tablett vom Roomservice mit leeren Tellern und Gläsern. »Kommt mir irgendwie alles wieder ganz normal vor«, meinte Amelia. »Wir wissen ja gar nicht, wer die Typen in Port Hardy waren. Und jetzt sind wir fast fünf Stunden von ihnen entfernt in einem Motel, wo uns keiner kennt. Ich strecke ich mich gerne mit dir aus.« Sie lehnte sich hinüber und sah Erik an. Er war bereits eingeschlafen.

❄

Der Weg nach Süden führte sie am nächsten Tag mit dem Bus durch dichte Wälder, entlang der flachen Küstenlinien und vorbei an idyllischen kleinen Ortschaften. Amelia lehnte sich gegen Eriks Schulter und sah hinaus. »Ich finde es schön, wie vielfältig die Landschaft hier ist. Anders als in der Prärie gibt es hier immer Abwechslung – von den Küstenstädten zu den Wäldern.«

Erik lächelte und strich ihr über den Arm. »Ja, das ist wirklich beeindruckend.« Er strahlte eine Ruhe aus, fand sie, als ob nichts geschehen wäre und sie einfach auf ihrer Urlaubsreise wären. Nach zweieinhalb Stunden bog der Bus schließlich auf die Straßen von Victoria ein. Sie stiegen aus, zogen ihre Koffer hinter sich her. Auf den Straßen war viel los. Bedroht oder verfolgt fühlten sich Erik und Amelia in Victoria nicht mehr.

Das Hotel, das Erik gebucht hatte, war ein beeindruckendes Gebäude, das Eleganz und Tradition ausstrahlte. Amelia warf einen neugierigen Blick um sich. »Wow, das ist wirklich ein beeindruckendes Hotel.«

Erik lächelte. »Ich dachte, wir könnten uns nach der langen Reise etwas Besonderes gönnen.«

»Das hast du genauso wie damals in Kalifornien gemacht. Erst verbringen wir die Nacht auf der Fähre, dann führst du mich wieder in ein solch vornehmes Hotel aus. Gut gemacht, Erik.«

In ihrem schicken, eleganten Zimmer streckten sich die beiden auf dem bequemen Bett aus. Nach einer Weile fragt Amelia: »Meinst du, wir können uns einen kleinen Rundgang durch die Stadt erlauben?«

Erik überlegte kurz. »Diese Typen sind in Port Hardy gewesen. Das ist von hier aus fast acht Stunden weit entfernt. Sie haben uns nicht gesehen, da bin ich mir doch sicher. Woher sollen sie wissen, dass wir in Victoria sind?«

»Keine Ahnung«, sagte Amelia.

»Genau. Wir können ja ein wenig durch die Stadt laufen und uns dabei umsehen. Woher sollen wir wissen, ob wir noch jemanden auf den Fersen haben, wenn wir nur auf dem Zimmer bleiben?«

Und so machten sich Erik und Amelia auf den Rundgang durch die Stadt. Es war das erste Mal seit der Nacht in Prince George, dass sie sich wieder freier fühlten. Sie flanierten entlang der Uferpromenade, vorbei an einigen eleganten viktorianischen Gebäuden, deren Fassaden in den Abendsonnenstrahlen glänzten. Das Rauschen des Meeres begleitete sie, während sie den Anblick der bunten Blumenbeete und Skulpturen im Inner Harbour genossen. Amelia war fasziniert von der Architektur, besonders von den liebevoll restaurierten Häusern im James Bay Viertel.

»Vielleicht sollten wir beim nächsten Besuch hier ein Bed & Breakfast in Betracht ziehen«, schlug sie vor, während sie die blumengeschmückten Gassen entlang schlenderten.

Erik nickte. »Das wäre wirklich etwas Besonderes.«

Weiter führte ihr Weg sie noch zum Beacon Hill Park, einem weitläufigen Gartenparadies mitten in der Stadt. Dort spazierten sie zwischen riesigen Mammutbäumen, farbenfrohen Blumenbeeten und versteckten Teichen, die von Enten bevölkert waren.

»Hier ist es so friedlich«, fand Amelia, während sie auf einer Bank am Ufer eines kleinen Sees verweilten. »Das erinnert mich fast schon wieder an den Park in Edmonton, gleich hinter meiner Fakultät, wo man auf den Saskatchewan River schauen kann.«

»Und wo wir über die Idee zu dieser Reise gesprochen haben«, ergänzte Erik.

Schließlich schlenderten beide zurück zum Hotel, wo sie im Restaurant ein kleines Abendessen bestellten. Auf Vor- und Nachspeisen wurde verzichtet, beide nahmen ein Hauptgericht. Danach verschwanden sie wieder in ihrem geräumigen Zimmer, mit einem großen Fenster, das den

Blick auf die beleuchtete Stadt freigab. Amelia lehnte sich gegen die weichen Kissen auf dem Bett. »Es fühlt sich an wie ein kleines Stück Luxus auf unserer Reise.«

Erik nickte. »Genau das habe ich mir gedacht.« Die beiden schliefen in dieser Nacht tief und fest, umgeben von der Ruhe und dem Komfort des Hotels. Wie hätten sie auch ahnen können, dass es das letzte Mal für eine ganze Weile war, dass sie so friedlich und ungestört schlafen konnten.

KAPITEL 6

Flucht nach Montana

Victoria, British Columbia

Die Vormittagssonne stand hoch am Himmel, als Erik und Amelia die Schnellfähre »Victoria Clipper« betraten, deren leuchtender Rumpf im inneren Hafen von Victoria lag. Die Passagiere drängelten sich und manövrierten ihr Gepäck durch die engen Gänge, während Lachen, Geplapper und das gelegentliche Weinen eines unruhigen Kindes die Luft füllten. Die Motoren brummten unter ihren Füßen.

»Suchen wir uns einen Platz«, schlug Erik vor und führte Amelia durch die Menschenmenge. Als sie sich niederließen, schaute Erik sich wieder um. Er sah Familien mit kleinen Kindern, Paare, die Händchen hielten, und Alleinreisende, die in Bücher vertieft oder in Gedanken versunken waren. Doch nirgends sah er jemanden, der nicht ins Bild passte. Keine Typen in Lederjacke oder mit Sonnenbrille, die die anderen Reisenden beobachteten. Nein, an Bord sahen alle friedlich aus.

Als die Fähre den Hafen verlassen hatte, wurde das Brummen der Motoren lauter und die Vibrationen deutlicher. Erik kam sich vor wie auf dem Katamaran, der von Hamburg auf die Insel Helgoland fuhr. Kein Wunder, stellte er fest, als er in den Prospekten blätterte, die an dem Kiosk auslagen. Die Fähre von Victoria nach Seattle wurde von der gleichen Reederei aus Flensburg betrieben, wie einige Fähren an der deutschen Nordseeküste. Eigentlich erstaunlich, dass die sogar hier, am Pazifik, ihr Geschäft machten. Amelia und er gingen auf das Achterdeck, wo sie die Fahrt auf die Juan-de-Fuca-Straße beobachteten. Hier reicht ein Meeresarm des Pazifiks zwischen Vancouver-Island und der Olympic Peninsula etwa 150 Kilometer ins Land hinein. Vor ihnen befanden sich schon die USA, hinter ihnen das kanadische Vancouver Island.

Der Katamaran jagte mit über 30 Knoten Tempo in den Puget Sound vor Seattle hinein, wich großen Frachtschiffen und kleineren Booten aus, die wiederum respektvollen Abstand zu der Schnellfähre hielten. Er wurde erst langsamer, als er sich dem belebten Hafen von Seattle näherte. Erik und Amelia standen wieder an der Reling. »Sieh mal, da sind wir vergangenes Jahr mit dem Zug aus Vancouver angekommen, als wir nach Portland gefahren sind.« Amelia dachte gern zurück an diese Reise.

»Wir sind ja ganz schön schnell, und etwas spannender als der Zug ist es auch, mit dem Katamaran über den Puget Sound zu fahren«, stellte sie fest. »Wow, Erik! Sieh dir all diese Menschen an!« Ihre Worte waren kaum hörbar in der Mischung aus Autohupen, Gelächter und dem Brummen der Bootsmotoren. »Ich habe keine Ahnung, wie wir hier wegkommen sollen.«

»Da kann uns am besten ein Taxi helfen«, sagte Erik und sie gingen beide von Bord und nahmen sich das nächste Taxi. Dann ließen sie sich zu ihrem Hotel in einem Hochhaus in Seattle bringen. Als sie ihr kleines Zimmer betraten, blickte Amelia aus dem Fenster. »Na, die

Aussicht ist grandios, wenngleich das Hotelzimmer doch etwas klein geraten ist.«

Erik streckte neugierig den Kopf aus dem Fenster. Sie beide schauten auf die Straße hinunter – und nun wäre ihnen fast im gleichen Moment das Herz stehen geblieben.

❄

Erik und Amelia sahen aus dem achten Stock hinunter auf die Straße. Dort unten, genau gegenüber dem Hoteleingang, stand eine schwarze Limousine. Nicht irgendeine, es war der Wagen, den sie in Kanada gesehen hatten, am Bahnhof von Smithers. Und vor dem Wagen stand ein Mann in einem Ledermantel.

»Nicht«, rief Amelia noch und beide zogen sich vom Fenster zurück. Erik machte das Schiebefenster zu und zog gleich die Vorhänge vor. »Das kann doch nicht wahr sein«, stöhnte Amelia. »Wie um alles in der Welt …«

»Ich weiß es nicht. Keine Ahnung. Das ist jetzt wirklich nicht gut«, antwortete Erik. »Sie stehen ja schon direkt vor unserem Hotel. Noch deutlicher könnte es kaum sein, dass wir in der Falle sitzen.« Während er sprach, wurde Erik das ungute Gefühl nicht los, dass ihnen die Zeit davonlief. Mit jedem Augenblick, der verstrich, schien die Gefahr näherzukommen. Verdammt, sie waren ja wirklich verfolgt worden. »Kann das sein? Ist uns der Mann aus Kanada hierher gefolgt?«, sagte Erik. Ihm lief ein Schauer über den Rücken.

❄

Der schwache Schein einer flackernden Lampe warf verzerrte Schatten auf die abblätternde Tapete des schäbigen Raums in Downtown Seattle. Orson Corbyn saß an seinem abgenutzten Schreibtisch. Seine kalten, berechnenden Augen schienen den Dunst des Zigarettenrauchs zu durchdringen, der den Raum erfüllte. Seine kräftige Statur verströmte eine Aura der Bedrohung. Doch Orson Corbyn saß hier ja nicht als Distriktleiter der Mafia, sondern für sein eigenes Projekt. Was ihn nicht davon abhielt, die Ressourcen der Organisation zu nutzen. Orson wusste, wenn das herauskam, dann wäre er geliefert. Wenn der Plan allerdings aufging, dann war er ein gemachter Mann.

»Hört zu«, forderte Orsons kiesige Stimme Aufmerksamkeit, als er sich an Larry Roffe und Brooke Chasey wandte. »Hier ist der Plan«, fuhr Orson fort und musterte ihre Reaktionen. »Es gibt nur noch dieses eine lose Ende: diesen Typen aus dem Zug in Kanada. Er ist Zeuge unserer kleinen Aktion in Smithers. Sein Name ist Erik Wiedner, das habe ich inzwischen herausbekommen. Er ist der Einzige, der uns mit dem Mord in Verbindung bringen kann.« Orson sah Larry in die Augen. »Ich will, dass du Erik für immer zum Schweigen bringst.«

»Wie hast du ihn denn gefunden?«, fragte Brooke.

»Tja, das waren unsere beiden Freunde, die ich nach Vancouver Island geschickt habe. Während wir noch blöd in diesem Fährhafen auf dem Festland herumstanden, haben sie Posten im Norden der Insel bezogen.« Orson überlegte einen Moment, wie viel er eigentlich erzählen sollte. Aber Brooke war nicht dumm, sie wollte erfahren, wie es gelaufen war. »Was für ein Glück, dass die in Nainaimo auf einer, nun ja, auf einer Mission waren. Also mussten sie auf dieser komischen langen Insel nur nach Norden fahren. Als sie da nicht aufgetaucht sind, haben sie aber nicht locker gelassen.« Er sah seine beiden Handlanger ernst an. »In Victoria haben sie die beiden gesehen, wie sie auf die Fähre nach Seattle gestiegen sind.« Er fügte dreckig grinsend hinzu: »Genau in die Höhle des Löwens könnte man sagen, genau vor unsere Haustür. Einer meiner Leute am Fährterminal hat dann herausbekommen, wohin sie ihr Taxi gebracht hat. Und jetzt sind sie in diesem billigen Hotel in Downtown, hier gleich um die Ecke. Sie sitzen in der Falle.«

»Verstanden, Boss«, antwortete Larry, die Stimme fest vor Entschlossenheit. Er freute sich auf die Gelegenheit, sein nächstes Ziel zu jagen und dabei den Nervenkitzel zu spüren. Und er bewunderte seinen Boss: Wie schnell dieser die Person identifiziert hatte, die ihnen aus dem Zug hinterher geglotzt hatte. Orson war ihnen in das Hotel gefolgt und hatte sich an der Rezeption geschickt, und mit einer Banknote in der Hand, die über den Tresen wanderte, nach den Gästen erkundigt, der gerade in den Fahrstuhl gestiegen war.

Brookes Blick dagegen geriet ins Stocken, als sie die Tragweite von Orsons Anweisung verstand. Sie ballte ihre Fäuste unter dem Tisch und spürte das vertraute Brennen ihrer Nägel, die sich in ihre Haut gruben. Der Gedanke, in einen weiteren Mord verwickelt zu sein, beunruhigte sie. Andererseits war ihr klar, dass sie die Befehle ihres Chefs nicht infrage stellen konnte. Als sich das Treffen dem Ende zuneigte, waren Orsons Gedanken schon wieder auf das Aufspüren des Schatzes gerichtet. Er ahnte nicht, dass Erik und Amelia schon bald zu gewaltigen Hindernissen auf seinem Weg werden würden. Aber eines war sicher: Das Katz-und-Maus-Spiel hatte gerade erst begonnen.

❄

Nachdem seine beiden Helfershelfer das Büro verlassen hatten, lehnte sich Orson in seinem Drehstuhl zurück und zündete sich eine neue Zigarette an. Tief sog er den Rauch ein und seine Gedanken drifteten weg. Sie gingen zu seiner

Mutter, Mira Corbyn. »Tja, wir sind eben Familienmenschen«, murmelte er vor sich hin. »Und du hast mir das Familiengeheimnis anvertraut«, fügte er hinzu und sein Gesicht verzog sich zu einem Grinsen. Mochte sein, dass er vor nichts und niemandem Angst oder wenigstens Respekt gezeigt hatte, vor seiner Mutter hatte er es. Als Mira Corbyn alt geworden war, sehr alt, hatte sie ihren Sohn ins Vertrauen gezogen. Mit stockender Hand hatte sie in dem kleinen Haus, in dem Orson aufgewachsen war, in eine Schublade des alten Sekretärs gegriffen und einen vergilbten Brief in einem Umschlag hervorgezogen.

»Lies diesen Brief«, hatte sie ihrem Sohn angewiesen.

»Was ist das für ein altes Schreiben?«, fragte Orson.

»Es ist der letzte Brief Deines Urgroßvaters William Corbyn. Lies ihn. Er hat ihn kurz vor seinem Tod geschrieben, für Deine Großmutter. Und die hat ihn mir weitergegeben.« Die alte Frau fügte dann spöttisch hinzu, und ihre Augen funkelten böse: »Er ist wohl auf seine alten Tage ganz schön sentimental geworden, der Narr. Er schreibt von dem schönen Leben, dass er mit Deiner Urgroßmutter hätte verbringen können und so weiter. Aber ganz am Ende, da schreibt er, dass er etwas hatte, dass sein Leben hätte verändern können.«

Orson las den Brief. Und er wunderte sich, was sein Urgroßvater für ein Mensch gewesen sein mochte. Orson vermochte das Gefasel von der Dankbarkeit für ein friedliches Leben nicht wirklich zu berühren, genauso wenig wie seine Mutter. Nein, die war schon aus anderem Holz geschnitzt, ebenso wie er. Sonst hätte sie es nicht geschafft, in Seattle in einem Verbrechersyndikat aufzusteigen, und das als Frau. Und das hatte sie an ihren Sohn weitergegeben, bevor das Syndikat Teil der Mafia von Seattle wurde. Sie war eine eiskalte, sehr gewiefte Frau gewesen, und alles, was Orson für sie empfinden konnte, war Bewunderung.

»Das gibts nicht. Der Alte hatte eine Beute, die er versteckt hat?« Orson sah seine Mutter ungläubig an.

»Ich habe es nie geschafft, in der Sache weiterzukommen. Aber ich möchte dir erzählen, was ich weiß, damit du es schaffen kannst – wenn du das hinbekommst, bist du ein gemachter Mann.«

Zwei Wochen später war seine Mutter gestorben, in dem kleinen Haus in Seattle. Sie hatte einen friedlichen Tod – friedlicher, als sie es vielleicht verdient hatte, dachte Orson. Denn sie hatte selbst einige Menschen ins Jenseits befördern lassen, und das keineswegs auf eine friedliche Art. Aber nun kannte er die Geschichte von William Corbyn, so wie er sie in seinem letzten Brief aufgeschrieben hatte. Und Orson war wild entschlossen, das Rätsel, das sein Urgroßvater der Familie aufgegeben hatte, zu lösen – koste es, was es wolle. Seit dem »Besuch« in Smithers in British Columbia waren sie einen großen Schritt weitergekommen. Der alte Mann, den Larry eiskalt aus dem Weg geräumt hatte, wusste von dem Schatz und von seinem Urgroßvater. An Orson lag es nun, die »Vorarbeit« seiner Mutter zu vollenden. Er dachte daran, wie er sich von dem alten Narren verabschiedet hatte. Als er an seinem Wagen angekommen war, wo Larry wartete, hatte er ihn beauftragt, dem Mann einen Besuch abzustatten. Larry hatte gewusst, dass er kurzen Prozess machen konnte.

❄

Die Sonne stand tief am Himmel und warf ihr Licht auf die King Street Station in Seattle, als Erik und Amelia den »Empire Builder« bestiegen. Unruhig waren sie in der Bahnhofshalle hin- und hergegangen, dann hatten sie sich eng an die Wände gedrückt, um nicht sichtbar zu sein. Das Hotel in Seattle hatten sie nach einer Stunde schon wieder verlassen. Erik war die Idee mit dem Zug gekommen, weil er sich daran erinnert hatte, wie er vor zwei Jahren so aus Seattle abgereist war. Und weil er sich einbildete, dass sie so abtauchen konnten. Außerdem fuhr der Zug nach Whitefish, Montana. Und dort gab es eine Frau, mit der Erik im vergangenen Jahr einige Abenteuer bestanden hatte. Er wusste, wie einfallsreich Candice sein konnte und dass sie sich nicht so leicht ins Bockshorn jagen ließ – und über viele Verbindungen in dem Städtchen verfügte. Amelia kannte Candice aus den Erzählungen von Erik. Und da sie sonst nicht wussten, wie sie vorgehen sollten, war sie einverstanden. »Außerdem ist Montana schon wieder ein gutes Stück dichter an Edmonton. Von dort können wir leichter zu dir nach Hause kommen«, hatte Erik sie zusätzlich beruhigt. Dann hatte er Candice angerufen und ihr die Lage geschildert.

Trotz der ernsten Situation und Eriks hörbarer Nervosität hatte sich Candice sehr gefreut, von ihnen zu hören – und war mehr als bereit, sie in Montana zu empfangen und alles zu tun, um ihnen Sicherheit zu geben. Nach dem Telefonat hatten Amelia und er das Zimmer verlassen, und dabei gleich auf das Check-out an der Rezeption verzichtet. Schließlich war das Zimmer vorausbezahlt. Sie liefen durch das Treppenhaus zum Hinterausgang, über den das Gebäude glücklicherweise verfügte. Und über eine Seitenstraße kamen sie in Downtown Seattle zu einer Haltestelle in dem Tunnel, durch den die Straßenbahn fuhr. Diese brachte sie schnell aus der Ecke mit dem Hotel fort. Einige Haltestellen später konnten sie am »Pioneer Square« vorbei zur King Street Station kommen.

Das Klacken der Räder auf den Gleisen spielte jetzt eine beruhigende Melodie. Erik hatte mit Amelia in einem ruhigen, abgelegenen Teil des Zuges, in der Coach Class, ganz hinten Platz genommen. Wie sie in den breiten Sitzen im

Oberdeck des »Superliners« saßen, schien das Chaos etwas zu verblassen und nur sie beide übrigzulassen. »Wenn die Umstände anders wären – ich freue mich darauf, Candice zu besuchen«, stellte Amelia fest.

Erik nickte, wobei sein Blick kurz auf die vorbeiziehende Landschaft vor dem Fenster gerichtet war. »Ja, ich glaube, sie wird uns helfen können. Wenn wir erst einmal in Whitefish ausgestiegen sind und nach Kalispell fahren, sind wir sicher.«

Erik hatte Amelia von der Geschichte aus dem vergangenen Jahr erzählt. Damals waren er und Candice unterwegs gewesen, um ihre Schwester Michelle wiederzufinden – die mit einer Motorradgang verschwunden war. Dem Sheriff war es gelungen, das Handy, mit dem Michelle um Hilfe gerufen hatte, zu orten – und sie konnte aus der Gang in einer Polizeiaktion befreit werden. Seine Gedanken wurden aber wieder von dem Schatten der Gefahr verschlungen, der sich wie eine dunkle Wolke über sie legte.

Als der Zug Fahrt aufnahm und durch die üppige Landschaft Washingtons raste, nahm Eriks peripheres Blickfeld die Bewegung eines verdächtig aussehenden Mannes ein paar Reihen weiter wahr. Erst dachte er sich nichts dabei, doch dann sah er gelegentlich genauer hin. Die Augen des Fremden fixierten ihn mit einer beunruhigenden Intensität. Und dann fiel es ihm wieder ein: Der Mann dürfte kein anderer als der Typ sein, der in Kanada aus dem Haus gekommen war und ihn mit bösen Augen hinter dem Zugfenster fixiert hatte. Ganz sicher war Erik sich nicht, dafür war der Blick aus dem Zugfenster zu kurz gewesen. Doch dieser Mann strahlte eine Bedrohung aus, sein muskulöser Körper spannte sich unter der abgewetzten Lederjacke.

»Geht es dir gut, Erik?« Amelias Stimme durchbrach

seine Gedanken, Besorgnis zeichnete sich in den Furchen ihrer Stirn ab.

Erik zögerte. »Amelia, wir sind schon wieder in Gefahr«, stellte er voller Sorge in der Stimme fest. »Da ist ein Mann, der uns beobachtet, und ich werde das Gefühl nicht los, dass er wegen der Ereignisse in Kanada hier ist.«

Amelia folgte seinem Blick und ihre Augen verengten sich, als sie sich auf Larry niederließen. Sie konnte die Bösartigkeit spüren, die von ihm ausging. »Wir müssen vorsichtig sein«, murmelte sie, ihre Stimme war kaum zu hören.

»Wie konnte der uns nur hierher folgen?«, murmelte Erik. »Wir sind aus dem Hinterausgang des Hotels, durch die Stadt, zum Bahnhof und dann gleich in den Zug gestiegen.«

»Offenbar warst du nicht der Einzige, der gedacht hat, dass man mit dem Zug unbemerkt aus Seattle entkommen konnte. Er wird einfach den Bahnhof beobachtet haben«, stellte Amelia ganz nüchtern fest. »Das ist wirklich zu blöd.«

❄

Mit Amelias Hand fest in seiner, überlegte Erik, wo der Zug ihnen einen sicheren Ort bieten konnte. »Versuchen wir, in den Wagen dort vorne zu gehen«, schlug Amelia vor, deren Stimme kaum über den Lärm zu hören war. »Der scheint mir voller als dieser hier zu sein.«

»Das machen wir«, antwortete Erik und nickte. Sie nahmen sich einen Moment Zeit, um ihre Umgebung zu begutachten. Als sich einige Reisende in den Gang stellten, zwischen sich und den Mann, der sie beobachtete, wusste Erik, dass der Moment gekommen war. Sie erhoben sich aus ihren Sitzen und achteten darauf, keine Aufmerksamkeit auf sich zu lenken.

Als sie sich ihren Weg durch den Gang bahnten, konnte Erik nicht umhin, die Gesichter um sie herum zu studieren – Familien, die sich über ihren bevorstehenden Urlaub unterhielten, College-Studierende, die in ihre Bücher vertieft waren, und müde Pendler, die versuchten, etwas Ruhe zu finden. Sie fanden zwei freie Plätze in einem vollen Bereich und ließen sich nieder. »Wie kommst du zurecht?«, fragte Erik besorgt. Amelia seufzte und lehnte sich an ihn.

»Mir geht es gut«, sagte sie und zwang sich zu einem kleinen Lächeln. »Du weißt doch, wie konzentriert ich sein kann.« Erik nickte und legte einen Arm um sie. Er wusste, dass Amelia unter ihrem ruhigen Äußeren widerstandsfähig und unnachgiebig sein konnte. Um weniger aufzufallen, versuchte Erik laut, so etwas wie ein lockeres Gespräch zu beginnen. »Candice erwähnte einen neuen Wanderweg in der Nähe ihres Hauses«, sagte Erik in gesprächigem Ton. »Klingt reizvoll«, antwortete Amelia. »Es wird schön sein, nach der langen Zugfahrt etwas frische Luft zu schnappen und sich die Beine zu vertreten.« Dann flüsterte sie: »Erik, ich kann das nicht. Über Wanderwege reden, während uns diese Typen nach stehlen.«

Er nickte verständnisvoll und sie blieben still sitzen. Seine Augen suchten nach einem Zeichen von Larry. Er holte tief Luft und ließ sie langsam wieder ausströmen. Panik würde alles nur noch schlimmer machen. Sie mussten ruhig, gefasst und vor allem unauffällig bleiben.

❄

Der Geruch von abgestandenem Kaffee wehte durch den gut besetzten Waggon, vermischte sich mit dem Gemurmel der Gespräche und dem rhythmischen Klackern der Räder.

Eriks Augen huschten von einem Fremden zum anderen. Amelia lehnte sich an ihn, ihre Hand griff nach seinem Arm. »Bleib ruhig und lenke keine Aufmerksamkeit auf uns.«

Erik nickte. »Leichter gesagt als getan«, murmelte er. »Wenn ich doch nur diesen verdammten Typen in die Finger bekommen könnte.«

»Und was passiert dann?«

»Dann passiert das, was ich mir eigentlich nicht wünsche. Dann bin ich wieder siebzehn Jahre alt.« Erik hatte Amelia auch von seiner Vergangenheit in Hamburg erzählt. Der ruhige, besonnene Mann, der er geworden war, war einmal ein ganz anderer gewesen. Erik gehörte damals zu einer Motorradgang. Amelia hatte das beunruhigt, aber sie wusste auch, dass es eine Seite von Erik war, mit der er nichts mehr zu tun haben wollte. Bis er das jetzt ausgesprochen hatte. »Nun ja«, dachte sie, »vielleicht wäre es in dieser Situation gar nicht so schlecht, wenn Erik sich wieder in sein altes Ich verwandeln würde.«

Als sie aus dem Fenster sahen und so taten, als würden sie die vorbeiziehende dunkle Landschaft bewundern, erhaschte Erik einen Blick auf Larry. Sein Herz setzte einen Schlag aus, und er wandte schnell den Blick ab und versuchte, lässig zu wirken.

»Amelia«, murmelte er leise vor sich hin, »er ist hier. Nur ein paar Reihen entfernt.«

»Erik, bitte bleib ruhig«, erwiderte sie. »Lass uns noch einmal weitergehen. Wir werden schon einen Weg finden.« Sie standen auf, wieder in dem Moment, wo jemand durch den Gang kam. Der Zug schwankte leicht, als er um eine Kurve fuhr, und Erik spürte, wie sich Amelias Griff um seinen Arm festigte und sie beide stabilisierte.

»Vielleicht können wir in den nächsten Waggon kommen und uns dort etwas überlegen«, schlug Erik vor.

»Gute Idee«, stimmte Amelia zu.

Als sie sich der Tür näherten, warf Erik einen Blick zurück auf Larry, der immer noch am anderen Ende des Wagens stand. Einige Reisende befanden sich zwischen ihnen und Larry, so dass er sie nicht entdeckt zu haben schien. Er wusste, dass sie nur wenige Augenblicke Zeit hatten, um zu handeln. Mit einem stummen Nicken von Amelia griff Erik nach dem Griff und zog die Tür auf, so dass das geschäftige Treiben im Nachbarwagen sichtbar wurde.

»Geh«, forderte er Amelia auf und führte sie durch die Tür. Als sie in die neue Umgebung eintraten, nahm Erik die veränderte Umgebung war – eine Vielzahl an Stimmen, Klappern von Geschirr und der Duft von Essen verbreitete sich hier. Sie befanden sich im Speisewagen – vielleicht ein Glücksfall, denn der überfüllte Raum konnte ihnen ein gewisses Maß an Schutz bieten. Während die Tür hinter ihnen noch geschlossen war, trat der Dining Car Service Attendant auf sie zu.

»Haben Sie einen Platz für uns zum Essen? Wir kommen zwar aus der Coach-Klasse, aber wir sind so hungrig. Besonders meine Frau hier«, sagte Erik und klopfte Amelia auf die Schulter.

»Ja, da lässt sich etwas machen, willkommen im Dining Car«, sagte der Mann freundlich, und Erik fiel ein Stein vom Herzen. Gemeinsam navigierten sie durch den Speisewagen, bis sie zu einem Tisch ganz am Ende kamen, denen ihnen der Service Attendant zuwies.

❄

Die Atmosphäre des Dining Car war trügerisch beruhigend, fand Erik. Während ihnen der Kellner das Menü überreichte und ihnen Empfehlungen gab, könnten sie sich wie ganz normale Zugpassagiere vorkommen. Doch normal war ihre Situation nicht, mit dem Mann, der ihnen auf den Fersen war. Erik musste an der raubtierhaften Blick denken. Schweiß perlte an seinen Schläfen, das Adrenalin durchströmte ihn.

»Geht es dir gut?«, fragte Amelia leise.

Während sie in der Ecke kauerten, ging Eriks Blick nie weit vom Eingang des Speisewagens weg. Er wusste, dass Larry jeden Moment durch diese Tür kommen konnte, und sie mussten bereit sein. Sie bestellten sich Snacks bei dem freundlichen Kellner – als ob einer von ihnen wirklich Hunger verspürt hätte. Aber da Erik und Amelia nicht auffallen wollten und hier Zuflucht suchen, warteten sie am Tisch auf ihr Essen. Zwei Cola brachte der Steward und dann zwei Club-Sandwiches. Amelia verzog das Gesicht. »Der sieht doch gut aus«, sagte Erik.

»Als ob ich auch nur einen Bissen herunterbekommen würde«, entgegnete sie.

»Vielleicht wäre es gar nicht so verkehrt, etwas zu essen«, meinte Erik, »wer weiß, was uns noch bevorsteht.«

Also machten Amelia und er sich über die Sandwiches her, während der »Empire Builder« durch die Nacht rauschte. Ihre Mahlzeit hatten sie rasch aufgegessen, ihre Cola ausgetrunken. Erik bat um die Rechnung – damit sie bei Bedarf schnell und unauffällig verschwinden könnten. Doch sie hatten beschlossen, zunächst noch sitzenzubleiben, solange es irgend ging. Während sie warteten, versuchte Erik sich wieder in einer leichten Konversation - hörte aber auf, als Amelia das Gesicht verzog.

Als der Kellner an dem Tisch neben ihnen servierte und das Klappern von Tellern und Besteck die Luft erfüllte, spürte Erik eine plötzliche Veränderung in der Atmosphäre. Er spürte es, noch bevor er es sah: Larry betrat den Speisewagen, mit Entschlossenheit in seinem Gesicht. Panik stieg in Erik auf, aber er kämpfte dagegen an und zwang sich, ruhig zu bleiben.

»Lass den Kopf unten«, flüsterte er Amelia eindringlich zu. Larry suchte den Raum ab, sein Blick schweifte über jeden Tisch, jedes Gesicht, doch irgendwie verpasste er Erik und Amelia, die die Köpfe zusammensteckten. Erik konnte die Spannung spüren, die von Amelia ausging. Die Minuten zogen sich wie Stunden hin, während Larry seine Suche fortsetzte. Schließlich, nach einer gefühlten Ewigkeit, drehte der Mann sich um und verließ den Speisewagen.

Erik atmete langsam aus, Erleichterung überspülte ihn wie eine Welle. Sie hatten es geschafft – aber für wie lange? Als er Amelias Blick begegnete, sah er die gleiche unausgesprochene Frage in ihren Augen: Was würde als Nächstes geschehen?

»Ich habe eine Idee – Moment«, sagte Erik. Er stand auf, ging durch den Speisewagen und sprach mit dem Dining Car Service Attendant. Dieser rief den Conductor an, den Zugchef, sprach mit ihm, schüttelte dann aber den Kopf. Erik kehrt an den Tisch zurück, an dem Amelia wartete.

»Leider nichts zu machen. Ich habe versucht, ein Schlafwagenabteil für uns beide zu bekommen. Da hätte dieser Typ uns nie gefunden. Aber bis Spokane sind alle Abteile ausgebucht. Danach wird der Zugteil aus Portland an diesen hier aus Seattle angekuppelt. Da könnte etwas für uns frei sein. Das Problem ist nur, dass wir noch Stunden brauchen, bis wir in Spokane ankommen.«

»Immerhin hast du es versucht«, sagte Amelia. »Wir werden uns so lange unauffällig verhalten müssen. Lass uns einen freien Platz im nächsten Coach-Wagen suchen. Bloß nicht zu weit nach hinten im Zug gehen.«

❄

Erik und Amelia erhoben sich von ihrem Platz. Mit einem Nicken an den Kellner verabschiedeten sie sich von ihm und sie machten sich vorsichtig auf den Weg in den nächsten Wagen. Erik drückte den Taster, der die Tür öffnet. Sie traten in das Oberdeck des Wagens hinüber. Die Tür ging zischend hinter ihnen zu. Dann sah Erik ihn. Einige Sitzreihen entfernt saß Larry. Er schaute hoch, Erik direkt ins Gesicht. Sein Blick fixierte Erik und Amelia wie ein Wolf, der seine Beute im Visier hat. Seine Augen funkelten mit dunkler Absicht, und seine Lippen verzogen sich zu einem finsteren Grinsen.

»Gehst du irgendwohin?«, rief er herüber, und seine Stimme war wie ein glitschiges Schnurren an Boshaftigkeit.

»Nach unten«, sagte Erik zu Amelia ohne zu zögern, riss sie am Arm und zerrte sie die schmale Treppe hinunter. Sie stiegen hektisch ins Unterdeck hinab, um einen Fluchtweg zu suchen. Aber es gab keinen. Hier lagen die Toiletten und Waschräume für die Passagiere. Und es gab einen dunklen Gepäckraum, an dessen Tür Erik rüttelte, der aber verschlossen war. Das Unterdeck war eine Sackgasse, eine Falle, in die sie unwissentlich hineingetappt waren. Offenbar hatte sich der Mann das alles genau überlegt – den Speisewagen im Auge behalten und ihnen als vermeintlichen Fluchtweg die Treppe in eine Sackgasse zu lassen. Die Verzweiflung krallte sich in ihm fest – aber für Panik war keine Zeit. Nicht jetzt. Nicht, wenn Amelias Leben auf dem Spiel stand.

»Bleib hinter mir«, befahl er knapp und stellte sich zwischen Amelia und die Treppe. Er spürte, wie sie zitterte. Larry erschien am oberen Ende der Treppe. Er schien sich Zeit zu lassen. Sein Messer glitzerte bedrohlich im schwachen Licht. Als er begann, die Treppe hinunterzusteigen, huschten Eriks Augen durch den engen Raum und suchten verzweifelt nach etwas, das ihm einen Vorteil verschaffen könnte. Als sein Blick auf die Tür des Zuges fiel, keimte in ihm eine waghalsige Idee auf.

»Amelia«, sagte er schnell und eindringlich, »wenn ich es dir sage, lässt du mich los und suchst dir etwas, woran du dich festhalten kannst. Hast du verstanden?«

»Was …«, begann sie, aber Erik unterbrach sie mit einem grimmigen Blick.

»Vertrau mir.«

Als Larry die unterste Stufe erreichte, stürzte Erik vor, packte den Griff der Zugtür und riss sie mit aller Kraft auf. Der plötzliche Windstoß zerrte durch den engen Raum und verwirrte Larry für einen Moment, während er darum kämpfte, den Halt zu behalten. Aber Erik wusste, dass sie sich nicht allein auf die Überraschung verlassen konnten – ihr Leben hing davon ab, was als Nächstes geschah.

❄

Das ohrenbetäubende Geräusch des Windes dröhnte in ihren Ohren, und die kalte Luft schnitt durch den Raum. Amelias weit aufgerissene Augen spiegelten Eriks Entsetzen wider, als sie dem Mann gegenüberstanden.

»Komm schon, Erik«, knurrte Larry, seine Stimme war wegen des heulenden Sturms kaum zu hören. »Zeig mir, was du drauf hast.«

»Auch wenn du meinen Namen kennst – das kannst du haben«, entgegnete Erik.

Als ob er seine Entschlossenheit spürte, stürzte Larry vor und schwang bedrohlich sein Messer.

»Amelia, weg mit dir!«, rief Erik und stürzte sich in einer verzweifelten Bewegung auf Larry. Amelia glaubte ihren Augen kaum zu trauen und auch Larry selbst muss verwirrt gewesen sein. Blitzschnell trat Erik seinem Angreifer das Messer aus der Hand. Einige Schläge mit der

Handkante auf seinen Kopf folgten. Die Waffe flitzte über den Boden und verschwand in der Dunkelheit hinter der offenen Tür. Amelia sah entsetzt zu, hielt sich am Geländer fest. War das der Erik, den sie noch nicht kannte? Musste ihr das Angst machen? Nein, das war das Einzige, das ihnen jetzt helfen konnte.

Erik selbst sah sich mitten im Kampf für Bruchteile einer Sekunde um Jahre zurückversetzt. Er war in Altona, auf der Straße. Er war in einen Kampf mit einer verfeindeten Gang versetzt. Er hatte den Anführer vor sich und wandte alle Tricks der Kampfkunst an, die sich die Mitglieder seiner Gang damals angeeignet hatten. Und als der Anführer ein Messer gezogen hatte, hatte Erik es ihm einfach aus der Hand getreten, blitzschnell.

Erik kämpfte mit Larry, seine Hände rutschten auf der Jacke des Handlangers ab, während beide um die Vorherrschaft rangen. Es war klar, dass Larry sowohl von der Größe als auch von der Kraft her im Vorteil war, aber Erik hatte die Überraschung auf seiner Seite – und er konnte immer noch kämpfen.

»Gib auf, Erik! Das ist eine Nummer zu groß für dich«, spuckte Larry und versetzte Erik einen schweren Schlag in die Rippen. Der Schmerz schoss durch seinen Körper und raubte ihm den Atem. Aber er biss die Zähne zusammen.

»Niemals!« keuchte Erik und stieß Larry mit aller Kraft, die ihm noch blieb, in Richtung der offenen Tür. Einen Moment lang schien die Zeit stillzustehen, als sie beide am Rande des Abgrunds schwankten. Dann, mit einem letzten Stoß, schickte Erik seinen Gegner in die Nacht. Mit einem Schrei fiel Larry in die Dunkelheit. Dann verschwand er neben dem Zug am Bahndamm. Der »Empire Builder« setzte seine Fahrt ungerührt fort. Für einige Sekunden herrschte Schweigen.

»Oh Gott«, röchelte Erik, seine Stimme war rau von der Anstrengung ihres Kampfes. »Das war wirklich knapp.«

»Geht es dir gut?«, fragte Amelia, ihre Stimme zitterte, als sie ihre Arme um ihn schlang.

»Ja, ich habe höchstens ein paar Kratzer abbekommen.«

»Wer war denn der Mann, der hier eben gekämpft hat?«, fragte sie ungläubig, aufgewühlt von der Anspannung. »So kenne ich dich überhaupt nicht. Du warst so schnell.«

»Das, Amelia, war der Mann, der ich eigentlich nicht mehr sein wollte. Der Mann aus den Straßen von Hamburg-Altona, der einer kriminellen Gang angehörte.«

»Ich muss sagen, das ist schon allerhand.« Sie strich ihm übers Gesicht. »So wie du über diesen Typen hergefallen bist, da hätte ich ja selbst schon Angst bekommen. Aber damit du es weißt: Hier und heute möchte ich mit keinem anderen Mann im Zug stehen.«

Erik knallte die Außentür des Zuges zu und schnitt den Strom von Wind und Lärm ab. Er zog sich seine Klamotten zurecht, und auch Amelia legte sich die Haare wieder glatt und zog an ihrer Bluse, bis sie wieder ordentlich saß. Als sie nach oben stiegen und zu ihrem Sitzplatz im letzten Wagen zurückkehrten, spürte Erik nur unendliche Erleichterung. Und er war auch selbst etwas erstaunt, was von seinen Fähigkeiten aus seiner Jugend noch übrig geblieben war.

»Mit dir zusammen zu sein, ist jedes Risiko wert«, flüsterte Amelia, und ihre Augen glitzerten von Tränen. »Und ich werde nicht zulassen, dass sie dich mir wegnehmen.« Sie schaute ihm ins Gesicht. »Das muss ich erst einmal fassen. Du hast ihn tatsächlich aus dem Zug befördert«, sagte sie.

»Ja, ich hätte nicht gedacht, dass mir das gelingt.«

Eines behielt Erik jedoch für sich: Der Zug war ziemlich

langsam gefahren in der Kurve, in der er Larry hinausgestoßen hatte. Er könnte davongekommen sein, überlegte Erik. Und damit bestand die Chance, dass sie ihn nicht das letzte Mal gesehen hatten. Doch fürs Erste war die Gefahr gebannt. Der »Empire Builder« raste weiter durch die Nacht nach Osten, nach Montana, wo sie hoffentlich in Sicherheit sein würden.

❄

KAPITEL 7

Candice und Joe

Whitefish, Montana

Candice war in aller Frühe von ihrem Haus in Kalispell zum Bahnhof von Whitefish gefahren. Um 7.21 Uhr sollte der Zug aus Seattle ankommen. Sie parkte vor dem alten Bahnhof mit seinem massigen Empfangsgebäude aus Holz. Erik hatte am Abend vorher so aufgeregt geklungen, dachte Candice, als er sie angerufen hatte. So kannte sie ihn eigentlich nicht. Erik, das war doch ein stets überlegter, fast schon cooler Mann, der früher oder später mit einer Lösung für jedes Problem gekommen war. So hatten sie es im vergangenen Jahr ja auch geschafft, ihre Schwester Michelle aus den Klauen der Casino-Mafia zu befreien. Aber diesmal war es nicht sie und nicht ihre Schwester, die Hilfe benötigten. Diesmal war es Erik, der sich an sie gewandt hatte. Sie hatte natürlich sofort zugestimmt, dass sie ihnen helfen und die beiden in Whitefish am Bahnhof abholen würde. Jetzt waren sie im Zug unterwegs. Candice sah auf ihre Uhr. Da war sie wohl doch zu früh dran, dachte sie. Noch eine dreiviertel Stunde hatte sie Zeit, bevor der »Empire Builder« eintreffen sollte.

In der Morgensonne nahm sie auf einer Bank vor dem alten Stationsgebäude Platz. Es versprach ein warmer, sonniger Spätsommertag zu werden. Während Candice wartete, drifteten ihre Gedanken zurück in den Winter. Sie hatte gleich nach dem Anruf von Erik mit Joe gesprochen. Er war ihr Freund geworden, ein zuverlässiger Mann aus Montana, der die Farm seiner Eltern in der Nähe bewirtschaftete. Candice musste daran zurückdenken, wie sie damals Joe kennengelernt hatte und ihm näher gekommen war. Ihr Vater und sie hatten ihm auch aus der Patsche geholfen, so wie man es in Montana machte, dachte sie.

Damals, im Dezember vergangenes Jahr, waren sie mitten in der Nacht unterwegs gewesen. Der Wind heulte. Es war ein bitteres Heulen, das die Stille zerriss und die schneebedeckte Landschaft zum Leben erweckte. Candice fröstelte in der Eiseskälte, ihre Augen huschten in der Dunkelheit umher. Sie und ihr Vater fuhren mit einem großen Schneepflug durch die verschneiten Straßen von Montana, dessen Gewicht und Größe sie nur langsam vorankommen ließ. Der Schnee schien immer höher zu steigen, während sie fuhren, und jedes Mal, wenn der Schneepflug ins Rutschen geriet, setzte Candice Herz fast einen Schlag aus. Das schwere Fahrzeug schlitterte dann Sekunden über die Straße. Ihr Vater schaffte es aber jedes Mal, das Fahrzeug wieder unter seine Kontrolle zu bringen und sie auf dem Weg zu halten. Candice war dankbar für seine Erfahrung als Fahrer.

Der vom Pflug aufgewirbelte Schnee stob in den Himmel, manchmal kam es ihr schon fast wie ein Sterneregen im Nachthimmel vor. Während der Schnee fiel und der Schneepflug fuhr, bewegten sich die Sterne im Zickzack durch den Himmel, wenn sie zwischen den Wolken hervorschauten, bevor sie wieder in ihre ursprüngliche Position zurückkehrten. Candice fand, dass das Ganze eine schrecklich schöne Symmetrie besaß. Der Wind zerrte an ihren langen braunen Haaren. Ihr Blick wanderte zu den Sternen und sie war überwältigt von der Weite. Es war, als wäre sie durch den Weltraum geflogen und auf einem anderen Planeten gelandet. Candice liebte Science-Fiction-Bücher, wie ihr wieder einmal klar wurde, als sie die Sterne über den Himmel verteilt sah. Hier auf der Erde sah sie Schneeverwehungen und Berge, so weit das Auge reichte. Eine Mischung aus Schwarz, Weiß, Grau und dem gelegentlichen Braun der Kiefern. Der Schneefall wurde wieder stärker. Nun schien er so dicht zu sein, dass sie nur ein paar Meter weit sehen konnten. Mitten in dieser schneebedeckten Weite lag Joes Farm, eingebettet auf der anderen Seite des Flathead River und gleich hinter dem Örtchen Creston.

Joe war vor einigen Wochen in das Geschäft von Candice Vater gekommen. Er hatte sich vor dem herannahenden Winter Schneepflüge ansehen wollen. Ihr Vater betrieb einen Landmaschinenhandel und Baumarkt – ein recht großes Geschäft, in das er nach dem Tod seiner Frau seine ganze Energie gesteckt hatte. Doch am liebsten verkaufte er Schneepflüge, das wusste Candice. Diese motorisierten Geräte faszinierten ihren Vater. Es gab kleine Modelle und größere, es gab welche mit Motor und einer Fräse, die den Schnee in hohen Bogen ausspuckte, und solche, die man vor einen Geländewagen spannen konnte. Im Norden Montanas waren die Winter kalt und schneereich, und so bestand Nachfrage. Doch während sich Joe die Modelle ansah, zögerte er. Candice merkte, dass die Preise ihm zu schaffen machten. Seine Familie hatte eine große Farm, und er würde nicht mit einem kleinen, günstigen Schneepflug davonkommen können, das ahnte Candice. Am Ende kaufte Joe keinen der Schneepflüge, murmelte, dass er das noch einmal durchrechnen müsse, und machte sich auf den Weg. Aber die ganze Zeit über hatte er Candice angelächelt. Sie musste instinktiv zurücklächeln. Irgendwie gefiel Joe ihr ja, mit seiner offenen, sympathischen und zugleich zupackenden Art. Candice und er hatten einige Male miteinander telefoniert - bis zu diesem Abend Anfang Dezember, als ein Schneesturm über Montana tobte. Der Schnee fiel in Massen und innerhalb weniger Stunden waren die meisten Straßen gar nicht mehr passierbar. Candice griff zu ihrem Telefon und rief Joe an, weil sie sich Sorgen machte.

»Noch geht es«, antwortete dieser. »Der Weg zur Farm ist zwar abgeschnitten, aber wir können es hier einigermaßen gut aushalten. Ach, weißt du was?

»Nein?«

»Es ist nett, dass du dir Sorgen machst.«

»Gern geschehen«, antwortete Candice und fragte: »Und wenn es nun schlimmer wird?«

»Dann hätte ich mir vielleicht doch gewünscht, im Herbst bei deinem Vater einen Schneepflug gekauft zu haben.« Candice hörte ein Knistern und Knacken. »Oh nein, jetzt ist auch noch der Strom ausgefallen«, stöhnte Joe. »Das ist nicht gut, wegen der Heizung. Und unser Generator braucht einen neuen Anlasser, sonst startet er nicht.«

»Ihr seid ja bestens vorbereitet auf den Winter«, stellte Candice fest.

»Ich wollte das ja alles erledigen, aber es ist so viel auf dieser Farm zu tun. Also hab ich den Generator vor mir hergeschoben.«

»Joe, weißt du was? Ich spreche mit meinem Vater.«

»Das ist nicht nötig, Candice, wir wissen uns hier draußen schon zu helfen. Ich habe reichlich Feuerholz für den Kamin.«

»Ach was, Feuerholz. Wir werden Euch helfen. Du

weißt, wie mein Vater ist.« In Montana half man sich gegenseitig, das war das Motto von Candice Vater. Das machte ihn auch so beliebt in der Gemeinde – und natürlich bei seinen Kunden. Candice musste ihn nicht lange überzeugen.

»Ich hole den ›Big Plow‹ aus der Garage«, sagte ihr Vater, »mit dem schaffen wir es selbst bei diesem Wetter hinaus zu der Farm. Aber frag ihn genau, welchen Generator sie haben, für den sie den Anlasser benötigen. Dann bringen wir das Teil gleich mit, wenn ich es am Lager habe.«

Candice fand das mit einem weiteren Telefonat heraus. Wie sehr freute sie sich, Joes Stimme noch einmal zu hören, dachte sie. Ihr Vater hatte den Anlasser tatsächlich am Lager. Candice und ihr Vater kamen kurz vor Sonnenaufgang auf Joes Farm an, als die Scheinwerfer des Schneepflugs die lange Einfahrt zum Farmhaus beleuchteten. Ihr Herz schlug schneller, als sie anhielten. Sie hatten es geschafft, dachte Candice erleichtert. »Na, wer sagt es denn: Das hätten wir hinbekommen. Auf diesen Schneepflug ist immer noch Verlass«, stellte er fest und stieg mit seinem großen Cowboyhut aus. Joe wartete schon auf der Veranda des Farmhauses auf sie. Er schenkte ihnen ein warmes Lächeln. »Danke«, sagte er laut und deutlich und seine Augen waren voller Dankbarkeit.

Sie machten sich schnell an die Arbeit, Candice und ihr Vater räumten den Schnee vor dem Farmhaus weg, den Weg zu den Ställen und den Platz vor den Wirtschaftsgebäuden. Unterdessen sorgte Joe dafür, dass der Generator reibungslos funktionierte: Er baute den neuen Anlasser ein. Als sie ihre Arbeit am frühen Morgen beendet hatten, war Joes Farm wieder voller Licht und Wärme. Sie alle standen noch einen Moment da und bewunderten zufrieden ihre Arbeit, bevor sie sich ins Haus zurückzogen. Dort waren

Joes Eltern früh aufgestanden, um ihnen heiße Getränke und eine Mahlzeit anzubieten.

Joes Eltern waren schon recht alt geworden, dachte Candice. Obwohl sein Vater die Farm nicht mehr bewirtschaften konnte, so wie früher, war sie immer noch ein Zuhause für sie. Candice wusste, dass Joe jetzt derjenige war, der das Geschäft führte, mit ein paar angeheuerten Helfern zur Unterstützung. Bei all dem, was täglich zu tun war, war Candice beeindruckt, wie organisiert und effizient Joe war. Umso mehr hatte es sie überrascht, dass er sich im Schneesturm mit nicht mehr als Feuerholz zu helfen gewusst hatte – kein Schneepflug und kein Generator betriebsbereit.

Das Bauernhaus selbst war klein, aber charmant. Es war ein zweistöckiges weißes Gebäude mit hellgrünen Fensterläden und einer roten Tür, die Besucher willkommen zu heißen schien. Im Inneren waren die Wände mit Familienfotos geschmückt: Bilder von Joes Eltern, als sie jünger waren, flankiert von ihren heranwachsenden Kindern. Candice half Joe etwas im Haus und nicht nur er war dankbar dafür - auch sie freute sich. Candice, ihr Vater und Joe saßen um einen alten Holztisch, tranken Kaffee und frühstückten. Joes Mutter schlurfte in ihren Hausschuhen herum. Die beiden erzählten sich Geschichten aus ihrer Kindheit, während Joe von seinem Stuhl in der Ecke aus lächelte.

Draußen tobte immer noch der Schneesturm in den frühen Morgenstunden. Das Farmhaus ächzte unter den Winden. So konnte das Leben auf der Farm nicht wieder beginnen - auch wenn sich Joe bald aufmachen musste, um die Tiere im Stall zu füttern. Aber sie hatten Licht und Wärme, und der Schnee war auf einem Teil der Farm geräumt worden.

Nachdem viele Geschichten ausgetauscht waren,

nachdem Joes Vater sich immer wieder bedankt und Joe die Zusage abgerungen hatte, dass er sich bald einen richtigen Schneepflug zulegen werde, verabschiedeten sich Candice und ihr Vater herzlich. Sie kletterten wieder auf den Schneepflug und fuhren von der Farm langsam über die lange Auffahrt weg. Während der Schneepflug knarrend durch den rauen Wintermorgen fuhr, sprachen die beiden über Joe und seine Familie. Später lag Candice im Bett in ihrer Wohnung in Kalispell, vor der sie ihr Vater abgesetzt hatte. Sie dachte an Joe und lächelte vor sich hin. Sie hatte das Gefühl, dass zwischen ihnen eine große Kluft bestand. Sie lebte in Kalispell. Und auch wenn es eine kleine Stadt war, so herrschte in Downtown geschäftiges Treiben, es gab Geschäfte, Restaurants und Kneipen. Währenddessen lebte Joe draußen auf dem Bauernhof, war sehr naturverbunden und scheute die harte Arbeit auf der Farm nicht. Und dann waren da noch ihre Hobbys: Candice ließ ihrer Fantasie beim Lesen von Science-Fiction-Büchern freien Lauf, während Joe lieber handfest Wind und Wetter, die Jahreszeiten und die Erträge der Felder studierte. Sie schienen so unterschiedlich zu sein. Und doch fühlten sie sich in der Gesellschaft des anderen wohl, wie sie feststellte.

Am Mittag nach dem Morgen auf der Farm rief Joe bei ihr durch. Erst bedankte er sich: Auch wenn es noch schneite, konnten sie auf der Farm arbeiten und der Generator lief tadellos. Dann fasste er sich ein Herz. »Candice, wenn die Wege wieder passierbar sind, und es aufgehört hat zu schneien – darf ich dich dann zum Essen ausführen?«

Candice freute sich. »Natürlich darfst du das. Das würde mir wohl ganz gut gefallen.« Also verabredeten sie sich für den nächsten Tag in Downtown Kalispell. Candice überlegte: Gerade, weil sie so unterschiedlich waren, könnte der morgige Abend doch umso spannender werden. Wie würde das wohl werden? Was hatte Joe geplant? Candice fand es aufregend.

Am nächsten Abend kam Candice an ihrem Treffpunkt an einer Straßenecke in Downtown Kalispell an. Sie spürte, dass sie schon ein wenig nervös war. Doch als sie Joe sah, der schon auf sie wartete, war sie überrascht: Er hatte sich ein schickes, aber bequemes Outfit angezogen. Statt seiner Arbeitsjeans, die er tagein, tagaus zu tragen schien, hatte er jetzt eine Stoffhose, ein Jackett und ein weißes Hemd an – und trug einen Cowboyhut. Als sie auf ihn zuging, lächelte er strahlend.

»Da bist du ja, du Cowboy«, sagte Candice.

»Ja, ich bin aber nicht angeritten gekommen, sondern mit meinem Wagen gefahren.« Candice wusste, dass Joe gerne ritt und auch einige Pferde in den Ställen hatte. Aber jetzt im Dezember? »Hast du dir das ernsthaft überlegt?«

»Nein, Candice, ich habe nicht überlegt, zu dir zu reiten. Sondern ich bin über die Straße gefahren.«

»Die wir geräumt haben, mein Vater und ich …«

»Und die heute Abend immer noch bestens passierbar war.«

Sie gingen in das italienische Lokal, das Candice Lieblingsrestaurant in Downtown geworden war. Und während sie auf ihre Reservierung warteten, plauderten sie miteinander. Joe erzählte Candice von seiner Familie und wie er auf dem Bauernhof aufgewachsen war. Als sie an ihren Plätzen an der Seite des Restaurants saßen, verlief das Gespräch harmonisch. Der Kellner servierte ihnen Pasta mit Rindfleischstreifen. Dazu tranken sie Weißwein aus Kalifornien. Sie redeten und lachten. Candice gab am Ende sogar ihren Traum preis: Dass sie nichts lieber tun würde, als eine kleine Buchhandlung zu eröffnen.

»Buchhandlung? Meinst du, das ist so ein gutes Geschäft in unserer kleinen Stadt?«, fragte er skeptisch.

»Na ja, ich will mich ja auf Science-Fiction-Literatur spezialisieren«, entgegnete Candice.

»Macht es das nicht noch schwieriger?«

»Nicht, wenn ich den Online-Vertrieb einbeziehe.«

»Aha, da hast du ja schon ausgefeilte Pläne.«

»Joe, wenn ich in meinem Industriebetrieb bin, dann habe ich manchmal an den Maschinen auch Zeit zum Nachdenken. Und da feile ich an meinem Plan mit der Buchhandlung«, gestand Candice. Sie beendeten ihren Abend mit einem Spaziergang im Park und sprachen darüber, wie unterschiedlich sie waren und doch irgendwie zusammenpassten. Mit einem Lächeln im Gesicht drückte er ihre Hand fest zum Abschied.

Am nächsten Morgen wachte Candice auf und fühlte sich lebendiger als zuvor – es war ein wenig so, als ob Träume wahr werden könnten. Bei ihrer Arbeit, sie war als Technikerin in dem Industriebetrieb im Norden von Kalispell tätig, musste sie häufig an Joe denken. Das war eine Art von Date, von der man in Büchern liest oder die man in Filmen sieht, dachte Candice seufzend. Als sie tags darauf in ihrem Haus aufstand, erlebte sie eine Überraschung. Joe hatte ihr einen Blumenstrauß mit ihren Lieblingsblumen vor die Tür gelegt, zusammen mit einem Zettel, auf dem stand: »Danke für den wunderschönen Abend, Candice. Ich kann es nicht erwarten, dich wiederzusehen. Joe.« Candice spürte ein Kribbeln im Bauch, als sie die Karte einige Male las. Sie konnte es auch nicht erwarten, ihn wiederzusehen.

Deshalb rief sie ihn auch gleich an und sie verabredeten sich für den nächsten Abend gleich wieder. Es war, als sei das Eis zwischen ihnen gebrochen, dachte Candice. Dabei war sie ja lange genug allein gewesen. Mit Erik im vergangenen Jahr hatte es nicht gefunkt, auch wenn sie ihn sehr gemocht hatte. Na ja, ein klein wenig hatte es doch gefunkt, aber sie hatten beide ihren Einsatz verpasst. Mit Joe fühlte es sich jetzt an, als würden sie sich schon seit Jahren kennen. Sie verbrachten ihre Wochenenden damit, durch die Wälder zu wandern, neue Restaurants in der Stadt zu erkunden und am Feuer im Kamin des Wohnzimmers auf Joes Farm zu kuscheln. Während seine Eltern in einem Trakt des Farmhauses wohnten, hatte Joe das Wohnzimmer und sein großzügiges Schlafzimmer im ersten Stock für sich. Die Anwesenheit seiner Eltern störte die beiden nicht im Mindesten, Joes Mutter und sein Vater schienen sich ebenso zu freuen, dass sie Gesellschaft auf der Farm hatten. Vielleicht, dachte Candice, freute es seine Mutter auch, dass Joe eine Frau zu Besuch hatte, die sie auch mochten.

Eines Tages im Februar, es war ein milder, klarer Tag, beschloss Joe, Candice mit etwas Besonderem zu überraschen. Er besorgte im Stall einen Sattel und ein Zaumzeug für sie und fragte sie, ob sie reiten lernen wolle. Zuerst war sie zögerlich, denn sie war noch nie auf einem Pferd geritten und hatte nie wirklich mit ihnen zu tun gehabt – da sie in der Stadt aufgewachsen war, war sie das einfach nicht gewöhnt. Aber Joe war geduldig mit ihr und erklärte ihr alles Schritt für Schritt: vom Führen des Pferdes bis zum Bürsten der Mähne und ließ Candice kleine Fortschritte machen, damit sie sich bei jedem Schritt wohlfühlte. Er zeigte ihr, wie man den Sattel richtig auflegt, wie man die Steigbügel in die richtige Position bringt, wo man die Hände beim Traben hinsetzt – alles Dinge, an die die meisten Menschen nicht denken, wenn sie das Reiten lernen. Sie spielte mit und strengte sich an. Schon bald konnten sie gemeinsam kleine Ausritte machen – durch windige Waldwege und leere Felder; manchmal wagten sie sich sogar an das Ufer des Flathead River, dessen Wasser friedlich in seinem Bett zwischen den Feldern rauschte.

Es war eine harmonische Zeit der Zweisamkeit. An

einem Wochenende Ende Februar nahm Joe Candice mit auf einen Ausritt und sie wagten sich tief in den Wald hinein. Als sie immer weiter ritten, spürte Candice, dass sie sich jetzt sehr mit der Natur verbunden fühlte, die ihr vorher doch gar nicht so viel gesagt hatte. Das gefiel ihr. Wie sie in das dichte Unterholz der Bäume sah, fiel ihr auf, dass Joe sein Pferd anhielt und auch ihr bedeutete, stehenzubleiben. Sie schaute ihn neugierig an und er deutete mit dem Arm nach rechts. Candice staunte: Da ritten Männer hinter dem Wald, die Vieh vor sich hertrieben. »Sind das etwa …«, fragte sie.

»Ja, Candice, das sind Viehdiebe. Ich hätte nicht gedacht, dass die einmal zu uns auf die Weiden kommen. Aber ich habe schon von Nachbarn gehört, dass ihnen Vieh abhandengekommen ist. Dass die so dreist sind – verdammt noch mal!« Candice war zutiefst schockiert. Die beiden hielten inne und versuchten, sich einen Plan zurechtzulegen. Joe wollte zurückbleiben und die Viehdiebe im Auge behalten, während Candice in vollem Tempo zurück zur Farm reiten sollte, um dort Hilfe zu holen. Sie wollte die Mitarbeiter auf der Ranch informieren und den Sheriff rufen. »Pass bloß auf dich auf«, sagte Candice zum Abschied.

»Du aber auch, reite nur so schnell, wie du dich sicher fühlst.« Sie hatten keine Zeit zu verlieren. Candice ritt so schnell sie konnte und spürte, wie der Wind durch ihr Haar rauschte. Der Gedanke, Joe zu helfen und sein Vieh zu retten, trieb sie an. Als sie schließlich auf der großen Weide vor dem Farmhaus ankam, war sie außer Atem. Doch sie sah den Vorarbeiter, stieg ab und lief auf ihn zu. Dann erzählte sie ihm von den Männern hinter dem Wald. »Wir kommen natürlich sofort«, sagte Vorarbeiter Pedro, »wir rufen auch den Sheriff. Die Viehdiebe könnten ja bewaffnet sein.«

Der Sheriff schien den Ernst der Lage zu erkennen, dachte Candice, als Pedro aufgelegt hatte und ihr berichtete, dass er zwei Streifenwagen losschicken wollte, um so rasch wie möglich vor Ort zu sein. »Dwayne Watson weiß, was er tut«, sagte Candice. »Ja«, entgegnete Pedro. »Hier in Montana machen wir alles streng nach Recht und Gesetz.«

Candice musste lachen, als sie hörte, dass sogar Pedro den Wahlspruch von Dwayne Watson kannte, der mit ihrem Vater befreundet war. In Montana läuft es nach Recht und Gesetz, das konnte der Sheriff von Flathead County gar nicht oft genug betonen. Kein Wunder, dass er sich gut mit ihrem Vater verstand. Sie hatte sich insgeheim schon einmal gefragt, ob ihr Vater es geschafft hatte, selbst dem Sheriff einen Schneepflug anzudrehen. Die Farmarbeiter sattelten ihre Pferde, und mit Pedro als Anführer machten sie sich auf den Weg zu den Viehdieben. Obwohl Pedro erst protestierte, wollte Candice mitkommen.

»Pass auf, du reitest uns ganz langsam nach«, sagte Pedro zu ihr. »Ich weiß, Candice, dass du reiten kannst, aber jetzt müssen wir uns beeilen. Wir sind die Vorhut«, rief er und sie trieben ihre Pferde an und galoppierten über die Weide davon. Candice ließ ihr Pferd locker traben und folgte ihnen. Als sie in den Wald kam, empfand sie den Rückweg als doch leichter, als sie befürchtet hatte. Doch schließlich, kurz vor einer Lichtung, stieß sie auf etwas Unerwartetes. Zwischen den Bäumen sah sie Pedro und seine Männer in der Mitte der Lichtung stehen. Sie waren eingekreist von den Viehdieben. Candice stieg ab und versuchte sich und das Pferd hinter ein paar Büschen zu verstecken. »Was soll ich jetzt nur tun?«, fragte sie sich. Der Handyempfang war hier draußen kaum zuverlässig, das wusste sie. Und als sie ihr Smartphone herausholte, musste sie auch feststellen, dass sie kein Signal hatte.

Candice war wie versteinert und sah auf die Lichtung. »Das darf doch nicht wahr sein«, dachte sie, als sie Joe erblickte. Er kam von hinten an die Männer herangeritten. Dann stoppte er sein Pferd und sie sah, dass er ein Gewehr im Anschlag hatte. »Wenn ihr mein Vieh wollt, müsst ihr erst an mir vorbeikommen«, rief Joe den Viehdieben entgegen. Candice stockte der Atem. Als die Banditen nicht reagierten, gab Joe einen Schuss in die Luft ab. Das Knallen der Büchse hallte durch den Wald. Doch es kam noch mehr: Wie die Banditen allesamt auf Joe starrten, zog Pedro einen Revolver aus seiner Satteltasche. Er spannte den Hahn - und gab einen zweiten Schuss in die Luft ab. »Wir hauen ab«, rief einer der Banditen. Fluchend trieben sie ihre Pferde an. Doch sie konnten froh sein, dass sie davongekommen waren, dachte Candice. Was ihnen nicht viel helfen sollte: Kaum hatten sie den Wald verlassen, warteten bereits die Deputies des Sheriffs auf sie - und sie wurden allesamt verhaftet.

Candice kam aus dem Unterholz und rannte auf Joe zu. Seine Miene hellte sich auf und er steckte das Gewehr weg. Dann sprang er vom Pferd und sie beide umarmten sich stürmisch. »Auf unseren Helden«, rief Pedro. Sie umarmten sich noch einmal fest, bis Joe schließlich losließ und sagte: »Danke, meine Liebe, ich bin so glücklich, dich zu haben!« Candice lächelte und erwiderte: »Gern geschehen, mein Schatz«. Von diesem Moment an wusste Candice, dass sie sich auf Joe verlassen konnte – egal, was passierte. Sie war stolz, als sie sah, wie perfekt die Rettungsaktion vor den Viehdieben geklappt hatte.

Einige Tage später träumte Candice in Kalispell wieder davon, ihre Buchhandlung zu eröffnen. Sie zögerte jedoch, den Schritt zu wagen, da ihr doch die nötigen Finanzmittel fehlten. Na klar, sie hätte ihren Vater fragen können. Doch das wollte sie nicht. Joe schien ihre Träume zu verstehen.

»Candice, ich bin fest überzeugt, dass sich solche Träume umsetzen lassen, wenn man es klug anpackt«, sagte er zu ihr.

»Aber wie?«, fragte sie ihn und schaute in seine beruhigenden braunen Augen.

»Pass auf, wir beide setzen uns an den Schreibtisch. Du erzählst mir alles, was dir dazu einfällt. Dann schreiben wir ein Konzept und stellen einen Geschäftsplan für dich auf. Das wäre doch ein handfester erster Schritt, oder?«

Auch wenn Candice und Joe den Plan aufstellten, schob sie den Start dieses Wagnisses noch auf. Aber insgeheim sah sie sich in ihren Träumen schon durch die offene Tür ihrer Buchhandlung gehen. Sie betrat einen gemütlichen kleinen Laden mit Regalen, die mit vielen Titeln gefüllt waren, von Klassikern bis zu zeitgenössischen Werken. Aber besonders groß war die Science-Fiction-Abteilung, für die sie sich einen eigenen Raum ausmalte – voll mit allem, was das Herz der Fans begehrte. Ob es Candice gelingen würde, eine solche Buchhandlung in der Kleinstadt zu eröffnen, wusste sie noch nicht. Auch wusste sie nicht, wie das mit ihr und Joe zusammenpassen würde. Doch er hatte ja bereits seine Unterstützung gezeigt.

Noch im März kam Joe dann wieder in das Geschäft von Candice Vater. Jetzt wollte er endlich den Schneepflug kaufen, damit die Farm nicht mehr abgeschnitten war. »Der Schneepflug ist eine große Anschaffung«, hatte er ihr erklärt. »Aber diesmal habe ich die Finanzen einmal durchgerechnet. Ich weiß ja, dass es ohne nicht geht.« In diesem Winter hoffte Joe, dass er den Pflug nicht mehr benötigen würde. Aber für die folgende Schneesaison wollte er gerüstet sein. Der Kauf des Schneepflugs bedeutete, dass sie sich keine Sorgen mehr machen mussten, in den Wintermonaten eingeschneit zu werden. Außerdem war es schön zu wissen, dass er etwas aus dem Geschäft von Candice Vater gekauft hatte.

Während Joe den Schneepflug anschaffte und Candice in Kalispell über ihre Zukunftspläne nachdachte, sollte sich ihre Geschichte anders entwickeln, als sie gedacht hatten. Denn dann hatte ja Candice Smartphone geklingelt und ihr den Anruf von Erik gezeigt. »Natürlich können du und Amelia sofort zu uns nach Montana kommen«, hatte sie ihm am Telefon gesagt. »Wir werden Wege finden.« Jetzt blickte sie aus ihren Tagträumen auf. Sie hatte das Horn einer Lokomotive gehört, die sich dem Bahnhof von Westen her näherte. Das musste der »Empire Builder« sein, dachte sie. Endlich war es so weit: Der große Zug rollte in den Bahnhof von Whitefish ein. Candice stand auf und ging auf den Bahnsteig, während die großen zweistöckigen Wagen unter dem lauten Quietschen der Bremsen zum Stehen kamen.

❄

KAPITEL 8

Das Haus am See

Kalispell, Montana

Erik mochte diese Ecke Montanas. Das lag nicht nur an Candice, sondern weil er die Gegend zwischen Whitefish, dem Ort Kalispell und dem Flathead Lake einfach landschaftlich wunderschön und die Einwohner offen und herzlich fand. Da war Whitefish, eine touristisch geprägte Siedlung, an der auch der Bahnhof lag, an dem die Fernzüge hielten. Gleich nördlich des Ortes gab es einen schönen See, den »Whitefish Lake«, und das Skigebiet »Big Mountain«, das er einmal mit Candice besucht hatte. Aber fuhr man nach Süden, über die »US Route 93«, erreichte man nach gut 25 Minuten das Städtchen Kalispell, der Hauptort der Gegend. Erik fand die Stadt äußerst angenehm: In Downtown gab es viele historische Bauten, man konnte spazieren gehen und kleine Geschäfte entdecken. Im Norden lag ein Industriegebiet, aber im Westen und Osten schlossen sich baumbestandene, grüne Straßen an Downtown an, wo große alte Villen standen. Und im Süden, noch eine gute Viertelstunde von Kalispell entfernt, gab es den riesigen »Flathead Lake«, der sich weit zwischen den Bergen erstreckte, und dem »Flathead County« seinen Namen gegeben hatte. Es war eine herrliche Ecke mit beeindruckender Natur, gleich südlich des »Glacier National Park« gelegen.

Das Haus von Candice lag in einer der schönen Seitenstraßen von Downtown. Die Sonne stand hinter den Bergen am Himmel. Erik nahm den Anblick mit Erleichterung auf, als sie bei ihr ankamen. »Wow«, sagte Amelia und ließ ihre Augen durch die Gegend schweifen. »Candice lebt wirklich wie auf einer Postkarte.« Sie deutete die Straße hinunter, an der alte Häuser zwischen dichten Bäumen standen. Obwohl sie nicht weit vom Downtown des Städtchens mit seinen knapp 20.000 Einwohnern entfernt waren, wirkte die Umgebung wie eine friedliche Vorstadt. Erik lächelte und freute sich über die Abwechslung von ihrer Reise. »Sie hatte schon immer ein Händchen dafür, die schönsten Orte zu finden.«

»Du aber auch, wenn ich an unsere gemeinsamen Touren denke«, sagte Candice, während sie die Tür ihres Autos zuwarf. Als sie sich der Haustür näherten, sah Erik auf Candice Lächeln. Unter ihrer Oberfläche schienen sich aufgewühlte Gefühle zu verbergen. Ihre Augen sahen zwischen Erik und Amelia hin und her, und beim Anblick ihres alten Freundes keimte vertraute Wärme in ihr auf. »Hey, ihr zwei«, sagte Candice beim Eintreten im Flur, »fühlt euch wie zu Hause.«

»Danke, Candice. Dein Haus ist wirklich schön«, sagte Amelia in einem höflichen, aber zurückhaltenden Ton.

»Ja, nicht? Es sind mehrere Wohnungen, aber ich habe das Erdgeschoss und die Veranda«, erwiderte Candice. Diesmal verweilte ihr Blick vielleicht einen Tick zu lange auf Erik. »Ich hoffe, ihr werdet euch hier wohlfühlen.« Nachdem sie ins Wohnzimmer getreten waren, fühlte sich Erik wieder von der Atmosphäre des Hauses eingehüllt. Er sah auf die Möbel und die mit Büchern und Schmuckstücken bestückten Regale. Das war für ihn ein krasser Gegensatz zu der Gefahr und Ungewissheit, die sie verfolgt hatten. Sein Blick fiel auf das Sofa, und er musste schmunzelnd daran denken, wie er bei seinem Besuch im vergangenen Jahr einige Nächte dort verbracht hatte.

»Kann ich Euch etwas zu trinken bringen?« bot Candice an, mit einem Hauch von Vertrautheit in ihrer Stimme, der Erik wieder auffiel. »Und sagt jetzt nicht, dass ihr Wasser trinken wollt.«

»Was hast du denn da?«, fragte Erik. »Mir fällt wieder die Beeren-Limonade ein, die wir damals auf unserem Ausflug getrunken haben.«

»Du wirst lachen. Natürlich habe ich die Limonade da. Sie ist so schön zuckrig, dass sie uns zu Fuß bis Seattle befördern könnte. Aber nein, da kommt ihr ja gerade her. Da wollt ihr bestimmt nicht so schnell wieder hin.« Amelia drückte seine Hand, und er wusste, dass sie ein wenig von der Spannung im Raum spürte.

»Das Gleiche für mich«, fügte Amelia hinzu. Candice nickte und verschwand in der Küche. Sie kam zurück und trug mit geübter Leichtigkeit drei Gläser mit Limonade. Als sie jedem von ihnen eines reichte, konnte Erik ein kleines Aufblitzen in ihren Augen sehen. »Ja, das war eine Geschichte«, dachte er zurück. Er hatte Candice vor drei Jahren kennengelernt, als er mit dem Zug mit Frank durch die USA gereist war. Die beiden waren sich in Reno begegnet, das war lange, bevor Erik Amelia traf. Eine Weile schien unklar, wie sich ihre Beziehung entwickeln würde. Er hatte viel mit Candice erlebt. Schmunzelnd dachte Erik an die gemeinsame Nacht in einem Hotel in Helena, Montana zurück, als sie die Betten im Zimmer nicht zusammengeschoben hatten, und jeder auf seiner Seite geblieben war. Doch es hatte nicht viel gefehlt. Dann wäre in der Tat alles ganz anders gekommen, dachte er. Doch bis heute verband sie eine tiefe Freundschaft.

»Prost auf Euren Besuch«, sagte Candice und hob ihr Glas zu einem Toast.

»Auf dich und uns«, wiederholte Erik.

»Jetzt musst du aber in allen Einzelheiten berichten, was passiert ist«, forderte Candice ihn auf. Das tat Erik: Er berichtete, wie er mit Amelia aufgebrochen war, um einen Urlaub zu machen – nach dem Neuanfang in Kanada. Dass zunächst alles friedlich verlaufen war, bis zu dem Örtchen namens Smithers in Kanada. Candice war geschockt, als Erik ihr erzählte, wie der Zug angehalten hatte und was er dann in dem kleinen Haus neben der Bahnlinie gesehen hatte. Seither waren sie auf der Flucht – fuhren nach Prince Rupert und mit dem Fährschiff, trampten auf Vancouver Island und nahmen die Fähre nach Seattle.

»Dann habe ich dich von unserem Hotelzimmer in Seattle aus angerufen, als wir den Wagen aus Smithers direkt gegenüber von unserem Hotel gesehen haben. Ich dachte, wenn wir uns irgendwo verstecken können, dann bei dir. Und ich habe darauf gezählt, dass du mitmachst.«

»Erik, das ist überhaupt keine Frage. Du hast mir schon in so mancher Situation geholfen. Jetzt werde ich alles für Euch tun, was nötig ist.«

»Ja, das war es aber leider noch nicht«, fügte er hinzu und erzählte Candice von der Zugfahrt und dem Mann, der mit einem Messer auf sie losgegangen war und den er aus dem fahrenden Zug stoßen konnte.

»Da siehst du es, Amelia. Erik wirkt wie ein ganz harmloser Journalist aus Europa. Aber wenn es darauf ankommt, kann er kämpfen«, sagte Candice.

»Das habe ich letzte Nacht hautnah miterleben können. Und ich bin froh, dass er sich so zur Wehr setzen kann.«

»Ach was, ich habe Glück gehabt. Und vielleicht ist etwas von meinen Kampfkünsten übrig geblieben«, erwiderte Erik.

❄

»Hallo«, rief eine tiefe Stimme und lenkte Eriks Aufmerksamkeit auf eine hochgewachsene Gestalt, die sich über die Veranda ins Haus bewegte. Er trug einen Cowboyhut und Jeans. Die breiten Schultern und die schwieligen Hände des Mannes zeugten von harter Arbeit, während sein freundliches Lächeln Erik beruhigte.

»Hallo, Du musst Joe sein«, sagte Erik und reichte ihm die Hand. »Ich bin Erik.«

»Freut mich, dich kennenzulernen«, antwortete Joe und schüttelte fest Eriks Hand. »Candice sagte mir, dass ihr kommt. Ich will Euch gern helfen, wo ich nur kann.«

»Das wissen wir zu schätzen«, antwortete Erik, dankbar für die Unterstützung.

»Ja, so machen wir das in Montana. Wir helfen uns gegenseitig, wo wir nur können.«

Candice wandte sich an Amelia. »Sag mal, geht es dir denn gut? Ich meine, das ist ja ganz schön viel Aufregung für eine harmlose Urlaubsreise, oder? Aber du siehst ganz frisch aus.«

»Keine Sorge, ich bekomme das besser hin, als ich dachte. Erst dachte ich auch, das wird zu viel. Aber die Transplantation hat sich positiv ausgewirkt und nach so vielen Monaten seit dem Winter ist sie auch gut verheilt.«

Candice nickte besorgt, sie kannte die Geschichte von Amelias Operationen. »Schön zu hören«, nickte auch Joe. »Sagt mal, Candice hat mir erzählt, dass ihr in Schwierigkeiten steckt?«

Erik erzählte Joe von ihrer Flucht aus Seattle, diesmal in

der Kurzfassung. Der Farmer aus Montana war blitzschnell am Kombinieren.

»Wir sollten jetzt erst einmal einen sicheren Ort für Euch finden. Denn wenn der Mann Euch im Zug so dicht auf den Fersen war, ist nicht auszuschließen, dass sie mitbekommen haben, wohin ihr gefahren seid. Außerdem sollten wir früher oder später doch die Profis einschalten, ich meine den Sheriff.«

»Bisher war einfach keine Zeit mehr, es ging seit Seattle alles so schnell«, entgegnete Erik.

»Ich habe eine Idee. Wir haben ein Häuschen am Whitefish Lake. Da können wir Euch unterbringen. Wer sollte da schon suchen? Die Verbindung bekommt doch keiner so schnell raus. Wir fahren jetzt los, und ich drehe einige Runden durch den Ort, nur um sicherzugehen, dass Euch niemand gefolgt ist.«

Sie tranken die Beeren-Limonade aus, dann stiegen sie in Joes Pickup, der vor dem Haus parkte. »Also, auf geht's in euer neues Safe-House« sagte Candice. Joe startete den bulligen Motor und sie fuhren los. Während sie durch die üppige Landschaft Montanas rollten, schien sich die Last der ungelösten Gefühle zwischen Erik und Candice zu lösen. Joes Anwesenheit wirkte wie ein Anker, der sie in die Gegenwart holte und ihnen ein Gefühl von Normalität gab.

»Danke«, stellte Amelia während der Fahrt fest. »Wir können dir nicht genug für Deine Gastfreundschaft danken.«

»Keine Ursache«, sagte Joe und winkte ab. »Wir sind nur froh, wenn wir helfen können.«

Sie fuhren von Kalispell nach Süden, dann nach Westen und wieder nach Norden. Tatsächlich dachte Erik, Joe macht das ziemlich professionell. Der Farmer sah an jeder Kreuzung genau in den Rückspiegel und achtete darauf, dass Autos, wenn sie ihnen denn folgten, nicht zu lange dranblieben. Über eine kleine Straße, die sich zwischen den dicht bewaldeten Hügeln hindurchschlängelte, erreichte der Wagen die Außenbezirke von Whitefish. Sie fuhren aber nicht in die Stadt, sondern bogen vorher in Richtung des Sees ab. Dann nahm Joe die kleine Uferstraße, die sich im Norden am Seeufer entlang wand. Die Bebauung wurde spärlicher. Zwischen der Straße und dem Seeufer sah man einige Häuser im Wald stehen.

Die Hütte von Joes Familie schließlich stand am westlichen Ende des Whitefish Lake. Joe, Candice, Erik und Amelia stiegen aus und zogen in das Häuschen ein. Joe zeigte ihnen das Seeufer. Erik dachte daran, dass sie immer noch auf der Flucht vor den Gangstern waren. Aber hier schienen sie sicher zu sein. Er entspannte sich. Die Hütte war zwar nicht groß, aber sie hatte eine Art rustikalen Charme. Die Außenwände bestanden aus Holzstämmen, die direkt aus dem nahe gelegenen Wald gehauen worden waren. Ein paar Fenster säumten die Vorderseite mit einer kleinen Veranda. Das Innere war offen und gemütlich, mit einer steinernen Feuerstelle an einem Ende des Raumes. An den beiden Seiten befanden sich zwei kleine Kammern, dazu kam das große Schlafzimmer in der Mitte.

»Das ist natürlich für Euch beide«, sagte Joe und zeigte Erik und Amelia ihr Zimmer.

»Sehr gastfreundlich, dass du uns das große Zimmer überlassen willst, vielen Dank«, entgegnete Erik.

Die Küche bestand aus einem alten Holzofen, ein paar Schränken mit Vorräten und einem Tisch, an dem sie ihre Mahlzeiten einnehmen konnten. Aber das Beste war die umlaufende Terrasse mit Blick auf den Whitefish Lake. Der See schimmerte wie ein Kristall durch die Kiefern, die sich bis zum Ufer hinzogen. Die Berge waren hinter ihnen, aber auch vor der Hütte konnte man auf einen Hügelkamm sehen. Erik ging auf die Terrasse und atmete die frische, nach Kiefern duftende Luft ein. Candice fand ein paar Decken in einem der Schränke. Amelia kam aus dem Haus. Sie erklärte Erik, dass sie sich nützlich machen und Feuerholz sammeln wollte, falls es später am Abend kalt werden würde. Unterdessen ging Joe zurück zu seinem Pickup. Dort öffnete er eine lange Kiste, die hinter den vorderen Sitzen am Boden angebracht war. Er holte ein langes, doppelläufiges Gewehr hervor und einige Boxen mit Munition. »Das ist nur für den Fall der Fälle«, sagte er beruhigend, als Erik ihn etwas entgeistert anstarrte.

»Joe kann damit umgehen«, erklärte Candice, »er hat so im Februar Viehdiebe in die Flucht geschlagen.« Das Gewehr brachte Joe ins Haus. Dann zeigte er Erik, wie man das kleine Ruderboot bedient, das neben einem Steg am Ufer lag, damit sie lernen konnten, aufs Wasser zu gehen – falls es nötig sein sollte.

❄

Sie bauten in den kleinen Zimmern die Feldbetten auf und setzten sich dann wieder an den Küchentisch. Erik musste lächeln, als er sah, wie weit weg von der Gefahr sie jetzt in dieser kleinen Hütte am Whitefish Lake zu sein schienen. Amelia blickte auf den Horizont der Abenddämmerung: »Erik, ich habe eine Idee. Ich könnte Robin, meinen Bruder, anrufen. So weit ist Edmonton gar nicht weg von Whitefish. Und seine Hilfe könnten wir brauchen. Vielleicht hat er ja Zeit, und dann könnte er uns mit seinem Wagen direkt nach Kanada mitnehmen.«

»Das ist eine hervorragende Idee, Amelia«, sagte Erik. Sie zückte ihr Smartphone. »Ich habe sogar Empfang in der Hütte«, stellte sie fest. Sie ging auf die Veranda und wählte auf ihrem Smartphone ihren Bruder an. Ihm erzählte sie, was geschehen war. Erik ging mit Joe noch einmal auf die Veranda. »Es sieht hier wie ein Paradies aus, weit weg von all den Gefahren, denen wir vorher ausgesetzt waren.« Wie sie dort standen, mit Blick auf den See, und Joe von Candice sprach, konnte Erik nicht umhin, die Zärtlichkeit in seiner Stimme zu bemerken. Das rief ein unerwartetes Gefühl in ihm hervor – Erleichterung. Candice hatte Glück verdient, und Erik konnte nicht leugnen, dass Joe in der Lage zu sein schien, es ihr zu geben.

❄

Die Abendsonne war hinter den Bäumen versunken und nun begann es dunkel am See zu werden. »Mein Bruder Robin will zu uns kommen«, erklärte Amelia der Runde. »Er wird uns helfen. Er möchte sogar gleich losfahren.« Erik freute sich, dass Amelias Bruder so zuverlässig war. So hatte er ihn in Edmonton auch kennengelernt.

»Das ist gut. Wir können jede helfende Hand gebrauchen«, stellte Erik fest. »Joe, ich kann dir gar nicht genug dafür danken, dass wir uns hier so willkommen fühlen.«

»Wirklich«, fügte Amelia hinzu und drehte sich zu ihrem Gastgeber um, »das bedeutet uns mehr, als Worte ausdrücken können.«

Joe lächelte warm, seine starken Hände ruhten auf dem Sims über dem Kamin. »Es ist mir eine Freude, wirklich. Erik, du bist ein Freund von Candice, und das macht dich und Amelia zu Freunden von mir.«

Später saßen sie beim Essen zusammen an dem großen Holztisch. Während das Besteck klirrte und das Fleisch brutzelte, scherzten sie freundlich. Dann setzten sie sich mit den großen Töpfen an den Tisch, um zu essen. »Joe, die Kartoffeln, die du angebaut hast, sind fantastisch«, lobte Amelia und nahm einen Bissen von dem mit Butter und

Kräutern gewürzten Gericht, das am Tisch herumgereicht worden war.

»Danke«, erwiderte Joe, sichtlich erfreut über ihr Kompliment. »Es geht wirklich nur um den Boden – und den haben wir auf unserer Farm.«

Im Haus kündigten das Klirren von Gläsern und gedämpftes Lachen den Beginn ihres ruhigen gemeinsamen Abends an. Aber so ganz ließ sich die Gefahr nicht aus ihren Köpfen drängen.

»Hast du eine Ahnung, warum die Gangster jemanden umgebracht haben könnten?«, fragte Joe Erik.

»Nicht im Geringsten. Ich konnte es ja nicht einmal genau sehen. Nur die Schatten hinter einem zugezogenen Vorhang konnte ich erkennen. Aber dann haben sie uns verfolgt, und da wusste ich, dass ich etwas gesehen habe, das ich keinesfalls sehen sollte. Es ist ein Rätsel, aber eines ist sicher – wir sind jetzt weit weg von ihnen.«

Joe lächelte und nickte zustimmend. »Vielleicht solltet ihr einfach versuchen, das Beste aus Eurem Aufenthalt hier zu machen.« Erik nickte nachdenklich.

»Halten wir die Augen offen, aber entspannen wir uns auch ein wenig«, sagte er. »Die Gegenwart können wir genießen.« Joe reichte ihm ein weiteres Bier in einer Dose, das er aus dem Sixpack löste.

Als das Feuer schwach brannte und die Nacht dunkler wurde, legte sich ein Gefühl der Zufriedenheit über die Gruppe. Sie wussten nun, dass sie sich den Herausforderungen, die vor ihnen lagen, nicht als Einzelne, sondern mit vereinten Kräften stellen würden. »Auf uns«, sagte Erik und hob sein Bier. Die anderen stimmten ihm zu.

❄

Downtown Seattle

Orson Corbyn saß in seinem Büro in Seattle, die übliche glimmende Zigarette in der Hand. Er lehnte sich in dem kleinen, dunklen Raum zurück und lachte sich insgeheim ins Fäustchen. Gleichzeitig ärgerte er sich über Larry und seine Blödheit. Corbyn hatte Besuch von Inspektor Pearson von der städtischen Polizeibehörde erhalten. Der Polizist hatte Anrufe aus Kanada bekommen, aus dem Kaff, in dem sie den alten Mann ausgefragt und dann – nun ja – beseitigt hatten. Zu dumm, dass diese kanadischen Beamten die Leiche des alten Mannes gefunden haben, den Corbyn hatte zum Schweigen bringen lassen. »Dieser blöde Larry. Wie konnte er nur so unaufmerksam sein?«

Aber Corbyn hatte schnell gemerkt, dass Inspektor Pearson komplett im Dunkeln tappte. Denn er kannte den Mann recht gut. Der war sein Kontaktmann zur Polizei von Seattle. Corbyn hatte ihm in den vergangenen Jahren ganz bewusst mit einigen Tipps versorgt: Wo illegales Glücksspiel zu finden war, welcher »Hitman« der Mafia über die Stränge geschlagen hatte, wenn Schmuggelware im Hafen ankommen sollte. Im Gegenzug ließ der Inspektor ihn weitgehend in Ruhe. Das hatte Corbyn in so gut wie allen Fällen freies Feld für Operationen beschert, die er für die Mafia hier durchführte. Ein nützlicher Nebeneffekt: Der Inspektor glaubte, dass er sich auf Corbyn verlassen konnte. Und so war auch die Befragung abgelaufen: Pearson hatte ihn nicht wirklich im Verdacht. Er hatte versucht, herauszubekommen, ob es irgendetwas in der Szene über diesen Mord gebe, das er wissen müsse. Wie die Kanadier eigentlich auf Seattle gekommen waren, wusste Corbyn nicht genau. Hatte sie doch jemand dort oben beobachtet, ihren Wagen vor dem Haus gesehen? Aber für den Inspektor fehlte jedes Motiv, um jemanden aus seinem Bezirk mit einem Mord 500 Kilometer weiter nördlich in Kanada in Verbindung zu bringen. Corbyn war ziemlich auf der Hut gewesen. Schließlich ging es hier um seine eigene Operation, nicht um einen Dienst für die mafiöse Organisation, der er angehörte. Nein, diesmal ging es um sein Ding. Und da hatte der Inspektor nichts mitzumischen.

Corbyn schob das Bild seiner Mutter, das in einem kleinen Rahmen auf dem Schreibtisch stand, hin und her. Ihr zu Ehren wollte er das Rätsel um seinen Urgroßvater lösen – und ihm selbst zum Vorteil, verstand sich. In diesem Moment klingelte das Telefon auf seinem Schreibtisch.

»Er ist abgehauen, aber ich weiß, wo er ist«, sagte Larry, den Corbyn sofort an der Stimme erkannte. Er war aufgeregt. Und Corbyn war wütend, wegen Larrys Unachtsamkeit in Kanada.

»Moment, du hast diesen Erik Wiedner entwischen lassen?«

»Na ja, Boss, wir sind in einen Kampf im Zug geraten. Und dann konnte er plötzlich ganz schön kämpfen, ich hab meinen Augen kaum getraut.«

»Und er hat dich fertig gemacht?«

»Nein, er hat falsch gespielt. Er hat die Tür vom Zug aufgerissen und mich hinausgestoßen. Ich habe Glück gehabt, dass der Zug da so langsam durch eine Kurve fuhr. Ich konnte mich zusammenreißen und mich in das nächste Kaff durchschlagen, Boss.«

»Na hoffentlich ist dir das eine Lehre. Ich dachte, du unterschätzt Deine Gegner nicht, Larry.«

»Das ist mir auch noch nicht passiert.«

»Du warst so blöd, den Leichnam in dem Haus in Kanada nicht zu beseitigen. Ich hatte eben Besuch von der Polizei. Die ahnen glücklicherweise nichts.«

»Aber es musste doch alles schnell gehen. Wir mussten doch an dem Zeugen dranbleiben.«

»Trotzdem kannst du einen Tatort nicht verlassen, ohne den Leichnam zu beseitigen, du Idiot.«

»Tschuldigung Boss.«

»Gibts noch etwas, was ich wissen muss?«

»Ja, ja«, Larry wurde wieder aufgeregt. »Ich weiß, wohin die beiden gefahren sind.«

»Wie das denn?«

»Bevor ich sie mir im Zug geschnappt habe, hatte ich mich an ihren Sitznachbarn rangemacht. Für einen Fünfziger haben sie mir erzählt, dass die beiden davon sprachen, dass sie in einen Ort namens Kalispell wollten. Ganz aufgeregt haben sie davon geplappert. Das ist gleich bei Whitefish, wo der Zug hält.«

»Na wenigstens etwas, dann war Dein Einsatz ja nicht ganz umsonst. Du fährst jetzt in dieses Whitefish und hältst Ausschau. Irgendjemand wird die beiden Typen schon gesehen haben. Und ich schicke Brooke Chasey zu dir – damit wenigstens einer im Team Grips hat.« Corbyn knallte den Hörer auf. Doch er grinste. Denn in Wahrheit hatte er ja Larry nicht engagiert, weil er noch jemanden mit Grips brauchte. Sondern einen brutalen Handlanger, der keine Fragen stellte. Mochte dieser Idiot auch aus dem Zug gestoßen worden sein, er ist ja davongekommen, dachte sich Corbyn. Dann rief er Brooke an – um sie ebenfalls nach Kalispell zu schicken. Sie würde sich hoffentlich schlauer anstellen. Denn sonst würde ihm nichts anderes übrig bleiben, als die Sache selbst in die Hand zu nehmen.

❄

Corbyn knurrte wieder in den Telefonhörer. »Ihr Jungs müsst die Bahnhöfe überwachen«, wies er die Handlanger an, die er in Washington und Montana beschäftigte, und die zu den örtlichen Motorradgangs gehörten. »Und wenn ihr die beiden Schnüffler seht, schnappt ihr sie und ruft mich sofort an.«

Die Stimme am anderen Ende der Leitung stammelte etwas als Antwort. »Ja, ja, du wirst viel Geld bekommen, wenn du das durchziehst«, sagte Corbyn ungeduldig. »Erledige es einfach und halte mich auf dem Laufenden.« Er knallte das Telefon auf. Es war an der Zeit, die Kontrolle über die Situation zu übernehmen. Diese beiden Idioten Erik und Amelia liefen immer noch mit einem Wissen herum, das seine ganze Operation zum Einsturz bringen konnte. Er musste diesen Schatz finden, und zwar schnell. Er war jetzt der Schlüssel zu allem. Und schließlich traute er Larry, den er nach Montana geschickt hatte, nicht mehr sehr viel zu. Deshalb hatte er jetzt die Motorradgangs in Spiel gebracht, um sicherzugehen.

Corbyn öffnete die unterste Schublade seines Schreibtischs und zog eine Karte mit Eselsohren heraus. Sie zeigte einen gewundenen Gebirgspass, einen alten Eisenbahntunnel, der da oben in den Bergen in den Fels gehauen war. Irgendwo in dieser rauen Wildnis lag ein Vermögen, das nur darauf wartete, ausgegraben zu werden. Er konnte nicht länger warten. Mit einem Grunzen hievte Corbyn seinen massigen Körper aus dem Stuhl. Er verließ das Büro mit der Karte in der Hand. Die Jagd hatte begonnen.

❄

Corbyn setzte sich hinter das Steuer seiner schwarzen Limousine. Er verzichtete diesmal auf seinen Chauffeur. Der schwere Motor heulte auf und er verließ den Parkplatz. Dann raste er mit quietschenden Reifen über die Ausfallstraße auf die »Cascade Mountains« zu. Die Hinweise fügten sich langsam zusammen. Der alte Mann hatte den Eisenbahntunnel erwähnt, hoch oben in den Bergen. Corbyn fuhr mit dem Finger auf der Karte nach – da war er. Das musste die Stelle sein.

Während die Interstate weiter im Süden die »Cascade Mountains« querte, am »Snowqualmie Pass«, musste Corbyn die »US Route 2« nehmen, die von Seattle in einem Bogen nach Norden in Richtung Osten führte. Er war gut zwei Stunden unterwegs, bis er sich mit seinem Wagen am Stevens Pass die Berge hinauf schlängelte und dabei dem Verlauf der alten Eisenbahnlinie folgte. Zu beiden Seiten ragten zerklüftete Felsen auf, an deren steilen Wänden Wasserfälle hinabstürzten. Viele andere Besucher hätten hier vielleicht die Natur bewundert und wären beeindruckt von den Bergen der »Cascades« gewesen. Corbyn hatte dafür überhaupt nichts übrig. Ihn hatte es ja auch angeödet, die weite Strecke nach Kanada mit dem Wagen zu fahren, in das Kaff, in dem der alte Mann gelebt hatte, dessen Angaben ihn jetzt hier an diesen Ort geführt hatten. Nein, Orson Corbyn hatte nichts übrig für die Schönheit der Natur hier oben.

Er war fast am Ziel. Vor ihm machte die Straße eine Kurve und tauchte in ein enges Tal ein. Da irgendwo musste der alte Eisenbahntunnel sein, das wusste er. Corbyn zog seinen Wagen an den Rand der bröckelnden Straße, der Kies knirschte unter seinen Reifen. Er steuerte den Parkplatz in der Nähe des Tunnels an. Irgendwo hier oben sollte es einen Wanderweg geben, der der alten Eisenbahntrasse folgte, das wusste er. Als ob ihm zum Wandern zumute gewesen wäre, dachte er spöttisch. Da hatte er wirklich Besseres zu tun. Corbyn stellte den Motor ab und stieg aus, während die einsamen Schreie von Greifvögeln um ihn herum im Tal hallten. Das war es doch, dachte er, das musste es einfach sein. Der Schatz war nahe. Er konnte es in seinen Knochen förmlich spüren. Mit ausladenden Schritten näherte sich Corbyn dem Weg, der zum Tunneleingang führte. »Na schön, du Mistkerl«, murmelte er leise vor sich hin. »Wo versteckst du dich?«

Doch Corbyns schnelle Schritte gerieten ins Stocken, als er dem Pfad zwischen den Kiefern folgte. Plötzlich versperrten ihm Schlamm und Felsen den Weg, die Überreste eines kürzlichen Erdrutsches. Fluchend sah er sich das Hindernis an. Da war kein Durchkommen, zumindest nicht ohne schweres Gerät, das musste er sich eingestehen. Seine Aufregung wandelte sich in Frustration. Der Schatz musste doch so nah sein. Zähneknirschend drehte Corbyn um und ging zurück zu seinem Auto. Er würde einen anderen Weg hineinfinden müssen.

Er machte sich auf den Weg, eine kleine Bergstraße entlang, die er auf seiner Karte entdeckt hatte. Sie schien sich oberhalb des Tales zu schlängeln. Die zeigte sich tückisch, als Corbyn weiterfuhr, seine Reifen rutschten auf dem glatten Schotter. Corbyn fluchte wieder. Wieso hatte er seine Limousine für den Ausflug in die Berge genommen? Natürlich war sie bequem. Aber da hätte er sich ja gleich von seinem Fahrer bringen lassen können. Nur, dass der nicht erfahren sollte, worum es eigentlich ging. Corbyn wurde immer misstrauischer, je dichter er sich dem Schatz wähnte. Deshalb fuhr er allein hier obenherum. Aber er hätte einen anderen Wagen gebraucht. Einen Geländewagen, keinen von diesen blöden SUV-Fahrzeugen, mit denen sich Vorstadtbewohner als richtige Outdoor-Menschen fühlen konnten. Nein, hier oben würde er einen kräftigen Allradwagen benötigen und noch ein paar furchtlose Typen dazu, die sich hier zurechtfinden würden. Er bog um eine Kurve am Berghang.

Vor ihm stand urplötzlich ein Parkranger-Truck, der den Weg versperrte. Als er anhielt, stieg der Ranger aus, die Hand an der Hüfte neben seinem Gewehr im Halfter. »Die Straße ist gesperrt, Sir«, sagte der Ranger unwirsch und musterte Corbyns teure Limousine. »Ein Erdrutsch hat den Tunnel da vorne weggerissen. Darf ich fragen, was Sie hier oben machen?«

Corbyn zwang sich zu einem höflichen Lächeln. »Ich wollte nur ein bisschen rumfahren und die Aussicht auf die Berge genießen. Dann werde ich wohl besser mal umkehren.«

Der Ranger beobachtete misstrauisch, wie Corbyn den Wagen vorsichtig auf der schmalen Straße wendete. Mit einem freundlichen Winken fuhr Corbyn den Weg zurück, den er gekommen war, während seine Gedanken rasten. »Zu blöd, dass sich dieser Ranger hier herumtreibt«, dachte er. Eine Sekunde überlegte er, sich den Parkranger vorzuknöpfen, als er sah, wie sich dieser sein Nummernschild in einen Notizblock schrieb. Das war ja wirklich zu dumm. Damit würde er für unnötiges Aufsehen in der Nähe des alten Tunnels sorgen, noch bevor er den Schatz in die Finger bekommen hätte. Dabei war ihm selbst klar, dass er mit seinem Anzug und der großen Limousine nicht wie jemand aussah, der eine Bergtour plante. Und dass sein Gedanke, einfach zum Tunnel zu fahren, den Schatz in den Kofferraum zu laden und wieder nach Seattle zu brausen, vielleicht doch etwas naiv war. Na ja, so einfach konnte es ja auch nicht sein, dachte Corbyn.

Er brauchte Hilfe, um zu diesem Tunnel zu gelangen. Jemanden, der diese Berge kannte, jemanden, der hart im Nehmen war. Während er weiterfuhr, formte sich eine Idee. Die Straße führte ihn wieder heraus aus den hohen Gipfeln der Cascades. Er gelangte zu einer recht baufällig anmutenden kleinen Stadt am Rande der Berge. Er fuhr die Main Street hinunter und starrte leicht angewidert auf die schäbigen Fassaden und die vielen leer stehenden Geschäftsfronten.

Corbyn hielt vor einer nicht minder schäbigen Bar, vor der Motorräder aufgereiht waren – ein Treffpunkt für

Biker-Gangs. Genau richtig, dachte er sich. Als er eintrat, verstummte das lautstarke Gelächter und Gerede in einer bedrohlichen Stille. Selbst die Jukebox an der Seite des Raumes ging aus, als hätte jemand sie ausgeschaltet, als er den Raum betreten hatte. Harte, misstrauische Augen beobachteten Corbyn auf seinem Weg zum Tresen. Es roch nach Bier und billigem Schnaps in dem Lokal, und nach Zigarettenqualm und abgestandener Luft. Der bullige Barkeeper sah ihn finster an. »Hast du dich verlaufen, mein Freund?«

»Nein, ich bin genau da, wo ich sein will«, sagte Corbyn mit einem leichten Lächeln. »Ich sehe mich nach dem Mann um, der hier das Sagen hat.« Nicht, dass er sich im mindesten von einem solchen Gangmitglied einschüchtern ließ.

Der Barkeeper grunzte und rief in Richtung eines Hinterzimmers. Einen Moment später kam ein großer, muskelbepackter Mann mit Tätowierungen an den Armen heraus. Seine kalten Augen musterten Corbyn eingehend.

»Ich bin Smith. Was wollen Sie?«

Corbyns Lächeln wurde breiter, ein listiges Glitzern in seinen Augen. »Ich habe einen geschäftlichen Vorschlag für Sie ...«

❄

Smith starrte Corbyn unbeeindruckt an. »Ein geschäftlicher Vorschlag, was? Das einzige Geschäft, das wir hier haben, ist das Eintreiben von 'Schutzgebühren'. Die Bars hier müssen zahlen, wenn sie offen bleiben wollen.«

Er gestikulierte zu den anderen Bikern, die sie beobachteten. Sie kicherten düster und klatschten Ketten und Schläger gegen ihre Handflächen.

»Wir kümmern uns gut um die, die zahlen«, fuhr

Smith fort. »Und die, die nicht zahlen ...« Sein Mund verzog sich zu einem grausamen Grinsen. »Sagen wir einfach, sie bleiben nicht sehr lange offen.«

Corbyn nickte anerkennend. Er bewunderte die brutale Effektivität dieser Schläger. Mit der richtigen Anleitung konnten sie ihm sehr helfen.

»Ich habe eine wichtige Aufgabe, die Männer erfordert, die sich gerne die Hände schmutzig machen«, sagte Corbyn. »Wenn ihr mir helft, das zu finden, was ich oben in den Bergen suche, werdet ihr reichlich belohnt.

Smiths Augen leuchteten bei der Erwähnung einer Belohnung, aber sein Blick blieb misstrauisch.

»Und wenn wir diesen 'Job' ablehnen?«, fragte er leise. Die anderen Biker waren still geworden und warteten auf Corbyns Antwort.

Corbyn lächelte kalt. »Nun, das wäre höchst ... bedauerlich. Für Sie und Ihre Crew.« Dann sagte er es: »Ich bin Orson Corbyn.« Er ließ seinen Namen wie eine Drohung in der Luft hängen. Natürlich kannten ihn diese Handlanger, selbst in einer abgelegenen, heruntergekommenen kleinen Stadt wie dieser hier. Nach einem Moment gluckste Smith und streckte seine Hand aus.

»Ich denke, wir werden gut miteinander auskommen«, sagte er, als sie sich die Hand gaben. »Wann fangen wir an?«

Corbyns Lächeln wurde triumphierend. Die Teile fügten sich zusammen. Bald würde der Schatz ihm gehören.

In diesem Moment schwang die Tür zur Bar auf und ein zerzauster Mann eilte herein. Seine Kleidung war schmutzig, und er hatte einen verzweifelten, gejagten Blick in seinen Augen.

»Smith, bitte, Sie müssen mir mehr Zeit geben«, flehte der Mann und rang die Hände. »Die Geschäfte laufen schlecht, und ich kann im Moment einfach keine fünf Riesen auftreiben.«

Smiths Gesicht verhärtete sich. Er erhob sich vom Tisch und knackte bedrohlich mit den Fingerknöcheln.

»Tut mir leid, das zu hören, Eddie«, sagte er im spöttischen Tonfall. »Aber du kennst die Abmachung. Kein Geld, keine Bar.«

Er nickte zwei seiner Männer zu, die mit unverhohlenem Vergnügen nach ihren Ketten griffen. Eddie erbleichte und wich einen Schritt zurück.

»Warten Sie, Smith, bitte!«, rief er. »Ich werde Ihnen das Geld besorgen, geben Sie mir nur noch eine Woche Zeit!«

»Dafür ist es zu spät«, sagte Smith. Er wandte sich mit einem bösartigen Funkeln in den Augen an Corbyn. »Sehen Sie sich doch gern einmal an, wie wir hier oben mit Versagern umgehen.«

Corbyn lehnte sich in seinem Stuhl zurück. Dies würde eine nützliche Demonstration von Smiths Rücksichtslosigkeit sein. Aber mit ansehen musste er sich das auch nicht, er war schließlich nicht Larry. Denn auch wenn Corbyn größte Freude daran hatte, andere Menschen einzuschüchtern, so wurde er nicht gern handgreiflich. Dafür hatte er ja seine Handlanger. Mit groben Rufen zerrten Smith und seine Männer den flehenden Mann durch die Hintertür hinaus. Das Geräusch von klirrenden Metallketten ertönte, gefolgt von Eddies panischen Schreien. Corbyn nippte an seinem Kaffee, ungerührt von den offensichtlichen Schmerzen des Mannes.

Nach ein paar Minuten verstummten die Schreie. Smith kam wieder in das Lokal, seine Fingerknöchel blutig. Er grinste Corbyn an.

»Ich glaube, Eddie hat die Botschaft verstanden«, sagte er.

Corbyn nickte zustimmend. Smith würde sich gut machen. Er stellte seine Kaffeetasse ab, als Smith wieder an den Tisch ihm gegenüber rutschte.

»Dann ist er also tot?«, fragte Corbyn ganz sachlich.

»Nein, so weit sind wir diesmal nicht gegangen. Er wird sich berappeln. Aber er wird uns alles geben, was er uns schuldet«, antwortete Smith mit einem lässigen Achselzucken.

Corbyn betrachtete den Anführer der Bande und bemerkte, dass seine Hände mit Blutspuren befleckt waren. Es war klar, dass Smith stolz auf seine brutalen Vollstreckungstaktiken war. Er würde keine Skrupel haben, jede noch so schmutzige Arbeit auszuführen, die erledigt werden musste.

In diesem Moment schwang die Eingangstür erneut auf. Doch statt des eingeschüchterten Mannes von eben kamen zwei aufrechte Typen in Lederwesten mit Totenkopfaufnähern herein. Sie schienen alles andere als Ehrfurcht vor der Gang von Smith zu haben: Sie hatten Bärte, Biker-Klamotten, waren um die 40 und strahlten wilde Entschlossenheit aus. Im Gegenteil, dachte Corbyn, sie sahen eher so aus, als ob sie auf Streit aus waren.

Smith verkrampfte sich sofort, und seine Hand wanderte zu der Waffe, die in seinem Hosenbund steckte. »Ihr habt Mut, hier hereinzukommen. Vielleicht zu viel Mut«, raunzte er den beiden Gangmitgliedern entgegen.

»Ganz ruhig«, sagte Corbyn mit tiefer Stimme. »Sie gehören zu mir.«

Smith entspannte sich leicht, beobachtete die Neuankömmlinge aber weiter misstrauisch. Sie gehörten zu einer eindeutig rivalisierenden Motorradgang. Corbyn winkte die Männer in eine etwas abgelegene Sitzecke.

»Was habt ihr herausgefunden?«, fragte Corbyn ohne Umschweife.

»Wir haben die beiden Typen aufgespürt, nach denen du suchst«, antwortete einer der Biker. »Sie sind in einer Stadt in den Bergen aus dem Zug gestiegen. Sie verstecken sich dort.«

Corbyns Augen funkelten. Endlich hatte er die Informationen, die er brauchte, um sich um diese beiden losen Enden zu kümmern. Und mit Smiths Bande im Rücken würde ihm nun nichts mehr im Wege stehen, den Schatz zu bergen.

Corbyn lehnte sich eifrig vor. »Wie heißt die Stadt? Und in welchem Rattenloch haben sie sich versteckt?«

Der Biker kratzte sich an seinem bärtigen Kinn. »Die Stadt hieß Whitefish in Montana. Ein kleiner Ort, aber viele Touristen, die dort absteigen. Und da gibt's einen See, und sie haben sich in eine Hütte im Wald verkrochen, am Rande der Stadt.«

Corbyn nickte langsam und stellte sich eine winzige, vergessene Stadt vor, versteckt in den Bergen. Der perfekte Ort für zwei Menschen, um zu verschwinden. Aber nicht für lange.

»Gute Arbeit«, sagte er zu den Bikern. Er schob einen dicken, mit Bargeld gefüllten Umschlag über den Tisch. Die Männer steckten ihn mit einem gierigen Lächeln ein.

Corbyn wandte sich an Smith. »Mach ein paar von deinen Jungs fertig. Wir werden gleich morgen früh einen kleinen Ausflug machen.«

Smith knackte mit den Fingerknöcheln. »Geht klar, Boss.«

»Und stellt sicher, dass Eure Ketten schön scharf sind.«

Smith stieß ein finsteres Kichern aus. »Immer, Boss.«

Als die Biker gegangen waren, blieb Corbyn noch ein Weilchen an dem Tisch in der Bar sitzen, bevor er sich in dem Kaff nach einem Motel umsehen wollte. Er erlaubte sich ein zufriedenes Lächeln. Seit vielen Jahren arbeitete er mit solchen Motorrad-Gangs zusammen. Für das organisierte Verbrechen erledigten sie oft die unterste Drecksarbeit – eben genau das, was sie mit dem Mann hinter dem Haus gemacht hatten, der nicht zahlen konnte. Doch bislang vertrat er dabei die Organisation, für die er »offiziell« tätig war.

Hier und jetzt war es anders: Mit Smiths Bande, die nicht zu den anderen Gangs gehörte, war er dabei, sich eine kleine Privatarmee zusammenzustellen. Orson Corbyn mit seiner eigenen Truppe, dachte er lachend – nur dass keiner ahnte, was daraus werden würde, wenn er den Schatz erst hätte. Er würde die Mafia im Nordwesten aus dem Weg räumen und selbst ein Imperium aus Verbrechen, Bestechung, Angst und Schrecken aufbauen. Er würde diesem alten Narren zeigen, wer der überlegene Gangster war. Zu lange hatte Corbyn im Schatten des Bosses von Seattle gelebt, seine Anweisungen ausgeführt. Doch damit war jetzt Schluss. Bald würde er der meist gefürchtete Name von Seattle bis Chicago sein. Der Gedanke erfüllte ihn mit ungemeiner Vorfreude.

❄

KAPITEL 9
Gefangen im Sägewerk

Erik ging im Wohnzimmer der Hütte am See auf und ab. Candice und Joe saßen auf dem abgewetzten Ledersofa. Die fröhliche Stimmung, die sie noch beim Abendessen erfasst hatte, war nur vorübergehend: Es herrschte wieder eine gewisse Anspannung, während das flackernde Licht des Kamins Schatten in den Raum warf. Erik ging noch einmal alles durch. Er erzählte Candice jedes Detail ihrer Flucht aus Seattle – in der Hoffnung, dass es etwas gab, das er übersehen haben könnte und das wichtig war. Doch es war vergebens: Neue Erkenntnisse über die Geschehnisse kamen ihnen auch dabei nicht. Er spürte ihre Sorge, als sie mögliche Pläne und Strategien überlegten. Aber zuerst mussten sie sich auf den Sturm vorbereiten, der sich schnell näherte.

Joe öffnete die Läden und die Tür zur Veranda. Draußen war es schon wieder hell geworden, die Morgensonne schien herein. »Das wird uns guttun«, sagte er und wies mit einer Geste auf den malerischen See. Eine sanfte Brise rauschte in den Ästen über ihm und füllte die Stille. Erik trat nach draußen und atmete die frische Morgenluft ein. Aber er wusste, dass dieser Frieden nicht ewig währen würde.

Eine Staubwolke erregte Eriks Aufmerksamkeit, und er schielte in die Ferne. Als das Fahrzeug zwischen den Kiefern näher kam, war er erleichtert, als er Robins Auto erkannte. Mit schnellem Schritt näherte er sich dem Fahrzeug.

»Robin«, rief Amelia hinter Erik und eilte aus dem Häuschen, um ihren Bruder zu begrüßen. Die beiden Geschwister umarmten sich.

»Amelia, du siehst gut aus«, sagte Robin, während seine Augen ihr Gesicht nach Anzeichen von Kummer absuchten. »Erik, ich bin froh, dass es euch beiden gut geht.«

»Dank Joe und Candice haben wir diesen Zufluchtsort gefunden«, antwortete Erik.

Sie gingen in die Hütte zurück. Jetzt musste auch Robin von Amelia und Erik die ganze Geschichte erfahren, die sie in diese abgelegene Hütte am Whitefish Lake geführt hatte. Ihre Stimmen vermischten sich, als sie über mögliche Fluchtwege und Möglichkeiten, die Gangster abzuschütteln, diskutierten.

»Vielleicht können wir ein Ablenkungsmanöver starten, etwas, das sie in die entgegengesetzte Richtung führt«, schlug Amelia vor und zeichnete mit ihren Fingern mögliche Wege auf einer Karte, die auf dem Tisch lag, nach.

»Oder wir gehen in die Offensive«, fügte Robin mit entschlossenem Blick hinzu. »Herausfinden, wer diese Leute sind und was sie wollen. Vielleicht können wir ja mit ihnen reden.«

Joe mischte sich ein: »Was sie wollen, das dürfte doch klar sein. Sich eines ungebetenen Zeugen entledigen. Robin, ich schätze ja Deinen Mut, aber ist es wirklich realistisch, hier in die Offensive gehen zu wollen? Das sind ja keine kanadischen Gentlemen, sondern Mobster aus Seattle. Mit denen gibt es nichts zu reden und auch nichts zu spaßen.«

Erik nickte. »Wir müssen auf alles vorbereitet sein.«

❄

In einem schwach beleuchteten Raum in einem Schuppen in Kalispell saßen die Handlanger von Orson Corbyn um einen Tisch herum. »Alles eine Frage des Preises«, sagte Larry mit einem hämischen Grinsen.

»Und eine Frage der richtigen Überredungskunst«, fügte Brooke hinzu. »Ich glaube, ich habe immer noch mehr herausbekommen mit meinem aufgesetzten Charme als du mit Deinen Dollarbündeln und Deinen Drohungen.« Brooke hatte nicht unbedingt gute Laune. Die Nacht über war sie mit dem Wagen von Seattle nach Montana gefahren, wo sie Larry getroffen hatte. Völlig übermüdet hatten sie dort ihre Nachforschungen nach den Zeugen begonnen. Eigentlich passte es ihr gar nicht, nach dem brutalen Verbrechen in Kanada jetzt auch noch dem einzigen Zeugen nachzustellen. Sollte dieser Zeuge doch zur Polizei gehen und Larry ans Messer liefern! Am liebsten würde sie diesen Verbrecherjob hinschmeißen und versuchen, ein normales Leben zu führen, dachte sie, als sie den brutalen Larry ansah, der sich über den Tisch beugte. In ihrer spitzen Bemerkung mischten sich die Gefühle, die sie wirklich gegenüber Larry empfand. Für sie war er ein ungehobelter Dummkopf. Das allein wäre vielleicht nicht so schlimm gewesen, aber Larry war nicht nur ein Holzkopf, sondern ein brutaler, sadistischer Verbrecher. Bei seinem gemeinen Grinsen fragte sie sich, wie viele von den Menschen, die er in den vergangenen Stunden ausgefragt hatte, er eigentlich gern kaltgemacht hätte.

»Hier«, knurrte er. »Hier verstecken sie sich.« Larrys

Finger zeigte auf den Whitefish Lake und die Siedlung am See.

Das musste Brooke ihm lassen: Er hatte offenbar den Aufenthaltsort der Zeugen herausbekommen. Und ein Mann am Bahnhof von Whitefish, den sie mit einer haarsträubenden Geschichte von ihrem vermissten Bruder umgarnt hatte, hatte ihr bestätigt, dass die beiden Zeugen hier aus dem Zug gestiegen und mit einer Frau in einem alten Chevy davongefahren waren. Also mussten sie nur noch den Chevy suchen. Den hatten sie wenig später auch in einer Seitenstraße von Downtown Kalispell ausgemacht. Gut, dass der blöde Larry wenigstens den Namen des Ortes im Zug erfahren hatte.

Dann war wieder Brooke an der Reihe gewesen: Sie hatte an den Nachbarhäusern geklingelt und wieder die Geschichte von der Suche nach ihrem Bruder aufgetischt, der Erik heiße, und den sie dringend finden müsse. Eine aufreibende Tätigkeit war das, nicht wegen der Lügen, sondern, weil sie immer wieder die gleiche Geschichte erzählen musste. Doch dann landete sie einen Treffer: Eine plappernde junge Frau aus dem Nachbarhaus hatte ihr schließlich verraten, dass die Frau mit dem Auto einen Freund hatte, der wiederum ein Ferienhaus am Whitefish Lake besaß.

Nein, Anfänger waren sie beide nicht, dachte Brooke, wenn es um das Aufspüren von Flüchtigen ging. Wenn Larry nur ein wenig weniger dumm und nicht so brutal gewesen wäre. Sie seufzte. Die Spannung im Raum verdichtete sich wie der Rauch eines schwelenden Feuers. Sie wussten, dass ihre »Beute« in der Nähe war, und es würde nicht mehr lange dauern. »Ich rufe jetzt den Boss an. Er wird mit dabei sein wollen, wenn wir die Hütte auseinandernehmen«, sagte Brooke.

»Das bekommen wir doch auch so hin, ohne dass er dazwischenfunkt«, wandte Larry ein.

»Das willst du lieber nicht noch einmal versuchen. Du kennst Corbyn. Ich sage ihm jetzt Bescheid.« Corbyn war am Telefon keineswegs so überrascht, wie sie geglaubt hatte. Im Gegenteil: Er wusste bereits, wo sich die beiden Zeugen befanden. Wie auch immer er das herausbekommen hatte, blieb für Brooke und Larry ein Rätsel.

❄

Während Erik, Amelia und Robin beisammen saßen, machte sich in der kleinen Hütte ein Gefühl der Unruhe breit. Die Schatten, die die Bäume auf das Haus warfen, schienen sich immer weiter auszudehnen. Sie konnten nicht ahnen, wie dicht die Gefahr näher rückte, aber ihr Instinkt hielt sie wachsam. Einmal, als der Wind in den Blättern raschelte, schreckte Amelia auf. Als dann ein Ast knackte, schaute Robin erschrocken hoch. Erik starrte aus dem Fenster, seine Augen zeichneten die Umrisse des dichten Waldes nach, der die Hütte umgab. Das Licht warf Schatten. Er spürte Amelias Hand auf seiner Schulter, ihre Berührung gab ihm Halt.

Schließlich zückte Erik sein Handy und rief in Deutschland an. Er wollte mit seinem alten Freund Peter aus Hamburg die Lage besprechen. Peter behielt in solchen Situationen immer einen kühlen Kopf und der wollte seinen Rat hören.

»Du hast was getan?«, fragte Peter am Telefon ungläubig. »Ihr seid abgehauen, ohne die Polizei zu rufen? Und habt Kanada verlassen?«

»Peter, ich war mir gar nicht sicher, was wir da oben eigentlich aus dem Zug gesehen haben«, stammelte Erik.

»Und dann weißt du doch, ich habe eine vorläufige Arbeitsgenehmigung und wollte mich da nicht in etwas hineinziehen lassen.«

»Ja, ja, Erik, und ich weiß, dass du misstrauisch gegenüber der Polizei bist, nicht nur als Journalist, auch wegen der Erfahrungen aus Deiner Jugend. Aber das kann hier doch nicht zählen. Du bist der Zeuge eines Mordfalls gewesen, möglicherweise, als du den Mann gesehen hast, der aus dem Haus gekommen ist und dir direkt in die Augen gesehen hat, wie du mir eben erzählt hast.«

»Aber sieh doch mal, Peter, damals war mir das nicht so ganz klar. Und auch als wir verfolgt wurden, konnte ich nicht ahnen, dass die Situation so ernst ist. Das ist mir erst im Zug nach Whitefish klar geworden.«

»Na, da hast du ja auch um Dein Leben kämpfen müssen, wenn ich das richtig sehe. Aber dann seit ihr in Montana angekommen und nicht schnurstracks zur Polizei gegangen?«

»Wir wollten uns erst einmal in Sicherheit bringen.«

»Erik, das kann doch nicht wahr sein. Ich glaube, du unterschätzt die Gefahr, in der ihr seid und du überschätzt Deine Möglichkeiten. Aus so einer Sache kommt man nicht so einfach heraus. Das muss dir doch klar werden. Nach einer Weile werden sie Euch finden, und was dann? Erik, du musst jetzt schleunigst die Behörden einschalten.«

»Meinst du wirklich?«

»Wenn ich dir in dieser Sache noch irgendwie helfen kann, dann nur, wenn ihr jetzt endlich die Polizei ruft und von A bis Z die ganze Geschichte ausplaudert. Das wird am Ende auch das Beste für Deinen Aufenthaltstitel in Kanada sein. Schlimm genug, dass ihr einfach abgehauen seid.«

»Soll ich wirklich ...«

»Das ist überhaupt keine Frage. Natürlich sollst du! Du

kannst auf keinen Fall mit Candice und Amelia Wildwest spielen, selbst wenn ihr Freund eine Flinte mitgebracht hat.«

»Na gut, Peter, ich mache es.«

»Mann, Mann, Erik. Gott sei Dank wirst du jetzt vernünftig. Damit ich dich beruhigen kann: Ich rufe einmal einen Freund an, der kennt jemanden in der deutschen Botschaft. Schließlich bist du ja immer noch Bundesbürger. Falls du in Schwierigkeiten kommst, wissen die schon Bescheid.«

»Danke, Peter.«

»Hoffentlich reicht das alles noch. Ich wünsche Euch viel Glück!«

Joe und Candice waren in die Stadt zurückgefahren. Candice hatte Erik mehrmals daran erinnert, dass es an der Zeit war, Sheriff Dwayne Watson einzuweihen. Robin gesellte sich zu ihnen ans Fenster, die Entschlossenheit stand ihm ins Gesicht geschrieben. »Wir werden nicht kampflos untergehen. Wir halten uns gegenseitig den Rücken frei, egal was passiert.«

Die drei standen da. »Ja, wir rufen jetzt besser Candice an, und sagen ihr, dass sie zum Sheriff gehen soll«, meinte Erik.

Da sah er eine Staubwolke zwischen den Bäumen die unbefestigte Straße hinaufkommen. Es waren gleich zwei Fahrzeuge, die sich der Hütte näherten. Je dichter sie kamen, desto größer wurde die Spannung in der Hütte. Es schien, als sei die Luft mit Elektrizität geladen. Eriks spähte durch die Bäume. Dann griff er zu seinem Smartphone und rief Candice an. »Es kommen zwei Autos die Straße zur Siedlung hoch«, sagte er ihr. »Ich glaube, es ist jetzt doch höchste Zeit, den Sheriff einzuschalten. Schließlich kennst du ihn ja gut.«

»Erik, das habe ich die ganze Zeit schon gedacht. Ich weiß zwar nicht, wie sie Euch gefunden haben, aber jetzt könnte ihr nicht mehr unerkannt untertauchen.«

Erik sah Amelia an und er spürte, wie sich ein ungutes Gefühl seinen Magen bohrte. Amelia und Robin löschten die Lichter und schnappten sich alle möglichen Waffen, die sie finden konnten: vom Küchenmesser bis zum Feuerhaken. Robin nahm das Gewehr von Joe und lud es durch. Amelia schaute ihn entgeistert an. »Kannst du damit umgehen?«

»Ja, das sollte ich wohl hinbekommen«, antwortete ihr Bruder. In der Hütte wurde es still, als die Fahrzeuge der Gangster draußen zum Stehen kamen und ihre Scheinwerfer die Dunkelheit durchschnitten. Erik konnte das Knirschen schwerer Stiefel auf dem Kies hören, gefolgt von leisem Flüstern und dem unverkennbaren Klicken einer gespannten Waffe.

»Bleibt unten«, sagte Robin mit fester Stimme. »Wir wissen nicht, wie viele es sind.«

»Du bist immer der Beschützer, nicht wahr, Robin?«, flüsterte Amelia. Erik drückte ihre Hand und versuchte, sie inmitten des Chaos etwas zu beruhigen.

»Immer«, erwiderte Robin, und ein Hauch von Lächeln umspielte seine Mundwinkel.

Doch allen Plänen zum Trotz, etwa der Gedanke an eine Flucht durch das Hinterfenster, musste Erik mitansehen, wie die Tür zur Hütte aufflog, und die Bande hineinstürmte. Erik, Amelia und Robin standen trotzig in den Schatten, als sie sich darauf vorbereiteten, zu kämpfen.

»Sieh mal, was wir hier haben«, knurrte Larry und richtete seinen Blick auf Erik. »Ihr dachtet, ihr könntet euch vor uns verstecken? Dabei haben wir ja eine Rechnung offen.«

»Lasst sie in Ruhe!«, schrie Erik, seine Stimme war voller Wut. »Das ist eine Sache zwischen dir und mir!«

»Dafür ist es zu spät, mein Freund«, grinste der Gangster und packte Amelia am Arm. Sie schrie vor Schmerz auf.

»Lass sie los!«, brüllte Robin und stürzte sich auf Larry. Aber er wurde von der Frau überwältigt, die neben Corbyn stand und ihn mit blitzschnellen Schlägen niederhielt.

»Genug!«, bellte Orson Corbyn und trat vor. »Bringt sie alle zum Sägewerk. Wir werden uns dort um sie kümmern.«

Die Gangster zerrten die drei aus der vermeintlichen Sicherheit der Hütte. Erik spürte ein erdrückendes Gefühl der Ohnmacht. Er wusste, dass ihre Entführer die Oberhand hatten, aber tief in seinem Inneren brannte immer ein Funke des Trotzes. Er schwor sich, alles tun, was nötig war, um Amelia und Robin zu schützen.

❄

Das alte Sägewerk ragte über ihnen auf, seine verrottenden Holzwände wurden gerade noch von verrosteten Nägeln und verwitterten Balken zusammengehalten. Wo genau die alte Industrieruine lag, konnten Erik, Amelia und Robin nicht erkennen. Nur, dass sie eine halbe Stunde zusammengepfercht hinter vorgehaltener Waffe im Auto gesessen hatten, das wussten sie. Erik vermutete, dass sie immer noch im Flathead County waren. Vielleicht war es im Osten von Whitefish, vermutete Erik, gleich bei dem Örtchen »Hungry Horse«. Dort gab es viel Wald, das wusste er. Eigentlich war das eine logische Voraussetzung für ein Sägewerk. Und auch ein Stausee lag hier zwischen den Bergen, der einmal die Wasserkraft geliefert haben konnte, die das große Sägewerk einmal angetrieben haben musste. Zuletzt waren sie über eine enge Zufahrtsstraße gefahren, die sich, das hatte er gespürt, steil einen Berg hinaufwandt.

Der Mond warf ein unheimliches Licht auf das baufällige Gebäude. Ein kalter Wind wehte durch die Ritzen in den Wänden und trug den schwachen Geruch von Verfall und das Gefühl von Enge mit sich.

»Geh hinein«, bellte Larry und schob Erik grob durch die Tür.

Als er in die Dunkelheit stolperte und seine Augen sich nur mühsam daran gewöhnten, spürte Erik Angst. Die Verzweiflung zerrte an ihm. »Geht es dir gut?«, flüsterte er Amelia zu, die nach ihm hereingeschoben wurde.

»Ging schon mal besser«, antwortete sie mit zitternder, aber entschlossener Stimme. »Wir werden das schaffen, Erik.«

»Sieh dich gut um«, höhnte Corbyn, als er das Sägewerk betrat, gefolgt von seinen Schergen. »Hier kommst du nicht so einfach raus.«

»Fahr zur Hölle!« spuckte Robin trotzig aus und erntete dafür einen heftigen Schlag von Larry.

»Du hast bis Sonnenaufgang Zeit. Dann wirst du uns alles sagen, was du über uns weißt, was du gesehen und was du dir auch nur gedacht hast. Jedes einzelne Wort will ich hören, jeden Gedanken wirst du aussprechen. Andernfalls …« Er ließ die Drohung in der Luft hängen, dick und bedrückend wie die abgestandene Luft in der Sägemühle.

Als sie in die Mitte des Raumes gezwungen wurden, die Hände auf dem Rücken gefesselt, begutachtete Erik die trostlose Umgebung. Das Sägewerk war voller verrosteter, stillgelegter Maschinen, deren scharfe Kanten im schwachen Licht wie Reißzähne glitzerten. Der Boden war mit Trümmern übersät, was jeden Fluchtversuch gefährlich machte. »Denk nach, Erik, denk nach«, murmelte er vor sich hin und zerbrach sich den Kopf über einen Plan. Das konnte nicht das Ende sein – nicht für sie, nicht auf diese Weise.

»Vielleicht können wir hier etwas benutzen, um die Seile durchzuschneiden«, schlug Amelia vor, ihre Stimme war leise und eindringlich. »Aber wir müssen vorsichtig sein. Sie beobachten uns.«

»Richtig«, stimmte Erik zu, der mit seinen Augen den Raum nach möglichen Werkzeugen absuchte. »Wir müssen das clever angehen.«

»Hör zu«, flüsterte Robin, der Schmerz von seinem früheren Schlag war in seiner Stimme deutlich zu hören. »Ich weiß nicht, wie sehr ich dir helfen kann, ich bin etwas angeschlagen. Aber diese Typen dürfen nicht gegen uns gewinnen.« Die Stunden zogen sich hin, die sie gefesselt in der Mitte des alten Sägewerks saßen, während der Mann und die Frau, die sie hierher gebracht hatten, am Rande saßen und Wache hielten, ihr Anführer war verschwunden. Erik spürte, wie Verzweiflung an ihm nagte. Das Ticken der Uhr schien im Sägewerk widerzuhallen, jede Sekunde brachte sie ihrem Schicksal näher.

»Die Zeit ist fast um«, verkündete Larry mit kalter und unnachgiebiger Stimme. »Triff deine Wahl.«

Erik presste den Kiefer zusammen. Er würde diese Ungeheuer nicht gewinnen lassen. Mit einem verzweifelten Blick durch den Raum fiel ihm ein Hoffnungsschimmer auf.

❄

Eriks Blick blieb an einer alten, verrosteten Bügelsäge hängen, die unsicher an einem Balken über ihnen hing. Er wurde ganz cool, als er das Risiko abschätzte, nach ihr zu greifen, ohne ihre Entführer zu alarmieren. Er beugte sich näher zu Amelia und Robin und flüsterte: »Da oben ist eine Eisensäge. Wenn ich sie holen kann, können wir vielleicht die Seile durchschneiden.«

»Bist du sicher?«, fragte Amelia, ihre Augen weit. »Was ist, wenn sie dich sehen?«

»Vertrau mir«, versicherte Erik. »Ich werde vorsichtig sein.«

»Okay«, stimmte Robin zu und verlagerte schmerzhaft sein Gewicht, um den Druck auf seine geprellten Rippen zu lindern. »Beeil dich einfach.«

Erik wartete, bis die Gangster ihre Aufmerksamkeit für einen Moment auf etwas anderes richteten. Die Frau maulte herum, dass sie müde sei, weil sie den ganzen Weg hierher von Seattle vergangene Nacht hatte zurücklegen müssen. Der Mann meinte, dass die Nacht sinnlos sei, er hätte ja gleich kurzen Prozess mit den »Zeugen« gemacht. Aber der Boss wolle es anders. Dann stand Erik rasch auf. Mit voller Kraft sprang er auf den Balken zu, wobei seine Finger kaum die Kante der Bügelsäge berührten. Das Metall kreischte gegen den Balken, als die Säge in Eriks wartende Hände hinunterpurzelte.

»Ich hab sie!«, keuchte er und fiel auf die Knie.

»Du hast es ja immer noch drauf«, flüsterte Amelia voller Stolz.

»Gib mir deine Hände«, wies Erik sie an und sägte zuerst vorsichtig durch Amelias Fesseln. Sie zuckte bei dem Gefühl zusammen, aber innerhalb weniger Augenblicke löste sich das Seil und befreite ihre Handgelenke. Erik wiederholte den Vorgang bei Robin, der gegen den Schmerz mit den Zähnen knirschte.

»Danke«, sagte Robin leise und rieb sich die rauen

Handgelenke. »Und was machen wir jetzt? Schnappen wir uns diese Pappkameraden?«

»Lass uns abhauen«, schlug Erik vor, und die Dringlichkeit in seiner Stimme war deutlich zu hören. »Wir haben nicht viel Zeit.«

»Warte«, sagte Amelia, ihr Biologeninstinkt meldete sich. »Vielleicht haben sie draußen eine Wache. Wir sollten sie zuerst ablenken.«

»Gutes Argument«, stimmte Erik zu und nickte. »Irgendwelche Ideen?«

»Vielleicht können wir ein lautes Geräusch in die andere Richtung machen«, schlug Robin vor. »Sie dazu bringen, nachzusehen, und uns dann davonschleichen.«

»Ein Klassiker«, sagte Erik und suchte in Gedanken die Umgebung nach etwas ab, das sie ablenken könnte. Sein Blick fiel auf einen Stapel verrotteter Holzkisten in der Nähe. »Die kann ich umstoßen. Das sollte laut genug sein, um ihre Aufmerksamkeit zu erregen.«

»Los geht's«, flüsterte Amelia.

Während Erik zu den Kisten schlich, brachten sich Amelia und Robin lautlos in der Nähe des Ausgangs des Sägewerks in Position. Mit einem tiefen Atemzug stieß Erik gegen die Kisten und ließ sie mit einem lauten Krachen aus splitterndem Holz und widerhallendem Echo auf den Boden fallen.

»Hey!«, rief einer der Gangster und eilte auf das Geräusch zu. »Was war das?«

»Los, los, los!« drängte Erik und stürzte in Richtung Amelia und Robin, die aus dem Sägewerk schossen. Gemeinsam rannten sie in den stockfinsteren Wald hinein. »Weitergehen!«, flüsterte Erik. »Wir sind hier keineswegs in Sicherheit!«

Das Geräusch von knackenden Zweigen und schwerem

Atem erfüllte die Luft, als Erik, Amelia und Robin durch den dichten Wald rannten und Adrenalin durch ihre Adern schoss. Das Mondlicht drang durch das dichte Blätterdach über ihnen und warf unheimliche Schatten auf den unebenen Boden unter ihren Füßen. Es roch nach Moos und schwerer Waldluft. Die Gangster verfolgten sie, das spürten sie. Manchmal hörten sie sogar ein Fluchen oder eine Drohung hinter sich.

»Hier drüben!«, rief Amelia und entdeckte eine schmale, im Unterholz versteckte Schlucht. Sie kletterten die steilen Hänge hinunter und gruben ihre Finger in die feuchte Erde, um sich abzustützen. Unten angekommen, kauerten sie zusammen, holten Luft und lauschten aufmerksam auf Anzeichen ihrer Verfolger.

»Glaubst du, sie finden uns hier?«, flüsterte Robin und suchte mit seinen Augen die Dunkelheit über ihnen ab.

»Hoffentlich nicht«, antwortete Erik, der tief Luft holte.

»Warte«, sagte Amelia, ihre Stimme war kaum zu hören. »Hörst du das?«

Erik spitzte die Ohren, und da vernahm er es auch: Das entfernte Rumpeln eines Motors, der sich näherte. »Sie haben ein Fahrzeug. Uns läuft die Zeit davon!«

»Okay«, sagte Robin, die Entschlossenheit stand ihm ins Gesicht geschrieben. »Wir brauchen einen Plan. Etwas, das sie von unserer Spur ablenkt.«

»Richtig«, stimmte Erik zu, während seine Gedanken rasten. Dann kam ihm eine Idee. »Ich erinnere mich, dass ich ein paar hundert Meter weiter hinten einen Fluss gesehen habe. Wenn wir es bis dorthin schaffen, können wir damit unsere Spuren verwischen.«

»Gute Idee«, nickte Amelia. »Und wenn wir uns an die Bäume halten, haben wir vielleicht sogar eine Chance.«

Mit neuem Elan verfolgten sie ihre Schritte zurück und

zwangen sich, den Schmerz und die Erschöpfung zu überwinden, die sie zu überwältigen drohten. Jetzt zählte jede Sekunde, denn der Griff der Gangster um sie schien enger zu werden, als das Dröhnen des Motors mit jedem Augenblick lauter wurde. Als sie den Fluss erreichten, stiegen sie nacheinander vorsichtig vom Ufer die Böschung hinunter. Das Wasser war kalt und floss schnell, aber vielleicht war es ihre einzige Chance, zu entkommen. »Wir müssen hier rüber«, rief Erik über das Rauschen des Wassers hinweg. »Haltet euch tief und bewegt euch schnell!«

»Los geht's!«, rief Robin und stürzte sich in den eiskalten Fluss. Amelia folgte ihm und klapperte mit den Zähnen, als das eiskalte Wasser ihre Kleidung durchnässte. Erik bildete das Schlusslicht und warf ängstliche Blicke zurück in Richtung des sich nähernden Fahrzeugs. Sie hatten die Hälfte der Strecke hinter sich gebracht, als plötzlich ein starker Lichtstrahl die Dunkelheit durchdrang und die Bäume um sie herum beleuchtete. Die Gangster waren da, und sie kamen näher.

»Runter!«, rief Erik und drückte Amelia und Robin unter die Wasseroberfläche. Nach Luft ringend, tauchten sie unter und beteten, dass die Dunkelheit ihre Anwesenheit verdecken würde. Wieso waren die Flüsse in Montana selbst im Sommer noch so kalt, fragte sich Erik. Die Augenblicke fühlten sich wie eine Ewigkeit an, während die Stimmen der Gangster durch den Wald hallten und sich mit dem Dröhnen des Motors vermischten. Erik spürte, wie die Panik in ihm aufstieg. Aber er wusste, dass sie schon zu weit gekommen waren, um aufzugeben. Jetzt oder nie – entweder ihr Plan würde gelingen oder sie würden wieder gefangen genommen werden – mit ziemlich düsteren Aussichten. Mit einer letzten verzweifelten Kraftanstrengung führte Erik Amelia und Robin durch das letzte Stück des Flusses und erreichte schließlich das sichere gegenüberliegende Ufer. Sie stiegen zitternd, aber lebendig aus dem Wasser, während die Gangster ihre Suche auf der anderen Seite des Waldes fortsetzten.

»Haben wir ... haben wir es geschafft?«, fragte Amelia mit zittriger Stimme.

»Sieht so aus«, flüsterte Erik und zog sie an sich. »Aber wir können nicht anhalten. Wir müssen weitergehen.«

Als sie durch die Nacht liefen, getrieben von Angst und Entschlossenheit, ahnte Erik, dass ihr Kampf noch nicht vorbei war.

❄

Eriks Herz raste, als sie durch das dichte Unterholz des Waldes stolperten und Amelia sich an ihn klammerte. Die Dunkelheit war bedrückend, die Schatten der Kiefern warfen unheimliche Formen. Er spürte, wie seine Muskeln protestierten und die Müdigkeit ihn zu übermannen drohte, aber er wagte nicht, langsamer zu werden.

»Wohin laufen wir?« Robin keuchte, sein Atem kam in kurzen Stößen.

»Zu irgendeiner Farm«, antwortete Erik mit angestrengter Stimme. »Dort finden wir vielleicht Hilfe.«

»Bist du sicher? Wir wissen doch gar nicht, wo wir überhaupt sind. Oder kennt von Euch jemand die Gegend hier?«, fragte Amelia, in deren Stimme ein Hauch von Angst mitschwang. Erik und Robin mussten ihr zustimmen. Vielleicht hätten Candice und Joe gewusst, wo sich das alte Sägewerk befand, aber sie hatten keine Ahnung, wo sie waren – in welchem Wald, bei welcher Ortschaft, hier irgendwo in Montana, einem dünn besiedelten Bundesstaat.

»Lass es uns einfach versuchen«, flüsterte Erik und richtete seinen Blick auf den Pfad vor ihnen. Sie setzten ihre

Flucht durch den Wald fort, wobei jedes Rascheln von Blättern ihnen einen Schauer über den Rücken jagte. Doch je mehr Minuten verstrichen, desto mehr verstummten die Geräusche ihrer Verfolger und wurden durch das leise Summen von Insekten ersetzt.

»Glaubst du, wir haben sie abgehängt?«, sagte Robin und verlangsamte seinen Schritt.

»Vielleicht«, sagte Erik. »Aber wir dürfen nicht unvorsichtig werden.«

Plötzlich gab der Boden unter Amelias Füßen nach, und sie stürzte mit einem überraschten Schrei in eine verborgene Grube. Erik und Robin eilten an den Rand und blickten auf ihre zusammengesunkene Gestalt hinunter.

»Amelia!«, rief Erik, von Panik ergriffen. »Geht es dir gut?«

»Ich ... ich glaube schon. Du weißt ja, ich bin zäh«, keuchte sie tapfer und versuchte, sich aufzusetzen. Während Erik und Robin krampfhaft versuchten, Amelia aus der Grube zu ziehen, hallte ein unheilvolles Knarren durch die Bäume, gefolgt von einem unheimlichen Lachen. Sie alle wussten sofort, wer das war.

»Sieht so aus, als hätten wir uns ein paar Ratten eingefangen«, höhnte eine kiesige Stimme.

Eriks Blut gefror, als er die Stimme erkannte – Orson Corbyn, der Anführer, der sie unerbittlich gejagt hatte. Ihm lief ein Schauer des Grauens über den Rücken, als ihm klar wurde, dass sie in eine Falle gelockt worden waren.

»Gib auf, Erik«, spottete Orson, der mit Larry und Brooke an seiner Seite aus den Schatten trat. »Es gibt keinen Ausweg mehr für dich.«

»Lass sie gehen«, knurrte Erik und schirmte Amelia in der Grube mit seinem Körper ab. »Das ist eine Sache zwischen dir und mir. Sie haben nichts damit zu tun.«

»Ah, aber siehst du«, sagte Orson und ein schiefes

Grinsen breitete sich auf seinem Gesicht aus, »da liegst du falsch. Sie haben genauso viel damit zu tun wie du. Denn sie alle wissen, worum es geht. Was du in Kanada gesehen hast und was du hättest besser nicht sehen sollen. Was du möglicherweise sonst noch über mich weist. Und wie du spätestens jetzt gemerkt hast, sind wir keine Anfänger, denen man einfach so davonlaufen kann.« Eriks Gedanken rasten, als er verzweifelt nach einem Ausweg suchte, aber die Gangster hatten sie umzingelt. Es gab kein Entkommen – nicht dieses Mal.

»Bitte«, flüsterte Amelia mit zitternder Stimme. »Wir wollen keinen Ärger.«

»Dafür ist es zu spät, Süße«, erwiderte Orson, dessen Augen kalt und unnachgiebig waren.

Erik begann, jede Hoffnung zu verlieren. Es konnte einfach nicht wahr sein, dachte er. Diese öligen, schmierigen Gangster hatten sie tiefer in den Wald hineingetrieben, einen Pfad entlang, um sie hier abzufangen. Dafür waren sie durch den kalten Fluss geschwommen? Es war fast wie die ganze Verfolgungsjagd: So oft dachten sie, sie wären den Gangstern entkommen, dabei blieben die immerzu an ihnen dran. Bis zu dieser Grube in diesem einsamen Wald war das so gegangen. Und jetzt? Sollte er als Zeuge beseitigt werden? Und die anderen noch dazu? Was konnte er nun tun, um die Gangster aufzuhalten? Verzweiflung machte sich in ihm breit.

»Verdammt noch mal!« fluchte Orson, seine Augen verengten sich vor Wut. »Jetzt packt diese Bande schon, und dann ab mit ihnen zurück ins Sägewerk. Dann werden wir uns mal anhören, was sie über die ganze Sache wissen.«

Larry lächelte wieder grausam und zerrte Amelia unsanft aus der Grube, während Corbyn und Brooke mit geladenen Waffen Erik und Robin im Auge behielten. »Jetzt nur keine Heldentaten von Euch Pappnasen, sonst drück ich gleich ab«, raunzte Corbyn sie wütend an. Amelia schrie, als der Verbrecher ihr den Arm umdrehte und sie durch den Wald zu ihrem Wagen führte. Erik ballte die Hände zu Fäusten. »Ganz ruhig, mein Junge«, warnte ihn Corbyn. Ihm blieb nichts übrig, als von den Gangstern getrieben in den Wagen zu steigen. Sie fuhren durch die Nacht davon.

❄

KAPITEL 10

Sheriff Dwayne Watson

Der Wind heulte, als Candice' Stiefel über den Kies knirschten. Sie spürte die kalte Luft auf den Wangen, als sie durch Downtown Kalispell lief, auf den mächtigen Bau des »Flathead County Justice Center« zu, der sich an der Main Street befand. Als sie sich dem Gebäude näherte, winkte ihr der Schein der Lichter aus dem Inneren zu. Sie holte tief Luft und schritt durch das Portal, direkt zum »Sheriffs Office«. Dwayne Watson blickte von seinem Schreibtisch auf, seine Augen verengten sich, als er Candice erkannte.

»Nanu, Candice, so spät noch unterwegs?« Sie wusste, dass er ein engagierter Strafverfolgungsbeamter in Montana war. Dass er sich stets dafür einsetzte, die Gemeinde zu schützen und Kriminelle vor Gericht zu bringen. Watson hatte eine souveräne Ausstrahlung. Mit seiner großen, athletischen Statur und seinen breiten Schultern ließ er keinen Zweifel, dass er Gesetzeshüter war. Seine leicht gebräunte Haut war mit Altersflecken übersät, und er strahlte Autorität aus. Sein graues Haar war stets ordentlich aus der Stirn gekämmt, ein goldenes Sternabzeichen prangte auf seiner Brust. Watson war überzeugt, dass jeder Fall nur mit Geduld, Beharrlichkeit und den Erkenntnissen aus den Aussagen von Zeugen oder Verdächtigen gelöst werden konnte. Er hatte schon unzählige Fälle in ganz Montana gelöst, indem er sich allein auf diese Grundsätze verlassen hat: von Vermisstenfällen über Raubüberfälle bis zu Morden.

Candice kannte Sheriff Watson seit vielen Jahren, denn sie war die Tochter eines seiner engsten Freunde. Er hatte sie immer als kluge Frau wahrgenommen. »Was führt dich denn zu dieser Stunde zum Sheriffs Office?«, fragte Watson.

Candice zögerte nicht. »Erinnerst du dich an Erik, meinen Bekannten aus Deutschland, der letztes Jahr mit dabei war, als meine Schwester in Schwierigkeiten geraten ist?«

»Oh ja, der hatte einen dieser Typen von der Motorradgang erwischt, als er türmen wollte. Voll auf den Kühlergrill gebracht. Das war mutig. Was ist mit ihm?«

»Er ist jetzt in großen Schwierigkeiten, weil er glaubte, einen Mord gesehen zu haben und nicht zur Polizei gegangen ist.«

»Was, bitte? Einen Mord? Nicht zur Polizei?«

»Ja, das war in Kanada. Aber seitdem wird er von Gangstern verfolgt, von Seattle bis hier. Er ist mit seiner Freundin und seinem Bruder bei Joe und mir untergekommen. Sie sind in Joes Hütte am Whitefish Lake. Aber die Gangster könnten sie dort jederzeit aufspüren.«

Watson schüttelte den Kopf. »Das klingt aber brandgefährlich, Candice.«

»Das habe ich ihm auch gesagt. Dwayne, wir hätten längst zu dir kommen sollen.«

Aber Watson war nicht der Mann, der Vorhaltungen machte. Er dachte ganz praktisch. »Wo ist er jetzt, in der Hütte?«

»Von dort hat er mich angerufen. Das wird keine Viertelstunde her sein.«

»Also, dann, nichts wie auf zum Whitefish Lake. Wir sehen uns die Lage an.« Dwayne griff zu seinem Dienstfunkgerät und rief weitere Deputies zusammen, die er über den bevorstehenden Einsatz informierte und sie aufforderte, zum Whitefish Lake zu fahren. Dann nahm er seinen Hut und wandte sich zum Gehen.

»Ich möchte mitkommen«, rief Candice.

»Eigentlich geht das nicht. Aber in diesem Fall ... Los, komm mit Candice. Und Joe kannst du auch gleich mitbringen.«

Sie hasteten nach draußen, wo Joe vor dem Justice Center wartete. Gemeinsam sprangen sie in das Einsatzfahrzeug des Sheriffs. Sekunden später jaulte die Sirene des Wagens auf, und Candice und Joe wurden auf den Rücksitz gedrückt, als Dwayne Watson das Fahrzeug auf der Main Street in Richtung Norden beschleunigte.

❄

Währenddessen stand Brooke Chasey am Rande des Sägewerks, und ihr Atem vernebelte die Luft vor ihr. Das Gelächter und der Spott aus dem Inneren des Gebäudes hallten in ihren Ohren wider und erinnerten sie an das Leben, das sie gewählt hatte. Doch etwas hatte sich in ihr verändert.

»Genug«, murmelte sie, und ihre Augen glitzerten. »Ich kann das nicht mehr.« Soeben hatte Corbyn ihnen offenbart, dass er alle drei ihrer Gefangenen, Erik, Robin und die Frau namens Amelia, »erledigen« werde, wenn er sie vernommen hatte. Schließlich sei das von Anfang an das Ziel gewesen. Larry hatte nur dreckig dazu gegrinst und den Eindruck erweckt, als freue er sich darauf.

Aber sie konnte nicht mehr, das war ihr in diesem Moment klar geworden. Auf ihr lastete das Gewicht ihrer Taten und erdrückte sie mit Schuldgefühlen. Sie war jahrelang ein Teil von Orsons Bande gewesen, aber die Entführung von Erik, Amelia und Robin war für ihr Gewissen nicht mehr zu ertragen. Und jetzt noch ein kaltblütiger Mord! Was auch immer Corbyn für Pläne mit seinem Schatz in den Bergen hatte. Es musste sich ja um einen immensen Schatz handeln, dachte sie. Wie auch immer, sie würde ohnehin nichts davon sehen, das war ihr klar. Vielleicht würde sie sogar wie die drei enden – mit einer Kugel im Kopf. Und Larry, der Dummkopf, ebenfalls, während er noch blöd grinste. »Nein«, sagte sie entschlossen zu sich selbst. »Zeit, das Richtige zu tun.« Sie wischte sich mit dem Handrücken über die Augen. »Ein einziges Mal in meinem Leben …«

Brooke schlich sich unbemerkt aus dem Sägewerk. Draußen wollte sie sich den Wagen schnappen, mit dem sie gekommen waren. Aber sie war vorsichtig, denn sie wusste, was ihr blühte, wenn Corbyn sie erwischte. Dann würde Larry sie selbst umlegen, vermutete sie. Deshalb rollte sie das Fahrzeug ganz leise die Zufahrt zum Sägewerk hinunter. Die Straße verlief hier glücklicherweise abschüssig, und so konnte sie den Wagen steuern, während sie neben ihm herging. Obwohl Brooke eine muskulöse Frau war, konnte sie froh sein, dass das Gefälle hier es ihr etwas einfacher machte, das Fahrzeug lautlos zu bewegen. »Nur nicht zu früh den Motor starten«, dachte sie. »Die dürfen mich nicht erwischen.« Erst als sie tief im Wald war und das Sägewerk zwischen den dichten Bäumen verschwunden war, stieg sie ein. Sie schloss die Fahrzeugtür und startete den Motor. Selbst wenn sie das hören könnten, wäre sie schon zu weit entfernt vom Sägewerk. Brooke drückte das Gaspedal herunter, der kräftige V8-

Motor jaulte auf und sie jagte die Straße in Richtung Kalispell davon.

❄

Zur gleichen Zeit raste Sheriff Dwayne Watson mit Candice und Joe den East Lake Shore Drive hinunter, der im Norden um den Whitefish Lake herumführte. An den Ufern gab es viele Ferienhäuser, idyllisch gelegen, mit eigenen Bootsstegen, die jetzt in der Dunkelheit nicht mehr auszumachen waren. Nur vereinzelte Lichter waren im Wald zu erkennen. Die Straße verlief an einem steilen Abhang entlang, dann wieder zwischen den Bäumen am Seeufer. Sie fuhren ganz bis ans westliche Ende des Sees. Kurz vor dem Golfplatz erreichten sie die unbefestigte Zufahrt des Hauses von Joes Familie. Als sie an der Hütte am See eintrafen, leuchtete der Wald bereits von den Lampen der Einsatzfahrzeuge. Gleich drei Streifenwagen standen vor dem Haus. Ihre Blinklichter erhellten das Unterholz und strahlten weit auf den See hinaus. Watson befahl Candice und Joe scharf, im Fahrzeug zu bleiben. »Was auch immer hier los ist, ihr könnt Euch das nachher noch ansehen.« Dann stieg er aus.

»Nichts, Sheriff«, sagte einer seiner Deputies zur Begrüßung. »Das Haus ist leer.«

»Verdammt, wir sind wohl zu spät dran.«

»Sie müssen vor Kurzem noch hier gewesen sein. Auf dem Tisch stehen drei Becher mit Kaffee, und der ist warm. Außerdem sind vor dem Haus Reifenspuren eines Fahrzeuges zu sehen. Die sind im Waldboden ziemlich deutlich.«

»Das kann ja wohl nicht wahr sein. Du meinst, wir haben sie verpasst?«

»Ihr fürchte ja. Bis zur Straße kann man die Fahrzeugspuren noch ausmachen, aber auf dem Asphalt haben wir keine Chance.«

»Mir reicht es jetzt. Was auch immer hier los ist, ich leite jetzt eine Großfahndung ein. Dieses Spiel hat jetzt ein Ende. Ich will wissen, wer diese Typen sind. In unserem Flathead County geht so etwas nicht«, sagte Watson.

Sein Deputy wollte ihn aufmuntern. Er sagte die wohlbekannten Worte: »Denn in Montana …«

Watson ergänzte und zitierte dabei seinen eigenen Leitspruch: »… da regeln wir die Dinge streng nach Recht und Gesetz«. Er grinste unter dem Cowboyhut, bevor er die Wagentür öffnete und seine Codes an die Einsatzzentrale durchgab.

❄

Brooke raste in dem Wagen der Gangster durch Downtown Kalispell, vor dem »Flathead County Justice Center« bremste sie und ließ das Auto am Straßenrand stehen. Der fahle Mond und die grellen Straßenlaternen warfen ein unheimliches Licht auf das Gebäude mit seiner braunen Betonfassade, als Brooke sich dem Büro des Sheriffs näherte. Ihr Herz raste bei jedem Schritt, und sie warf einen nervösen Blick über die Schulter, als erwarte sie, dass Orson oder einer seiner Handlanger aus dem Schatten auftauchte. »Komm schon, Brooke«, flüsterte sie und ballte die Fäuste. »Du schaffst das.«

Sie holte tief Luft, ging in das Gebäude und stieß die Tür zum Büro des Sheriffs auf. Hilfssheriff Dwaley schaute vom Schreibtisch auf. »Wie kann ich Ihnen helfen, Miss?« Der junge Gesetzeshüter runzelte überrascht die Stirn über den unerwarteten Besucher.

»Hören Sie, ich habe nicht viel Zeit«, begann sie. »Ich

… ich weiß, wo sie sind. Erik, Amelia und Robin. Sie sind bei der alten Sägemühle am Fluss.«

»Ist das ihr Ernst?« Die Augen von Dwaley weiteten sich, und er stand abrupt auf. »Woher wissen Sie das? Woher wissen Sie überhaupt von dem Einsatz? Dass wir sie suchen?«

»Einsatz? Was für ein Einsatz?«

»Wir haben eben die Großfahndung eingeleitet, mit Unterstützung aus den Nachbarcounties. Also, Miss, woher wissen sie das?«

»Ist das denn wichtig?« Ihre Stimme klang frustriert. »Ich bin hier, weil ich helfen will. Ich will die Dinge in Ordnung bringen.«

»Wenn Sie helfen wollen, dann packen Sie jetzt aus.« Normalerweise wäre Dwaley vielleicht etwas freundlicher gewesen. Aber er stand unter Druck, seit Sheriff Watson ihn angerufen hatte, und von der leeren Hütte am Whitefish Lake berichtet hatte. Und jetzt tauchte diese Frau hier auf, wusste von der Entführung und behauptete, dass sie den Aufenthaltsort der Gesuchten kannte. Er sah ihr in die Augen und konnte ihre ehrliche Sorge erkennen.

»Also gut«, setzte Brooke an, »ich, ich … ich bin eine der Entführerinnen«, stammelte sie.

»Was bitte? Miss, ich muss sie bitten, da ruhig stehenzubleiben. Hank, kommst du bitte?« rief er in den Nachbarraum und schon stand ein zweiter Deputy im Türrahmen.

»Ich bin verzweifelt. Orson Corbyn, unser Anführer, wird sie umbringen. Das kann ich alles nicht mehr mitmachen. Sie müssen sie da rausholen.«

»Ok, ok«, sagte Dwaley beruhigend. »Sie sind also im alten Sägewerk, sagen Sie?«

»Ja, genau, im alten Sägewerk, in dem großen Hauptgebäude.«

Dwaley griff zum Funkgerät und gab die Information

an den Sheriff durch. Brooke hingegen musste sich setzen, und der Deputy stellte sich neben sie. »Sie müssen hierbleiben, denn Sie sind zumindest eine wichtige Zeugin«, stellte der Hilfssheriff fest. »Wir werden sofort eine Rettungsaktion in die Wege leiten.«

»Danke«, flüsterte sie und Erleichterung machte sich in ihrem Gesicht breit. Der Hilfssheriff griff nach dem Funkgerät, in dem er Sheriff Watsons Stimme hörte. »Wir werden jetzt eine Rettungsaktion zusammenstellen«, sagte der Gesetzeshüter über den Lautsprecher des Funkgerätes. »Wir ziehen alle Kräfte beim Sägewerk zusammen. Wir starten die Aktion erst, wenn wir sechs Einsatzwagen vor Ort haben.«

»Sheriff, die Kräfte aus Eureka und Polson werden 45 Minuten brauchen, bis sie in Kalispell sind. Missoula braucht eineinhalb Stunden«, gab Dwaley durch.

»Das ist zu lange«, entgegnete Watson. »Na gut, dann machen wir es ohne sie. Aber alarmieren Sie die Rettungswagen. Das könnte ziemlich ungemütlich mit den Gangstern werden.«

»Wird gemacht, Roger.«

Was Dwaley an Sheriff Watson immer wieder bewunderte, war seine Entschlossenheit. So manch anderer Gesetzeshüter hätte die Stunde abgewartet, bis die Verstärkung eintraf, und erst dann die Rettungsaktion gestartet. Nicht so Dwayne Watson. Er handelte, anstatt zu zögern. Und wenn das hieß, dass er nur mit drei oder vier Einsatzwagen auf die Gangster im Sägewerk losgehen müsste, dann war es immer noch besser so, als unnötig Zeit verstreichen zu lassen.

❄

Die Streifenwagen sammelten sich zwei Kilometer vor der Zufahrt zum Sägewerk entfernt, dort, wo zuvor Brooke mit dem Wagen den Berg hinuntergerollt und den Motor gestartet hatte. Innerhalb weniger Minuten hatte der Sheriff ein Team erfahrener Beamter zusammengestellt. Ihre Gesichter wirkten allesamt entschlossen. Hinter ihrem Posten war die Straße gesperrt, auch die Rettungswagen mussten – ohne Sirenen und Lichter - davor warten.

Sie standen an einem Tisch, auf dem zwei Laptops aufgebaut waren. Dwayne Watson hatte die robusten »Toughbooks« zu schätzen gelernt. Auf den Bildschirmen waren die Pläne des Sägewerks zu sehen, die seine Kollegen in der Zentrale in digitaler Form organisiert hatten. Jetzt erstellten sie einen strategischen Plan, um in das Sägewerk einzudringen und ihre Gefangenen zu befreien.

»Denken Sie daran«, wandte sich Sheriff Watson an die Kollegen, »unsere Priorität ist es, Erik, Amelia und Robin sicher herauszubringen. Wir werden über die Westseite eindringen, wo wir von den Aussichtspunkten der Bande aus weniger sichtbar sind.«

Watson fuhr fort, seinen Plan zu skizzieren. »Zwei unserer Beamten werden die Westseite betreten, während der Rest von uns sie von weiter hinten deckt. Ich möchte, dass sie sich schnell und leise bewegen, damit wir niemanden im Haus alarmieren. Sobald sie am Eingang sind, gebe ich ihnen ein Signal.« Er tippte auf sein Walkie-Talkie. »Sobald sie reingehen, will ich, dass sich alle anderen zurückhalten. Wir werden nichts unternehmen, bis wir alle Geiseln auf den Kameras sehen und identifizieren können.«

Hier hielt er inne und sah jedes Mitglied seines Teams an. »Wenn das passiert, werden Jim und ich den Angriff von gegenüberliegenden Seiten des Eingangs aus anführen.

Unsere Officers werden direkt hinter uns sein. Haben alle verstanden?«

Das Team nickte zustimmend, bevor Watson mit dem Plan fortfuhr: »Jim und ich werden auf beiden Seiten des Sägewerkseingangs in Stellung gehen, bewaffnet mit Sturmgewehren und Pistolen, falls es Widerstand geben sollte. Erst dann machen wir die Flutbeleuchtung an. Jim und ich werden die Haupttüren aufstoßen; das sollte laut genug sein, um die Aufmerksamkeit von der Einstiegsstelle unseres Sicherungsteams abzulenken.«

Watson erläuterte dann, was von den einzelnen Mitgliedern erwartet wurde, sobald sie drinnen waren: Officer Davis würde eine kleine Handkamera mit sich führen, mit der Bilder per Livestream an Sheriff Watsons Laptop übertragen wurden, so dass er feststellen konnte, wo Erik, Amelia und Robin gefangen gehalten wurden.

Sheriff Watson wies Officer Brown an, die erste Welle zu führen, um Erik, Amelia und Robin zu schützen und zu sichern, sobald sie gefunden waren. Seine Anweisungen an die Beamten waren klar: rein, raus – so schnell und leise wie möglich. Nachdem jeder seine Rolle und seine Aufgaben kannte, fügte er abschließend hinzu: »Bleibt sicher, bleibt wachsam und denkt daran – das Ziel ist, sie lebend nach Hause zu bringen.« Dann schaute er ein letztes Mal auf seine Uhr und gab seinem Team das Signal.

Als die Einsatzkräfte aufbrachen, sahen Candice und Joe vom Wagen aus zu, voller Hoffnung, aber auch Angst. Joe hatte erst darum gebeten, mit dabei sein zu können, aber Dwayne Watson hatte ihm das untersagt. Eine Weile überlegte er, wie er unentdeckt zum Sägewerk vordringen könnte, aber Candice schaffte es, ihn davon zu überzeugen, wegzubleiben – vorerst. Denn sie selbst wäre am liebsten mitgegangen. »Bitte«, murmelte sie, ihre Finger gegen das kalte Glas gepresst. »Lass sie lebendig herauskommen.«

Die Luft war schwer vor Erwartung, als die Rettungsaktion begann, und jeder Beamte war sich der Gefahren bewusst, denen er ausgesetzt war. Doch Sheriff Dwayne Watsons Entschlossenheit trieb sie an, sein Einsatz war ein Lichtblick im Angesicht der Unsicherheit. Die Bühne war bereitet für die Konfrontation.

❄

Das Mondlicht warf sein unheimliches Licht auf das große, alte und rostige Gebäude des Sägewerks, das verlassen im Wald stand. Von außen war kein Licht zu sehen. Ein kalter Wind wehte durch die zerbrochenen Fenster und die verrosteten Maschinen und trug den Geruch von Verfall und vergessener Geschichte mit sich. Als Erik in der schwach beleuchteten Ecke saß und seine Handgelenke an den fest verschnürten Seilen scheuerten, konnte er nicht anders, als sich zu fragen, wie sie in ihrem Versteck so schnell auffliegen konnten. Da hatten sie Pläne geschmiedet, sich auf Eventualitäten vorbereitet, und dann standen die Gangster mit einem Mal im Raum und zwangen sie, mitzukommen.

»Alles wird wieder gut«, flüsterte Amelia. Sie lehnte ihren Kopf an Eriks Schulter und suchte Trost in ihrer Notlage. Ihre eigenen Fesseln gruben sich in ihre Haut, eine Erinnerung an die Gefahr, der sie ausgesetzt waren.

»Amelia«, murmelte Erik, »egal, was passiert, ich möchte, dass du weißt …«

»Erik, jetzt spar dir den Atem. Amelia weiß, was du ihr sagen willst. Wir werden unsere Kräfte brauchen«, unterbrach ihn Robin – und Amelia nickte.

In diesen Minuten näherte sich draußen bereits das Rettungsteam dem Sägewerk, ihre Schritte wurden durch die feuchte Erde und das gefallene Laub gedämpft. Sheriff

Watson ging voran, das Gesicht grimmig verzogen, während er seinen Beamten signalisierte, sich zu verteilen und ihre Positionen einzunehmen.

»Erinnern Sie sich an den Plan«, zischte Watson leise, während sein Blick auf das verfallene Gebäude vor ihnen gerichtet war. »Wir müssen da rein, Erik, Amelia und Robin finden und wieder raus, bevor die Hölle losbricht.«

»Verstanden, Boss«, erwiderte Officer Davis und umklammerte seine Waffe fest. Er warf einen Blick auf seine Kollegen. Ihre Gesichter waren entschlossen. Als die Beamten sich dem Sägewerk näherten, spürte Erik im Inneren, dass sich draußen etwas tat. Er konnte nicht sagen, weshalb. Es mag vielleicht ein Urinstinkt gewesen sein, der ihn vor der bevorstehenden Konfrontation warnte. Die Luft knisterte vor Spannung. »Es kommt etwas«, flüsterte er, seine Stimme war kaum zu hören. Amelias Griff um seinen Arm wurde fester.

»Sei bereit«, drängte Robin, dessen Stimme angestrengt klang, als er versuchte, seine Fesseln zu lösen, ohne ihre Entführer zu alarmieren. Das Sägewerk ragte vor dem Rettungsteam auf wie ein verrottendes Ungeheuer, dessen hölzernes Äußeres unter Protest ächzte, während es darum kämpfte, sich selbst zusammenzuhalten.

»Macht euch bereit«, hauchte Watson, seinen Blick auf den Eingang gerichtet. »Jetzt.«

Als der erste Offizier die Schwelle überschritt, lief Erik ein Schauer über den Rücken. Das Spiel war im Begriff, sich zu ändern. »Amelia«, flüsterte er. »Wir werden hier rauskommen. Gemeinsam.«

Mit einem Mal, völlig unvorbereitet, durchbrachen Kugeln die Stille. Pistolenschüsse waren zu hören. Die Gangster hatten den Angriff ebenso gewittert wie Erik, Amelia und Robin. Und sie hatten das Feuer in die Dunkelheit eröffnet, obwohl sie gar nicht sehen konnten, wer da angriff. In der Luft lag der beißende Geruch von Schießpulver. Eriks Atem stockte ihm in der Kehle – doch er wurde ganz ruhig im Angesicht der Gefahr. Hinter einem umgestürzten Tisch kauernd, sah er hilflos zu, wie Sheriff Watsons Rettungsteam mit Orson Corbyns skrupellosen Gangstern zusammenstieß.

»Unten bleiben!«, rief Robin, als er Amelia zu Boden riss. Das Heulen einer Kugel, die von einem nahen Balken abprallte, drang an Eriks Ohren. Er musste etwas tun – irgendetwas – um sie vor den Schüssen zu schützen.

»Amelia«, hauchte Erik, »bleib bloß unten, das ist mordsgefährlich. Irgendetwas muss schiefgelaufen sein.«

»Ich bleib ja unten, du aber auch«, hauchte sie mit zitternder Stimme, Tränen in den Augen.

»Versprochen.« Er drückte ihre Hand.

»Gebt mir Deckung«, brüllte einer der Polizisten, rannte über den Boden des Sägewerks und tauchte hinter einen Stapel Holzpaletten. Die Gangster antworteten mit einer Salve von Schüssen, wobei sie weiterhin wild und wahllos zielten. In diesem Moment gingen die Flutlichter an. Das Sägewerk wurde von außen in gleißendes Licht getaucht, das durch die zerbrochenen Fenster auch ins Innere strahlte. Jetzt konnten sie ihre Umgebung deutlicher ausmachen.

»Siehst du einen Weg hieraus?«, flüsterte Robin und suchte ihre Umgebung nach Fluchtwegen ab.

»Noch nicht«, gab Erik zu, dessen Gedanken auf der Suche nach einer Lösung nur so rasten.

»Joe!«, rief Amelia und zeigte auf eine Ecke der Halle. Sie hatte Panik in der Stimme. Erik sah Joe inmitten des Feuergefechts. Der Farmer lieferte sich einen Schusswechsel mit Larry Roffe, sein Gesicht war eine Maske der grimmigen Entschlossenheit.

»Bleib zurück, Candice!«, rief Joe und duckte sich

hinter einem Fass, während die Kugeln sich in das Holz bohrten. »Es ist zu gefährlich!«

»Ich helfe dir, da kannst du sicher sein.«

»Verdammt noch mal, raus hier mit Euch«, brüllte Watson hinter ihnen. »Gleich haben wir nicht nur die Geiseln zu befreien, sondern auch noch Candice und Joe.«

Dann machte Watson den Mann in der Dunkelheit aus, der der Anführer sein musste. »Waffe fallen lassen«, brüllte er zu Corbyn herüber. »Damit ist jetzt Schluss!«

»Niemals!« knurrte Orson und feuerte aus Trotz einen weiteren Schuss ab.

❄

Erik zuckte bei den nächsten schweren, dumpfen Schüssen zusammen, die Sheriff Watson abgab. Er schmeckte den beißenden Rauch, der die Luft erfüllte, und spürte die Vibrationen der Schüsse, die durch seine Knochen hallten. Die Zeit schien sich zu verlangsamen, jede Sekunde dehnte sich zu einer Ewigkeit aus, während er beobachtete, wie Joe eine Kugel ins Bein bekam und sein Gesicht sich vor Schmerz verzerrte.

»Joe!«, schrie Candice, Tränen liefen ihr über das Gesicht, während sie gegen den Instinkt ankämpfte, zu ihm zu laufen. Ihre Stimme durchdrang den Lärm wie ein Messer.

»Gib mir Deckung!«, rief Erik Robin zu, der grimmig nickte. Er hatte Metallteile neben sich liegen, und weil er keine andere Waffe hatte, warf er jetzt die rostigen Teile auf die Gangster. Erik holte tief Luft, löste sich aus seiner Deckung und sprintete auf Joe zu.

»Bleib bei mir, Joe«, rief Erik, als er den verletzten Mann erreichte und Druck auf die Wunde ausübte. Das leuchtend rote Blut, das zwischen seinen Fingern sickerte, erinnerte ihn daran, wie hoch der Einsatz war, um den sie spielten.

»Bring … Candice … hier raus«, knirschte Joe mit zusammengebissenen Zähnen, die Augen auf sie gerichtet.

»Versprochen. Sie ist die Frau, die dich liebt und ich werde sie beschützen.«

Während das Feuergefecht tobte, stand Orson Corbyn aufrecht hinter einem der alten tragenden Balken. Seine Augen waren kalt und berechnend. Er feuerte mit tödlicher Präzision Schüsse ab, ein grimmiges Lächeln umspielte seine Lippen.

»Glauben Sie, Sie können mich fertig machen, Sheriff?«, spottete er in die Dunkelheit. »Das wollen wir doch mal sehen!«

»Das endet hier gleich für Sie«, brüllte Sheriff Watson und richtete seine Waffe auf den rücksichtslosen Bandenchef. »Letzte Chance!«

»Niemals«, war das Letzte, was Corbyn in diesem Moment sagte. Dann krachte ein einzelner Schuss und brach durch die stürmische Symphonie. Orsons Augen weiteten sich vor Schreck, als die Kugel ihr Ziel fand und mit brutaler Wucht in sein Bein einschlug. Er taumelte zurück und sank zu Boden.

❄

Nachdem Orson Corbyn von der Bildfläche verschwunden war, suchte Erik das Sägewerk nach Larry Roffe ab. Der beißende Gestank von Schießpulver hing schwer in der Luft.

»Wo ist er?«, murmelte Erik leise und blinzelte durch den Rauchschleier.

»Da drüben!«, rief Robin und deutete auf eine schemenhafte Gestalt, die zwischen den Holzstapeln hindurchhuschte. »Da ist der Typ!«

»Los geht's!«, befahl Sheriff Watson und führte den Angriff auf den schwer fassbaren Schergen an.

Eriks Herz pochte in seiner Brust, als sie sich Larry Roffe näherte. Die Wände des Sägewerks schienen sich um ihn herumzuschließen.

»Gib auf!«, rief Erik mit entschlossener Stimme. »Du bist umzingelt!«

»Von wegen«, knurrte Larry und feuerte wild in ihre Richtung. Holz splitterte und überschüttete sie mit scharfen Splittern, während sie Deckung suchten.

»Verdammt«, flüsterte Erik und wischte sich den Schweiß von der Stirn. Er holte tief Luft und stürmte vorwärts, angetrieben von einem Adrenalinschub. Als er um die Ecke bog, entdeckte er Larry Roffe, der mit dem Rücken an einem Holzstapel lehnte und dem die Verzweiflung ins Gesicht geschrieben stand.

»Lass deine Waffe fallen!«, brüllte Erik und richtete seine Waffe auf den Handlanger. »Es ist vorbei!«

»Vergiss es«, knurrte Larry noch einmal, aber sein Mut schwand, als Sheriff Watson und seine Officers näher kamen und ihre Waffen auf ihn richteten. Widerwillig ließ er seine Waffe auf den Boden fallen und hob die Hände zur Kapitulation.

»Erwischt«, hauchte Robin, und Erleichterung machte sich in ihm breit.

»Gute Arbeit«, sagte Sheriff Watson und fesselte Roffe die Hände auf den Rücken. »Du bist fertig damit, irgendjemanden zu terrorisieren.« Roffe wurde abgeführt und das Rettungsteam hatte die Kontrolle über die Situation erlangt.

»Amelia!«, rief Erik und eilte an ihre Seite. Sie warf ihre Arme um ihn und vergrub ihr Gesicht in seiner Schulter.

»Gott sei Dank ist dir nichts passiert«, flüsterte sie, während ihr die Tränen der Erleichterung über die Wangen liefen.

In diesem Moment hörten sie das Röhren von Motorrädern. Es war ganz dicht und schien direkt von hinter der Rückwand des alten Sägewerks zu kommen.

»Da ist noch jemand«, rief Watson.

Das Röhren der Motorräder wurde bereits wieder leiser und leiser, schien im Wald zu verschwinden. Dann war es wieder still im Sägewerk.

❄

Erik beobachtete, wie Sheriff Watson in Aktion trat und seinen Hilfssheriffs Befehle zuwarf. »Jones, Sie und ihr Team durchkämmen die Ostseite; Riggs, Sie nehmen den Westen. Ich will, dass jeder Zentimeter durchsucht und gesichert wird. Wir gehen erst, wenn wir sicher sind, dass es keine weiteren Bedrohungen mehr gibt. Vor allem möchte ich wissen, was das für Motorräder eben waren.«

Die Dringlichkeit in der Stimme des Sheriffs spornte Erik an, sich zu bewegen. Er wandte seine Aufmerksamkeit Amelia zu, deren tränenüberströmtes Gesicht ein Zeugnis ihrer erschütternden Tortur war. »Bist du verletzt?«, fragte er.

Amelia schüttelte den Kopf und wischte sich mit dem Handrücken frische Tränen weg. »Nein, es geht mir gut. Nur ... erschüttert.«

»Lass dich trotzdem von den Sanitätern untersuchen«, beharrte Erik und führte sie nach draußen, vor das Sägewerk. Dort standen jetzt auch zwei Rettungswagen neben den Einsatzfahrzeugen, die mit ihren Scheinwerfern die Szenerie erhellten. Das alte Sägewerk war von Zeichen der Zerstörung übersät – gesplittertes Holz, zerbrochenes Glas und von Kugeln zerfetzte Wände erinnerten an das Chaos, das sich hier abgespielt hatte.

»Hey«, murmelte er und zog Amelia näher heran. »Wir haben das durchgestanden. Es wird alles wieder gut.« Amelia nickte, als sie sich dem Rettungswagen näherten. Ein Sanitäter schaute auf, seine Augen suchten sie beide nach sichtbaren Verletzungen ab.

»Haben Sie Schmerzen oder Beschwerden?«, fragte er in einem professionellen, aber mitfühlenden Ton.

»Nichts Schlimmes«, antwortete Erik und sah zu, wie der Sanitäter sich um eine kleine Schürfwunde an Amelias Arm kümmerte. Das Brennen des Antiseptikums ließ sie zusammenzucken, aber sie blieb stoisch und hielt Eriks Hand unverwandt fest.

»Behalten Sie es im Auge«, riet der Sanitäter und legte einen Verband auf die Wunde. »Wenn sie rot wird oder sich warm anfühlt, kommen Sie wieder zu uns.«

»Danke«, murmelte Amelia, und Erleichterung war deutlich in ihrer Stimme zu hören.

❄

Es begann, hell zu werden. Das Morgenlicht lag fahl über der alten Industrieanlage und ihrer Umgebung. Der Gestank von Schießpulver verzog sich, und es gab ein unverkennbares Gefühl der Erleichterung, das alle Anwesenden zu übermannen schien. Sheriff Watson stand am Rande des Schauplatzes und betrachtete das Geschehen.

»Das kann nicht wahr sein«, sagte er zu seinem Team. »Eben stand dieser Orson Corbyn noch vor mir, weigerte sich, die Waffe fallen zu lassen. Ich musste einen Schuss auf ihn abgeben, der ihn auch getroffen hat. Und wenige Minuten später ist er weg.«

Die Beamten, die um ihn herumstanden, schüttelten

mit dem Kopf. »Er muss irgendwie entkommen sein«, stellte ein Officer fest. »Die Spuren der Motorräder führen über einen Pfad im Wald davon. Mit unseren Einsatzwagen könnten wir da nicht fahren, aber mit einem kräftigen Motorrad mit einem geübten Fahrer ginge es wohl.«

»Sieht so aus, als sei Corbyn entkommen, abgeholt per Motorrad«, stellte Dwayne Watson fest und schüttelte wieder den Kopf. »Ich hätte nicht gedacht, dass ihm das gelingt.«

»Hey, Erik!«, rief Joe von der anderen Seite des Hofes und winkte ihm zu. »Komm doch rüber!« Joe lag mit einem dicken Verband am Bein auf einer Bahre. Er hatte den Kopf gehoben und versuchte zu grinsen, aber das Bild, das er abgab, sah nicht sehr fröhlich aus. »Tapferer Joe«, dachte Erik, »hat sich eine Kugel eingefangen bei dem Schusswechsel und grinst uns jetzt zu«.

Watson hatte Candice und Joe eine Standpauke gehalten, die sich gewaschen hatte. Sie hatten sich unbemerkt angeschlichen, obwohl sie doch jenseits der Absperrung bleiben sollten. Und waren dann im Sägewerk in den Schusswechsel geraten. »Das geht so nicht, Candice. Ihr könnt nicht einfach eingreifen. Ihr hättet jetzt beide tot sein können«, mahnte er die beiden.

»Du, du hast ja recht. Aber wir haben es da unten an der Straße nicht ausgehalten.«

»Joe, von dir hätte ich wenigstens erwartet, dass du vernünftig bleibst«, sagte Dwayne Watson. »Ich hoffe, das ist Euch eine Lehre.«

Erik drückte Amelias Hand sanft. Sie nickte und verstand, dass er einen Moment der Ruhe zum Nachdenken brauchte, bevor er sich zu den anderen gesellte.

»Geht es dir gut?«, fragte Amelia leise, als sie sich an einen nahen Baum lehnten.

»Überraschenderweise ja.« Erik hielt inne und

sammelte seine Gedanken. »Ich schätze, ich habe einfach …«, er hielt noch einmal inne. »Ich habe uns einfach beide in große Gefahr gebracht, Amelia.«

»Ach, das ist nun vorbei. Und wir haben uns doch ziemlich gut geschlagen. Nun hör mal zu, mein Journalist aus Edmonton«, sagte sie grinsend, und Erik wusste, dass nach einer solchen Einleitung etwas Wichtiges kommen würde.

»Wir haben das hier beide durchgestanden, du und ich. Wir haben beide die Flucht aus Seattle gewagt. Natürlich hätten wir die Polizei schon früher informieren können, aber manchmal entwickeln sich die Dinge eben so. Also, mach hier nicht einen auf edlen Ritter, sondern sieh ein, dass wir uns das beide eingebrockt haben – und wir heil herausgekommen sind.«

Erik staunte über Amelia. Sie hatte die Situation auf den Punkt gebracht. Als sie sich zu der um Joe versammelten Gruppe gesellten, lag Lachen in der Luft. Robin klopfte Erik auf die Schulter, sein Gesicht strahlte vor Erleichterung.

❄

Die kalten Metallmanschetten gruben sich in Brookes Handgelenke, als der Deputy des Sheriffs sie aus dem Vernehmungszimmer des Polizeireviers führte, in dem sie die ganze Dauer des Einsatzes gewartet hatte. »Tut mir leid, Leute, die Show ist vorbei«, verkündete Sheriff Watson mit seinem Bariton. »Wir haben von Ms. Chasey bekommen, was wir brauchen. Mit ihrer Hilfe können wir die Bande unschädlich machen.

Brooke zuckte zusammen, als der Deputy sie durch die Tür in das neonbeleuchtete Zimmer führte. Sie hatte alles gestanden – die Schutzgelderpressung, die Geldwäsche, sogar die Prügel, die sie mit verteilt hatte. Es war ihr einziger Weg zur Erlösung nach Jahren als Vollstreckerin für Orson Corbyn. Sie wurde in einen anderen Raum gebracht. Dort schlug die Tür hinter ihr zu und versiegelte Brooke in Gefangenschaft. Sie seufzte, und die Enge in ihrer Brust ließ endlich nach. Es war vorbei. Keine Drecksarbeit mehr. Kein Schweigen mehr, während Unschuldige litten. Sie hatte das Richtige getan, auch wenn es Jahre hinter Gittern bedeuten könnte.

Sheriff Watson wandte sich dann an seinen Stellvertreter. »Lass uns diesen Fall gut abschließen. Als Erstes geben wir den Bericht und alle Informationen nach Seattle. Von denen will ich dann aber auch täglich über den Stand der Ermittlungen informiert werden.« Watson stand inmitten des Chaos auf dem Polizeirevier, um ihn herum wuselten Beamte und Detectives, die den Einsatz abarbeiteten. Dwayne stieß einen müden Seufzer aus und fuhr sich mit einer Hand durch sein silbernes Haar. Es war eine lange Nacht gewesen.

»Also gut, Leute, hört zu«, brüllte Dwayne, und seine befehlende Stimme erhob sich über den Lärm. Die Station verstummte, als sich alle Augen auf ihn richteten.

»Dank der Kooperation von Frau Chasey haben wir jetzt handfeste Hinweise, die Corbyn und seine Männer mit Verbrechen im ganzen Nordwesten in Verbindung bringen. Erpressung, Geldwäsche, Menschenhandel – egal was, dieser Kerl hatte seine schmutzigen Hände im Spiel.« Ein Raunen ging durch die Reihen der Beamten. Dwayne fuhr fort: »Vor allem aber können wir handfesten Spuren gegen die Mobster in Seattle nachgehen. Chaseys Aussage gibt uns einen hinreichenden Grund für einen Durchsuchungsbefehl für ihre Räumlichkeiten. Schon in den nächsten Stunden wird in Seattle einiges auf den Kopf gestellt.« Die Station brach in Jubel und Beifall aus. Dwayne erlaubte sich ein kleines Lächeln und war stolz auf sein Team. Es gab noch viel zu tun, aber das Blatt hatte sich gewendet.

❄

Erik holte tief Luft, als er die Hand hob, um an die Tür zu klopfen. Jetzt war er etwas nervös. Ein Deputy machte die Tür im Polizeirevier auf und ließ ihn in den Raum eintreten, in dem Brooke Chasey in Handschellen wartete. Ihre Augen weiteten sich vor Überraschung.

»Erik. Amelia. Ich hatte nicht erwartet, Sie hier zu sehen.«

»Nun, bei unserer letzten Begegnung waren wir ja auch noch im Sägewerk. Aber dank Ihnen sind wir jetzt hier«, sagte Amelia.

»Dwayne Watson hat uns erlaubt, mit Ihnen zu sprechen«, fügte Erik hinzu. »Wir wissen, dass es Mut erforderte, mit dem Sheriff zu kooperieren. Sie haben dazu beigetragen, großes Leid zu verhindern.«

Brooke senkte beschämt den Blick. »Was ich getan habe, ist unverzeihlich«, flüsterte sie. »Ich erwarte keine Vergebung.«

Amelia trat einen Schritt vor und legte eine Hand auf Brookes Arm. »Was zählt, ist, dass Sie sich am Ende für das Richtige entschieden haben.« Brooke begegnete Amelias ernstem Blick, ihre Augen funkelten.

»Glauben Sie das wirklich? Auch nach dem, was ich Ihnen angetan habe? Schließlich habe ich mitgeholfen, Sie zu entführen. Sie mit durch den Wald gejagt. Und wieder ins Sägewerk gebracht.«

»Doch, ich glaube das von ganzem Herzen.«

Erik fügte hinzu: »Damit, dass Sie sich gestellt haben, haben Sie angefangen, den angerichteten Schaden zu heilen.

Wahrscheinlich haben Sie uns damit auch das Leben gerettet.«

Brooke nahm einen zittrigen Atemzug. Zum ersten Mal seit ihrem Geständnis durchdrang ein Hoffnungsschimmer ihre Dunkelheit. Hier waren zwei Menschen, Opfer ihrer Missetaten, die ihr Mitgefühl entgegenbrachten, als sie Verachtung erwartete. Sie berappelte sich, sah Erik an, dann Amelia, und dann wieder Erik. Dann holte sie Luft.

»Also gut, dann sage ich Ihnen jetzt, dass Corbyn hinter einem Schatz her war.«

»Wie bitte?«, fragte Erik erstaunt.

»In den Bergen soll ein Schatz versteckt sein. Die Einzelheiten weiß ich auch nicht, das müssen Sie selbst herausfinden. Es war ein William Corbyn, der Vorfahre von diesem Gangster, der ihn dort versteckt haben soll.«

Erik und Amelia glaubten, nicht richtig gehört zu haben. »Ein Schatz«, sagte Erik. »Das steckt dahinter? Darum ist er durch die Berge gejagt und hat uns verfolgt?«

»Ja, das war auch der Grund, warum wir in Kanada waren, als Sie uns aus dem Zug beobachtet haben. Corbyn ist wegen des Schatzes schier durchgedreht. Er glaubte schließlich, dass es kein Zufall war, dass Sie ihn gesehen haben. Und er vermutete, dass ihr ebenfalls hinter dem Schatz her seid.«

»Geht es denn um so viel?«

»Es muss ein ziemlich großer Schatz sein«, entgegnete Brooke. »Was Sie jetzt mit dieser Information anfangen, ist Ihre Sache.«

»Ich, ich weiß nicht …«, entgegnete Amelia.

»Ich auch nicht. Aber wir beide danken Ihnen von ganzem Herzen für Ihren Einsatz«, sagte Erik. Sie nickten Brooke zu, dann verließen sie das Polizeirevier. Draußen warteten Candice und Joe und auch Robin auf sie.

»Ich denke nicht, dass ihr noch einmal Lust habt, in unsere Hütte im Wald zu fahren?«, fragte Joe.

»Das würden wir tun.«

»Ach was. Wir fahren jetzt auf unsere Farm. Da ist es warm, gemütlich und sicher und Gästezimmer haben wir auch für Euch drei. Da könnte ihr Euch in Ruhe von letzter Nacht erholen.«

Sie stiegen in Joes Wagen und verließen Kalispell in Richtung Westen, über den Flathead River, um zu der großen Farm zu kommen. Candice schaute vom Beifahrersitz nach hinten. »Wird es Euch nicht zu eng auf der Rückbank?«, fragte sie lachend und sah Erik, Amelia und Robin an.

»Nein, Hauptsache, wir kommen jetzt an einen sicheren Ort«, entgegnete Erik.

Candice schaute auf die Straße. Plötzlich musste sie daran denken, wie sie hier mit ihrem Vater mit dem Schneepflug entlanggefahren war. Das war im tiefsten Winter gewesen. Jetzt sahen die Weiden und die Wälder friedlich aus. Und sie musste innerlich grinsen. Hinter ihr saß Erik auf dem Rücksitz, der Mann, für den sie einst etwas empfunden hatte. Er saß dort jetzt mit seiner Freundin Amelia. Und neben ihr am Steuer saß Joe – den sie liebte.

❄

KAPITEL 11

Die Silbermine »Last Chance«

Amelia starrte aus dem Fenster des alten Bauernhauses und sah zu, wie Regentropfen auf das Gras prasselten. Die Wolken hingen tief und grau und spiegelten ihre widersprüchlichen Gefühle wider.

»Ich denke immer noch, wir sollten zurückfahren«, sagte Robin und ließ sich in einen knarrenden Holzstuhl am Tisch fallen. »Diese Sache mit dem Schatz scheint mir zu gefährlich, besonders nach allem, was du durchgemacht hast.«

Amelia drehte sich um und strich sich eine Haarsträhne aus den Augen. »Du bist immer noch ganz der Bruder, der seine kleine Schwester beschützen will.«

»Überleg doch, was ihr durchgemacht habt. Erst die Reise, dann die Flucht, dann die Entführung ins Sägewerk. Amelia, du hast Anfang des Jahres eine Operation durchgemacht, von der du dich jetzt erst erholst.«

»Aber, Robin, mir geht es gut. Ich denke, wir wollten nicht aufgeben. Nicht, wenn wir so nah dran sind.«

»Ich finde immer noch, das ist keine gute Idee. Was meinst du, Erik?«

Erik nickte und beugte sich aufmerksam vor. »Amelia

hat recht. Wir sind schon zu weit gekommen, um jetzt abzudrehen.«

Robin seufzte und rieb sich die Schläfe. Draußen heulte der Wind und beugte die Bäume. »Erik, du bist genau so ein Abenteurer wie meine Schwester. Kein Wunder, dass ihr beiden Euch gefunden habt«, sagte er grinsend. »Ach, was soll's. Wenn wir vorsichtig sind – es ist immer noch besser, als von einer Bande gejagt zu werden.«

Amelia drückte ihrem Bruder dankbar die Schulter. »Lass uns erst mit dem Sheriff reden und sehen, ob er uns noch einmal mit Brooke sprechen lässt. Vielleicht hat sie eine Idee, wo der Schatz versteckt sein könnte, etwas, was sie gestern im Eifer des Gefechts übersehen hat.«

»Eine gute Idee«, fügte Erik hinzu.

Die drei zogen sich Regenjacken an und eilten zu Robins Wagen. Die Tropfen prasselten auf die Windschutzscheibe, als sie in die Stadt fuhren. Auf dem Revier beäugte Sheriff Watson sie misstrauisch unter der Krempe seines Hutes hindurch. Aber er lächelte.

»Kaum ist ein Tag vergangen, sehe ich Euch schon wieder. Was ist es denn dieses Mal? Doch hoffentlich nicht die nächste Gangsterbande?«

Erik musste lächeln, dann trat er vor. »Wir würden gerne noch einmal mit Brooke Chasey sprechen, wenn es Ihnen nichts ausmacht. Wir glauben, dass sie Informationen hat, die uns helfen könnten.«

Der Sheriff überlegte und schnalzte mit der Zunge. »Eigentlich geht das nicht. Aber nun gut, in Ordnung. Doch nur für ein paar Minuten.«

Er führte sie zurück zu den Arrestzellen, wo Brooke auf einer Pritsche saß, die Knie an ihre Brust gezogen. Als sie die beiden sah, sprang sie auf.

»Habt ihr ihn gefunden? Oder habt ihr einen Plan, wie ihr an den Schatz herankommt?«

Amelia schüttelte den Kopf. »Noch nicht. Aber wir haben einen Plan …«

Brooke verzog das Gesicht. »Oh. Ich hatte gehofft …«

Sie brach ab und drehte nervös ihre Hände. Erik schenkte ihr ein ermutigendes Lächeln.

»Wir brauchen nur ein paar mehr Informationen«, sagte er sanft. »Denk doch einmal genau nach, was Corbyn von dem Schatz gesagt haben könnte. Alles, was du uns sagen kannst, würde uns helfen.«

Brooke biss sich auf die Lippe und dachte nach. »Nun … ich habe gehört, wie Orson einmal etwas über einen Tunnel erwähnt hat.«

Amelia beugte sich gespannt vor. »Ein Tunnel? Wo?«

»Ich weiß es nicht genau. Irgendwo im Norden, glaube ich. Orson hat am Telefon irgendetwas von ‚dem Tunnel' gesagt.«

Erik und Amelia tauschten aufgeregte Blicke aus. Endlich, eine Spur.

»Sonst hat er nichts gesagt?«

Brooke dachte nach. Die Gedanken an ihren ehemaligen Gangsterboss schienen sie sehr zu beschäftigen. »Nein, Erik, ich glaube, das ist wirklich alles.«

»Danke, Brooke«, sagte Erik aufrichtig. »Wir geben dir Bescheid, wenn wir etwas finden.«

Sie nickte und sah hoffnungsvoll aus. Als sie das Sheriffs-Office verließen, wandte sich Amelia mit leuchtenden Augen an Erik.

»Ein Tunnel! Warum sind wir da nicht drauf gekommen?«

Erik grinste. »Lass uns zurückfahren und uns ein paar Karten ansehen. Ich wette, wir können es eingrenzen.«

»Erik, du magst doch Tunnel«, fügte sie hinzu. »Warum ist dir das nicht eingefallen?«

Erik ließ seinen Blick aus dem Auto über das Städtchen

hin zu den Bergen schweifen. »Weil Montana nun einmal so ein verdammt großer Bundesstaat ist, voll mit Bergen, Tälern, Seen und ... na ja, mit Eisenbahnen, Minen und Tunneln eben.«

❄

Erik schritt in dem Bauernhaus von Joes Eltern auf und ab, seine Gedanken rasten. Amelia beobachtete ihn aufmerksam und runzelte die Stirn. Eriks Bedürfnis, Antworten zu finden, war spürbar, und sie wusste, dass er nicht eher ruhen würde, bis sie die Wahrheit herausgefunden hatten. Da war er eben ganz der Journalist, der einem Geheimnis oder eine guten Geschichte auf der Spur war.

»Ich glaube, ich habe eine Idee«, verkündete Erik und drehte sich zu seinen Freunden um. »Ich werde Dave von der Zeitung in Edmonton anrufen. Vielleicht kann er uns helfen, mehr Informationen über diesen Corbyn zu finden.

»Klingt nach einem Plan«, sagte Robin und nickte zustimmend.

»Nur zu«, sagte Candice.

Ohne zu zögern, wählte Erik die Nummer von Dave. Das Telefon klingelte eine gefühlte Ewigkeit, bevor Dave abnahm.

»Hey, Erik! Was gibt's? Genießt ihr beiden euren Urlaub?

»Ja, das kann man so sagen. Wir sind in eine ziemliche Geschichte hineingeraten. Ich sage dir: Da ist auch eine große Story für unsere Zeitung drin.«

»Tatsächlich?«

»Ja, es geht um organisiertes Verbrechen. Aber im Moment sind wir auf Schatzsuche. Und dafür, Dave, benötige ich deine Hilfe.« Erik klang dringend. »Wir suchen nach Informationen über einen Mann namens Corbyn – wir glauben, er hat etwas mit einem Schatz zu tun, den jetzt sein Nachfahre, ein Krimineller aus Seattle, sucht. Hast du Zugang zu irgendeinem Archiv, in dem ein Corbyn vor 60 bis 120 Jahren erwähnt wird?«

»Lass mich doch einmal nachsehen«, antwortete Dave, während im Hintergrund das Geräusch aus dem Newsroom in Edmonton zu hören war. »Wir haben elektronische Archive von Zeitungen aus dem Bundesstaat Washington, die digitalisiert sind. Die sind sonst gar nicht so leicht zugänglich, also nicht über das Netz oder so. Ich werde das für dich überprüfen.«

»Vielen Dank, Dave. Das bedeutet uns sehr viel«, sagte Erik.

»Natürlich, Erik. Ich melde mich so schnell wie möglich bei dir.«

Ein paar Stunden später klingelte Eriks Telefon. Es war Dave.

»Hey, Erik. Ich habe etwas gefunden. Es gab Einträge für einen William Corbyn im Jahr 1910. Er tauchte bei einem Brand in einem Städtchen namens Montrose auf, einer Bergbausiedlung. Er rettete Menschen aus einem Hotel und wurde als Held gefeiert, aber dann verschwand er. Danach wird nichts mehr über ihn berichtet. Klingt das nach etwas?«

»Montrose ...« Erik wiederholte den Namen und spürte Aufregung. »Das ist eine Spur. Danke, Dave.«

»Jederzeit, Erik. Und denk dran: Ich warte auf deine große Story. Jetzt aber erst einmal viel Glück.«

Erik legte auf und teilte Amelia und den anderen aufgeregt die Neuigkeiten mit.

»Also gut, Leute«, erklärte er. »Wir haben ein Ziel: Montrose.«

»Packen wir es an«, sagte Joe, dessen Augen trotz seines verletzten Beins vor Entschlossenheit leuchteten.

»Endlich mal ein Fortschritt!«, rief Robin aus.

»Montrose, wo soll das überhaupt sein?«, fragte Candice und sah auf ihrem Smartphone nach. »Aha, Erik, das ist in den Cascade Mountains. Gar nicht so weit von Seattle entfernt. Aber doch ein gutes Stück von Montana.«

Als sie sich auf die Fahrt nach Montrose vorbereiteten, konnte Erik nicht anders, als eine Mischung aus Aufregung und Besorgnis zu empfinden. Würde es ihnen gelingen, den Schatz aufzustöbern, hinter dem Corbyn her war? Er warf einen Blick auf Amelia, die ihm ein Lächeln schenkte.

❄

Erik schritt durch den Raum und überlegte. »Also, wir wissen, dass Orson Corbyn hinter einem verborgenen Schatz in einem Tunnel in den Bergen her ist. Das haben wir von Brooke erfahren. Und jetzt haben wir etwas über William Corbyn gehört, der 1910 in Montrose auftauchte und wieder verschwand.«

»Genau«, stimmte Amelia zu. »Da muss es doch einen Zusammenhang geben, oder?«

»Überlegen wir einmal«, sagte Erik und fuhr sich mit der Hand durch die Haare. »William Corbyn hat sich aus dem Staub gemacht, als er zu viel Aufmerksamkeit auf sich gezogen hat. Es ist möglich, dass er etwas Wertvolles versteckt hat, bevor er verschwunden ist. Und Montrose war eine Bergbausiedlung – es könnte dort eine ganze Reihe alter Minen und Tunnel geben.«

»Gutes Argument«, nickte Candice. »Dann müssen wir also in Montrose nach Hinweisen suchen.«

»Ich weiß nicht so recht«, meinte Robin. »Ich kann mir das nicht vorstellen.«

»Es ist die beste Spur, die wir haben«, antwortete Erik. »Joe, was ist mit dir?« Er hatte das Unbehagen seines Freundes wegen der Beinverletzung bemerkt.

»Oh, nein, Erik, das kommt gar nicht infrage«, mischte sich Candice ein. »Joe ist angeschossen worden und wird dieses Mal aussetzen. Der geht nicht mit.« Joe schaute gar nicht glücklich drein. »Aber ich werde bei ihm bleiben und ihn pflegen. Und für euch bin ich die Einsatzzentrale, stets am Telefon, wenn es etwas gibt.«

»In Ordnung. Wir können gleich morgen früh aufbrechen«, erklärte Erik.

Robin hob besiegt die Hände. »Schon gut, schon gut, du hast mich überzeugt. Aber wenn wir 500 Meilen fahren und nichts finden, behalte ich mir das Recht vor, zu sagen: 'Ich hab's dir ja gesagt.' Und dann mache ich den Song an: 500 Miles away from home.«

Alle am Tisch lachten.

»Na gut«, sagte Candice. »Ich habe eine Idee. Mein Vater hatte doch die Campingausrüstung, die so gut wie unbenutzt in seinem Keller liegt. Ich bin sicher, er hat alles, was ihr für Eure Expedition braucht.«

❄

Nachdem sie sich alle auf den Plan verständigt hatten, fuhren sie zu Candice Vater in sein Geschäft. Er begrüßte sie herzlich und freute sich auch, Erik wiederzusehen, den er im vergangenen Jahr kennengelernt hatte, als er bei Candice in Montana zu Besuch war. Sheriff Watson hatte ihn über die dramatische Rettungsaktion im Sägewerk informiert.

»Ihr habt wirklich Mut bewiesen«, sagte er kopfschüttelnd. »Aber ich muss schon sagen, und das tue ich nicht gern, dass ihr das nächste Mal die gefährlichen

Sachen den Profis überlasst – auch wenn ich weiß, dass ihr Euch wahrscheinlich nicht daran haltet.« Er deutete auf Joe mit seinem Verband am Bein. »Du hast ja nun leider auch ein ziemlich schmerzhaftes Andenken daran abbekommen.«

Candice rollte gutmütig mit den Augen. Sie fragte ihren Vater nach einer Ausrüstung für die Schatzsuche. Er dachte kurz nach, nickte, und erklärte ihr, dass sich im Keller des Hauses die alte Campingausrüstung befinden müsste, in der alles sei, was sie benötigen könnten.

Also machte sich die Gruppe auf den Weg zu Candice Elternhaus. Im Keller rüsteten sie sich mit Campingausrüstung und Taschenlampen aus. Erik hielt eine alte Coleman-Laterne und zog eine Augenbraue hoch.

»Hoffentlich müssen wir uns nicht zu sehr auf die verlassen«, scherzte er.

»Du bist wirklich kein Outdoor-Mensch, Erik«, tadelte ihn Candice scherzhaft. »Das ist eine Benzinlaterne. Die können manchmal zuverlässiger sein, als alle Batterie getriebenen. Die solltet ihr unbedingt mitnehmen.«

Nachdem sie alles sorgfältig in Joes Wagen verstaut hatten, fuhren sie zurück zum großen Farmhaus. Erik drückte Amelias Hand. »Ich weiß, die Chancen sind gering«, sagte er. »Aber ich glaube, wir sind dazu bestimmt, diesen Schatz zu finden.«

Amelia nickte. »Na, da hast du wohl eine Vision gehabt, Erik.«

Candice war sich sicher: »Ich weiß einfach, dass ihr etwas Erstaunliches finden werdet.«

Sie lachten über ihren Enthusiasmus. Candice sah immer das Gute in der Sache.

Joe klopfte Erik auf die Schulter. »Ihr solltet euch etwas ausruhen. Das ist eine lange Fahrt.«

Robin streckte sich und gähnte theatralisch. »Das

musst du mir nicht zweimal sagen. Ich bin bereit, ins Bett zu gehen.«

»Ach nein«, meinte Erik. »Ich hätte nichts gegen einige Bierchen einzuwenden.« Candice war ganz dabei, so kannte Erik sie.

»Joe, hast du etwas zu trinken?«, fragte Candice.

»Natürlich, du weißt, unser Kühlschrank ist immer gut bestückt.«

Die vier saßen noch eine ganze Weile am Küchentisch zwischen ihren Notizen und Karten und tranken Bier. Sie waren fröhlich. »Auf den Reichtum und die Antworten«, sagte Erik und hob sein Glas.

»Oder auf eine leere Mine«, fügte Amelia hinzu.

»Auf Eure Schatzsuche«, sagte Candice schließlich.

❄

Die Morgensonne drang durch die Vorhänge und weckte Erik aus dem Schlaf. Er blinzelte und sah, dass Amelia bereits aufgestanden und angezogen war.

»Raus aus den Federn, Schatzsucher«, sagte sie und beugte sich hinunter, um ihn zu küssen. »Bereit für ein Abenteuer?«

Erik grinste und setzte sich auf. »Mit dir? Immer.«

Sie gingen nach unten, wo Joe ein typisches großes Frühstück mit Eiern, Speck und Röstkartoffeln vorbereitet hatte. Candice und Robin saßen bereits am Tisch und brüteten über einer Karte.

»Morgen!«, sagte Candice fröhlich. »Wir waren gerade dabei, die Route herauszufinden.«

»Ich plädiere für die landschaftlich schönere Strecke«, sagte Erik und gähnte.

»Hier gehts um eine ernste Schatzsuche und nicht um eine Touristenfahrt«, neckte Amelia ihn. Beim Frühstück besprachen sie die bevorstehende Fahrt. Joe schätzte, dass es etwa acht Stunden dauern würde.

Bald hatten sie alles eingepackt, was sie brauchten. Denn auch Joe steuerte noch einige Taschenlampen, Seile und Werkzeug von der Farm bei. Seine Ausrüstung war nagelneu, anders als die, die sie gestern im Keller von Candice Vater eingepackt hatten.

❄

Robins Hände umklammerten das Lenkrad, als sich der Geländewagen über die zweispurige Landstraße schlängelte. Vor ihnen erstreckte sich die endlos wirkende Landschaft von Montana – sanfte, mit Wäldern bedeckte Hügel, zerklüftete Berge, die am Horizont aufragten. Amelia blickte aus dem Beifahrerfenster und ließ ihren Blick über die Landschaft schweifen.

»Kaum zu glauben, dass wir hier draußen auf der Suche nach einem Schatz sind«, sagte Erik und blickte grinsend zu Amelia. Sie drehte sich zu ihm um und strich sich eine Haarsträhne hinters Ohr. »Ich weiß, es kommt mir ein bisschen verrückt vor. Aber nach allem, was wir dieses Jahr durchgemacht haben, überrascht mich das auch nicht mehr, Erik.«

Hinter dem Steuer fragte Robin: »Seid ihr sicher, dass das der schnellste Weg ist? Oder folgen wir Eriks Idee von einer landschaftlich schönen Strecke?«

»Nein, das ist zwar die landschaftlich reizvolle Strecke, aber sie ist nur sieben Meilen länger als der direkte Weg«, sagte Erik. »Was bei 480 Meilen keine große Rolle spielen dürfte.« Sie hatten die Gebirgszüge der Rocky Mountains bereits verlassen und fuhren durch die Ebene in Richtung Spokane im Bundesstaat Washington.

»Denkt daran: Gleich wechseln wir wieder die Zeitzone und haben Pacific Time«, mahnte Amelia.

Eriks Augen blickten in den Rückspiegel. »Ich habe alles überprüft, was ich konnte. Dieser Weg scheint mir die wahrscheinlichste Wahl zu sein.«

Amelia ließ ihre Gedanken schweifen. »Stellt Euch vor, wir würden diesen Schatz finden. Die Belohnung könnte riesig sein. Vielleicht können wir ihn sogar behalten.«

»Hey, ich will auch einen Anteil, wenn du vergrabenes Gold findest«, mischte sich Robin ein. »Ich bin nicht umsonst den ganzen Weg hierhergekommen.«

»Das müssen wir ohnehin noch klären. Die alte Regel, dass ein Schatz dem Finder gehört, gilt nicht mehr. Wir werden ihn wohl abliefern müssen. Das hängt von dem jeweiligen Bundesstaat ab, in dem der Schatz liegt. Aber keine Sorge Robin, wir werden dafür sorgen, dass du deinen Anteil bekommst.«

Der Highway mündete in die Interstate 90 in Richtung Westen. Erik beschleunigte. Amelia fummelte am Radio herum und fand einen klassischen Rocksender. Das Dröhnen von Gitarren und Schlagzeug erfüllte das Fahrzeug, als sie in die Nachmittagssonne fuhren.

❄

Nach acht Stunden kurvenreicher Straßen und atemberaubender Landschaften kamen sie in Montrose an, einer Stadt, die in der Zeit stehen geblieben schien. Die Luft war frisch, und der Himmel warf ein unheimliches Licht auf die verfallenen Gebäude. Die meisten waren aus verwittertem Holz, aber auch einige alte Steinbauten säumten die Straßen. Erik erinnerte das an Virginia City, das er vor einigen Jahren besucht hatte. Nein, es war entschieden unheimlicher als Virginia City.

»Wow«, flüsterte Amelia, als sie den Anblick der einst florierenden Bergbausiedlung auf sich wirken ließ. »Es ist, als würde man in der Zeit zurückgehen.«

»Ja, ein wenig unheimlich finde ich es hier auch«, ergänzte Robin hinter dem Steuer.

»Seht mal, da gibt es ja tatsächlich ein Motel in dieser Geisterstadt«, meinte Erik und deutete auf ein Schild am Ortseingang.

»So richtig unheimlich wie der ganze Ort«, fand Amelia.

»Schwesterherz, du wirst doch keine Angst bekommen«, sagte Robin.

»Keineswegs, ich übernachte auch in der Mine, wenn ich muss.«

»Aber das muss doch nun wirklich nicht sein«, ergänzte Erik.

Als Erik, Amelia und Robin tiefer nach Montrose vordrangen, tauchte die Sonne unter den Horizont, und die Schatten spannten sich über die leeren Straßen. Die alten, von jahrelanger Vernachlässigung gezeichneten Häuser schienen über ihnen zu thronen.

»Kannst du dir vorstellen, hier während der Blütezeit gelebt zu haben?«, fragte Robin, dessen Stimme kaum mehr als ein Flüstern war, als sie an einem weiteren verlassenen Gebäude vorbeikamen.

»Das muss ein toller Ort gewesen sein«, antwortete Amelia, die trotz ihres Mantels leicht zitterte. »Aber jetzt… Es ist wie in einem Horrorfilm.«

»Lasst uns einfach das Motel suchen«, sagte Erik und versuchte, die bedrückende Atmosphäre abzuschütteln, die wie ein Nebel in der Luft zu hängen schien. Schließlich entdeckten sie das kleine Motel am Stadtrand. Das flackernde Neonschild mit der Aufschrift »Motel« war wie ein Leuchtfeuer in der Dunkelheit, das müde Reisende anzog.

»Gott sei Dank«, rief Robin aus, und die Erleichterung war in seiner Stimme zu hören. »Ich glaube nicht, dass ich heute Nacht im Auto schlafen könnte.«

»Also, nichts wie hinein«, sagte Amelia. Sie betraten die bescheidene Lobby, wo sie eincheckten und die Schlüssel für ihre Zimmer erhielten. Nachdem sie sich in ihren Zimmern eingerichtet hatten, schlug Erik vor, dass sie sich im Restaurant des Motels zum Abendessen treffen sollten, um ihre nächsten Schritte zu besprechen.

Beim Essen kamen sie mit dem Gastwirt ins Gespräch. Der alte Ben kannte sich offenkundig aus.

»Entschuldigen Sie«, begann Erik und wandte sich an Ben. »Wir haben uns gefragt, ob Sie etwas über die Geschichte dieser Stadt wissen, insbesondere über die Zeit um 1900.«

»Ah, ja«, antwortete der Gastwirt und seine Augen leuchteten vor Interesse. »Ich selbst bin ein Geschichtsfan. Was wollt ihr wissen?«

»Wir sind einem Mann namens William Corbyn auf der Spur«, erklärte Erik. »Er hat angeblich vor über einem Jahrhundert etwas in einem Tunnel hier in der Gegend versteckt. Sagt Ihnen das etwas?«

»Corbyn, meinst du?«, sinnierte der Gastwirt und strich sich nachdenklich über den Bart. »Ich kann nicht behaupten, diesen Namen schon einmal gehört zu haben, aber es gibt viele alte Minen und Stollen in diesen Bergen. Die meisten von ihnen sind allerdings inzwischen verschlossen oder eingestürzt.« Ben runzelte nachdenklich die Stirn. »Wenn ihr einen Minenstollen sucht, dann ist der Einzige, der noch offen ist, die Last Chance Mine«, sagte er schließlich. »Alle anderen in der Umgebung von Montrose sind vor einigen Jahren bei einem Erdrutsch zusammengebrochen. Seitdem ist dort niemand mehr hineingekommen.«

»Last Chance Mine?«, fragte Erik und tauschte einen Blick mit Amelia und Robin.

»Ja«, antwortete der Gastwirt. »Sie ist schon seit Jahrzehnten verlassen, aber der Eingang ist noch zugänglich. Manche Leute sagen, dass es dort spukt, aber das ist nur Aberglaube«, kicherte er, obwohl ein Hauch von Unbehagen in seinen Augen lag.

»Könnten Sie uns sagen, wie wir dorthin kommen?« erkundigte sich Amelia.

»Natürlich«, sagte Ben und skizzierte eine grobe Karte auf einer Serviette. »Aber seid vorsichtig. Die Mine kann gefährlich sein, besonders für diejenigen, die nicht wissen, was sie tun.«

»Danke«, sagte Erik und steckte die Karte ein. »Wir werden das im Hinterkopf behalten.«

In dieser Nacht, als sie in ihren Motelzimmerbetten lagen, lastete die unheimliche Stille der Geisterstadt auf ihnen. Amelia fröstelte und schlang die Decke fest um ihre Schultern. »Ich hätte nicht gedacht, dass es so unheimlich sein würde«, flüsterte sie Erik zu und ihr Atem stockte.

»Na, na«, murmelte Erik leise und zog Amelia in seine Arme. »Wir haben uns schon öfter Gefahren gestellt, nicht wahr? Uns wird es gut gehen.« Amelia nickte und schmiegte sich an Eriks Brust. Als sich ihre Körper aneinander pressten, begannen sich ihre Ängste aufzulösen und wurden von einer wachsenden Leidenschaft verdrängt. Ihre Lippen trafen sich in einem Kuss. Als wollten sie die Geister, die Montrose heimsuchten, vertreiben.

Währenddessen saß Robin in seinem Zimmer nebenan, hörte dem Wind zu und blätterte in einer alten Broschüre, die er in der Lobby des Motels gefunden hatte. Er wurde das Gefühl nicht los, dass sich in den Seiten etwas Wichtiges verbarg. Doch als er nichts fand, schlief auch er schließlich ein.

❄

Am Morgen wachte Erik mit einem Ruck auf. Amelia lag neben ihm, ihre Züge im Schlaf ganz entspannt. Er strich ihr eine Haarsträhne aus der Stirn und küsste sie sanft.

»Zeit zum Aufstehen«, flüsterte er. »Wir haben eine Mine zu erkunden.«

»Richtig«, murmelte Amelia und öffnete langsam die Augen. »Die Mine der letzten Chance.«

Sie trafen Robin in der Cafeteria des Motels. Beim Frühstück besprachen sie ihren Plan. »Lasst uns keine Zeit verschwenden«, erklärte Erik und trank seinen Kaffee aus.

»Hört, hört«, sagte Robin und auch Amelia stimmte zu. Ihrer Furcht vom Vorabend war Entschlossenheit gewichen. Das Trio machte sich auf den Weg zur Mine der Letzten Chance, angetrieben von dem Wunsch, das Geheimnis von William Corbyn ein für alle Mal zu lüften.

Die kalte Morgenluft zerrte an ihren Gesichtern, als sie den Wagen am Rande des Ortes stehen ließen und durch das zerklüftete Gelände stapften. Ihre Atemzüge waren in der frostigen Atmosphäre sichtbar. »Diesem Faltblatt zufolge«, sagte Robin, dessen Stimme durch seinen Schal leicht gedämpft war, »war die Last Chance Mine in ihrer Blütezeit eine der wohlhabendsten Silberminen der Gegend.«

»Wirklich?«, fragte Amelia neugierig. »Was ist passiert?«

»Die Silbervorkommen gingen zur Neige und die Mine wurde 1905 geschlossen«, antwortete Robin und warf einen Blick zurück auf das Faltblatt. »Danach ging es mit dem Vermögen der Stadt bergab. Denn auch die anderen

Minen waren bald erschöpft. Kein Wunder, dass Montrose zu einer Geisterstadt wurde.«

Erik runzelte die Stirn, tief in Gedanken versunken. »Das ist interessant, denn Corbyns Eintrag in der Zeitung stammt aus dem Jahr 1910. Er könnte hier fünf Jahre nach der Schließung der Mine etwas versteckt haben.«

»Hoffen wir, dass wir finden, was wir suchen, bevor es jemand anderes tut«, murmelte Amelia und warf einen misstrauischen Blick über ihre Schulter. Der klaffende Eingang tauchte vor ihnen auf, ein dunkler Abgrund, der das Tageslicht zu verschlucken schien. Von der Decke hingen sogar einige Stalaktiten, die vor Feuchtigkeit glitzerten, und die Wände waren glitschig vom Kondenswasser.

»Bleibt in der Nähe, Ihr beiden«, meinte Erik und schaltete seine Taschenlampe ein. »Wir wissen nicht, was uns hier unten begegnen könnte.« Sie traten in die Mine ein und ließen die sonnige Welt hinter sich. Die Luft im Stollen war feucht und kühl, es roch nach Erde und Verwesung. Auf dem unebenen Boden befanden sich Wasserpfützen und das Geräusch von tropfendem Wasser hallte durch den höhlenartigen Raum.

»Seht euch diese alten, verrosteten Loren an«, flüsterte Robin und leuchtete mit seiner Taschenlampe auf die verlassenen Geräte.

»Lasst uns weitergehen«, drängte Amelia, in deren Stimme wieder ein gewisses Unbehagen mitschwang. Als sie tiefer in die Tunnel vordrangen, drehten und wendeten sich die engen Gänge und erzeugten ein unheimliches Gefühl der Orientierungslosigkeit. Das Gewicht des Berges drückte förmlich auf sie herab.

»Pass auf!«, rief Erik, der Amelia gerade noch rechtzeitig festhielt, um zu verhindern, dass sie über einen eingestürzten Teil des Tunnels stolperte. »Sieht so aus, als wären einige Teile instabiler als andere.«

»Danke«, sagte Amelia. Sie schenkte Erik ein Lächeln, das schnell verblasste, als sie sich umschaute. »Dieser Ort ist mir unheimlich.«

»Konzentrieren wir uns auf die Schatzsuche«, riet Erik, dessen Hand Amelias Arm immer noch fest umklammert hielt. »Wir müssen herausfinden, worauf Corbyn aus war.«

»Richtig«, stimmte Robin zu, sein Gesicht war entschlossen. »Lasst uns jeden Winkel dieser Mine durchsuchen, bis wir ihre Geheimnisse aufdecken.« Erik, Amelia und Robin navigierten weiter durch den dunklen, feuchten Tunnel. Es wurde kälter und ein modriger Geruch erfüllte die Luft, während sie vorwärtsgingen. Die Strahlen ihrer Taschenlampen tanzten über die rauen Wände und enthüllten Flecken von Schimmel und Verfall.

»Seht euch das an«, sagte Erik und deutete auf den steil abfallenden Boden im Tunnel. Am Boden hatte sich Wasser angesammelt, dessen Oberfläche unheimlich still war. Als sie sich über den Rand beugten, konnten sie riesige Felsbrocken unter dem klaren Wasser sehen.

»Verdammt«, murmelte Robin. »Die Mine ist hier eingestürzt. Da kommen wir auf keinen Fall durch. Selbst wenn wir eine Taucherausrüstung hätten und geübt im Höhlentauchen wären, was wir nicht sind.«

Amelia runzelte die Stirn, ihre Enttäuschung war offensichtlich. »Und was jetzt? Wir haben hier jeden Zentimeter abgesucht und nichts gefunden.«

»Lass uns zurück ins Tageslicht gehen. Wir haben uns eine Pause im Saloon im Ort verdient.«

❄

Zurück in dem einzigen Lokal von Montrose am Motel saß das Trio um einen Tisch herum, trank Kaffee und grübelte vor sich hin. Erik unterbrach das Schweigen, seine Stimme war von Frustration geprägt. »Vielleicht ist der Schatz gar nicht in Montrose. Vielleicht ist er in einem ganz anderen Berg.«

»Oder vielleicht jagen wir auch nur Geister«, fügte Amelia hinzu und blickte in die Ferne.

»Kommt schon, Leute, gebt noch nicht auf«, ermutigte Robin sie. »Es muss etwas geben, das wir übersehen haben.«

Erik nickte, entschlossen, ihre Bemühungen nicht umsonst gewesen sein zu lassen. Er wandte sich an Gastwirt Ben und bat ihn um eine Karte der Umgebung. Ben kam ihm entgegen und breitete eine abgenutzte Karte auf dem Tresen aus.

»Können Sie uns noch etwas über die Berge hier erzählen?«, fragte er den Gastwirt und fuhr mit dem Finger die Konturen der Gipfel nach.

»In den meisten dieser Berge gibt es irgendwelche Minen«, begann Ben. »Aber wenn Sie nach Tunneln suchen, sollten Sie sich den Stevens Pass ansehen. Dort gibt es einen alten Eisenbahntunnel, der schon 1928 aufgegeben worden war.«

»Ist das der mit dem Lawinenunglück?«, fragte Erik.

»Ja, genau der, wo im Februar 1910 bei Wellington die Lawine hinuntergegangen ist.«

Amelia schaute ihn verständnislos an. Erik fügte hinzu: »Das war ein sehr tragisches Unglück. Da kamen über 90 Menschen ums Leben. Einige Jahre später begann die Eisenbahn, einen neuen Tunnel zu bauen, der das Massiv unterquerte. Aber der alte dürfte noch da sein. Das könnte es wirklich sein.«

»Stevens Pass - wie weit ist das von hier?«

»Weit ist es nicht, mit dem Auto – vielleicht ein, zwei Stunden.«

Erik kam eine Idee. »Könnte Corbyn von dort gekommen sein?«, fragte er.

»Alles ist möglich«, sagte der Gastwirt. »Ja, das könnte damals eine Tagesreise gewesen sein.«

»Vielleicht ist das die Spur, die wir suchen. Danke für die Information«, sagte Erik, faltete die Karte zusammen und steckte sie in seine Tasche. Er drehte sich zu Amelia und Robin um, und in seinen Augen leuchtete Entschlossenheit. »Lasst uns etwas ausruhen.«

»Noch eine Nacht in der Geisterstadt?«, fragte Amelia.

»Na, so schlimm war die letzte Nacht doch gar nicht. Und für heute ist es zu spät, um zum Stevens Pass zu fahren. Morgen fahren wir dorthin.«

»Klingt nach einem Plan«, stimmte Robin zu und hob seinen Kaffeebecher zu einem Toast. »Auf das Abenteuer!«

❄

KAPITEL 12

Stevens Pass

Der Weg zum alten Tunnel in den Cascade Mountains war tückisch, denn die Straße schlängelte sich bedrohlich an steilen Hängen entlang. Robin hatte das Lenkrad fest im Griff, während sie Haarnadelkurven und bröckelnde Kanten durchfuhren. Stellenweise waren Felsbrocken von oben herabgestürzt und ließen sie auf die eine oder andere Seite ausweichen. »Die Karte hat nicht gescherzt. Auf ihr stand, die Straße sei fast unpassierbar«, stellte Robin fest.

Erik stemmte sich mit großen Augen auf dem Rücksitz hoch. »Kein Problem, ich halte mich gut fest.«

»Wir müssen nah dran sein«, sagte Amelia und schaute auf ihr Smartphone. »Nur noch ein paar Meilen laut dieser Karte.«

Robin schaltete einen Gang zurück, als der Geländewagen eine besonders steile Steigung hinaufkroch und die Räder auf dem losen Schotter durchdrehten. »Hier scheint erst jüngst ein Steinschlag heruntergegangen zu sein«, sagte er. »Aber wir kommen hier durch.« Mit einem letzten Ruck erklommen sie den Kamm. Vor ihnen, eingebettet zwischen den Gipfeln, lag der dunkle Eingang des verlassenen Tunnels.

»Da ist er!«, rief Amelia aus. Sie drehte sich zu Erik um. »Ich kann nicht glauben, dass wir ihn tatsächlich gefunden haben.«

Erik grinste. »Ich kann es nicht fassen, dass hier einmal eine Eisenbahn durchführte.« Vor dem Tunnel war eine lange Lawinengalerie zu sehen. »Immerhin haben sie die schon aus Beton gefertigt. Die müsste aus der Zeit nach dem Lawinenunglück von Wellington stammen.«

Sie parkten in der Nähe des Tunneleingangs, kletterten hinaus und atmeten die frische Bergluft ein. Robin hatte sich einen Rucksack über die Schultern geschnallt, während Erik und Amelia ihre Stirnlampen aufsetzten.

»Gut, mal sehen, was du da drin hast«, sagte Erik zu Robin.

Robin öffnete den Reißverschluss des Rucksacks und holte Vorräte heraus. »Taschenlampen, Leuchtpistole, Energieriegel, Erste-Hilfe-Kasten, Walkie-Talkies ...«

»Oho, Walkie-Talkies!«, sagte Amelia lachend. »Damit können wir über Funk um Hilfe rufen, wenn wir in Schwierigkeiten geraten.«

»Was wir nicht tun werden«, versicherte Erik ihr. Er knipste seine Stirnlampe an und warf einen hellen Scheinwerfer auf den sich abzeichnenden Tunnel. »Lass uns einen Schatz suchen.«

Amelia zögerte und spähte in die klaffende Dunkelheit. »Es sieht so unheimlich aus da drin«, sagte sie nervös.

Erik legte ihr beruhigend die Hand auf die Schulter. »Keine Sorge, wir werden immerzu bei dir sein. Stimmt's, Robin?«

»Auf jeden Fall«, sagte Robin. »Ich stehe hinter dir, Schwesterherz.«

Sie näherten sich dem Tunneleingang, ihre Lampen

beleuchteten das bröckelnde, mit Moos und Spinnweben übersäte Mauerwerk. Ihre Schritte hallten unheimlich von den Wänden wider. Amelia schauderte.

»Ist dir kalt?«, fragte Erik.

»Nein, ich habe mich nur gegruselt«, gab Amelia zu. »Lass uns weitergehen.«

Sie drängten tiefer in den Tunnel, duckten sich unter freiliegenden Rohren und stiegen über Trümmer. Die Strahlen der Taschenlampe tanzten über die Wände und warfen flackernde Schatten. Irgendwo tropfte rhythmisch Wasser.

»Schon ein Hinweis auf einen vergrabenen Schatz?« scherzte Robin, seine Stimme hallte wider.

»Noch nicht«, antwortete Erik. »Aber der Tunnel zieht sich kilometerweit hin.«

Amelia ging dicht neben Erik, getröstet von seiner Präsenz. Mit ihm und ihrem Bruder an ihrer Seite fühlte sie sich sicher genug, um die unterirdische Suche fortzusetzen. Sie gingen tiefer in hohen Tunnel, ihre Schritte hallten von den kalten Steinwänden wider. »Dieser Ort ist mir unheimlich«, flüsterte Amelia.

»Es ist unheimlich«, stimmte Erik zu, »aber denk nur an den Schatz, der hier unten versteckt sein könnte.«

In diesem Moment rief Robin von vorne. »Hey, ich glaube, ich habe etwas gefunden!«

Erik und Amelia beeilten sich, zu ihm aufzuschließen. Robins Taschenlampe war auf einen Teil der Wand gerichtet und beleuchtete ein seltsames Symbol, das in den Stein gemeißelt war.

»Was bedeutet es wohl?«, fragte Amelia.

Erik betrachtete das Symbol genau. »Ich bin mir nicht sicher, aber es muss eine Art Hinweis sein.« Er holte ein Notizbuch und einen Bleistift aus seinem Rucksack und schrieb das Symbol sorgfältig ab. Die nächste halbe Stunde durchsuchten die drei die Wände und den Boden um das Symbol herum nach weiteren Hinweisen. Erik und Amelia steckten ihre Köpfe zusammen und versuchten, die Bedeutung hinter der Inschrift an der Felswand zu entschlüsseln.

»Was, wenn es eine Richtung anzeigt?« schlug Amelia vor. »Wie ein Pfeil, der den Weg zeigt?«

»Du könntest Recht haben«, sagte Erik. »Lass uns in diese Richtung gehen und sehen, ob wir etwas finden.«

Robin schüttelte amüsiert den Kopf, während er ihnen zusah. »Ihr zwei seid ein ziemlich gutes Team«, sagte er.

Erik grinste Amelia an. »Das sind wir, nicht wahr?« Sie lächelte stolz zurück. Mit Eriks Entschlossenheit und ihrer eigenen Unverwüstlichkeit war Amelia sicher, dass sie dieses Geheimnis lüften könnten.

Doch als sie trotz ihrer gründlichen Suche das andere Ende des Tunnels erreichten, traten sie dort wieder ins Tageslicht. Sie hatten außer dem Symbol an der Tunnelwand überhaupt nichts finden können. Sie kamen ins Freie und blinzelten angesichts der Helligkeit des Tages, nachdem sie so lange in der Dunkelheit gesucht hatten. Unter ihnen konnten sie kilometerweit die Wälder des Kaskadengebirges sehen und die Ruinen des Ortes namens Wellington, in dem sich einst die Lawinenkatastrophe abgespielt hatte. Die Gruppe fand keinen verborgenen Schatz unter der Erde, und sie waren alle enttäuscht. »Es war wohl zu schön, um wahr zu sein«, sagte Erik traurig.

Aber Amelia hatte einen Funken Inspiration in ihren Augen. »Nicht unbedingt«, erwiderte sie. »Vielleicht müssen wir es einfach noch einmal betrachten ... aus einer anderen Perspektive.« Erik und Robin waren neugierig, was sie meinte, aber Amelia lächelte und winkte ihnen, noch ein Mal in den Tunnel zu folgen. »Mit Perspektive meine ich, dass wir jetzt von West nach Ost gehen, und uns dabei die Wände noch einmal genau ansehen.«

❄

Die Luft wurde wieder kälter und feuchter, je tiefer sie in den Untergrund vordrangen. Nach zwanzig Minuten Fußmarsch blieb Erik abrupt stehen. »Seht ihr das?«, fragte er. Amelia und Robin schüttelten ihre Köpfe. Erik drehte sich um und hielt seine Hand gegen den rauen Felsen. Er zeigte mit seiner Taschenlampe auf einen Teil des Tunnels: Felsbrocken lagen an der Seite. »Hier hat es wohl einen Einbruch gegeben«, stellte Erik fest. Die großen Gesteinsbrocken lagen an der Wand. »Es gibt hier einen Luftstrom«, sagte er aufgeregt.

Robin suchte den Boden ab. »Sieh mal Erik, das sieht hier so aus, als ob der Tunnel hier breiter geworden wäre – viel breiter.«

Erik und Robin tasteten am Boden, während Amelia die starke LED-Taschenlampe hielt. »Natürlich, die Wand geht etwas zurück, bevor der Steinrutsch alles begraben hat. Da muss etwas sein«, stellte Erik fest.

»Netter Fund!«, sagte Amelia. Die beiden suchten den etwa 15 Meter langen Geröllhaufen ab. An der anderen Seite war nichts zu sehen, dort setzte sich die Tunnelwand aus rohem Gestein fort.

»Hier könnte also etwas sein«, stellte Robin fest. Er zog prüfend an einem der kleineren Brocken. »Die lassen sich bewegen, auch wenn es nach ziemlicher Arbeit aussieht.«

»Tja, Männer, jetzt kommt es offenbar zum Schwur«, sagte Amelia. »Wie ernst meinen wir es mit unserer Schatzsuche?«

»Dann müssen wir graben«, stellte Erik fest.

»Ich halte dir auch die Lampe«, gab Amelia zurück.

»Ok, wir versuchen es«, sagte Robin und zog seine Jacke aus. In seinem Rucksack hatte er Handschuhe.

»Du bist ja wirklich gut vorbereitet«, gab Erik zurück.

»Ja, da ist auch ein Paar für dich dabei.«

Erik und Robin begannen mit der Arbeit. Sie nahmen die Steine von der Wand, die den Weg zu versperren schienen, während Amelia die LED-Lampe hielt. Doch nach zwanzig Minuten wurde ihr das zu eintönig. »Ich kann Euch nicht beim Graben zusehen, wenn ich hier herumstehe«, sagte sie. Aus dem dritten Rucksack nahm sie die alte Coleman-Leuchte. »Mal schauen, ob ich die nicht zum Laufen bekomme.« Amelia pumpte das Benzin im Tank auf Druck und zündete vorsichtig den Glühstrumpf an. Mit einem Zischen strömte das Benzin aus der Öffnung und der Glühstrumpf fing sofort Feuer.

»Das ist ja unglaublich hell«, meinte Erik.

»Ja, das ist eine Starklichtlampe« stellte Robin fest. »Nicht das Schlechteste, was Candice Vater da in seiner Ausrüstung hat. Und es macht uns die Arbeit leichter als die LED-Funzel.«

Im Schein der alten Coleman-Lampe war der Abschnitt des Tunnels, in dem sie gruben, deutlich ausgeleuchtet und die Wand erkennbar. Nun gruben sie zu dritt: Robin und Erik lösten die Felsbrocken und mit Amelias Hilfe hoben sie die Steine in den Tunnel. »Puh, ist der schwer«, meinte Amelia, als sie einen dicken Brocken zu fassen bekamen. Aber sie gruben sich weiter durch – wenn auch scheinbar unendlich langsam. Nach zwei Stunden hielten sie in ihrer Arbeit inne. Robin sah auf seine Uhr. »Wisst ihr was, es ist schon nach acht Uhr abends. Ich schlage vor, wir hören jetzt auf.«

Erik fiel es schwer, sich von dem Steinrutsch zu lösen. Er hielt die Hand prüfend vor eine Ritze zwischen den Brocken. Dann holte er sein Feuerzeug heraus und zündete es an. Die Flamme zog ganz klar in Richtung des Steinrutsches. »Da seht ihr es: Da ist etwas.«

»Ja, das stimmt. Aber lass uns für heute Pause

machen«, entgegnete Amelia. »Die lange Fahrt, die Suche und jetzt das Steinschichten, das hat mich ganz schön müde gemacht.« Obwohl Erik am liebsten die halbe Nacht weitergegraben hätte, zwangen sie sich, aufzuhören. Sie packten ihre Sachen und gingen den langen Tunnel zurück.

Als sie endlich aus dem Tunnel herauskamen, wurde es draußen dunkel. Die Sonne senkte sich langsam unter den Horizont und tauchte den Himmel in ein schwaches, orangefarbenes Licht. Nach einem langen Tag des Suchens unter der Erde beschloss die Gruppe, ihr Lager in der Nähe des Tunneleingangs aufzuschlagen. Dort konnten sie die beiden alten Zelte aufbauen, um die Nacht zu verbringen.

Erik und Robin waren gespannt, was der nächste Tag bringen würde, und zündeten ein kleines Lagerfeuer an. »Haben die Herren Lust auf ein Abendessen?«, fragte Amelia.

»Was gibts denn?«, gab ihr Bruder zurück.

»Nun, wir haben die volle Auswahl an Dosen. »Spaghetti with Meatballs«, las sie von einer Dose vor. »Das sollte doch gehen, oder?«

»Hauptsache etwas Warmes«, entgegnete Robin.

Sie saßen alle um das Feuer herum und sprachen über das, was sie an diesem Tag gesehen hatten. Von den geheimnisvollen Zeichen an der Tunnelwand bis zu dem Steinrutsch – Erik hatte Recht behalten, dies schien eine Spur zu sein. Nach dem Essen beobachteten sie, wie Tausende Sterne allmählich den Nachthimmel über ihnen bedeckten. Soweit sie sehen konnten, war keine andere Menschenseele in Sicht – nur sie allein in ihrer eigenen kleinen Ecke der unberührten Wildnis.

❄

Am nächsten Morgen strahlte die Sonne in ihrer ganzen Pracht über den Berggipfeln des Staates Washington. Die Vögel zwitscherten hoch oben in den Bäumen, und eine leichte Brise rauschte durch die umliegenden Wälder. Erik und Amelia waren früh aufgestanden, um Kaffee zu kochen, während Robin Holz für ein Feuer sammelte. Gemeinsam frühstückten sie und beobachteten, wie sich der Tag vor ihnen entfaltete. Erik holte tief Luft. »Das wird ein toller Tag«, sagte er.

»Das hoffst du wohl, du Schatzsucher«, neckte Amelia ihn. »Du träumst bestimmt davon, heute Abend ein reicher Mann zu sein.« Erik konnte nicht umhin, sich vorzustellen, wie sie den Schatz finden würden. »Ich weiß es genau, du stellst dir gerade vor, dass wir einen riesigen Schatz im Tunnel finden«, neckte Amelia ihn weiter.

»Das habe ich mir auch gerade vorgestellt: Gold, Juwelen und uralte Schmuckstücke«, fügte Robin hinzu. Sie lachten. Mit neu gewonnener Entschlossenheit schulterten Erik und Robin ihre Rucksäcke und packten ein paar Vorräte ein. Amelia folgte dicht hinter ihnen mit der alten Coleman-Laterne für den Fall der Fälle. »Schade, gleich ist der schöne, sonnige Tag wieder draußen«, meinte Amelia, als sie zurück gingen. Einer nach dem anderen traten sie durch das Tunnelportal. Die Temperatur sank noch mehr, als sie in den Tunnel hineingingen. Ihr Atem war vor ihren Augen zu sehen.

»Brr, es ist eiskalt hier drin«, murmelte Amelia und schlang ihre Arme um sich. »So kalt war es gestern nicht.«

»Es muss wohl abgekühlt sein im Berg. Na ja, uns wird beim Abschichten der Steine schon warm werden.«

Und wirklich, als sie zwanzig Minuten später die Arbeit des gestrigen Tages fortsetzten, wurde ihnen erst warm und dann heiß. Stück für Stück entfernten sie die Brocken, die an der Wand des Tunnels lagen. Es sollte noch gut zwei

Stunden dauern, bis Erik schließlich einen Stein aus der Mitte zog und sah, dass dahinter ein dunkles Loch gähnte. »Gib mal die Taschenlampe her«, sagte er zu Robin. Dann leuchtete er in die Öffnung hinein. »Das gibt es doch nicht. Dahinter ist wirklich ein zweiter Tunnel«, stellte er voller Aufregung fest. Robin zwängte sich neben ihn.

»Da liegen sogar noch Schienen am Boden«, sagte er. Tatsächlich, stellte Erik fest, ein Schienenstrang verschwand in der Dunkelheit. Also taten sie, was ihnen übrig blieb: Sie packten die Steine am Rande der Öffnung, lockerten sie und entfernten sie aus der Wand – bis nach langer, schweißtreibender Arbeit ein Durchgang offen war, so groß, dass sie nacheinander hindurchsteigen konnten. »Es ist so weit«, sagte Erik feierlich. »Meine lieben Schatzsucher, ich präsentiere Euch: den geheimnisvollen Zweigtunnel.«

Amelia lachte und auch Robin grinste. »Können Sie uns weitere Abenteuer versprechen?«

»Ich denke schon, wenn Sie mir jetzt bitte folgen würden.« Sie stiegen durch die Öffnung und knipsten ihre Taschenlampen an. Erik betrachtete die Wände in dem Tunnel hinter dem Steinschlag. »Das ist eindeutig ein zweiter Eisenbahntunnel, der hier verläuft. Ist ja auch nicht verwunderlich, wenn ich an die Schienen auf dem Boden denke.«

»Wir müssen einen Hintereingang gefunden haben«, sagte Amelia. »Das könnte zum Schatz führen.«

Robin nickte. »Es gibt nur einen Weg, das herauszufinden.« Ihre Schritte hallten durch die Dunkelheit, die nur von den Kegeln der Taschenlampen durchschnitten wurden, während sie den Tunnel entlanggingen.

»Dieser Ort ist unglaublich«, murmelte Erik und ließ den Strahl seiner Taschenlampe über schwere Holzbalken und dicke Spinnweben gleiten.

»Sehen wir mal nach, wohin die Gleise führen«, schlug

Amelia vor. Vorsichtig folgten sie den Schienen tiefer in den Berg hinein. Die Luft war kalt und roch schwer nach feuchter Erde. Vor ihnen glitzerte Eriks Licht auf etwas Metallischem, dem sie langsam näher kamen. Nach einigen Metern konnten sie erkennen, was da vor ihnen stand: Ein uralter Eisenbahnwaggon, der mitten auf den Gleisen ruhte.

»Was haben wir denn da?«, meinte Erik. »Der muss hiergeblieben sein, als der Zugang zum Tunnel eingestürzt war.«

»Jackpot«, grinste Robin.

Sie eilten vorwärts, voller Erwartung.

❄

Die drei kletterten über den Einstieg in den staubigen alten Zugwaggon und schwenkten ihre Taschenlampen hin und her. Der Waggon schien einst sehr luxuriös gewesen zu sein, mit Samtsitzen und kunstvollen Holzarbeiten, aber jetzt war er voller Spinnweben und Schmutz.

Die Wände waren mit kunstvollen Schnitzereien verziert, die verschiedene Szenen aus dem Alltagsleben um 1900 darstellten. Selbst nach all den Jahren waren die Farben noch lebendig und schön, wenn auch verblasst. Unter einem der Fenster war eine Szene zu sehen, in der zwei Personen eine Truhe in einen Zugwaggon luden, der sich gegen die aufgehende Sonne abzeichnete. Es war fast so, als hätte man diesen Zug hier stehen lassen, damit sie ihn finden.

Erik sah sich ehrfürchtig um und nahm alles in sich auf, während Amelia mit ihren Fingern über die samtenen Polster fuhr und Robin versuchte, den festsitzenden Türgriff eines alten Schranks an einer Wand zu bewegen. Plötzlich spürte er, wie etwas in seine Hand glitt, und als er seine Taschenlampe näher heranzog, sah er, dass es ein rostiger Schlüssel war. Doch wo gab es ein Schloss für den Schlüssel?

»Lasst uns überall suchen«, sagte Amelia aufgeregt. »Unter den Sitzen, in den Gepäckfächern.« Sie teilten sich auf, um alle versteckten Fächer zu entdecken. Erik hebelte einige lose Bodenbretter auf, während Robin an die Wände klopfte, um nach hohlen Stellen zu lauschen. Nach fast einer Stunde erfolgloser Suche versammelten sie sich entmutigt in der Mitte des Wagens. »Nichts«, seufzte Robin. »Nicht einmal ein Hinweis.«

»Es muss etwas geben, das wir übersehen haben«, sagte Amelia.

Erik leuchtete mit seinem Licht den Tunnel entlang. »Schauen wir uns doch einmal tiefer im Tunnel um. Vielleicht gibt es ja dort etwas.« Sie gingen weiter und schon nach einigen Metern fielen die Lichtstrahlen ihrer Taschenlampen auf ein zweites großes Fahrzeug, das wieder mitten im Tunnel auf den Schienen stand. Amelia blieb der Mund offen stehen und auch Erik und Robin hielten die Luft an.

Eine riesige Dampflokomotive stand mitten im Eisenbahntunnel. Sie stapften vorwärts und blieben daneben stehen.

»Damit hätte ich jetzt wirklich nicht gerechnet«, sagte Robin.

»Das muss so etwas wie eine Mikado sein«, meinte Erik, »aber sicher bin ich mir nicht. Was macht die hier?«

»Die muss genauso wie der Passagierwagen hier einfach vergessen worden sein«, schätzte Amelia. Sie kletterten die riesige Dampfmaschine hinauf. Die rostbedeckte Lokomotive saß ruhig in der Dunkelheit, und die drei waren erstaunt, dass sie so lange unentdeckt geblieben war. Sie musste vor vielen Jahrzehnten dort abgestellt worden sein. Ihr glattes, schwarzes Äußeres war mit goldenen Nadelstreifen verziert. Um die Dampfpfeife herum waren noch schwache Silberstreifen zu erkennen.

Bei näherer Betrachtung konnten sie die Anzeigen auf dem Armaturenbrett und verblasste Steuerhebel in der Kabine ausmachen. Eine Sitzbank säumte beide Seiten und erinnerte an vergangene Zeiten. Als sie ihren unwahrscheinlichen Fund betrachteten, lachte Erik ungläubig auf. »Wir sind gerade über ein Stück Geschichte gestolpert.«

Die Erkundung ging weiter. Obwohl die Lokomotive schon vor langer Zeit aufgegeben worden war, erinnerte ihr rostiges Äußeres noch immer an ihre frühere Pracht und Größe. Sie bemerkten auch, dass der Tunnel mit zunehmender Tiefe abzufallen schien. »Eine seltsame Erscheinung, wenn man bedenkt, dass die meisten Eisenbahntunnel auf gleicher Höhe verlaufen. Diese Gleise hingegen scheinen in unbekannte Tiefen zu führen«, sagte Robin.

»Hier drüben!« Erik spähte in einen kleinen Spalt zwischen zwei großen Felsbrocken. »Ich glaube, das könnte irgendwo hinführen.«

❄

»Hörst du das?«, fragte Amelia. Robin spitzte die Ohren.

»Erik, komm mal her. Da ist etwas«, meinte er.

Die drei standen zusammen in der Mitte des Tunnels und lauschten. Dann hörten sie es alle drei: Erst war es leise, dann schien es näherzukommen. Es war das Knattern von Motorrädern.

»Im Tunnel fahren Motorräder?«, fragte Amelia.

»Hört sich ganz danach an, als ob hier irgendjemand mit Motorrädern unterwegs ist«, schätzte Robin. »Das können natürlich irgendwelche Spinner sein, die hier die Geländegängigkeit ihrer Maschinen ausprobieren.«

»Oder …«, sagte Erik, und sein Gesicht wurde fahl. »Oder es sind andere Motorradfahrer.«

»Wen meinst du?«, fragte Amelia.

»Denk doch mal an das üble Sägewerk zurück. Da haben wir nach dem Einsatz plötzlich Motorräder gehört …«

»Und anschließend war Orson Corbyn verschwunden.«

»Du meinst, dass da hinten eine Motorradgang aufzieht?«

Das Knattern wurde lauter, jetzt war es deutlich in dem dunklen Tunnel zu hören. »Was machen wir?«, fragte Amelia.

»Mit ihren Maschinen werden sie wohl kaum durch unser Loch passen. Also haben wir vielleicht noch etwas Zeit«, schätzte Erik. »Da hinten war eben ein Seitentunnel. Da könnten wir uns verstecken.«

❄

Smith rollte mit seiner kräftigen Enduro noch einige Meter weiter an den Steinhaufen heran, dann stoppte er die Maschine. Seine drei Kumpanen bremsten ihre Geländemotorräder ebenfalls. Die Scheinwerfer zeigten auf die Tunnelwand und auf den Durchbruch, den Erik, Amelia und Robin vorher gegraben hatten. »Was haben wir denn da?«, fragte Smith.

»Sieht so aus, als hätten sich fleißige Mäuse einen kleinen Abzweig gegraben«, meinte einer seiner Kumpanen, ein grobschlächtiger Mann, der die gleiche Lederkluft wie Smith selbst trug. »Das müssen die beiden flüchtigen Zeugen sein, nach denen Orson Corbyn sucht. Ich hätte nicht gedacht, dass die so dumm sind, hierherzukommen.«

»Das wird den Boss nicht freuen, dass sie ihm zuvor gekommen sind.«

»Aber er war sich doch sicher, dass niemand von dem Tunnel weiß.«

»Das muss ihnen dieses Miststück Brooke verraten haben. Die hatte wohl etwas mitbekommen. Sie hat den Bullen ja auch gesteckt, dass der Boss in dem Sägewerk war.«

»Wo wir ihn noch herausholen konnten.«

»Diese Enduros machen sich immer mehr bezahlt. Wer hätte gedacht, dass wir mit ihnen durch diesen Tunnel brausen können.«

Smith schaute sich den Durchbruch in der Wand an. »Hey, ihr da drinnen«, brüllte er mit ganzer Kraft. »Kommt lieber da raus. Dann haben wir vielleicht Nachsehen mit Euch.« Seine Kameraden lachten dreckig. Dass sie die Eisenketten von ihren Maschinen nahmen, zeigte, dass sie bestimmt nicht nachsichtig sein wollten.

Doch nach einigen Minuten passierte nichts und Smith überlegte, ob sie ihnen nachstehlen sollten. »Das könnte aber auch gefährlich werden«, mahnte ihn sein zweiter Mann.

»Stimmt. Wer weiß, was da alles in dem alten Tunnel ist, mit dem sie auf uns losgehen könnten.«

»Hey Boss, was ist denn mit diesem Steinhaufen?«, fragte der dritte Motorradfahrer und zeigte auf den Durchbruch. »Wir hätten da doch noch eine Möglichkeit.«

Smith überlegte und grinste dann böse. »Ganz genau. Wir setzen sie einfach fest in ihrem Tunnel. Wie die Ratten in der Falle. Dann gibt es kein Entkommen, und sie können den Schatz nicht fortschaffen.«

Smith ging zur Satteltasche seiner Maschine. Er wühlte etwas herum. Dann holte er eine lange Lunte hervor. »Bringen wir besser die Maschinen und uns selbst in

Sicherheit«, meinte er. »Die hier ist bestimmt 30 Meter lang«, sagte er und hielt die Zündschnur hoch. Sein Kompagnon nahm das Feuerzeug und zwei rote Stangen Dynamit aus der Tasche.

❄

Erik, Amelia und Robin hatten sich in einen kleinen Nachbartunnel verzogen. Sie kauerten dicht beieinander und hofften, sich dort verstecken zu können. Gerade als Erik die LED-Lampe einmal kurz anknipsen wollte, um sich umzusehen, wurden sie von einem ohrenbetäubenden Knall aufgeschreckt, dessen Echo durch den Tunnel hallte. Auf den Knall folgte ein dumpfes Donnern, das von weit entfernt zu kommen schien, und doch laut war. Sie blickten zum Eingang des Seitentunnels, und als Erik die Taschenlampe anknipste, sahen sie eine Staubwolke vorbeiziehen. »Was ist das denn?«, fragte Amelia ungläubig.

»Los, schnell, lass uns tiefer in den Seitentunnel«, rief Erik. Die Staubwolke schien ihnen zu folgen und scharfe Felsen prasselten herunter. Der Lärm wurde immer lauter, bis es sich anfühlte, als würde der Berg einstürzen. Schließlich hörte das Grollen auf und es blieb nur noch Stille. Erik leuchtete den Weg zurück, den sie gekommen waren. Er konnte nichts entdecken, außer dem Staub, der in der Luft hing.

»Was ist da los gewesen?«, fragte Robin.

»Ich fürchte, da ist etwas eingestürzt«, sagte Erik.

»Ich kann mir denken, was das war«, meinte Robin. »Erst die Motorräder, dann der Knall – das war doch eine Explosion.«

»Hoffentlich sind wir jetzt nicht hier unten eingesperrt«, flüsterte Amelia.

Sie gingen vorsichtig den Tunnel zurück, den sie eben

hinuntergerannt waren. Dann zweigten sie in den Haupttunnel mit den Gleisen auf dem Boden ab. Hier schien alles noch in Ordnung – die Lokomotive stand auf ihren Schienen, einige Meter weiter trafen sie auch wieder auf den alten Passagierwagen. Aber dahinter wurde der Staub dichter. Und dann sahen sie es: Der Tunnel war vollständig von einer Mauer aus Geröll versperrt. Dort, wo sie vorhin noch ihren Durchgang in dem Felssturz gegraben hatten, über den sie vom Haupttunnel in diesen Abzweig gekommen waren, war nichts als eine Wand aus Steinen. Ihr einziger Ausweg war nun versiegelt. Sie saßen in der Falle.

»Nein!«, schrie Amelia. »Das kann doch nicht wahr sein.«

»Die Explosion muss einen Steinschlag gelöst haben«, meinte Erik.

»Wir sitzen in der Falle«, sagte Robin grimmig. »Es sei denn, wir werden zu Maulwürfen und graben uns von hier wieder auf die andere Seite durch.«

»Wobei wir riskieren würden, dass der Tunnel ganz zusammenbricht und wir darunter begraben werden.« Sie standen bestürzt da, der Strahl ihrer Taschenlampen beleuchtete die unpassierbare Steinwand vor ihnen. Nachdem sie den ganzen Weg zurückgelegt hatten, hatten sie nichts gefunden. Und jetzt hatten die Motorradfahrer sie in dem alten Zweigtunnel begraben.

❄

Erik, Amelia und Robin starrten hoffnungslos auf den versperrten Tunneleingang, als ihnen die Realität ihrer Situation bewusst wurde. Sie saßen in der Falle, es gab keinen Ausweg und keine Spur von dem vermeintlichen Schatz. Amelia ließ sich auf einen Felsen fallen und stützte ihren Kopf in die Hände. »Ich kann das nicht glauben. Wir sind den ganzen Weg umsonst gekommen.«

»Na sieh es mal positiv«, meinte Robin. »Wenn wir hier drinnen sind, ist die Motorradgang draußen. Die bekommen uns zumindest nicht in die Finger.«

Erik legte ihr tröstend die Hand auf die Schulter. »Wir werden einen Weg hier rausfinden. Wir sollten nicht in Panik verfallen.«

»Aber wie?«, meinte Robin, »Mal ehrlich, Erik, was soll das denn heißen? Nicht aufgeben, einen Weg herausfinden ...«

»Ich versuche ja nur, die Moral oben zu halten. Ach, wisst ihr, was auch toll ist: Wir haben natürlich keinen Handyempfang hier unten.«

»Die blöden Walkie-Talkies dürften uns auch nichts nutzen«, meinte Robin, »wenn wir sie alle bei uns haben.«

Amelia holte tief Luft und stand auf. »Du hast recht. Hier zu sitzen und uns selbst zu bemitleiden, hilft uns nicht weiter. Vor allem nicht, wenn hinter diesem Steinrutsch eine Motorradgang lauert.« Sie leuchtete mit ihrer Taschenlampe in den Tunnel hinunter. »Vielleicht gibt es einen alten Wartungsgang oder einen Lüftungsschacht, durch den wir gehen können.« Sie begannen, die Tunnelwände wieder sorgfältig abzusuchen, nach Rissen, losen Steinen, nach allem, was auf einen zweiten Durchgang hinweisen könnte. Weder vor noch hinter dem Eisenbahnwagen und der Lokomotive fanden sie etwas.

Da fiel Erik wieder ein, dass er kurz vor dem Bergrutsch einen Spalt im Tunnel entdeckt hatte. Sie gingen wieder dorthin zurück, wo sie das Donnern des Berges gehört hatten, als Erik die Wand untersuchen wollte. »Tatsächlich«, sagte Robin, »am Ende dieses Seitentunnels ist wieder etwas mit Geröll verschüttet.«

»Aber hier ist es lockerer. Und die Steine sind viel kleiner. Den können wir freibekommen«, schätzte Erik.

Und so begannen sie erneut zu graben, diesmal eher von der Verzweiflung angetrieben, dem Tunnel nicht entfliehen zu können, als von der Abenteuerlust. Amelia hielt die Lampe, während Erik und Robin sich über die Steine hermachten. Auch diesmal war es anstrengende Arbeit, aber schon nach einer halben Stunde hatten sie einen Durchgang freigelegt. Amelia leuchtete mit ihrer Taschenlampe in den Stollen hinein. Dieser war nicht so groß, dass es ein Eisenbahntunnel sein könnte. Er war kleiner und niedriger und es lagen auch keine Schienen auf dem Boden.

Erik ging als Erster hinein. »Das muss ein Arbeitstunnel oder so etwas sein«, stellte er fest. Die anderen folgten ihm. Doch schon nach wenigen Metern wartete die nächste Überraschung auf sie: Der Tunnel endete abrupt an einer Felswand.

»Oh nein, hier geht es ja gar nicht weiter«, sagte Robin.

»Ja, dann ist es ein Stollen, der nicht fortgesetzt wurde. Was wissen wir denn, was die hier noch bauen wollten.«

»Seht mal, Männer«, sagte Amelia und deutete auf einen Haufen Steine auf dem Boden.

»Ich sehe eine Halde mit Geröll«, meinte Erik.

»Ja, aber was macht die hier?«

»Sie ist wohl beim Ausgraben übrig geblieben.« Amelia schaute sich die Steine genauer an. Sie bückte sich und nahm einige davon weg. Dann wandte sie sich an Erik und Robin: »Wie wäre es, wenn ihr mir helfen würdet?«

»Wir haben heute schon einige Steinhaufen heute weggeräumt, aber wenn es dir hilft, machen wir hier weiter«, sagte ihr Bruder.

Zu dritt schafften sie die Steine weg, bis Amelia plötzlich aufschrak. »Das ...« stammelte sie.

»Amelia, was ist denn? Du bist ja völlig erschreckt?«

»Da ist etwas unter den Steinen. Da ist etwas aus ..., aus Leder, wenn ich mich nicht täusche.«

Jetzt gruben Erik und Robin wie elektrisiert weiter und auch Amelia schaffte die Steine beiseite. Als sie fast den gesamten Haufen weggeräumt hatten, blieben alle drei staunend stehen. Sie konnten nicht fassen, was unter dem Geröllberg verborgen lag. Vor ihnen, in dem kleinen Seitentunnel, hatten sie zwei Lederkoffer freigelegt. Sie waren mit Metallspanten verstärkt. Sie hatten Schlösser aus Metall, die intakt zu sein schienen. An beiden hingen sogar noch die Pappabzeichen der Eisenbahn. Und sie sahen sehr, sehr alt aus.

❄

KAPITEL 13

Die Lokomotive 2-8-0

Eriks Augen weiteten sich, als er auf die Koffer starrte, die mitten im staubigen, alten Tunnel standen. Amelia und Robin tauschten ebenso erstaunte Blicke aus, der Atem blieb ihnen im Hals stecken.

»Könnt ihr das glauben?«, flüsterte Erik, und seine Stimme hallte von den feuchten Wänden wider. »Die müssen uralt sein.«

»Auf jeden Fall«, stimmte Robin zu und hockte sich hin, um das abgenutzte Leder zu untersuchen. »Das muss der Schatz sein, den wir gesucht haben! Der Schatz, hinter dem Orson Corbyn her war und für den er über Leichen gegangen ist. Und der steht jetzt vor uns.«

»Mal sehen, wie schwer sie sind«, schlug Amelia vor und legte vorsichtig eine Hand auf einen der Koffer. Zu ihrer Überraschung konnte sie ihn mit einem Arm anheben. »Hm, gar nicht so schwer. Dann ist er wohl nicht mit Gold vollgestopft.«

»Hast du das etwa erwartet?«, fragte Erik.

»Ich habe gar nichts erwartet. Aber ein Koffer voller Gold, das wäre schon was, Erik.«

»Es gibt nur einen Weg, das herauszufinden«, sagte

Erik und hob den anderen Koffer mit ähnlicher Leichtigkeit an. »Robin, kannst du diese Schlösser öffnen?«

»Ich bin dir weit voraus«, antwortete Robin und zog bereits ein Taschenmesser aus seinem Gürtel. Geschickt führte er die scharfe Klinge in die rostigen Schlüssellöcher ein und hebelte ein Schloss nach dem anderen auf. Als das letzte Schloss mit einem Klicken geöffnet war, erfüllte Vorfreude die Luft. Das Trio tauschte kurze Blicke aus, bevor Erik vorsichtig den Deckel des ersten Koffers öffnete.

»Wow«, hauchte Amelia und streckte die Hand aus, um den Inhalt zu berühren. Es war eine unglaubliche Entdeckung.

»Seht euch all das Geld an!«, rief Robin, als er ein Bündel Noten aus einem der geöffneten Koffer hob.

Erik nahm einen weiteren Stapel auf und untersuchte die Geldscheine. »Das sind alte US-Banknoten aus der Zeit um 1900«, sagte er erstaunt. Die Scheine waren etwas größer als die heutige Währung und hatten ein ausgeprägtes, gealtertes Aussehen. »Die müssen ein Vermögen wert sein.«

»Sind die überhaupt noch gültig?«, fragte Amelia, die ihre Augen vor Erstaunen weit aufriss.

»Auf jeden Fall«, bestätigte Robin. »Alte Scheine wie diese können immer noch als gesetzliches Zahlungsmittel verwendet werden. Sammler könnten sogar mehr für sie bezahlen.«

»Wie bitte?«, sagte Erik. Das war ihm gar nicht bewusst.

»Ja«, bekräftigte Robin. »In den USA ist das so. Alles, was nach 1867 an Geld erschienen ist, ist noch gültig. Das habe ich neulich erst gelesen.«

»Hast du eine Ahnung, um wie viel es sich hier handelt?«, fragte Erik.

»Schwer zu sagen, wenn man nicht alles gezählt hat«,

antwortete Amelia und atmete tief durch. »Aber ich schätze, dass in diesen beiden Koffern mehrere Millionen Dollar stecken.«

»Unglaublich«, murmelte Erik und schüttelte den Kopf.

❄

»Also gut, konzentrieren wir uns jetzt darauf, hier rauszukommen«, sagte Amelia und brachte sie wieder auf den Boden der Tatsachen zurück. Sie legten das Geld vorsichtig zurück in die Koffer und verschlossen die Deckel. Selbst die alten Schlösser schnappten noch zu.

»Ja, sehen wir mal«, stimmte Robin zu. »Der Schatz nützt uns nichts, wenn wir keinen Ausweg finden.«

»Lasst uns den Haupttunnel weitergehen«, meinte Erik. »Wir müssen einen Ausgang finden, bevor dieser Tunnel über uns zusammenbricht.«

»Bevor wir hier endgültig eingeschlossen werden, falls wir es nicht schon sind«, fügte Robin hinzu.

»Ich bin direkt hinter dir«, sagte Amelia. Gemeinsam stießen sie tiefer in den Tunnel vor, ihre Schritte hallten von den Felswänden wider.

»Hör mal«, flüsterte Erik plötzlich und hielt in seinen Bewegungen inne. »Hört ihr das?« Amelia und Robin spitzten die Ohren und versuchten, das schwache Geräusch zu identifizieren, das Erik aufgeschnappt hatte.

»Wasser«, murmelte Amelia, ihre Stimme war kaum zu hören. »Es muss ein unterirdischer Fluss oder Bach in der Nähe sein.«

»Vielleicht führt er zu einem Ausweg«, schlug Robin vor, und in seinen Augen flackerte Hoffnung auf.

»Es gibt nur einen Weg, das herauszufinden«, erklärte Erik, und sie setzten ihre Wanderung durch die bedrückende Dunkelheit fort. Das Trio wagte sich tiefer in den alten Tunnel hinein, wo sie den schrägen Bahngleisen folgten. Robin fröstelte, ein Schauer lief ihm über den Rücken. »Dieser Ort ist mir unheimlich.«

»Stimmt«, erwiderte Amelia und drückte Eriks Hand. »Aber wir müssen weitergehen.«

Erik nickte. »Konzentrieren wir uns darauf, einen Weg zu finden, anstatt uns von den Geistern der alten Tunnelbauer ablenken zu lassen.«

»Den Geistern von wem?«, fragte Amelia.

»Ich habe doch nur Spaß gemacht. Den Geistern der alten Tunnelbauer, die sich hier unten immer noch zu tummeln scheinen.«

»Boo-Hoo«, rief Robin, und sie konnten alle zumindest ein wenig grinsen. Als sie weitergingen, schien die Dunkelheit um sie herum immer dichter zu werden, die Luft wurde kälter und drückender. Das Rauschen des Wassers, das sie eben noch gehört hatten, verschwand wieder. Nach einigen Minuten war nichts mehr davon zu hören, es war totenstill in dem Tunnel. Sie folgten den Gleisen etwa einen Kilometer lang, ihre Stimmen hallten von den Wänden wider.

»Warte«, sagte Erik abrupt und hob die Hand. Sie standen direkt vor einer Mauer aus Steinen, die ihnen den Weg versperrte. Die Schienen führten weiter und verschwanden unter der Wand.

»Sieht aus wie die Endstation«, murmelte Robin und betrachtete die alte Mauer. Sie bestand aus großen, verwitterten Ziegeln, die von bröckelndem Mörtel zusammengehalten wurden. Moos und Algen klebten hartnäckig an der rauen Oberfläche, ein Beweis für die Feuchtigkeit, die durch die Struktur sickerte.

»Gibt es einen Weg drumherum?«, fragte Amelia und schaute oben an der Mauer hoch. Zu ihrer Überraschung entdeckte sie eine kleine Öffnung, durch die Luft und ein schwacher Hauch von Tageslicht eindrangen. »Schau, da oben ist ein Ausweg.«

»Vielleicht können wir da durch klettern«, schlug Robin vor, der die Wand studierte, während er versuchte, einen Plan zu entwerfen.

»Bist du sicher, dass das geht?«, fragte Erik und runzelte besorgt die Stirn. »Es sieht ziemlich instabil aus.«

»Versuchen wir es doch«, antwortete Amelia, deren Stimme trotz der Angst, die sie in Wahrheit empfand, ruhig klang. Sie griff nach einem Ziegelstein und testete seine Festigkeit, als sie zu klettern begann.

»Sei vorsichtig«, rief Erik ihr hinterher.

»Das bin ich immer. Ich will ja schließlich gemeinsam mit dir hier herauskommen«, antwortete Amelia und grinste, während sie die Mauer erklomm. Die Ziegel hielten unter ihrem Gewicht locker stand, und sie erreichte bald die Öffnung.

»Siehst du etwas?«, fragte Robin, und seine Stimme hallte nach oben.

»Sieht so aus, als gäbe es auf der anderen Seite einen Ausgang«, rief Amelia hinunter. »Tageslicht. Aber der Spalt ist so schmal, dass ich nichts so richtig erkennen kann. Hier kommen wir jedenfalls nicht durch.« Sie griff an einigen Ziegeln und merkte, dass diese trotz ihres Alters erstaunlich fest waren. »Und von dieser Wand lässt sich nichts lösen, falls wir wieder auf die Idee kommen sollten, Steine zu schleppen, um uns einen Durchgang zu bauen.«

❄

Die Mauer ragte vor ihnen auf, eine Masse aus Ziegeln und Mörtel, die wie eine undurchdringliche Barriere wirkte. Das Tageslicht strömte durch die kleine Öffnung an der Spitze.

Amelia war wieder heruntergeklettert und Erik brach das Schweigen, seine Stimme war schwer. »Es ist, als wären wir in einer Art Grab gefangen.«

»Sieh es doch positiv«, bot Amelia an und versuchte, die Stimmung zu heben. »Wenigstens kommt frische Luft durch das Loch. Es muss einen Weg nach draußen hinter dieser Wand geben.«

»Vielleicht«, stimmte Robin zögernd zu und rieb sich das Kinn, während er das Hindernis noch einmal studierte. »Aber wie sollen wir da durchkommen?«

»Können wir sie umgraben?« schlug Erik vor, obwohl die Idee ihm selbst komisch erschien.

»Das war jetzt ein Witz, oder?«, fragte Robin ihn. »Es sei denn, du kannst durch Fels mit Deinen Händen graben.«

Amelia schüttelte den Kopf. »Es sieht so aus, als hätten sie es auf beiden Seiten direkt gegen den Felsen gebaut.«

»Könnten wir sie sprengen?«, fragte Robin.

»Deine Ideen waren auch schon einmal besser«, meinte Amelia. »Selbst wenn wir Sprengstoff hätten, was wir nicht haben, könnte das zu einem weiteren Einsturz führen«, meinte Amelia, die mit ihren Augen zwischen ihren Begleitern hin und her spähte. »Das Dynamit haben ja schon die Motorradfahrer auf der anderen Seite eingesetzt. Nein, wir brauchen einen anderen Weg.«

Erik zückte sein Smartphone, in der Hoffnung, an dieser Seite des Berges Empfang zu haben. Aber nichts tat sich: Kein einziger der kleinen Balken auf dem Bildschirm leuchtete auf.

Sie standen schweigend da, jeder in Gedanken versunken, und rätselten über eine Lösung. Die Atmosphäre war erdrückend, das Gewicht der Situation lastete auf ihnen. Eriks Augen huschten durch den Tunnel, während er sich den Kopf über eine Lösung zerbrach. Die anderen standen da und warteten, aber er hatte nichts. Er konnte Amelias Sorge spüren und Robins stoische Entschlossenheit in seinem starren Gesichtsausdruck.

»Leute«, begann Erik und zögerte. »Ich glaube, ich ... ich habe eine Idee.«

»Willst du noch einmal um die Wand herumgraben?«, fragte ihn Robin, und die Ironie in seiner Stimme war deutlich zu hören.

»Nein, ich habe etwas viel Besseres. Aber das müssen wir uns erst ansehen. Los, zurück in den Tunnel«, rief er. Ohne ein weiteres Wort zu verlieren, nahm er Anlauf und rannte den Tunnel hinauf.

»Hey! Wo willst du denn hin?«, fragte Robin verwirrt.

»Mir nach!«, rief Erik über seine Schulter.

Amelia und Robin tauschten verwirrte Blicke aus, bevor sie ihm hinterher sprinteten. Während sie den langen Tunnel zurückliefen, wuchs die Spannung. Die Dunkelheit schien sich um sie herum zuschließen, als sie dem schwachen Lichtstrahl von Eriks Taschenlampe folgten.

❄

»Langsam, Erik! Was ist denn hier los?«, rief Amelia, ihre Stimme hallte von den feuchten Tunnelwänden wider. Aber Erik antwortete noch nicht. Stattdessen kam er vor der verlassenen Lokomotive zum Stehen. Amelia und Robin holten ihn ein, ihre eigenen Atemzüge rau und schwer. Er warf einen Blick auf die abschüssigen Gleise unter ihren Füßen, dann wieder auf die alte Mikado-Lokomotive, die still und imposant auf den Schienen stand.

»Also gut«, sagte Robin. »Was ist das für eine brillante Idee von dir?«

»Schau!«, rief Erik und deutete auf die Lokomotive. »Wir haben diese riesige Maschine auf Schienen, die zur

Mauer hin abfallen. Wir könnten sie benutzen, um durchzubrechen!«

»Bist du wahnsinnig?«, fragte Amelia ungläubig. »Wie sollen wir das denn machen?«

»Ganz einfach«, sagte Erik zuversichtlich. »Wir lösen die Bremsen und lassen die Schwerkraft den Rest erledigen. Die Masse der Lokomotive, die die Gleise hinunterfährt, sollte allemal ausreichen, um diese Mauer zu durchbrechen.« Kurzzeitig herrschte Stille im Tunnel, als Amelia und Robin über Eriks Plan nachdachten. Er war kühn, waghalsig sogar, aber er könnte funktionieren.

»In Ordnung. Da wir dieses alte Prunkstück wohl kaum zum Laufen bekommen, haben wir nur den abschüssigen Tunnel«, räumte Robin ein, wobei sich der Anflug eines Lächelns in seinem Mundwinkel abzeichnete. »Aber es hört sich tatsächlich plausibel an, dass wir sie als Rammbock einsetzen. Wenn wir dieses Ungetüm dazu bringen, sich zu bewegen.«

❄

Die drei machten sich an die Arbeit und untersuchten die Bedienelemente im Führerstand der Mikado. Uralte Zifferblätter und Hebel lagen vor ihnen, Zeugnis einer längst vergangenen Zeit, als die Lokomotive schwere Züge durch die Cascade-Mountains zog. Die Luft im Führerhaus war schwer von Feuchtigkeit und dem Geruch von Rost. »Keiner von uns weiß, wie man das Ding bedient«, sagte Amelia, und in ihrer Stimme schwang Sorge mit. »Was ist, wenn wir es nicht zum Laufen bringen können?«

»Wie wäre es, Schwesterherz, wenn wir erst einmal versuchen, die Bremsen zu finden, bevor wir jetzt überlegen, was wir machen, wenn wir sie nicht dazu bringen, sich zu bewegen«, schlug Robin vor, während er die Bedienelemente abtastete. »Vielleicht kann ich etwas davon herausfinden«, bot er an, während seine Finger über einen alten Hebel strichen. »Aber das ist eine Frage von Versuch und Irrtum.«

Das Trio kauerte in dem engen Raum zusammen, ihre Atemzüge vermischten sich, während sie die Maschinen studierten. Robins Finger gingen über die Bedienelemente und er probierte, so gut er konnte, die Funktion jedes Hebels herauszufinden.

»Dieser Hebel hier, da steht ja sogar ›Master Brake‹ drauf«, stellte Erik fest, als er einen besonders großen, langen Hebel untersuchte. Amelias Finger zitterten leicht, als sie den Griff anfasste. Erik versuchte zu ziehen, aber der Hebel bewegte sich nicht. »Das müssen wir zu dritt versuchen. Bereit?« flüsterte Erik, und seine Brust spannte sich vor Erwartung.

»Bereit«, wiederholten Amelia und Robin, ihre Stimmen angestrengt.

»Drei ... zwei ... eins!«

Erst tat sich überhaupt nichts. Sie zogen mit vereinten Kräften noch einmal. Der Hebel bewegte sich millimeterweise. Das Geräusch von Metall, das gegen Metall schabte, hallte durch den Tunnel. Dann erklang ein unheimliches Quietschen. Erst ganz leise. Die Lokomotive erwachte zum Leben, ein leises Grollen drang aus ihrem Inneren

»Komm schon, komm schon«, drängte Erik.

»Jetzt geht's los!«, rief Amelia, sie zogen noch einmal.

Es gab einen Ruck, der sie fast aus dem Gleichgewicht brachte. Dann ein irres Quietschen. Sie spürten, wie sich die Lokomotive ein kleines Stück bewegt hatte. Und dann blieb sie wieder stehen.

»Ich glaube, wir haben die ›Master Brake‹ gelockert«, meinte Robin mit Vorfreude in der Stimme.

»Warte«, sagte Erik mit klopfendem Herzen. »Wir

sollten zuerst die Koffer mit dem Geld holen. Die wollen wir ja doch mitnehmen, oder?«

»Gute Idee«, erwiderte Amelia und holte tief Luft. »Lass uns gehen.«

Sie eilten zurück zum Seitentunnel, ihre Schuhe knirschten auf dem Geröll unter ihren Füßen. Als sie die beiden Koffer mit den alten Geldscheinen herausholten, fragte sich Erik, wie es wohl weitergehen würde, wenn sie aus dem Tunnel herauskämen.

»Hast du sie?«, fragte Robin mit angespannter Stimme.

»Ja«, bestätigte Erik und hob die Koffer mit einem Grunzen an.

»Los geht's«, drängte Amelia, deren Augen auf die Lokomotive gerichtet waren.

Sie kletterten in den Führerstand zurück. »Die beiden Koffer können wir doch unter die Sitzbänke schieben«, schlug Robin vor. »Da müssten sie eigentlich mitfahren können.« Die anderen beiden nickten und sie verstauten die Koffer sicher, bevor sie wieder ihre Positionen einnahmen.

»Bereit?«, fragte Erik.

»Bereit«, antworteten Amelia und Robin unisono.

»Dann lasst es uns tun«, sagte Erik. »Wir lösen alle anderen Bremsen auf einmal.« Amelia und Robin nickten, ihre Gesichter waren entschlossen, als sie jeweils einen rostigen Hebel ergriffen.

»Robin? Du hast die Ehre, den Countdown zu sprechen«, meinte Amelia.

»Okay. Drei ... zwei ... eins ... jetzt!« rief Robin, und alle drückten ihre Hebel nach vorne. Die Lokomotive ächzte erneut unter Protest und begann zu zittern, als sie sich in Bewegung setzte.

»Komm schon, du altes Biest«, murmelte Robin unter seinem Atem und trieb die massive Maschine an.

Langsam nahm die Mikado an Fahrt auf, ihre Räder knirschten auf den Schienen, als sie begann, auf den alten Gleisen den Tunnel hinunter zu rumpeln. »Okay, raus mit uns. Wir wollen ja nicht hier drin sein, wenn sie auf die Mauer trifft«, rief Erik. Die drei sprangen ab und liefen hinter dem Ungetüm aus Stahl in sicherem Abstand. Die riesige alte Lokomotive schien die Fahrt in dem alten Tunnel fortzusetzen, die sie vor Jahrzehnten angetreten haben musste – bis sie abgestellt wurde.

»Sie fährt. Sie rollt einfach den Tunnel hinunter. Ich kann nicht glauben, dass das wirklich funktioniert!«, rief Amelia und ihre Augen leuchteten vor Aufregung.

»Lauft weiter, wir dürfen die Lok nicht aus den Augen verlieren!«, rief Erik zurück. Als die Lokomotive Fahrt aufnahm, mit ohrenbetäubendem Krach, jagte ihnen das einen Schauer über den Rücken.

»Wir sind fast da!«, rief Robin, und seine Stimme hallte durch die Dunkelheit. Erik warf einen Blick auf Amelia, deren Gesicht rot und schmutzig war, aber immer noch Entschlossenheit ausstrahlte. Die Lokomotive brüllte wie ein lebendiges Wesen, und der Tunnel bebte unter ihrer Wut. Stein und Staub regneten um sie herum, aber sie gingen weiter.

»Achtung, jetzt bleiben wir besser stehen!«, warnte Erik und hielt die beiden zurück. Der Aufprall musste gleich folgen. Die Lokomotive raste auf die Backsteinmauer zu, ihr metallisches Kreischen erfüllte die Luft, und das Trio wappnete sich für die Kollision, die sie entweder befreien oder ihr Schicksal besiegeln würde.

❄

Die Räder der alten Dampflokomotive donnerten auf den Gleisen wie eine wild gewordene Büffelherde. Steine erzitterten und Staub wirbelte auf. »Jetzt passiert es gleich!«, rief Erik, dessen Stimme kaum über dem Krach zu hören war. Amelias Augen funkelten sowohl vor Angst als auch vor Erwartung, als sie das eiserne Ungetüm auf die Mauer zurasen sah. Mit einem erderschütternden Krachen prallte die Lokomotive gegen die Backsteinmauer und schleuderte die Ziegelsteine in alle Richtungen. Die Wucht des Aufpralls war so gewaltig, dass die riesige Maschine über die zerbrochene Barriere flog und durch eine Wolke aus Staub und Schutt stürzte.

»Unglaublich!«, keuchte Amelia, ihre Stimme war heiser.

»Sieh dir das an!«, rief Robin und deutete auf das Tageslicht, das durch den sich absetzenden Staub sickerte und den alten Tunnel erhellte. »Gut, dass wir da nicht so dicht dran waren.«

Erik staunte über die Szene vor ihnen. Die Mauer lag nun in Trümmern, und die mächtige Lokomotive war auf der anderen Seite zum Stehen gekommen – obwohl es dort keine Schienen mehr gab, die sie hätten führen können. Aber die Mikado stand aufrecht, wie ein Dinosaurier aus einer ganz anderen Zeit.

»Wir sind frei!«, rief Erik voller Aufregung. »Wir haben es geschafft!«

»Tja, das war ja doch eine brillante Idee von dir«, sagte Amelia und strahlte ihn an. Sie griff nach Eriks Hand und drückte sie dankbar.

»Hey, Teamwork macht den Traum wahr, oder?«, mischte sich Robin ein und grinste von Ohr zu Ohr. Als das Trio vorsichtig auf das klaffende Loch in der Wand zuging, wärmte die Sonne ihre Gesichter, ein willkommener Kontrast zur feuchten Kälte des Tunnels. Vogelgezwitscher erfüllte die Luft, und zum ersten Mal seit einer gefühlten Ewigkeit konnten sie wieder frei atmen.

»Wo auch immer wir sind«, sinnierte Erik und sah sich um. Hand in Hand traten sie aus der Dunkelheit ins Licht und ließen die Überreste des Tunnels hinter sich. Als sie an der Lokomotive vorbeigingen, deren einst imposanter Rahmen nun durch den Aufprall ramponiert und zerschrammt war, konnten sie nicht umhin, das Tunnelportal hinter sich zu bewundern. Es hatte Jahrzehnte des Verfalls überlebt.

»Seht euch an, wie das Moos über den Eingang gewachsen ist«, bemerkte Amelia und deutete auf die leuchtend grünen Stränge. »Es ist, als ob der Tunnel sich selbst verstecken wollte und darauf wartete, dass wir seine Geheimnisse lüften.«

»Mutter Natur versteht es, die Dinge dramatisch zu gestalten«, scherzte Robin. Sie machten sich auf den Weg in den Wald und folgten vorsichtig dem Pfad durch das Unterholz, der vom Sonnenlicht erhellt wurde, das durch die Bäume fiel. Die Luft duftete nach Tannennadeln, und der Boden unter ihren Füßen war weich und feucht.

»Was glaubst du, wo wir sind?«, fragte Erik neugierig.

»Schwer zu sagen«, antwortete Amelia nachdenklich. »Aber solange wir aus dem Tunnel raus sind, bin ich froh.«

»Finde ich auch«, mischte sich Robin ein, der die Gegend aufmerksam absuchte. »Wartet mal ... seht dort!«

Er deutete nach vorne, und als sie aus der Baumgrenze herauskamen, befanden sie sich inmitten einer großen Freifläche. Es war das Skigebiet. Vor ihnen lagen die Hänge des Stevens Pass, dessen grüne Grasflächen in der Sonne glitzerten.

»Stevens Pass?« überlegte Erik. »Dann sind wir ja gar nicht so weit vom anderen Portal entfernt.«

»Der Tunnel war wohl doch nicht so lang, wie wir dachten«, sagte Amelia lächelnd.

»Oder vielleicht hatten wir einfach nur Glück«, fügte Robin hinzu.

»So oder so«, erklärte Erik. »Wir haben unseren Schatz und uns gegenseitig. Das ist alles, was wir brauchen.« Gemeinsam gingen sie vorwärts, auf die Hänge des sommerlichen Skigebiets zu.

❄

KAPITEL 14

Der Schatz

In Candices Wohnzimmer herrschte reges Treiben, und das durch die Fenster einfallende Sonnenlicht warf einen strahlenden Schein auf den abgenutzten Holzboden. Der Duft von Kaffee lag in der Luft, als sich die Gruppe um die beiden mit Geldscheinen gefüllten Koffer versammelte.

»Unglaublich, dass wir es damit aus dem Tunnel geschafft haben.« Erik deutete auf das Geld, sein Gesicht spiegelte sowohl Erleichterung als auch Ungläubigkeit wider.

»Ich hätte nie gedacht, dass wir hier stehen und darüber diskutieren würden, was wir mit einem Schatz anfangen sollen«, fügte Amelia hinzu, deren Augen auf die Geldstapel fixiert waren.

Robin meldete sich zu Wort: »Ich denke, wir sollten es dem Sheriff geben. Das ist das Richtige.«

Joe kratzte sich am Kopf und sah die anderen an. »Nun, das ist sehr großzügig von euch allen, aber meint ihr nicht, ihr könntet das Geld behalten? Nach allem, was ihr durchgemacht habt?«

Die Gruppe verharrte in nachdenklichem Schweigen,

um Joes Vorschlag zu verdauen. Schließlich trat Amelia vor und ergriff das Wort. »Joe, ich verstehe, was du meinst«, sagte sie mit klarer und ruhiger Stimme. »Aber ich glaube, dass die Übergabe des Schatzes die beste Lösung ist.«

Robin nickte zustimmend. Er schaute sich bei seinen Freunden nach Bestätigung um.

Erik legte eine Hand auf Joes Schulter. »Joe«, sagte er, »ich weiß, dass es nicht das ist, was du dir erhofft hast, aber ich glaube wirklich, dass es die beste Lösung ist, es dem Sheriff zu geben.« Joe seufzte und nickte zögernd. Es fiel ihm schwer, zu akzeptieren, dass sich seine Freunde von ihrer so großen Summe Geld trennen wollten – aber er wusste, dass sie Recht hatten. Mit einem letzten Blick auf die Stapel von Banknoten nickte er zustimmend. »Aber sag doch einmal, wie seid ihr eigentlich da herausgekommen?«, fragte er Erik.

Erik führte Candice und Joe zu den abgenutzten Stühlen am alten Esstisch und begann zu erzählen. Seine Augen glänzten, als er die Ereignisse nach ihrer Flucht aus dem Tunnel schilderte.

»Also, nachdem wir aus dem alten Tunnel, vor dem die Lokomotive stand, heraus waren, kletterten wir zurück zum anderen Eingang. Es war nicht einfach, aber wir schafften es irgendwie«, begann Erik. »Das war der Tunnelausgang, durch den wir schon einmal gekommen waren. Er befand sich etwas höher am Berg.«

»Der andere Tunnel hatte eine lange Lawinengalerie. Er war besser geschützt. Der Tunnel, aus dem wir herausgebrochen sind, führte quasi in das offene Bergland«, fügte Robin hinzu.

»Was glaubt ihr, wie große Angst wir hatten, als wir in den anderen Tunnel hineingegangen sind«, fügte Amelia hinzu. »Schließlich war das ja die Strecke, durch die die

Motorradfahrer gekommen waren. Und wir konnten ja nicht sicher sein, ob sie noch in der Nähe waren.«

»Wir haben die beiden Koffer mit dem Geld ununterbrochen mitgetragen. Wir konnten sie ja schlecht in der alten Lokomotive lassen. Das war eine beträchtliche Schlepperei, und wir mussten viele Pausen machen.«

Candice und Joe lauschten gebannt, während Erik von den Ereignissen berichtete. »Seid ihr dann wirklich noch einmal durch den Tunnel?«

»Nein, das haben wir uns nicht getraut. Schon wegen des Steinschlages, den die Sprengung ausgelöst haben musste, aber auch wegen der Motorradgang«, so Erik.

»Wir haben eine alte Passstraße gefunden, die außen durch das Tal führte, wo der Tunnel durch den Berg getrieben worden war.«

»Und dann haben wir das einzig Richtige getan«, meinte Amelia. »Robin ist los, um den Wagen zu holen. Erik und ich haben uns hinter einigen großen Steinen versteckt, für den Fall, dass die Motorradfahrer vorbeikommen könnten.«

»Wir hatten ganz schönes Herzklopfen«, sagte Erik, »aber unser Held hier, Robin, hatte es geschafft, zum Wagen zurückzukommen.«

»Ach, das war gar nicht so anstrengend«, meinte Robin, »ich hab nicht viel länger als eine halbe Stunde gebraucht. Die Motorradfahrer habe ich überhaupt nicht mehr gesehen. Dann bin ich mit meinem guten Wagen Meter für Meter über die alte Passstraße zurückgefahren …«

»Und du bist zu uns am Weg gekommen, hast die Scheibe heruntergelassen, und uns gefragt, ob wir ein Taxi brauchen«, sagte Amelia. »Es war surreal«, fuhr er fort. »Dann sind wir mit Vollgas, oder so viel Gas, wie wir auf der Bergstraße geben konnten, in die andere Richtung gefahren, weg vom Tunnel. Als wir wieder Handyempfang hatten, haben wir sofort den dortigen Sheriff angerufen.«

Candice nickte nachdenklich. »Der muss ziemlich Augen gemacht haben.«

»Ich denke, dass die Lokomotive inzwischen gesichert worden ist. Wir sind dann zum Sheriffs Office gefahren und haben alles erzählt.«

»Alles?«, fragte ihn Joe.

»Nein, nicht alles. Wir haben bis dahin noch kein Wort von dem Geld erwähnt. Schließlich hatten wir die Koffer zurückgeschleppt, und weil wir nicht wussten, was wir machen sollen, haben wir das für uns behalten. Ja, es war schwer zu fassen, dass so viel Geld quasi durch unsere Hände gegangen ist.« Die Atmosphäre im Raum war gespannt, aber auch erleichtert. Sie alle wussten, dass sie die richtige Entscheidung getroffen hatten. Jetzt lag es an ihnen, den Schatz in die richtigen Hände zu übergeben.

❄

Während sie noch debattierten, knarrte die Haustür auf und Candice Vater betrat den Raum, begleitet von einem älteren Mann mit einem wettergegerbten Gesicht. »Hallo ihr Lieben, das ist Otis«, stellte Candice Vater den Mann vor. Erik kennt Otis ja schon.«

»Du hast uns letztes Jahr die Geschichte von der Milwaukee Road erzählt und wir sind auf die Spur des alten Olympian Hiawatha gegangen«, sagte Erik zur Begrüßung und streckte die Hand aus, die Otis erfreut ergriff.

An Amelia und Robin gewandt erklärte Candice: »Otis hat viele Jahre bei der Eisenbahn in Kalispell gearbeitet. Dad dachte, er könnte uns vielleicht etwas über den zweiten Tunnel erzählen.«

»Schön, Euch alle kennenzulernen«, begrüßte Otis sie

lächelnd. Er warf einen Blick auf die Koffer mit dem Geld und dann wieder auf die Gruppe. »Ich habe gehört, dass ihr in diesem Tunnel etwas sehr Interessantes gefunden habt.«

»Interessant ist eine Untertreibung!«, rief Robin aus und erzählte die Geschichte von ihrer erschütternden Flucht aus dem Tunnel – in Kurzfassung.

»Bemerkenswert«, meinte Otis und strich sich über den Bart. »Ich habe Jahrzehnte bei der Eisenbahn gearbeitet, erst bei der Milwaukee Road und dann bei der Burlington Northern. Aber ich wusste nicht, dass es in diesen Bergen noch einen Tunnel gibt.« Otis versuchte, sich an die Details zu erinnern. »Neben dem neuen Cascade-Tunnel von 1928 und dem alten von 1892 war absolut nichts von einem weiteren Stollen bekannt. Es gab natürlich die alte Strecke mit den Switchbacks, die über den Bergrücken führte, aber die war ja schon mit der Eröffnung des ersten Tunnels aufgegeben worden. Also muss das der dritte Tunnel durch den Berg sein.«

»Das wussten wir auch nicht«, gab Amelia zu, »bis wir darauf gestoßen sind. Wir haben im alten Tunnel den Abzweig gefunden, verborgen hinter einem Steinschlag.«

»Ich tippe darauf, dass die Eisenbahn nach dem Lawinenunglück von Wellington die Strecke sicherer machen wollte. Da der alte Tunnel in zu offenem Gelände herauskam, wie ihr erzählt habt, könnte es sein, dass man mit dem Bau der Lawinengalerie den letzten Teil des Tunnels auch noch anders durch den Fels gehauen hat, um ihn besser anzuschließen.«

Eriks Blick wurde von den staubigen Sonnenstrahlen angezogen, die durch das Wohnzimmerfenster fielen und die träge in der Luft schwebenden Motten beleuchteten. Die Wärme des Holzbodens unter ihm kontrastierte mit der kühlen Erinnerung an die feuchten Wände des Tunnels, dem sie entkommen waren. Er schüttelte die Erinnerung ab und wandte seine Aufmerksamkeit wieder dem Gespräch zu.

»Otis«, begann Amelia, deren Augen vor Neugierde funkelten, »Sie sagten, Sie hätten jahrelang bei der Eisenbahn gearbeitet. Können Sie uns etwas über die Lokomotive erzählen, die wir im zweiten Tunnel gefunden haben?«

»Ah, ja«, antwortete Otis und kratzte sich nachdenklich am Kinn. »Nach dem, was ihr mir beschrieben habt, glaube ich nicht, dass es eine Mikado war. Die wurden erst 1911 auf den Markt gebracht. Wahrscheinlicher ist, dass es eine 2-8-0 war, eine sehr zuverlässige Lokomotive mit zwei Rädern vorne und acht Rädern in der Mitte und hinten. Sie sind seit 1892 bei der Great Northern im Einsatz gewesen, was in den Zeitrahmen passt.«

»Great Northern, hm?« überlegte Robin und lehnte sich in seinem Stuhl zurück. »Das ist schon ein Stück Geschichte.«

»In der Tat«, nickte Otis weise, und seine Augen waren weit geöffnet, als würde er sich die mächtige Maschine vorstellen, die über die Gleise donnert.

»Es grenzt schon an ein Wunder, dass sie in dem alten Tunnel stand. Vielleicht hatte der Steinschlag die Eisenbahn schon damals überrascht? Und es grenzt an ein zweites Wunder, dass ihr es geschafft habt, die Bremsen zu lösen. Aber ihr habt es hinbekommen.«

❄

Das Geräusch der sich öffnenden Tür lenkte die Aufmerksamkeit auf sich, und Sheriff Dwayne Watson trat in den Raum, seine Stiefel hallten auf den Dielen wider. Sein Blick schweifte über die Gruppe, sein Ausdruck war eine Mischung aus Erleichterung und Sorge.

»Schön, dass ihr alle heil herausgekommen seid«, sagte

er und nickte jedem Einzelnen zu. »Candice' Vater hat mir von eurem Abenteuer erzählt. Was für eine Geschichte.«

»Danke, Sheriff«, antwortete Erik.

»Da haben wir alle wohl nicht richtig geschaltet. Orson Corbyn ist irgendwie entkommen. Er wusste, wo der Schatz ist. Als ihr auf Schatzsuche gegangen seid, habt ihr Euch in ziemliche Gefahr begeben, und ich habe das zugelassen, weil ich selbst nicht geschaltet habe. Dieser Mann scheint ja mehr Verbindungen zu haben, als wir dachten.«

Amelia warf einen Blick auf die Koffer, dann sah sie den Sheriff wieder an. »Apropos, wir wollten das Richtige tun. Wir haben beschlossen, Ihnen die beiden Koffer mit den Geldscheinen zu geben, die wir im Tunnel gefunden haben.«

Sheriff Watsons Augen weiteten sich vor Überraschung, aber er gewann schnell seine Fassung wieder. »Das ist jetzt aber sehr großzügig von Euch«, sagte er aufrichtig und nahm die Koffer von Amelia entgegen.

»Besser in Euren Händen als in unseren«, stimmte Robin zu, ein schiefes Lächeln auf den Lippen. »Und wir hoffen, dass etwas Gutes daraus entstehen kann.«

»Seid versichert, dass wir dafür sorgen werden, dass es dorthin kommt, wo es hingehört«, versprach Sheriff Watson und hob die Koffer mit einem anerkennenden Nicken in die Höhe.

»Danke, Dwayne«, sagte Joe und klopfte dem Sheriff auf die Schulter. »Du bist ein guter Mann. Wie sagst du es doch gleich: »Hier in Montana richten wir uns nach Recht und Gesetz.«

»Immer«, antwortete Sheriff Watson und musste über sein eigenes Motto lachen. »Wie schön, wenn es nicht nur ich, sondern auch andere tun.«

Als sich der Raum mit Gesprächen füllte, erlaubte sich Erik einen kleinen Seufzer der Erleichterung. Sie hatten ein erschütterndes Abenteuer überstanden, ein Stück Geschichte aufgedeckt und taten nun, was sie für richtig hielten. Auch wenn es ihn wurmte, dass die Motorradfahrer, die sie in dem Tunnel lebendig mit einer Sprengung begraben wollten, immer noch frei herumliefen. Wenn es irgendeine Chance gäbe, sich diese Typen vorzuknöpfen, dann würde er es tun, schwor er sich. Diese Männer und Orson Corbyn hatten ihn, Robin und vor allem Amelia in größte Gefahr gebracht. Das konnte er nicht so stehen lassen. Instinktiv ballte er die Fäuste.

❄

Candice' Wohnzimmer vibrierte vor Energie. Die Nachmittagssonne warf warme Strahlen durch die Fenster und erhellte ihre Gesichter. »Ihr habt ja keine Ahnung, was für ein Glück ihr habt, dass ihr es aus dem Tunnel geschafft habt«, sagte Candice mit großen Augen.

»Wem sagst du das?«, erwiderte Erik und fuhr sich mit der Hand durch die Haare. »Es gab Momente, in denen ich nicht sicher war, ob wir das Tageslicht wiedersehen würden.«

»Ach, nun komm schon, du Journalist aus Deutschland«, sagte Amelia. »Ich hatte keinen Zweifel, dass ich mit dir dieses Abenteuer heil überstehen würde. Und schließlich haben wir dort unten Unglaubliches gefunden.«

Robin nickte. »Siehst du, wie leicht meine Schwester die größten Abenteuer nimmt? Aber es kommt nicht jeden Tag vor, dass man über ein solches Stück Geschichte stolpert.«

Sheriff Watson musterte die Gruppe einen Moment lang, bevor er sprach. »Ihr tut das Richtige, was den Schatz angeht.«

Erik fragte, was als Nächstes geschehen würde.

»Die Entdeckung des Schatzes wird öffentlich bekannt gegeben, damit sich mögliche Anspruchsteller melden können.«

»Wer könnte einen Anspruch haben?«, fragte Erik, neugierig.

»Es könnte die BNSF Railway sein, der Eisenbahngesellschaft, die der Nachfolger der Great Northern ist«, überlegte der Sheriff. »Oder vielleicht sogar eine Bank, je nachdem, woher das Geld stammt.«

»Lass uns die Koffer noch einmal aufmachen«, schlug Robin vor. »Vielleicht ist da ein Hinweis drin.«

Die Gruppe drängte sich zusammen, als Amelia den ersten Koffer vorsichtig öffnete und den Deckel zurückzog. Unter dem Deckel, dort, wo sie im Tunnel gar nicht nachgeschaut hatten, lag ein alter, vergilbter Brief. Sie hob ihn behutsam hoch und bemerkte seinen zerbrechlichen Zustand.

»Der hier ist von 1910. Er ist von einem Mann namens William Corbyn«, verkündete sie.

»Los, lies ihn laut vor«, drängte Candice.

Amelia holte tief Luft und begann zu lesen: »Demjenigen, der dies findet: Dieses ganze Geld, diese ganzen Scheine, stammen aus einem Banküberfall in Chicago. Heute tut mir der Überfall leid. Ich verstecke ihn hier, weil ich nur hoffen kann, dass ich unbeschadet aus dieser ganzen Sache herauskomme. Die Detektive sind mir auf den Fersen, meine Leute sind geschnappt. Ich will das alles nur noch hinter mir lassen. Tun Sie, was ich nicht tun konnte, und bewirken Sie etwas Positives in der Welt. Mit besten Grüßen William Corbyn.«

Der Raum wurde still, als die Gruppe den Inhalt des Briefes verinnerlichte.

»Wow«, murmelte Erik schließlich. »Er hat wirklich seine Meinung geändert.«

»Sieht so aus«, stimmte Sheriff Watson zu. »Und jetzt liegt es an uns, seine Wünsche zu erfüllen. Es ist möglich, dass eine Bank Anspruch darauf erhebt. Aber in Anbetracht dessen, was ihr durchgemacht habt, sollte Euch dann doch eine beträchtliche Belohnung zustehen.«

»Wirklich?«, hakte Robin nach. »Das wäre doch was, oder?«

»Auf jeden Fall«, stimmte Amelia zu.

»Also gut«, nickte Dwayne. »Ich werde die beiden Koffer jetzt ins Flathead County Justice Center bringen und sicher verschließen.« Er stand auf und hob die großen Koffer vom Boden an.

»Danke, Dwayne«, sagte Candice.

»Ich helfe immer gern«, antwortete er, bevor er zur Tür ging.

Als sich die Tür hinter ihm schloss, standen Candices Vater und Otis von ihren Plätzen auf. »Nun, ich denke, es ist auch für uns Zeit zu gehen«, verkündete ihr Vater. »Otis, es war toll, Deine Erkenntnisse über die alte Eisenbahn zu hören.«

»Danke«, erwiderte Otis mit einem nostalgischen Glitzern in den Augen. »Ich werde mal einen Freund fragen, der an die Firmenarchive der Great Northern herankommt. Vielleicht kann der noch etwas herausfinden. Es gibt nichts Besseres als die Geschichte dieser alten Gleise.«

»Passt auf euch auf«, rief Candice's Vater, als sie gingen. Die Tür fiel mit einem Klicken zu und ließ Erik, Amelia, Robin, Candice und Joe im Wohnzimmer zurück.

❄

»William Corbyn muss eine ziemlich außergewöhnliche Person gewesen sein«, sinnierte Joe. »1910 eine Bank ausrauben und das Geld dann im Tunnel verstecken.«

»Stimmt«, sagte Erik, »aber in seinem Brief schien er Reue zu zeigen. Vielleicht war er gar nicht so schlecht.«

»Möglicherweise«, mischte sich Robin ein, »aber ich frage mich, was er mit Orson Corbyn zu tun hat, diesem Verbrecherboss aus Seattle, der uns verfolgt hat.«

»Mich gruselt es immer noch, wie er uns in dem alten Sägewerk eingesperrt hat«, sagte Amelia.

»Sie müssen irgendwie miteinander verbunden sein«, vermutete Erik.

»Apropos Orson«, warf Candice zögernd ein. »Ich verstehe nicht, wie er entkommen konnte. Sheriff Watson hat mir erzählt, dass Orson nach der Schießerei im Sägewerk weder unter den Toten noch unter den Verletzten zu finden war. Sie haben überhaupt keine Spur von ihm gefunden.«

»Nur das Dröhnen der Motorräder im Wald«, sagte Amelia und drückte Eriks Hand fest. »Aber ... wir haben ihn zu Boden gehen sehen.«

»Ja, zu Boden gehen sehen. Aber danach hat ihn niemand mehr gesehen«, fügte Robin hinzu.

»Anscheinend«, fuhr Candice fort, »ist er wirklich mit Hilfe dieser Motorradgang geflohen, die hier in der Gegend schon von der Mafia als Handlanger eingesetzt worden war. Dwayne glaubt nicht, dass Orson sich allein durch die Wälder gekämpft haben könnte. Dann hätten sie ihn geschnappt. Nein, er glaubt, dass er immer noch da draußen ist.«

»Ich hoffe nicht, dass wir von ihm hören«, meinte Amelia.

»Dann müssen wir vorbereitet sein«, erklärte Robin. »Jedenfalls besser vorbereitet, als wir es im Tunnel waren. Wir werden nicht zulassen, dass er noch einmal unser Leben bedroht.«

»Na ja«, warf Erik ein, »das können wir uns zwar

versprechen. Aber wir müssen auch davon ausgehen, dass Corbyn glaubt, dass wir das Geld in den Koffern haben.«

»Aber er müsste doch erfahren, dass ihr es gewesen seid, die auf Schatzsuche gegangen sind?«, fragte Candice.

»Glaubst du nicht, dass er das erfahren wird? Nach dem Medienrummel, den die alte Lokomotive unterhalb von Stevens Pass hervorrufen wird?«

Erik fügte hinzu: »Dann wird er aber auch erfahren, dass wir das Geld nicht mehr haben. Vielleicht lässt er uns dann in Ruhe.«

»Es sei denn, er möchte sich rächen«, orakelte Robin.

❄

Unter einem Himmel in sanften Orange- und Violetttönen standen die vier Freunde vor Candice's Haus zusammen. »Danke, ihr beiden«, sagte Erik zu Candice und Joe. »Für alles.«

Amelia nickte zustimmend. »Ohne Eure Unterstützung hätten wir es nicht geschafft.«

Candices Wangen erröteten leicht, und sie winkte ab. »Ihr wisst, dass wir alles für Euch tun würden. Dafür sind Freunde doch da.« Ihr Blick huschte zwischen Amelia und Erik hin und her und verweilte noch einen Augenblick länger bei ihm. Doch sie schüttelte den Gedanken wieder ab, wie Erik merkte. Schließlich war ja Joe an ihrer Seite. Er klopfte Erik auf den Rücken, die schwieligen Hände eines Farmers drückten ihm fest auf die Schulter. »Passt auf Euch und Amelia auf, in Ordnung? Und macht Euch keine Sorgen um uns. Uns wird es gut gehen.«

Erik begegnete Joes festem Blick und wusste, dass er es aufrichtig meinte. Mit einem Nicken versprach er: »Das werden wir.«

»Kommt schon«, rief Robin aus dem Auto, seine

Stimme eindringlich. »Wir sollten uns auf den Weg machen, wenn wir noch halbwegs schnell vorankommen wollen.«

Mit einem letzten Winken wandten sich Erik und Amelia dem Auto zu. »Ich kann es kaum erwarten, zurück nach Edmonton zu kommen«, meinte Amelia. »Dieses Abenteuer war wirklich groß, aber zu Hause, in Sicherheit, wäre ich jetzt auch ganz gern.«

»Beinahe«, antwortete Erik, der ein letztes Mal die Habseligkeiten musterte, bevor er den Kofferraum mit einem entschlossenen Ruck schloss. »Lass uns nach Hause gehen.«

❄

Der Motor des Autos sprang an und brummte leise unter Robins Fingerspitzen, als er das Lenkrad in die Hand nahm. Als sie sich von Candice' Haus entfernten, wandte Erik seinen Blick nur ungern vom Rückspiegel ab, wo er einen Blick auf Candice und Joe erhaschte, die ihm zum Abschied zuwinkten, mit einem Lächeln.

»Hey, geht es dir gut?«, fragte Amelia und strich mit ihren Fingern über seinen Arm.

Erik lächelte. »Es war eine ziemlich lange Reise.«

»Aber ich würde sie um nichts in der Welt missen wollen.«

»Wirklich? Nach all dem, was passiert ist?«

»Ja, ich finde, das war ein richtiges Abenteuer.«

Als sie weiterfuhren, begann sich die Landschaft um sie herum zu verwandeln, ein Waldteppich, der sich in Smaragd und Azurfarbtönen entfaltete. Hoch aufragende Berge neben ihnen, während sich üppige Wälder über die Hänge erstreckten.

»Toll«, sagte Amelia und ihre Augen weiteten sich vor

Ehrfurcht. »Ich kann mich an dieser Aussicht nie satt sehen.«

Von Kalispell fuhren sie nach Norden, und dann über die Bundesstraße 93 erst nach Westen und dann wieder nach Norden – in Richtung Kanada. Sie waren eine Stunde unterwegs, kurz vor dem Örtchen Stryker, als Robin in den Rückspiegel schaute. Er wirkte mit einem Mal hellwach und weniger entspannt.

»Da kommt ja eine ziemliche Truppe hinter uns her«, murmelte er. Erik drehte sich um und sah zwischen den beiden Sitzen an Amelia auf der Rückbank durch die Heckscheibe von Robins Geländewagen. Er erschrak instinktiv. Hinter ihrem Wagen war eine ganze Gruppe von Motorradfahrern auf der Straße aufgetaucht.

»Das sind bestimmt zehn Motorräder«, meinte Erik, als er die Gruppe durchgezählt hatte. »Und sie holen zu uns auf.«

»Was meinst du, bitte?«, sagte Amelia. »Sie holen zu uns auf?«

Robin drückte das Gaspedal etwas stärker durch. Der Geländewagen mit seinem starken Motor machte einen Satz nach vorn, er und Amelia und Erik wurden in ihre Sitze gedrückt. »Robin, was machst du denn? Willst du ihnen davonfahren?«

»Ich weiß nicht, Amelia, aber mir kommt das komisch vor. Ich glaube ja nicht wirklich, dass wir ihnen davonfahren könnten. Aber ich will sehen, ob sie dran bleiben.«

»Aber wenn es nun ganz harmlose Motorradfahrer sind, dann hast du gleich ein Ticket wegen Rasens am Hals«, meinte Amelia.

Erik wandte ein: »Motorradfahrer in einer Gruppe jagen mir auch einen Schauer ein. Und wenn ich einmal genau hinschaue, so harmlos sehen die nicht aus.« Mit ihren Sonnenbrillen, ihren schweren Maschinen und ihren

Lederjacken wirkten die Motorradfahrer wirklich etwas bedrohlich, dachte Amelia. Und da sah sie es: Ein Clubabzeichen prangte auf den Jacken der Gang.

Robin beschleunigte, und sie jagten mit 70 Meilen den Highway hinunter – eigentlich schon viel zu schnell für die kleine Straße. Aber die Straße verlief hier in langen, geschwungenen Bögen durch das waldreiche Tal, das zwischen den sanften Hügeln lag. »Ich könnte noch viel schneller fahren, wenn ich müsste«, meinte Robin.

»Vielleicht solltest du das tun«, merkte Erik an. Die schließen tatsächlich zu uns auf und halten das Tempo!«

An einem langen, geraden Stück, hinter Stryker, gaben die Motorradfahrer Gas. Ehe sich die drei in ihrem Geländewagen versahen, gingen die Fahrer auf ihren Maschinen längs zu Robins Wagen. Sie rasten an einem Schild vorbei, das sie informierte, dass sie immer noch im Flathead County waren.

»Verdammt, die holen uns ein«, rief Erik. Und da waren sie auch schon neben ihnen: Zehn Motorräder, allesamt mit wilden Typen besetzt, die sie von der anderen Spur der Straße aus angrinsten. Zwei hoben während der Fahrt lange Eisenketten hoch.

»Was ist das jetzt?«, meinte Robin.

Dann schlugen die Motorradfahrer mit ihren langen Eisenketten auf den Geländewagen ein. Erik dachte noch, das Fenster auf der Beifahrerseite hochzukurbeln, aber wem hätte das genutzt? Mit lauten Schlägen krachten die Ketten auf den Wagen, auf den Rahmen und die Motorhaube.

»Wir sollen Euch schön grüßen«, brüllte der Anführer von seinem Motorrad herüber, als er auf gleicher Höhe mit Erik war. »Von Orson Corbyn. Er hat Euch nicht vergessen!« Er fügte ein dreckiges lautes Lachen hinzu, und jetzt holten auch die anderen Fahrer Eisenketten heraus. Sie schwangen die Ketten in der Luft, holten aus und begannen dann abwechselnd auf den Wagen einzuschlagen.

»Hey, was soll das? Das ist brandgefährlich«, stammelte Robin noch, während er versuchte, den Wagen in der Spur zu halten.

»Robin, gib Gas«, schrie Amelia, als wieder eine der Ketten auf die Motorhaube krachte.

Verzweifelt beschleunigte Robin den Wagen weiter. Aber der Geländewagen hatte, trotz seines schweren Motors, keine Chance gegen die starken Motorräder, die neben ihnen fuhren. Mühelos konnten sie jede Bewegung des Autos mitmachen. Dann gab die Hälfte von ihnen Gas, um sich vor den Wagen zu setzen.

»Wenn die uns stoppen wird es uns dreckig ergehen«, rief Amelia.

Erik nickte entsetzt. »Wir können auf keinen Fall anhalten, Robin.«

Die Motorräder kamen dicht an den Wagen heran, und wieder krachten die Eisenketten auf den Wagen, rissen dicke Beulen in die Motorhaube. Noch waren die Scheiben heil, aber Erik war sich sicher, dass sie sich diese als Nächstes vorknöpfen würden. Und wenn sie erst keine Windschutzscheibe mehr hätten, würden sie wohl anhalten müssen. Amelia stieß einen entsetzten Schrei aus, als eine Kette gegen die Tür der auf Beifahrerseite schlug.

In diesem Moment wurde die brutale Szene von dem Heulen einer Sirene hinter ihnen zerrissen. Erik hatte überhaupt nicht mehr nach hinten geschaut, Robin sich komplett auf die Straße konzentriert. So hatten sie nicht mitbekommen, dass zwei Polizeiwagen hinter ihnen aufgetaucht waren.

Die grauen, bulligen Geländewagen schossen zu ihnen heran. »Sheriff Flathead County« konnte Erik auf den Fahrzeugen lesen, die mit einem schwarzen Gestell vor der

Kühlerhaube ausgerüstet waren. Das sah aus wie zwei Rammböcke, die sich jetzt einmischten, dachte er noch. Auf ihren Dächern blinkten die Lichter in blau-rot in schneller Reihenfolge.

Die Motorradgang zögerte nicht eine Sekunde. Sie gaben Gas und schossen mit ihren schweren Maschinen nach vorne. Einige ließen die Ketten fallen, andere schafften es noch, sie zu sich heranzuziehen. Dann brausten sie vor den Fahrzeugen davon. Eines der beiden Einsatzfahrzeuge gab Gas und raste hinter den Motorradfahrern her. Das Brummen des starken Motors erschütterte die Luft. »Professionals in Law Enforcement«, konnte Erik noch an der Seite lesen, und er dachte, dass es gut war, dass es Profis gab, um das Gesetz durchzusetzen.

Der andere Einsatzwagen bedeutete Ihnen mit Blinklichtern, rechts heranzufahren. Robin ließ den Wagen ausrollen und kam am rechten Fahrbahnrand zum Stehen. Der Einsatzwagen hielt hinter ihnen. Aber er fuhr nicht an den Straßenrand, sondern blieb mitten auf der Fahrbahn stehen – mit Sirene und Blinklichtern.

»Sheriff Dwayne Watson«, sagte Erik, als er auf der Beifahrerseite ausgestiegen war, erleichtert. »Das gibts doch nicht.«

»Erik, Amelia und Robin«, gab der Sheriff unter seinem großen Cowboyhut zurück, als er sich ihnen näherte. »Seid ihr wohlauf?«

»Ja, uns ist nichts passiert«, gab Robin zurück. »Aber viel hätte nicht gefehlt.«

»Wie sind sie so schnell hierhergekommen?«

Watson lächelte entschuldigend. »Ich schätze, da ist eine Erklärung angebracht«, sagte er, und zog sich den Hut zurecht.

❄

»Wir haben Euch nicht aus den Augen gelassen, seit wir in Kalispell aufgebrochen sind«, erklärte Dwayne Watson, während die drei mit den beiden Polizeibeamten am Rande der Straße standen. »Wir hatten den Tipp bekommen, dass die Motorradgang etwas plant. Also wollten wir Euch eine Art Geleitschutz bis nach Kanada geben.«

»Wie konnten die uns erwischen?«, fragte Robin ungläubig.

»Nun, wir sind etwas langsamer geworden. In Fortine, das ist der nächste Ort, haben wir zwei weitere Einsatzwagen stehen. Deshalb dachten wir, wir könnten Euch etwas Luft geben und uns zurückfallen lassen.«

Watsons Kollegin, ein weiblicher Officer, ergänzte. »Es muss ein ziemlich blöder Zufall gewesen sein, aber die Motorradgang wird in Stryker auf Euch gewartet haben. Dort müssen sie auf den Highway eingebogen sein.«

»Als wir Euch eine Weile nicht mehr gesehen haben, haben wir gemerkt, dass etwas nicht stimmt. Ihr müsst schneller geworden sein, denn bei Eurem normalen Tempo hätten wir Euch kurz hinter Stryker wieder erreicht.«

»Also haben wir richtig Gas gegeben, denn wir wollten nicht, dass ihr in Gefahr kommt«, fuhr die Kollegin fort. »Und dann haben wir genau das gesehen, auf der Straße vor uns, was wir nicht wollten: Die Gang hatte sich über Euch hergemacht.«

»Nur gut, dass wir die ganze Szene auf Video aufnehmen konnten«, sagte Dwayne Watson, »das brauchen wir als Beweismaterial für die Anklage: Die Motorradgang, wie sie ein Fahrzeug bedroht und mit Eisenketten beschädigt.«

»Aber wie wollt ihr die Gang schnappen, wenn wir hier stehen?«, wandte Erik ein.

»Oh, wie ich schon sagte, das ist eine geplante Aktion. Wir haben zwei Wagen in Fortine, die sicherstellen, dass sie nicht weiterkommen. Wir haben den Patrol Car, der hinter ihnen her ist. Wir haben uns hier als weitere Sperre aufgestellt«, fügte er hinzu und deutete auf das quer zur Fahrbahn geparkte Einsatzfahrzeug. »Und ich habe die Verstärkung aus Eureka, das ist der nächste Ort, angefordert. Ihr seht also: Hier ist heute jede Menge Polizei auf der 93 unterwegs.«

»Solange sie nicht versuchen, zurückzukommen«, sagte seine Kollegin. »Aber ich behalte das im Blick.«

Erik, Amelia und vor allem Robin war die Erleichterung nur zu deutlich ins Gesicht geschrieben. »Ich habe wirklich gedacht, die schnappen uns gleich«, sagte Robin.

»Das hätte ziemlich übel ausgehen können«, urteilte Dwayne Watson. »Ihr seht also: Orson Corbyn ist entkommen. Und ganz sicher mit Hilfe dieser Motorradgang. Die machen wir jetzt dingfest, auch wenn ich nicht glaube, dass wir durch sie Corbyn schnappen können. Der dürfte längst über alle Berge sein.«

»Bleibt nur mein Auto«, sagte Robin und blickte auf den zerbeulten Wagen. »Gott sei Dank sind die Scheiben noch ganz.«

»Mach dir keine Sorgen, Robin«, meinte Watson. »Dein Wagen ist bei einer Polizeiaktion im Flathead County beschädigt worden. Und ich bin sicher, dass wir die Reparatur regeln können.«

❄

Wenig später, als sie über Funk erfahren hatten, dass alle zehn Motorradfahrer kurz vor Eureka festgenommen wurden, beschlossen die drei, weiterzufahren. Nötig wäre es vielleicht nicht gewesen, meinte Robin, aber Sheriff Watson bestand darauf, sie bis zur kanadischen Grenze zu begleiten. »Die Grenze bei Rooseville ist nur zwanzig Minuten entfernt«, sagte Watson. »Wir wollen ja nun wirklich nicht, dass auf den letzten Metern noch etwas passiert. Und vielleicht hilft es ja, wenn wir unseren Kollegen nördlich der Grenze sagen, warum hier ein zerbeultes Auto einreisen will.«

Sie verabschiedeten sich herzlich von Dwayne Watson, dem großen Sheriff mit dem Cowboyhut, und Robin tippte sich an die Stirn. »Hier in Montana ...«, hob er an.

»... regeln wir alles nach Recht und Gesetz«, ergänzte Dwayne Watson grinsend. Dann stiegen sie in ihren Wagen und setzten die Fahrt fort, gefolgt von dem Einsatzfahrzeug des Sheriffs.

Als sie einige Meilen weiter die Straße gefahren waren und um eine Kurve bogen, standen vor ihnen plötzlich viele Einsatzfahrzeuge mit blinkenden Leuchten. »Das muss die Straßensperre sein«, sagt Amelia aufgeregt. Robin fuhr langsamer, bis er fast zum Stehen kam. Hinter ihnen ließ Dwayne Watson die Sirene seines Einsatzfahrzeuges einmal aufjaulen. Dann bedeutete er den dreien in ihrem Wagen über Lautsprecher, vorsichtig weiterzufahren. Sie passierten die Straßensperre an der rechten Fahrbahnseite. Erik zählte sechs Polizeiautos, die dort nebeneinander standen. Überall liefen Deputies herum. Und sie sahen die Motorradgang: Alle zehn Fahrer standen nebeneinander, von bewaffneten Polizeibeamten in Schach gehalten. Sie blickten unvermittelt in die Gesichter der Gangmitglieder, die sie hässlich angrinsten. Robin trat aufs Gas und sie fuhren weiter. Gefolgt von Sheriff Dwayne Watson passierten sie die Sperre und fuhren in das Städtchen Eureka im Norden Montanas.

»Das war jetzt echt unheimlich«, merkte Amelia an.

»Ja, die standen da und haben uns gesehen«, fand Robin.

»Aber sie wissen doch nicht, wo wir herkommen. Wie

sollen sie uns mit Edmonton in Verbindung bringen? Außerdem sind sie jetzt alle erst einmal verhaftet.«

Kurz vor der Grenze hielten sie an. Dwayne Watson lenkte den Patrol Car ebenfalls nach rechts an den Straßenrand. Er stieg aus und kam noch einmal zu ihnen. »Ihr habt es gesehen, die kommen jetzt alle hinter Schloss und Riegel. Ich glaube nicht, dass ihr von denen etwas hört. Und wenn doch, dann ruft ihr mich an – auch aus Kanada. Versprochen?«

»Natürlich, Sheriff. Und vielen Dank für alles.«

»Ach, wir danken Euch. Ihr habt einige ganz schlimme Kerle hochgehen lassen. Wir haben Beweismaterial gegen die Mafia in Seattle. Und dann habt ihr noch einen Schatz und einen alten Eisenbahntunnel samt Lokomotive entdeckt. Also die Aufregung, die ihr in den vergangenen Tagen nach Flathead County gebracht habt, dürfte für ein ganzes Jahr reichen. Macht es gut – und wenn ihr wieder nach Kalispell kommt, besucht mich.«

»Das machen wir«, fügte Amelia hinzu. »Auf Wiedersehen, Sheriff Watson.«

Sie stiegen ein, starteten den Motor und fuhren die letzten Meter auf die Grenze zu. Erik wunderte sich, dass es »Duty Free Stores« an der Grenze gab, in denen man zollfrei einkaufen konnte. Aber es ist hierzulande eben anders als in der EU, wie er sich dachte. Auf der linken Seite der Straße gab es sanfte Hügel, auf der rechten Seite stiegen schon wieder höhere, tief bewaldete Berge auf. Sie passierten den US-Grenzposten und fuhren auf die kanadische Seite zu. Robin hielt an, als ein Grenzpolizist aus dem Häuschen kam.

»Willkommen zurück in Kanada«, sagte der Mann freundlich. »Wir haben schon von unseren US-Kollegen gehört, wer ihr seid. Das ist wirklich aufregend. Ich hoffe, ihr werdet von hier aus eine ruhige Fahrt nach Edmonton haben. Zumindest sind keine Motorradgangs hier in den letzten Stunden durchgekommen«, fügte er lachend hinzu. Robin reichte ihm die Ausweise, er schaute kurz hinein. Dann fügte er noch hinzu: »Ihr solltet Euch in Edmonton besser bei der Polizei melden. Die haben noch Fragen, weil, das haben auch wir mitbekommen, ein Teil Eures Abenteuers ja in Kanada spielte.« Robin nickte und versprach, dass sie auf dem Revier auftauchen würden. Nun waren sie in British Columbia, dem kanadischen Bundesstaat, der hier an das US-amerikanische Montana grenzte. Nach Alberta würden sie erst später von Westen zurückkehren.

»Bis Banff sind es noch gut vier Stunden Fahrt. Dann wollen wir mal«, sagte Robin und drückte aufs Gas.

»Denk nur an all die Geschichten, die wir zu erzählen haben werden«, sinnierte Amelia und ließ ihren Blick wieder auf die Straße schweifen. »Wenn wir alt und grau sind und auf unserer Veranda mit ein paar Schaukelstühlen sitzen.«

»Alt und grau? Bis dahin ist es noch eine Weile, hoffentlich«, sagte Erik.

Die Straße erstreckte sich vor ihnen. Eriks Finger trommelten rhythmisch auf dem Armaturenbrett, das Brummen des Motors vermischte sich mit Amelias Lachen.

»Sieh dir diese Berge an, Erik«, sagte sie und zeigte auf die schroffen Gipfel, die sich majestätisch in der Ferne abzeichneten. Erik nickte zustimmend und sein Blick wurde von der Kulisse angezogen. Die Berge wirkten fast wie aus einer anderen Welt, ihre zerklüfteten Gipfel ragten in den Himmel wie uralte Wächter, die über das Land unter ihnen achteten.

Als sie sich Banff näherten, stand die Sonne tief am Himmel und warf ihre goldenen Strahlen auf die Rocky Mountains. Erik holte tief Luft und atmete die frische Bergluft ein, die durch das Autofenster strömte.

»Hey, Robin«, rief Erik, der auf dem Fahrersitz saß und sich darauf konzentrierte, die kurvenreichen Straßen zu bewältigen. »Hast du eine Idee, wo wir uns für die Nacht ausruhen können?«

»Ich glaube, ich sehe da vorne ein kleines Motel«, antwortete Robin und zeigte auf das bescheidene Holzgebäude, das zwischen hohen Kiefern lag. Der warme Schein der Fenster durchdrang die einbrechende Dunkelheit.

»Perfekt«, sagte Amelia, »schauen wir es uns an.«

Als sie vor dem Motel anhielten, spürte Erik eine Aura rustikalen Charmes, die von dem malerischen, blockhausähnlichen Gebäude ausging. Sie gingen hinein.

»Willkommen im Pine Haven Motel«, begrüßte die fröhliche Frau hinter der Rezeption die beiden. Ihr Lächeln war echt und tröstlich.

»Hallo, wir hätten gerne zwei Zimmer für die Nacht, bitte«, bat Erik.

»Wir haben schöne Zimmer mit Blick auf die Berge frei. Ich bin sicher, es wird Ihnen gefallen«, sagte sie und reichte ihm den Schlüssel.

Sie machten sich auf den Weg zu den Zimmern, wobei die Dielen unter ihren Füßen leicht knarrten. Als Erik die Tür aufschloss und aufstieß, empfing sie ein sanfter Luftzug, der nach Kiefern duftete. Das Zimmer war bescheiden, aber einladend, mit einem weichen Doppelbett und großen Fenstern mit Blick auf die Rocky Mountains.

»Wow, die Aussicht ist gut«, sagte Amelia, als sie am Fenster stand und ihr Gesicht vom letzten Abendlicht beleuchtet wurde. Erik gesellte sich zu ihr, schlang seine Arme um ihre Taille und stützte sein Kinn auf ihre Schulter. Als sie in dieser Nacht eng umschlungen unter den Decken lagen, wiegte das rhythmische Zirpen der Grillen vor ihrem Fenster sie in einen tiefen und friedlichen Schlummer.

KAPITEL 15

Sulphur Mountain

Die Morgensonne tauchte die Berge in ein goldenes Licht, als Erik den ersten Schluck seines Kaffees nahm. Von Osten zogen Wolken herauf. Das Motelzimmer in Banff war gemütlich, mit seiner rustikalen Holzeinrichtung und dem Fenster, das einen Blick auf die Rocky Mountains bot. Amelia schlief noch selig, während er bereits aufgestanden war. Sie planten noch einen Abstecher in die Berge bei Banff. Aber bevor sie sich auf den Weg in die Berge machten, wollte Erik noch ins Zentrum.

Er hatte nicht lange über das, was nun folgen sollte, nachdenken müssen. Er war sich sicher, dass er jetzt das richtige tat. Natürlich war Amelia die richtige, dachte er. Die Straßen waren ruhig, die Geschäfte öffneten gerade ihre Türen. Er schlängelte sich durch die Boutiquen. In einem kleinen Laden blieb er stehen. Die Regale waren gefüllt mit handgefertigten Kunstwerken und Souvenirs. Eriks Augen wanderten über Schmuckstücke, die in der Sonne glitzerten. Es waren fein gearbeitete Anhänger, die das Bild der Berge zeigten, aber auch Armreife, Ketten und Ringe.

Eine ältere Dame, die den Laden führte, lächelte ihm zu. »Guten Morgen! Kann ich Ihnen helfen?«

Erik erwiderte das Lächeln. »Guten Morgen. Ich suche etwas für meine Freundin …«

»Was darf es denn sein?«

»Nun, wenn ich ehrlich bin, suche ich Schmuckstücke für uns beide …«

Die Ladenbesitzerin öffnete die Vitrinen und zeigte Erik ein Schmuckstück nach dem anderen. Als sie an der besonderen Vitrine angelangt waren, wusste er, dass es das, was er suchte, hier gab. Und gleich in so vielen verschiedenen Ausführungen, staunte er. »Eine ausgezeichnete Wahl«, sagte die Dame, nachdem er seine Entscheidung getroffen hatte. »Diese Stücke tragen die Schönheit der Rockies in sich. Sind Sie zum ersten Mal hier?«

»Das hört sich malerisch an«, erwiderte Erik grinsend. »Nein, in den Rockies waren wir schon mehrfach. Wir haben uns in Jasper kennengelernt.«

»Und jetzt kaufen Sie genau das Richtige in Banff. Das spüre ich«, sagte die Dame und lächelte ihm aufmunternd zu.

Mit einem Gefühl der Zufriedenheit verließ Erik den Laden. Auf dem Rückweg zum Motel genoss er die Atmosphäre der kleinen Stadt. Als er die Tür ihres Zimmers öffnete, sah er Amelia, wie sie aufgestanden war und im Zimmer stand. Sie sah ihn neugierig an.

»Was hast du da, Erik?«

»Etwas, das dich an unsere Reise hierher erinnern soll.«

Sie sah das kleine Päckchen in seiner Hand, »Was ist es?«

Erik lächelte. »Das ist noch eine Überraschung. Ich werde es dir zeigen, wenn wir ganz oben sind.«

❄

Später, beim Frühstück, gesellte sich Robin dazu. »Es fühlt sich jetzt fast surreal an, hier zu sein«, murmelte er und schaute aus dem Fenster. »Nach unseren Abenteuern in Montana scheinen wir hier in Sicherheit zu sein.«

»Ich denke, das sind wir auch. Weder diese Motorradgang noch Orson Corbyn selbst dürften wissen, dass wir ausgerechnet nach Banff gefahren sind«, antwortete Erik.

»Aber sie haben uns gezeigt, dass sie uns überall aufspüren können. Denk doch mal an das Haus am See.«

»Ja, stimmt. Allerdings wussten sie, dass wir in Kalispell ausgestiegen sind. Ich denke, das hat jemand im Zug mitgehört.«

»Sie wussten aber auch, dass wir nach Kanada unterwegs waren.«

»Und haben dafür die Quittung kassiert, als sie uns auf der Straße überfallen wollten und der Sheriff auftauchte.«

»Ich denke wirklich, wir sind hier sicher. Außerdem war es klug, erst nach Banff zu fahren und dann weiter nach Edmonton«, sagte Erik schließlich.

Robin nickte zustimmend. »Die Berge hier sind ja auch überwältigend.«

Amelia schenkte noch einen Kaffee ein, als sie mit einem Lächeln sagte: »Die Rockies haben etwas Beruhigendes. Sie sind immer da, unverändert und doch jedes Mal aufs Neue beeindruckend.«

Erik lächelte ihr zu. »Du hast recht. Sie haben etwas Tröstliches an sich.«

»Kannst du dir vorstellen, wie es für die ersten Entdecker aus Europa gewesen sein muss, die auf diesen Ort gestoßen sind?« überlegte Erik.

»Die ersten Entdecker? Nein, das kann ich nicht. Wahrscheinlich eine Mischung aus Ehrfurcht und Schrecken«, antwortete Amelia. »Ehrfurcht, als sie die hohen Berggipfel gesehen haben. Und Schrecken, weil sie merkten, dass sie nicht allein sind und hier die Ureinwohner vor sich haben.«

❄

Sie verließen das Motel und fuhren mit Robins zerbeultem Auto zur Gondel von Banff, die auf den Sulphur Mountain führte. Die Straße verlief vom Ort durch den Wald, am schicken »Rimrock Resort Hotel« vorbei zur Talstation der Bergbahn. Erik hatte ja etwas vor, und er hatte Robin eingeweiht. Der tat jetzt so, als wolle er im Tal bleiben, weil er keine Lust habe, auf den Berg hinaufzufahren.

»Robin, du solltest mit uns auf den Gipfel kommen«, sagte Amelia und wandte ihre Aufmerksamkeit ihrem Bruder zu.

»Das ist für euch beide da oben«, antwortete Robin mit einem Lächeln. »Ich bleibe hier und erkunde das Tal noch ein wenig. Genießt ihr die Aussicht.«

Amelia zögerte, hin- und hergerissen zwischen dem Wunsch, dass ihr Bruder sich ihnen anschloss und der durchaus reizvollen Aussicht, mit Erik allein hochzufahren. »Geh nur, Amelia. Wir treffen uns nachher wieder hier«, beruhigte er sie.

Sie stiegen ein und die Gondel schwankte leicht. Es war eine altmodische Gondelbahn, die aber neue Kabinen erhalten hatte, aus deren Plexiglasfenstern sie das Panorama bewundern konnten. Mit jedem Meter ging die Aussicht weiter über die Bäume, die Täler und die umliegenden Hügel hinweg. Amelias Augen leuchteten vor Freude. »Es fühlt sich an, als ob die Zeit hier oben stillsteht.«

Schließlich erreichte die Gondel den 2451 Meter hohen Gipfel, und als sich die Türen öffneten, wurden sie von einer kühlen Brise empfangen. Sie stiegen aus und verließen die Bergstation. Draußen erstreckte sich eine endlose Landschaft aus Bergen und tiefen Tälern.

Erik führte Amelia zu einem abgelegenen Platz, fernab von den anderen Touristen. Hier waren sie allein, umgeben von der Pracht der Berge. »Schau. Hier können wir die Aussicht ganz für uns allein genießen.« Sie setzten sich auf einen Felsvorsprung und verloren sich in der Stille, die nur vom sanften Rauschen des Windes durchbrochen wurde. Der Moment war magisch.

Erik nahm Amelias Hände in seine und schaute ihr tief in die Augen. »Amelia, hier oben, in dieser Stille, möchte ich dir etwas sagen. Du bist das Beste, was mir je passiert ist.«

Amelia lächelte, ihre Augen glänzten vor Rührung. »Erik, ich könnte nicht glücklicher sein, als mit dir durch das Leben zu gehen.« Der Moment schien stillzustehen. Der Wind strich sanft über den Gipfel, als Erik innehielt. Seine Hände zitterten leicht. Er atmete tief durch, sammelte seine Entschlossenheit und ging vor Amelia auf ein Knie. In seinen Händen hielt er ein kleines Samtkästchen, das er öffnete – es barg zwei funkelnde Ringe

Seine Stimme war ruhig, aber er konnte das leichte Zittern nicht verbergen. »Amelia, wir haben so viel gemeinsam erlebt. Jede Höhe, jede Tiefe hat uns nur näher zueinander gebracht. Wollen wir uns verloben? Darf ich dir den Antrag machen?«

Erik wusste nicht, ob er die richtigen Worte gefunden hatte. Er hatte so etwas ja noch nie gemacht – einen Verlobungsantrag. Hätte er gleich einen Heiratsantrag machen sollen, schoss es ihm durch den Kopf? Oder hätte er einfach die Klappe halten sollen? Hätte die Aussicht auf die Berge allein nicht genügt? Amelia blickte ihn an, ihre Augen voller Überraschung und Bewunderung. »Erik…«, flüsterte sie, unfähig, mehr als seinen Namen herauszubringen. Ihre

Augen weiteten sich vor Überraschung und Freude, als sie begriff, was gerade passierte. Sie sah in die Augen des Mannes, den sie liebte, und fand darin die Bestätigung. Mit einem Nicken, das mehr sagte als Worte, brachte sie ein leises »Ja« hervor.

Erik stand auf, ein Strahlen auf seinem Gesicht. Er nahm den funkelnden Ring aus dem Samtkästchen und führte ihn behutsam an Amelias Finger. Der Ring schimmerte im Sonnenlicht. Ihr Blick traf sich erneut, und in diesem Augenblick waren keine Worte mehr nötig. Alles, was gesagt werden musste, lag in ihren Blicken und der Berührung ihrer Hände. Eine Welle der Gewissheit und Freude durchströmte sie beide.

❄

Später saßen Erik und Amelia Hand in Hand auf einem Felsen und beobachteten, wie die Sonne am Nachmittag schon etwas tiefer stand. Amelia lehnte ihren Kopf an Eriks Schulter und seufzte. »Das ist einfach wunderbar, Erik.«

Erik nickte zustimmend. »Ja, es ist wirklich magisch hier oben.«

Amelia sah zu ihm auf, ein verspieltes Glitzern in ihren Augen. »Und jetzt, wo wir verlobt sind, werden unsere Abenteuer noch aufregender, oder?«

Erik lachte. »Oh, definitiv. Wer hätte gedacht, dass unsere Reise durch die Rockies so eine überraschende Wendung nehmen würde?«

»Du weißt, wie man für eine Überraschung sorgt, das muss man dir lassen«, neckte Amelia ihn.

Erik grinste. »Nun ja, eine gute Überraschung sollte ja immer etwas Besonderes sein. Die Zukunft wird aufregend, das weiß ich.«

»Jetzt, wo wir uns auf dem Sulphur Mountain verlobt

haben, können wir zusammenhalten. Wie Pech und Schwefel. Denn wir sind ja auf dem Schwefelberg«, fügte Amelia in Anspielung auf den Namen des Gipfels, den »Sulphur Mountain«, hinzu.

Sie verließen ihren Felsvorsprung und gingen zurück zur Bergstation. Dann betraten sie die Halle, in der die Gondeln hinunterfuhren. Erik hatte eine Idee, er ging zu dem Liftführer, der an ein Kontrollpanel gelehnt stand. Er war ein großer, schwerer Mann mit einer dicken Jacke und einem Bart.

»Darf ich Sie etwas fragen?«

»Nur zu.«

»Meine Freundin und ich, wir haben uns gerade verlobt. Aber jetzt brauchen wir jemanden, der das bezeugt.«

»Wie bitte?«

»Na ja, so jemanden wie einen Kapitän auf dem Schiff. Oder einen Liftführer.«

»Oh, das ist mir eine große Ehre.«

Erik winkte Amelia, herüberzukommen. Sie kam neugierig auf den Liftführer zu. Dieser hatte etwas übrig für solche Zeremonien, auch wenn es ihm noch nicht so häufig passiert zu sein schien, dass er eine Verlobung bezeugen konnte.

»Erik and Amelia, I hereby declare you officially engaged«, sagte er und bezeugte damit die Verlobung der beiden. Er grinste breit. »So etwas habe ich noch nicht gemacht, aber es klingt gut.«

»Und es hört sich sehr offiziell an«, bestätigte Amelia.

Nun konnten sie in die Gondel steigen, die sie vom Berg wieder herunterbrachte, ganz langsam an den Bäumen und Felsen vorbei, bevor sich das Tal um ihre Aussicht schloss. Unten an der Station wartete Robin auf die beiden. Sein Grinsen verriet, dass er von Eriks Plan wusste, die Verlobungsringe zu besorgen. »Und?«, fragte er gespannt.

Amelia strahlte. »Du wusstest wohl alles! Natürlich habe ich Ja gesagt, Robin.«

»Das freut mich für euch beide. Ihr seid füreinander bestimmt.«

Im Tal vor der Gondel stiegen sie in Robins Wagen. Er übernahm das Steuer. »Ich bestehe aber darauf, dass ihr beiden zusammensitzt.«

Also nahmen Amelia und Erik gemeinsam auf der Rückbank Platz, wo sie sich Händchen haltend ausstrecken konnten. Die Straßen zogen an ihnen vorbei, als sie von Banff über Calgary nach Edmonton fuhren. Die Landschaft wechselte, und die Vorfreude auf ihr neues, gemeinsames Leben wuchs mit jedem Kilometer.

»Kannst du glauben, dass das jetzt unser Zuhause ist?«, fragte Amelia, ihren Blick auf die vorbeiziehende Landschaft gerichtet.

Erik lächelte. »Ja, sehr. Das kann ich gerne glauben.« Die Straße führte sie schließlich an Calgary vorbei. Die Skyline der Stadt erhob sich am Horizont, bevor sie sich langsam wieder in die Weite der kanadischen Landschaft verlor. Als sie schließlich in Edmonton ankamen, war der Himmel in sanfte Rottöne getaucht. Erik und Amelia waren voller Vorfreude auf ihr gemeinsames Leben, das ein Abenteuer werden sollte.

- *Ende* -

Lesen Sie auch

»Der Passagier aus Chicago«

Wie die Abenteuer von Amelia und Erik begannen: Ein Reiseroman und eine Liebesgeschichte aus den Rocky Mountains und von der Westküste.

Mehr Infos im Buchhandel oder auf nils-eriksen.de

Printed in Germany
by Amazon Distribution
GmbH, Leipzig

31597781R00182

Emil Bernhard-Cohn
Hayim Goren Perelmuter:
Von Kanaan nach Israel
Kleine Geschichte des jüdischen Volkes

W0385930

Deutscher
Taschenbuch
Verlag

dtv

Die Kapitel 1 bis 25 stammen von Emil Bernhard-Cohn und waren 1936 unter dem Titel ›Die jüdische Geschichte‹ im Verlag Erwin Löwe in Berlin erschienen, die Kapitel 27 bis 33 schrieb Hayim Goren Perelmuter. Kapitel 26 ist ein Text von Emil Bernhard-Cohn, ergänzt von Hayim Goren Perelmuter.
Die Kapitel 25 bis 33 wurden von John Kessel, Veronika Hartmann und Will Schaber aus dem Amerikanischen übersetzt.
Redaktion der vorliegenden Ausgabe: Sabine Schubert.

Deutsche Erstausgabe
Dezember 1986
© für die deutschsprachige Ausgabe:
1986 Deutscher Taschenbuch Verlag GmbH & Co. KG, München
Umschlaggestaltung: Celestino Piatti
Umschlagabbildung: Illustration aus der Bibel von Perpignan aus dem Jahr 1299
Gesamtherstellung: C. H. Beck'sche Buchdruckerei, Nördlingen
Printed in Germany · ISBN 3-423-10685-9

Das Buch

Über Juden im Dritten Reich und ihre Verfolgung ist viel geschrieben worden. Auch die Geschichte der Juden in biblischer Zeit ist uns vertraut: Moses, der Auszug aus Ägypten, König David – dies sind allgemein bekannte Geschichten geworden. Was aber geschah in der Zeit dazwischen? Im antiken Griechenland, im Römischen Reich, in Babylon, in Bagdad, im mittelalterlichen Spanien, im Deutschland der Gründerzeit? Emil Bernhard-Cohn gibt einen spannenden, gut lesbaren Überblick über 4000 Jahre jüdische Geschichte, der in seiner Kürze und Prägnanz besticht.
Bernhard-Cohn hatte dieses Buch 1936 in Berlin geschrieben. Nach seiner Emigration erschien es 1945 in englischer Sprache in den USA. Der Übersetzer, Hayim Goren Perelmuter, sah das Buch 1985 durch und ergänzte es um die Kapitel, die sich mit der Zeit nach 1936 beschäftigen. So findet der Leser in der erweiterten Ausgabe, die damit den Weg wieder zurück nach Deutschland fand, Informationen über die Diaspora, den Staat Israel und die Juden heute.

Die Autoren

Emil Bernhard-Cohn, der berühmte Rabbiner, zionistische Vorkämpfer und vielseitige Schriftsteller, kam 1881 in Berlin zur Welt. 1936 verließ er Deutschland und floh über Holland nach New York. Bernhard-Cohn war in den zwanziger Jahren auch ein erfolgreicher Dramatiker. In seinem aufsehenerregenden Buch ›Judentum: ein Aufruf an die Zeit‹ von 1925 berichtet er über seine »Bekehrung« vom liberalen Judentum zur Orthodoxie. Bernhard-Cohn starb 1948 in Kalifornien.
Prof. Dr. Hayim Goren Perelmuter, geboren 1914 in Montreal, wurde in New York Rabbi. Heute ist er als Professor für Judaistik an verschiedenen Universitäten in den USA und in Europa sowie als Übersetzer aus dem Deutschen, Jiddischen und Hebräischen tätig.

Inhalt

Dem Andenken unserer Eltern gewidmet
Emil Bernhard-Cohn
Grete Bernhard-Cohn

Vorwort

Dieses Buch hat einen eigenartigen Werdegang. Es erschien zunächst 1936 als Einleitung einer geplanten Schriftenreihe zur jüdischen Geschichte und Kultur. In Wirklichkeit blieb es der einzige Band, der damals publiziert werden konnte. Denn der Autor, mein verstorbener Vater, Rabbiner und zionistischer Aktivist, mußte im Oktober jenes Jahres vor den Nationalsozialisten fliehen. Obwohl die Schriftenreihe für eine breite jüdische Leserschaft bestimmt war, sollte sie sich doch besonders an jene deutschen Juden richten, die im Laufe der Zeit die Verbindung mit ihrer kulturellen Tradition verloren hatten und die nun unter dem steigenden Druck der Verfolgungsmaßnahmen des Hitlerregimes ein tiefes Bedürfnis empfanden, ihrer geistigen Heimat wieder näherzukommen. In diesem Zusammenhang muß daran erinnert werden, daß im Jahre 1936 viele Juden (wie auch Nichtjuden) das Phänomen Hitler als einen Spuk, eine momentane politische Verirrung ansahen, die bald verschwinden würde. Wie es sich zeigen sollte, war dies eine von tragischen Konsequenzen begleitete Illusion. Dennoch konnte damals kein vernünftiger Mensch, Jude oder Nichtjude, den Holocaust vorausahnen.

Nach mehrjährigem Aufenthalt in Holland kam Emil Bernhard-Cohn 1938 nach New York. Zu seinen Büchern, die in der Folgezeit in englischer Übersetzung erschienen, gehörte auch diese kurze jüdische Geschichte. Rabbiner Hayim Perelmuter hatte die hervorragende Übersetzung angefertigt, und ein Kapitel über das amerikanisch-jüdische Leben wurde angefügt. Diese erste englischsprachige Ausgabe erschien 1945. Vierzig Jahre später, 1985, unternahm es ein großer katholischer Verlag in den USA, Paulist Press, diese jüdische Geschichte erneut dem Publikum vorzustellen. Da die Originalfassung auf die Zeit vor dem Zweiten Weltkrieg zurückging, mußten Abschnitte über den Krieg, den Holocaust, die Geburt des Staates Israel und anderes Material dazukommen. Auch diese erfolgreiche Modernisierung ist den großen wissenschaftlichen und stilistischen Fähigkeiten von Rabbiner Perelmuter zu danken.

Die Idee einer deutschsprachigen Neuausgabe des Werks ergab sich für mich aus der Überlegung, daß es die Geschichte des jüdischen Volkes auf eine konzise, klare Art darstellt. Daher, dachte ich, könnte es einen heutigen deutschen Leserkreis interessieren, der die Werke von Heinrich Graetz und Simon Dubnow als zu umfangreich und detailliert betrachtet. Die Reaktion des dtv-Lektorats, dem ich ein Exemplar der Originalschrift von 1936 sandte, war prompt und enthusiastisch. Wiederum ging Rabbiner Perelmuter ans Werk. Er fertigte ein neues Kapitel, das sich ausführlicher mit den deutsch-jüdischen Beziehungen im 19. und 20. Jahrhundert beschäftigt und das – zusammen mit dem von ihm für die letzte amerikanische Ausgabe bearbeiteten Material – ins Deutsche übersetzt und in den Text eingebaut wurde.

Emil Bernhard-Cohns jüdische Geschichte wird hier in ihrer ursprünglichen deutschen Fassung mit nur geringfügigen Änderungen wiedergegeben. Im Hinblick darauf ist einiges über den Autor und seine Stellung zum Juden- wie zum Christentum zu sagen. Emil Bernhard-Cohn war Jude aus tiefster Überzeugung, ein liberaler Rabbiner, der sich zur Orthodoxie wandelte. Zeit seines Lebens war er ein jüdischer Nationalist. Bereits im Jahr 1907 wurde er wegen seiner Werbung für den Zionismus seiner Stellung als Rabbiner der Berliner jüdischen Gemeinde enthoben. Auf Vortragsreisen, die nahezu alle wichtigen jüdischen Zentren Deutschlands einschlossen, forderte er die Juden auf, zu ihrem Glauben zu stehen und allen Lockrufen nach Assimilation zu widerstehen. In seiner jüdisch-geschichtlichen Perspektive sah er eine Teilung der Welt in zwei Gruppen: »wir« auf der einen Seite, »sie« auf der anderen. Für jüdische Historiker war das keine unnatürliche Einstellung. Denn sie blickten auf die schmerzvollen Erfahrungen der Juden unter der früheren antijüdischen Haltung des Christentums und unter dem späteren Antisemitismus zurück, Tendenzen, die in der kirchlichen Lehre verankert schienen. Es war eine Art innerer Selbstschutz-Mechanismus, der den von der Heimat entfernten, in einer fremden Umgebung lebenden Juden wappnete, ein Mechanismus, der die Lebensform des Juden gegen die häufigen grausamen Angriffe der Außenwelt sichern sollte. Die knappen Bemerkungen Emil Bernhard-Cohns spiegeln seine Einstellung zu den getrübten christlich-jüdischen Beziehungen in der Vergangenheit und zur Machtergreifung der Nationalsozialisten.

Und natürlich bestand 1936 für ihn kein Anlaß, an eine Änderung der Situation zu glauben. Weder der Vatikan noch die Spitzen der protestantischen Kirchen sprachen oder handelten gegen das Programm der Nationalsozialisten, das die Juden Deutschlands und Europas zum Untergang verurteilte. (Und auch sonst gab es damals kaum einen aktiven Widerstand gegen die Hitlerbarbarei). Aber der Neuausgabe des Buchs 1945 fügte Emil Bernhard-Cohn einen Absatz hinzu, der einen gewissen Wandel seiner Anschauung zeigt.* Er schreibt:

»So viel ist sicher: Dieser Krieg, der die Welt in einen fürchterlichen Ausbruch von Gewalt verwickelt hat, als diese Zeilen geschrieben werden, ist weder ein imperialistischer Kampf noch ein Ringen bis zum bitteren Ende zwischen Kapitalismus und Sozialismus. So weit es Adolf Hitler betrifft, ist es gleichgültig, ob ein Reich fällt oder ein anderes aus seinen Ruinen aufersteht oder eine neue Gesellschaftsordnung daraus hervorgeht. Für ihn ist dies in erster Linie ein Kampf gegen Juda und mehr nicht. Dies mag wie die arrogante Behauptung aus der Feder eines jüdischen Historikers klingen, aber dennoch ist es sehr wahr, und es ist ein weiterer Beweis für das ewige Überleben von Israel, dem großen Geheimnis der Weltgeschichte. Obwohl hundertfacher Meineidiger und Meister im Schließen und Brechen von Verträgen, hat sich Hitler in diesem einen Punkt endlich einmal nicht widersprochen und verkündet es als seine festeste und innerste Überzeugung – der Jude muß vernichtet werden. Und nicht nur, wenn er Synagogen anzündet und Juden ermordet, sondern auch wenn er die Kirche verfolgt und Priester einkerkert – es ist der ewige Jude, den er vor Augen hat. Nicht nur, wenn er Ghettos dem Erdboden gleichmacht oder ganze jüdische Siedlungen ausrottet, sondern selbst, wenn er ganze Nationen unterjocht und ihren Geist zum Ersticken bringt – es ist der ewige Jude, den er vor Augen hat. Er meint weder den Juden, der in der östlichen und westlichen Hemisphäre Handel und Gewerbe betrieben hat, noch denkt er an den Juden, der die Horizonte von Wissenschaft und Lehre durch seine hervorragenden Erfindungen und Entdeckungen erweitert hat. Nein, es ist das Volk Gottes, das Volk der Propheten und der Psalme, das Volk, das Gerechtigkeit und Aufrichtigkeit verkündete, Liebe und Frieden für die Welt. Es ist in Wirklichkeit, um es einfach auszudrücken, Gott selbst, den Hitler vor Augen hat und den er sich anmaßen würde von der Erde zu vertreiben, wenn er es nur könnte. Und in seinen Augen ist in diesem Zusammenhang der Christ nichts weiter als ein verkappter Jude.«

* Dieser Absatz wurde in leicht veränderter Form auch in die vorliegende Ausgabe übernommen.

Da Emil Bernhard-Cohn 1948 starb, konnte er die Bewegung, die der Holocaust und der Beginn des Nuklearzeitalters im Christentum hervorriefen, nicht voraussehen, eine Bewegung, die die Selbstkritik förderte und den christlich-jüdischen Dialog in neue Bahnen lenkte (wie das Zweite Vatikanische Konzil und die neuen gedanklichen Konzeptionen vieler sensibler protestantischer und katholischer Theologen zeigen). Emil Bernhard-Cohn erlebte weder die Geburt Israels noch die aufwühlende Wirkung des Holocausts mit seinen sechs Millionen Toten.

Überdies muß berücksichtigt werden, daß Bernhard-Cohn ein Erbe der rationalistischen Tradition jüdischer Geschichtsschreibung war und infolgedessen die jüdische Mystik kurzerhand ablehnte. Das ist um so seltsamer, als sein zionistischer Enthusiasmus, wie seine Freunde wissen, ans Mystische grenzte. Nach der Pionierarbeit von Gerschom Scholem auf diesem Gebiet kann heute kein Zweifel daran bestehen, daß die jüdische Mystik eine der wichtigsten Bewegkräfte innerhalb des heutigen Judentums darstellt.

Rabbiner Perelmuter hat alle diese Fakten meisterhaft ins Licht gerückt. Die Bedeutung der neuen Entwicklungen wird im 32. Kapitel kundig analysiert.

So präsentieren wir dem deutschen Publikum ein Paradoxon: Ein Buch, vor fünfzig Jahren für das leidende deutsche Judentum geschrieben, dem es um Wissen über seine Vergangenheit ging, erscheint jetzt als Lehrmittel für eine neue deutsche Generation, die die Geschichte der Juden kennenlernen will. Das Buch hat einen Zickzackweg eingeschlagen, von Deutschland nach Amerika und wieder zurück nach Deutschland. Möge es den Weg ebnen, der zu größerem Wissen, tieferem Verständnis und wärmerer Sympathie zwischen Juden und Nichtjuden führt.

Rabbiner Bernhard N. Cohn
New York

1. Der Ursprung

Dort, wo am Ostrande des Mittelmeeres das syrische Küstenland sich erstreckt und einen Ausläufer jenes großen Wüstengürtels bildet, der von Asien her nach Afrika läuft, liegt Kanaan, die Heimat der Juden. Öde Berge und Täler, unterbrochen von dürftigen Oasen und Weiden, geben bis auf den heutigen Tag der Landschaft das steinerne Gepräge. Winterliche Regengüsse lassen ausgedörrte Rinnsale zu Gießbächen schwellen und verleihen dem Lande eine Fruchtbarkeit, die ihm in guten Zeiten das biblische Beiwort »fließend von Milch und Honig« eintrug. Aber oft versiegen diese Gießbäche ebenso schnell wieder in der Sonne und machen brennender Glut und heißen Wüstenwinden Platz, wenn nämlich der Himmel »ehern und verschlossen« ist. Ewig grün ist nur das Tal des Jordan, des einzigen Flusses im Lande, der, von Norden nach Süden laufend, auf einer Strecke von kaum einhundertfünfzig Kilometern ein Gefälle von vierhundert Metern aufweist und in eben dieser Tiefe sich ins Tote Meer ergießt, einen Salzsee mit ödem, verkrustetem Felsengestade. Diese Tiefe bedingt für den ganzen Flußlauf eine entsprechende Hitze. Von der Jordanebene erhebt sich dann nach Westen das Hügelland, dessen einzelne Bergkuppen bis nah an neunhundert Meter gehen, im allgemeinen sich aber in der Höhe von dreihundert bis vierhundert Meter halten. Zum Mittelmeer hin fällt das Land wieder ab und läuft in eine nicht mehr als 30 km breite Ebene aus. Sie erstreckt sich die ganze Küste von Süden nach Norden hin und wird nur an einer Stelle durchbrochen, dort nämlich, wo der Karmel weit ins Meer hinausspringt und mit seinem fünfhundertfünfzig Meter hohen Horn jene weite Bucht bildet, die heute die Bucht von Haifa heißt. An derselben Stelle, das heißt am Nordhang des Karmel, dringt die Meerebene weit ins Land hinein, es gelingt ihr sogar – durchzogen von dem Flüßchen Kison und unterstützt von den Jordanbächen – bis zur Jordanebene durchzudringen. Es ist dies das Emek, heute der fruchtbarste Teil des Landes.

Dieses Land, einst Kanaan, heute von der Welt Israel genannt, bildete im frühen Altertum die Karawanen- und Heerstraße, die die Völker der beiden großen Stromgebiete des Nil und des Euphrat-Tigris (Zweistromland) verband. Ursprünglich von vielerlei kanaanitischen Völkern semitischen Stammes bewohnt, zu denen vorwiegend die Phönikier und die auch in ägyptischen Quellen genannten Amoriter gehörten, erlebte das Land nacheinander den Einstrom der Hetiter, dann der Aramäer und Hebräer. Die ersten kamen aus dem Zweistromland Aram-Naharajim, die Hebräer von der sinaitischen Halbinsel her. Sie waren es, die schließlich die endgültigen Herren jenes Landes wurden, dessen weltgeschichtliche Bedeutung darin bestand, daß es über tausend Jahre die Brücke zwischen dem Reich der Keilschrift und dem Reich der Hieroglyphen bildete und so zwischen den Kulturen lag. Das Auge der Kulturreiche war stets auf dieses kleine Land gerichtet, dem infolgedessen eine im Vergleich zu seiner Winzigkeit unverhältnismäßig bedeutende Rolle im antiken Weltgeschehen beschieden war.

In diesem Lande nun, das von semitischen, von der arabischen Halbinsel stammenden Völkern besiedelt war, wanderte nach der biblischen Tradition vor nahezu viertausend Jahren ein nomadisierender Aramäer umher, der von Norden aus dem Zweistromland der Chaldäer gekommen war. Er hieß Abraham und gilt als Stammvater jenes Volkes, das man das Volk Israel oder auch das Volk der Juden nennt und dessen Geschichte hier beschrieben werden soll. Wie immer man zur biblischen Wahrheit stehen mag, ob man ihr Gotteswort als historische Beglaubigung anerkennt oder nicht, die Gestalten dieses Abraham und seiner ersten Nachkommen, der sogenannten Stammväter, stellen mit ihrem jedem Kinde geläufigen Erlebnissen Spiegelbilder der historischen Wahrheit dar, die das wirkliche Geschehen der Urzeit auf eine Weise wiedergeben, wie es Inschriften und Funde nicht besser bestätigen könnten. Wenn Lot sich scheidet von Abraham, Ismael von Isaak, Esau von Jakob, so erleben wir darin die alten Völkerscheidungen aus einer ursprünglichen Einheit, die vom Volke nie vergessen worden ist. Und wenn es darüber hinaus immer der Ältere ist, der vor dem Jüngeren zu weichen hat, wenn Ismael, der Sohn der Magd, aus dem Hause geschickt, und der rauhe Jäger Esau vom jüngeren und sanfteren Jakob um Erstgeburt und Vatersegen gebracht wird, wenn – wieder der Jüngere – Josef die Liebe des Vaters und ganz sichtbar auch die Liebe Gottes trägt, wenn er trotz zeitweise neuen Aufkommens Ismaels – es sind die Ismaeliten, die ihn nach Ägypten verkaufen – sich dennoch behauptet, so wird nicht nur der Blick des Gläubigen, sondern auch der Blick des Historikers die innere Wahrhaftigkeit dieser Vorgänge erkennen und bestätigen. Wir erleben in ihnen Wachstum und Aufstieg einer Sippe, deren Daseinswillen sich durch Scheidung und

Abstoßung untragbarer Elemente stark und stärker erweist und sich schließlich zum festen Gesetze der Sippe formt. Wenn aber an der Spitze dieser Entwicklung die Gestalt des Stammvaters mit seiner Erkenntnis des einen, unsichtbaren, Glauben und Gehorsam bis zur Selbstverleugnung fordernden Gottes steht, so mag die spaltende Wissenschaft wiederum eine solche Gestalt ins Gebiet der Sage verweisen. Der geschilderte Weg der Stammesscheidungen und Sippenformung führt ihn aber aus diesem Bereiche wieder hinaus und stellt ihn vor uns als das Spiegelbild einer historischen Wirklichkeit, die nicht später gemacht, sondern aus der Urzeit herausgewachsen ist. Als die Tür jener Vorzeit ins Schloß fiel, war jedenfalls die Norm des Volkes schon gegeben.

2. Die Anfänge des Volkes (um 1250 v. Chr.)

Mit siebzig Seelen zog Jakob nach Ägypten und »wurde dort zu einem großen Volke«. Die Tradition erzählt, daß vierhundertdreißig Jahre später Israel als ein Volk von sechshunderttausend aus Ägypten zog (um 1250 v. Chr.). Diese vierhundertdreißig Jahe sind nicht in ihrem Ablauf, sondern nur in ihrem Gesamtausdruck als die ägyptische Sklaverei bekannt, sie sind also historisch ein Vakuum, das sich erst am Ende der vierhundert Jahre zu füllen beginnt, als der Mann geboren wurde, dem es beschieden war, Schöpfer und Bildner seines Volkes zu werden: Moses.

Die Gestalt Moses und sein Werk sind nur aus dem Despotismus der ägyptischen Pharaonen zu deuten, von dem die Knechtschaft der Kinder Israels ja nur ein Abbild war. Von dort holte er sich die unbegrenzte Liebe nicht nur zu seinem leidenden Volke, sondern überhaupt zu Mensch und Kreatur, von dort seinen unzerstörbaren Glauben an individuelle Freiheit und soziale Gerechtigkeit. Seine Leistung ist dreifach und entspricht den drei historischen Stufen, von denen die Bibel uns berichtet: Auszug – Sinai – Wüste. Moses wurde der Befreier, Gesetzgeber und Erzieher seines Volkes in einer Person, und er hat den Stempel seiner Persönlichkeit so durchaus seinem Volke aufgedrückt, daß bis auf den heutigen Tag das Volk diese großen Drei nicht nur als die drei Hauptfeste des Jahres in geschichtlicher Erinnerung behalten hat und als Pessachfest, Wochenfest und Laubhüttenfest feiert, sondern auch als die Grundlagen aller menschlichen Gesittung ein für alle Male proklamierte: Freiheit – Gesetz – Erziehung. Oder, anders ausgedrückt: Durch den Auszug aus Ägypten wurden die Söhne Israels zum Volk, durch die Offenbarung am Sinai erhielten sie das Gesetz, und in vierzigjähriger Wüstenwanderung wurde das Volk zum Gesetz, wurde die Sklavenhorde Ägyptens zum Gottesvolk erzogen. Damals schuf Moses jene Einheit von Volk und Religion, die in der Religionsgeschichte der Völker in dieser Restlosigkeit beinahe einzigartig geblieben ist und der allein Israel seine Zeitüberdauer verdankt.

Der Zentralgedanke des Gesetzes, das Moses am Sinai empfing, ist die Gottgehörigkeit von Mensch, Volk und Erde. Wie der Mensch seinen Gottestag – den Sabbat – hat, so hat die Erde ihr Gottesjahr – das Sabbatjahr, das als Erlaßjahr auch noch ins soziale Leben weiterwirkt. Alle Freiheit in diesem Gesetz ist begründet und erschöpft in dem Gedanken: Gottes Volk auf Gottes Land. Wer Gottes Knecht ist, darf nicht Menschenknecht sein – damit war das Gesetz des hebräischen Sklaven gegeben, der nur auf Zeit ein Sklave ist, im siebenten Jahr aber in die Freiheit entlassen werden muß. Wer auf Gottes Land sitzt, ist nur ein Erbpächter Gottes auf Erden, unveräußerlich ist die heilige Erde, für alle Zeit hat der Erbacker bei der Sippe, die Sippe beim Erbacker zu bleiben. Damit war das Gesetz des Jubeljahres gegeben, das nach fünfzig Jahren immer wieder die gestörte soziale Gottesordnung auf Erden wiederherzustellen hatte, indem man dann »Freiheit ausrief« über Acker, Land und Menschen. Darüber hinaus wurde immer wieder in diesem Gesetz der Schutz der Armen und Schwachen, die Rechtsgleichheit des Fremden und Einheimischen, und vor allem Gerechtigkeit verlangt, gerechtes Gericht, gerechte Waage, gerechte Grenze. Alles aber war auf Gott bezogen, alle irdische Pflicht war Pflicht gegen Gott und heilig, weil sie eine Gottespflicht war und jedes Tun und Üben dieser Welt auf dem Gehorsam beruhte, der als höchste religiöse Pflicht proklamiert wurde und es im Judentum geblieben ist bis auf diesen Tag.

»Heilig sollt ihr werden, denn heilig bin ich, der Ewige, euer Gott« (3. Mose 19, 2). Indem Moses zum ersten Male den heiligen Gott lehrte und die Heiligung des persönlichen Lebens ebenso wie aller sozialen Ordnung verlangte, indem er ferner seinem Volke nicht nur den Sabbat, sondern auch das Ritual- und Zeremonialgesetz als die großen Erziehungsmittel zu eben dieser Heiligung übergab, schuf er jene große Synthese zwischen Himmel und Erde, Seele und Leib, Geist und Fleisch, die Israel allezeit als letzte religiöse Wahrheit und höchste ethische Möglichkeit gekündet und verwirklicht hat. Der eine heilige Gott als ethisches Ideal in diese irdische Welt hinabgeführt und eben diese irdische Welt durch reines Menschenstreben emporgeführt zum heiligen Gott der himmlischen und der irdischen Gerechtigkeit, das war für Moses und sein Volk das A und O der sinaitischen Offenbarung.

So sah das Gesetz aus, und dem Mann, der es als Bote Gottes dem Volk brachte und als Führer das Werk der Erziehung in vierzigjähriger Wüstenwanderung an seinem Volke vollzog, wird als einzige ausdrücklich nachgerühmte Tugend seine vollkommene Demut bezeugt. Er verstand nicht zu reden und trat hier zurück hinter seinem Bruder Aaron, den er zum Oberpriester bestimmte und der für ihn zu reden hatte. Alle seine Erlebnisse persönlicher Art bezeugen einen einzigen demütigen Willen: Nicht ich, sondern mein Volk! Und wenn man hinter den Entscheidungen Gottes den freien Willen eines Menschen suchen darf, so zeigt das Ende seines Lebens, was sein Leben und Wirken immer gezeigt: Die Wunderblüte einer ergreifenden Entsagung. Er entsagte dem Lande der Verheißung, das er sterbend schauen aber nicht betreten durfte. Er entsagte dem Grabe, indem er sich in die Schluchten des Pisgagebirges zurückzog, um dort einsam zu sterben, wie er einsam und unverstanden vom Volke gelebt hatte.

3. Beginn und Wirren der Seßhaftigkeit (um 1250–1100 v. Chr.)

Nach Moses Tod erfolgte der Einbruch der Hebräer ins gelobte Land. Die Kanaan vorgelagerten Stämme Edom, Moab und Ammon hatten Israel den Einfall von Süden her verwehrt, so waren sie um diese Gebiete herumgezogen und kamen nun von Osten her. Unter Führung von Moses kriegstüchtigem Jünger Josua setzten sie über den Jordan. Als die erste Festung Jericho, die die Jordanfurt beherrschte, fiel, erbebte das ganze kanaanitische Land und raffte sich zum entscheidenden Widerstande auf. Bei Gibeon sammelten die Südkönige ihre Scharen. Nach einer furchtbaren Schlacht bis in die Nacht hinein fiel die Entscheidung zugunsten von Josua und Israel. Der Süden war unterworfen. Die Bundeslade wurde nach Norden vorgeschoben und mit dem Stiftszelt in Silo untergebracht. Der Norden unternahm es darauf, noch einmal die Entscheidung herauszufordern, erlag aber nicht fern der Jordanquelle an den Wassern Meroms dem Ansturm der Überwinder.

Damit war keineswegs das ganze Land unterworfen und noch weniger die Urbevölkerung verschwunden. Vielmehr blieben die Kanaaniter, soweit nicht Teile von ihnen an die Küste abgedrängt waren, weiterhin unter den Israeliten wohnen. Man richtete sich miteinander ein, so gut es ging, und gewöhnte sich an den neuen Zustand. Von den Jakobssöhnen hatten sich schon vorher die Stämme Ruben und Gad, auch ein Teil vom Stamm Manasse, Transjordanien als Siedlungsland ausbedungen und kehrten nach Unterwerfung, Befriedung und Verteilung des Landes in die erwählten Sitze zurück.

Das weitere Untereinanderwohnen und die ständige Berührung der israelitischen und kanaanitischen Stämme hatte nun jene Zustände zur Folge, die uns das Buch der Richter unserer Bibel schildert. Wenn dort der ewige Kehrreim lautet: »Und die Kinder Israel fielen ab von Gott, da gab sie Gott in die Hand von ..., so spiegelt sich in diesen Worten ein deutlicher Kulturkampf wider. Und wenn wir sehen, wie es in diesen zweihundert Jahren immer nur einen einzelnen Stamm und nie das ganze Volk betrifft, so weist das darauf hin, wie wenig die Konsolidierung des Volkes damals noch fortgeschritten war. Die »Richter«, die dann auftraten, waren in Wirklichkeit rauhe und oft mehr als rauhe Kriegshelden. Sie riefen das Volk durchaus nicht immer zu Gott zurück, aber daran, daß zum Beispiel

Gideon es dennoch tat, sehen wir, daß es nicht nur um Stammeskämpfe, sondern um einen Kulturkampf ging.

Der gefährlichste Augenblick war der, als noch einmal unter Führung des berühmten Kriegshelden Sisera anscheinend der ganze kanaanitische Norden sich erhob, um das verlorene Spiel gegen Israel wiederzugewinnen. Sisera wurde von dem Weibe Debora und dem jungen Helden Barak am Kisonbache besiegt und verlor auf der Flucht sein Leben. Das Deboralied (Richter 5), eines der großartigsten Dokumente unserer Bibel, ist der hellste Zeitspiegel jener Richtertage; es schildert uns die ganze Not der israelitischen Stämme, ihre Ohnmacht, ihre Zerrüttung, aber auch ihren Triumph.

4. Königtum und Zentralisation (um 1100–950 v. Chr.)

Die Einsichtigen im Volke, darunter die Priesterschaft in Silo, erkannten bald, daß angesichts der Zersplitterung der israelitischen Stämme nur eine starke Zentralgewalt helfen konnte. Zum Vollstrecker dieser Wünsche machte sich der »Seher« Samuel, der ein Exponent jenes Priestertums von Silo war, wo man ihn erzogen hatte. Er führte die ganze Sache als Sache Gottes durch. Jahrelang hatte er das Volk gerichtet, als er am Ende seiner Tage den jungen, hochgewachsenen benjaminitischen Bauernsohn Saul zum König bestimmte. Saul gelang es zum ersten Male, sämtliche Stämme Israels zu einem Kriegszug über den Jordan gegen die Ammoniter zu einen. Siegreich heimkehrend, wurde er der erste gottgeweihte König von Israel. Große Schwierigkeiten erwuchsen ihm von seiten der Philister, die an der Südküste Palästinas ihre Sitze hatten und damals zu großer Macht gelangt waren. Alle Tage Sauls waren von Kämpfen gegen sie erfüllt, und am Ende seines Lebens – auf den Bergen Gilboas fiel er im Kampfe gegen sie – schien sogar das ganze Lebenswerk des unglücklichen Königs in Frage gestellt. Da erhob sich der junge blonde Judäer David aus dem Hause Isais, der sich bereits im Philisterkampfe hervorgetan hatte, ergriff die Macht, und ihm gelang es mit ebenso großer Klugheit wie Rücksichtslosigkeit, das Werk Sauls zu Ende zu führen.

War das Verdienst des Bauernkönigs Saul die Konsolidierung der Stämme unter dem Königtum, so kann man das Lebenswerk Davids (um 1000–970 v. Chr.) als den Ausbau und die Zentralisation des Reiches bezeichnen. Erfolgreiche Kriege nach allen Seiten führten seine Grenzen weit hinaus und gaben der Regierung Davids Glanz und Größe. Vor allem aber verlieh der König durch Verlegung der Residenz von Hebron nach der eroberten Bergfeste Jerusalem und durch den Ausbau dieser Feste zu einer glänzenden Königsstadt, die seinen Namen trug, seinem Lande diejenige Zentralisation, die ihm noch fehlte. Mit Recht gilt das Zeitalter dieses bei allen Schwächen wahrhaft großen Königs als das goldene Zeitalter des israelitischen Königtums. Daß auch die einhundertfünfzig Psalmen des biblischen Kanons, das große Dokument antiker jüdischer Frömmigkeit, seinen Namen tragen, beweist – obgleich und vielleicht auch gerade weil seine Verfasserschaft nicht feststeht –, wie das Volk seinen König sah und sehen wollte: David blieb in den

Augen Israels für alle Zeit der königliche Held und Sänger, an seinen Namen hängten sich alle Hoffnungen und Sehnsüchte des späteren Volkes bis auf diesen Tag.

Davids Werk wurde von seinem Sohne Salomo (um 970 bis 950) insofern vollendet, als dieser nun auch die Zentralisation des Kultes vollzog. Schon David hatte durch die Überführung der Bundeslade nach Jerusalem damit begonnen, konnte aber sein Vorhaben nicht zu Ende führen. An Salomos Namen erst knüpft sich der Bau des Tempels, der mit unerhörtem Aufwand errichtet wurde. Dazu waren aber die schwersten Fronen des Volkes nötig, so daß sich alsbald Unzufriedenheit auszubreiten begann. Da Salomo aber auch weiterhin den Despotismus der Pharaonen – er hatte unter vielen Weibern auch eine Tochter des Pharao zur Frau – sich zum Vorbild zu nehmen schien, Paläste über Paläste baute und das Joch des Volkes schwer und schwerer machte, brach nach seinem Tode (um 950 v. Chr.) unter Führung des energischen Vogtes Jerobeam eine Revolte aus, der Salomos junger Sohn Rehabeam nicht gewachsen war. Die Folge war, daß die zehn Nordstämme sich unter Führung jenes Jerobeam selbständig machten und nur der Königsstamm Juda dem Hause Davids verblieb. Trotz dieses für das Haus Davids unglücklichen Ausgangs bleibt doch auch noch die Regierung Salomos als eine Zeit des Glanzes und der Größe bestehen. Die Kriege hatten aufgehört, Handel und Wandel blühten, internationale Verträge gaben Ansehen und Ehre, Schiffe im Roten Meer brachten die ferne Welt herein und die eigene Welt hinaus, und Salomo selbst war neben allen seinen Schwächen wie sein Vater David ein guter, kräftiger Regent und über ihn hinaus ein gerechter Richter seines Volkes, so daß seine Gestalt als die der weisesten aller Könige in Sprichwort und Legende erhalten blieb.

5. Israel und Juda zwischen den Weltreichen (950–586 v. Chr.)

Es gab nun zwei Reiche, das Nordreich Israel, politisch das größere und mächtigere, dafür aber durch den ewigen Wechsel der Dynastien unruhigere; und das Südreich Juda, klein und politisch belanglos, dafür aber im Besitze der heiligen Stadt Jerusalem und der dauernden Dynastie des Davidischen Hauses, die ihm eine größere Stetigkeit und am Ende eine längere Dauer verlieh.

Man kann Geschichte und Untergang der beiden Reiche nur begreifen, wenn man sie im Rahmen des großen Weltgeschehens betrachtet, das vom 9. bis 6. Jahrhundert sich auf der weiten Fläche Vorderasiens abzuspielen begann. Israel und Juda lagen zwischen den Reichen, dem Reiche des Nil und dem Reiche der zwei Ströme, Euphrat und Tigris, dem Lande der Hieroglyphen und den Ländern der Keilschrift, und es ist ihr Schicksal geworden, in dem großen, fast dreihundertjährigen Ringen dieser Kulturreiche um die Vorherrschaft in Vorderasien zerrieben und vernichtet zu werden. Die beiden kleinen Länder lagen auf der Brücke zwischen Asien und Afrika und waren so das natürliche Aufmarschgebiet der chaldäischen und ägyptischen Heere. Wer Palästina hatte, hatte die Hand an der Tür des anderen Erdteils, so war es für die Pharaonen wie für die Großkönige von Assur-Ninive und später von Babylon gleich wichtig, es als Schlüsselstellung und Ausfalltor zu beherrschen. Aus dem Hin und Her dieser widerstreitenden Interessen der großen Reiche ergab sich die schwankende Politik der »Zaunkönige« von Jerusalem und Samaria, an der sie schließlich trotz der Warnungen ihrer großen Propheten mit ihren Ländern zugrunde gingen.

Im 9. Jahrhundert spielte allerdings in der Geschichte Israels Assur noch die geringere Rolle. Zwischen Assur und Israel schob sich das damaszenische Aram (Syrien), das jetzt hundert Jahre lang für Israel der Erbfeind wurde. Nach mannigfachen Wirren gelang es dem Nordreich erst unter der Dynastie Omris (um 880), zur Ruhe zu kommen; er erhob Samaria zur Residenz und gab damit dem Lande erst seinen Mittelpunkt. Daneben spielte Jesreel im Nordtal die Rolle einer Nebenresidenz der israelitischen Könige. Omris tüchtigem Sohne Ahab (um 860), bekannt durch den Kampf des Propheten Elias, gelang in dreimaligem Kriege die erfolgreiche Abwehr der Syrer, und gerade begannen Handel und Wandel aufzublühen, als das Reich von neuem durch einen Dynastiewechsel erschüttert wurde. Jehu, ein waghalsiger Oberster aus Ahabs Heer, schwang sich durch eine Offizierrevolte auf den Thron, tötete nicht nur Ahabs Sohn Joram, sondern ließ auch die Königinwitwe Isebel mit der ganzen Hofgesellschaft erschlagen. Es ist das »die ungesühnte Bluttat von Jesreel«, von der noch hundert Jahre später die Propheten drohend sprachen.

Nicht viel später versuchte in Jerusalem Ahabs Tochter Athalia, die Witwe des judäischen Königs Joram, dasselbe und ließ ihre eigenen Kinder, den ganzen Königsstamm, ermorden. Als einziger wurde von den Priestern der kleine Joas gerettet. Als er etwas größer wurde, fiel Athalia einer vom Hohenpriester angezettelten Militärverschwörung zum Opfer.

So schwankten beide Reiche zwischen den weltpolitischen Erschütterungen von außen und den dynastischen von innen hin und her. Das Nordreich erlebte noch einmal unter Jerobeam II., einem Ururenkel Jehus, eine Glanzzeit (um 760), die kriegerischen Erfolge Ahabs gegen Syrien wirkten sich aus, die Grenzen hatten sich erweitert. Danach kamen wieder Dynastiewechsel und Bürgerkriege, die das Land dem immer mehr vordringenden Assur gegenüber ohnmächtig und dienstbar machten. Tiglath Pileser brandschatzte, sein Nachfolger Salmanassar zerstörte das Reich. Nach dreijähriger Belagerung wurde Samaria 722 durch den Kriegsobersten Sargon erobert und das Volk nach dem Norden deportiert. So gingen die zehn Stämme unter und verschwanden im assyrischen Völkergewühl. Juda und Jerusalem blieben bestehen.

Aber es war nur eine Galgenfrist, selbst wenn sie auch noch über hundert Jahre währte. Denn das Schicksal der vorderasiatischen Welt schritt unaufhaltsam voran. Noch stand Assur-Ninive auf der Höhe, aber schon wuchs das bald gleichbedeutende Babylon neben ihm zur Macht. Außerdem drohten die Skythen von Norden und brachen wie die Heuschrecken über Asien herein. Um das Ende des 7. Jahrhunderts benutzte der letzte große Pharaone Necho die im Norden immer härter werdenden Kämpfe und Wirren, um noch einmal die Hand auf Vorderasien zu legen. Im Jahre 608 brach er los und warf seine Heere gegen den Norden. Bei Megiddo stellte sich ihm der König Josia von Juda als treuer Vasall des Großkönigs von Babylon entgegen, wurde überrannt und verlor im Kampfe sein Leben. Aber Necho hatte sich dennoch verrechnet. In Babylon war der junge, hervorragende Nebukadnezar am Ruder, dem im Augenblick, als die Ägyptergefahr nahte, die Eroberung und Vernichtung Ninives (606) geglückt war. Bis an den oberen Euphrat gelang es Necho vorzudringen, dort stellte ihn 604 der von Sieg zu Sieg schreitende Nebukadnezar und bereitete ihm seine Niederlage.

Damit war das Weltschicksal entschieden: Babylon blieb Sieger, Ägypten war am Ende, und auch das von Ägypten mitgerissene Juda mußte sich wieder unterwerfen. Aber Ägypten gab sich nicht zufrieden, sondern suchte jetzt in Jerusalem durch trügerische Versprechungen eine neue Auflehnung gegen Babylon anzustiften, die in dem fanatischen Freiheitsdrang des durch die Weltereignisse tiefaufgewühlten Volkes ihre Nahrung fand. Es kam zu einer ersten Strafexpedition Nebukadnezars mit Deportation des Königs Jojachin und der Besten des Volkes (597), als das nichts half, erschien Nebukadnezar 586 zum zweiten Male und hielt diesmal gründlichen Kehraus. Am 9. Ab, also Mitte Juli des Jahres, wurde Jerusalem erobert und zerstört, der Tempel eingeäschert, der letzte König Zedekia geblendet und mit dem Hauptteil des Volkes in die Gefangenschaft nach Babylon fortgeführt.

6. Das israelitische Prophetentum

So endete Juda, wie Israel geendet hatte. Aber diese drei israelitischen Jahrhunderte wären nichts als die Geschichte zweier belangloser Völker geblieben und nicht einmal eine besonders rühmliche, wenn sie nicht eine der großartigsten Erscheinungen des vorderasiatischen Altertums hervorgebracht hätten: den israelitischen Prophetismus. Der Acker Moses, oft bedroht vom kanaanitischen Heidentum, trug, aufgewühlt vom Pfluge des großen Weltgeschehens jener Tage, endlich seine Frucht und trug sie hundertfältig. Das Prophetentum ging aus einem alten religiösen Gildewesen hervor, dessen Menschen besonderer Zustände, Gesichte und Stimmen fähig waren und vom Volke darum mit besonderen Augen betrachtet wurden. Seine Blüte aber fand es erst in jenen großen Einzelpersönlichkeiten, die aus der Gilde heraustraten und sich zu den religiösen und moralischen Opponenten ihrer Zeit entwickelten und die wir je nach der Zahl ihrer uns erhaltenen Reden als die großen und kleinen Propheten kennen. Wenn wir ihre Geschichte erzählen, so wiederholen wir das vorige Kapitel, nur daß wir es diesmal nicht von außen, sondern von innen betrachten.

Schon in jenem Seher Samuel, der Saul zum König salbte, lebte die Gotteskraft Moses' auf, der der eigentliche Vater dieses ganzen Prophetismus war. Zum vollen Durchbruch aber kam sie erst in der machtvollen Erscheinung des Propheten Elias, der um 870 der Gegenspieler des Königs Ahab wurde, des erfolgreichen Abwehrers der Syrergefahr. Dieser einsame Prophet war ein Mensch des härtesten Entweder-Oder, seine leidenschaftliche Opposition galt dem Baalskult, den die Königin Isebel, eine geborene phönikische Prinzessin, im Lande eingeführt hatte. Indem er mit klarem Bewußtsein an sein großes Vorbild Moses anknüpfte, wütete er mit Feuer und Schwert gegen diesen Kult. Ohne Gefolgschaft kämpfte er die Kämpfe Gottes allein, und erst als alles getan, schloß sich ihm sein Nachfolger Elisa an, mehr sein Diener als sein Jünger.

Der Vater des israelitischen Prophetentums im späteren und engeren Sinne, das heißt des redenden und schreibenden, wurde aber erst jener Hirte Amos aus Thekoa im judäischen Bergland, der um 760 nach dem israelitischen Heiligtum Bethel über die Grenze kam und dort beim Herbstfest mit seinem Knotenstock auf den Altar schlug, daß die Gesimse bebten. Es waren die äußerlich glanzvollen, aber sozial verderbten Zeiten Jerobeams II., als das geschah. Indem Amos zum ersten Male wieder den Ruf nach sozialer Gerechtigkeit ausstieß, griff auch er auf die sozialen Forderungen des mosaischen Gesetzes zurück und erwies sich als ein echter Schüler seines Meisters. Sein Kampf gegen Kult, Opfer und Priestertum ging nicht auf Aufhebung des Kultes oder der Opfer, sondern nur gegen den Widersinn zwischen Kultbeflissenheit und moralischer Verderbnis, nicht gegen die Form, sondern gegen den leeren Formalismus und gegen eine Priesterschaft, die damals in der Enge des Kultes gefangen war. Damit hat er Schule gemacht und den Gegensatz zwischen Priester und Prophet begründet, der bei ihm zwar ein persönlich ausgetragener Gegensatz, im Munde seiner Nachfolger aber zu einer erhabenen ethischen Forderung wurde.

Zwanzig Jahre später trat in Israel diese Nachfolge der unglückliche Prophet Hosea an, dem schweres häusliches Leid zum Spiegel der Zeit wurde, und auf dessen schmerzlichen Lippen der Gerechtigkeitsruf des rauhen Hirten von Thekoa sich zum Sehnsuchtsruf der Gottesliebe wandelte. Zur vollen Höhe aber erwuchs dieses Prophetentum erst in der Gestalt des großen Propheten Jesaja, den das Schicksal mitten in die Untergangszeit des Nordreichs (zwischen 725 und 700) stellte, dessen Zusammenbruch er von Jerusalem aus erlebte. Er war es, der dem Südreich über diese Katastrophe hinweghalf, und er konnte es, indem er nicht nur als echter Amosjünger im Tempel über Altar und Priester hinweg nach Recht und Treue rief, nicht nur auf dem Markt im Rhythmus seiner gewaltigen Sprache das Weltgeschehen als Weltgericht Gottes deutete und als erster mit ausgestrecktem Finger auf messianische Zeiten wies, sondern auch, indem er, dicht am Throne stehend, die Politik entscheidend beeinflußte.

Die Zeiten waren wild, die politische Verlockung groß. Jesaja bremste mit äußerster Energie. In der entscheidenden Stunde aber, als 701 die Chaldäer bereits vor Jerusalem lagen und die Kapitulation unabwendbar schien, war er es wiederum, der sie verhinderte. Als die Chaldäer dann, durch gewisse Vorfälle erschreckt, tatsächlich abziehen mußten, war Jesaja an der Seite des edlen Königs Hiskia der Held des Tages. Vor allem aber hämmerte der Taumel dieser Tage einen Glauben ins Herz des Volkes, der ihm später verhängnisvoll werden sollte: den Glauben an die Unverletzlichkeit des Zionsberges.

An diesem Glauben, zur Siedehitze gesteigert durch den patriotischen Fanatismus, arbeitete sich hundert Jahre später der letzte der großen judäischen Propheten Herz und Lippen wund: Jeremia. Er ist die herznächste und darum tragischste Erscheinung unter den israelitischen Propheten. Er sah das Unheil und kündete es, kämpfte den schweren Kampf gegen die Illusionen der Masse, aber keiner hörte auf ihn. Von den Priestern verhöhnt, vom Volke fast gesteinigt, ging er durch Kerkergrube und Tempelhaft und kämpfte weiter. Einmal nur, als gerade die Skythengefahr vorüber war, belebte ein Hoffnungsschimmer sein Wirken. Die Wiederauffindung des langverschollenen fünften Mosebuches, des sogenannten Deuteronomiums, führte 621 zu der Kultreform des jungen Königs Josia, desselben, der später im Kampf gegen den Pharao bei Megiddo fiel. Damals wurden endgültig die letzten Reste kanaanitischen Heidentums ausgekehrt, und es schien, als wenn religiös und moralisch eine neue Zeit beginnen sollte. Aber es war zu spät. Der Wirbel des Weltuntergangs sog damals schon zu stark. Es ging ein Sturm über Asien, Ninive wankte und fiel (606), der Pharao sank (604), Babylon kam hoch, und währenddessen tobten in Jerusalem der politische Terror und der patriotische Wahn. So fiel endlich die heilige Stadt, und Jeremia, der wie keiner vor ihm seit Mose sein Volk in Schmerzen liebte, sang ihm sein Klagelied. Und trotzdem ließ er die Hoffnung nicht fahren: Er hatte sich kurz vor dem Ende in Jerusalem noch einen neuen Acker gekauft, war als erster bereit, bei der Befriedung des verwüsteten und bis auf letzte Reste von Landvolk und Leuten niederen Standes entvölkerten Landes mitzuhelfen. Diese war dem Statthalter Gedalja übertragen worden, dem Jeremia sich anschloß. Aber Gedalja wurde eines Tages von einem Fanatiker mit dem für einen Juden seltsamen Namen Ismael ermordet. Da flüchteten die letzten nach Ägypten und zwangen Jeremia mitzugehen. Dort verlor sich ihre Spur, dort liegt der große Prophet begraben.

7. Die babylonische Gefangenschaft (586–537 v. Chr.)

Die babylonische Gefangenschaft ist der entscheidende Schnittpunkt in der Geschichte des jüdischen Volkes. Mit dem Sarg der Nation trugen die Verbannten die Wiege des Judentums nach Babylon. Sie haben sich im Gegensatz zu den verlorenen zehn Stämmen dort erhalten; daß sie es konnten, ist nicht zuletzt auch das Verdienst jener beiden Propheten, die, einer am Anfang und einer am Ende der Verbannung stehend, wie zwei Säulen das Gewölbe jener fünfzig Jahre trugen: Ezechiel und der zweite Jesaja (Jes 40–66).

Ezechiel war ein Priester, der bereits 597 hinausgegangen war und jetzt die Verbannten mit Trost und Zuspruch empfing. Im Denken wie im Sprechen war er ein Priester, seine Phantasie war kultisch (Jes 1), seine Redeweise beinahe theologisch. Er rang um das Problem Israels und Judas mit fast dogmatischen Moralbegriffen, die auf Schuld und Sühne gingen, aber kräftig genug waren, die Hoffnungen des Volkes zu beleben (Jes 18). Kämpfte die Prophetie früher gegen Illusionen, so kämpfte sie jetzt gegen die Hoffnungslosigkeit, die an den Strömen Babels weinte (Jes 37 und Ps 137). Indem Ezechiel, der Priesterprophet, sich zum Herold des nationalen Messianismus machte, lehrte er die Verbannten, ihre Verbannung als etwas zu betrachten, was überwunden werden mußte, als Übergangszeit.

Sie war aber mehr als eine Übergangszeit. Sie war zunächst ein religiöses Vakuum, den Verbannten war national wie religiös der Boden unter den Füßen weggezogen. Der Tempel war gefallen, die Opfer hatten aufgehört, die Priester gingen herum wie Offiziere nach einem verlorenem Krieg. Da vollzog sich ein einschneidender Wandel nicht nur in den Überzeugungen, sondern auch in den religiösen Formen. Wie, wann und wo das geschah, blieb unbekannt, aber auf Grund historischer Rückschlüsse, die zwingend sind, müssen wir annehmen, daß in jenen fünfzig Jahren der Gefangenschaft das Volk sich in der Synagoge den Ersatz für den verlorenen Tempeldienst schuf. An Stelle des Opfers trat das Gebet, aus dem Ruhetag wurde ein Versammlungstag und im Versammlungshaus – der Synagoge – wurde statt des Opfers auf den Altar das Buch auf den Tisch gelegt. Dort liegen die Keime für jenen Kult des Buches, der auf Jahrtausende das Gesicht Israels bestimmen sollte, dort die Keime für jene Liturgie, die bis auf den heutigen Tag charakteristisch ist durch das, was ihr fehlt: Entstanden als ein Ersatz für den verloren gegangenen Tempeldienst, wurde sie und blieb sie bis heut ein Träger bebender Sehnsucht und Glaubensgewißheit. Die Schreibkunst verbreitete sich, der Schreiber wurde zum Schriftgelehrten, die Priester begannen damit, aber bald ergriff es das ganze Volk, und der neue Stand der Schriftgelehrten lief bald dem Priester den Rang ab. Es ist die Geburtsstunde des Judentums, die wir damals erleben.

Inzwischen aber begannen die Ereignisse in Asien sich wieder zu überstürzen. Nach der langen und starken Regierung Nebukadnezars begann der Verfall Babylons. Cyrus, der Perser, zog aus, bemächtigte sich Mediens, unterwarf sich Lydien, legte seine Hand auf ganz Kleinasien, und es war nur eine Frage der Zeit, wann die Reihe an Babel kam. Da trat unter den Verbannten um 540 jener namenlose Prophet auf, dem wir die letzten 26 Kapitel und vereinzelte andere Stücke des Buches Jesaja verdanken, und der deshalb der zweite Jesaja genannt worden ist. Er ragt unter den Propheten durch die hymnische Form seiner Rede hervor, die der Stimmung unter den Verbannten stärksten Ausdruck gab. In Hymnen feiert er das Kommen Gottes, den großen Gott der Welt, dem Völker nur ein Tropfen am Eimer sind. In Hymnen begrüßt er Cyrus als den Boten, ja, den leibhaftigen Messias Gottes, nur bestellt, um Israel zu seinem Recht zu verhelfen. Trost ist sein erstes, Verheißung sein letztes Wort. Indem er zum Schluß Israel als den duldenden Gottesknecht feiert, der für anderer Sünden litt (Jes 53), enthüllt er seinem Volk den Sinn alles Geschehenen der letzten fünfzig Jahre und deutet ihm den Wandel Gottes durch Geschichte und Zeit.

538 hielt Cyrus seinen Einzug in Babylon, kurze Zeit darauf erlaubte er den Verbannten die Heimkehr.

8. Heimkehr und Wiederaufbau (537–444 v. Chr.)

Nur ein Teil der Verbannten kehrte heim (537), ein Priester und ein Prinz begleiteten sie, Josua und Serubabel. Die traumhafte Stimmung der Heimkehrer, denen der Segen und die Gaben aller folgten, schildert Psalm 126. Sie fanden ein Land vor, das im Norden von den Samaritanern, einem Mischvolk aus den Volksresten von 722 und fremden Siedlern, in West, Ost, Süd von den eingedrungenen Randvölkern überschwemmt war. Die Heimkehrer siedelten sich zunächst in und um Jerusalem an, bauten sofort den Altar, aber noch zwanzig Jahre dauerte es, ehe der Tempel entstand, zwanzig Jahre voll von Kämpfen, bei denen die Samaritaner mit ihrer Opposition eine besondere Rolle spielten. Schließlich gelang es Josua und Serubabel im Verein mit den Propheten Haggai und Sacharia, den Bau des Tempels durchzusetzen, der 516 seine feierliche Weihe empfing. Damit war den Heimgekehrten das Rückgrat gestärkt, aber die Schwierigkeiten waren nicht behoben. Vielmehr wuchsen sie von Jahr zu Jahr, der Zuzug aus Babel blieb gering, die Gefahr der Vermischung mit den Heiden wurde immer größer.

Um 460 war es so weit, daß in den Augen der Frommen nur noch von Babylon die Rettung kommen konnte. Sie kam in der Person Esras, eines Priesters und Schriftgelehrten, der um 456 in Jerusalem erschien und sofort mit eiserner Energie gegen die Mischehen zu eifern begann, ohne trotz äußeren Erfolges das Übel an der Wurzel zu packen. Erfolgreicher war zunächst ein anderer Mann, Nehemia, ein Günstling des Königs Artaxerxes, der etwas später aus Babylon kam und von dem Gedanken ausging, daß es leichter sei, Jerusalem zu einer jüdischen Stadt als das ganze Land sofort zu einem jüdischen Land zu machen. Diesem Zwecke diente der Mauerbau um Jerusalem, den er gegen den Protest der Heiden und Judenfeinde in wenigen Wochen vollzog. Danach wurde jeder zehnte Mann vom Land in die Stadt umgesiedelt und damit die Stadtbevölkerung nicht nur zahlenmäßig, sondern auch wirtschaftlich gestärkt. Denn jetzt waren Stadt und Markt in den Händen der Juden, und durch Schließung der Tore konnten Handel und Wandel zu ihrem Nutzen geregelt werden. Gleichzeitig sorgte er durch dasselbe Mittel für die Sabbatruhe, regelte auch die noch unsicheren priesterlichen Verhältnisse und führte die Propaganda Esras gegen die Mischehe weiter.

Als Esra selbst einige Zeit später zum zweiten Mal nach Jerusalem kam, erfolgte die Krönung des ganzen Werkes, wobei beide Männer im Bunde waren: In einem feierlichen Verlesungsakte wurden 444 im Tempel das Volk und seine Vertreter in einen neuen Bund genommen und auf das mosaische Gesetz verpflichtet, eines der entscheidendsten Ereignisse in der Geschichte des jüdischen Volkes. Denn damit war die in Babylon begonnene Entwicklung zu Ende geführt und das Judentum endgültig konstituiert. Die Priester waren zwar wieder in den Tempeldienst eingesetzt, und doch war alles neu. Denn die neue Eidgenossenschaft war auf das Gesetz gegründet und nicht auf den Kult, neben dem Tempel standen gleich- und bald vorberechtigt Lehrhaus und Synagoge, neben dem Priester der Gesetzeslehrer. Das Gesetz aber war das Gesetz Gottes, gegeben und überliefert vom Sinai.

9. Das Zeitalter des Hellenismus (330–64 v. Chr.)

In drei Jahrhunderten hatte jetzt Israel das Steigen und Sinken der Weltreiche an sich erfahren, hatte zwei Zerstörungen und Verschleppungen an sich erlebt und trotzdem die Zeiten überdauert. Zum Staunen der Welt stand das Volk jetzt wieder aufrecht da und schien gefestigter als je. Der Rest der persischen Zeit (440–332) war für die Juden eine Zeit der weiteren Konsolidierung. Der Tempelkult mit seinen Leviten und Sängern wurde ausgebaut, daneben formte sich die Synagoge mit Thoravorlesung und Liturgie deutlicher heraus, das Studium des Gesetzes (Midrasch) breitete sich aus. Der Hohepriester wurde Repräsentant des Landes nach innen und außen. Er verfügte über nicht geringe Hoheitsrechte, und alles schien auf eine dauernde Priesterherrschaft hinauszulaufen. Auch des Gesetzesstudiums nahmen sich die Priester mit Eifer an, Lesen und Schreiben wurden unter ihrer Leitung allgemeine Pflicht, die Literatur wurde gepflegt. Man bemühte sich um die hebräische Sprache um so mehr, als bereits im Laufe des Exils die aramäische Sprache ins Land eingedrungen war und sich als Volkssprache durchgesetzt hatte. Man mußte zwar die Thora in diese Volkssprache übersetzen (Targum), dafür aber sammelte man neben vielem Bücherschreiben eifrig das alte Kulturgut der historischen, prophetischen und poetischen Bücher, der biblische Kanon entstand.

An dieser Stelle ist noch einmal des Psalmenbuches zu gedenken. Sind Thora und Propheten für die Juden die großen Religionsdokumente Altisraels, so sind die Psalmen bereits ein Dokument des Judentums, das seine Frühzeit spiegelt. Wenn auch der Psalm selber schon eine Schöpfung früherer Tage war und in seinen Anfängen gewiß auf David zurückgeht, in ihrer Gesamtheit sind die Psalmen nicht vom Volke des Tempels, sondern vom Volke des Buches geschaffen. Der vielfache Versuch, den Geist Esras und seiner Nachfolge gegenüber dem Geiste des Prophetismus als einfache Verkrustung darzustellen, wird durch den Hinweis auf dieses Buch Lügen gestraft. Der Geist des Gesetzes, der im Volke stark und stärker wurde, stand im vollen Einklang mit der echten Frömmigkeit, der Gottessehnsucht und Herzensinbrunst, die die Grundstimmen der großen Symphonie dieses Buches bilden, das Israel nicht nur als Liederbuch des zweiten Tempels, sondern auch als treuester Hort durch alle Zeiten begleitet hat.

Überhaupt muß grundsätzlich festgehalten werden, daß in der Zeit des zweiten Tempels das religiöse Denken und Fühlen Israels gegenüber der prophetischen Haltung keineswegs einen Rückschritt, sondern nur eine Wandlung, zum Teil sogar eine Ausweitung erfuhr. Es ist nicht mehr nur das Volk, es ist jetzt die Gemeinde, die von allen geistig und sittlich als tragende Gemeinschaft empfunden wird. Das Volk fühlt sich ganz als Gemeinde, und im Tempel ertönen Psalmen, die die Innigkeit und Tiefe dieses Gefühls zu starkem Ausdruck bringen. Daneben tritt eine Spruchweisheit (Sprüche, Kohelet, Sirach), die in der griechischen Zeit aufgekommen war und eine Literatur darstellt, deren Widerhall im Volk ebenso für die sittliche Haltung der Massen wie für den Gradsinn und die Einfachheit des neugewordenen Gemeinwesens zeugt. Daß diese alte jüdische Weisheit mit ihrer Sittenstärke und Gleichniskraft sich im Sprichwörterschatz aller Völker die ganz Welt erobern konnte, beweist zur Genüge, wie hoch das junge Judentum jener Zeit (300 bis 100 v. Chr.) zu werten ist. Vor allem aber ist es das Buch Hiob, dessen Gedankentiefe und Gefühlsmacht als ein einziger vollgültiger Beweis für Glanz und Größe der jüdischen Schriftgelehrtenzeit angesehen werden muß. Die Tradition schreibt es Moses zu, seine genaue Zeit ist nicht zu bestimmen, seine religiöse Problematik weist es in verhältnismäßig junge Zeit. Sein Problem ist die Frage nach den Beziehungen zwischen dem Leiden des Menschen und seiner Schuld. Die meisterliche Durchführung des Problems, die Rebellion Hiobs gegen die Behauptung des überlieferten Dogmas, die diese Beziehungen bejaht, und das Verbleiben des Dulders trotz allem in seiner Gottestreue und Gottessehnsucht machen das Buch zur Krone des gesamten nachmosaischen Schrifttums. Vor allem bleibt als unumstößliche Tatsache bestehen, daß die Bibel ihr neben der Thora größtes Buch der Epoche des Schriftgelehrtentums und womöglich sogar des Pharisäertums verdankt.

Als diese Epoche ihre erste Blüte entfaltete, erfuhr die Welt abermals eine Erschütterung und Umwälzung, die diesmal vom Westen kam und alles bisherige in den Schatten stellte. Bereits 480 hatte das Perserreich bei seinem Auslangen nach dem Westen bei Salamis den ersten Rückschlag erfahren, jetzt fegte mit dem jungen Alexander der Okzident wie ein Sturm über den Orient, und Israel erlebte nach Assur und Babylon zum dritten Male den Zusammenbruch der Welt. 333 siegte Alexander bei Issus, und die ganze Welt lag ihm zu Füßen. Die jüdische Legende umwob seine Gestalt mit Liebe und Dankbarkeit, man nannte die jüdischen Kinder nach seinem Namen, das Zeitalter des gelehrten Hohenpriesters Simons des Gerechten und seiner Nachfolge, der sogenannten Männer der großen Synagoge, tönt wider von seinem Ruhm.

Nach Alexanders frühem Tode wurde die Welt jahrzehntelang von den Kämpfen seiner Nachfolger zerrissen, wieder wurde das kleine Judäa ein Spielball der widerstreitenden Interessen. Als am Ende das erschöpfte Asien zur Ruhe kam, wiederholte sich ein altes Bild. Abermals lag Judäa wie einst zwischen zwei Reichen. In Ägypten, dem afrikanischen Teil des Alexandererbes, herrschten in der Alexanderstadt die Ptolemäer, im Norden hatte sich das Schwergewicht vom Zweistromland nach Syrien, das heißt der Mittelmeerküste des asiatischen Griechenreiches verschoben, wo die Seleukiden schließlich in Antiochien den Sitz der Zentralgewalt aufgeschlagen hatten. Bis um 200 herrschten die Ptolemäer über Judäa, ihr Statthalter war der Hohepriester in Jerusalem.

Das Griechentum mit seiner Götter- und Geisteswelt wurde dem jungen Judentum zu einem gewaltigen Erlebnis. Segen und Fluch lagen in seinen Händen, der Größe des Erlebnisses entsprach die Größe der Gefahr. Plötzlich stand vor den Augen des neuen Judäas neben der babylonischen Diaspora eine neue, große und immer größer werdende jüdische Welt, die ägyptische Diaspora. Die Riesengemeinde von Alexandria mit ganzen Stadtvierteln, einer berühmten Synagoge und mit Juden, die griechisch sprachen, griechische Namen trugen, von Sokrates und Platon wußten und dieses Wissen zu bestätigen schienen. Die Bibel wird ins Griechische übersetzt, von siebzig Gelehrten, wie es heißt (Septuaginta). Sie mußte übersetzt werden, da die Kenntnis des Hebräischen schwand. Ja, so weit geht die Verwurzelung mit der neugewonnenen Heimat, daß man den bedenklichen Versuch macht, sich vom Mutterland auch kultisch zu lösen, indem man dem jerusalemischen Tempel einen völlig gleichartigen in Leontopolis – den Oniastempel – entgegenzusetzen wagt. Es spricht für den gesunden Sinn dieser Diaspora, daß der Bau zwar fertig wurde, der Versuch der Loslösung aber mißlang. Die Tempelsteuer (ein halber Schekel) ging weiter nach Jerusalem, der Tempel blieb das Palladium des damals bereits in allen Städten des Mittelmeers sitzenden Judentums.

Um 200 eroberte der Seleukide Antiochus Palästina, und damit beginnt die verhängnisvolle Herrschaft der Seleukiden über Judäa. Sie brachte dem Lande nach schweren Erschütterungen jene letzte große religiöse Erhebung, die mit dem Namen der Makkabäer untrennbar verknüpft ist. Asien war derjenige Teil des Alexandererbes, der für den Hellenismus das schwerste Problem bedeutete. Denn anders als in dem einheitlichen Ägypten ging es hier um die Zusammenschmelzung des großen Völkergewühls der Syrer, Kilikier, Pontier, Kappadokier und weiter bis an den Indus im Schmelztiegel der griechischen Kultur und Götterwelt. Antiochus der Jüngere, mit dem Beinamen Epiphanes, unternahm es, dieses Problem ebenso gewaltsam wie gründlich zu lösen und scheiterte damit allein an Judäa: Die Siege der Makkabäer bezeichnen seine Niederlage. Für Judäa selbst aber bedeuten diese Kriege und Siege viel mehr als nur den Gewinn der politischen Autonomie. Während bis dahin die politische und kulturelle Führung in der Hand der priesterlichen Aristokratie mit ihrem hauptstädtischen Gefolge lag, hat eine durch den Hellenismus demoralisierte Priesterschaft damals Macht und Ansehen gründlich verspielt.

Den Kämpfen gingen in Jerusalem schwere innere Zerwürfnisse voran. Schamloser Schacher um die Hohenpriesterwürde in den Antichambres von Antiochien, verbunden mit Meuchelmord, Beraubung des Tempelschatzes durch Priesterhände zugunsten des Antiochus, modische Anbiederung der Hauptstadt an griechischen Brauch bis zur Auslieferung des Tempels an den griechischen Gott erregten das Volk aufs äußerste. Vom Land her brach der Aufstand los, in der kleinen judäischen Bergstadt Modin erhob Matthatias, das Haupt der Hasmonäer, einer ländlichen Priesterfamilie, die Fahne der Rebellion, fünf Söhne scharten sich um ihn, die Frommen und Treuen schlossen sich an. Aus den Blutzeugen eines leidenden Heroismus beispielloser Art gegenüber der Religionsverfolgung des Antiochus wurden an einem Tage Helden der Schlacht. Es begann ein Guerillakrieg in den Bergen, kleine Erfolge brachten größere, bis Juda Makkabi, der dritte Sohn jenes Matthatias, in drei Hauptschlägen bei Bethoron, Emmaus und Betzur die syrischen Heere vernichtete, Jerusalem eroberte, den Tempel vom griechischen Dienste reinigte und die Weihe des Hauses (Chanuka) aufs neue vollzog (165). Damals begann noch ein letztes Mal die Harfe Davids zu rauschen, herrliche Psalmen ertönten und künden uns bis heute die Erneuerung jener Zeit.

Nach Judas Tod, der mit dem Tod des Antiochus zusammenfiel, gelang es seinem älteren Bruder Jonathan, ausgebrochene Thronstreitigkeiten in Antiochien geschickt zu benutzen und mit den Syrern zu einem ehrenvollen Frieden zu kommen, der die Autonomie und Religionsfreiheit Judäas anerkannte. Für die Makkabäer selbst aber wurde das Werk erst durch den Erfolg eines dritten Matthatiassprosses, Simon, gekrönt, dem es 141 gelang, durch Vereinigung des Volksfürstentums mit der erblichen Hohenpriesterwürde die Hausmacht der Hasmonäer zu begründen, die in dieser Verbindung des Priesterlichen mit dem Weltlichen hellenistischer Formen den Streit der Parteien für den Augenblick befriedete. Was aber das Wichtigste war: Mit Sieg und Krönung der Makkabäer war für das Judentum der Hellenismus endgültig überwunden, sein Gutes mit Nutzen einverleibt, sein Heidentum restlos ausgeschieden. So vermochte gegenüber der größten geistigen Umwälzung der antiken Welt allein das kleine Israel sich zu behaupten. Bei der Vermählung des Orients mit dem Okzident, dem großen Königsgedanken Alexanders, empfing es den Hellenismus als Braut und blieb selbst der Herr und Bräutigam. Es war ein Sieg, gewoben aus dem Heroismus der Schlachten und dem größeren Heroismus des Leidens und der Verfolgung.

10. Das Zeitalter Roms, der Niedergang (64–4 v. Chr.)

Von nun an begann der Niedergang. Eine schwere Schuld traf dabei die neue Dynastie der Hasmonäer. Sie war zwar von Volk und Landschaft ausgegangen und von der Welle der religiösen Erhebung hochgetragen worden, fand sich aber jetzt nach der Vereinigung von Fürstentum und Priestertum in ihrer Hand auf den Schultern der alten Aristokratie wieder. So begann sie, für die das Hohepriestertum nur ein Dekorum, die weltliche Macht aber alles war, eine zwischen Legitimität und Volksverbundenheit schwankende Politik zu führen. Ihre Verweltlichung führte zur moralischen Verderbnis, ihre Fürsten haben schließlich, sich im Familienhader zerfleischend und im eigenen Volke wütend, das unglückliche Land mit Folgerichtigkeit dem welterobernden Rom in die Hände gespielt.

Schon der Hasmonäer Simon fiel durch Meuchelmord von der Hand des eigenen Schwiegersohns, nach einer kurzen Blüte des Landes unter seinem Sohne Johann Hyrkan begann der Bruderkampf im Haus und der Bürgerkrieg im Land: Juda Aristobul, der Sohn des Johann Hyrkan, kerkert Mutter und Bruder ein, Alexander Jannai, der jüngere Bruder Juda Aristobuls, metzelt im Tempel; danach ist dem Volk unter seiner Witwe Salome Alexandra eine kurze Atempause gegönnt. Kaum aber sind deren Söhne Hyrkan und Aristobul herangewachsen und hat die würdige Matrone die Augen geschlossen, liegen sich beide in den Haaren. Der Jüngere, Aristobul, macht dem Älteren die Krone streitig, der Bürgerkrieg ist im Gange, die Araber mischen sich ein, und das Jahr 63 sieht das Brüderpaar im Vorzimmer des Pompejus zu Damaskus, damit er der Schiedsrichter sei. Der Schritt war verhängnisvoll. Denn in Pompejus, den der Sieg über Mithradates (64) zum Herrn über die morgenländische Welt gemacht hatte, legte Rom jetzt seine schwere, lastende Hand auf Judäa, um es nicht mehr aus den Händen zu lassen.

Pompejus sah sich die Männer an und entschied sich für den schwächeren Hyrkan. Damit war die Dynastie erledigt, denn das einzige, was ihrer Herrschaft noch einen Sinn gegeben hatte, der Versuch, dem Land mit den Mitteln der Waffen und Verträge zur politischen Geltung zu verhelfen, war mißlungen. Die verzweifelten Versuche, die verlorene Situation in den Wirren des römischen Bürgerkriegs zu retten, schlugen fehl. Das gelang weder Alexander, Aristobuls den Römern entronnenem Sohne im Jahre 57, noch siebzehn Jahre später dem Hasmonäersprossen Antigonus. Der vermochte sich wenigstens drei Jahre lang (40–37) zu halten, dann gelang es dem Mann, der jetzt dreißig Jahre lang die Geschicke Judäas lenken sollte, Jerusalem mit römischen Heeren zu erobern: Herodes. Antigonus fiel durchs Beil.

Herodes war der Sohn Antipaters und Antipater ein Idumäer, das heißt ein Edomsproß, jenem Volksstamm angehörig, der seinen Sitz an der Südgrenze Judäas hatte und vor hundert Jahren durch Johann Hyrkan zwangsweise judaisiert worden war. Von jenem Tage an, als Pompejus in Damaskus über die feindlichen Brüder entschied, ließ Rom Judäa nur noch von Landpflegern regieren. Es war ein reines Schattenkönigtum, das Pompejus dem Hyrkan mit der dekorativen Priesterwürde beließ, die ganze Macht bekam als sein allmächtiger Wesir eben jener fremdstämmige Antipater, der sich als böser Geist erst in die Gunst des schwächlichen Hyrkan geschlichen hatte, dann aber, seinen Ehrgeiz höher steckend, das Geschäft mit den Römern selber machte. Antipater war nichts als eine Kreatur der Römer, geschickt lavierend, mit Gewandtheit von Pompejus zu Cäsar hinüberwechselnd, im übrigen ebenso entschlossen wie rücksichtslos. Er fiel durch Gift, sein Sohn Herodes erbte sein Amt.

Herodes schwang sich zum König auf und regierte als Tyrann. Er begann mit Massenhinrichtungen seiner Feinde, rottete das ganze Hasmonäergeschlecht aus, und obgleich er anfangs durch die Heirat mit der Hasmonäerin Marianne seiner Herrschaft Legitimität zu geben versucht hatte, fielen zuletzt auch das Haupt dieser von ihm bis zum Wahnsinn geliebten Frau und danach die Häupter ihrer beider Söhne. Trotzdem entbehrte sein wilder Charakter nicht der Größe. Das Weltschicksal stand wieder einmal auf des Messers Schneide, in Ägypten Antonius und Kleopatra, vom Westen her Cäsar Octavius, der ganze Orient aufgewühlt. Inmitten dieser Wirren: Herodes, blitzschnell die Situationen erfassend, hin und her schießend zwischen den römischen Rivalen und den zahlreichen persönlichen Feinden und immer im rechten Augenblick das Rechte für sich findend, überdauerte er die Schlacht von Actium (31), die für Octavius Augustus entschied und hielt das Regiment allen seinen Feinden zum Trotz. Als er aber im Jahre 4 v. Chr. starb, folgte ihm nicht nur der Haß der ganzen Nation, sondern das Volk antwortete mit dem hellen Aufruhr gegen Rom, das in den Augen des Volkes mit ihm identisch war und darum von jetzt an mit dem Namen Edom belegt wurde. Damals begann das letzte Kapitel in der Geschichte der untergehenden Nation.

11. Pharisäer, Sadduzäer, Essäer

So wenig man die letzten zweihundert Jahre vor dem Untergang des ersten Tempels begreifen kann ohne die bedeutsame Erscheinung des israelitischen Prophetentums, so wenig ist dieses letzte Kapitel in seinem wahren Werte zu erfassen ohne die dem Prophetentum an Feuergeist zwar nicht ebenbürtige, an aufbauender Kraft aber mindestens so folgenreiche Erscheinung des jüdischen Pharisäertums. Pharisäer (hebräisch Pharusch, aramäisch Pharisch) heißt »Abgesonderter«, »Seitenwegler«, bedeutet aber nicht den Namen einer Partei oder Sekte im Judentum, sondern ein Programm. Die Pharisäer waren die Erben jener frommen Chassidäer, die während der Religionsverfolgung des Antiochus Epiphanes standgehalten hatten. Als vor dem Krieg die priesterliche Aristokratie mit dem Hellenismus paktierte, bildeten sie die Opposition, und als nach dem Siege die Hasmonäerfamilie selbst den Pakt mit eben jenem Priestertum schloß, zogen sie sich noch mehr zurück und übertrugen mit Folgerichtigkeit ihre Opposition auch auf das Fürstenhaus. In ihnen kam das Volk gegenüber dem Hellenismus zur Selbstbesinnung und Selbstbestimmung. Hatten die Makkabäer dem Lande die politische Autonomie erfochten, so hielten die Pharisäer auf die geistige Autonomie in Gesetz und Überlieferung. Der Anblick der Götter Griechenlands hatte diese Frommen zur Erkenntnis dessen gebracht, was Israel war und warum es anders war als die Heiden. Sie erkannten als erste die Gefahr, die der Hellenismus für das Judentum bedeutete. Sie wurden exklusiv und nannten sich darum peruschim, Pharisäer.

Als ihre Gegner, die ursprünglich in der Priesterfamilie der Zadokiten ihren Rückhalt hatten, sich konsolidierten und zu den Parteigängern der Hasmonäer wurden, wurde ihr Familienname zur Gruppenbezeichnung der Zadokim, der Sadduzäer. Macht und Anhang der Pharisäer im Volke wuchsen an der religiösen Desinteressiertheit ihrer Gegner, deren rein weltliche Herrschinteressen immer deutlicher zutage traten. Auch waren die weltlichen Tendenzen der Hasmonäer durch das Hohepriestertum nur schlecht verdeckt. Die Pharisäer wiesen das Volk mit Energie auf diese Verfälschung hin, und ihre Opposition scheute nicht vor dem offenen Protest im Tempel selber zurück. Die Gemetzel Alexander Jannais legen blutiges Zeugnis davon ab.

Es war das Gottesgesetz, nicht nur die politische Freiheit, für die Juda Makkabi die Fahne erhoben hatte, und das Gesetz Esras, das Buch, die Schrift war es, die das Programm der Pharisäer bestimmte. So war es natürlich, daß die Schriftgelehrten die eigentlichen Träger des pharisäischen Gedankens wurden. Sie suchten keine politische Macht, sondern suchten die Macht dort, wo allein sie ihnen fruchtbar schien, in der Synagoge (bet hak'nesset), im Lehrhaus (bet hamidrasch) und vor allem im Synhedrium, dem großen Gerichtshof der einundsiebzig Männer zu Jerusalem, in dem bisher die Priester das Übergewicht hatten. Sie erreichten, was sie wollten: Die Hasmonäer gaben nach, und bereits die Witwe des wütigen Alexander Jannai, Salome Alexandra, machte den Pharisäern die Tür zum Synedrium weit auf. Von da an bildeten die Pharisäer den erzenen Fels und ruhenden Pol in den folgenden Stürmen der Römerzeit. Als Repräsentanten der religiösen Disziplin in Synagoge, Schule und Gerichtshaus sind sie in den Zeiten des Untergangs die Retter und Erhalter des Judentums und damit der Nation geworden. Ihre vielberufene Exklusivität war in Wirklichkeit die letzte Weisheit der Erkennenden in schwerer Zeit.

Demnach ist das Urteil der Evangelien über die Pharisäer irreführend, weil tendenziös. Die Pharisäer als solche waren weder Heuchler noch Formalisten, als welche sie das Urteil des Urchristentums gebrandmarkt hat. Gestalten wie der Babylonier Hillel, der in den schlimmen Zeiten des Herodes und noch bei Jesus Lebzeiten das Haupt des großen Synedriums war, beweisen das Gegenteil. Seine Demut, Duldsamkeit und wahre Menschenliebe sind weit über die Grenzen des Judentums hinaus sprichwörtlich geworden. Selbst sein Zeit- und Amtsgenosse Schammai, der, strenger als er, sein Gegenspieler im Synhedrium wurde, war eine so aufbauende und positiv gerichtete Kraft, daß die Vorwürfe der Evangelien vor der Größe auch dieses Mannes und der bedeutsamen Schule, die er gleich Hillel zu gründen vermochte, verschwinden.

Es spricht für die religiöse Tiefe und Bewegtheit jener Tage, daß neben den Pharisäern und Sadduzäern im Volke noch Raum für eine stille und verschwiegene Gruppe war, die von den Händeln der Welt überhaupt nichts wissen, sondern in einer Art Ordensgemeinschaft mit Novizen und Ordensbrüdern ein heiliges Leben führen wollte. Das waren die Essäer, das heißt die Heil- und Heilskundigen, die ebenfalls von jenen Chassidäern aus Makkabis Tagen stammten, denen sich aber die

Frömmigkeit völlig nach innen gekehrt hatte. Viertausend Brüder lebten an den Rändern des Landes in Gütergemeinschaft, zumeist als Gärtner und Palmzüchter, lehnten alle Sklavenwirtschaft ab, betonten durch morgendliche Tauchbäder die Forderung ritueller und religiöser Reinheit, vereinigten sich zu heiligen Mahlzeiten und nährten in ihren Kreisen das alte Gut der prophetischen Weissagungen. Sie kannten die Kräuter des Waldes und heilten damit Kranke, wovon sie wahrscheinlich ihren Namen hatten (assia = aramäisch Arzt). Sie wußten aber auch um das geistige Heil und die letzten Dinge der Welt. Schließlich waren sie doch nur religiöse Individualisten, und so führte ihr Wesen notwendig aus dem Judentum heraus. Aus ihren Kreisen ging Johannes der Täufer hervor.

Zwischen der Verweltlichung der Sadduzäer und der Entweltlichung dieser Essäer stehend erkannten die Pharisäer allein, was nottat, und sie hielten sich bis zum Ende und über das bittere Ende hinaus auf der großen Linie des Gottesgesetzes und Gottesvolkes, die Esra ihnen vorgezeichnet hatte.

12. Der Aufruhr und das Ende (4 v. Chr.–70 n. Chr.)

So sah das geistige Judäa aus, als der Tod des Herodes das Land in Flammen setzte. Es zeugt für die Verdienste, die der Tyrann in den Augen der Römer hatte, daß sie zunächst sein Testament respektierten und seine drei Söhne Herodes Antipas, Archelaus und Philippus als sogenannte Tetrarchen, Vierfürsten, das Reich des Vaters teilen ließen. Aber die Vierfürsten waren der Lage in keiner Weise gewachsen, der Aufruhr war nur noch durch die Legionen zu dämpfen. So kam es, daß nicht viel später das Land von den Römern als Provincia Judaea annektiert (6 n. Chr.) und künftig nur noch von römischen Landpflegern verwaltet wurde. Damit aber wurde der Aufruhr nur verewigt, denn die Kohorten gingen jetzt nicht mehr aus dem Lande, und ihre Anwesenheit bedeutete für das Volk eine einzige, ununterbrochene Provokation. Überall die römischen Adler, die kursierenden Münzen mit dem Kopf des Kaisers, also das volle Heidentum. Dazu die Steuern, die Übergriffe, die Gewalt – man begreift unter solchen Umständen sofort, daß auf der einen Seite die stillen Essäer dem Volk seherisch die messianischen Prophezeiungen vom nahen Reich des Himmels in die Ohren raunten, auf der anderen von den Pharisäern sich die neue Partei der Eiferer, der Zeloten löste, denen unter solchen Umständen das Programm der Pharisäer nicht mehr genügte. Wieder einmal wie in Jeremias Tagen war die Zeit für den patriotischen Terrorismus reif, vor allem die Jugend strömte ihm zu. Die Pharisäer gaben dem Kaiser, was des Kaisers war, ihnen genügte vollauf die Macht, die sie im Synedrium hatten, die plötzlich politisch gewordene Frömmigkeit der Zeloten, die auf einmal ähnlich den Sadduzäern das Vaterland über das Gesetz stellten, war ihnen verdächtig und konnte nur Unheil bringen. Die Pharisäer sahen im göttlichen Gesetz die uneinnehmbare Burg Israels; als das Land brannte, verharrten sie auf ihrer Burg, wachend und wartend, bis ihre Zeit gekommen wäre.

Kaiser Augustus stirbt im Jahre 14, ihm folgt Tiberius, unter dessen Regierung Jesus von Nazareth durch den Landpfleger Pontius Pilatus gekreuzigt wird. Im Jahre 37 kommt Gajus Caligula ans Regiment, und Judäa erlebt eine Überraschung: Kaiser Gajus belehnt seinen Günstling, den hasmonäischen Prinzen Agrippa, mit Judäa und schenkt ihm dazu noch die jüdische Königskrone. Agrippa, in der Jugend liederlich, im

Alter charmant, sucht das Land zu befrieden, aber es ist nur eine kurze Atempause. Caligula stellt das Volk auf die härteste Probe, indem er göttliche Verehrung für sich verlangt. In Alexandria hetzt der Judenfeind Apion, die Gemeinde empört sich gegen das Ansinnen des Kaisers, ein furchtbares Gemetzel bricht aus, dessen Übergreifen auf Judäa selbst Agrippa nicht verhindern kann. Der jüdische Philosoph Philo aus Alexandria (Philo Judaeus) erscheint an der Spitze einer Gesandtschaft in Rom, Agrippa, noch immer in der Gunst des Kaisers, tut das Seine. Aber der Kaiser verlangt jetzt sogar die Aufstellung seines Bildes im Tempel zu Jerusalem, als sein plötzlicher Tod Judäa für diesmal von der Sorge erlöst (41 n. Chr.).

Obgleich Kaiser Claudius (41–54 n. Chr.) Agrippa in allen seinen Rechten bestätigt und ihm sein ganzes, nicht unbeträchtliches Reich beläßt, hat doch das Fieber damals schon das ganze Volk ergriffen. Als Agrippa I. im Jahre 44 stirbt, sehen die Römer keine Möglichkeit, seinem minderjährigen Sohn Agrippa II. mit dem Königstitel auch die Herrschaft anzuvertrauen, und gleich zeigen sich wieder dieselben Sturmzeichen wie beim Tode des Herodes. Das ganze Land gleicht einem fiebernden Organismus. Politische Desperados und religiöse Schwärmer ziehen durch das Land. Die Pharisäer wachen, aber die Jugend läuft ihnen aus den Schulen und stößt zu den Zeloten und Freischärlern, oder, noch schlimmer, zu den terroristischen Messermännern, den Sicariern, die nun mit dem Dolch Politik zu machen beginnen.

Claudius stirbt im Jahre 54, und Nero regiert in Rom. Da erscheint 64 der letzte Landpfleger Gessius Florus in Judäa und treibt im Gegensatz zu all seinen Vorgängern das Spiel bewußt seinem Ende zu, indem er die Anarchie befördert und eine Provokation hinter die andere setzt. Mit einem Schlage ist die volle Rebellion im Gange, vergeblich sucht der zum Entsatz heranrückende Statthalter Cestius Gallus den Aufstand noch einmal niederzuschlagen. Es ist zu spät, im Jahre 66 befindet sich kein Römer mehr im Lande. Im Frühling 67 erscheint der Feldherr Flavius Vespasianus mit seinen Legionen zur Unterwerfung des Landes. Die Zelotenhäuptlinge Simon bar Giora und Johannes von Giskala leiten den Aufstand, die Verteidigung Galiläas im Norden wird Joseph übertragen, dem späteren Geschichtsschreiber Flavius Josephus. Langsam rückt Vespasianus vor, Schritt für Schritt muß er sich den Boden erkämpfen. Josephus läuft über und endlich, Anfang 70, ist es so weit, daß das von österlichen Festwanderern und Flüchtlingen überfüllte Jerusalem umschlossen ist. Da stirbt Nero, und Vespasianus geht als Kaiser nach Rom. Sein Sohn Titus führt das Werk zu Ende. In Jerusalem wüten Messer und Mord, und was der Hader der Parteien nicht vermag, bringt schließlich der Hunger zuwege. Am 17. Tamus, das heißt Ende Juni hören aus Mangel an Tieren die Opfer auf, am 9. Ab, also Mitte Juli des Jahres 70 ist das Ende da: Jerusalem ist gefallen, der Tempel brennt.

Als im Anfang der Belagerung Vespasianus noch vor Jerusalem lag, schlich sich, als Toter in einem Sarge versteckt, der Pharisäer Jochanan ben Sakkai aus der Stadt, begab sich ins Feldlager der Römer und bat den Feldherrn Titus um die Erlaubnis, in Jamnia am Mittelmeer mit seinen Schülern ein Lehrhaus zu eröffnen. Vespasianus erlaubte es. Dort in Jamnia wartete Rabbi Jochanan das Ende ab. Als es eintrat, proklamierte er seine Schule als den künftigen Sitz aller Tempelrechte und stellte aus dem Rest der Schriftgelehrten, die das furchtbare Strafgericht der Römer übrig ließ, ein neues Synedrium zusammen.

13. Jesus, Paulus und die Kirche

Als das geschah, waren bereits vierzig Jahre vergangen, seit Jesus von Nazareth unter dem Landpfleger Pontius Pilatus im judäischen Lande predigend und wirkend herumgezogen und, wie es heißt, am Ende in Jerusalem nach der Sitte der Römer gekreuzigt worden war. Er wurde der Stifter des Christentums, und die Evangelien schildern ihn in der vollen Opposition gegen das offizielle Judentum der Pharisäer und Sadduzäer, dazu der Priester und Hohenpriester, die ihm lediglich die Exponenten des Pharisäertums waren. Die Art dieser Opposition war der der Propheten ähnlich und unterschied sich doch grundsätzlich von ihr. Die Propheten wiesen lediglich auf den Widersinn zwischen religiöser Kultbeflissenheit und moralischer Verderbnis hin, blieben aber im übrigen ganz auf dem Boden der irdischen Ordnung. Jesus dagegen opponierte gegen Priester und Schriftgelehrte als das nur sich und dem Vater verantwortliche Menschenkind. Niemals hat ein Religionsstifter das Ich seiner Sendung so übermächtig und gottgleich gegen das Vorhandene verkündet wie er: »Ich aber sage euch ...«. Aus diesem Grunde und nur aus diesem wurde er vom Judentum als Auflöser des Gegebenen und Überlieferten abgelehnt. Und dies nicht nur, weil er sich mit einem Selbstbewußtsein besonderer Art als Davidssohn und Gottessohn bezeichnete, sondern auch, weil er in seiner religiösen Sittenlehre die völlige Isoliertheit und Selbstverantwortlichkeit der Einzelseele erklärte und begründete. Im Gegensatz zum jüdischen Gesetz, das die große Synthese zwischen Himmel und Erde, Gott und Welt, Seele und Leib, Geist und Fleisch, Gesinnung und Werk, Gehalt und Form, Individuum und Gemeinschaft wollte, hat Jesus von Nazareth von alledem das Gegenteil gewollt und nicht nur in Leben und Lehre verwirklicht, sondern auch durch Leiden und Tod besiegelt: »Mein Reich ist nicht von dieser Welt!« erklärte er und vertrat den Himmel gegen die Erde, den Geist gegen das Fleisch, die Gesinnung gegen das Werk, indem er sein Evangelium nicht auf die irdischen Verhältnisse, sondern ganz allein auf sein Himmelreich bezog. Folgerichtig pries er ein Gottvertrauen auf Kosten der Arbeit, eine Liebe außerhalb der Gerechtigkeit, eine Selbstverleugnung über die Rechtsordnung hinaus, einen Sozialismus unter Ausschluß der Besitzenden. Dort, wo er in seiner Bergpredigt auf dem Boden der jüdischen Lehre blieb – zum Beispiel in der Frage des Almosens, des Betens und des Fastens –, blieb er nicht bloß im Geiste, sondern nachweisbar auch im Worte ein echter Pharisäer und redete zwar »gewaltig« – man darf das anerkennen –, aber doch ganz im Geiste der Schriftgelehrten, die in ihren besten Vertretern und Führern wahrhaft weise und fromme Männer waren. Die Feindesliebe, die er verlangte, hatte lange vor ihm der Spruchdichter gefordert: »So deinen Feind hungert, gib ihm Brot zu essen, so ihn dürstet, gib ihm Wasser zu trinken!« (Sprüche 25, 21). Als guter Kenner der Schrift hätte Jesus also nicht erklären dürfen: »Ihr habt gehört, daß gesagt ist: Du sollst deinen Nächsten lieben und deinen Feind hassen, ... ich aber sage euch«. Daß er es dennoch so und nicht anders erklärte, weist auf die Gegnerschaft, die er als religiöser Individualist und Einzelgänger im Volk fand, aus der aber freilich auch seine eigene Opposition ihre psychologische und menschliche Erklärung findet.

Vollender seines Werkes wurde der Jude Saulus aus Tharsus, der sich Paulus nannte, und dreißig Jahre später durch die Welt des Mittelmeeres reiste, um die Lehre des Meisters zu verbreiten, den er selbst nie gesehen hatte. Er predigte Jesus als den Christus-Messias und Christus als des »Gesetzes Ende«, das heißt er hob die Gesetzesreligion auf, wodurch es ihm gelang, die neue Lehre so zu formen, daß sie für die griechisch-römische Welt annehmbar war und von ihr angenommen wurde. Er predigte ferner den gekreuzigten und auferstandenen Christus, dessen Kreuzesopfertod bei rechtem Glauben für alle Zeit mit Gott versöhnt. Und schließlich gründete, förderte und pflegte er die ersten Gemeinden der Diaspora und legte damit den Grund zur Kirche, die aus den Gemeinden des Urchristentums allmählich erwuchs. Damit aber entstanden Recht, Kultus, Lehrordnung von neuem, vor allem aber etwas, was der neuen Lehre die festen Bindungen und Sicherungen gab: Paulus schuf die Dogmen und mit den Dogmen die Schutzwehr gegen jeden religiösen Individualismus.

14. Das Zeitalter der Rabbinen

Die Pharisäer hatten stets in der Mitte zwischen der Verweltlichung der Sadduzäer und der Entweltlichung der Essäer gestanden. Indem sie auch den Terror der aus ihren Kreisen hervorgegangenen Zeloten ablehnten, bewiesen sie, daß sie die weltliche Waffe selbst als Mittel verschmähten. Dadurch daß sie jetzt am Ende den Untergang der Nation mit der Gründung einer Schule beantworteten, retteten sie in Wahrheit die Nation in eine neue Zukunft hinüber. Trotzdem liegt ihre wirkliche historische Leistung noch tiefer, nicht in dieser ihrer inneren Politik, sondern in dem, was in ihren Schulen geforscht, gelehrt und überliefert wurde, das heißt in der Pflege des Gesetzes, der sie seit Esra obgelegen hatten.

Der Glaube an die Göttlichkeit der Thora bedingte die Überzeugung von der Einmaligkeit, Ewigkeit und Restlosigkeit dieses Gesetzes: Kein Wort war da zu viel und keines zu wenig. Das Forschen der Schriftgelehrten bestand darin, das in der Thora scheinbar Fehlende zwischen den Zeilen zu finden, also hineinzudeuten, und das scheinbar Überflüssige in den Zeilen aufzulösen, also herauszudeuten und auf diese Weise Gottes Wort restlos zu bestätigen. Diese Tätigkeit nannten sie Midrasch, das heißt Forschung und dementsprechend ihr Lehrhaus bet hamidrasch. Um aber die Vollkommenheit der Thora nicht in Frage zu stellen, behielten sie ihr allein die Schriftlichkeit vor (schriftliche Lehre), das ganze Material aber des Hinein- und Herausgedeuteten überlieferten sie als mündliche Lehre ihren Schülern auf dem reinen Gedächtniswege. Der wichtigste Teil dieser mündlichen Lehre war gesetzlicher Art und hieß Halacha (d.h. Wandel, Norm), von der die Schriftgelehrten die ethisch-poetische Agada (Verkündigung, »Sage«) schieden, die sie als mehr erbauliches Element zumeist aus dem Lehrhaus in die Synagoge verwiesen. Es kam ein Moment, wo der angesammelte Stoff des Überlieferten darauf drängte, die Spreu vom Weizen zu scheiden und vor allem das Forschen selbst in gesetzmäßige Bahnen zu lenken. Es ist das Verdienst des Babyloniers Hillel, der zu Herodes' Zeiten Nassi das heißt Haupt des Synedriums war, durch Aufstellung von sieben Deuteregeln (Middoth) hier Maß und Richtung gegeben zu haben. Diese Regeln Hillels, die später von sieben auf dreizehn erweitert wurden, beruhten auf den Prinzipien der Schlußfolgerung,

Analogie, Spezialisierung und Generalisierung von Sätzen und Satzteilen und erschlossen durch Vergleich das neue Recht, das der Zeit und ihren Forderungen jeweils entsprach und dennoch mit Recht als »Halacha vom Sinai« sich geben durfte. Die Schule Hillels (Bet Hillel) wurde berühmt, mit ihr wetteiferte die Schule Schammais (Bet Schammai) seines Zeitgenossen und Mitregenten (aw bet din) im Synhedrium.

Als der Tempel fiel, hatten bereits Generationen von »Rabbinen« das heißt Schriftgelehrten, in dieser Art die Thora durchforscht und als Ergebnis ein Lehrgebäude mündlicher Überlieferung zustande gebracht, das als unsichtbarer Staat bereits die Volksteile zusammenhielt, als der sichtbare Staat zusammenbrach. Aber gerade um diese innere Entwicklung hatten sich die Römer nicht gekümmert. Erst fünfzig Jahre später erkannten sie, daß und warum sie mit dem Volk der Juden nicht fertig geworden waren. Sie hatten zwar seine Führer zum Triumph des Titus nach Rom schleppen und enthaupten können, hatten die jüdische Jugend in die ägyptischen Bergwerke verkauft, trotzdem hatte sich das Gesetz Israels stärker erwiesen als das Gesetz des römischen Schwertes.

Unter Trajan erhoben sich um 116 alle Juden des östlichen Mittelmeers, griechisches, römisches und jüdisches Blut floß in Strömen. Aber erst fünfzehn Jahre später versuchte Rom, was es noch nie versucht hatte, die Juden in ihrem Gottesgesetz zu treffen. Während bisher alle Kaiser bis auf den einen Caligula, der im Cäsarenwahnsinn befangen war, sich jedes Eingriffes in Kult und Gesetz der Juden enthalten hatten, begannen unter Hadrian im Jahre 130 Religionsverfolgungen, wie sie seit Antiochus Epiphanes nicht erlebt worden waren. Aber es war schon zu spät. Die Rabbinen waren in den verstrichenen fünfzig Jahren nicht müßig gewesen. An die Spitze des Synedriums war bald nach der Zerstörung der Hillelsproß Rabban Gamaliel II als Patriarch und Nassi getreten und hatte mit einer Leidenschaft und Strenge, die von seinen Zeitgenossen nur halb verstanden wurde, restlosen Gehorsam für sich und das Gesetz erzwungen. Damit waren Führung und Gefolgschaft in Volk und Diaspora so stark geworden, daß die römischen Machthaber mit ihrer Erkenntnis zu spät auf dem Platze erschienen. Als Hadrian 130 auf den Trümmern Jerusalems die römische Kolonie Aelia Capitolina errichtete, die keines Juden Fuß betreten durfte, als er seine furchtbaren Gesetze erließ, die Beschneidung, Lehre und Studium mit dem Tode belegten, vermochte er zwar das Volk zu einem letzten verzweifelten Aufstand – dem Bar-Kochba-Aufstand, der in Wirklichkeit ein furchtbarer Krieg war – zu treiben, erreicht wurde nichts. Der Messiasheld der Juden, Simon Bar Kochba, fiel nach fünfjährigem Kampfe 135 bei Bethar, und damit brach der Aufstand zusammen. Aber das große Geschlecht der Rabbinen unterwarf sich nicht nur nicht, sondern besiegelte die Treue zum Gottesgesetz mit der Blutzeugenschaft des ergreifendsten Martyriums: Es starben die »zehn Erschlagenen des Reiches«, es starb den Feuertod Rabbi Chanina Ben-Teradion, eingewickelt in eine Thorarolle, es starb der große Rabbi Akiba, zu Tode geschunden von seinen Folterknechten. Aber Akiba starb nicht, ohne sein Tagewerk vollbracht zu haben. Er war es gewesen, der das ganze Volk auf weiten Reisen aufgewiegelt und Bar Kochba als Messias ausgerufen hatte. Vor allem aber hatte er – bald erkennend, wohin dieser letzte Schlag der Römer zielte – die ganze Ernte der mündlichen Lehre eingeheimst, indem er in seiner Schule rechtzeitig das Schreibeverbot durchbrach und alle seine Schüler, Rabbi Meir an der Spitze, zum Niederschreiben der mündlichen Überlieferung anhielt. Wir wissen heute, daß in den Römerkämpfen von 70 und 135 eine ganze Literatur unterging, die Bibel und das Gesetz wurden gerettet. Als die Generation der großen Rabbinen den Namen Gottes im Tode heiligte, als das aus tausend Wunden blutende Judäa sein letztes, seinen Namen verlor und sich künftig Syria Palästina (Philistina) nennen mußte, saßen Rabbi Meir und seine Genossen in den Schulen und taten sechzig Jahre lang nichts anderes als sammeln und aufschreiben.

Um 200 war es so weit, daß der letzte große Patriarch des Synedriums, Rabbi Jehuda Hanassi, den die jüdische Überlieferung den Heiligen oder schlechtweg Rabbi nennt, in Sepphoris das Werk der Akibaschüler vollenden konnte. Er schuf die Mischna (Lehre), die erste gesichtete und geordnete schriftliche Niederlegung der mündlichen Lehre, eingeteilt in sechs Sedarim, das heißt Ordnungen (Ackerrecht, Festgebote, Frauenrecht, bürgerliches Recht, Tempelrecht, Rituelle Reinheitsgebote), jede Ordnung in eine Anzahl Traktate (Masechtot), jeder Traktat in Abschnitte (Perakim), jeder Abschnitt in Einzelsätze, die ebenfalls jeder einzelne die Bezeichnung Mischna trugen. Die Überlieferungen aber, die als ungewiß oder als abweichende Lesart in die Mischna nicht aufgenommen wurden, wurden nicht etwa beiseite geworfen, sondern ebenfalls gesammelt. Sie blieben zwar »draußen« und hießen deshalb Boraitha, das heißt Exmittierte, aber man schuf aus ihnen eine neue Sammlung, die den Namen Tosefta (Zusatz) bekam. Als Gesetz behielt die Boraitha lediglich subsidiäre, das heißt aushelfende Bedeutung. Die endgültige Zusammenstellung der Tosefta war das Werk der Schüler Rabbi Jehuda Hanassis und erfolgte im 3. Jahrhundert. Es waren das die ersten, noch palästinensischen Amoräer, das heißt Vollender. Diesen Namen trugen die Gesetzeslehrer der nachmischnaischen Zeit, die von den Mischnalehrern, den sogenannten Tannaiten zu scheiden sind. Allmählich schwand der Titel Rabbi und machte dem neuen Titel Raw Platz, an dem man den eigentlichen Amoräer erkennt. Das Werk der Amoräer wurde der dreihundert Jahre später zum Abschluß gelangende Talmud.

15. Der babylonische Talmud (um 200–500)

»Rabbi« starb 218 achtzigjährig und hinterließ in der Mischna den kommenden Generationen einen neuen Gesetzeskodex, der nun selbständig neben die Thora trat und dem Weltjudentum als verbindlich galt. Waren früher die fünf Bücher Moses Gegenstand des Studiums, so wurde es jetzt eben diese Mischna. Mit ihr schloß in Wirklichkeit die geistige Geschichte Palästinas ab. Noch hielten die Nachkommen Rabbis zwei Jahrhunderte lang das Patriarchat, noch lehrten seine Schüler Rabbi Jochanan und Resch Lakisch in Tiberias, trotzdem war die Mischna der letzte große Atemzug des sterbenden Judäa. Nachdem das Patriarchat 400 Jahre lang im Hause Hillels erblich gewesen war, hörte es mit dem letzten kinderlosen Gamaliel VI. auf, und nach einem langen Schattendasein schloß um 425 das Synedrium seine Pforten.

Babylon war wieder hochgekommen. Im 3. Jahrhundert hatte Ardeschir I. dort das Sassanidenreich begründet. Indem er den uralten Lichtglauben Zoroasters (Zarathustras) erneuerte, organisierte er auf dem Grunde dieser Lehre des lichten Gottes Ahuramazda einen persischen Staat, der über drei Jahrhunderte hinaus ein durchaus ebenbürtiger Rivale des römischen Weltreichs und eine neue Heimat der jüdischen Forschung werden sollte. Es war wie eine Vorahnung dieser Entwicklung, daß zwei berühmte Schüler von Rabbi Jehuda Hanassi, Abba Areka, im Talmud kurz Raw genannt, und Mar Samuel, ebenso kurz Samuel betitelt, unmittelbar nach dem Tod des Meisters Palästina verließen und in Babylon zwei Hochschulen begründeten, die bald zu hoher Blüte gediehen: Raw ging nach Sura am Euphrat und Samuel nach Nehardea. Als Nehardea um 260 in Kriegsläuften zerstört wurde, trat an seine Stelle das neue Lehrhaus von Pumbadita, das durch die Lehrer Raba und Abaji, zwei Juristen hohen Ranges, zu Ruhm und Ansehen kam. In diesen Lehrhäusern, die eine Mischung von Schule und Akademie waren, wurde nunmehr die Mischna zur Grundlage der weiteren Forschung gemacht und blieb es über drei Jahrhunderte hinaus.

Während in Palästina der Patriarch als Haupt des Synedriums stets die weltliche und geistige Macht in sich vereinigt hatte, schied sich in Babylon das Schulhaupt vom sogenannten Exilarchen (Rosch Gola, Resch Galuta). Der Exilarch, der sich davidischen Stammes rühmte, war der Vertreter der Juden gegenüber der Staatsgewalt, erst der Sassaniden und später der arabischen Kalifen. Er war ein rein weltlicher Fürst, residierte glanzvoll in der Hauptstadt und übte Aufsichts- und Verwaltungsrechte aus. Das Schulhaupt leitete die Akademie und bekleidete gewöhnlich daneben das Amt eines Oberrichters. Segensreich zusammenarbeitend führten Schulhaupt und Exilarch das neue babylonische Judentum zur Blüte, später, in den Tagen des Niedergangs (um 950) spiegelte sich die allgemeine Zerrissenheit in schweren Zuständigkeitskonflikten beider Ämter.

Das Werk Babylons war der Talmud. Jährlich zweimal einen Monat lang, in den sogenannten Kalla, das heißt Versammlungsmonaten Adar und Elul, das war vor dem Pessach- und Neujahrsfest, kam die Gelehrtenwelt in der Akademie zusammen und disputierte unter der Leitung des Schulhauptes dreißig Tage lang über die Mischna, Satz für Satz durchsprechend, mit lebendiger Kasuistik beleuchtend und mit endgültiger Entscheidung beschließend. Kam das Fest heran, so begab sich das Schulhaupt in die Synagoge, wo er eine Woche lang in den acht Rigletagen dem Volke populäre Einführung in die jüdische Gesetzeskunde bot und auf diese Weise den lebendigen Zusammenhang zwischen Volk und Lehre sicherte.

So ging es Jahrzehnte hindurch, als gegen Ende des 4. Jahrhunderts die Zeiten für die Juden im Sassanidenreich wieder unsicherer geworden waren. Da hatte die Akademie von Sura das Glück, in Rabbi Aschi ein Schulhaupt zu erleben, das sechzig Jahre lang amtierte und ein Menschenleben dafür einsetzte, das inzwischen wieder angesammelte Material des Gesetzesstoffes zu sichten und für die Kodifikation vorzubereiten. Er benutzte die gerade in ihrer Forschungsarbeit geschilderten Kallamonate, um im Kreis seiner Gelehrten die Mischna Satz für Satz systematisch durchzugehen und das Ergebnis in stichwortartigen Kurzprotokollen festzulegen, die den Wissenden jener Zeit genügen mochten. Die ganze Arbeit währte dreißig Jahre, danach wurde alles einer nochmaligen Revision unterzogen. Die Vollendung des Werkes gelang aber erst seinem Schüler Rawina, der gemeinsam mit seinem Zeitgenossen Rabbi Jose, dem Schulhaupt von Pumbadita, die Arbeit zu einem gewissen Abschluß brachte. Das ist der sogenannte Talmud, im engeren Sinne babylonischer Talmud (Talmud babli) genannt. Eine im 3. Jahrhundert noch auf dem Boden Palästinas begonnene ähnliche Entwicklung zeitigte den sogenannte palästinensischen

Talmud (Talmud Jeruschalmi), der aber in seinen Anfängen steckenblieb, im übrigen – um 370 kodifiziert – zu keiner Gesetzeskraft gelangen konnte.

Ahnungsvoll hatte Rabbi Aschi den Wandel der Zeit vorausgesehen. Fünfzig Jahre nach seinem Tode setzten schwere Judenverfolgungen ein, nach dem Muster Hadrians verboten jetzt auch die Sassaniden in Persien Studium und Lehrvorträge, Synagogen und Lehrhäuser wurden zerstört. Aber der Talmud war bereits abgeschlossen, die Gemara (Vollendung), wie man ihn auch nannte, lag vor. Zwar arbeitete die nächste Generation der Saboräer, das heißt der »Meinenden« noch daran, ihm durch immer erneute Prüfung seine endgültige Gestalt zu geben, die er erst um die Mitte des 6. Jahrhunderts erhielt, aber das Werk war getan, und wieder einmal war die Religionsverfolgung zu spät gekommen, als daß sie den Bestand des Judentums noch ernstlich hätte gefährden können.

Vom Inhalt des Talmuds eine auch nur annähernde Vorstellung zu geben, ist unmöglich. Die Überlieferung hat ihn mit Recht ein Meer genannt. Dieses »Meer des Talmuds« spiegelt das Geistesleben eines Jahrtausends, und zwar nicht nur das religionsgesetzliche, sondern auch das religiöse, ethische, philosophische, wissenschaftliche, erzieherische, volkstümliche, kurz, das ganze kulturelle Leben der Nation: Haus und Hof, Sitte und Brauch, Geschichte und Sage, Gleichnis und Spruch, Wissen und Leben, Denken und Fühlen, Glaube und selbst Aberglaube, alles ist in diesem Buch der tausend Jahre enthalten und, da es auch eine Enzyklopädie der tausend Mitarbeiter ist, denn etwas anderes waren ja die langen Geschlechterreihen der Rabbinen nicht, so enthält es natürlich auch die verschiedensten und oft gegensätzlichsten Meinungen nebeneinander. Da der Talmud außerdem in einem protokollartigen Kurzstil besonderer Art abgefaßt ist, spottet er jeder Übertragung in andere Sprachen, da ja auch sein Original schon ohne den berühmten Kommentar Raschis (1040–1105) unverständlich bleibt. Raschi erst hat die eigentümlichen Stilprägungen, Begriffsformeln und Interpunktionslücken des Talmud durch einfache Wortsinndeutung aufgelöst und erklärt und damit den späteren Geschlechtern überhaupt erst die Tür zum Verständnis dieses verschlossenen Buches aufgemacht. Man müßte also auch schon seinen Kommentar mit übersetzen, der den Talmudtext räumlich um ein Vielfaches übertrifft, um den Sinn des Ganzen bis aufs letzte verständlich zu machen.

Ein so geartetes Buch der tausend Jahre und tausend Schreiber bewertet man nicht, indem man Einzelheiten herausgreift, sondern indem man es als Ganzes zu sehen sucht. Das Ganze aber ist nicht nur räumlich eine gewaltige Enzyklopädie des jüdischen Wissens und Lebens, sondern auch ein durch den Geist der Heiligkeit und Heiligung bis in seine letzten Poren geweihtes Buch: Sein Gesetz ist erfüllt vom Geiste reiner Gerechtigkeit und Menschenliebe, die sich auf alle Geschöpfe erstreckt, der Geist Moses lebt in ihm und der Geist der Propheten wird durch die sublime Feinheit seiner religiösen Moral bestätigt. Ohne damit Letztes, oder auch nur Tieferes aussagen zu wollen, sei hier nur durch Zusammenstellung einiger Sprüche ein kleiner Spalt geöffnet, durch den blitzartig das helle Licht talmudischer Moral für einen Augenblick leuchten mag. Über die drei Grundfunktionen jüdischer Religiosität, Beten, Büßen und Lieben, sagt die Spruchweisheit des Talmuds folgendes aus:

»Welches ist der Gottesdienst des Herzens? Das Gebet. – Deine Worte seien stets nur wenige vor dem Heiligen, gelobt sei er. – Wisse, vor wem du stehst! – Ein jeder reinige sein Herz von der Sünde, bevor er bete. – Über Vergangenes zu klagen, ist ein falsches Gebet. – Hier hast du ein kurzes Gebet: Dein Wille geschehe im Himmel oben, verleihe Freudigkeit des Herzens denen, die dich hinieden fürchten, und tue, was gut ist in deinen Augen! Gelobt seist du, o Herr, der du das Gebet erhörst!«

»Die Bußfertigen gelten mehr als die, die nie gesündigt haben. – Jederzeit halte sich der Mensch für halb unschuldig und für halb schuldig. Heil ihm, wenn er nur eine gute Tat begeht! Er gibt der Schale des Verdienstes zu seinen Gunsten den Ausschlag. Wehe ihm, so er nur eine Sünde begeht! Er beschwert die Schale der eigenen Schuld, so daß sie sinken muß. – Nicht Sack und Fasten bewirken die Vergebung, sondern Besserung und gute Tat.«

»Menschenliebe ist mehr als Wohltätigkeit. – Der Wert der Wohltat besteht nur in der Liebe, die in ihr lebt. – In dreifacher Hinsicht ist Liebe mehr als Wohltätigkeit: Die Wohltätigkeit betrifft nur das Geld des Menschen, die Liebe den Menschen selbst; die Wohltätigkeit gilt nur den Armen, die Liebe den Armen und Reichen zugleich; die Wohltätigkeit den Lebenden, die Liebe den Lebenden und den Toten. – Eine Liebe ohne Zurechtweisung ist keine Liebe. – Wer seinen Nächsten mit Milde beurteilt, den wird auch Gott mit Milde beurteilen. – Der

Mensch sei jederzeit klug und leutselig in der Gottesfurcht, er antworte sanft, bezähme den Zorn, und lebe in Frieden mit seinen Brüdern und Verwandten und mit jedem Menschen, selbst mit den Heiden auf der Gasse, auf daß er geliebt werde im Himmel und auf Erden und den Menschen angenehm sei. – Wer menschenfreundlich ist, ist auch gottesfürchtig.«

16. Roms Untergang und Persiens Ende

Während die Juden so in ihren Lehrhäusern das Gesetz Gottes erforschten und jenen »Zaun um die Thora« schufen, der Israel gegen Heiden- und Barbarentum schützen sollte, erlebte das Reich, das Jerusalem zerstört hatte, seinen eigenen Sturz und Untergang. Aus den römischen Kaisern waren Militärautokraten geworden, die ihre Legionen vom einen Ende des Reiches zum andern werfen mußten und schließlich ihren Staat nicht mehr zusammenhalten konnten. Im Osten bröckelte es – wir sahen, wie in Persien die Sassaniden hochgekommen waren –, und im Westen war Rom zu weit entfernt, um von dort die Welt noch regieren zu können. Kaiser Konstantin (324–337) benannte Byzanz in Konstantinopel um und verlegte dorthin seine Residenz. Auf seinem Sterbebett trat er zum Christentum über und schien dadurch das Reich noch einmal gerettet zu haben. In dem wechselnden Spiel von Verfolgung und Duldung war unter den römischen Kaisern die neue Religion groß geworden. Sie hatte sich frühzeitig dem griechischen Denken angepaßt, der Apostel Paulus hatte das Seine dazu beigetragen, die neue Lehre vom Judentum zu lösen und dem griechisch-lateinischen Kulturkreis erfolgreich aufzupfropfen. Das konnten die Rabbinen nicht, und es lag an ihrer Lehre, daß sie es nicht konnten. Bei der wachsenden Zerrissenheit der Welt hatte das Christentum so in den Gemütern Raum gewonnen, und seine Bekenner in allen Poren der römischen Staatsverwaltung Wurzel gefaßt. Jetzt wurde es Staatsreligion und begann seinerseits mit allen anderen Bekenntnissen das Spiel der Verfolgung. Seine junge Macht schloß die Duldung aus. Mit der Verlegung des Sabbat auf den Sonntag (um 310) war der Trennungsschnitt vom Judentum vollzogen.

Trotzdem war Rom nicht mehr zu retten, die Barbaren spalteten und zerstörten das Reich. Von Ungarn kamen die Wandalen, die Westgoten aus Rumänien, hinter ihnen drängten von Rußland her die Ostgoten, und in der asiatischen Steppe lauerten schon die Hunnen. Die Wandalen stießen als erste im Donauknie durch, und nun gab es kein Halten mehr. Zwischen 400 und 450 überfluten die Barbarenheere Raum suchend das römische Reich, 410 wird Rom von Alarich erobert, die Wandalen ziehen inzwischen über Spanien nach Nordafrika, errichten in Karthago ein Piratenreich und brandschatzen das ganze Mittelmeer. Inzwischen hatten sich im fernen Osten die Hunnen in Bewegung gesetzt. Sengend und brennend zogen sie durch Europa, ihr König Attila (441–453) herrschte von Asien bis an den Rhein, erst die fürchterliche Schlacht auf den Katalaunischen Feldern Südfrankreichs setzte 451 seinen Eroberungen ein Ziel. 455 eroberten die Wandalen Rom und meldeten nach Byzanz, daß es keinen Kaiser mehr gebe. Rom war gefallen, aber die Kirche blieb, der Bischof von Rom riß die Herrschaft der lateinischen Welt an sich und fing an, als Papst die Welt zu regieren.

Die byzantinisch-griechische Hälfte des Reiches aber widerstand – zäher als die römische – dem Hunnen- und Wandalensturm und erlebte im 6. Jahrhundert unter dem tatkräftigen Justinian (527–565) sogar einen neuen Aufschwung. Als in Babylon der Talmud ungefähr seine letzte Form gefunden hatte, vollbrachte Justinian die Großtat seines Lebens, die Kodifikation des römischen Rechtes. Innerhalb dieser Arbeit schuf er auch ein Judengesetz, mit dem er all die Einschränkungen und Entrechtungen abschloß, die in den ersten zwei Jahrhunderten des zur Herrschaft gelangten Christentums die Juden allmählich aus allen Staatsämtern entfernt und zu Bürgern zweiter Klasse herabgedrückt hatten.

Aber diese Juden hatten wieder einmal ihr Werk vollbracht. Als das Reich der Sassaniden, in dem sie ein Jahrhundert leidlichen Schutzes erlebt hatten, mit Byzanz im letzten Kampfe lag, also zu Beginn des 7. Jahrhunderts, war das Riesenwerk des Talmuds, die Kodifikation einer mehr als tausendjährigen Gesetzesforschung, vollendet. Die Barbarenstürme waren über die Welt gebraust und hatten die jüdische Arbeit nicht berührt. Jetzt wurden sie in Byzanz wie in Persien, von den Christen wie den Feueranbetern verfolgt, ihre Autonomie zerstört, ihre Exilarchen geköpft, ihre Kinder zwangsweise bekehrt, ihr Sabbat verboten. Aber ihre Feinde, die sich gegenseitig zerfleischten, merkten nicht, daß sich inzwischen in der Wüste Arabiens ein Gewitter zusammenzog, das sich über die ganze Welt entladen, den Juden aber die Freiheit bringen sollte. Der Kaiser und der Sassanide erhielten um 630 von einem gewissen Mohammed einen gleichlautenden Brief, der von beiden dasselbe verlangte: Unterwerfung.

17. Die Juden um Bagdad (um 650–1000)

Der Mekkaner Mohammed schuf aus den Grundelementen seiner arabischen Volksreligion, die er auf originelle Weise mit jüdischen und christlichen Glaubenssätzen verband, eine neue Religion, die man recht treffend als »versandetes Judentum« bezeichnet hat. Er entnahm dem Judentum, das er aus Arabien von seinen Handelsreisen her kannte, seinen reinen Monotheismus, dazu fügte er als die fünf Grundpfeiler des Glaubens Bekenntnis, Gebet, Fasten, Almosen und die Pilgerfahrt. Das Ganze nannte er Islam, das heißt völlige Ergebung in den Willen Gottes. In dem Begriff lag der starke Fatalismus der Prädestination (»Allah weiß es!« – »Allah will es!«), der dem Islam seine kämpferische Stoßkraft und seinen Enthusiasmus gab. Nach anfänglichen vergeblichen Versuchen Mohammeds, die zahlreichen jüdisch-arabischen Stämme für den Islam zu gewinnen, wurde er später ihr Gegner und rottete sie teilweise aus. Was ihm aber in wenigen Jahren vollkommen gelang, war die Einigung der arabischen Stämme unter der Fahne des neuen Glaubens und der Beginn eines Siegeszuges dieser Stämme über die Welt, den er nur in seinen Anfängen erlebte, der aber an Glanz, Größe und Schnelligkeit nur dem Alexanders zu vergleichen ist. Was der Hellenismus tausend Jahre vorher dem Orient geschenkt, gab der Orient jetzt im Islam dem Okzident mit Zinsen zurück. Denn mit so primitiven religiösen Begriffen der Islam begann, so unvergleichlich hoch war die Kultur, die es ihm in kürzester Frist aufzubauen gelang.

Im Fluge wurde die Welt erobert. Mohammed starb 632, bereits 640 waren Jerusalem, Damaskus und Mesopotamien unterworfen, zum zweiten Male erlebte das Judentum den Untergang des persischen Reiches. Gleichzeitig erfolgte der Einbruch der Beduinen in Ägypten und Nordafrika. 711 erlebte Spanien ihre Invasion, zehn Jahre später waren die Pyrenäen erreicht, und erst in der Schlacht bei Poitiers (732) gelang es den vereinigten fränkischen Stämmen unter Karl Martell, der Welteroberung ein Ziel zu setzen und die Araber hinter die Pyrenäen zurückzuwerfen.

Zweierlei machte diese Eroberung bedeutsam und fruchtbar: die Begegnung mit den alten Kulturen und die glückliche Rassenmischung auf dem Boden Spaniens. Dort entstand durch Mischung der Urbevölkerung mit den einströmenden Nordafrikanern das hochbegabte Volk der Andalusier. Ebendort und auch in Persien trafen die Beduinen auf die Gelehrsamkeit der Juden, deren religiöse Diskussionen sie erweckten und befruchteten. In Ägypten lernten sie die griechische Wissenschaft kennen, und im Handumdrehen blühte bei dem eben erst seiner Wüste entronnenen Volk eine Wissenschaft und Forschung auf, der damals die lateinisch-kirchliche Welt nichts an die Seite zu stellen hatte. Mathematik, Medizin, Physik und Astronomie sind durch die Araber nach Europa gekommen, noch heute verdanken diese Wissenschaften einen Teil ihrer Begriffswelt dem arabischen Sprachgut jener Zeit. Vor allem aber beginnt mit ihnen überhaupt erst die Sprachwissenschaft, gab es doch bis dahin kein Volk, das bis in die tiefsten Schichten der Bauern und Bettler so leidenschaftlich seine Sprache liebte und pflegte wie das arabische Volk. Neben der Wissenschaft beginnen sofort Dichtung und Architektur zu blühen, die Dichtung und das Dichten zumal wird Gemeingut und Talent des ganzen Volkes. Die ganze, große, im Laufe eines kurzen Jahrhunderts aufgeschossene Kulturwelt steht um 900 auf den zwei großen Säulen von Bagdad und Cordova, den Zentren und Akademien des Orients und Okzidents, die die ganze geistige Wölbung halten.

Überall, wohin die Araber auf ihren Eroberungszügen kamen, wurden sie von den Juden als Befreier begrüßt. Wenn auch der Groll Mohammeds gegen die Juden auf seine Nachfolger weiterwirkte und zu den einschränkenden Judengesetzgebungen der ersten Kalifen führte, wenn ferner auch in den großen Tagen der Araber, die nun folgen, nicht immer Glaubenszwang und Verfolgung ausgeblieben sind, – die Begegnung mit dem Islam wurde für das Judentum ebenso folgenreich wie einst die Begegnung mit dem Hellenismus. Darüber hinaus aber ungleich fruchtbarer, weil die Verwandtschaft der Stämme, die Ähnlichkeit der Sprachen und die Übereinstimmung der Denk- und Forschungsart eine Wechselwirkung und gegenseitige Befruchtung der beiden Kulturen mit sich brachte, wie sie zwischen zwei Religionen vielleicht nie wieder bestand.

In Bagdad, dem Zentrum des Ostens, blüht das Judentum wie von einem Zauberstabe berührt auf, als die Araber kommen. Es dauert nicht lange, so fangen überall im islamischen Kulturkreis die Juden arabisch zu sprechen und zu schreiben an. Es beginnt die große Zeit der Gaonen (650–1040). Die Autonomie der Juden gewinnt an Kraft. Der Exilfürst residiert mit größerer Macht als je. Die Lehrhäuser erleben einen neuen Aufschwung.

Ihre Schulhäupter, eben jene Gaonen (Gaon = Exzellenz) gewinnen eine Reichweite des Einflusses wie nie zuvor. Ihre berühmten Rechtsbescheide (Responsen) gehen bis in die fernsten Länder, man anerkennt ihre Autorität.

Diese Autorität leidet selbst dadurch keine Einbuße, daß in Bagdad um die Mitte des 8. Jahrhunderts die antirabbinische Sekte der Karäer aufkommt. Ihre Entstehung erklärt sich aus der ungeheuren religiösen Bewegtheit, in der sich das babylonische Judentum seit dem Niedergang der Sassaniden und dem Aufkommen des Islam befand: Mystik und Skepsis, Gebundenheit und freies Denken wühlten in den Gemütern. So gelang es einem gewissen Anan ben David, die zahlreichen oppositionellen Kräfte zu einen und die Sekte der Karaim oder Bne Mikra, das heißt »Söhne des Schriftverses«, »Bibelversler« zu begründen, die nur die Thora in ihrer harten Wörtlichkeit, nicht aber den biegsamen Talmud und seine durch Deutung anpassungsfähige Tradition anerkannten. Die Karäer erlebten in den folgenden zwei Jahrhunderten infolge der in ihrer Tendenz begründeten Intensität ihres Bibelstudiums eine gewisse geistige und literarische Höhe, die durch den Widerstand ihrer Gegner, der »Rabbaniten« noch gefördert wurde. Aber im Wesen ihrer Lehre lag doch auch die Erschwerung des Lebens für ihre Bekenner, an welchem inneren Widerspruch sie schließlich erlahmten. Reste der Sekte bestehen noch heute im Balkan und in Ägypten. Ihre Entstehung und kurze Blüte innerhalb der babylonisch-talmudischen Welt ist letzten Endes nur ein Beweis für die Geistesfreiheit, die sich unter dem arabischen Zepter immer weiter auszubreiten begann.

Das Zeitalter der Gaonen selbst erlebt seinen Höhepunkt in der Gestalt des großen Gaon Saadia (892–942) aus Fajum in Ägypten, der 933 als Schulhaupt nach Sura berufen wurde. Er ist der erste jüdische Gelehrte, der arabisch schreibt, ihm verdanken wir die arabische Bibelübersetzung, daneben viele andere arabische und hebräische Schriften. Damals blüht an den islamischen Akademien von Bagdad und Basra der sogenannte Kalâm, die arabische Religionsphilosophie. Geschult an Aristoteles und den Neuplatonikern, die bereits übersetzt sind, gilt es, Vernunft und Offenbarung in Einklang zu bringen. Gottesbeweis, Willensfreiheit, Providenz sind die großen Probleme, an denen sich der arabische Rationalismus versucht. Saadia leiht sich aus diesem philosophischen Arsenal die Waffen und liefert die erste philosophische Darstellung des Judentums in dem ebenfalls arabisch geschriebenen Werke von den »Glaubens- und Erkenntnisdingen« (hebräisch Emunot w' deot). Er begründet hier seinen Glauben, verteidigt ihn gegen die Lehrmeinungen der verschiedensten Systeme und wird so der Schöpfer der jüdischen Wissenschaft und Religionsphilosophie. So bildet er den Gipfelpunkt jenes Zeitalters, das, bis ins 11. Jahrhundert reichend, bedeutsame Leistungen auch noch in der Ausbildung der Liturgie und sprachlichen Studien aufzuweisen hatte, schließlich aber die Führung im Judentum nicht mehr halten konnte. Mehr und mehr war mit der spanischen Blüte der Mauren das Judentum im Westen hochgekommen, und bereits in der Mitte des 10. Jahrhunderts konnte man die spanisch-jüdische Welt als das Herz des Judentums bezeichnen.

18. Die Juden um Cordova (um 950–1250)

Andalusien, das heißt Südspanien bis nahe an den Tajo, zerfiel in eine Anzahl Emirate, die den Namen ihrer Residenz trugen, deren bedeutendste aber Cordova war, wo um 950 Abdul Rahman III. den ganzen Glanz eines Kalifen von Bagdad entfaltete. Er baute die berühmte Moschee mit ihrem Wald von eintausenddreihundert Säulen, baute die alte Brücke über den Guadalquivir. Die Künste und Wissenschaften blühten an seinem Hof. Sie blühten auch an den anderen Höfen von Sevilla, Malaga, Granada, die alle um die Palme der Geistesfreiheit und freien Lebensart rangen. Der schöne Traum von Tausendundeiner Nacht wurde auch hier im Westen geträumt und währte fünfhundert Jahre, bis ihm der Einbruch der orthodoxen Almohaden aus Nordafrika von innen her, von außen das allmähliche Vordringen des christlichen Nordens ein Ende bereitete. Der Schlußpunkt war die Eroberung der letzten Festung der Mauren, Granada (1492), die mit der Vertreibung der Juden zusammenfiel.

Die andalusische Zeit bedeutet die spanische Blüte der Juden. Am Hofe Abdul Rahmans geht um 950 der große Jude Chasdai ben Schaprut aus und ein, ein Ratgeber und diplomatischer Agent seines Fürsten, ein Förderer der jüdischen Wissenschaften, ein Beschützer seines Volkes. Mit ihm beginnt eine Zeit, in der der politische Jude die Führung im Judentum übernimmt. Daß Chasdai Macht und Ansehen auch in den Dienst der Wissenschaft stellte, ändert nichts an der Tatsache, daß jenes 10. Jahrhundert des spanischen Judentums vorwiegend durch äußeren Glanz und sichtbare Macht gekennzeichnet ist. Die hebräische Sprachwissenschaft regt ihre Schwingen, die hebräische Dichtkunst beginnt zu blühen, vor allem aber sitzt im Lehrhaus von Cordova der bedeutende Rabbi Moses ben Chanoch und macht durch seine wachsende Autorität, daß der Glanz der östlichen Akademie von Sura neben ihm verblaßt. Den letzten Gaonen Scherira und Hai entfällt der Zügel, die geistige Leitung wird allgemach von Spanien übernommen. Über alles aber hält Chasdai seine mächtige Hand, und diese Hand reicht weit in die jüdische Welt hinein, bis nach Deutschland, ja, bis nach Konstantinopel und zum Kaspischen Meer, wo er mit dem finnisch-uralischen Volksstamm der Chasaren in briefliche Verbindung tritt, von dessen Bekehrung zum Judentum schon vor zwei Jahrhunderten dunkle Kunde nach dem Westen gedrungen war.

An allen Höfen Andalusiens treten jetzt gleich Chasdai ben Schaprut jüdische Fürsten und Mäzene auf. Der berühmteste war Samuel ben Nagrela, kurz Samuel Hanagid, das heißt der Fürst genannt, der aus der Tiefe des Volkes bis zum Rang eines Wesirs von Granada emporgestiegen war (um 1050). Die Folge ist, daß – ganz parallel dem Aufschwung der islamischen Wissenschaften – eine ganze Literatur von zumeist arabisch geschriebenen, aber ausschließlich dem Judentum dienenden Werken der Bibelkunde, Grammatik, Philosophie aus dem Boden schießt, gleichzeitig aber auch das Talmudstudium zu immer konzentrierteren Formen vorschreitet, sich systematisiert und zu hoher Blüte gedeiht. Diese geistige Bewegung greift über die Pyrenäen hinüber, befruchtet das südfranzösische Judentum, das auf diese Weise der natürliche Mittler dieser Literatur an das französische und deutsche Judentum und auch an die christliche Welt geworden ist. Dort saßen bis ins 13. Jahrhundert die berühmten Übersetzerfamilien der Kimchiden und Tibboniden, die, aus Spanien gebürtig, der nördlichen jüdischen Welt die arabischen Werke durch Übersetzung ins Hebräische vermittelten. Gleichzeitig bemühen sich die kastilischen Mönche, die großen philosophischen Werke des Islam ins Lateinische zu übertragen, vor allem die Werke des Andalusiers Ibn Roschd (um 1150) und des Persers Ibn Sina (um 1000), die als Averroës und Avicenna die scholastische Philosophie der Kirche entscheidend beeinflußt haben.

Seine Hochblüte erreicht das spanische Judentum in dem wunderbaren Dreigestirn, das durch zwei Jahrhunderte über seinen Himmel ging, am großen Horizont Israels aber stehengeblieben ist: Salomo Ibn Gabirol, Jehuda Halevi, Moses ben Maimon (Maimonides, Rambam). Keiner von den dreien kannte den andern: wenn der eine starb, war der nächste noch nicht oder kaum geboren, trotzdem bilden sie eine unteilbare Kette. Unter der Hand des unglücklichen, schwindsuchtkranken Gabirol (1020–1070) beginnt nach tausend Jahren zum ersten Mal wieder die Harfe Davids zu rauschen: Er singt Gott seine Leiden in herrlichem Hebräisch. Er schreibt – ein jüdischer Neuplatoniker – ein philosophisches Werk ›M'kor chajim‹ (›Quell des Lebens‹), in dem er alle Schöpfung und alles sittliche Streben als einen ewigen Kampf zwischen Form und Materie verherrlicht. Dieses Buch – ebenfalls von Mönchshand ins Lateinische gebracht –

hat als ›fons vitae‹ des Avicebron die Scholastik, vor allem das franziskanische Denken befruchtet, ohne daß man bis vor einiger Zeit wußte, daß Avicebron und Ibn Gabirol ein und dieselbe Person waren.

Aus seiner Hand nimmt die Fackel der Dichtung Jehuda Halevi (1080–1140), bekannter als Gabirol durch seine Zionssehnsucht und die Pilgerfahrt am Ende seiner Tage, als hebräischer Dichter ihm gleichwertig, aber nicht an Tiefe und Wissen ihm vergleichbar. Sein arabisches Buch Kusari, dem er die Form eines Dialogs zwischen dem Chasarenfürsten und einem Rabbi gab, ist überhaupt keine Philosophie, sondern nur die populäre Darstellung eines begeisterten offenbarungsfreudigen Judentums.

Das 12. Jahrhundert der Juden aber ist überschattet von der gewaltigen Gestalt des Moses ben Maimon (1135–1204), der, in Cordova als Knabe beginnend, in Kairo als berühmter Arzt und Rabbiner endend, seinen Fuß auf Osten und Westen setzte und mit ebenso klärender wie aufwühlender Kraft das Judentum weit über seine Zeit hinaus beherrschte und erregte. Er schuf die Mischne Thora, nach manchen Versuchen in gleicher Richtung, zum Beispiel dem des Isaak Alfasi (»Rif«, gestorben 1104 in Lucena in Spanien), die erste große systematische Darstellung des gesamten Talmudrechtes. Er bot – ein jüdischer Averroës, verfolgt wie er und nach dem Tode gar verketzert – in seinem ›More Nebuchim‹ (›Führer der Verirrten‹) die erste Darstellung der jüdischen Gotteslehre auf streng rationalistischer Grundlage. Indem er die Vernunft zum Maßstabe selbst der Tradition und Offenbarung macht, erschreckt er die Treuen und bewirkt, daß, als mit seinem Tode die Autorität des Lebenden verschwunden ist, ein Riß durch die jüdische Welt geht: Schändung seines Grabes in Tiberias, Bannflüche maimunistischer und antimaimunistischer Gemeinden gegeneinander, Denunziation seiner Werke bei der Kirche, Verbrennung seiner Schriften durch die Inquisition in Montpellier – das ganze 13. Jahrhundert kämpfen die Juden der Südländer um diesen Mann und sein Werk, und die Kirche nimmt teil an diesem Kampf. In Wirklichkeit aber ragt die Gestalt des Maimonides bis weit in die Neuzeit hinein. Wenn man Spinoza den Vater der Aufklärung genannt hat, ihr Stammvater war Maimonides. Er führte den Rationalismus bis an die äußerste Grenze, ein Schritt weiter, und der Schritt aus der Religion und dem Judentum heraus war getan. Spinoza tat diesen Schritt, und die Rabbinen von Amsterdam, die ihn 1656 in den Bann taten, wußten ebenso genau, was sie taten, wie die Rabbinen 400 Jahre früher, als sie von bösen Ahnungen geschreckt der Jugend unter fünfundzwanzig Jahren die Lektüre des More Nebuchim untersagten.

19. Die Zeiten der Päpste und Kaiser

Als Maimonides 1204 in Kairo seine Augen schloß, saß auf dem Throne Siziliens ein deutscher Fürst, Friedrich II., der letzte Hohenstaufe. Er war damals noch ein Kind und wurde in Palermo an einem Hofe erzogen, wo Araber und Juden aus und ein gingen, wo der freie Geist der Wissenschaft zu Hause war, und wo die islamische Gelehrsamkeit höher im Kurse stand als die der Kirche. Im Haupte dieses um drei Jahrhunderte zu früh geborenen und daher unglücklichen Fürsten berührte die arabisch-jüdische Welt ein erstes und einziges Mal die christlich-abendländische Welt. Der Träger des Hauptes, getroffen und verfolgt vom Bann der Kirche, ging zugrunde daran.

Während der Orient in jenen Ruhmestagen der Araber seine Saat über die Länder des Mittelmeeres warf und die Welt mit der Fackel seiner Wissenschaft erleuchtete, lebten die nordischen Länder in Unordnung, Zerrissenheit und dauernden Kriegsläuften, kaum gemildert durch die sozialen Formen des Lehnswesens und Feudalismus, die sich allmählich herausgebildet hatten. Als Karl Martell 732 die Araber bei Poitiers geschlagen hatte, war es das erste Mal, daß in dem zerrissenen Norden ein Starker aufgekommen war. Sein Sohn Pippin nahm die Königswürde an, aber erst seinem Enkel Karl dem Großen gelang es, seinem Frankenreich Italien anzugliedern und sich in Rom vom Papst zum Kaiser krönen zu lassen (800). Es war ein Danaergeschenk, das Gregor dem großen Karl vermachte. Ihm selbst noch war es Krönung einer die ganze Welt umspannenden Macht. Aber schon nach dem Tode seines Sohnes, Ludwigs des Frommen, zerfiel das Reich. Frankreich fiel 987 an Hugo Capet, und nun begann der Kampf, der über Jahrhunderte hinaus die nordischen Völker lähmte: Fürst stand gegen Fürst, der Kaiser gegen den Papst, daneben lief die Rivalität zwischen dem griechischen und lateinischen Christentum, die 1054 schließlich zum Bruch zwischen der lateinischen und griechischen Kirche führte. Die Macht der Päpste wuchs, Kaiser Heinrich mußte barfuß im Schloßhof von Canossa stehen, in Deutschland rissen sich inzwischen die Fürsten um die Macht, während in England die kriegerischen Normannen die Zügel ergriffen. Es war eine entzweite Welt, in die in höchster Not das Papsttum die Predigt des Kreuzzugs entsandte, um durch ein großes Ziel die Einheit zu schaffen. Daß es den Päpsten vorübergehend gelang, eine solche Einheit durch die Kreuzzüge herzustellen, beweist die Macht, die Christentum wie Papsttum damals über die Gemüter hatten.

In diese Welt und diese Zeit fallen die großen Leiden der Juden. Ein halbes Jahrtausend hatte aus römischen Bürgern entrechtete Parias gemacht. Man hatte sie im spanischen Westgotenreich zwischen Auswanderung und Taufe gestellt (612), es war das die Geburtsstunde des Marranentums. In Frankreich gab es um dieselbe Zeit ähnliche Tendenzen, der Bekehrungseifer der Kirche ließ nicht nach. In Deutschland, wo ihr gemeindliches Leben in Köln bereits im Jahre 321 urkundlich beglaubigt ist, waren sie seit Karl dem Großen unter Fremdenrecht gestellt. Aus Schutz- und Ansiedelungsbriefen einzelner Juden, also Privatprivilegien, wurden allmählich Gemeindeprivilegien. Alle diese Sonderrechte waren käuflich und mußten immer wieder käuflich erworben werden. Trotzdem entwickelte sich das Leben der Juden günstig, sie konnten Handel treiben, Grundbesitz erwerben und eine gewisse Blüte entfalten. Diese Blüte wurde durch den ersten Kreuzzug (1096) geknickt, als seine Folge ist die allgemeinere Rechtsform der sogenannten Kammerknechtschaft zu betrachten, die künftig das soziale Leben der Juden bestimmte. Die Juden galten als Eigentum der kaiserlichen Kammer, das war in jenen aufgewühlten Zeiten ein Schutz, wuchs sich aber mit dem Sinken der kaiserlichen Macht verhängnisvoll aus, indem der Kaiser in seinen Geldnöten seine »Cammerleute« nur zu oft verpfänden und verschachern mußte.

Dazu kam die kanonische Gesetzgebung der Kirche, die zur Ächtung der Juden viel mehr beitrug als das Fremdenrecht des Staates. Das 13. Jahrhundert ist in dieser Hinsicht das dunkle Jahrhundert der Juden zu nennen, in dem als schwacher Lichtblick nur die Zurückweisung der Blutbeschuldigung durch Papst Innozenz IV. zu erwähnen ist (1247). Sonst aber sah es traurig aus: Auf dem 4. Laterankonzil unter Innozenz III. wurde 1215 der gelbe Fleck beschlossen, nicht viel später wurde das Zusammenwohnen von Christen und Juden verboten, das Ghetto entstand. Gregor IX. (1227–1241), derselbe, der den Endkampf gegen den unglücklichen Friedrich II. focht, unterwarf die jüdischen Bücher der Inquisition, ließ, nachdem er anfangs Disputationen mit Juden verboten hatte, später ausgebildete Disputanten gegen sie los. Dazu kamen die Prädikanten mit ihren Bekehrungspredigten, es kamen die Mönchsorden der Dominikaner und Franziskaner, die sich in den Dienst der Sache stellten, das 13. bis 15. Jahrhundert ist voll von Zwangspredigten und Disputationen, deren bedeutendste die spanische Disputation von Tortosa war, die mit ihren fünfundsechzig Sitzungen fast ein ganzes Jahr (1413/14) währte. Alles in allem, zur staatlichen Entrechtung kam die moralische und soziale Ächtung, und diese ging von der Kirche aus. Hand in Hand mit beiden ging dann schließlich noch die im Laufe weniger Jahrhunderte vollzogene Verdrängung der Juden aus den Gewerben. Ursprünglich in allen Berufen tätig, in Ackerbau, Handwerk, Handel und Großhandel, haben die Gilden sie aus dem Handwerk, die Städte sie aus dem Handel vertrieben. Schließlich ließ man ihnen nur noch den Trödel und zuletzt das leidige Geldgeschäft, zu dem sie sich nicht drängten, sondern zu dem man sie zwang, um sie als Objekt der Auspressung zur Hand zu haben, wenn die Stunde der Geldnot kam.

Innerhalb dieser langen Leidenszeit ragen in Deutschland zwei besondere Leidensjahre hervor, das Jahr des ersten Kreuzzuges (1096) und das Jahr des schwarzen Todes (1348). Man könnte als drittes und viertes noch die Jahre 1298 und 1336 nennen, in denen der berüchtigte Rindfleisch unter dem Vorwurf der Hostienschändung in Schwaben und später die Armlederleute vom Rheingau bis zur Steiermark unter den Juden die schlimmsten Greuel verrichteten – das erste Mal zählte man einhundertsechsundvierzig, das zweite Mal einhundertzwanzig vernichtete Gemeinden –, aber Kreuzzug und schwarzer Tod stehen in Ausmaß und Folgen in so schrecklicher Einzigartigkeit da, daß wir sie als die großen Meilensteine auf dem Leidenswege der deutschen Juden betrachten müssen. Der erste Kreuzzug, gepredigt, um die in Krieg und Hader verwickelten Völker Europas endlich einmal durch ein großes religiöses Ziel zu einen, vernichtete mit einem Schlage die damals blühenden Gemeinden des Ober- und Niederrheins: Tausende von Erschlagenen in Trier, Worms, Mainz, Köln. Und als drei Jahrhunderte später die Pest durch Europa zog, wurde gegen die Juden die Beschuldigung der Brunnenvergiftung erhoben: Damals wurden dreihundertfünfzig Gemeinden von einem rasenden Pöbel ausgeraubt und ausgemordet, drei Jahre lang (1348 bis 1351) währten die Greuel. Damals öffnete Polen den flüchtenden deutschen Juden die Tore, es bildeten sich die großen Zentren des Ostens, die bis auf den heutigen Tag im Kaftan die alte deutsche Tracht und im Jiddischen die alte deutsche Sprache sich bewahrt haben.

Das deutsche Judentum aber war damals vernichtet und hat sich zunächst von diesen Schlägen nicht wieder erholen können. Wenn es auch nie eine so hohe Blüte wie das spanische Judentum entfalten konnte, so zeugen doch Namen wie der des Rabbenu Gerschon aus Metz (960–1040), der für die europäische Judenheit die Monogamie erzwang, und vor allem der des berühmten Talmud- und Bibelerklärers Raschi (1040–1105), der – aus Südfrankreich stammend – in Worms studierte, im lothringischen Troyes wirkte und in seinen Nachfolgern, den Tosafisten, Schule gemacht hat, daß allen Leiden zum Trotz der Geist auch in Deutschland lebendig geblieben war. Mit den Tagen des schwarzen Todes sank aber das deutsche Judentum in geistige Dumpfheit, seine liturgische Poesie besang in dunkler, schwerer Sprache die erlittenen Leiden. Die Mystik wucherte auf, die Kabbala fand in den zerrütteten Herzen einen guten Mutterboden, das kabbalistische Buch Sohar, eben entstanden oder gefunden, verbreitete sich und verwirrte die Geister. Der Aderlaß war zu stark gewesen. Es war fürs erste einmal aus mit dem deutschen Judentum.

20. Die spanische Vertreibung (1391–1492)

Während in Deutschland die Juden unter der Zerrissenheit des Landes litten und mit der sinkenden kaiserlichen Macht immer mehr zum Spielball fürstlicher und städtischer Willkür wurden, hat die frühzeitige Konsolidierung der königlichen Gewalt in Frankreich und England ihre Lage anders, aber nicht minder böse gestaltet. In Frankreich wurden sie zwischen 1181 und 1394, also in nur zwei Jahrhunderten, viermal ausgewiesen und dreimal wiedergeholt; jede Ausweisung zielte auf die Konfiskation ihrer gesamten Habe, deren Liquidation oft Jahre in Anspruch nahm, jede Wiederzulassung war ein dickes Geldgeschäft der Krone. 1394 verließen einhunderttausend Juden endgültig das Land. In England, wo sie seit dem 11. Jahrhundert – und wohl schon früher – saßen, galten sie als königliches Eigentum, standen also zur Krone in ähnlichem Verhältnis wie die deutschen »Cammerleute«. Von den Königen als Finanzobjekte bis aufs Blut ausgepreßt, dann einige Zeit in Ruhe gelassen, um aufs neue gefoltert und beraubt zu werden, verelendeten sie materiell und moralisch immer mehr und wurden 1290 aus den englischen Landen vertrieben.

Während das geschah, stand das spanische Judentum noch in voller Blüte. Aber auch hier nahten Abstieg und Ende und trafen die spanische Judenheit in einem Zustande des äußeren Glanzes und der bürgerlichen Freiheit, wie dies in den Zeiten der Diaspora noch in kaum einem Lande zuvor so erreicht worden war. Sie waren weitgehend assimiliert, fühlten sich sehr als Spanier und hingen an der Heimat, als der Rückschlag kam. Er vollzog sich in unmittelbarem Zusammenhang mit der Entwicklung des Landes. Der Kampf gegen die Mauren war es, der vier Jahrhunderte lang alle Gemüter des christlichen Spaniens gefangennahm und die Politik seiner Könige bestimmte. Immer wieder bohrte der Norden dem Süden seinen Stachel in den Leib, je schwächer das schöne Andalusien wurde, um so mehr konsolidierte sich der Norden, und bereits im 14. Jahrhundert galt es nur noch für eine Frage der Zeit, wann das Zertrümmerungswerk am maurischen Süden und damit das nationale Einigungswerk am christlichen Norden vollendet sein würde. Die Frage war ebenso religiös wie national, und der Krieg gegen Granada für die Könige von Kastilien und für den Papst in Rom nichts anderes als ein Kreuzzug.

Einhundertfünfzig Jahre vor ihrer Vertreibung war die Stellung der Juden in Kastilien noch groß und angesehen. In diesem ebenfalls auf dem Lehnsystem aufgebauten Lande, wo ein übermütiger Hochadel und in seiner Gefolgschaft der Kleinadel der Hidalgos von festen Burgen aus das Land beunruhigte und die Krone mißachtete, spielten die Juden als wohlhabender Mittelstand eine wichtige Rolle. Sie waren es zumeist, die den Königen die Gelder für den traditionellen Maurenkrieg vorschossen, und wenn die Cortez der Städte die Steuern dazu bewilligt hatten, überließen die Könige nur zu gern ihren geschickten jüdischen »Privados« das Amt der Eintreibung und begannen ihren Krieg mit den Vorschüssen, die von dorther flossen. Es war natürlich, daß die Juden treu zur Krone hielten wie die Krone zu ihnen. Das tragische Schicksal des unglücklichen Pedro, den die Geschichte fälschlich den Grausamen nannte, ist ein ergreifendes Loblied auf diese Judentreue bis über den Tod hinaus, die weit entfernt von allem Eigennutz war. Daß sie den Juden den Haß des Adels und der Städte eintrug, die von Eigensucht verblendet, die nationale Politik ihrer Könige verkannten und also bekämpften, war ebenso selbstverständlich, wie daß der Klerus gegen den Einfluß der Juden mit gleich blindem Hasse reagierte.

Einmal mußte die Katastrophe kommen, und sie kam im Jahre 1391, als plötzlich eines Tages in Sevilla der Judensturm losbrach, mit 4000 Toten die ganze Gemeinde vernichtete und das Gemetzel über ganz Kastilien trug. Von nun an rollt sich alles mit eiserner Folgerichtigkeit ab. Tausende von Juden flüchten in den Schoß der Kirche, die Geschichte des Marranentums nimmt ihren Anfang. Der Sturz ist so tief und der Schrecken so gewaltig, daß die Neuchristen (conversos) zunächst unter völliger Verstörtheit stehen und erst allmählich in jenen Zustand des Geheimjudentums hinabgleiten, der durch Jahrhunderte für sie bezeichnend bleibt. Die Kirche nutzt den Augenblick und setzt hinter das Gemetzel einen »Missionsterror« (Dubnow) mit allen Mitteln der Lockung und des Schrekkens: Zwangspredigten wechseln mit Zwangsdisputationen, getaufte Juden (Geronimo a Santa Fé, Paulus Burgensis) werden ausgebildet und gegen ihre Brüder losgelassen. Die Disputation von Tortosa (1413–14) bildet mit ihrer einjährigen Dauer einen Markstein im Ablauf dieser Entwicklung.

Inzwischen rücken die Marranen – die unter Zwang getauften Juden Spaniens – auf, man belohnt sie mit königlichen Ämtern, im Besitz aller Rechte entfalten sie Begabung und Energie, kommen zu Reichtum und Ehren und entgehen gerade dadurch ihrem Judenschicksal nicht. Sie bilden bereits eine Masse und damit auch schon eine besondere und sehr gehobene Klasse, und bald ist der Haß gegen die Getauften größer als gegen die Ungetauften. Der Neid des armen Hidalgo schleicht hinter ihnen her, und schon ist man ihnen auf die Sprünge gekommen: Das sind keine Christen, Scheinchristen sind es, Wölfe im Schafspelz – »Marranos«, das heißt »Saukerle«, denen man nicht über den Weg trauen darf. 1480 wird das erste Inquisitionstribunal der Kirche gegen sie errichtet, von da an gibt es kein Zurück mehr.

Der ganze Ablauf der Dinge wird aber letzten Endes doch nur verständlich durch die Tatsache, daß inzwischen die innere Entwicklung des Landes in das Gebäude der nationalen Einigung den Schlußstein gesetzt hat: Es ist die Ehe zwischen Ferdinand II. von Aragonien und Isabella von Kastilien (1469), die dieses Werk vollbrachte. Durch die Vereinigung beider Länder im Jahr 1479 ist jetzt der Norden so stark geworden, daß Granada, das letzte Bollwerk der Mauren, zittern muß, und die beiden bisher noch gesonderten Ziele, Vertreibung der Mauren und Vernichtung der Juden, zu ein und demselben Ziel verschmelzen: Alle Künste der Kirche sind am Problem des Marranentums gescheitert, jetzt trägt sie das Problem in die Gemächer des Schlosses, und was Straßenterror, Disputation und Kirchenzwang begonnen haben, wird jetzt dort auf dem Verordnungswege zu Ende geführt. Der »katholische« Ferdinand und der Großinquisitor Torquemada, ein Mönch von infernalischem Haß, arbeiten sich in die Hände. Die Denunziation schießt ins Kraut, die Kerker füllen sich, die Scheiterhaufen rauchen, Vermögen werden konfisziert, Familien dezimiert. Inzwischen geht der Krieg im Süden weiter, 1492 fällt Granada, die letzten Mauren gehen nach Nordafrika. Unmittelbar darauf wird das Dekret erlassen, das die Vertreibung der Juden bestimmt. Am 9. Ab, also Mitte Juli 1492 verlassen vierhunderttausend Juden unter Zurücklassung all ihrer Habe die Halbinsel. Vier Jahre später folgen ihnen die portugiesischen Juden, nachdem man ihnen die Kinder vorher geraubt und zwangsweise getauft hatte. Ein großes Kapitel jüdischer Geschichte ist zu Ende, mit ihm fällt die Tür des Mittelalters ins Schloß. Fast gleichzeitig lichtet in Lissabon der Genuese Christoph Kolumbus die Anker und reißt damit die Tür zu einer neuen Welt und sogar zu einer neuen Epoche auf. Was die Vertreibung der Juden aber für die spanische Geschichte bedeutet hat, kann man erst ganz ermessen, wenn man die Entdeckung Amerikas in Rechnung zieht, die in wenigen Jahren ungeheure Reichtümer nach Spanien brachte, mithin den größten Aufschwung hätte bringen müssen. Daß das Gegenteil eintrat und unaufhaltsam der Niedergang kam, daß er kam trotz der glanzvollen und erfolgreichen Regierung Karls V. (1519–1556), in dessen spanisch-deutschem und amerikanischem Reich »die Sonne nicht unterging«, beweist, was die Juden für die spanische Wirtschaft bedeutet hatten, der mit ihrer Vertreibung die Sehnen durchgeschnitten waren. Daß der beste Teil der Vertriebenen jetzt in Neapel, Genua, Venedig, Saloniki, Konstantinopel und allen Städten des Mittelmeeres, dazu in Bordeaux, Toulouse und Amsterdam saß und ihren Unternehmungsgeist in den Dienst ihrer neuen Heimat stellte, war ebenso natürlich wie die Tatsache, daß dadurch der spanische Handel niederging. Bereits nach fünfzig Jahren war es mit der spanischen Herrlichkeit aus.

21. Die erwachende Welt und das schlafende Volk (1500–1789)

Nicht nur eine neue Welt war durch Kolumbus entdeckt worden, sondern die Welt war über Nacht neu geworden. Schon die Kreuzzüge hatten den Horizont des Menschen, auch des einfachsten, erweitert, ein neuer Weltblick war aufgekommen. Hand in Hand ging eine Vervielfachung der Handelsbeziehungen, große Handelsstädte – Venedig, Brügge, Amsterdam, Hamburg – waren aufgeblüht. Und was Araber und Juden begonnen, was der Hohenstaufe Friedrich von Sizilien aus gefördert hatte, der Geist der Wissenschaft, der Freiheit und Weite, erhielt durch jenes Zeitalter der Erfindungen und Entdeckungen mächtigen Anstoß und Auftrieb. Der Humanismus kam mit seinem neuen Menschenideal, das am Studium der antiken Autoren und am antiken Menschen sich formte und damit für Jahrhunderte der europäischen Bildung Form und Richtung gab. Gleichzeitig aber und mit Folgerichtigkeit wurde mit gleichen Studium altes kirchliches Wissen zweifelhaft, vorhandene Autorität brüchig. Daneben ging die naturwissenschaftliche Entwicklung, der Erfindung folgte das Experiment, dem Experiment neuer Zweifel – die Kirche, die Beherrscherin der lateinischen Welt, fing zu zittern an. Begann jetzt nicht auch die gedruckte Bibel in allen Händen zu sein? Konnte jetzt nicht bald jeder selber lesen, sehen, sich überzeugen? Und las er nicht, sah er nicht, fing er nicht an, sich über Gottes Wort eigene, höchst persönliche Gedanken zu machen?

Die große Kirchenspaltung setzte ein, Rom begann sich zu wehren, schickte Hus auf den Scheiterhaufen (1415), hetzte den Pöbel Europas jahrelang gegen das tapfere Volk der Hussiten, und hätte auch Luther verbrannt, wenn es nicht schon zu spät gewesen wäre: Die Reformation war eines Tages da und mit der Reformation der Geist der neuen Zeit mit seiner religiösen Freiheit, aber auch mit allen Zweifeln und allen Individualismen.

An dieser Entwicklung hatten die Juden um so lebendigeren Anteil gehabt, als sie trotz Ghetto und Verfolgung bisher durchaus kein welt- und zeitabgewandtes Leben geführt hatten. Wenn Marco Polo im 13. Jahrhundert den Europäern von China erzählt hatte, so hatte ihnen schon Eldad Hadani, der jüdische Weltreisende des 9. Jahrhunderts, von den fernen Küsten Ostafrikas berichtet. Hatte im 10. Jahrhundert nicht Chasdai ben Schaprut von Cordova aus seine Briefe an den Chasarenfürsten über Ungarn, Byzanz durch jüdische Hände zum Kaspischen Meer geschickt und Antwort bekommen? Und war nicht im 12. Jahrhundert der Spanier Benjamin von Tudela durch den ganzen Orient gewandert und, wie man sagt, auch bis Tibet und China gekommen? Die Juden beherrschten die Sprachen, sie saßen überall, und überallhin führten sie ihre Handelsbeziehungen. Ihre freiwilligen Handelsreisen wie ihre erzwungenen Wanderungen hatten ihnen Weltmöglichkeiten gegeben, die der Masse der anderen verschlossen waren, und mit den Möglichkeiten den Weitblick. Wir haben dazu bereits geschildert, wie sie mit den Arabern die Wissenschaften gepflegt, als Mediziner und Astronomen Bedeutendes geleistet haben. Sie haben den Denkbesitz des Altertums gehütet, Platon und Aristoteles übersetzt und erläutert, und all das zu einer Zeit, in der die europäischen Völker durch Kriegserschütterungen gelähmt und durch die politischen Hirngespinste ihrer Kaiser und Könige umnebelt waren. Wenn der mehrfach genannte Hohenstaufe Friedrich auf der südlichsten Insel Europas unter dem Bannstrahl der Kirche mit Juden und Arabern Hof hielt, so mochte das in den Augen der deutschen Fürsten bedenklich sein, in Wirklichkeit half er die Zeit vorbereiten, die jetzt mit Humanismus und Reformation gekommen war.

Den Juden aber war es nicht vergönnt, die Früchte des Baumes zu genießen, den sie selbst hatten pflanzen helfen. Die Erneuerung der Welt und das Erwachen der Geister traf sie im Zustande der tiefsten Erniedrigung und Entwürdigung. Die deutschen Leiden wirkten sich aus, die spanischen begruben unter der Woge von 1492, was an jungen Keimen sich zeigen wollte. Das furchtbare Problem der Marranen zumal erschwerte, quälte und verwirrte die jüdische Welt. Was noch an Blüte da war, war um 1500 geknickt. Daß in Deutschland ein tüchtiger Mann wie Josel von Rosheim damals mit Energie ihre Sache zu führen beginnt, daß die Portugiesen sich in Toskana, Ferrara, Rom zeitweise größerer Freiheiten erfreuen, daß sie in Saloniki und Konstantinopel blühende Gemeinden bilden und Männer wie Salomo Aschkenasi, den großen türkischen Diplomaten, und Don Joseph Nassi, den Herzog von Naxos, hervorbringen, darf nicht darüber hinwegtäuschen, daß am Ende ihre soziale Lage kläglich war und die geistige Lage der sozialen entsprach. Das galt in erster Linie für Deutschland, schließlich aber überall: Von den Kaufmannsgilden ausgeschlossen, von den Zünften entrechtet, im Geldhandel zugelassen, aber auch gezwungen zu ihm, dafür durch zahllose Steuern, Zölle, Abgaben bedrückt und ausgesogen, blieb ihnen im allgemeinen kaum mehr als der Trödel und Schacher, dessen verachtete Meister sie wurden.

Unter diesen Umständen liegt beinahe ein Widersinn in der Tatsache, daß die große Reformation durch einen Kampf um die Berechtigung des Talmuds eingeleitet wurde, den Johannes Reuchlin, der Humanist und Hebraist, gegen die Angriffe der Kölner Dominikaner und ihres renegatischen Einpeitschers Pfefferkorn führte. Dieser Kampf wuchs sich zu einem großen Kampfe der Humanisten gegen die »Dunkelmänner« aus, der schließlich über die Köpfe der Juden und des Judentums hinwegging und das Glockengeläut des Geistes bildete, mit dem die Reformation eingeläutet wurde. Daß fast gleichzeitig (1510) in Berlin noch vierzig Juden wegen vorgeblicher Hostienschändung verbrannt werden, daß der verärgerte Luther alle mittelalterlichen Beschuldigungen gegen sie wiederholen kann, macht den Widersinn noch größer. Schließlich war es nicht die Reformation, sondern der Papst Leo X. – freilich der bedeutendsten einer –, der 1520 die Drucklegung des Talmuds nicht nur erlaubte, sondern forderte und damit das Buch der Juden endgültig vor der Inquisition und Verbrennung gerettet hat. Das Judentum selbst aber lag damals unter dem Nachsturm von 1492 in dumpfen Verzweiflungen und wühlenden Unruhen, große Autoritäten gab es nicht mehr, aber unermeßliche Sehnsucht quoll aus den Tiefen des aufgewühlten Volkes.

Überblickt man das 16., 17. und 18. Jahrhundert der Juden, so haben sie zwar an einzelnen Punkten der Welt neue Blüten gezeitigt, haben in Amsterdam eine große und reiche portugiesische Gemeinde gegründet, in Prag ein durch Selbstverwaltung starkes Gemeinwesen mit eigenem Rathaus geschaffen und in der Massensiedlung in Polen sogar in ihrer Dreiländersynode eine zu Zeiten machtvolle Landesverwaltung für sich bilden können. Der geistig-seelische Zustand aber, in dem sie lebten, ist durch Bußstimmungen, Erlösungssehnsucht und dunkle Grübeleien über Anfang und Ende aller Zeiten gekennzeichnet. Was sie in der Welt sahen, bestärkte sie in ihren Wegen: Die Kirchenspaltung mit all ihren politischen Folgen, die Auflösung des heiligen römischen Reiches deutscher Nation, die Türkenkriege, alles kam zusammen, um ihnen recht zu geben. Während ihre starken Naturen sich an den Talmud und sein Studium klammerten, verlor sich ihre Masse und nicht nur die

Masse, sondern auch führende Geister aus der Mitte des enttäuschten und entwürdigten Volkes, in den dunklen Gängen der Kabbala, lauschten den messianischen Rufen aus der Ferne und waren geneigt, den wildesten Phantasien zu glauben ohne Prüfung und ohne Frage. Das alte Buch Sohar (»Glanz«), das Grundbuch der Kabbala, in seinen Ursprüngen wohl älter als man denkt, aber erst um die Wende des 13. Jahrhunderts zur Geltung kommend, gewinnt im 16. große Gewalt über die Gemüter. Isaak Luria (1531–1571), der tiefsinnige Mystiker, wird ein klingender Name. In dem Augenblick, als Papst Leo die Drucklegung des Talmuds forderte, haben die Juden der ganzen Welt nichts Besseres zu tun, als der Botschaft von den verlorenen zehn Stämmen zu lauschen, die der zweifelhafte Wanderer David Reubeni ihnen bringt, und in tiefster Erregung das Schicksal des jungen Lissabonner Marranen Salomo Molcho zu verfolgen, der Reubenis Jünger wird.

Und so geht es weiter. Wenn hundert Jahre später der sehr kluge Manasse ben Israel nach London fährt, um dort bei Oliver Cromwell für die Wiederzulassung der Juden nach England (1656) einzutreten, so ist es nicht allein die Bibelgläubigkeit der Puritaner, sondern auch die eigene Messiasgläubigkeit, die ihn seine Forderung weltprophetisch begründen läßt. Messianische Ideen bewegen in jenen Zeiten ja auch die christliche Welt. Zumal in dem durch den Dreißigjährigen Krieg (1618–1648) erschütterten Deutschland wird die Lehre vom Tausendjährigen Reich und der Wiederkunft Christi lebendig. So fließen hier die christlichen und jüdischen Gefühlswelten ineinander. Gleichzeitig erschüttern damals grauenvolle Verfolgungen die jüdische Masse in Polen. Dem Kosakensturm unter Chmielnikki fallen an die siebenhunderttausend Juden zum Opfer, zehn Jahre währt das Schlachten (1648–1658). Und wieder gleichzeitig steht in Smyrna der junge, faszinierende, aber eitel-schwache Levantiner Sabbatai Zwi (1626–1676) auf und spielt der Welt eine Messiaskomödie vor, die sich zu einer bitteren Tragödie auswächst. Held dieser Tragödie ist aber nicht er selbst, dessen Schicksal zu beschreiben kaum die Mühe lohnt, sondern das ganze jüdische Volk, das mit seinen Klügsten und Weisesten auf ihn hereingefallen ist. Sie fangen auf den Ruf vom Morgenlande her zu wandern an, erst die Levantiner, dann die Italiener, dann die Deutschen, bis nach Hamburg und Amsterdam hin kann Geschrei und Bannfluch der Rabbinen nicht verhindern, daß jüdische Menschen ihre Häuser verkaufen, ihre Habe zu Geld machen, um zum Messias zu fahren. Es nimmt zwar bald ein lächerliches Ende, aber der Taumel rast noch jahrelang weiter.

Das Erwachen ist furchtbar. Als die Rabbinen die verlorenen Zügel wieder in die Hand bekommen, finden sie ein Volk in dumpfer Verzweiflung vor. Sie wissen sich nicht anders zu helfen, als sie das Studium über alles zu setzen und das Joch der Thora noch schwerer zu machen. Vor allem in Polen, wo das Volk durch den Kosakensturm aus tausend Wunden blutet, richten sie einen Terrorismus des Geistes auf, der nicht nur den Geistern, sondern dem Geiste selbst Gewalt antut. Es entsteht eine Talmudmethode der Spitzfindigkeit und Künsteleien, die Dialektik wird Selbstzweck, man nennt das Pilpul. Es entsteht eine Gelehrtenaristokratie voll Hochmut, die es versteht, sich sogar die jüdische Geldaristokratie dienstbar zu machen. Man preßt schon die kleinen Kinder zur Dialektik, alles ist unterbaut von düsterer Askese.

Da erfolgt am Anfang des 18. Jahrhunderts in Polen die Reaktion. Allzulang hatte man den Geist gefüttert auf Kosten der Einbildungskraft, jetzt bricht die Einbildungskraft sich Bahn, diesmal nicht in einer messianischen Raserei, sondern in einer naturgewachsenen Bewegung, dem Chassidismus. Auf der Grundlage eines gefühlvollen Pantheismus baut der Schöpfer Israel aus Miedzybosz (1698–1758) sein neues Judentum auf. Da Gott allen Dingen einwohnt, besteht eine dauernde Wechselwirkung zwischen der irdischen und himmlischen Welt, und ist die Beeinflussung Gottes durch die Macht des Gebetes gegeben. Diese Macht bedingt den absolutesten Optimismus: Trauert und fastet nicht, sondern »dienet Gott mit der Freude!« (Psalm 102). Höher als Studium ist schlichte Herzensgüte, selbst der unwissende Am ha'aretz kann ein Zaddik, ein Gerechter, sein. So stellte Israel aus Miedzybosz, der Baal Schem Tow, das heißt der Meister des göttlichen Namens, anstatt der Gelehrtenaristokratie die Aristokratie der Gebetmächtigen, der Wunderrabbis, der Zaddikim auf und schuf jene Bewegung, die als einzige und späte Blüte der düsteren zwei Jahrhunderte zu gelten hat, die der Vertreibung aus Spanien folgten.

Mit dem Chassidismus schließt sich der Kreis der mystisch kabbalistischen Erlebnisse, die das Volk Gottes durch jene zwei Jahrhunderte bewegten, in denen die europäische Welt ungeheure Wandlungen erlebte, seine Autoritäten überprüfte, seine Wissenschaften begründete, seine Techniken schuf. Buchdruck und Kompaß, Akademie und Publikation, Erfindung und Entdeckung füllen die Zeit, und dahinter steht die Macht des absoluten Königtums – in Frankreich der Sonnenkönig Ludwig XIV., in Rußland Zar Peter – und sammelt die schimmernden Früchte der Zeit in einer einzigen Hand, während die entrechteten Völker zu ihren Füßen liegen.

Diese zwei Jahrhunderte sind die einzigen der ganzen Geschichte, in denen die Zeiten nicht durch Israel hindurch, sondern über Israel hinweggegangen sind, das diese Zeiten verträumte. Unschöpferisch war es nicht, das beweist der Chassidismus, und untätig noch weniger: Im Gegenteil, in dem Sammelgenie Joseph Karo (1488–1575) fand es den Mann, der die halachische Arbeit vieler Jahrhunderte wieder einmal zusammenfaßte und das Kompendium des ›Schulchan aruch‹ (›gedeckter Tisch‹) schuf, der nach vielen Kämpfen sich durchgesetzt hat und heute als autoritatives jüdisches Gesetzeswerk neben dem Talmud steht. Obgleich der ›Schulchan aruch‹ nichts als ein praktisches Handbuch und sein Verfasser wohl nur ein Stern zweiten Grades war, obgleich deshalb der Kampf des bedeutenden Zeitgenossen Isaak Luria gegen das Buch und das Unternehmen, das es darstellte, berechtigt erschien, hat der Erfolg dem Verfasser doch recht gegeben: Elende Zeiten wollen sammeln, und ein elendes Geschlecht bedarf weniger der schöpferischen Kräfte als der fertigen und bereiten Stütze. Der ›Schulchan aruch‹, nur ein auszügliches Handbuch aus einem größeren Werke Karos, wurde mit Recht der Halt des Judentums im 16. Jahrhundert und blieb es mit Recht.

An der Tragik dieser Jahrhunderte leiden wir alle noch, denn als dem Erwachen der Geister in jenen Tagen das Erwachen der Völker durch die französische Revolution folgte, fand die neue Zeit in den Juden ein zurückgebliebenes und aufs äußerste erniedrigtes Volk, das nun mit gewaltigen Sprüngen drei Jahrhunderte Menschheitsgeschichte nachzuholen suchte.

22. Der Einbruch ins Ghetto

Während auf diese Weise das Judentum zwei Jahrhunderte lang büßender Askese und dunkler Apokalyptik hingegeben war, im übrigen aber halachisch vom Alten zehrte, erfolgte unvermerkt die Sprengung des Ghettos von außen her. Dem neuen Geist war auf die Dauer nicht zu widerstehen. Hatten Erfindung und Entdeckung den Blick der Menschen geweitet und auf neue Möglichkeiten gerichtet, hatte der Humanismus die Geister erweckt und die Reformation die kirchlichen Folgerungen gezogen, so formten sich zuletzt die gemachten Erfahrungen zu einem neuen Weltsystem und einer abschließenden Weltanschauung. Nikolaus Kopernikus (1473–1543) begründete, ausgehend von der Erkenntnis der Relativität der Erscheinungen, das nach ihm benannte System: Die Erde bewegt sich um die Sonne. Was aber bei ihm noch lediglich astronomische Hypothese war, wurde von dem großen italienischen Renaissancephilosophen Giordano Bruno (1548–1600) zu Ende gedacht. Indem er den Unendlichkeitsgedanken auf die kopernikanische Hypothese anwandte, erhob er sie zum eigentlichen System mit allen philosophischen und ethischen Folgerungen. Von der Inquisition verurteilt, bestieg er am 17. Februar 1600 den Scheiterhaufen. Galilei (1564–1642) aber, als exakter Forscher das Werk des Kopernikus weiterführend, wird so zwar der Begründer einer neuen Wissenschaft, der rationellen Mechanik, widerruft aber unter der Folter 1633 seine Lehre. Fixiert und im Rahmen der kirchlichen Ansprüche zu einem ersten Abschluß gebracht wurde die neue Lehre erst durch den Franzosen René Descartes (1596–1650), dem es gerade durch den Einbau der neuen Weltanschauung in die überlieferte Lehre gelang, ihr die Welt zu erschließen. Durch die Dreiteilung der Substanz in Materie, Seele und Gott kam er den Bedürfnissen der Zeit entgegen, beruhigte die Traditionellen und brachte sie gleichzeitig zur Gärung. Aus seiner Philosophie folgte mit Notwendigkeit der französische Materialismus des 18. Jahrhunderts. Ewig schwankend zwischen Dogma und Skepsis führt er über Voltaire, den Kirchenfeind, der »Gott erfinden möchte, wenn er nicht existierte« und Rousseau, den sozialen und pädagogischen Kritiker, geradewegs zur französischen Revolution. Was aber den Franzosen nicht gelang, ja, was sie nicht einmal in Erwägung zogen, nämlich eine geistig-seelische Synthese aus all den gemachten Erfahrungen zu vollziehen – es lag ihnen immer nur an einem Pakt mit den herrschenden Mächten –, das vollbrachte bahnbrechend der in seiner Zeit einzige Mensch, der sich um die herrschenden Mächte nicht zu kümmern brauchte, weil seine Macht – das Judentum –, machtlos war, und die fremde Macht – die Kirche – nicht seine Macht war: Baruch Spinoza (1632–1677). Er war Jude und, was noch wesentlicher erscheint, er war ein zum Judentum zurückgekehrter Marrane.

Die Rückkehr der portugiesischen Marranen zum Judentum, die Gründung des großen marranisch-jüdischen Zentrums in Amsterdam, die Konsolidierung der Spaniolen in den Handelsstädten des Mittelmeers ändern nichts an der Tatsache, daß die Kirche des 15. Jahrhunderts durch ihren Missionsterror in jeder Form – Disputation, Zwangstaufe, Inquisition – eine furchtbare Bresche in das Judentum geschlagen hatte. Die Verwischung der Grenzlinien zwischen Synagoge und Kirche, die offene Berührung zwischen Altchristen und Neuchristen, das heimliche Band, das zwischen Marranen und Juden bestehen blieb, alles wirkte zusammen, den inneren Bestand des Judentums zu gefährden. Trotzdem gelang es nach der Rückkehr der Marranen, den kirchlichen Geist zu paralysieren. Was aber nicht gelang, war die erfolgreiche Abwehr des neuen mechanischen Weltbildes, das durch eben diese geschlagene Bresche seinen Einzug hielt und nun von innen heraus den jüdischen Geist, den Geist der tausendjährigen Gottestreue, zu zersetzen begann.

Spinoza kam philosophisch durchaus vom Jüdischen her. Er hatte sich am jüdischen Schrifttum geschult, hatte dort angefangen, wo Maimonides aufgehört hatte, und seine grundstürzende Leugnung der Willensfreiheit läßt ihn als einen Nachfahren des Spaniers Chasdai Crescas (1330–1410) erscheinen, der als erster in diesem Punkt ins Schwanken geraten war. Selbst sein Pantheismus floß – genau wie der des späteren Chassidismus – aus jüdischen Quellen: Aus der strengen Einheitsidee des jüdischen Gottesbegriffs, der ihm den chartesianischen Dualismus zwischen Natur und Geist überwinden half, und aus der jüdischen Mystik jener Tage, die er in ihrer Phantastik zwar ablehnte, ohne jedoch zu ahnen, wie sehr er mit ihren seelischen Schwingungen mitklang, als er jene berühmt gewordenen Worte von der intellektuellen Gottesliebe schrieb.

Die Rabbinen aber, denen das Schicksal die bittere Aufgabe zuteilte, den großen Spinoza in den Bann zu tun und am 27. Juni 1656 feierlich aus der Synagoge auszustoßen, werden heute von der Welt mit Verachtung gestraft. Trotzdem sollte man ihr Gedächtnis nicht schmähen. Sie haben die Bedeutung des damals erst Vierundzwanzigjährigen früher als alle andern erkannt, und wir sind gehalten, ihren Standpunkt zu verstehen und zu achten. Daß sie zudem den schweren Entschluß sich erst nach vielen Bedenken und nur Schritt für Schritt abgerungen haben, beweist, daß sie aus einem echten Verantwortungsgefühl gehandelt haben. Man braucht ihre Namen – Rabbi Saul Morteira und Rabbi Isaak Aboab – nicht zu vergessen.

Spinoza aber wurde für die Welt der eigentliche Vater der Aufklärung und der Auflöser aller religiösen Gebundenheiten. Für das Judentum war in ihm wieder einmal ein Aufheber der offenbarten Gottesgesetze erstanden, ein zweiter Paulus, obgleich er niemals Christ geworden ist und vom Tage, da er die Synagoge verließ, immer nur über das Judentum hinweg gedacht hat. Da er ein reines, bedürfnisloses, von Affekten freies Leben führte, das seiner Lehre voll entsprach, konnten Persönlichkeit wie Lehre tiefer wirken als bei anderen. Dieses Wirken begann erst hundert Jahre nach seinem Tode, als die Zeit ihm zugereift war. Da er Gott lehrte, verwirrte er die Geister und trübte die Blicke auch der Juden mit dieser Lehre, die vom Jüdischen ausgeht, im Jüdischen anklingt, aber das Gegenteil von Judentum und überhaupt von aller Religion ist.

Hundert Jahre später lebte in Berlin ein Jude, dessen Leben ebenso rein, ruhig und bedürfnislos war wie das Leben Spinozas, der aber im Gegensatz zu ihm wissenschaftlich genommen nur ein Epigon war. Er hat verstanden, das, was andere – Leibniz, Wolff und die Engländer – vor ihm gedacht hatten, in edler Form zu verarbeiten und dem Zeitgeschmack anzupassen: Moses Mendelssohn (1729–1786). Seine Gedanken kreisten um die Vernunft, den gesunden Verstand und die Glückseligkeit, und da auch bei ihm das Leben der Lehre entsprach, liebten ihn die Zeitgenossen und bewunderten ihn um so mehr, als er dem Gesetz seiner Väter getreu als Jude lebte. Er lebte seinen jüdischen Brüdern ein Leben vor, das im Hause auf Gottgebundenheit, vor der Welt auf Geistesfreiheit stand. Er sprach und schrieb ein vollkommenes Deutsch, und nicht die schlechtesten seiner Zeitgenossen behaupteten sogar, daß wenige ihm an Reinheit des Stils zu vergleichen seien. In diesem Deutsch legte er seine philosophischen Gedanken nieder (›Phädon oder über die Unsterblichkeit der Seele‹; ›Jerusalem oder über religiöse Macht und Judentum‹) und übertrug er seinem Volk Thora und Psalmen. Dieses Bibelwerk war eine Willenskundgebung und sollte ein Vorbild sein. Als erstmalige und neuartige Erscheinung war es wirklich ein Vorbild und als Willenskundgebung sogar revolutionierend. Was politisch und sozial erst die Französische Revolution fertig brachte, die Zerschlagung der Ghettotore, hatte Mendelssohns Thoraübersetzung geistig und literarisch bereits vorweggenommen. Als aber der amerikanische Freiheitskampf die Fahne der Menschenrechte erhob, als es in Frankreich zu gewittern begann, starb Mendelssohn. Er erlebte nicht mehr, wie die Völker aus dem neuen Weltbild das soziale Fazit zogen, das absolute Königtum samt dem Feudalismus zertrümmerten und die Vernunft in Paris zur offiziellen Religion erklärten. Auch blieb es ihm erspart, mit anzusehen, wie bereits seine Kinder an seinem Vorbild scheiterten. Er wäre nicht darüber hinweggekommen, um so weniger, als er nach seinem eigenen Bekenntnis »von Geschichte nichts verstand«. Mendelssohn graute vor Spinoza, aber, allen historischen Verständnisses bar, ahnte er nur mit jüdischem Instinkt die Konsequenzen jener Lehre. Daß er selbst mit seiner deistischen Aufklärungsphilosophie bereits eine jener Konsequenzen war, begriff er nicht. Schon die Tochter ließ sich selbst und der Sohn seine Kinder taufen, und fünfzig Jahre später wurde in den Berliner jüdisch-literarischen Salons die Tragödie als Posse und Travestie zu Ende gespielt.

23. Der Rechtskampf und seine Folgen

Die Entwicklung war nicht mehr aufzuhalten. Was schon Johannes Reuchlin prophezeit, was Mendelssohn für sich geistig vorweggenommen, was der edle Kaiser Joseph II. mit seinem Toleranzedikt (1781/2) staatsrechtlich begonnen hatte, das wurde von der Französischen Revolution (1789) mit einem Schlag zum klaren Ende geführt: die Emanzipation der Juden. Sie kam nicht schnell und nicht leicht, sondern nach schweren Kämpfen, und erst in den letzten Tagen der Nationalversammlung wurde am 28. September 1791 die Gleichberechtigung der Juden zum Gesetz erhoben. Abbé Grégoire, Mirabeau und andere forderten Wiedergutmachung tausendjährigen Unrechts. Es war eine Emanzipation aus logischer Konsequenz, weil das Dogma der Revolution – Freiheit, Gleichheit, Brüderlichkeit – es verlangte.

Bereits unter Napoleon I. setzte die Reaktion ein. Die von ihm 1806 einberufene jüdische Notabelnversammlung mit ihren durch die assimilierenden Hintergedanken bezeichnenden kaiserlichen Fragen beweist die Skepsis Napoleons im Punkte der Emanzipation. Der »Große Sanhedrin«, den er danach einrichtete, sollte nach seinem Plane mit dem historischen Namen auch die historische Autorität haben, in letzter Instanz zu binden und zu lösen. Er hatte natürlich nicht die Autorität, so wurde nichts aus ihm als eine französische Judenverfassung. Das Dogma der Menschenrechte aber wurde in den Revolutionskriegen und den nachfolgenden Napoleonischen Kriegen über Frankreichs Grenzen hinausgetragen, die Emanzipation der Juden ging weiter. 1808 folgte Baden, 1812 Preußen, und was Stein und Hardenberg in ihren Reformen festgelegt, wurde durch die Teilnahme der Juden an den deutschen Freiheitskriegen in allen deutschen Staaten besiegelt. Mit dem Wiener Kongreß aber (1814/15), der diese Kriege abschloß, setzte eine scharfe Reaktion ein. Die Juden sahen sich um ihre frisch erworbenen Rechte gebracht, eine Welle von Hohn und Haß verfolgte die eben Befreiten (1819–25). Da machte der junge, in Heidelberg an der Privatdozentur gescheiterte jüdische Jurist Gabriel Rießer aus Hamburg (1806–1863) ihre Sache zu seiner Sache und führte vierzig Jahre lang einen durch Stolz und Energie gleich ausgezeichneten Ehrenkampf für die Juden, den sein Zeitgenosse, der hochgelehrte Begründer der »Wissenschaft des Judentums«, Leopold Zunz (1794–1886) treffend als einen Kampf nicht mehr um Rechte, sondern um das Recht bezeichnet hat. Schritt für Schritt nur ging es vorwärts. Die Märzrevolution von 1848 schlug eine kräftige Bresche, aber erst das Gesetz des Norddeutschen Bundes von 1869 hob alle aus der Verschiedenheit der Religion hergeleiteten Beschränkungen auf. In der Praxis jedoch blieb dieses Gesetz den Juden vieles schuldig, bis endlich der Erste Weltkrieg (1914–1918) und der ihn abschließende, verhängnisvolle Friede von Versailles ihnen die volle Gleichberechtigung zu bringen schienen. In Rußland hatte sie die Oktoberrevolution bereits gebracht, in allen Ländern aber, in denen die Juden bis dahin noch im Zustande der Beschränkung lebten, schien mit Versailles eine neue Zeit gekommen zu sein.

Nicht nur in Hinsicht auf die Staatsmethoden, sondern auch auf die geistig-moralischen Folgen war die Entwicklung in Deutschland, dem europäischen Brückenland zwischen Ost und West, beispielhaft. Was Napoleon begonnen hatte, führte Preußen zu Ende. Bewußt ging die Tendenz des »christlichen Staates« auf die Vernichtung des Judentums durch Assimilation, Taufe und Mischehe. Erst »Erziehung«, dannn Gleichberechtigung, ohne Opfer am Judentum kein Recht im Staate. Auf dem Papier gegeben, in der Praxis immer wieder versagt, wurde die Rechtsgleichheit zur treibenden Idee des deutschen Juden, um die all sein Denken kreiste, und aus der allein er denken konnte. So erzog der Staat sich wieder einmal selbst einen Typ von Juden, über den er hundert Jahre später zu klagen begann.

Das Mittelalter hat durch Wucherzwang den Juden zwar sozial deklassieren und demoralisieren können, trotzdem blieb er in seiner Gasse und in seinem Hause immer der Jude, der er war, ein Sohn des alten Volkes, ungebrochen als Mensch und in seinem Familienleben jedenfalls gottgetreu und rein. Der politischen Weisheit des neunzehnten Jahrhunderts blieb es vorbehalten, ihn geistig und seelisch zu erschüttern und sogar als religiöses Wesen zu verändern. Die Gleichberechtigung trat für ihn vielfach an die Stelle des messianischen Gottesreichs, an die Stelle der ewigen, unverbrüchlichen Gesetze eine »Zeitgemäßheit«, die kein geringerer als Leopold Zunz der jüdischen Welt mit lauter Stimme verkündete. Aus dieser Tendenz der Zeitgemäßheit entstand auch die Reform des Gottesdienstes, und dieselbe Wissenschaft des Judentums war es, die das geistige Rüstzeug hergab, diese Reform zu begründen und durchzuführen.

Die wissenschaftliche Erschließung der jüdischen Vergangenheit und Literatur ist die große positive Leistung jener Epoche

(Zunz, Geiger, Holdheim). Sie hat zwar durch den Reform- und Fortschrittsgedanken den Relativismus in das Gebiet des Religiösen, das heißt der ewig gültigen Gesetze eingeführt, auf der anderen Seite aber sind ihre Leistungen – von den späteren sei nur Hermann Cohen genannt –, losgelöst von jenen praktischen Konsequenzen, dem Judentum als schöpferische Anregungen zugute gekommen. Sie haben den Kampf der Geister entfacht, die Gegensätze herausgearbeitet und, unterstützt von den aufkommenden Geistesmächten, zur Klärung der religiösen Meinungen beigetragen.

Inzwischen arbeitete der Staat von außen weiter. Er prämierte die Taufe, er prämierte schon die Taufe der Kinder und zwang dadurch den Juden, seine alten tausendjährigen Werttafeln zu korrigieren und umzugestalten. Damit sind wir aber an einem Punkte angelangt, der allein aus Staatsmethoden nicht zu deuten ist, sondern tiefer liegt. Die Eintauschung der alten Werttafeln Israels floß letzten Endes nicht nur aus politischen Tendenzen, sondern auch ganz besonders aus der großen geistigen und sozialen Revolution, die sich im 19. Jahrhundert vollzog.

24. Das neunzehnte Jahrhundert

Die Napoleonischen Kriege und der sie abschließende Wiener Kongreß hatten ein unruhiges Europa geschaffen, reich an Unzufriedenheiten, durch politischen Explosivstoff gefährdet. Auf der Basis dieser Unruhe wuchs die Reaktion, die nicht nur in den zwanziger Jahren den Juden das Leben verbitterte, sondern auch durch den Versuch einer Wiederherstellung des Ancien régime und die revolutionären Gegenschläge von 1830 und 1848 das politische Innenleben lähmte und schwächte. Trotzdem war gerade diese erste Hälfte des Jahrhunderts Zeuge der größten Umwälzung, die die Welt erlebt. Dem Wandel des mechanischen Weltbildes folgt jetzt die mechanische Revolution. Das Reich des Dampfes erobert sich die Welt, ihm folgt das Reich der Elektrizität. Der Schienenzug, der Dampfer, der Telegraph, die Photographie, das Auto (sein Erfinder der Jude David Markus), das lenkbare Luftschiff (sein Erfinder der Jude David Schwarz), das Flugzeug, das Kino, das Radio (der Entdecker der Ätherwellen der Halbjude Heinrich Hertz) folgen und überflügeln einander, überwinden die Entfernungen, erschließen die Welt und schaffen einen neuen Internationalismus. Niemand aber hatte beachtet, daß inzwischen die Maschine angefangen hatte, den Menschen zu ersetzen. Damit aber waren völlig neue Arbeitsmethoden aufgekommen, die Arbeit war durch Arbeitsteilung »standardisiert«, mit einem Worte, die industrielle Revolution war da und mit ihr die Umwälzung aller sozialen Ideen.

Der uralte Ruf nach sozialer Neuordnung wurde wieder lebendig. Schon zur Zeit der Reformation hatte man ihn von neuem gehört. Mit der Bibel in der Hand hatten die deutschen Bauern im Bauernkrieg (1524) danach gerufen. Im 18. Jahrhundert aber setzte zum ersten Mal ein wissenschaftliches Bemühen um diese Dinge ein. Man hatte angefangen, die Urgesellschaft zu erforschen, Besitz und Eigentum nach ihrer Herkunft zu befragen, und die Grenzen von Privateigentum und Gemeineigentum zu erforschen. Jetzt aber, als die industrielle Revolution die Welt in die Klassen der Arbeitgeber und Arbeitnehmer zu zerreißen begann, erhob man den Sozialismus zu einer Wissenschaft und schuf den sogenannten »historischen Materialismus«, der die Abhängigkeit allen geistigen Lebens von ökonomischen Ursachen erklärte.

1848 erschien das Kommunistische Manifest, das die Arbeiterinternationale schuf und bis heute der Katechismus des sozialistischen Weltproletariats geblieben ist. Die wissenschaftlichen Grundlagen der neuen Lehre legte Karl Marx, der Theoretiker der neuen Weltanschauung, in seinem großen Werk ›Das Kapital‹ nieder. Dieses Werk wurde die Bibel des Sozialismus, der künftig mit allen Ansprüchen und auch mit den Merkmalen einer neuen Weltreligion seinen Weg über die Erde begann. Diese Religion hatte zwar keinen Gott, ja, wurde sogar bald der organisierte Antigott, wohl aber hatte sie ihre Dogmen, ihre Theologie und ihre Apologetik. Vor allem aber lebte in ihr – und darauf beruhte ihre Wirkung bei allen Enterbten und Entrechteten der kapitalistischen Welt – ein starker Erlösungsglaube und ein Wille zur sozialen Neuordnung, der in seiner Unbedingtheit an religiöse Vorbilder erinnerte und die propagandistischen Erfolge der neuen Lehre erklärt.

Als der marxistische Sozialismus sich von Deutschland aus zu verbreiten begann, gab es nur eine einzige Kraft in der Welt, die sich gegen die neue Bewegung stemmte: der Nationalismus. Er hatte seinen Ursprung in der Deutschtumsbewegung der Romantiker aus den zwanziger Jahren, hatte sich aber dann in den Kämpfen um die Vorherrschaft zunächst in Deutschland (1866), dann in Europa (1870/71) ebenso zu einer vollgültigen Wissenschaft entwickelt wie der Sozialismus. Die Verschiedenartigkeit der Stämme und die Nöte des innerlich noch immer nicht geeinten Reiches schufen in Deutschland einen besonderen Boden für nationale Ideale, Männer wie Treitschke (1834 bis 1896) und Lagarde (1827–1891) fundamentierten den Gedanken, der von dort aus und zunächst mit den kapitalistischen Interessen zusammenfallend zum stärksten Gegenspieler der sozialistischen Ideenwelt wurde.

Die Geschichte des Judentums in den letzten hundert Jahren ist ohne die eben geschilderte Entwicklung nicht zu verstehen. Durch den Rechtskampf, in den der westeuropäische Jude geraten war, hatte sich seine historische Blickrichtung verschoben. Der Staat, der seinen Abfall mit Ämtern und Titeln belohnte, hatte ihn moralisch unsicher gemacht. Er hatte die Traditionen der Väter hinter sich geworfen, die religiösen Gehalte korrigiert. Statt des Jochs der Thora lag jetzt auf ihm in Berg, Tal, Strom, Dom, Kunst, Literatur die Last der Völker, in deren Mitte er lebte und deren Sprache und Schicksal er teilte. Dieser Last hatte er nichts entgegenzusetzen als eine geistige Erbmasse, gewoben aus Pietät, Herzensweichheit und Geistesstreben. Das mechanische Weltbild hatte seit Spinoza seine auflösende Wirkung im Ghetto bereits erprobt. Jetzt, als der Umbruch des mechanischen Zeitalters und der Ansturm der neuen Ideen kam, traf er beim westeuropäischen Juden auf eine von ihren echten, ererbten Inhalten gelöste und darum zu neuen Inhalten nur zu bereite und offene Seele. Hatte ihn schon der harte soziale Zwang des Mittelalters gegen seinen Willen zu besonderem Gelddenken und Geldwollen erzogen, so war er jetzt gemeinsam mit der Welt, in der er lebte, von der Aufklärung und der Revolution her zu neuen Freiheitsbegriffen gekommen, die es ihm leicht machten, an der kapitalistischen Entwicklung teilzunehmen. Gleichzeitig wirkten aber auch die sozialen Ideen seiner Bibel noch in ihm nach, und als der Ruf nach sozialer Neuordnung immer lauter erscholl, war es nur natürlich, daß er auch in ihm zum stärksten Widerhall kam. Auf diese Weise wurde der westeuropäische Jude zum Spiegelbild aller, auch der widerstreitendsten Zeitideen und seine Gefühls- und Geisteshaltung zu einem, wie Heine sich ausdrückte, »quodlibetartigen Compositum heterogener Gefühle«. Dazu brachten es die geschilderten Staatsmethoden fertig, den von Hause aus konservativ und staatserhaltend gerichteten Juden der politischen Opposition in die Arme zu treiben. Während das aber im Westen vor sich ging, wuchs im Osten, in Rußland und Polen eine jüdische Masse heran, die zwar in proletarischem Elend, aber bis zum Ende des Jahrhunderts in vollem Judentum lebte. Als aber der zaristische Druck übermächtig wurde und das russische Volk zu revolutionieren begann, wurde auch im Osten die jüdische Jugend von der Bewegung ergriffen, und der Auflösungsprozeß begann auch dort.

Es kamen Mahnrufe aus aller Welt, die ebensoviele Weckrufe hätten sein können. Die judenfeindliche Reaktion der zwanziger Jahre war kaum abgeflaut, als 1840 die schreckliche Blutanklage von Damaskus kam, und das Mittelalter mit einem Male vor den Augen der entsetzten Juden stand. Es kam nach einer gewaltsamen Emanzipationspolitik des Zaren Nikolaus I. (1825–1855) zu den russischen Verfolgungen und Wohnbeschränkungen von 1881/2. 1904 folgten die furchtbaren Pogrome von Kischinew und Homel. Gleichzeitig drangsalierte Rumänien seine Viertelmillion Juden als »Fremde«. Es kam der Erste Weltkrieg von 1914–18, und die ihn beendende russische Revolution brachte die Metzeleien der sogenannten weißen Armee, die die jüdische Ukraine dezimierten. Auf alle diese Mahnrufe reagierte das Judentum zunächst ausweichend, das heißt es fing wieder einmal zu wandern an. Es ging wie immer aus den Ländern des höchsten Drucks in die Länder des mindesten Drucks, vor allem nach Amerika, wo in schnellstem Wachstum das neue amerikanische Zentrum des Judentums, die jüdische Millionenstadt New York entstand. Außerdem durchsetzten sich die Judenschaften der freieren Länder stark mit dem ostjüdischen Element, das trotz der Ablehnung, die es erfuhr, auffrischend und befruchtend wirkte.

25. Die amerikanische Diaspora

In dieser Krise richteten sich die Augen der Unterdrückten hoffnungsvoll nach Westen. In der kurzen Spanne von weniger als einem Jahrhundert war Amerika von einer kolonialen Wildnis zu einer Weltmacht emporgestiegen. Durch seine auf Freiheit und Gleichheit gegründete Verfassung war es zu einem Hafen für die Verfolgten aller Nationen geworden. Und die Juden spielten bei dem bemerkenswerten Wachstum der amerikanischen Republik eine lebenswichtige Rolle.

Es war Reichtum aus Marranen-Familien, der die Reisen des Kolumbus teilweise finanzierte, und jüdische Seeleute gehörten zu den Besatzungen seiner Schiffe. Es waren hauptsächlich spanische und portugiesische Juden aus Brasilien und von den Westindischen Inseln, die 1654 als erste ihre Schiffe auf die Strände des holländischen Neu-Amsterdam zogen und ihre ersten Gemeinden am östlichen Rand des Kontinents gründeten. Aus der ältesten dieser Gemeinden entwickelte sich in New York die heute noch existierende Synagoge »She'arith Israel«. 1657 wurden Jakob Barsimson und Asser Levy als ersten unter den Neuankömmlingen die Staatsbürgerschaft verliehen. Von dieser Zeit an scheuten die durch ständige Einwanderungszahl zunehmenden amerikanischen Juden vor keinem Opfer zurück, um ihrer neuen Heimat in allen Existenzkämpfen beizustehen. Sie dienten und kämpften ehrenvoll im Befreiungskrieg (1775 bis 1783), im Krieg von 1812 und im bitteren Bürgerkrieg (1861 bis 1865) zwischen den Süd- und den Nordstaaten.

Aber erst im 19. Jahrhundert gewann das amerikanische Judentum an Bedeutung. Obwohl deutsche und polnische Juden schon zu Beginn des 18. Jahrhunderts angekommen waren, erfolgte die erste große Einwanderungswelle erst Mitte des 19. Jahrhunderts, als die der Revolution von 1848 folgende Reaktion die Revolutionäre zwang, sich eine neue Heimat in einem freieren Land zu suchen. Später trieb der wirtschaftliche Zusammenbruch nach dem Deutsch-Französischen Krieg von 1870/71 eine größere Zahl zur Auswanderung. Bis heute bilden sie eine eigene Klasse, typisch bürgerlich, gekennzeichnet durch Reichtum und durch die teilweise Beibehaltung des deutschen Einflusses. Einige von ihnen haben bis heute noch die Führung in vielen Wohlfahrtsorganisationen des Landes.

1882 wurden in Rußland die berüchtigten Mairegeln des General Ignatjew erlassen. Sie trieben Massen russischer Juden in die Abgrenzungen innerhalb der Ortschaften und Städte des Siedlungsbereiches. Auf so schreckliche Weise in ihre Ghettos eingepfercht, versuchten sie zu entkommen und flohen bald über den Ozean nach Amerika. Diese Massenauswanderung wiederholte sich 1903/4 nach den furchtbaren Pogromen von Kischinew und Homel. Eine dritte Welle folgte nach dem Ersten Weltkrieg, als die Denikin-Armee die Juden in der Ukraine dezimierte.

Auf diese Weise wurde Amerika in wenigen Jahrzehnten zum neuen Mittelpunkt des Judentums. Fast die Hälfte seiner fünf Millionen Juden blieb, dem Herdentrieb folgend, in New York, das in der Zwischenzeit zu einer neuen »Mutter und Stadt in Israel« geworden war, mit einer bedeutenden jüdischen Presse, jüdischen Theatern, Literatur und Kultur und vor allem einem kräftig pulsierenden jüdischen gesellschaftlichen Leben. Die anderen zweieinhalb Millionen Juden zerstreuten sich über den Kontinent. In vielen Städten schossen jüdische Gemeinden von mehr als hunderttausend aus dem Boden und entwickelten im Laufe ihres Wachstums wichtige Organisationen und Institutionen.

Aber diese osteuropäischen Juden unterschieden sich sehr von der früheren deutschen Einwanderung. Sie waren nicht bürgerlich, sondern proletarisch; und sie waren es, die letztlich den amerikanischen Juden Farbe und Persönlichkeit gaben. Anfangs in den industriellen Ausbeutungsbetrieben gefangen, begannen sie schnell, sich selbst von der Ausbeutung zu befreien. Zuerst organisierten sie sich in kleinen Arbeitervereinen zur wirtschaftlichen Selbstverteidigung, aber 1886 verschmolzen diese zu einer Organisation. Die entscheidende Zeit für sie waren die Jahre der großen Schneiderstreiks um 1900, deren Ergebnis die Bildung der beiden größten Gewerkschaften in der Welt war: die International Ladies Garment Workers Union und die Amalgamated Clothing Workers Union. Heute ist fast die ganze jüdische Arbeiterklasse in den USA gewerkschaftlich organisiert.

Innerhalb des Rahmens einer solchen Entwicklung war es nur natürlich, daß diese osteuropäischen Juden, die bis dahin nichts als Unterdrückung gekannt hatten, die freie Luft des neuen Landes tief einatmeten und sich rasch an den amerikanischen Stil anpassen wollten, der in sozialer Hinsicht auf vernünftiges und brauchbares Verhalten abzielte und politisch auf Frieden und Sicherheit für alle Bürger, ganz gleich welchen Glaubens und welcher Rasse.

Das Ergebnis war, daß die Juden hier wie in keinem anderen Land der Regierung mit grenzenlosem Vertrauen entgegenkamen und alle ihre Hoffnungen auf den Geist der Freiheit und Gleichheit setzten, für den diese Regierung stand. Gleichzeitig bemerkten sie nicht oder wollten es nicht bemerken, daß Amerika nicht immer in der Lage war, diesem Geist zu entsprechen, und der großen jüdischen Einwanderung oft mit sichtbarem Zögern begegnete, sogar mit sozialer Abgrenzung. In den Augen der Juden glichen sich solche Abstriche vom Ideal durch den Gleichmut aus, der typisch ist für ein Land mit vielen Rassen und Glaubensbekenntnissen. Doch durch eine solche soziale Ordnung lernte man schnell, alles in Kategorien von materiellem Erfolg zu bewerten. Auf diese Weise kam man zu Wohlergehen, Reichtum und Macht und war glücklich, daß die Regierung liberal und tolerant blieb, welche Partei auch immer sie bildete. Überall im wimmelnden Leben des Landes begannen begabte Juden in wichtigen Positionen aufzutauchen. Gouverneure, Richter, Wissenschaftler, Philanthropen und Schriftsteller trugen jüdische Namen. An den ehrwürdigen Obersten Gerichtshof kamen der Reihenfolge nach Louis D. Brandeis, Benjamin Cardozo und Felix Frankfurter, auf den Posten des Finanzministers Henry Morgenthau Jr., und viele andere saßen an wichtigen Stellen in den öffentlichen Ämtern des Landes. Nicht alle von ihnen waren überzeugte religiöse Juden, aber dennoch war es wichtig, daß sie innerhalb einer streng kapitalistischen Wirtschaft und Gesellschaft den biblischen Geist der Gerechtigkeit repräsentierten und daß sie halfen, den monopolistischen Tendenzen des Landes entgegenzuwirken, indem sie die Arbeiterklassen schätzten.

Dennoch führten alle diese materiellen Gewinne zu einigen ernsthaften Verlusten. So wie sich das Ideal materiellen Erfolges unter den Juden verbreitete, so begannen sich die alten Traditionen zu verflüchtigen, und die Kenntnis der hebräischen Sprache schwand. Die zweite und dritte Generation, vor allem diejenigen außerhalb der großen jüdischen Gemeinden – wo der Gruppendruck immer noch den Lebensstil diktierte – begannen, größeren Nachdruck auf materielle Zufriedenheit zu legen und die emotionalen und spirituellen Werte des Judentums mehr und mehr zu vernachlässigen. Das immer noch vorhandene Gefühl der Gruppenzugehörigkeit konnte die Verbreitung von Mischehen nicht verhindern. Tausende konnten unerkannt zwischen der allgemeinen Bevölkerung leben und verloren so alle Verbindung mit der jüdischen Gemeinde.

Der Aufstieg des Reformjudentums in Amerika kann im wesentlichen auf Isaac M. Wise zurückgeführt werden. Er wurde 1819 in Böhmen geboren, kam als Jugendlicher in die Vereinigten Staaten und wurde 1854 Rabbiner in Cincinnati. Er war der erste Organisator der Bewegung, veröffentlichte die ersten Schriften, berief die erste Rabbinische Konferenz ein und gründete die ersten Organisationen: The Union of American Hebrew Congregations (1873), das Hebrew Union College (1875) und The Central Conference of American Rabbis (1889). Nach dem Tod von Isaac Wise entfernten sich die Nachfolger noch weiter von den herkömmlichen Formen und trieben auf diese Weise diejenigen, die etwas Anlehnung an die Tradition aufrechterhalten wollten, in die Arme der aufkommenden konservativen Bewegung, in der Solomon Schechter (1850–1915) eine wichtige Rolle spielte. In Rumänien geboren, war Schechter in jüdischer Tradition aufgewachsen, Professor für Orientalistik in Cambridge, Entdecker der berühmten Genisa-Fragmente aus dem Buch des Ben Sira, und er brachte schon einen berühmten Namen mit nach Amerika, als er 1902 die geistliche Leitung des Jewish Theological Seminary in New York übernahm. Als das konservative Seminar 1886 gegründet wurde, hatte die Reformbewegung schon drei Jahrzehnte Blütezeit hinter sich, ein Vorteil, der sich nur spirituell, aber nicht materiell überwinden ließ. Die konservative Bewegung folgte bald dem Beispiel der Reformer: Rabbinische Konferenzen wurden einberufen – die Rabbinical Assembly of America (1900) –, Institutionen wurden gegründet, und schließlich schlossen sich die annähernd zweihundert über das Land verstreuten Gemeinden 1913 zur United Synagogue zusammen.

Die letzten, die sich des Vorteils einer Organisation bedienten, waren die orthodoxen Gruppen. Obwohl die Reformgruppe materiell die stärkste war und ist und den amerikanischen Weg und Geist klarer widerspiegelt, machte die orthodoxe Gruppe ihre andauernde materielle Schwäche wett durch vitale Energie und gesteigerten Idealismus. Ihr rabbinisches Seminar, die Rabbi-Yitzchak-Elchanan-Schule in New York, wurde vor einigen Jahren mit dem Yeshiva College zusammengelegt und stellt den Versuch dar, eine vollständige rabbinische Ausbildung mit einer ebenso vollständigen Collegeerziehung zu verbinden. Es versorgt nicht nur die Gemeinden mit Rabbinern, sondern es versucht auch, einer nicht unbeträchtlichen Zahl von Laien rabbinisch-talmudische Kenntnisse zu vermitteln. Es wird von einem zweiten orthodoxen Seminar, dem Hebrew Theological College in Chicago (1922), unterstützt sowie von den entsprechenden Institutionen der Gemeinden und Rabbiner (The Union of Orthodox Jewish Congregations of America, 1898; The Union of Orthodox Rabbis of the United States and Canada, 1902). Die Dropsie University, die auf jüdische und orientalische Studien spezialisiert ist, und die Jewish Publication Society of America (1888), beide in Philadelphia, tragen zum geistlichen Leben der amerikanischen Juden bei.

Das Wachstum der Organisation in den drei Gruppen – Reformjudentum, Konservative und Orthodoxe – und ihre voneinander abweichenden Ziele und Ideale zeigen sich auch im Bereich der jüdischen Erziehung. Auch auf diesem Gebiet hatte die Reformgruppe zeitweise einen Vorsprung und begründete die Form, die als Sonntagsschule weiter existieren sollte. Diese Einrichtung, die nichts weiter ist als Imitation der christlichen Sonntagsschule, ist heute der sichtbare Ausdruck des Unbehagens der amerikanischen Juden, selbst des Reformjudentums. Da der Lehrplan für nur zwei Stunden an einem Tag der Woche sorgt, war und ist der Lehrstoff notwendigerweise beschränkt und macht so die Vermittlung von Hebräischkenntnissen fast unmöglich. Aber die Sonntagsschule war bald so fest im amerikanisch-jüdischen Leben verankert, daß die Konservativen, die Orthodoxen und die Zionisten (die vierte Gruppe) fast nur in den großen jüdischen Zentren Wurzeln schlagen konnten, als sie mit ihren hebräischen Schulen auf der Bildfläche erschienen. Die Sonntagsschule hat die Jugend dem Hebräischen entfremdet, und es ist ihr nicht gelungen, sie beim Judentum und seinen Traditionen zu halten, die im wesentlichen an die hebräische Sprache gebunden sind. Während es der Reformbewegung immer weniger möglich war, das eher orthodoxe und bewußt jüdische Element zu halten, profitierte es andererseits von der dürftigen Einrichtung der Sonntagsschule. Ohne Hebräischkenntnisse hatten die Jugendlichen kaum eine andere Wahl, als sich dem Reformtempel anzuschließen, der auf englische Liturgie Wert legte – es sei denn, sie wandten sich der wachsenden zionistischen Bewegung zu. Dazu kam, daß der Wunsch nach sozialem Prestige eine wichtige Rolle bei der Rekrutierung des Reformlagers spielte. Auf diese Weise blieb die hebräische Erziehung ein Problem. Als Versuch, diesen Mangel und den Verlust an religiösen Werten auszugleichen, wurde das jüdische Gemeindezentrum entwickelt. Es hoffte, diesen Anspruch zu erfüllen, indem es die verschiedenen Interessen der Jugendlichen, die weltlichen wie die jüdischen, die materiellen wie die spirituellen, unter einem Dach vereinte. Das jüdische Zentrum verdankt seine Größe und Blüte dem Jewish Welfare Board, der 1917 zum ersten Mal mit der Absicht zusammentrat, den jüdischen Soldaten Erholungsmöglichkeiten zu bieten und sie mit Sozialstationen zu versorgen. Nach dem Krieg erwuchs aus diesem Plan eine große soziale Bewegung, die in den Gemeindezentren mündete.

Aber selbst dies war nur Teil einer Entwicklung, die das Ergebnis der Trennung von Staat und Kirche in Amerika war. Verstreut wie die Juden waren, litten sie mehr als jede andere Gruppe im Lande unter dieser Trennung. Man mühte sich, diese Schwierigkeiten zu überwinden, indem man Gemeinderäte und Verbände gründete, die in jeder großen Stadt die verschiedenen Gruppen unter dem gemeinsamen Dach einer Organisation versammeln sollten, und versuchte so, das alte europäische System der Kehilla, der jüdischen Gemeinde, zu ersetzen, das sich über die Jahrhunderte hin als Hort jüdischen Lebens erwiesen hatte. Diese Gemeinderäte und Verbände, deren Entwicklung noch in den Kinderschuhen steckt, zeigen, daß das amerikanische Judentum auf dem Weg ist, die bedrohliche Gefahr des Sektierertums zu überwinden.

Faßt man die Errungenschaften des amerikanischen Judentums im Rahmen der ganzen jüdischen Geschichte zusammen, dann muß man zugeben, daß alle Möglichkeiten dieser kaum zwei Jahrhunderte alten Niederlassung in ihrer unerschöpflichen Kraft lagen. Diese Energie zeigte sich nicht nur im Wohlstand und in der großen Zahl von Gemeinden, sondern sogar deutlicher in der dynamischen Kraft, die von Persönlichkeiten, Gruppen und Parteien ausging, besonders von dem starken Gefühl der Solidarität unter den jüdischen Massen Amerikas.

1906 wurde das American Jewish Committee mit dem Ziel gegründet, die Verletzung bürgerlicher oder religiöser Rechte von Juden überall auf der Welt zu verhindern. Es handelte sich um eine selbsternannte Versammlung von durch Wohlstand und Stellung einflußreichen jüdischen Persönlichkeiten, die deshalb die Führung in jüdischen Angelegenheiten übernahmen und zehn Jahre lang behaupteten. Glanz und Größe wurden dieser Gruppe sowie der ganzen Zeit durch einen Mann verliehen, der, 1856 in Syracuse, New York, geboren, einer der hervorragendsten Juristen auf dem Gebiet des Verfassungsrechts wurde. Über Jahre hinweg war er der populärste und allgemein akzeptierte Führer des amerikanischen Judentums: Louis Marshall. Seine Persönlichkeit steht für die Stärke, den Machtwillen und die Furchtlosigkeit der amerikanischen Juden. Sein Kampf gegen die Judenpolitik der russischen Regierung, der schließlich zur Aufkündigung des russisch-amerikanischen Handelsvertrages führte, sowie sein energisches Eintreten für die Garantie jüdischer Rechte in den Minderheitsverträgen mit Polen und Rumänien nach dem Ersten Weltkrieg werden seinen Namen in den jüdischen Annalen bewahren.

Aber trotz solcher Erfolge erhob sich bald Widerstand gegen das American Jewish Committee, das die Führung ohne die Bestätigung durch die Massen beanspruchte. Ein junger Rabbiner, Dr. Stephen Wise, der später der große Tribun der jüdischen Massen wurde, schloß sich dem Kampf an und stieg in den mehr als dreißig Jahren Auseinandersetzung zur führenden Persönlichkeit des amerikanischen Judentums auf. 1922 gründete er das Jewish Institute for Religion, eine Schule zur Ausbildung von Rabbinern, und gab den Anstoß zur Gründung des American Jewish Congress (1917). Diese Organisation war demokratisch gewählt. Obwohl sie, nur von den Massen unterstützt, materiell schwächer als das American Jewish Committee war, waren ihre spirituellen und geistigen Kräfte weit größer. Ihr Einfluß verstärkte sich noch, als der jüdische Weltkongreß, zu dessen Präsident Dr. Wise auch gewählt worden war, 1940 von Genf nach New York umsiedelte und sich dem American Jewish Congress in der gemeinsamen Sache der Vertretung jüdischer Rechte und Interessen auf der ganzen Welt anschloß.

So heftig auch die Zusammenstöße der verschiedenen Kräfte innerhalb des amerikanischen Judentums sein mochten, so waren die Kämpfe, die daraus resultierten, doch nichts als der Beweis für die Hitzigkeit und Vitalität dieser jüngsten Ansiedlung Israels. Die Bedeutung der amerikanischen jüdischen Gemeinde zeigte sich nicht nur in ihrem politischen Einfluß, sondern besonders in den Werken der Nächstenliebe. Niemals während der jüdischen Geschichte wurde die Nächstenliebe mit so großer Freigebigkeit und in solch internationalem Rahmen praktiziert. Von dieser Tatsache zeugt die Großzügigkeit solcher Wohltäter wie Judah Touro, der erste jüdische Siedler in

New Orleans, oder die des Bankiers Jacob Schiff, der sich Jahre später mit Freunden zusammenschloß, um hunderttausende von jüdischen Flüchtlingen aus der russischen Hölle zu retten, oder die erfolgreichen Brüder Straus.

Durch die Unterstützung solcher Männer wurde die größte Wohlfahrtsorganisation gegründet, die die jüdische Geschichte je kannte. Die United Order B'nai B'rith, 1843 als jüdische Loge gegründet, entwickelte sich zu einer großen internationalen Organisation mit einem sozialen und kulturellen Programm. Sie trägt durch ihre Anti-Defamation-League (1913) zur Verteidigung des jüdischen Namens bei. Die 1888 gegründete Sheltering and Immigrant Aid Society, »Hias«, und das erst später während der ersten Tage des Ersten Weltkrieges gegründete American Jewish Joint Distribution Committee haben ein breites Programm jüdischer Überseehilfe ermöglicht. 1893 wurde der National Council of Jewish Women gegründet, dessen anfängliches Bildungsprogramm nun ausgeweitet wurde, um einen Flüchtlingsdienst einzuschließen. Schließlich nahm die Women's Zionist Organisation »Hadassah« (1914) Gestalt an und vergrößerte sich rasch. Ihr Werk läßt sich nur dann ganz ermessen, wenn wir den Blick zurück nach Europa lenken und den inneren Aufruhr beachten, der in der Zwischenzeit die europäischen Juden und ihre Kultur erschüttert und verwandelt hat.

Zu der Zeit, als sich die amerikanisch-jüdische Wohltätigkeit unter dem Druck von politischen Stürmen und Revolutionen zu einem immer ruhmreicheren Rettungswerk für eine von der Auslöschung bedrohte Nation entwickelt hatte, war in Europa eine andere Bewegung erwacht, drang nach Amerika ein und eroberte weltweit die Herzen und das Denken der jüdischen Massen: der Zionismus.

SEZEICHEN

26. Die Herausforderung Zions

Gleichzeitig mit der raschen Entwicklung eines neuen, lebhaften jüdischen Gemeindelebens in den USA reifte in Europa langsam eine große, neue Idee heran, die ein ganz neues Licht auf das jüdische Problem warf. Es war das herausfordernde Konzept von der Wiederherstellung des jüdischen Volkes in seinem alten Land – die neue und zugleich alte Idee eines jüdischen Staates.

Einige Jahre lang war diese Idee im Innern vieler Menschen in Bewegung geraten, und schon bald wurde sie zur bestimmenden Kraft in vielen jüdischen Köpfen von Bedeutung. Sie war verbunden mit den Problemen der Selbsthilfe, der Selbsterneuerung und der Selbstbefreiung.

So war es nur eine späte Folge der Damaskus-Affäre des Jahres 1840, die den französischen Minister Crémieux, einen Juden, 1860 in Paris zur Gründung der Alliance Israélite Universelle bewog. Er schuf sie in der ausgesprochenen Absicht, ein internationales Sprach- und Repräsentationsorgan des gesamten Judentums daraus zu machen. Zwanzig Jahre später war ein französischer Kulturpionier im Vorderen Orient aus ihr geworden, die Alliance verlor ihr eigentliches Ziel aus den Augen, zerfiel und machte entsprechenden Hilfsvereinen in den anderen westeuropäischen Ländern Platz. In Deutschland war inzwischen der Antisemitismus zur Blüte gekommen und nach anfänglichem Zögern schuf sich bei den deutschen Juden die Idee der Selbsthilfe Raum. Es entstanden kräftige Organisationen wie der »Central-Verein deutscher Staatsbürger jüdischen Glaubens« (1893), die aber in der Abwehr und Beteuerung, das heißt wieder auf halbem Wege stecken blieben.

Trotzdem gab es Zeichen, die deutlich machten, daß eine prophetische Sicht von Israels Schicksal nicht ganz brachlag. Das erste durchdringende und sensationelle Auflodern kam aus der Feder des »kommunistischen Rabbiners« Moses Hess (1812 bis 1875), der einst Mitarbeiter von Karl Marx und Friedrich Engels gewesen war. 1862 erschien sein kontroverses Buch ›Rom und Jerusalem‹, das zur Frage der nationalen Wiedergeburt des jüdischen Volkes den ersten überzeugenden und eindrucksvollen Beitrag lieferte. Es war die Stimme des Predigers, die ungehört in der Wüste verhallt.

Etwas später entstand in Rußland die bescheidene Bewegung der »Zionsliebenden« (Chowewe Zion), die sich der jüdischen

Kolonisation in Palästina verschrieben hatte. Das Wort »Zionismus« tauchte in diesen Kreisen zum ersten Mal auf. Die Mitglieder der »Zionsliebenden« beschäftigten sich mit der Kolonisation im kleinen Rahmen und erkannten die Zeichen der Zeit nicht. Als der brillante Arzt aus Odessa, Dr. Leon Pinsker (1821–1891), in Erscheinung trat und ihnen die verblüffende Idee von einem jüdischen Staat mit seiner bemerkenswerten Schrift ›Autoemanzipation‹ (1882) ins Bewußtsein rief, da sah er sich heftiger Opposition ausgesetzt. Sein größter Gegner war Achad Ha-am (Ascher Ginzberg, 1856–1927), der herausragende hebräische Essayist und bekannte Philosoph, der in den Chowewe Zion-Kreisen dieser Zeit großen Einfluß hatte.

Zu dieser Zeit erschien ein Mann auf der Bühne, dessen Stimme zum Trompetenschall werden sollte, welcher die Fundamente der jüdischen Welt erschütterte. Seit 1894 hatte die Dreyfus-Affäre wie eine Krankheit, die lange hinter dem gesunden Äußeren einer offensichtlich blühenden Demokratie vor sich hin eitert, Frankreich mit all den Begleiterscheinungen der Reaktion und des Antisemitismus heimgesucht. Dies erweckte einen Wiener Journalisten, Theodor Herzl (1860–1904), zur vollen Erkenntnis der historischen Situation. Ihm, einem assimilierten Juden, gelang eine Konzeption von großartiger Einfachheit. Was in der Alliance versackte, was in den Selbsthilfebestrebungen versandet war, führte er mit wenigen Strichen zum klaren Ende: Er verlangte für das jüdische Volk den Judenstaat. In seiner Schrift ›Der Judenstaat‹ (1896) verlangte er, daß das jüdische Volk wieder autonom werden müsse, es müsse zur Scholle zurück, müsse nach hundert Jahren der Auflösung wieder gefestigt und aufgerichtet werden. Ein Jahr später, 1897, trat in Basel der erste Zionistenkongreß zusammen und formulierte das Baseler Programm, das »für das jüdische Volk die Schaffung einer öffentlich-rechtlich gesicherten Heimstätte in Palästina« forderte. Obwohl dieser Teil des Programms ein Beitrag Herzls war, stammte die allgemeine Formulierung von Max Nordau (1849–1923). Er war ein damals berühmter Schriftsteller, ein treuer Freund Herzls und einer seiner ersten Mitarbeiter in der großen neuen Bewegung. Nordau wurde zum Sprecher der neuen Idee, und für mehr als ein Jahrzehnt dominierte seine Redekunst die Sitzungen der Zionistenkongresse.

Mit dem ersten Zionistenkongreß erhielt die neue Bewegung, die zwei Jahrzehnte nur als unverwirklichte Idee existiert hatte, eine neue Form. Es hatte bisher keine Organisation gegeben, die diese Vorstellung den jüdischen Massen hätte zugänglich machen können; im August 1897 aber wurde diese Vereinigung gegründet.

Es ist der Vision ihres Gründers Theodor Herzl hoch anzurechnen, daß er sie nicht einfach als jüdische Partei betrachtete, sondern als eine Bewegung, die er als »die Heimkehr zum Judentum vor der Rückkehr ins Judenland« definierte. Im Gegensatz zu Mendelssohn und seinen Zeitgenossen mit stärkstem historischem Sinne begabt und nicht ohne religiöse Regungen, gelang es Herzl, diesen Plan zeitlich begrenzter Selbsthilfe außerhalb des Rahmens von Zeit und Ort zu stellen und in die historische Sendung Israels einzubauen. Indem ihm dies gelang, vermochte er die jüdischen Massen in Bewegung zu setzen: Auf »Neuland Palästina« hätten sie damals noch nicht gehört, auf »Altneuland« hörten sie.

Herzl erlebte das Erwachen des Volkes zur Idee, aber nicht den Sieg; er starb vierundvierzigjährig in Edlach am 4. Juli 1904. Während seines ganzen Lebens hatte er es mit unglaublichem Widerstand zu tun gehabt, und in den letzten Jahren wurde er selbst von einigen seiner Anhänger bekämpft. Trotzdem wurde ihm zur Todesstunde das zuteil, was das jüdische Volk tausend Jahre lang keinem anderen Menschen vergönnt hatte: Kaum hatte Herzl die Augen geschlossen und seinen letzten Atemzug getan, da wurde deutlich, daß er zum Nationalhelden geworden war, zum eigentlichen Symbol für Selbstbefreiung und nationale Wiedergeburt.

Theodor Herzl starb an gebrochenem Herzen. England hatte 1903 angeboten, den Juden die ostafrikanische Kolonie Uganda zur Besiedlung zur Verfügung zu stellen. Diese »Uganda-Affäre« rief einen bitteren Streit unter den Zionisten hervor, der schließlich zu Herzls vollständigem Zusammenbruch und verfrühtem Tod führte.

Herzls Führungsrolle fiel an David Wolffsohn (1856–1914). Er hatte ein trauriges Erbe anzutreten, denn die Organisation war in einander bekämpfende Fraktionen zerfallen. Die Geschichte ist nicht allzu freundlich mit Wolffsohn umgegangen, aber sein wirkliches Format und sein großer Beitrag zum Zionismus werden eines Tages anerkannt werden. Herzl selbst hatte diesen Holzhändler aus Litauen, einen »Selfmademan« mit außergewöhnlicher Begabung, zu seinem Nachfolger bestimmt, und Wolffsohn nahm die Zügel fest in die Hand. Als Herzl noch lebte, war er sein einziger Freund und engster Mitarbeiter gewesen. Nach dessen Tod war Wolffsohn dort erfolgreich, wo sein so sehr geschätztes Vorbild gescheitert war.

Er steuerte das zionistische Staatsschiff mit unfehlbarer Hand durch die überwältigenden Wellen der Uganda-Krise und brachte es heil aus dem Sturm heraus. Es ist eine bemerkenswerte Leistung, daß er die Organisation zu einer Zeit rettete, als ihre Feinde schon zu triumphieren begonnen hatten. Wolffsohn aber war innerlich zugrunde gerichtet worden durch die Flügelkämpfe in der Organisation, mußte die Führung 1911 an Otto Warburg (1859–1938) abgeben und starb viel zu früh in den ersten Tagen des Krieges von 1914.

Der Mann, der Warburg 1920 in der Führung folgte, stand unter einem glücklicheren Stern. Sein Verdienst ist der größte diplomatische Erfolg, den die zionistische Bewegung für sich verbuchen konnte: die Balfour-Deklaration. Mit dieser Entscheidung der englischen Regierung vom 2. November 1917 wurde die Errichtung einer nationalen Heimstätte der Juden im geheiligten Palästina möglich gemacht. Der Mann, dem diese Entwicklung vor allem zu verdanken ist, heißt Chaim Weizmann (1874–1952). Als Herzl, Nordau und Wolffsohn – die »großen Drei« des Zionismus – noch lebten, hatte sich Weizmann als einer der Führer der russischen Zionisten schon Anerkennung verschafft. 1914 brach der Weltkrieg aus, und die Beiträge der Jewish Legion – eine Brigade jüdischer Freiwilliger aus England, Kanada, den USA, Südafrika und Palästina, die auf Seiten der britischen Armee kämpfte – unter Leitung von Wladimir Jabotinski in Gallipoli gewannen die Sympathie der Engländer für die Angelegenheiten der Zionisten. Weizmann gab einen zusätzlichen positiven Anstoß, indem er seine hervorragenden wissenschaftlichen Entdeckungen der englischen Regierung zur Verfügung stellte und damit einen nicht zu unterschätzenden Beitrag zu den Kriegsanstrengungen der Engländer leistete. Durch Weizmanns Engagement für die Sache der Zionisten in England war der Boden bereitet für die Verkündung der Balfour-Deklaration, und obgleich dieses Versprechen der englischen Regierung später immer weiter eingeschränkt wurde, bleibt es doch bestehen und bestätigt die Verdienste Weizmanns in der Geschichte.

Die Balfour-Deklaration katapultierte den Zionismus aus einer Welt des blauäugigen Idealismus in die sehr viel wesentlichere Welt der Realität. Unter dem Einfluß des Zionismus gelangen dem jüdischen Volk in Palästina in erstaunlich kurzer

Zeit gewaltige Leistungen: Das unglaubliche Wachstum von Tel Aviv, Haifa und Jerusalem und die kreative Arbeit der Halutzim (Pioniere) zogen die Bewunderung aller, selbst der nichtjüdischen Welt auf sich. Nach und nach machten die Halutzim ein Land fruchtbar, das lange Jahre vernachlässigt worden war. Mit Schweiß und mühseliger Arbeit verwandelten sie steinige, unfruchtbare Hügel und von Malaria verpestete Täler in blühende Gärten. Für das Wunder des wiedergeborenen Hebräisch und die Wiederbelebung einer vitalen hebräischen Kultur in ihrer vormaligen Umgebung stehen Männer wie Achad Ha-am, der Essayist, Elieser Ben-Jehuda (1858–1922), der Förderer der hebräischen Sprache, und Chaim Nachman Bialik (1873–1934), der Dichter. Diese kulturellen Leistungen, die ihre Krönung erfuhren in der Gründung der jüdischen Nationalbibliothek sowie der hebräischen Universität Jerusalem auf dem Skopusberg und deren Einweihung durch Lord Balfour am 1. April 1925, zeigen, welch immenses Reservoir an Kreativität durch die zionistische Bewegung mobilisiert wurde.

Solchen Errungenschaften folgte dann die Aufgabe, die Masse der Menschen zu mobilisieren. Viele Schwierigkeiten und Probleme machten Weizmanns Weg so steinig wie die Wege seiner Vorgänger. Nachdem 1920 der Grundfonds für Palästina zur Finanzierung von Ansiedlungsprojekten (Keren Hayesod), eine Unterorganisation des Zionistischen Kongresses, gebildet worden war, gelang Weizmann 1929 durch die Aufnahme vieler Vertreter nichtzionistischer Organisationen die Gründung der Jewish Agency. Sie vertrat einige Jahre als inoffizielle »Regierung« im britischen Mandat Palästina die Interessen der jüdischen Bevölkerung Palästinas.

Während der Jahre des Ersten Weltkriegs war es dem amerikanischen Zionisten und guten Freund Präsident Wilsons, dem Obersten Bundesrichter Louis Dembitz Brandeis, gelungen, die amerikanische Unterstützung für die Balfour-Deklaration zu gewinnen. Jedoch zeigten die darauf folgenden Schwierigkeiten innerhalb der jüdischen Organisationen, daß das jüdische Volk als Ganzes noch nicht bereit war, sich die historische Stunde vollkommen zunutze zu machen. Es waren noch sehr viele umwälzende Ereignisse nötig, um den jüdischen Massen die Augen zu öffnen und das Palästina der erfolgreichen Verwirklichung nach der Balfour-Deklaration zu einem Israel der unbedingten Notwendigkeit von heute werden zu lassen.

Man darf nicht vergessen, daß der Zionismus wie alle anderen jüdischen Bewegungen des letzten Jahrhunderts mit der Bedrohung durch die Säkularisierung zu kämpfen hatte. Der zersetzende europäisch-amerikanische Geist hatte das Volk der Bibel zu stark angegriffen. Die jüdische Jugend, die für die neue Bewegung in Frage kam, war im Osten durch den Druck des Zarismus stark revolutioniert, im Westen säkularisiert. Im Westen wie im Osten hatte die mechanische und industrielle Revolution ganze Arbeit getan, die historischen, das heißt religiösen Gehalte liquidiert und gerade in der jüdischen Jugend die alten Werte zerstört. Selbst zu Herzls Zeiten hatten sich anstelle dieser alten Traditionen neue Ideen des Nationalismus und des Sozialismus gebildet und saßen, als Theodor Herzl kam, schon zu fest auf ihrem Thron, als daß sie sich leicht bereit gefunden hätten, der mit Herzl heimkehrenden jüdischen Idee ohne weiteres Platz zu machen.

Inzwischen marschierte die Weltgeschichte mit unaufhaltsamen Riesenschritten weiter. Im besiegten Deutschland kamen neue, grausame Kräfte ans Licht. Sie wurden genährt durch den leidenschaftlichen Haß und die Rachegefühle eines besiegten Volkes und gipfelten im Nationalsozialismus, der im italienischen Faschismus einen willigen Bundesgenossen fand. Zuerst schien es, als sei die neue Bewegung gegen den russischen Bolschewismus gerichtet, aber innerhalb weniger Jahre wurde klar, daß die Welt auf einen vernichtenden, allumfassenden Krieg zutrieb: ein Krieg Hitlers und seiner Nazihorden und Vasallen gegen den jüdisch-christlichen Geist, den Geist der Bibel und die Menschlichkeit.

So viel ist sicher: Dieser Krieg, der die Welt in einen fürchterlichen Ausbruch von Gewalt verwickelt hat, als diese Zeilen geschrieben wurden, war weder ein imperialistischer Kampf noch ein Ringen bis zum bitteren Ende zwischen Kapitalismus und Sozialismus. So weit es Adolf Hitler betrifft, war es gleichgültig, ob ein Reich fällt oder ein anderes aus seinen Ruinen aufersteht oder eine neue Gesellschaftsordnung daraus hervorgeht. Für ihn war dies in erster Linie ein Kampf gegen Juda und mehr nicht. Dies mag wie die arrogante Behauptung aus der Feder eines jüdischen Historikers klingen, aber dennoch ist es sehr wahr, und es ist ein weiterer Beweis für das ewige Überleben von Israel, dem großen Geheimnis der Weltgeschichte. Obwohl hundertfacher Meineidiger und Meister im Schließen und Brechen von Verträgen, hat sich Hitler in diesem einen Punkt endlich einmal nicht widersprochen und verkündete es als seine festeste und innerste Überzeugung – der Jude muß vernichtet werden. Und nicht nur, wenn er Synagogen anzündete und Juden ermordete, sondern auch wenn er die Kirche verfolgte und Priester einkerkerte – es war der ewige Jude, den er vor Augen hatte. Nicht nur, wenn er Ghettos dem Erdboden gleichmachte oder ganze jüdische Siedlungen ausrottete, sondern selbst, wenn er ganze Nationen unterjochte und ihren Geist zum Ersticken brachte – es war der ewige Jude, den er vor Augen hatte. Er meinte weder den Juden, der in der östlichen und westlichen Hemisphäre Handel und Gewerbe getrieben hat, noch dachte er an den Juden, der die Horizonte von Wissenschaft und Lehre durch seine hervorragenden Erfindungen und Entdeckungen erweitert hat. Nein, es war das Volk Gottes, das Volk der Propheten und der Psalme, das Volk, das Gerechtigkeit und Aufrichtigkeit verkündete, Liebe und Frieden für die Welt. Es war in Wirklichkeit, um es einfach auszudrücken, Gott selbst, den Hitler vor Augen hatte und den er sich angemaßt hätte von der Erde zu vertreiben, wenn er es nur gekonnt hätte. Und in seinen Augen war in diesem Zusammenhang der Christ nichts weiter als ein verkappter Jude.

Die Geschichte wiederholt sich: Wieder, wie zu Jesajas und Jeremias Zeiten, lag Israel zwischen zwei Reichen, sah sich hineingerissen in einen Kampf, der im Grunde nach solchen Erlebnissen und solcher Geschichte gar nicht sein Kampf sein kann. Die Mächte der Welt rangen wieder einmal um seine Seele. Auf das neue Palästina aber, das mit einem Schlage in den Brennpunkt des jüdischen Weltinteresses rückte, schauten damals alle Augen. Es stand am Kreuzweg der Zeiten, und die jüdischen Massen warteten, wie es sich entscheiden würde. In einem Punkte entschied es sich bereits: Die Schöpfung des Neuhebräischen und die Hebraisierung der jüdischen Welt ist eine Leistung von unübersehbaren Folgen. Die Sichtbarmachung jüdischer Arbeit auf jüdischer Erde ist ebenfalls eine Leistung. Aber Arbeit allein erlöst nicht und Sprache allein noch weniger. Nicht etwas Neues tut not, sondern Erneuerung. Eine Erlösung des Volkes, dieses Volkes mit dieser Geschichte, auf Kosten Gottes gibt es nicht. Das Judentum verweltlichen hieße die Geschichte liquidieren, und ein lebenskräftiges Volk liquidiert nicht seine Geschichte. Noch gibt es Treue genug in der jüdischen Welt, sie vertraut dem Walten Gottes in der Geschichte und der klaren Luft »Altneulands«, die nach einem alten Worte »weise macht«.

27. Juden und Deutsche nach der Emanzipation

Das jüdisch-deutsche Zusammenleben in der Phase nach der Emanzipation kann man als eine Haßliebe beschreiben, die alle Höhen und Tiefen durchmachte. Man kann dieses Zusammenleben auch als einen Dialog zwischen Schwerhörigen über den Abgrund des Schweigens hinweg verstehen. In gewisser Weise könnte man sagen, daß Deutsche und Juden sich als aufeinander bezogene Extreme gegenüberstanden, die jeweils andere Seite der gleichen Münze, im Streit miteinander und doch gleichzeitig aufeinander angewiesen.

Es ist gleichermaßen richtig festzustellen, daß dieses Zusammenleben zu seinen besten Zeiten einen Ausbruch von Kreativität in Kunst, Literatur und Wissenschaft hervorbrachte, der unser Zeitalter wie nichts sonst geformt und beeinflußt hat. Man braucht nur die Namen Freud, Einstein, Marx, Mahler und Schönberg zu erwähnen, um das Ausmaß dieses Einflusses zu erkennen – Einstein für die Physik und das Atomzeitalter, Freud für die Entdeckung neuer Bereiche in der menschlichen Seele, Marx für die Umrisse moderner Politik und Wirtschaft, Mahler und Schönberg für den Ausdruck neuer Möglichkeiten in der Musik.

In der Zeit der großen Blüte und Entwicklung des Weltjudentums lebte ein großer Teil der Juden im Bereich deutscher Kultur in Zentral- und Osteuropa. Die maßgebliche Sprache dieses großen Ausschnitts jüdischer Welt war eine Variante des Deutschen, geschrieben in hebräischen Buchstaben: Jiddisch.

Vor der Emanzipation hatten die Juden etwa fünfzehn Jahrhunderte unter den Deutschen wie ein Volk im Exil für sich und doch als ein vertrauter Bestandteil deutscher Kultur und Geschichte gelebt. Das gilt für das Rheinland, aber auch für Deutschland im Mittelalter, als die Juden zwischen 1300 und 1600 hie und da aus einer Stadt vertrieben wurden. Was sie mit sich nach Osteuropa nahmen, waren ihre tiefe jüdische Frömmigkeit und ihre deutsche Sprache in hebräischen Buchstaben. Während in den deutschen Fürstentümern und freien Städten der direkte Dialog zwischen dem Hofjuden und dem Adeligen stattfand, ist der Kontakt zwischen Juden und Christen auf den meisten anderen Ebenen gleichzeitig als Isolation beider Gruppen und als Kommunikation zu bezeichnen. Er beruhte auf einer Art Osmose und einer faszinierenden symbiotischen Existenzweise.

Renaissance und Aufklärung, die nach England und Holland als kommerzielle und koloniale Revolution kamen, nach Frankreich als politische Erhebung, die das mittelalterliche System auf den Kopf stellte, erschienen in Deutschland als kulturelle Explosion. Luther in der Religion, Bach und Beethoven in der Musik, Kant und Hegel in der Philosophie, Goethe und Schiller in der Literatur, das waren die Eckpfeiler.

Friedrich Schiller (1759–1805) galt als die reinste Verkörperung des universalen Humanismus, und eben dieser Aspekt des deutschen Geistes erschien den Juden am verlockendsten, als sie aus den Ghettos in den Hauptstrom deutschen Lebens traten. Moses Mendelssohn (1729–1786), der große jüdische Theoretiker der Aufklärung, baute die Brücke zu solchen Möglichkeiten in einem Berlin, in dem diese Ideen Wurzeln schlugen und blühten.

Der Rationalismus des 17. und frühen 18. Jahrhunderts, der seinen Höhepunkt in der Französischen Revolution und den Napoleonischen Kriegen erreichte, katapultierte die deutschen Länder in eine neue Entwicklungsära. Eine der Konsequenzen war die Emanzipation der Juden. Die Juden ergriffen ihre Möglichkeiten, auch wenn das mit einer Bedingung verbunden war, nämlich jedes Empfinden für die eigene nationale und historische Identität aufzugeben. Sogar die liberalen Christen, die vehement für die Emanzipation eintraten, taten solches mit dem Gefühl, daß dies den Prozeß des Aufgehens der Juden innerhalb der allgemeinen deutschen Gesellschaft beschleunigen würde. Es gab Vorbehalte in der deutschen Gesellschaft und auf der jüdischen Seite. Im wesentlichen aber ging der Prozeß der kulturellen Angleichung und der Interaktion mit großem Schwung voran. Die schöpferischen Folgen waren enorm und ebenso der Zusammenbruch, der dem Ende der Weimarer Republik, der Nazizeit und dem Zweiten Weltkrieg folgte.

Dieser Prozeß in seiner ungeheuren Größe und mit seinen glitzernden Erfolgen, dieser Höhepunkt von Auswirkungen wirtschaftlichen Wachstums, nationaler Einigung und dem außerordentlichen jüdischen Beitrag läßt sich durch das Prisma kultureller und intellektueller Entwicklung untersuchen. Der Zeitraum zwischen 1812 und dem Ende der Weimarer Republik rückt dabei dann in das Zentrum der Aufmerksamkeit.

Die Emanzipation kam 1808 in das von Napoleon geschaffene Königreich Westfalen und 1812 nach Preußen, welches Napoleon erfolgreich widerstanden hatte. Durch den Anstoß von Moses Mendelssohn schlossen sich Juden wie Heinrich Heine (1797–1856) und Ludwig Börne (1786–1837) dem Hauptstrom der deutschen Literatur an; Heine gab Lyrik und Satire neuen Schwung, Börne der Form des Essays. Gabriel Rießer (1806–1863) bahnte den Weg in der politischen Auseinandersetzung um die Emanzipation, und während der kurzlebigen Revolution von 1848 wurde er in der Tat zum Vizepräsidenten der Nationalversammlung in Frankfurt gewählt. Der Unterdrückung der Revolution 1849 folgte eine reaktionäre Phase, aber 1871 wurde den Juden im Zuge der Gründung des deutschen Reiches volle Gleichheit und das Bürgerrecht verliehen.

Die Reformbewegung im Judentum in der ersten Hälfte des 19. Jahrhunderts war Teil des Prozesses kultureller Angleichung. Ihre Führer waren Israel Jacobson, Eduard Kley und Abraham Geiger. Zwei bedeutende Antworten darauf waren die Neo-Orthodoxen unter der Führung von Samson Raphael Hirsch und der gemäßigte Liberalismus von Zacharias Frankel. Aus dem 1819 gegründeten Verein für Cultur und Wissenschaft des Judentums ging die monumentale Forschungsarbeit von Männern wie Leopold Zunz, Moritz Steinschneider und Heinrich Graetz hervor. Diese Forschung analysierte die Literatur und Geschichte des Judentums in Stil und Methode wie die deutsche Wissenschaft. Man wollte das Judentum der Welt verständlich machen. Zunz (1794–1886) meinte, daß die volle Emanzipation erreicht sei, wenn Judaistik in den deutschen Universitätslehrplan einbezogen sei. Steinschneider (1816 bis 1907), einer der größten jüdischen Bibliographen, glaubte, diese Aufgabe müsse vollbracht werden, um dem Judentum »ein anständiges Begräbnis« zu geben, bevor es völlig von der deutschen Nation aufgesogen sei. Heinrich Graetz (1817–1891) war nicht dieser Meinung. Er sah die ungeheure Kraft und Bedeutung des jüdischen Volkes auf der Bühne der Weltgeschichte.

In der Philosophie, unter den frühen jüdischen Denkern dieser Zeit, ließ sich Salomon Formstecher (1808–1889) von Schelling anstecken und Samuel Hirsch (1815–1889) von Hegel beeinflussen, während Salomo Steinheim (1789–1866) darauf bestand, das Judentum nicht mit philosophischer Spekulation zu vermischen. Er widerstand dem modernen Rationalismus und sah wie Graetz eine besondere Rolle für das jüdische Volk.

Als die Juden in das Zeitalter der Emanzipation eintraten, gab es unter ihnen verschiedene Meinungen. Diese reichten von einer kleinen Gruppe, die sich für die Isolation entschied, über eine mittlere Gruppe, die sich zwar in der Frage einer fortdauernden nationalen Identität nicht einig war, im Ganzen aber mit den neuen Möglichkeiten voranschritt, zu endlich denen, die wie Rahel Varnhagen und Henriette Herz, zentrale Figuren der Berliner intellektuellen Salons der Jahrhundertwende, von Feuerbach in die Arme der Romantik und des Christentums mitgerissen wurden.

In der deutschen Gesellschaft hatte das Versprechen eines aufgeklärten rationalen Humanismus eine große Anziehungskraft. Jedoch rief der durch die Erfolge Napoleons erzeugte neue Nationalismus ein Gefühl für Deutschtum und eine starke Reaktion ins Leben, die nicht nur die Emanzipation zurückwarfen, sondern auch eine romantisch mystische Idee des Volkstums in ihrem Gefolge mitbrachten, die den aufgeklärten nationalen Humanismus und das materialistische Bild von ihm zurückwies.

Johann Gottfried Herder (1744–1803) und Friedrich Ludwig Jahn (1778–1852) waren die Theoretiker dieser neuen Idee. Die Lehre vom Völkischen sah im Volk eine kollektive, romantische, mystische Einheit, die die nationale Seele ausdrückt und verkörpert. Den Gegensatz dazu bildete der rationale Humanismus französischen Ursprungs, in dessen Zentrum das Individuum und seine Erfüllung standen. Das Denken der völkischen Bewegung wandte sich nach innen, lebte von Mythen und Symbolen und betrachtete die Dinge in bezug auf symbolische Stereotype. Die Großstadt, der Ausländer, der Jude – sie alle stellten feindliche Kräfte für die Erfüllung des Volksschicksals dar.

Das im Volk verbreitete Bild des Juden war ein symbolisches Klischee. Der Jude wurde als schädlich für alles gesehen, was die völkische Bewegung vertrat. Diese Ansicht wurde in der populären Literatur von Schriftstellern wie Gustav Freytag, Wilhelm Raabe und später Jacob Burckhardt und Nathaniel Jürgen weiterkultiviert. Sie priesen in ihren Schriften den Bauern, das Dorf und die häuslichen Tugenden. Der Jude dagegen erschien als jemand, der, seiner seelischen Kräfte beraubt, ausgesprochen materialistisch und damit von Natur aus undeutsch war. Man sah mit Sehnsucht auf das Mittelalter zurück und meinte, daß man die rationalen Folgen der industriellen und bürgerlichen Revolution ungeschehen machen müßte.

Nicht alle Anhänger der völkischen Ideologie waren Rassisten. Freytag (1816–1895) zum Beispiel, der den häßlichen Juden portraitierte, entwarf zur gleichen Zeit Pläne für eine vollständige jüdische Assimilation, weil er glaubte, die Juden seien errettbar. Es ist jedoch eine Tatsache, daß ein in der Bevölkerung verbreiteter Antisemitismus durch den Trend zur völkischen Idee angestoßen wurde. Er setzte sich dann als tief verwurzelte, bedeutende Kraft im Gefüge der deutschen Volkskultur fort und wartete nur darauf, an die Oberfläche zu kommen, wenn die richtigen Umstände es forderten.

Dennoch war die völkische Bewegung auch nicht ohne Einfluß auf die Juden. In vielen Fällen waren sie in sie verwickelt, durch sie beeinflußt und von ihr geprägt. Gerade weil es das Ziel der völkischen Idee war, die vorwärtsdrängende Industrialisierung, den Materialismus und rationalen Säkularismus aufzuhalten und sogar umzukehren, hatte er solch großen Einfluß. Die Nationalisten wiesen die traditionelle säbelrasselnde Verehrung des Staates zurück, die Juden das Ghetto und die Linksintellektuellen den orthodox materialistischen Marxismus ihrer unmittelbaren Vorgänger. Die Jugendbewegungen von der Art des Wandervogels sahen in der Rückkehr zur Natur, zum Boden und zur Landschaft eine Möglichkeit, mit dem mystischen Geist der heilenden nationalen Seele in Berührung zu kommen.

Die Juden, die die Assimilation anstrebten und ihre bürgerlichen Vorfahren sowie ihre Ghetto-Vergangenheit ablehnten, fanden heraus, daß sie Teil der völkischen Jugendgruppen sein konnten. Vom Germanischen herkommendes völkisches Gedankengut und die neue Mystik beeinflußten auch die Juden, die sich dem Zionismus zuwandten. Der Zionismus Martin Bubers (1878–1965) und die Wiederbelebung der jüdischen Mystik kann man im Zusammenhang mit dem Interesse an der deutschen Mystik sehen. Es ist bezeichnend, daß Bubers Doktorarbeit das Werk des deutschen Mystikers Jakob Böhme behandelt. Eine ähnliche Verbindungslinie läßt sich für die Intellektuellen ziehen – und nebenbei auch im Extremen für die Nationalsozialisten. Die breiten Stränge deutscher Geistesgeschichte – einerseits das rationalistisch-humanistische Streben und andererseits das mystisch-völkische Streben – durchziehen das ganze Gewebe wechselseitig widersprüchlicher Entwicklungen.

Die Verquickung dieser Stränge wird erkennbar an dem breiten Spektrum der Folgen dieser völkischen Idee: Im besten Fall ist die Folge die ruhmreiche Entwicklung des menschlichen Geistes, im schlechtesten eine wild gewordene mystische völkische Ideologie mit ihren schmutzigen, gemeinen Konsequenzen, die Hand in Hand mit einem materialistischen Rationalismus – beraubt seiner ethischen Grundlage und seines Gewissens – geht. Dasselbe wird auch im deutsch-jüdischen Dialog erkennbar, bei dem es den Juden gelang, eine deutsche humanistische Tradition zu veranschaulichen, die Raum machte für eine Begegnung zwischen Juden und Deutschen. Man könnte auch sagen, daß, als die Finsternis 1933 bis 1945 über diesen Geist kam, die deutsch-jüdische Form des kulturellen Ruhms Deutschlands besseres Selbst vielleicht genau so bewahrte wie jede andere Gruppe im Abgrund von Holocaust, Krieg und den für alle Seiten folgenden Katastrophen.

Wie sich der deutsche Geist in seiner besten Form und die schöpferische jüdische Antwort als kooperativer Prozeß verstehen lassen, kann man zum Beispiel an der ›Dreigroschenoper‹ verdeutlichen, die den Geist der Weimarer Epoche so exemplarisch einfing und von dem Nichtjuden Bertolt Brecht und dem Juden Kurt Weill geschrieben wurde. Die Oper »Wozzeck«, der europäische Markstein für den Durchbruch zeitgenössischer Musik, war das Werk des Katholiken Alban Berg, der das von dem Juden Arnold Schönberg entwickelte Zwölftonsystem benutzte.

Oder wenn wir, was diesen kooperativen Prozeß anbetrifft, die zeitgenössische deutsche Szene betrachten, wo Günter Grass sich unter den literarischen »Riesen« der Nachkriegsära befindet, vor allem unter denen, die sich der unmittelbaren Vergangenheit stellen, dann erkennen wir, daß er von dem jüdischen Schriftsteller Alfred Döblin (1878–1957) stark beeinflußt ist. ›Berlin Alexanderplatz‹, das deutsche Pendant zu Joyces ›Ulysses‹, veranlaßte einst Grass zu der Bemerkung: »Ich komme von diesem Döblin her.«

Diese Liste ließe sich endlos fortsetzen. Man kann sie farbenprächtig veranschaulichen, indem man das breite Spektrum schöpferischer Gebiete betrachtet, das Deutschland und den Rest der Welt geprägt hat. Im Bereich der Musik braucht man wenig Erfahrung, um zu ermessen, was Bach, Mozart, Beethoven, Brahms und Wagner bedeuten. Was vielleicht nicht so bekannt ist, ist die Rolle, die Felix Mendelssohn-Bartholdy (1809–1847) bei der Wiederbelebung des Interesses für einen fast vergessenen Bach spielte, oder der Einfluß jüdischer Musikkritiker auf die Entwicklung Wagners – trotz seiner Judenfeindlichkeit. Und mehr noch: Das Volk, das die Psalmen schrieb und sang und später die Anerkennung der großen deutschen Musiker vorantrieb, eröffnete dieser Musik neue Horizonte. Gustav Mahler (1860–1911) erweiterte diese Grenzen durch seine »Dissonanzen im Zusammenstoß« und seine mehrdimensionale Kreativität. Er war das musikalische Gegenstück zu Freud, indem er den Kampf zwischen Eros und Tod ausdrückte. Arnold Schönberg (1874–1951) entwickelte die Zwölfton-Kompositionsweise und öffnete dem großen Bereich zeitgenössischer Musik die Tore, die die Explosivität und den Dynamismus einer im Entstehen begriffenen neuen Welt so akkurat ausdrückt.

In der Welt der Medizin revolutionierte Sigmund Freud (1856–1939) den Blick des Menschen auf seine Seele. Er zeichnete neue Landkarten für die Geographie der Seele und führte die Welt in ein neues Zeitalter der Psychiatrie. W. H. Auden drückte es bei Freuds Beerdigung so aus: »Er änderte die Welt ... alles was er tat, war, sich wie die Alten zu erinnern und ehrlich zu sein wie die Kinder.« In der Welt der Wissenschaft stand Einstein (1879–1955) mitten im Zentrum mit seiner Relativitätstheorie und deren Auswirkungen in bezug auf die Spaltung des Atomkerns sowie mit seinen Arbeiten zur Ableitung einer einheitlichen Feldtheorie. Georg Simmel (1858–1918) läutete das Zeitalter der Soziologie ein und Franz Boas (1858 bis 1942) das der Anthropologie. Wenn man an diese Persönlichkeiten denkt und Heine, Herzl und Marx der Liste hinzufügt, so tritt die Rolle dieser Juden bei der Veränderung der Welt und beim Abbröckeln unserer alten Gewißheiten scharf hervor. Das erinnert an Kepler, Galilei und Kolumbus. Manche Leute machte das nervös, aber für die, die keine Angst vor neuen Horizonten, neu entdeckten Kontinenten des Geistes hatten, bedeutete es einen außerordentlichen Antrieb.

Die jüdische Rolle im deutschen Expressionismus war entscheidend, wenn nicht grundlegend. Er entstand in den letzten Jahren der Wilhelminischen Zeit und hatte seine Blüte nach dem Ende des Ersten Weltkrieges. Die Expressionisten hatten ein Gefühl für das unmittelbar bevorstehende Unheil des Krieges und wurden beseelt von einem überwältigenden Gefühl des Mitleids, der bösen Vorahnungen und einem ausgeprägten Sinn für menschliche Brüderlichkeit. Expressionismus sah im Krieg den Gipfel selbstmörderischer Zerstörung. Er war gleichzeitig ein Schrei des Protestes und der Hoffnung. In der Kunst drückten Kirchner, Nolde, Pechstein, Franz Marc und Kokoschka die Häßlichkeit aus, als stächen sie ein Geschwür auf, um es zu heilen. ›Der Sturm‹, herausgegeben von Herwarth Walden, diente als Forum für ihre Ideen. 1920 wurde Max Liebermann als erster Jude zum Präsidenten der Preußischen Akademie der Künste gewählt, als ob so die Ankunft auf dem Gipfel zu symbolisieren gewesen sei.

In der Dichtung führte Else Lasker-Schüler (1869–1945), Bohemienne und Träumerin, die Suche nach der »Stadt mit dem Engel am Tor« an. Die Gewinnerin des Kleist-Preises für Dichtung von 1932 – am Vorabend der Machtergreifung durch die Nazis – beschrieb im ›Arthur Aronymus‹ ihren Traum von der Möglichkeit brüderlicher Liebe zwischen Deutschen und Juden, welcher Religion oder welchen Hintergrundes auch immer. Und Gertrud Kolmar (1894–1943), für die dieser Traum zur Realität der Zurückweisung wurde, konnte, als der Zug sie von Berlin nach Auschwitz brachte, schreiben:

> So wirf dich du dem Niedern hin, sei schwach, umarme das Leid
> Bis einst dein müder Wanderschuh auf den Nacken der Starken tritt!

Franz Kafka (1883–1924), seiner Zeit weit voraus, hatte ein Gespür für das drohende Verhängnis, das Europa verschlang. Er fing den Geist seiner Zeit ein, drückte die Angst und die bösen Ahnungen in einer Weise aus, die die Literatur einen Schritt weiter brachte. In Prag lebend, mit den Spannungen zwischen einer jüdischen Existenz einerseits und dem Hervortreten eines tschechischen Nationalismus andererseits, entschied er sich dafür, ein deutscher Schriftsteller mit jüdischen Wurzeln zu sein. In einem tiefen Sinn war er Prophet der zukünftigen Krise, und obwohl sein Leben in den zwanziger Jahren abgeschnitten wurde, drückte er der Weltliteratur seinen Stempel auf. Er war einer von vielen, von Männern mit so berühmten Namen wie Carl Sternheim, Arthur Schnitzler, Alfred Döblin, Jakob Wassermann, Lion Feuchtwanger und Franz Werfel, und die Liste läßt sich beliebig verlängern.

In der Welt des Theaters herrschte Max Reinhardt, und Regisseure wie Josef von Sternberg, Ernst Lubitsch und Billy Wilder gaben der Welt des deutschen Theaters und Films ihren Glanz; und als sie gezwungen waren, Deutschland zu verlassen, brachten sie diesen Glanz nach Amerika. In der Musik gab es

Bruno Walter und Otto Klemperer, und es gab Essayisten und Kritiker wie Karl Kraus, Alfred Kerr, Theodor Lessing, Ernst Bloch und Walter Benjamin. Nur die Namen aufzuzählen reicht schon, den Ruhm dieses Zeitalters deutlich zu machen, das 1933 zu einem solch plötzlichen und tragischen Ende kam.

Und als das Ende herankam, war der verschonte Überrest stark genug, das Erbe der deutschen Kultur, die sie berührt und geformt hatten, nach Westen zu bringen, wo eine Wiedergeburt stattfand. New York und Los Angeles wurden die Nachfolger Berlins, und ihr Einfluß auf Wissenschaft, Kunst, Theater, die Literatur und Politik war enorm. Genau wie zwei Jahrhunderte früher bei Lessing und Mendelssohn, so gipfelte die Interaktion zwischen christlichen Deutschen und jüdischen Flüchtlingen in solch großartigen Werken wie Schönbergs ›Ein Überlebender aus Warschau‹, Thomas Manns ›Dr. Faustus‹, Alfred Döblins ›Schicksalsreise‹, Else Lasker-Schülers ›Mein blaues Klavier‹, Nelly Sachs' ›O die Schornsteine‹ und Walter Benjamins ›Passagenwerk‹.

Benjamin, der introvertierte, sensible Geist, der nie eine Professorenstelle erreichte, prägte die Literatur und Ideen seiner Zeit so, wie es nur wenige andere konnten. Er war ein Meister des Deutschen und hatte ein auffassungsfähiges, scharfes und kritisches Auge, das die Realität im Fluge erfaßte. Wie Freud und Schönberg wußte er in der Tiefe seines Herzens, daß er ein Jude in Deutschland war, eingetaucht in die deutsche Kultur, Repräsentant des deutschen Wortes, und dennoch war er sich seiner Distanz bewußt. Während seine Kusine Gertrud Kolmar in Berlin in die Falle ging, wurde er 1940 an der spanischen Grenze gefangengenommen, wo er sich aus Verzweiflung das Leben nahm. Leute seiner Art waren es, Denker und Kritiker auf deutschem Boden gewachsen, die das intellektuelle Leben der fünfziger und sechziger Jahre prägten und die nun wieder entdeckt und geschätzt werden.

Es ist vorgeschlagen worden, bei der Betrachtung der deutsch-jüdischen Beziehungen über die Grenzen von Deutschland hinauszugehen, um die Juden Osteuropas mit einzubeziehen. Ihre Sprache war eine Variante des Deutschen, die Teilung Polens (1772) brachte sie zu Hunderttausenden unter preußisch-österreichische Herrschaft. Aus den Gebieten der Unterdrückung strömten die Juden nach Westen zu den Zentren von Kultur und Freiheit – Berlin und Wien. Wien, die Stadt Freuds, Mahlers und Herzls, war gleichzeitig ein Mittelpunkt unermeßlicher jüdischer Kreativität und ein Zentrum des Antisemitismus, wie man an seinem Hauptvertreter Lueger und dessen Einfluß auf die nachfolgenden Nazis sehen kann. Gleichermaßen war Berlin ein Mekka für diese Freiheit suchenden Juden, aber auch hier gab es ein antisemitisches Element, zum Beispiel Adolf Stoecker, der Hofprediger des Kaisers um 1880.

Das Berlin der Wilhelminischen und Weimarer Zeit war, wie wir gesehen haben, ein Zentrum großer kultureller Renaissance. Berlin spielt auch bei der jüdischen Wiedergeburt eine zentrale Rolle. Hier versammelten sich die Flüchtlinge der zaristischen Unterdrückung, die begierig auf eine Universitätsausbildung waren, eine Gruppe von zionistischen Theoretikern und hebräischen Schriftstellern. Hier lebten, bevor sie nach Palästina gingen, zum Beispiel der hebräische Dichter Bialik, der hebräische Romancier Agnon (1888–1970), der zionistische Theoretiker Saul Hurwitz (1860–1922), der zionistische Aktivist Schneuer Salman Rubaschow (1890–1974), der später als Salman Schasar Staatspräsident von Israel wurde. In den letzten Jahren des Ersten Weltkriegs und in den frühen zwanziger Jahren war Berlin für einige kurze glänzende Jahre das Zentrum jüdischer kultureller Kreativität.

Der Kontakt mit dieser Gruppe änderte zum Beispiel das Leben von Gerschom Scholem (1897–1982), der in der vierten Generation einer assimilierten deutsch-jüdischen Familie lebte. Dieser Kontakt brachte einen Mann in das jüdische Leben zurück, der auf dramatische Weise den Gang jüdischer Gedanken und die Richtung jüdischer Geschichtsschreibung beeinflussen sollte. Sein Aufbegehren gegen eine jüdische bürgerliche Existenz, die sich für eine vollständige Integration in das deutsche bürgerliche Leben entschieden hatte, kleidete sich in sein Studium jüdischer Mystik, seinen Zionismus und seine Emigration nach Palästina 1923. Es setzte sich auch fort in seinem lebenslangen Eintreten für eine Veränderung des Verlaufs und der Richtung jüdischer Wissenschaft. Scholem stellte sich dem rationalistischen, aufklärerischen Streben der jüdischen Wissenschaft, indem er eben diese sehr rationale wissenschaftliche Methode, Theorien zu entwickeln, gebrauchte. Er zeigte so, daß die jüdische Mystik, die man als dem Geist des jüdischen Fortschritts hinderlich unterdrückt und beiseite geschoben hatte, in der Tat eine bedeutende Kraft in der jüdischen Geschichte war. Sie drückt in einem tiefen Sinn den jüdischen nationalen Willen zum Leben aus und existiert als eine heimliche Kraft neben der rationalen Ebene und in ständiger Dialektik zu ihr.

Der deutsche kulturelle Einfluß löste die unermeßlichen Kräfte jüdischer Assimilation und kultureller Angleichung in einem solchen Maße aus, daß selbst diejenigen, die ihre religiösen und kulturellen Verbindungen mit dem Judentum beiseite gelegt hatten, ihre jüdischen ethischen und prophetischen Wurzeln in den Bereich deutscher Kultur umwandelten, der dem Nazismus widerstand und der in Wirklichkeit ein Überleben ihres Judentums in dieser Verkörperung bedeutete. Der deutsche kulturelle Einfluß bewirkte aber auch eine intensive Rückkehr zum Judentum und eine Fähigkeit, das in Formen auszudrücken, die aus diesem kulturellen Anstoß kamen. In der Philosophie und Theologie standen Hermann Cohen, Franz Rosenzweig, Martin Buber und Leo Baeck, die Seminare in Berlin und Breslau und das Lehrhaus in Frankfurt in direkter Abhängigkeit von den Weisen von Jamnia, Philo, Saadia und Maimonides. Ihr Einfluß auf das jüdische Leben und seine Gedankenwelt überschritt die Grenzen des Deutschland, indem sie lebten und arbeiteten. Buber wanderte nach Palästina aus, Baeck (1873–1956) blieb zurück, um sein Volk durch den Krieg zu begleiten. Er wurde in Theresienstadt interniert, bevor er in die USA kam, wo er starb.

Einige hunderttausend Juden, die vor dem Ausbruch des Zweiten Weltkrieges aus Deutschland und Österreich fliehen konnten, hatten einen besonderen Einfluß auf die jüdischen Gemeinden des damaligen Palästinas und der USA. Die deutsche Einwanderung in den dreißiger Jahren nach Palästina war eine große Quelle von Talent, Kultur und Sachverstand. Die Universitäten, die Regierung, das Bankwesen, die Berufswelt, Journalismus und Literatur, die Lebensqualität und die Kultiviertheit der Städte tragen ihren Stempel. In den Vereinigten Staaten war der Einfluß der jüdischen und nicht-jüdischen Flüchtlinge auf die Kultur ohne Parallele, wie wir gesehen haben. Was das Rabbinat anbetrifft, so brachte die Einwanderungswelle den jüdischen Gemeindeseminaren neue Köpfe, einen Schub neuer Wissenschaftler und entkommener rabbinischer Studenten, die ein bedeutendes Führungspotential für die nationalen jüdischen Organisationen darstellten, ganz zu schweigen von der nationalen, politischen und kulturellen Führung.

28. Der Zweite Weltkrieg und der Holocaust

Am 1. September 1939 fiel die von Adolf Hitler wiederaufgebaute Wehrmacht in Polen ein. Krieg verschlang die Welt, und sie wurde nie wieder, was sie gewesen war. Das Verlangen nach Macht über die Welt, einem Tausendjährigen Reich und einer Welt ohne Juden war entfesselt. Der Aufstieg zur Macht wurde unter anderem möglich, weil zum einen Großbritannien, Frankreich und die Vereinigten Staaten zwiespältig in ihrer Politik waren und der Illusion erlagen, ihre Beschwichtigungspolitik werde die gierige Gefräßigkeit der »Woge der Zukunft« befriedigen – zum anderen aber ermöglichte den Aufstieg ein opportunistischer Nichtangriffspakt mit der Sowjetunion. Es hat diesen Machtaufstieg auch gefördert, daß der Antisemitismus als nationales und internationales politisches Mittel im Westen auf keine ernstzunehmende Antwort stieß; für Millionen suchender Juden blieben die Häfen der Zuflucht verschlossen, und die Pforten von Palästina – damals ein britisches Mandat – schlugen krachend zu, als die Not am größten war.

Österreich war ins Reich eingegliedert worden, die Tschechoslowakei niedergerungen, Frankreich, die Niederlande, den Balkan und das Baltikum hatte man überrannt und zu Vasallenstaaten gemacht – Westeuropa verwandelte sich in ein gewaltiges Sprungbrett zum Angriff auf die Britischen Inseln, damit man endgültig den Kontinent unter Kontrolle hatte. Japan fühlte sich durch diesen Erfolg ermutigt. Es zerbombte Pearl Harbor, überrannte Südostasien und die Philippinen und entfesselte damit etwas, was ein weltweiter Druck nach einer Neuordnung zu sein schien.

Vor der Invasion in Polen war ein Entkommen kaum mehr als hunderttausend deutschen und österreichischen Juden gelungen. Sie flohen in die entstehende jüdische Heimat nach Palästina, in die USA, nach Westeuropa, Lateinamerika und sogar in die östliche Mandschurei und nach Schanghai. Im Weltreich der jüdischen Zerstreuung ging die Sonne nicht mehr unter. Im August 1939 trat der Zionistische Weltkongreß in der Schweiz zusammen, doch er wurde eilends vertagt, weil der Krieg ausbrach. Als die Delegierten sich voneinander verabschiedeten und sich darauf vorbereiteten, in ihre jeweilige Heimat zurückzukehren, empfanden sie dies als böses Vorzeichen und schlimmer noch, sie hatten das Gefühl drohenden Unheils. »Wer weiß, ob wir je wieder zusammenkommen?« – klangen die Abschiedsgrüße zwischen den zentral- und osteuropäischen Juden und ihren westlichen Brüdern. Sie hatten Tränen im Gesicht.

Die europäischen Juden gerieten durch die Eroberungswelle in die Falle und waren schnell zusammengetrieben für die Deportation gen Osten, nach Polen, wo man sie ausplünderte, als Zwangsarbeiter für die deutsche Kriegsmaschinerie einsetzte und schließlich auslöschte in einer euphemistisch »Endlösung« genannten Aktion. 1941, als Hitler beinahe ganz Europa im Griff hatte und die Britischen Inseln sich verzweifelt wehren mußten, ließ der Führer seine Armeen in die Sowjetunion einrücken, und weitere drei Millionen Juden gerieten in die Falle. Die Nazis pferchten die Juden in Ghettos und überführten sie dann in Arbeits- und Vernichtungslager, die sie in ganz Polen errichten ließen. Nachdem sich dieser Sturm gelegt hatte, zeigte sich, daß er sechs Millionen Juden das Leben gekostet hatte, darunter eine Million Kinder. Es waren beinahe achtzig Prozent der jüdischen Bevölkerung Europas umgekommen, beinahe ein Drittel der jüdischen Weltbevölkerung. Ungezählt bleiben hierbei die militärischen Verluste dieses Blutbades und die Verluste in der Zivilbevölkerung, welche Truppenbewegungen, Bombenhagel und schließlich die Atombombe gefordert haben. Weltweit kostete all dies viele Millionen Tote.

Aber nur der Jude war zur Ausrottung bestimmt, weil er Jude war, einfach nur deshalb, weil es ihn gab. Sein bloßes Existenzrecht wurde in Frage gestellt, und diese Frage ist in manchen Köpfen bis zum heutigen Tage noch nicht vollständig entschieden. In der Tat hat es mit dem Holocaust – obgleich das Blutbad weltweit gewesen ist – etwas ganz besonderes auf sich. Nur die Juden waren zum Tode bestimmt durch die eiskalte und ganz bewußte Berechnung des Naziregimes, dessen Antisemitismus, mit kühler, technischer Leistungsfähigkeit kombiniert, die Juden der Vernichtung auslieferte, weil sie eben Juden waren. Es ist schmerzlich zu wissen, daß die Nazis hierbei auch noch ermutigt wurden. Denn als sie ihren rassistischen Weg unaufhaltsam gingen und dabei mittelalterlichen Haß wieder aufleben ließen, dem sie teuflisch einen Anstrich des zwanzigsten Jahrhunderts gaben, da reagierte der Westen mit dickfelliger Gleichgültigkeit, die stillschweigende Zustimmung zu signalisieren schien.

Gewiß, hier und da gab es auch heldenhafte Gesten der Hilfe: die Dänen, ein Raoul Wallenberg, ein Bultmann, ein Roncalli, ein polnischer Bauer und ein deutscher Bürger da und dort. Aber überprüft man alles genau, so hat die westliche Zivilisation keinerlei Grund, stolz auf das Ergebnis zu sein – weder im amerikanischen noch im britischen Außenministerium oder auf dem Quai d'Orsay. Man kann dazu einen kanadischen Bürokraten zitieren, der im Außenministerium arbeitete. Seine Reaktion auf die Anstrengungen, so viele Juden wie möglich durch kanadische Einwanderungsvisa zu retten, ist geschichtlich bezeugt: »Keiner ist immer noch zu viel« – ließ er verlauten.

Auschwitz, Treblinka, Sobibor, Bergen-Belsen, Dachau und ähnliche Namen sind in das Vokabular der Menschen als Symbole für ein unaussprechliches Grauen eingegangen. In Babi Jar und Auschwitz mußte man darum kämpfen, die Welt nicht vergessen zu lassen, daß hier Juden als Juden starben, und starben im wahrsten Sinn; denn in dem jüdisch-christlichen Erbe, das sie der Welt vermachten, standen sie als Symbol für Menschlichkeit und das Gewissen, das gänzlich zu beseitigen der Nationalsozialismus sich berufen fühlte.

Auschwitz liegt düster hinter einem kleinen Wald und einer Stadt mit netten, ruhigen Häusern – als Sinnbild dafür, wie nahe beieinander behagliche Wohnlichkeit und menschliches Grauen liegen können und wie wichtig es ist, daß wir diese erschreckende Wirklichkeit nie vergessen.

29. Die Geburt eines Staates

Es war ein kurzer Augenblick der Gnade und gehörte zu jener Art von Wundern, die an den Durchzug durchs Rote Meer erinnern. Die Vereinigten Staaten und die Sowjetunion waren Alliierte gewesen im Kampf gegen Hitlers System, aber danach waren ihre Interessen fast überall auf der Welt gegensätzlich. Für einen raschen Augenblick der Geschichte aber waren sie ganz einer Meinung: da nämlich, wo es um das Entstehen des Staates Israel ging.

Daß sie sich hier einig waren, machte die politische Entscheidung möglich, Palästina im Jahre 1947 zu teilen. Das Land wurde zwischen Arabern und Juden aufgeteilt. So entschieden die Vereinten Nationen in einer Wahl mit Zweidrittelmehrheit, und sie ermöglichten damit die Gründung des Staates Israel. In den darauffolgenden Jahren, die charakterisiert waren von Spannungen zwischen den östlichen und westlichen Blöcken, wäre diese Lösung kaum noch vorstellbar gewesen. Es war eine Macht der Geschichte, die zu dieser Entscheidung drängte, geboren aus der erdrückenden Not der Juden, die dem Grauen des Holocaust entsprang.

Zu den Gräbern in Polen und Mitteleuropa konnten die Juden nicht mehr zurückkehren. Der Druck auf die Juden verstärkte sich noch dadurch, daß im Lande der Vorväter eine Heimat entstand, daß die Häfen der Zuflucht hinter den überfüllten Lagern verschlossen blieben und daß über dem Volk der Juden durch die Geschichte hindurch ein unerbittliches Schicksal lag. Dieser Druck brachte aber auch Bewegung in die Entwicklung.

Das jüdische Volk war zweitausend Jahre lang ohne eigenen Staat gewesen, hatte darüber aber nie die Herrlichkeit der tausend Jahre vergessen, die es in jenem Land gewohnt hatte. Es gab ihm den Namen seines Vorfahren Jakob, der mit dem Engel gekämpft hatte und von da an Israel genannt wurde. Die religiöse und nationale Kultur der Juden ist keimtragend gewesen in ihrer Kraft und ihrem Einfluß auf die Welt. Von ihrem Nährboden aus haben Christentum und Islam ihren Auftritt auf der Bühne der Geschichte begonnen. Niemals vergaßen die Juden das Land, das Gott den Nachkommen Abrahams versprochen hatte, wo immer sie lebten, wo immer sie auf der Wanderschaft waren. Zion war der Mittelpunkt ihrer Erinnerungen, der Brennpunkt ihrer Träume.

Hinter Zion verbarg sich der Kern der mittelalterlichen messianischen Bewegungen, das Zentrum einer tiefen Unruhe, und am Ende des 19. Jahrhunderts ging Zion in die europäische Geschichte als eine nationalistische, politisch-kulturelle Bewegung ein: Es erweckte die hebräische Sprache und Kultur wieder zum Leben, führte die Siedlungspolitik im Lande fort und gewann durch die Balfour-Deklaration von 1917 weltweite Anerkennung.

So wurde 1948 mit dem Abzug der Engländer der Staat geboren, vielleicht sollte man besser sagen: wiedergeboren, und es war keine leichte Geburt. Die Briten hatten alles getan, sie zu behindern – sie hatten sich von der ursprünglichen Absicht ihres Versprechens abgewandt. Israels arabische Nachbarn wurden zu heftigen Feinden – sie lehnten die Teilung ab und weigerten sich, das Recht der Juden, als Nation in dieser Gegend zu leben, anzuerkennen; Ägypten, Syrien, Transjordanien, der Libanon und der Irak fielen in das Land ein, um das, was geboren werden sollte, zu ersticken. In einer übermenschlichen Anstrengung warf Israel die Eindringlinge zurück, und im Mai 1949 wurden vier Waffenstillstandsabkommen getroffen, die Israels Grenzen etwas weiter zogen, als das Teilungsprogramm es vorgesehen hatte. Achthundertfünfundzwanzigtausend Araber flohen aus Israel, nur einhundertsechsundfünfzigtausend blieben zurück. So entstanden an den Grenzen große Flüchtlingslager.

Was – hätte man die Teilung akzeptiert – der arabische Staat geworden wäre, wurde von Jordanien und Ägypten besetzt. Jerusalem, das als internationale Enklave vorgesehen war, wurde geteilt. Israel besetzte die westliche Zone und Jordanien die östliche. Der Krieg wurde nicht durch einen Friedensvertrag beendet, sondern durch eine Reihe von Waffenstillstandsabkommen, die zu guter Letzt durch erst noch abzuhaltende Unterhandlungen abzuschließen waren. Die arabischen Staaten und die nationale Organisation der palästinensischen Widerstandsbewegung wählten eine Fortsetzung des Kampfes mit allen möglichen Mitteln, angestachelt von dem seit Nassers Regierungsantritt immer stärker werdenden arabischen Nationalismus. Sie weigerten sich, den Staat anzuerkennen, versuchten, ihn zu isolieren, und fuhren fort, ihn durch Angriffe terroristischer Guerillas und durch wirtschaftlichen und politischen Boykott sowie die Blockade des Golfs von Akaba 1956 anzugreifen.

Der Sinaikrieg von 1956 sollte terroristische Angriffe bekämpfen, die über die ägyptische Grenze ins Land drangen, und die Straße von Tiran wieder für die israelische Schiffahrt öffnen. 1967 entfesselten die Syrer, Jordanier, Iraker, Saudis und Ägypter – von der Sowjetunion dazu ermutigt – einen Krieg, um den Staat Israel zu zerstören. Das Ergebnis des Sechstagekriegs von 1967 aber war ein verblüffender Sieg für Israel, der Jerusalem wieder unter jüdischer Herrschaft vereinigte und die Golanhöhen, die Westbank, den Gasastreifen und die Sinaihalbinsel unter israelische Besetzung brachte. Der Jom-Kippur-Krieg von 1973 war wieder ein solcher Versuch, aber nachher mußte Ägypten erkennen, daß irgendein anderer Weg gefunden werden mußte. Anwar El Sadat reiste nach Jerusalem, und die erste Etappe in einem Ausgleichsprozeß rückte näher: ein Stück Land für ein Stück Frieden. Israel gab den Sinai an Ägypten zurück, und der erste Friedensvertrag zwischen Israel und einer arabischen Nation wurde 1979 in Camp David unterzeichnet.

1970 aus Jordanien vertrieben, machten die organisierten Widerstandskräfte der Palästinenser den südlichen Libanon zu ihrem Stützpunkt. Dieses kleine Land, das in einem für Störungen empfindlichen Gleichgewicht zwischen Christen und Moslems lebte, wurde auseinandergerissen durch zehn Jahre gegenseitigen zerstörerischen Streites und entwickelte sich zu einem Ausgangspunkt für Angriffe gegen Israel. Dies löste 1982 den tragischen Libanonkrieg aus, der zwar die militärische Kraft der PLO im Libanon zerstörte, aber eine Anhäufung schmerzvoller tragischer Umstände hinterließ für alle, die davon betroffen waren.

Gegen einen solchen Hintergrund von dauerndem Krieg mag man sich fragen, was für ein Staat aus all dem zum Vorschein kommen könnte. Die Errungenschaften auf dem Hintergrund solcher Schwierigkeiten und Hindernisse grenzen an ein Wunder, eine Eigenschaft, die in jeder Phase jüdischer Geschichte zum Vorschein kommt.

Es ist die Geschichte der Wiedergeburt eines Volkes und einer Kultur. Einmal geschaffen, behauptete der Staat seine geschichtliche Bedeutung, indem er seine Pforten für Juden aus der ganzen Welt öffnete. Sie kamen aus den Lagern Europas, aus den Mellahs von Marokko, Algerien, Irak und Lybien, aus Indien, Afghanistan, aus Bokhara und Brooklyn, aus fast hundert verschiedenen Ländern der Zerstreuung. Eine jüdische Grundbevölkerung von sechshunderttausend im Jahre 1948 wuchs an zu einer Nation von drei Millionen.

Israel wurde zu einem Staat von explosiver Lebenskraft. Er verband die vorgeschobensten Grenzen von wissenschaftlichem und technologischem Fortschritt mit alten Werten. In Wissenschaft, in Landwirtschaft, in ideenreicher sozialer Organisation, wie sie durch den Kibbuz zum Ausdruck kommt, in Musik, Kunst und Bildung sind die Leistungen außergewöhnlich. Israels demokratische Struktur, die einen Höhepunkt an Ausdrucksmöglichkeit bietet, manchmal allerdings auf eine chaotische und oft etwas rauhe Art, ist von einzigartiger Beschaffenheit, die unsere Phantasie gefangennimmt, aber manchmal auch auf die Nerven geht. Und dies trotz eines beharrlichen und andauernden Widerstandes, der die Nation wie einen Paria zu behandeln pflegt, den Zionismus zum Rassismus erklärt und versucht, Israel wieder zu jenem Inbegriff der Schande zu machen, den das Wort »Jude« im schwärzesten Mittelalter angenommen hatte. Daß es durch Dialog und gegenseitiges Verstehen zu einer Zeit des Friedens und der Zusammenarbeit im Nahen Osten kommen könnte, scheint weiterhin in unerreichbarer Ferne und wird dennoch zutiefst herbeigesehnt.

Auf ihrer langen Pilgerreise durch die Geschichte haben Einheit und Sicherheit es geschafft, Israel in jeder Generation und jedem Zeitalter geschickt zu umgehen. In biblischer Zeit kämpften Norden und Süden gegeneinander; solange der zweite Staat bestand, kämpften Pharisäer gegen Sadduzäer, Talmudist gegen Karaite, Chasside gegen Mitnagged. Heute sieht es nicht viel anders aus. Die Spannung zwischen der politischen Rechten und der politischen Linken, zwischen Likud und Arbeiterpartei, zwischen den Religiösen und Säkularisten, zwischen Sephardim und Aschkenasim steht im Mittelpunkt eines geteilten Landes, das darum kämpft, seine Existenz und Eigenständigkeit zu behaupten. Äußerer Druck in der internationalen Szene – vom kommunistischen und arabischen Block – machen die Probleme noch komplizierter.

Noch besteht dieser Staat, und er hält das Schicksal des jüdischen Volkes in seinem eigenen Land in seinen eigenen Händen. Dialektik und Kampf waren stets zentral, wo Juden durch die Geschichte schritten, und das ist weiterhin so. Erfüllung mag alte Probleme lösen, aber sie schafft auch wieder neue. Vielleicht liegt die Antwort – wenn es überhaupt eine Antwort gibt – darin, daß man Probleme nicht löst, sondern sich darauf beschränkt, sie zu überleben und durchzustehen.

Juden- und Christentum haben untereinander eher das Verhältnis von Geschwistern als das von Mutter und Kind. Beide sind eine Reaktion auf die messianische Hoffnung und auf die Zerstörung des ersten Tempels und Staates. Beide sahen ihre Wurzeln sich im Zweiten Staat entwickeln: Beider gemeinsamer Ursprung lag im pharisäischen Judentum. Der eine Zweig folgte dem Weg eines weit in die Zukunft reichenden Messianismus, der andere holte die Messianität in die Gegenwart. Kann es schlimmere Konflikte geben als die zwischen Geschwistern? Gibt es schlimmere Kriege als Bürgerkriege?

Das Christentum mit seiner gegenwärtigen Messianität setzte auf die graeco-romanische Welt, gewann die Unterstützung der meisten Juden dieser Region sowie das Wohlwollen der heidnischen, nichtjüdischen Welt und eroberte Rom im 4. Jahrhundert, wobei Rom und Byzanz zu den beiden Hauptstädten des Christentums wurden.

Der Kampf um das Erbe, um den Besitz des »Linsengerichts«, war heftig, und stets versuchte der siegreiche Bruder den besiegten niederzuhalten und zu unterdrücken.

Die Vorstellung vom Juden als Gottesmörder und als Christusverleugner, als Kain, der das Mal der Sünde durch die Geschichte trägt, bis es durch die Bekehrungstaufe abgewaschen wird, setzte sich um in eine Politik, die sie absonderte, in Ghettos abschloß und ihnen jegliche Rechte absprach. Antisemitismus war ein trauriges Ergebnis dieser Politik. Juden durften in einem Gebiet leben, solange sie nützlich waren, und man vertrieb sie, sobald man sie nicht länger brauchte. Pogrome, Verfolgung und Wanderschaft wurden zu ihrem Schicksal, gelegentlich unterbrochen von einer schöpferischen, hoffnungsvollen Zeit.

In Europa gab es gelegentliche Augenblicke des Dialogs: Friedrich II. in Sizilien im 13. Jahrhundert, die spanische Halbinsel in den vorhergehenden Jahrhunderten, Johannes Reuchlin und Pico della Mirandola in der Zeit der Renaissance, Gotthold Ephraim Lessing in Deutschland im 18. Jahrhundert und George Eliot und Emile Zola im 19. Jahrhundert.

Im frühen 20. Jahrhundert markierten in Amerika Freundschaften zwischen Rabbi und Pfarrer hier und da den Beginn einer neuen Richtung. Theologen verschiedener Richtungen begannen miteinander durchs Land zu ziehen – ein Rabbi, ein Pfarrer und ein Priester –, und sie flößten Menschen aller Glaubensrichtungen Ehrfurcht ein, weil sie zusammen auf einer Bühne standen. Aber der Dialog neigte im großen und ganzen zur Oberflächlichkeit.

Wie auf so vielen anderen Gebieten markierten das Dritte Reich und der Holocaust einen Wendepunkt. Empfindsame und nachdenkliche Christen begannen sich selbst in einem neuen Licht zu sehen. Sie verstanden, daß die Juden, von den Nazis der Vernichtung preisgegeben, wirklich Jesus den Juden in sich trugen und daß das Christentum eine Form von Judentum ist. Sie erkannten, daß das Christentum zu guter Letzt auch zerstört werden mußte, denn es wirkte ebenso verderbenbringend auf den wahren, heidnischen, germanischen Geist, den man vergöttert hatte. Diese nachdenklichen Christen begannen zu begreifen, daß die Hellenisierung des Christentums, der Sieg von Paulus über Petrus, ihre Religion zu weit von seinen wahren jüdischen Wurzeln weggetrieben hatte, zu denen sie notwendigerweise zurückkehren mußte.

Das Zweite Vatikanische Konzil war dafür symptomatisch. Papst Johannes XXIII. – als päpstlicher Nuntius war er während des Krieges in Istanbul gewesen – sah die Katastrophe nahe bevorstehen und verstand. Eine gewaltige Verschiebung in der allgemeinen Einstellung zu Juden und zum Judentum fand statt. Der gleiche Prozeß des Umdenkens fand auch einen Weg in die protestantische Welt: Ein neues Bewußtsein hinsichtlich des Antisemitismus und seiner christlichen Wurzeln und der pharisäisch-jüdischen Wurzeln des Christentums, die man wiedererobern mußte, trieb die Dinge voran von einem Dialog mit tauben Ohren zu einem Prozeß des aufrichtigen Einander-Zuhörens und Anhörens. Daraus ist ein folgenreicher Dialog geworden. Auf akademisch-theologischer Ebene sprachen jüdische und christliche Theologen miteinander. Sie sahen ihre schmerzlichen Differenzen mit unparteiischer Offenheit, und sie gelangten zu der Erkenntnis, daß ihr gemeinsames Gut die Unterschiede überwiegt. Sie erkannten, daß die Probleme der Blindgläubigkeit und der nuklearen Massenvernichtung nach gemeinsamer Anstrengung schrieen. Sie lernten, ihren Differenzen ins Gesicht zu schauen. Sie hatten nicht die Illusion, es könne sich unmittelbar etwas ändern, aber sie entdeckten, daß sie miteinander reden und voneinander lernen konnten.

Ein Samuel Sandmel konnte 1965 ein Buch schreiben mit dem

Titel ›Wir Juden und Jesus‹, und ein Eugene Borowitz konnte uns 1980 eine ›Jüdische Sicht der Christologie‹ schenken, freundlich und offen geschrieben, mit großem Verständnis und manchmal mit schneidendem Nachdruck. Ein Clemens Thoma konnte eine ›Christliche Theologie des Judentums‹ verfassen. Ein Franklin Sherman konnte 1967 den Antisemitismus Luthers nüchtern beschreiben; ein Heiko A. Oberman drang zu den »Wurzeln des Antisemitismus« vor und verhalf dieser Debatte zu einem neuen Unterscheidungskriterium: Theologischer Kampf und politisch-menschlicher Feldzug sind klar zu trennen. Jürgen Moltmann und Pinchas Lapide konnten 1979 miteinander ein Buch verfassen, in dem sie die Grundunterschiede zwischen Judentum und Christentum auf fundamentaltheologischer Ebene gegenüberstellten, und das Ergebnis war eine gegenseitige Würdigung der zwei Bundesschlüsse und die Erkenntnis, daß beide voneinander unabhängig Gültigkeit haben. Immer mehr Menschen sahen, daß die Zurückweisung Jesu durch die Juden kein Fluch, sondern ein Segen war, weil so die Botschaft der jüdischen Gottesvorstellung und Ethik durch das Christentum in die heidnische Welt getragen wurde.

In der christlichen Welt wächst die Neigung, das Judentum mit immer größerem Verständnis zu sehen. Dieses Verständnis wird um so offensichtlicher, je mehr diese Ergebnisse auf der ganzen Welt zum Arbeitsmaterial bei der geistlichen Ausbildung durch jüdische und christliche Seminare werden und je mehr sich die Institute für jüdische Studien in den großen Seminaren sowie an den Universitäten Amerikas und Europas ausbreiten. Mehr und mehr wird der Ausspruch von Franz Rosenzweig als richtig erkannt, daß Christentum und Judentum die beiden gegensätzlichen Seiten einer Münze bilden: »... ewig im Streit miteinander und doch ewig aufeinander angewiesen.«

Probleme gibt es auch heute noch. Für Christen ist es immer noch schwer einzusehen, daß die Gaben, die sie in der Person Christi inkarniert sehen, eine Rolle im Judentum zum Ausdruck bringen, die dem jüdischen Volk als Ganzem zugewiesen ist – die Rolle des leidenden Gottesknechts –, und daß daher das jüdische Anliegen um sein Volksein und seine Wiederherstellung in Zion kommt. Die theologischen Folgerungen aus der Wiederherstellung des jüdischen Staates braucht man hierbei nicht in Betracht zu ziehen. Aber niemals in der Geschichte der zwei Glaubensrichtungen hat es einen offeneren und positiveren Dialog gegeben. Und der ökumenische Dialog nimmt zu.

Juden und Christen sprechen viel offener und entspannter miteinander auf theologischer, geistlicher und weltlicher Ebene. Das Verstehen wächst. Das messianische Ziel völligen Verstehens liegt noch in weiter Ferne. Aber die Erkenntnis, daß wir den anderen verstehen müssen, damit wir uns selbst verstehen können, und der Fortgang des Dialogs deuten verheißungsvoll in diese Zukunft.

31. Die Diaspora nach dem Krieg

Vor der Zeit Hitlers machte das europäische Judentum sechzig Prozent der jüdischen Weltbevölkerung aus, während eine dreiviertel Million Juden die arabischen Länder von den Säulen des Herkules bei Gibraltar, ostwärts Nordafrika entlang bis zum nahen Osten bewohnten. In Nordamerika wohnte ungefähr ein Drittel aller Juden und in Palästina, Heimat des jüdischen Staates, eine halbe Million – das sind spärliche drei Prozent.

Der Holocaust löschte die jüdischen Gemeinden von Polen, Deutschland, Griechenland und der Tschechoslowakei praktisch aus und verkleinerte die jüdischen Gemeinden in der Sowjetunion, in Ungarn, Rumänien und Westeuropa – abgesehen von Großbritannien – um ein Drittel. Bis 1984 war die jüdische Bevölkerung von zehn Millionen wieder auf vierzehn Millionen angewachsen. In einer Zeit von vierzig Jahren hat sie sich schmerzlich langsam von dem Schlag erholt, während die Weltbevölkerung, besonders in den unterentwickelten Ländern und in der Dritten Welt, in dieser Zeit einen gewaltigen Sprung nach vorne gemacht hat. Diese langsame Bevölkerungsentwicklung spiegelt Assimilation, eine steigende Rate von Mischehen und eine fallende Geburtenrate wider.

Aus demographischer Sicht ist die Änderung der Struktur der jüdischen Diaspora vor und nach dem Holocaust und dem Entstehen des Staates Israel sehr augenfällig. 1939 lebte in Zentral- und Osteuropa mehr als die Hälfte des Weltjudentums – 1984 waren es bloße achtzehn Prozent, konzentriert in der Sowjetunion, in Ungarn und Rumänien. Mehr als die Hälfte leben nun auf dem amerikanischen Kontinent, davon etwa sechs Millionen in den Vereinigten Staaten: Die dreieinviertel Millionen Juden in Israel stellen nun ungefähr ein Viertel der jüdischen Weltbevölkerung.

Frankreich ist das einzige Land in Europa, in dem der jüdische Bevölkerungsanteil erstaunlich zugenommen hat. Von kaum einer viertel Million nach der deutschen Invasion und der unrühmlichen Vichy-Ära wuchs er auf eine gute dreiviertel Million an. Nach den USA, der Sowjetunion und Israel steht die französische jüdische Gemeinde nun an vierter Stelle, während sie 1939 noch an zehnter Stelle lag. Dies kann man der Tatsache zuschreiben, daß sich der jüdische Bevölkerungsanteil in den ehemaligen nordafrikanischen Kolonien Frankreichs nach dem arabisch-israelischen Krieg zwischen Israel und Frankreich aufteilte. Immerhin sprachen viele von ihnen Französisch und hatten – wie in Algerien – die französische Staatsbürgerschaft.

Während der Zeit des Zweiten Staates – vom 5. vorchristlichen Jahrhundert bis zum Aufstieg des Islams – war Babylon das größte und einflußreichste Zentrum der jüdischen Diaspora. Vom 10. bis zum 15. Jahrhundert war es Spanien. Vom 17. bis 19. Jahrhundert verlagerte es sich nach Polen, und heute liegt das Zentrum in den USA. Amerikas Judentum verhält sich zum Weltjudentum wie Amerika zur freien Welt: Sein Einfluß und seine Einwirkung sind enorm.

Amerikas Judentum paßt sich immer mehr der Kultur des Gastlandes an und hat große wirtschaftliche Macht und politischen Einfluß. Damit spielte es eine entscheidende Rolle in der Unterstützung des werdenden Staates Israel. Es war kein irgendwie einseitiges Verhältnis. Von Israel leiteten die amerikanischen und die übrigen Diasporajuden den Stolz auf ihre Wiedergeburt ab und wurden kulturell und intellektuell genährt, denn das Land wurde zu einem pulsierenden und kraftvollen Zentrum jüdischen Lebens. Wenige emigrierten von den USA aus nach Israel, aber die Verbindung darf nicht unterschätzt werden.

Vom beginnenden 20. Jahrhundert an und durch die Zeit des Zweiten Weltkrieges wuchs und reifte das amerikanische Judentum. Auf der einen Seite spielte es eine wesentliche Rolle auf der amerikanischen Bühne, auf der anderen Seite unterzog es sich einer jüdischen kulturellen Erneuerung. Synagogen und Seminare aller Glaubensrichtungen schossen aus dem Boden, Keimzellen jüdischer Institute an den Universitäten und eine lange Reihe säkularer Organisationen entstanden, und schließlich kam der Durchbruch auf jeder Stufe des amerikanischen Lebens: Kunst, Kultur, Politik und Beruf. Am besten wird dies vielleicht deutlich durch das Symbol eines Albert Einstein, der in die USA einwanderte, und eines Saul Bellow und Isaac Bashevis Singer, die den Nobelpreis bekamen. Der Preis für diese Freiheit waren die Assimilation und eine wachsende Zahl von Mischehen. Letzteres – wie auch immer man es sehen möchte – hat sich im Gleichgewicht gehalten durch die Tatsache, daß wahrscheinlich genauso viele nichtjüdische Ehepartner in einer Mischehe zum Judentum konvertierten wie umgekehrt.

In dem anderen Zentrum jüdischer Bevölkerung, in der Sowjetunion, sehen die Dinge anders aus. Obwohl Juden als russische Bürger gegen die Nazis genauso heldenhaft und verzweifelt kämpften wie jeder Russe und obgleich die Sowjetunion in der UNO für die Gründung des Staates Israel votierte und Israel in seinem Unabhängigkeitskrieg durch die Tschechoslowakei mit Waffen unterstützte, kam es in den fünfziger Jahren, in den letzten Jahren der stalinistischen Herrschaft, zu einem drastischen Wandel. Die scharfe Kehrtwendung zum Antisemitismus eines paranoiden, alternden Diktators brachte die Unterdrückung der Akademikerschicht und den Mord an jüdischen Intellektuellen und jüdischen Künstlern mit sich. Sowjetische Juden konnten keine freien Beziehungen zu Israel und dem Weltjudentum mehr pflegen. Der Zionismus wurde als imperialistisch und rassistisch gebrandmarkt. Jüdische Erziehung wurde unmöglich gemacht. Die Juden schienen zu einer Massenassimilation verurteilt.

Aber stattdessen kam es zu einem stillen Widerstand, einer Wiederentdeckung jüdischer Identität bei Kindern assimilierter und durch Mischehen entfremdeter Juden, die erschüttert waren über den aufbrechenden Antisemitismus und die unter großem persönlichem Risiko in sich gingen, um ihre jüdische Identität zu bestätigen. Es erwachsen ihnen noch heute daraus gewaltige Nachteile, aber die Heldenhaftigkeit eines Schtscharanski spricht Bände über das, was Elie Wiesel »die Juden der Stille« nennt.

Hinter dem Eisernen Vorhang findet man bei den fünfundvierzigtausend Juden, die in Rumänien noch übriggeblieben sind, durchaus Spuren eines organisierten jüdischen Lebens. Das politische System Ungarns ist freier, und hier bilden achtzigtausend Juden eine sichtbare und funktionierende Gemeinschaft. Sie haben ein rabbinisches Seminar am Ort, das Rabbiner bis in die Sowjetunion und Ritualschächter für koscheres Fleisch bis nach Polen schickt.

In den Perioden jüdischer Geschichte kam es gelegentlich zu Spannungen zwischen Heimat und Diaspora, aber offenbar sind und bleiben sie wirklich die gegenüberliegenden Seiten derselben Münze. Das Diasporajudentum spielt – selbstverständlich nur da, wo es im freien Teil der Welt lebt – eine schöpferische Rolle in den Ländern, die es als Bürger bewohnt. Aber die Juden in der Diaspora bleiben schicksalhaft mit dem Land ihrer Väter verkettet und mit ihren Brüdern, die es wieder aufbauen. So wandern sie vorwärts in die Geschichte als ein zielgerichtetes Volk des Bundes.

32. Jüdisches Denken nach dem Holocaust

Der Erste Weltkrieg erschütterte die hochfliegenden Hoffnungen, die man über eine mögliche moralische Vollkommenheit des Menschen gehegt hatte, der Zweite Weltkrieg und Hiroshima zertrümmerten sie. Die Fundamente von Philosophie und Wissenschaft begannen zu wanken. Der mit dem Glauben befaßte Verstand hatte zwei Möglichkeiten: Er konnte in das Extrem einer existentialistischen Einsamkeit verfallen, die keine Hoffnung mehr sieht, oder er konnte seine Hoffnung auf einen Gott setzen, der auch in dieser Welt eine Bedeutung hat und für sie sorgt.

Entweder war Gott tot, oder er mußte jenseits der Systematik früherer philosophischer und theologischer Systeme, die ihn aus dieser Welt herausdefinierten, als eine neue Realität entdeckt werden. Das Judentum warf sich, von großen Hoffnungen getragen, in die Arme des Humanismus und des Versprechens einer Emanzipation. Es war jedoch keine vollständige Verschmelzung. Einige hatten ihre Zweifel und äußerten sie. Und die, die nur das Freiheitsversprechen sahen, waren sich auch nicht einig. Gerade in Zentral- und Westeuropa, wo die Großen der Philosophie und Theologie beherrschend waren, wurde dies deutlich.

Martin Buber setzte neue Wegzeichen in der Transzendenzforschung und ging zu den chassidischen Wurzeln zurück, als er nach lebenden Funken eines ersterbenden Glaubens suchte. Gerschom Scholem wies die optimistische Sicht Europas zurück, die die Verfechter der Emanzipation vertraten, und er unterzog sich der gewaltigen Aufgabe, die Tiefen auszuloten, die in den mystischen Strömen der jüdischen Erfahrungswelt und der Kabbala verborgen sind. 1923 kehrte er für diese Arbeit nach Israel zurück. Franz Rosenzweig kam vom Rande der Apostasie zurück zu einem vertieften Studium des »mysterium tremendum« im jüdischen Glauben. Theoretiker des Zionismus arbeiteten politisch und kulturell. All dies kam der Suche nach Individualität und einem Gefühl des Zusammenhaltes zugute.

Man muß im Auge behalten, daß die säkularen, humanistischen Kräfte die jüdische Welt tief beeinflußt haben. In einer Welt, in der die Bereiche, wo Religion nichts zählt, immer größer und zahlreicher wurden, war das Judesein keine Belastung mehr. Juden strebten nach Säkularisierung und gaben jüdisches

Brauchtum auf, um sich an die Gesellschaft anzupassen. Gegen diesen humanistischen Hintergrund beschreibt der zeitgenössische Denker Eugene Borowitz eine Art schrittweise Rückkehr suchender, forschender Juden, die den Nachwirkungen des Holocaust gegenüberstanden. Einige begaben sich in die Sicherheit der Orthodoxie zurück, in lebendige Gemeinden, die gegründet wurden von gelehrten, frommen gebürtigen Amerikanern. Und einige Liberale hörten auf, säkularer Vernunft zu vertrauen, und sie strebten danach, ihre persönliche Freiheit, geleitet von der Tradition, zu leben. Diese Abwertung des Modernen trieb viele Juden in eine tiefere, direktere Spiritualität. Sie traten dem Agnostizismus, der einen großen Teil des jüdischen Lebens bestimmte, entgegen und empfanden seine Mangelhaftigkeit. Der Verarbeitungsprozeß kristallisierte sich schließlich um die traumatische Erfahrung des Holocaust.

Elie Wiesel zum Beispiel wurde als Jugendlicher aus der Wärme und Sicherheit des schlichten Glaubens seiner chassidischen Umwelt herausgerissen und in die Hölle von Auschwitz geworfen. Dem Trauma entkommen, kann er zunächst nichts mehr sagen – der autistische Jude, unfähig zu sprechen. Bewegt von der Wärme und Empfindsamkeit, die ihn in Frankreich empfängt, löst sich seine Zunge, und wie ein Sturzbach preßt sich aus ihm heraus, wovon er mit tiefer Einfühlsamkeit Zeuge geworden ist. Er ist erfüllt von einer seltsamen Dialektik: Er ist voller Zorn auf Gottes Schweigen und diese furchtbare Hölle, die den Tod der Menschlichkeit bezeugte, zugleich aber erfüllt ihn ein leidenschaftlicher Drang, Gott zu begegnen, zu ihm zu sprechen, ihn zu einer Antwort zu bewegen, ihn zur Rechenschaft zu ziehen – und die Geschichte zu erzählen im Namen seiner Zeitgenossen, die als Rauch aus den Kaminen der Krematorien verschwanden.

Der junge Theologe Richard Rubenstein zum Beispiel konnte nicht glauben, daß Gott der allmächtige Autor des Alptraumes von Auschwitz sein könne. Dies wurde ihm aber doch klar bei seinen Gesprächen über den Holocaust, die er mit deutschen evangelischen Theologen führte. Dekan Heinrich Gruber war ein aktiver Nazigegner, aber nichtsdestoweniger behauptete er, Gott habe auch über den Ereignissen in Auschwitz allmächtig seine Hand gehalten.

»Ich fand für mich keine Möglichkeit, an einen solchen Gott zu glauben, noch konnte ich in Israel nach Auschwitz noch das auserwählte Volk Gottes sehen.« Für ihn bleibt eine Leere, wo er einst Gottes Gegenwart erfahren hat, aber das Judentum hat nun nicht seine Macht verloren. Bonhoeffer hatte die Schwierigkeit darin gesehen, von Gott in einer nicht-religiösen Zeit zu sprechen, Rubenstein sah sie darin, von Religion in einem Zeitalter zu reden, das von Gott verlassen war. Er war eine Art Camus in kirchlichem Gewand.

Emil Fackenheim stellte sich in den siebziger Jahren die Frage, ob sich nach Auschwitz der messianische Glaube nicht schon als falsch erwiesen habe. Ist ein Messias, der in Auschwitz nicht gekommen ist, jetzt aber noch kommen soll, nicht zu einer religiösen Unmöglichkeit geworden? Die Antwort sieht er in einem großen »trotzdem«, denn das Volk hat aus der Asche heraus überlebt. Dies ist vielleicht nicht klar ausgesprochen worden, aber dieser Gedankengang existiert in der wirklichen Bindung des Volkes an das Leben. Gerade durch seine Entscheidung, jetzt und in Zukunft am Leben zu bleiben, ist der »Überlebenskünstler« zum Paradigma des ganzen jüdischen Volkes geworden. Fackenheim faßt dies mit tiefem Mitgefühl zusammen:

> Auch nach Auschwitz »unterstellt sich der religiöse Jude noch der gesetzgebenden Stimme von Sinai, die ihn zum Zeugen des einen wahren Gottes macht. Jedoch schließt sich ihm jetzt der säkulare Jude an, der dadurch, daß er Jude bleibt, sich der gebieterischen Stimme unterwirft, die er von Auschwitz her hört. Sie heißt ihn bezeugen, ... daß Götzendienst in der modernen Welt eine Realität ist.«

Der Entschluß zu überleben, Kinder zur Welt zu bringen, in einem wiedergeborenen Staat und in Gemeinden auf der ganzen Welt ein neues Leben aufzubauen, wird zu einer lauten Bestätigung, die, ausgehend von der einen Seite des Bundes, klar die andere Seite einschließt. Diesem Schriftsteller scheint die Erkenntnis entscheidend, daß das jüdische Volk als Ganzes den leidenden Gottesknecht darstellt, den ewigen Zeugen einer transzendenten Möglichkeit.

Gerschom Scholem hat es gewagt, die Auffassung der jüdischen Geschichte zu ändern. Zuvor war sie auf die unverrückbare Schablone des europäischen Rationalismus im frühen 19. Jahrhundert festgelegt gewesen. Scholem demonstrierte die formende Gewalt, die die stürmischen Unterströmungen der mystischen und messianischen Kräfte entwickelt haben. Sie entsprechen dem Rationalen so, wie das Unterbewußte dem Bewußten entspricht. Er konnte hinter diesem Kräftestreit eine gerade Linie von geschichtlichem Zweck erkennen. Hegel hat einst behauptet, daß keine Nation mehr als einmal auf der Geschichtsszene der Welt eine Rolle spielt. Angesichts des Todes der Juden in Auschwitz und ihrer Wiedergeburt in Jerusalem hätte er sich fragen müssen, ob hier nicht zumindest ein Volk auf der säkularen Szene zum zweiten Mal erschienen ist – mit bis jetzt noch unbekannten Folgen.

33. Epilog

Das Wiedergutmachungsabkommen der Adenauer-Regierung von 1952 bedeutete substantielle Anerkennung des von den Juden erlittenen Unrechts durch die Bundesrepublik. Da ein bedeutender Teil davon nach Israel ging, spielte es eine nicht unbedeutende Rolle in der Entwicklung des jüdischen Staates, der aus den Trümmerfeldern des Krieges entstand.

In der jüngsten Zeit gab es ein weites Spektrum von Gedenkfeiern zum vierzigsten Jahrestag des Kriegsendes. In jedem davon betroffenen Land wurde es mit besonderer Schmerzlichkeit ins Gedächtnis zurückgerufen, aber nirgendwo bitterer als in den Erinnerungen von Überlebenden des Holocaust. In Deutschland war es eine besonders sensible Zeit innerer Reflektion und Bewertung. Vor allem in der Bundesrepublik anläßlich der Ereignisse, die durch die Auseinandersetzung um Bitburg aufgewirbelt wurden. Alte Wunden und alte Schmerzen wurden aufgewühlt, doch auch neue Hoffnung geschöpft. Die unmittelbare, schmerzhafte und traumatische Vergangenheit kann nicht vergessen werden. Aber die deutsch-jüdische Begegnung in der Geschichte, so reich, so vielfarbig und voller Facetten, war in der Tat ein Dialog, ein folgenreicher Dialog, ein Dialog, der noch weitergeht.

Die beste Bilanz wurde von einem Juden, Gerschom Scholem, und einem Deutschen, dem Präsidenten der Bundesrepublik Deutschland, Richard von Weizsäcker, gezogen. Scholem beendete seinen Vortrag ›Juden und Deutsche‹ (1966) mit diesen Worten:

> »Nur wenn wir uns an eine Vergangenheit, die wir nie völlig bewältigen werden, erinnern, können wir die Hoffnung auf Wiederaufnahme der Kommunikation zwischen Deutschen und Juden und auf eine Aussöhnung zwischen denen, die getrennt worden sind, erneuern.«

Bundespräsident Weizsäcker fand in einer Rede für deutsche Studenten und Jugendliche vielleicht die besten Worte nach der Bitburg-Episode im Frühling 1985. Es waren Worte, die sich der Vergangenheit mit einer Aufrichtigkeit und einer Leidenschaft stellten, die durchaus der Ruhm der Bundesrepublik sein könnten. Weizsäcker sagte:

»Wir suchen als Menschen Versöhnung. Gerade deshalb müssen wir verstehen, daß es Versöhnung ohne Erinnerung gar nicht geben kann. Die Erfahrung millionenfachen Todes ist ein Teil des Innern jedes Juden in der Welt, nicht nur deshalb, weil Menschen ein solches Grauen nicht vergessen können. Sondern die Erinnerung gehört zum jüdischen Glauben. Die Erinnerung ist die Erfahrung vom Wirken Gottes in der Geschichte. Sie ist die Quelle des Glaubens an die Erlösung. Diese Erfahrung schafft Hoffnung, sie schafft Glauben an Erlösung, an Wiedervereinigung des Getrennten, an Versöhnung. Wer sie vergißt, verliert den Glauben.«

Zu den Autoren

Emil Bernhard-Cohn, geboren 1881 in Berlin, wurde 1904 an der Hochschule für die Wissenschaft des Judentums ordiniert und empfing sein Doktorat von der Universität Heidelberg. Sein klar artikuliertes Bekenntnis zum Zionismus führte zur Entlassung aus seiner ersten Rabbinatsstelle in Berlin 1907, was sich damals zur cause célèbre auswuchs. 1925 kehrte er nach Berlin zurück. Unter dem nationalsozialistischen Regime wurde er 1935 als »Aufrührer« angeklagt, jedoch von einem Sondergericht freigesprochen. 1936 erneut verhaftet, nutzte er eine kurz befristete Entlassung »auf Ehrenwort« zur nächtlichen Flucht nach Holland. 1938 kam er nach New York.

Neben seiner Rabbinatsarbeit war Bernhard-Cohn ein erfolgreicher Dramatiker und Schriftsteller. Er ist Autor einer Biographie von David Wolffsohn, Theodor Herzls Nachfolger. Daneben schrieb er zahlreiche Kurzgeschichten und Bücher für die jüdische Jugend. Im Jahre 1941 ließ sich Emil Bernhard-Cohn in Kalifornien nieder, wo er bis zu seinem Tod 1948 lebte.

Prof. Dr. Hayim Goren Perelmuter, geboren 1914 in Montreal, studierte unter anderem an der McGill Universität, in Harvard und an dem international bekannten Hebrew Union College – Jewish Institute of Religion in New York, Cincinnati und Jerusalem, von dem er auch sein Doktorat erhielt. Perelmuter unterrichtet an der Catholic Theological Union in Chicago, der Graduate Theological Union in Berkeley, Kalifornien, und war 1986/87 Gastprofessor an den Universitäten von Bern und Luzern.

Perelmuter verfaßte Artikel in der ›Theologischen Realenzyklopädie‹ und ist ein Fachmann auf dem Gebiet der Geschichte jüdischen Predigens. Sein neuestes Buch über David Darschan von Krakau wird als wichtiger Beitrag zur Forschung angesehen.

Zeittafel

ca. 1250 v. Chr.	Auszug aus Ägypten
ca. 1200 v. Chr.	Zeit der Richter
ca. 1020–1000 v. Chr.	Saul
ca. 1000–970 v. Chr.	David
ca. 970–950 v. Chr.	Salomo
950 v. Chr.	Teilung in die Reiche Israel und Juda
880–840 v. Chr.	Dynastie Omris, Samaria als Residenz
um 760 v. Chr.	Jerobeam II.
ca. 725–700 v. Chr.	Elias
722 v. Chr.	Eroberung Samarias, Untergang Israels
621 v. Chr.	Kultreform Josias in Jerusalem
um 620 v. Chr.	Jeremia
608 v. Chr.	Schlacht bei Meggido
606 v. Chr.	Eroberung Ninives durch Ägypten
604 v. Chr.	Nebukadnezar besiegt Necho am oberen Euphrat
597 v. Chr.	Erste Eroberung Jerusalems durch die Babylonier, Deportation eines Teils der Bevölkerung
586 v. Chr.	Zweite Eroberung Jerusalems durch die Babylonier, Zerstörung des Tempels, Deportation der ganzen Bevölkerung
586–537 v. Chr.	Babylonische Gefangenschaft
538 v. Chr.	Cyrus nimmt Babylon ein
537 v. Chr.	Rückkehr der Verbannten
516 v. Chr.	Einweihung des 2. Tempels
456–420 v. Chr.	Reformen unter Nehemia und Esra
444 v. Chr.	Große Versammlung
332–301 v. Chr.	Judäa unter der Herrschaft der Griechen
301–200 v. Chr.	Judäa unter ptolemäischer Herrschaft
200–64 v. Chr.	Judäa unter seleukidischer Herrschaft
167–141 v. Chr.	Aufstand der Makkabäer
166–161 v. Chr.	Juda Makkabi
165 v. Chr.	Eroberung und Weihe des Tempels in Jerusalem
164 v. Chr.	Friedensvertrag mit den Seleukiden
161–142 v. Chr.	Jonathan Makkabi
142–135 v. Chr.	Simon Makkabi
141 v. Chr.	Simon Makkabi vereint erbliche Hohepriesterwürde mit Fürstentum
135–106 v. Chr.	Johann Hyrkan
106–105 v. Chr.	Juda Aristobul
105–76 v. Chr.	Alexander Jannai

76–69 v. Chr.	Salome Alexandra
69–63 v. Chr.	Bürgerkrieg zwischen den Söhnen Alexandras, Hyrkan II. und Aristobul II.
63 v. Chr.	Judäa unter römischer Herrschaft
63–40 v. Chr.	Hyrkan II. Hohepriester
40–37 v. Chr.	Antigonus II.
37–4 v. Chr.	Herodes
4 v. Chr.–6 n. Chr.	Archelaos
6–41	Judäa wird römische Provinz, römische Prokuratoren
41–44	König Agrippa
66–70	Erster Jüdisch-Römischer Krieg, Zerstörung des 2. Tempels
115–117	Aufstände der Diaspora
132–135	Zweiter Jüdisch-Römischer Krieg, Bar-Kochba-Aufstand
ca. 200	Schaffung der Mischna unter Rabbi Jehuda Hanassi
370	palästinensischer Talmud
323–638	Palästina unter christlicher Herrschaft
425	Ende des jüdischen Patriarchats
260–ca. 500	Schule von Pumbadita im Sassanidenreich
ca. 500	babylonischer Talmud (Rabbi Aschi, Rabbi Rawina)
638	Eroberung Jerusalems durch die Araber
650–1040	Zeit der Gaonen, Blütezeit babylonischen Judentums
892–942	Gaon Saadja in Sura
um 950	Chasdai ibn Schaprut am Hofe Abdul Rahman III. in Cordova
1020–1070	Salomo ben Gabirol
1080–1140	Jehuda Halevi
1140–1300	Blütezeit der Juden im christlichen Spanien
1135–1204	Moses Maimonides (Mischne Thora)
1096	Erster Kreuzzug, Kammerknechtschaft
1215	4. Laterankonzil, gelber Fleck
1263	Disputation von Barcelona
1290	Vertreibung der Juden aus England
1348	Schwarzer Tod, drei Jahre Judenverfolgungen in Deutschland, Flucht der Juden nach Polen
1391	Judenverfolgungen in Spanien, Beginn des Marranentums
1394	Vertreibung der Juden aus Frankreich
1413–1414	Disputation von Tortosa
1492	Vertreibung der Juden aus Spanien
1488–1575	Josef Karo (Schulchan ạruch) im Ottomanischen Reich

1500–1620	Blütezeit der Juden im Ottomanischen Reich
1500–1648	Blütezeit der Juden in Polen und Litauen
1523–1532	David Reubeni, Salomo Molcho
16. Jahrhundert	Kabbala (Buch Sohar) gewinnt Einfluß in Europa
1626–1676	Sabbatai Zwi in Smyrna
1648–1658	Chmielnicki-Massaker
1656	Bannung Spinozas
1698–1758	Unter Israel aus Miedszybosz, dem Baal Schem Tow, Aufkommen des Chassidismus
1729–1786	Moses Mendelssohn
1772	Teilung Polens, viele Juden unter preußisch-österreichischer Herrschaft
1782	Toleranzedikt Joseph II.
1787	Gleichberechtigung der Juden in den USA
1789	Französische Revolution
1791	Gleichberechtigung der Juden in Frankreich
1807	Großer Sanhedrin
1808	Gleichberechtigung der Juden in Baden
1812	Gleichberechtigung der Juden in Preußen
1814–1815	Wiener Kongreß, Reaktion, Massenauswanderung in die USA
1819	Judenhetze in Frankfurt (Hep-Hep-Stürme)
1819	Gründung des Vereins für Cultur und Wissenschaft
1825–1855	gewaltsame Emanzipationspolitik unter Zar Nikolaus I.
1840	Damaskus-Affäre
1848	Revolution in Deutschland
1860	Gründung der Alliance Israélite Universelle
1869	Gleichberechtigung der Juden im Norddeutschen Bund
1871	Gleichberechtigung der Juden im Deutschen Reich
1873	Gründung der Union of American Hebrew Congregations
1881–1882	Pogrome in Rußland, Massenauswanderung in die USA
1882	›Autoemanzipation‹ von Leon Pinsker, Chowewe-Zion-Bewegung
1893	Gründung des Central-Vereins deutscher Staatsbürger jüdischen Glaubens
1894	Dreyfus-Affäre
1896	›Der Judenstaat‹ von Theodor Herzl
1897	Erster Zionistenkongreß in Basel, Baseler Programm

1897–1904	Theodor Herzl Präsident der Zionistischen Organisation
1903	Uganda-Affäre
1904	Pogrome von Kischinew und Homel, Massenauswanderung in die USA
1904–1911	David Wolffsohn Präsident der Zionistischen Organisation
1906	Gründung des American Jewish Committe
1911–1920	Otto Warburg Präsident der Zionistischen Organisation
1913	Gründung der United Synagogue in den USA
1917	Balfour-Deklaration
1919–1920	Pogrome in der Ukraine, Massenauswanderung in die USA
1920–1931	Chaim Weizmann Präsident der Zionistischen Organisation
1929	Gründung der Jewish Agency
1933	Hitler Reichskanzler, Massenauswanderung in die USA
1935	Nürnberger Gesetze
1938	Reichskristallnacht
1939–1945	Zweiter Weltkrieg
1941–1945	Massenvernichtung der Juden
1942	Wannsee-Konferenz, »Endlösung«
1947	UNO-Teilungsplan für Palästina
1948	Abzug der Engländer aus Palästina, Proklamation des Staates Israel
1948–1949	Unabhängigkeitskrieg
1952	Wiedergutmachungsabkommen der Bundesrepublik Deutschland mit Israel
1956	Sinaikrieg
1962–1965	Zweites Vatikanisches Konzil
1967	Sechstagekrieg
1973	Jom-Kippur-Krieg
1979	Friedensvertrag zwischen Israel und Ägypten
1982	Libanonkrieg

Register

Geschichte der Juden

Volkstümliche Geschichte der Juden

von Heinrich Graetz

Das wechselvolle Schicksal der Juden von der Vor- und Frühgeschichte über das babylonische Exil bis zur Eingliederung ins Römerreich, in der Diaspora, der »Zerstreuung« über die Länder der Alten Welt seit der Zerstörung des Tempels von Jerusalem, wird von dem großen jüdischen Historiker Graetz unter Verzicht auf jedes wissenschaftliche Beiwerk farbig und spannend erzählt.

Kassettenausgabe in 6 Bänden, dtv 5933

Außerdem zur jüdischen Geschichte:

dtv 1745

dtv 10513

dtv

Schalom
Ben-Chorins
Triologie
›Die Heimkehr‹

In dreibändiger
Kassettenausgabe
dtv 5996

Auch einzeln lieferbar:

dtv 1253

dtv 1550

dtv 1784

Religion und Theologie: Hans Küng Heinz Zahrnt Schalom Ben-Chorin

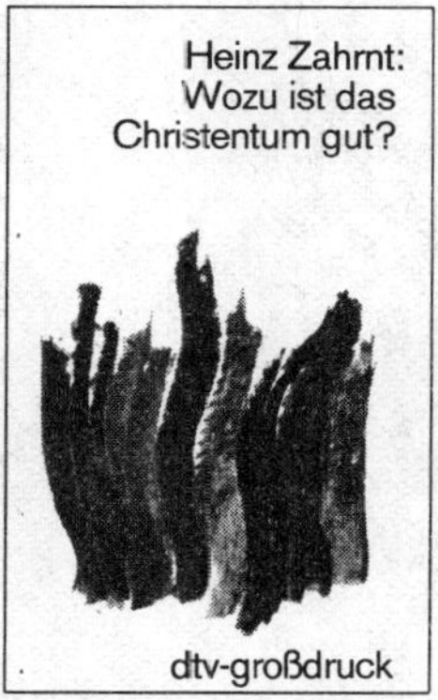

Hans Küng:

Christ sein
dtv 1220

Existiert Gott?
Antwort auf die Gottesfrage der Neuzeit
dtv 1628

Hans Küng. Weg und Werk
Chronik, Essays, Bibliographie
Hrsg. von Hermann Häring und Karl-Josef Kuschel
dtv 1640

Heinz Zahrnt:

Die Sache mit Gott
Die protestantische Theologie im 20. Jahrhundert
dtv 846

Warum ich glaube
Meine Sache mit Gott
dtv 1533

Wozu ist das Christentum gut?
dtv 2506 Großdruck

Schalom Ben-Chorin:

Bruder Jesus
Der Nazarener in jüdischer Sicht
dtv 1253

Paulus
Der Völkerapostel in jüdischer Sicht
dtv 1550

Mutter Mirjam
Maria in jüdischer Sicht
dtv 1784

Kassetten-Ausgabe:
Die Heimkehr
Bruder Jesus / Paulus / Mutter Mirjam
dtv 5996